W9-CFI-647

Elena Ferrante

L'enfant perdue

L'amie prodigieuse IV

Maturité, vieillesse

Traduit de l'italien
par Elsa Damien

Gallimard

Titre original :

STORIA DELLA BAMBINA PERDUTA
(L'AMICA GENIALE. VOLUME QUARTO)

© Edizioni e/o, 2014.
© Éditions Gallimard, 2018, pour la traduction française.

Elena Ferrante est l'auteur de plusieurs romans, tous parus aux Éditions Gallimard, parmi lesquels *L'amour harcelant*, *Les jours de mon abandon*, *Poupée volée*, ainsi que les quatre volumes de la « Saga prodigieuse » : *L'amie prodigieuse*, *Le nouveau nom*, *Celle qui fuit et celle qui reste*, et *L'enfant perdue*. Le premier tome a été adapté en série télévisée par Saverio Costanzo. Elle a également publié un recueil de textes, *Frantumaglia*. *La plage dans la nuit*, illustré par Mara Cerri, a paru aux Éditions Gallimard Jeunesse.

INDEX DES PERSONNAGES
ET RAPPEL DES ÉVÉNEMENTS
DES TOMES PRÉCÉDENTS

LA FAMILLE CERULLO

(LA FAMILLE DU CORDONNIER) :

Fernando Cerullo, cordonnier, père de Lila.

Nunzia Cerullo, mère de Lila.

Raffaella Cerullo, dite *Lina* ou *Lila*. Elle est née en
   août 1944. Elle a soixante-six ans quand elle disparaît
   de Naples sans laisser de trace. Très jeune, elle épouse
   Stefano Carracci mais, lors de vacances à Ischia, elle
   s'éprend de Nino Sarratore, pour qui elle quitte son
   mari. Après l'échec de sa vie commune avec Nino et la
   naissance de son fils Gennaro, dit Rino, Lila abandonne
   définitivement Stefano lorsqu'elle découvre qu'Ada Cappuccio attend un enfant de lui. Elle déménage à San
   Giovanni a Teduccio avec Enzo Scanno puis, quelques
   années plus tard, retourne vivre dans son quartier d'origine avec Enzo et Gennaro.

Rino Cerullo, frère aîné de Lila. Il est marié avec la sœur de
   Stefano, Pinuccia Carracci, avec qui il a deux enfants.
   Le premier enfant de Lila, Gennaro, est surnommé Rino
   comme lui.

Autres enfants.

LA FAMILLE GRECO

(LA FAMILLE DU PORTIER DE MAIRIE) :

Elena Greco, dite *Lenuccia* ou *Lenù*. Née en août 1944, elle
   est la narratrice de la longue histoire que nous lisons.

Après l'école primaire, Elena poursuit ses études avec un succès croissant, jusqu'à obtenir son diplôme à l'École normale supérieure de Pise, où elle rencontre Pietro Airota. Elle épouse Pietro quelques années plus tard et s'installe avec lui à Florence. Ils ont deux filles, Adele, dite Dede, et Elsa. Mais Elena, déçue par son mariage, finit par abandonner ses enfants et Pietro, pour commencer une liaison avec Nino Sarratore, qu'elle aime depuis l'enfance.

Peppe, Gianni et *Elisa*, frères et sœur cadets d'Elena. Elisa, malgré l'opposition d'Elena, va vivre avec Marcello Solara.

Le père, portier à la mairie.

La mère, femme au foyer.

LA FAMILLE CARRACCI
(LA FAMILLE DE DON ACHILLE) :

Don Achille Carracci, enrichi grâce au marché noir et à l'usure. Il a été assassiné.

Maria Carracci, femme de Don Achille, mère de Stefano, Pinuccia et Alfonso. La fille que Stefano a eue avec Ada Cappuccio porte son prénom.

Stefano Carracci, fils de feu Don Achille, commerçant et premier mari de Lila. Insatisfait de son mariage tumultueux avec Lila, il a une liaison avec Ada Cappuccio avant de se mettre en ménage avec elle. Il est le père de Gennaro, qu'il a eu avec Lila, et de Maria, née de sa relation avec Ada.

Pinuccia, fille de Don Achille. Elle épouse Rino, le frère de Lila, avec qui elle a deux enfants.

Alfonso, fils de Don Achille. Il se résigne à épouser Marisa Sarratore après de longues fiançailles.

LA FAMILLE PELUSO
(LA FAMILLE DU MENUISIER) :

Alfredo Peluso, menuisier et communiste, est mort en prison.

Giuseppina Peluso, épouse dévouée d'Alfredo, se suicide à la mort de celui-ci.

Pasquale Peluso, fils aîné d'Alfredo et Giuseppina, maçon et militant communiste.

Carmela Peluso, dite *Carmen*. Sœur de Pasquale, elle a long-temps été la petite amie d'Enzo Scanno. Elle se marie ensuite avec le pompiste du boulevard, avec qui elle a deux enfants.

Autres enfants.

LA FAMILLE CAPPUCCIO
(LA FAMILLE DE LA VEUVE FOLLE) :

Melina, parente de Nunzia Cerullo, veuve. Elle a pratique-ment perdu la raison à la fin de sa liaison avec Donato Sarratore, dont elle a été la maîtresse.

Le mari de Melina, mort dans des circonstances obscures.

Ada Cappuccio, fille de Melina. Après avoir longtemps été la petite amie de Pasquale Peluso, elle devient la maîtresse de Stefano Carracci avant d'aller vivre avec lui. De leur relation naît une petite fille, Maria.

Antonio Cappuccio, son frère, mécanicien. Il a été le petit ami d'Elena.

Autres enfants.

LA FAMILLE SARRATORE
(LA FAMILLE DU CHEMINOT-POÈTE) :

Donato Sarratore, grand séducteur, a été l'amant de Melina Cappuccio. Elena aussi, très jeune, s'offre à lui sur la plage à Ischia, poussée par la douleur que lui cause la liaison de Nino avec Lila.

Lidia Sarratore, femme de Donato.

Nino Sarratore, aîné des enfants de Donato et Lidia, a une longue liaison clandestine avec Lila. Marié à Eleonora, avec qui il a eu Albertino, il commence une relation avec Elena, qui elle aussi est mariée, avec deux enfants.

Marisa Sarratore, sœur de Nino. Mariée à Alfonso Carracci. Elle devient la maîtresse de Michele Solara, avec qui elle a deux enfants.

Pino, *Clelia* et *Ciro Sarratore*, les plus jeunes enfants de Donato et Lidia.

LA FAMILLE SCANNO (LA FAMILLE DU MARCHAND
DE FRUITS ET LÉGUMES) :

Nicola Scanno, marchand de fruits et légumes, mort d'une
  pneumonie.

Assunta Scanno, femme de Nicola, morte des suites d'un
  cancer.

Enzo Scanno, fils de Nicola et Assunta. Il a longtemps été
  le petit ami de Carmen Peluso. Il s'occupe de Lila et de
  son fils Gennaro lorsqu'elle quitte définitivement Stefano Carracci, et il les emmène vivre à San Giovanni a
  Teduccio.

Autres enfants.

LA FAMILLE SOLARA (LA FAMILLE
DU PROPRIÉTAIRE DU BAR-PÂTISSERIE SOLARA) :

Silvio Solara, patron du bar-pâtisserie.

Manuela Solara, femme de Silvio, usurière. Déjà âgée, elle
  est assassinée devant chez elle.

Marcello et *Michele Solara*, fils de Silvio et Manuela. Écon-
  duit par Lila dans sa jeunesse, Marcello, de nombreuses
  années plus tard, se met en ménage avec Elisa, la petite
  sœur d'Elena.

Michele, marié à Gigliola, la fille du pâtissier, a deux enfants
  avec elle, et il prend comme maîtresse Marisa Sarratore,
  avec qui il a deux enfants également. Il continue néanmoins à être obsédé par Lila.

LA FAMILLE SPAGNUOLO
(LA FAMILLE DU PÂTISSIER) :

M. Spagnuolo, pâtissier au bar-pâtisserie Solara.

Rosa Spagnuolo, femme du pâtissier.

Gigliola Spagnuolo, fille du pâtissier, épouse de Michele
  Solara et mère de deux de ses enfants.

Autres enfants.

LA FAMILLE AIROTA :

Guido Airota, professeur de littérature grecque.

Adele, sa femme.

Mariarosa Airota, leur fille aînée, professeure d'histoire de l'art à Milan.

Pietro Airota, très jeune professeur d'université. Mari d'Elena et père de Dede et Elsa.

LES ENSEIGNANTS :

M. Ferraro, instituteur et bibliothécaire.

Mme Oliviero, institutrice.

M. Gerace, enseignant au collège.

Mme Galiani, enseignante au lycée.

AUTRES PERSONNAGES :

Gino, le fils du pharmacien. Il a été le premier petit ami d'Elena. À la tête des fascistes du quartier, il est tué lors d'un guet-apens devant sa pharmacie.

Nella Incardo, cousine de Mme Oliviero.

Armando, médecin, fils de Mme Galiani. Il est marié à Isabella, avec qui il a un fils, Marco.

Nadia, étudiante, fille de Mme Galiani, a été la petite amie de Nino. Au cours de ses activités de militante politique, elle se lie avec Pasquale Peluso.

Bruno Soccavo, ami de Nino Sarratore et héritier de l'usine de salaisons familiale. Il est assassiné à l'intérieur même de son entreprise.

Franco Mari, fiancé d'Elena pendant ses premières années à l'université, il s'est consacré à l'activisme politique. Il a perdu un œil à la suite d'un guet-apens fasciste.

Silvia, étudiante et activiste politique. Elle a un fils, Mirko, né d'une brève liaison avec Nino Sarratore.

MATURITÉ
L'enfant perdue

1

À partir du mois d'octobre 1976 et jusqu'en 1979, lorsque je revins vivre à Naples, j'évitai de renouer une relation stable avec Lila. Mais ce ne fut pas facile. Elle chercha presque tout de suite à revenir de force dans ma vie ; moi je l'ignorai, la tolérai ou la subis. Bien qu'elle se comportât comme si elle désirait simplement m'être proche dans un moment difficile, je ne parvenais pas à oublier le mépris avec lequel elle m'avait traitée.

Aujourd'hui, je pense que si j'avais été blessée uniquement par ses paroles insultantes – T'es qu'une crétine ! m'avait-elle crié au téléphone lorsque je lui avais parlé de Nino, alors que jamais auparavant, non *jamais*, elle ne m'avait parlé ainsi –, je me serais vite calmée. En fait, plus que par cette remarque vexante, j'avais été affectée par son allusion à Dede et Elsa. Pense au mal que tu fais à tes filles ! Telle avait été sa mise en garde et, sur le coup, je n'y avais pas prêté attention. Mais avec le temps, ces paroles prirent de plus en

17

plus de poids, et j'y repensai souvent. Lila n'avait jamais manifesté le moindre intérêt pour Dede et Elsa, et elle ne se rappelait sans doute même pas leurs noms. Quand il m'était arrivé, au téléphone, de mentionner certaines de leurs jolies trouvailles, elle avait coupé court et changé de sujet. Et quand elle les avait rencontrées pour la première fois chez Marcello Solara, elle s'était contentée d'un regard distrait et de quelques banalités, sans nullement s'intéresser à leur habillement ou à leur coiffure, et sans remarquer comme elles s'exprimaient bien toutes les deux, malgré leur jeune âge. Et pourtant c'était *moi* qui les avais faites, c'était *moi* qui les avais élevées, et elles faisaient partie de *moi*, qui étais son amie de toujours : elle aurait dû laisser de la place – je ne dis pas par affection, mais au moins par tact – à mon orgueil de mère. Or, elle n'avait même pas eu recours à une légère ironie bienveillante, elle s'était montrée indifférente, un point c'est tout. Ce n'est que lors de cette conversation – certainement par jalousie, parce que j'avais pris Nino – qu'elle s'était souvenue des filles. Elle avait voulu souligner que j'étais une mère épouvantable et que, pour être heureuse, j'étais prête à causer leur malheur. Chaque fois que j'y pensais, je me sentais fébrile. Lila s'était-elle souciée de Gennaro lorsqu'elle avait quitté Stefano, quand elle avait abandonné son gosse à la voisine pour aller travailler en usine, ou lorsqu'elle l'avait envoyé chez moi, pratiquement pour s'en débarrasser ? Ah, j'avais mes torts, mais j'étais certainement plus mère qu'elle !

2

Des pensées de ce genre me devinrent habituelles, ces années-là. On aurait dit que Lila, qui en fin de compte n'avait émis à propos de Dede et Elsa que cette seule et unique perfidie, était devenue l'avocate défenseur des besoins de mes filles, et que je me sentais obligée de lui montrer qu'elle avait tort, chaque fois que je les négligeais pour m'occuper de moi. Mais elle n'était qu'une voix inventée par ma mauvaise humeur : ce qu'elle pensait réellement de mes comportements de mère, je n'en sais rien. Elle seule peut le raconter, si elle a vraiment réussi à s'insérer dans cette très longue chaîne de mots afin de modifier mon texte, afin d'y introduire habilement des chaînons manquants, afin d'en défaire d'autres en toute discrétion, afin de dire plus de choses sur moi que je n'aurais voulu, et plus que je ne serais capable de le faire. Je souhaite cette intrusion de sa part, je la souhaite depuis que j'ai commencé à raconter notre histoire, mais il faut que j'arrive au bout avant de procéder à une révision de toutes ces pages. Si j'essayais maintenant, cela me bloquerait certainement. J'écris depuis trop longtemps et je fatigue, j'ai de plus en plus de mal à ne pas perdre le fil du récit dans le chaos des années, des événements petits et grands, et des humeurs. Voilà pourquoi soit j'ai tendance à passer vite sur mes histoires pour m'occuper immédiatement de Lila et de toutes les complications qu'elle apporte, soit, ce qui est pire, je me laisse emporter par les vicissitudes de ma vie, juste parce qu'il m'est plus facile de les coucher sur le papier. Mais il faut que je fuie ce dilemme. Je ne dois pas emprunter la première voie : la nature même de notre rapport impliquant que je puisse arriver à elle seulement en passant par moi-même, je finirai, si je me mets de côté, par trouver de moins en moins de traces de Lila. Je ne dois pourtant pas non plus m'engager dans la deuxième voie : car ce qu'elle voudrait, c'est précisément que je me mette à parler abondamment de ma propre expérience, ça j'en suis sûre. Allez, me dirait-elle, raconte-nous donc ce qu'est devenue ta vie, qui peut se soucier de la mienne ? Avoue que même toi, ça ne t'intéresse pas ! Et elle conclurait : Moi je ne suis que gribouillis sur gribouillis, tout à fait déplacée dans l'un de tes livres ! Laisse-moi tranquille, Lenù, on ne parle pas d'une rature.

Alors, que faire ? Lui donner raison, encore une fois ? Accepter qu'être adulte, c'est arrêter de se montrer, c'est apprendre à se cacher jusqu'à disparaître ? Avouer que plus les années passent, moins je sais de choses de Lila ?

Ce matin, je surmonte ma fatigue et me remets à mon bureau. Maintenant qu'approche le moment le plus douloureux de notre histoire, je veux chercher sur la page un équilibre entre elle et moi que, dans la vie, je ne suis même pas parvenue à trouver en moi-même.

3

Des journées passées à Montpellier, je me rappelle tout sauf la ville, c'est comme si je n'y étais jamais allée. En dehors de l'hôtel et de l'immense amphithéâtre où se tenait la conférence universitaire à laquelle participait Nino, aujourd'hui je me rappelle seulement un automne venteux et un ciel bleu posé sur des nuages blancs. Et pourtant, dans ma mémoire, ce toponyme, Montpellier, est demeuré à bien des égards le symbole d'une échappée. J'étais déjà sortie une fois d'Italie, pour aller à Paris avec Franco, et je m'étais sentie électrisée par ma propre audace. Mais à cette époque, je pensais que mon univers était et resterait pour toujours mon quartier et Naples : le reste était comme une brève escapade dans un climat d'exception, et je m'imaginais telle que je ne le serais jamais. Montpellier, au contraire, qui pourtant était bien loin d'être aussi excitant que Paris, me donna l'impression que toutes mes digues s'étaient rompues et que je pouvais me répandre. Le simple fait de me retrouver en ces lieux constituait à mes yeux la preuve que le quartier, Naples, Pise, Florence, Milan, l'Italie elle-même n'étaient que de minuscules éclats de monde, et que j'avais bien raison de ne plus me contenter de tels fragments. À Montpellier, je réalisai combien ma vision était étriquée, tout comme la langue dans laquelle je m'exprimais et dans laquelle j'avais écrit. À Montpellier, il me parut évident qu'à trente-deux ans, être épouse et mère ne suffisait pas. Et pendant tous ces jours denses d'amour, je me sentis pour la première fois libérée des liens que j'avais multipliés au fil des années, ceux dus à mon origine, ceux que j'avais acquis lors de mes brillantes études, ceux qui dérivaient de mes choix de vie, et surtout ceux du mariage. C'est aussi là que je compris le plaisir éprouvé par le passé en voyant mon premier livre traduit en d'autres langues et, en même temps, pourquoi j'avais été déçue de n'avoir guère trouvé de lecteurs hors d'Italie. Comme il était merveilleux de franchir les frontières, de se glisser dans d'autres cultures et de découvrir la nature provisoire de ce que j'avais cru être définitif! Le fait que Lila ne soit jamais sortie de Naples et que même San Giovanni a Teduccio l'ait effrayée – ce choix que, par le passé, j'avais estimé être discutable mais qu'elle avait su, comme d'habitude, transformer en avantage – m'apparut alors juste un signe d'étroitesse d'esprit. Je réagis comme on le fait quand quelqu'un nous insulte et que l'on reprend l'expression même qui nous a offensé. *Alors comme ça, tu te serais trompée sur mon compte? Eh bien non, ma chérie, c'est moi, oui moi, qui me suis trompée sur le tien : tu passeras toute ta vie à regarder passer les camions sur le boulevard!*

Ces journées filèrent à vive allure. Les organisateurs de la conférence avaient réservé depuis longtemps pour Nino une chambre d'hôtel pour une personne et, comme je m'étais décidée très tard à l'accompagner, il n'y avait pas eu moyen de l'échanger contre une chambre pour deux. Nous avions donc des chambres séparées mais, chaque soir, je prenais ma douche, me préparais pour la nuit et puis, le cœur un peu battant, allais le rejoindre. Nous dormions ensemble, serrés l'un contre l'autre, comme si nous craignions qu'une force hostile nous sépare durant notre sommeil. Le matin, nous nous faisions apporter le petit-déjeuner au lit, jouissant de ce luxe que nous n'avions vu qu'au cinéma, nous riions beaucoup, nous étions heureux. Pendant la journée, je l'accompagnais dans la vaste salle de conférence et, malgré des intervenants qui lisaient des pages et des pages en ayant l'air de s'ennuyer eux aussi, être à son côté me plaisait, et je m'asseyais près de lui sans le déranger. Nino suivait avec grande attention les exposés, il prenait des notes et, de temps à autre, me murmurait à l'oreille commentaires ironiques et mots d'amour. Au déjeuner et au dîner, nous nous mêlions à des universitaires du monde entier ou presque – partout des noms étrangers, des langues étrangères. Certes, les conférenciers les plus prestigieux avaient une table uniquement pour eux, alors que nous faisions partie d'une grande tablée de chercheurs plus jeunes. Mais je fus frappée par la mobilité de Nino, pendant les travaux comme au restaurant. Il était si différent du lycéen d'autrefois, et même du jeune homme qui m'avait défendue dans la librairie de Milan, presque dix ans plus tôt ! Il avait mis de côté ses accents polémiques et franchissait avec agilité les barrières universitaires, il tissait des liens, à la fois sérieux et séduisant. Que ce soit en anglais (excellent) ou en français (bon), il discutait avec brio, faisant montre de son vieux culte des chiffres et de l'efficacité. Comme il plaisait ! Cela me remplit d'orgueil. En quelques heures, il s'attira la sympathie de tous, et on ne cessait de l'appeler ici et là.

Il n'y eut qu'un moment où il changea brusquement, ce fut le soir précédant son intervention à la conférence. Il devint distant et désagréable, et il me sembla dévoré par l'anxiété. Il se mit à dire du mal du texte qu'il avait préparé, répéta plusieurs fois qu'il n'écrivait pas avec la même facilité que moi, et s'énerva parce qu'il n'avait pas eu le temps de bien travailler. Je me sentis coupable – était-ce

notre histoire compliquée qui l'avait perturbé ?
– et tentai de me faire pardonner en l'enlaçant,
l'embrassant et l'invitant à me lire ses pages. Il me
les lut, et son air d'écolier apeuré m'attendrit. Son
texte ne me sembla pas moins ennuyeux que ceux
que j'avais écoutés dans l'amphithéâtre, cependant
je le louai chaleureusement, et Nino se calma. Le
lendemain matin, il s'exprima avec un enthousiasme factice et on l'applaudit. Le soir, un des
universitaires prestigieux, un Américain, l'invita
à s'asseoir près de lui. Je restai seule, mais ce ne
fut pas pour me déplaire. Quand Nino était là, je
ne parlais à personne, alors qu'en son absence je
fus obligée de me débrouiller avec mon français
poussif, et c'est ainsi que je fis connaissance d'un
couple de Parisiens. Ils me plurent car je découvris bientôt qu'ils se trouvaient dans une situation
assez proche de la nôtre. Tous deux trouvaient
étouffante l'institution de la famille, tous deux
avaient laissé derrière eux, avec douleur, conjoints
et enfants, et tous deux avaient l'air heureux. Lui,
Augustin, la cinquantaine, avait le visage rubicond, des yeux bleu ciel très vifs et une grosse
moustache tirant sur le blond. Elle, Colombe, une
petite trentaine d'années comme moi, avait des
cheveux noirs très courts, des yeux et des lèvres
bien dessinés sur un visage menu, et elle était
d'une élégance fascinante. Je discutai surtout avec
Colombe, qui avait un garçon de sept ans.

« Dans quelques mois, dis-je, ma fille aînée aura
sept ans, mais elle en est déjà à sa deuxième année
d'école primaire, elle est douée.

— Mon fils est très éveillé et il a de l'imagination.

— Comment a-t-il pris votre séparation ?

24

— Bien.

— Il n'en a pas souffert du tout ?

— Les enfants ne sont pas rigides comme nous, ils sont élastiques. »

Elle insista sur l'élasticité qu'elle attribuait à l'enfance et j'eus l'impression que cela la rassurait. Elle ajouta : Dans notre milieu, il est assez fréquent que les parents se séparent, les enfants savent que c'est possible. Mais alors même que je lui racontais qu'au contraire, moi je ne connaissais pas d'autres femmes séparées à l'exception d'une de mes amies, elle changea brusquement de registre et se mit à se plaindre de son fils : Il est intelligent mais il est lent, s'exclama-t-elle, à l'école ils disent qu'il est brouillon. Je fus frappée par le fait qu'elle s'exprimait soudain sans tendresse et presque avec ressentiment, comme si le gamin se comportait ainsi pour la contrarier, ce qui me mit mal à l'aise. Son compagnon dut s'en apercevoir car il s'immisça dans la conversation et se vanta de ses deux fils à lui, l'un de quatorze ans et l'autre de dix-huit, et dit en riant que tous deux plaisaient aussi bien aux femmes jeunes qu'aux plus mûres. Quand Nino revint à mon côté, les deux hommes – Augustin surtout – se mirent à dire pis que pendre de nombreux conférenciers. Colombe se joignit à eux avec un entrain un peu forcé. La médisance créa bien vite un lien. Augustin parla et but beaucoup pendant toute la soirée, et sa compagne s'esclaffait dès que Nino réussissait à ouvrir la bouche. Ils nous invitèrent à aller à Paris avec eux, en voiture.

Les conversations sur nos enfants et cette proposition à laquelle nous ne répondîmes ni oui ni non me remirent les pieds sur terre. Jusqu'à cet instant, Dede et Elsa n'avaient cessé de me revenir à l'esprit, ainsi que Pietro, mais comme suspendus dans un monde parallèle, immobiles autour de notre table de cuisine à Florence, devant le téléviseur ou bien dans leurs lits. Soudain, mon univers rentra à nouveau en communication avec le leur. Je réalisai que ces journées de Montpellier allaient bientôt s'achever et que Nino et moi, inévitablement, allions regagner nos domiciles et affronter nos crises conjugales respectives, moi à Florence et lui à Naples. Le corps de mes filles se confondit à nouveau avec le mien, dans un contact violent et douloureux. Je n'avais aucune nouvelle d'elles depuis cinq jours et cette prise de conscience me donna une forte nausée, la nostalgie devint insupportable. J'eus peur non pas du futur en général, qui me paraissait désormais inéluctablement occupé par Nino, mais des heures à venir, demain, après-demain. Je ne pus résister et, bien qu'il fût près de minuit – quelle importance, pensai-je, Pietro ne dort jamais ! –, je tentai de téléphoner.

Ce fut assez laborieux, mais je finis par avoir la ligne. Allô, dis-je. Allô, répétai-je. Je savais que Pietro était au bout du fil et je l'appelai par son prénom : Pietro, c'est Elena, comment vont les filles ? La communication s'interrompit. J'attendis quelques minutes, puis demandai à l'opérateur de rappeler. J'étais déterminée à insister toute la nuit, mais cette fois Pietro répondit :

« Qu'est-ce que tu veux ?

— Dis-moi comment vont les filles.

— Elles dorment.

— Je sais, mais comment vont-elles ?

— Qu'est-ce que ça peut te faire ?

— Ce sont mes filles.

— Tu les as abandonnées, elles ne veulent plus être tes filles.

— C'est ce qu'elles t'ont dit ?

— C'est ce qu'elles ont dit à ma mère.

— Tu as fait venir Adele ?

— Oui.

— Dis-leur que je rentre dans quelques jours.

— Non, ne rentre pas. Ni moi ni les filles ni ma mère ne voulons plus te voir. »

4

Je pleurai un bon coup, puis me calmai et rejoignis Nino. Je voulais lui raconter ce coup de fil, je voulais qu'il me console. Mais alors que je m'apprêtais à frapper à sa porte, je l'entendis parler avec quelqu'un. J'hésitai. Il était au téléphone, je ne comprenais pas ce qu'il disait, pas même dans quelle langue il s'exprimait, pourtant je me dis immédiatement qu'il discutait avec sa femme. C'était donc ce qui se passait, tous les soirs ? Quand j'allais me préparer pour la nuit dans ma chambre et qu'il restait seul, il appelait Eleonora ? Cherchaient-ils à se séparer sans conflit ? Ou bien étaient-ils en train de se réconcilier et, la parenthèse de Montpellier finie, elle le reprendrait ?

Je me décidai à frapper. Nino s'interrompit, il y eut un silence, puis il recommença à parler en baissant encore la voix. Cela m'énerva et je frappai à nouveau, sans nul effet. Je dus frapper une troisième fois, et avec force, pour qu'il vienne m'ouvrir. Quand il le fit, je le pris aussitôt de front : je l'accusai de me cacher à sa femme, lui criai que j'avais téléphoné à Pietro, que mon mari ne voulait plus me laisser voir les filles et que je mettais toute mon existence en péril tandis que lui, il roucoulait au téléphone avec Eleonora! Ce fut une sale nuit de disputes, nous eûmes du mal à nous rabibocher. Nino chercha par tous les moyens à me calmer : il riait nerveusement, s'en prenait à Pietro pour la manière dont il m'avait traitée et m'embrassait, je le repoussais, il murmurait que j'étais folle. Mais j'eus beau le harceler, il n'avoua jamais qu'il était au téléphone avec sa femme, il jura même sur la tête de son fils que, depuis le jour où il avait quitté Naples, il n'avait plus eu de ses nouvelles.

« Alors à qui tu téléphonais ?

— À un collègue, ici à l'hôtel.

— À minuit ?

— Oui, à minuit.

— Menteur !

— C'est la vérité. »

Pendant un long moment, je me refusai à faire l'amour, je ne pouvais pas, je craignais de ne plus être aimée. Puis je cédai pour ne pas devoir me dire que tout était déjà fini.

Le lendemain matin, pour la première fois après bientôt cinq jours de vie commune, je me réveillai de mauvaise humeur. Il fallait partir, la conférence allait bientôt se conclure. Mais je ne voulais pas que Montpellier soit une parenthèse, je craignais de rentrer chez moi, je craignais que Nino ne regagne son domicile, je craignais de perdre les filles pour toujours. Quand Augustin et Colombe proposèrent à nouveau de nous conduire à Paris et qu'ils offrirent même de nous loger, je me tournai vers Nino, espérant que lui aussi n'attendait rien d'autre qu'une occasion de dilater le temps et d'éloigner notre retour. Mais il secoua la tête, navré, et répondit : C'est impossible, nous devons rentrer en Italie, et il parla d'avions, de billets, de trains et d'argent. J'étais fragilisée : j'éprouvai déception et rancœur. J'ai vu juste, me dis-je, il a menti, et la rupture avec sa femme n'est pas définitive. Il lui avait donc parlé tous les soirs, il s'était engagé à rentrer à la fin de la conférence et il ne pouvait même pas s'attarder deux ou trois jours ! Et moi ?

Je me souvins de la maison d'édition à Nanterre et de ma petite étude sur l'invention de la femme par les hommes. Jusqu'alors, je n'avais parlé de moi avec personne, pas même avec Nino. J'avais été la femme souriante mais presque muette qui dormait avec le brillant professeur de Naples, la femme toujours collée à lui, attentive à ses exigences et à ses pensées. Mais à ce moment-là, je lançai avec une feinte allégresse : C'est Nino qui doit rentrer, moi par contre, j'ai un engagement à Nanterre ! Un de mes travaux est sur le point de sortir – peut-être est-il déjà sorti, d'ailleurs –, quelque chose entre le récit et l'essai : et si je partais avec vous ? Je pourrais faire un saut chez mon éditeur. Tous deux me regardèrent comme si je n'avais commencé à exister qu'à cet instant, et ils me demandèrent de quoi je m'occupais. Je leur répondis brièvement, et il s'avéra que Colombe connaissait bien la dame qui gérait la petite – mais, comme je le découvris alors, prestigieuse – maison d'édition. Je me laissai aller, parlai avec trop de fougue et exagérai peut-être un peu l'envergure de ma carrière littéraire. Je ne le fis pas à l'attention des deux Français mais de Nino. Je voulus lui rappeler que j'avais une vie à moi avec mes propres satisfactions, que j'avais été capable d'abandonner mes filles et Pietro, et que je pouvais me passer de lui aussi – et pas dans une semaine, pas dans dix jours, mais maintenant.

Il m'écouta et puis, sérieux, dit à Colombe et Augustin : D'accord, si ça ne vous dérange pas, alors nous profiterons de votre voiture. Mais lorsque nous nous retrouvâmes seuls, il m'adressa un discours dans un style fiévreux, et passionné quant à son contenu, dont le but était de me faire comprendre que je devais avoir confiance en lui et que notre situation avait beau être compliquée, nous en viendrions sans nul doute à bout : seulement, pour ce faire, il fallait d'abord rentrer chez nous, nous ne pouvions fuir de Montpellier à Paris et puis vers qui sait quelle autre ville encore, nous devions affronter nos conjoints, et ensuite commencer à vivre ensemble. Tout à coup, j'eus l'impression qu'il était non seulement raisonnable mais sincère. Je fus troublée, je l'embrassai et lui murmurai « d'accord ». Nous partîmes néanmoins pour Paris : j'avais besoin de quelques jours encore.

5

Nous fîmes un long voyage, le vent soufflait fort et parfois il pleuvait. Le paysage était d'une pâleur incrustée de rouille, mais par moments le ciel se déchirait et tout devenait brillant, à commencer par la pluie. Je me serrai contre Nino pendant tout le trajet, m'endormant de temps à autre sur son épaule, et je sentis à nouveau avec délice que j'avais franchi toutes mes limites. J'aimais la langue étrangère qui résonnait à l'intérieur de la voiture, j'aimais l'idée d'aller vers un livre que j'avais écrit en italien et qui pourtant, grâce à Mariarosa, voyait le jour pour la première fois dans une autre langue. Il m'arrivait des événements si extraordinaires, des choses tellement stupéfiantes! Je perçus ce petit volume comme une pierre bien à moi, lancée selon une trajectoire imprévisible et à une vitesse qui était sans comparaison avec les cailloux que Lila et moi jetions, dans notre enfance, contre les bandes de garçons.

Mais le trajet ne fut pas toujours agréable, et j'éprouvai parfois de la tristesse. Et puis j'eus bientôt l'impression que Nino employait avec Colombe un ton qu'il n'avait pas avec Augustin, sans compter qu'il lui touchait souvent l'épaule du bout des doigts. Progressivement, ma mauvaise humeur augmenta, et je m'aperçus que tous deux se comportaient avec une familiarité croissante. Arrivés à Paris, ils avaient établi d'excellents rapports et bavardaient intensément entre eux, et elle riait souvent en se recoiffant d'un geste machinal.

Augustin habitait un bel appartement sur le canal Saint-Martin, où Colombe avait emménagé depuis peu. Même après nous avoir attribué une chambre, ils ne nous laissèrent pas nous coucher. J'eus l'impression qu'ils craignaient de rester seuls, leurs bavardages ne cessaient jamais. J'étais fatiguée et tendue. C'était moi qui avais voulu aller à Paris, et à présent il me paraissait absurde de me retrouver en ces lieux, parmi des inconnus, avec

Nino qui ne s'occupait pratiquement pas de moi, loin de mes filles. Une fois dans notre chambre, je demandai à Nino :

« Colombe te plaît ?

— Elle est sympathique.

— Je t'ai demandé si elle te plaît.

— Tu as envie de te disputer ?

— Non.

— Alors réfléchis : comment Colombe pourrait-elle me plaire, puisque je suis amoureux de toi ? »

Au moindre ton un peu sec de sa part, j'étais effrayée, j'avais peur de devoir reconnaître que quelque chose ne marchait pas entre nous. Il est simplement aimable avec des personnes qui ont été aimables avec nous, me dis-je avant de m'endormir. Mais je passai une mauvaise nuit. À un moment donné, j'eus l'impression d'être seule dans le lit, j'essayai de me réveiller mais sombrai à nouveau dans le sommeil. Je réémergeai je ne sais combien de temps plus tard. Nino se tenait maintenant debout dans l'obscurité, en tout cas ce fut mon impression. Dors ! me dit-il. Je me rendormis.

Le lendemain, nos hôtes nous accompagnèrent à Nanterre. Pendant tout le trajet, Nino continua ses plaisanteries pleines de sous-entendus avec Colombe. Je m'efforçai de ne pas y attacher d'importance. Comment pouvais-je imaginer vivre avec lui si je devais passer mon temps à le surveiller ? Arrivés à destination, il adopta également un comportement amical et séducteur avec l'amie de Mariarosa, la propriétaire de la maison d'édition, ainsi qu'avec son associée – l'une avait une quarantaine d'années, l'autre la soixantaine, et toutes deux étaient bien loin de posséder la grâce de la compagne d'Augustin –, et je poussai un soupir de soulagement. Il ne faut pas y voir de malice, conclus-je, il fait comme ça avec toutes les femmes. Enfin, je me sentis à nouveau bien.

Les deux éditrices m'accueillirent avec beaucoup de chaleur et prirent des nouvelles de Mariarosa. J'appris que mon volume était arrivé depuis peu en librairie mais que deux critiques avaient déjà été publiées. La dame la plus âgée me les montra : elle semblait elle-même étonnée de tout le bien qu'on disait de moi, et qu'elle répéta à Colombe, Augustin et Nino. Je parcourus les articles, deux lignes par-ci, quatre par-là. Ils étaient signés par des femmes – je n'avais jamais entendu parler d'elles, mais Colombe et les deux éditrices, si – qui, en effet, louaient mon livre sans réserve. J'aurais dû être contente : la veille, j'avais été obligée de m'encenser moi-même, or maintenant je n'avais plus besoin de le faire. Toutefois, je réalisai que je n'arrivais pas à exulter. C'était comme si, à partir du moment où j'aimais Nino et où il m'aimait, cet amour transformait tout ce qui m'arrivait et m'arriverait de beau en un agréable effet secondaire, rien d'autre. Je montrai ma satisfaction avec retenue et répondis de vagues oui aux projets promotionnels de mes éditrices. Il vous faudra revenir bientôt, s'exclama la plus âgée des deux, en tout cas nous le souhaitons ! La plus jeune ajouta : Mariarosa nous a parlé de votre crise conjugale, espérons que vous vous en sortirez sans trop souffrir.

Je découvris ainsi que la nouvelle de ma rupture avec Pietro n'avait pas seulement atteint Adele, mais elle était aussi arrivée à Milan, et même en France. Tant mieux, me dis-je, ainsi il sera plus facile de rendre notre séparation définitive. Je me dis : Je prendrai ce qui me revient, il ne faut pas que je vive dans la peur de perdre Nino, et je ne dois pas m'inquiéter pour Dede et Elsa. J'ai de la chance, il m'aimera toujours et mes filles sont mes filles, tout va s'arranger.

6

Nous rentrâmes à Rome. Nous nous dîmes au revoir avec des serments à répétition – nous ne faisions que ça. Puis Nino partit pour Naples et moi pour Florence.

Je regagnai mon domicile presque sur la pointe des pieds, persuadée qu'une des épreuves les plus difficiles de ma vie m'attendait. En fait, les filles m'accueillirent avec une joie inquiète et se mirent à me talonner partout dans la maison – pas seulement Elsa mais aussi Dede –, on aurait dit qu'elles pensaient que, si elles me perdaient de vue, j'allais disparaître à nouveau ; Adele fut aimable et ne fit pas la moindre allusion à la situation qui l'avait amenée chez moi ; Pietro, très pâle, se contenta de me remettre une feuille sur laquelle étaient inscrits les appels téléphoniques que j'avais reçus (le nom de Lila dominait : quatre tentatives), puis il bougonna qu'il devait aller travailler et, deux heures plus tard, il était déjà parti, sans même dire au revoir à sa mère ni aux enfants.

Il fallut quelques jours pour qu'Adele exprime clairement son opinion : selon elle, je devais reprendre mes esprits et revenir auprès de mon mari. Mais il lui fallut encore plusieurs semaines pour se convaincre que je ne voulais vraiment faire ni l'un ni l'autre. Pendant ce laps de temps, elle n'éleva jamais la voix, ne perdit jamais son calme, et n'ironisa pas une seule fois sur mes longues et fréquentes conversations téléphoniques avec Nino. Elle s'intéressa plutôt aux coups de fil des deux dames de Nanterre, qui me tenaient au courant des progrès de mon livre et du calendrier des rencontres qui allaient m'entraîner à travers la France. Elle ne s'étonna pas des bonnes critiques dans les journaux français, paria que le texte recevrait bientôt la même attention en Italie, et affirma qu'elle serait en mesure d'obtenir bien plus dans nos quotidiens. Surtout, elle loua avec insistance mon intelligence, ma culture et mon courage, et ne prit jamais la défense de son fils, qui d'ailleurs était toujours absent.

Je ne crus pas que Pietro avait réellement des engagements de travail hors de Florence. En revanche, je fus immédiatement persuadée, ce qui me remplit de colère et même d'un soupçon de mépris, qu'il avait confié à sa mère la tâche de résoudre notre crise, et qu'il était allé se terrer quelque part afin de travailler à son interminable livre. Un jour, je ne pus me retenir et lançai à Adele :

« C'était vraiment difficile, de vivre avec ton fils.

— Aucun homme n'est facile à vivre.

— Avec lui, crois-moi, c'était particulièrement difficile.

— Tu crois que ça se passera mieux avec Nino ?

— Oui.

— Je me suis renseignée : il circule vraiment de vilains bruits sur lui, à Milan.

— Je n'ai pas besoin des bruits de Milan. Je l'aime depuis deux décennies et tu peux m'épargner les ragots. Je sais plus de choses sur lui que personne.

— Ça te fait tellement plaisir, de dire que tu l'aimes !

— Et pourquoi ça ne devrait pas me faire plaisir ?

— Tu as raison : pourquoi ? Je me suis trompée : quand quelqu'un est amoureux, il est impossible de lui ouvrir les yeux. »

Après cela, nous ne mentionnâmes plus Nino. Et quand je lui confiai les filles pour courir à Naples, elle ne cilla pas. Elle ne cilla pas non plus lorsque je lui expliquai que, une fois rentrée de Naples, je repartirais pour la France, où je resterais une semaine. Elle me demanda seulement, avec une légère inflexion ironique :

« Et à Noël, tu seras là ? Tu seras avec tes filles ? »

Sa question me vexa presque et je répondis :

« Bien sûr ! »

Je bourrai ma valise de dessous et de vêtements élégants. Dede et Elsa, qui ne posaient jamais de question sur leur père qu'elles ne voyaient pourtant pas depuis longtemps, prirent très mal l'annonce de ce nouveau départ. Dede en vint à me crier des choses qui ne venaient certainement pas d'elle, et me lança : Très bien, va-t'en, t'es moche et t'es méchante ! J'adressai un regard à Adele, espérant qu'elle interviendrait pour les faire jouer et les distraire, mais elle ne broncha pas. Quand elles virent que je me dirigeais vers la porte, elles commencèrent à pleurer. Elsa se mit à crier : Je veux venir avec toi ! Au début Dede résista, s'efforça de me manifester toute son indifférence, voire son mépris, mais elle finit par céder et montra un désespoir encore plus grand que sa sœur. Elles s'accrochaient à ma robe et voulaient me faire lâcher ma valise, je dus m'arracher à elles. Leurs pleurs m'accompagnèrent jusque dans la rue.

Le voyage vers Naples me parut très long. À l'approche de la ville, je me postai à la fenêtre. Plus le train ralentissait, se faufilant dans l'espace urbain, plus je me sentais épuisée et anxieuse. Je perçus la laideur de la banlieue avec ces petits immeubles gris bordant les voies, avec les pylônes, les signaux lumineux et les parapets de pierre. Quand le train entra en gare, j'eus l'impression que la Naples à laquelle je me sentais liée, la Naples où je revenais, se réduisait désormais uniquement à Nino. Je savais qu'il avait encore plus de problèmes que moi. Eleonora l'avait chassé de chez eux, pour lui aussi tout était devenu provisoire. Depuis quelques semaines, il habitait chez un collègue d'université, à quelques pas du Duomo. Où allait-il m'emmener ? Qu'allions-nous faire ? Et surtout, quelles décisions allions-nous prendre puisque, concrètement, nous n'avions pas l'ombre d'une idée sur l'issue à donner à notre aventure ? Tout ce que je savais, c'était que je brûlais de désir, je mourais d'envie de le revoir. Je descendis du train en craignant que quelque chose ne l'ait empêché de venir me chercher sur le quai. Mais il était là : vu sa taille, il ressortait dans le flot des voyageurs.

Je fus rassurée, et je le fus plus encore quand je découvris qu'il avait pris une chambre dans un petit hôtel de Mergellina, prouvant ainsi qu'il n'avait nulle intention de me cacher chez son ami. Nous étions fous amoureux et le temps passa à vive allure. Dans la soirée, nous nous promenâmes serrés l'un contre l'autre sur le bord de mer, il avait passé un bras autour de mes épaules et se penchait de temps en temps pour m'embrasser. J'essayai par tous les moyens de le convaincre de venir avec moi en France. Il se laissa tenter, puis fit marche arrière et se retrancha derrière son travail à l'université. Il ne parla jamais d'Eleonora ou d'Albertino, comme si les citer avait pu suffire à gâcher notre plaisir d'être ensemble. En revanche, moi je lui parlai du désespoir des filles, et lui dis qu'il fallait trouver une solution au plus vite. Je sentis qu'il était nerveux, très sensible à la moindre tension, et je craignais qu'il ne m'annonce d'un moment à l'autre : Je n'en peux plus, je rentre chez moi. Mais j'étais sur une fausse piste. Au moment d'aller dîner, il me révéla le problème. Se faisant sérieux, il me dit soudain qu'il y avait quelque chose de nouveau et de désagréable.

« Dis-moi, murmurai-je.

— Ce matin, Lina m'a téléphoné.

— Ah bon.

— Elle veut nous voir. »

7

La soirée se gâta. Nino expliqua que c'était ma belle-mère qui avait révélé à Lila ma présence à Naples. Il s'exprima avec grand embarras, choisissant soigneusement ses mots et soulignant des informations telles que : Lina n'avait pas mes coordonnées, elle a demandé à ma sœur le numéro de mon collègue, elle m'a téléphoné peu avant que je vienne te chercher à la gare, si je ne te l'ai pas dit tout de suite, c'est parce que je craignais de t'énerver et de fiche en l'air notre journée. Il conclut, navré :

«Tu sais comment elle est, je n'ai pas pu dire non. On a rendez-vous avec elle demain à 11 heures, elle sera devant la bouche de métro de la Piazza Amedeo.»

Je ne pus me contrôler :

«Depuis quand est-ce que vous avez repris contact? Vous vous êtes vus?

— Mais qu'est-ce que tu dis? Bien sûr que non!

— Je ne te crois pas.

— Elena, je te jure que je n'ai pas vu ni parlé à Lina depuis 1963.

— Tu sais que son gosse n'est pas de toi?

— Elle me l'a dit ce matin.

— Alors vous avez parlé longtemps, et de choses intimes!

— C'est elle qui a sorti la question du gamin.

— Et toi, pendant tout ce temps, tu n'as jamais eu la curiosité d'en savoir plus?

— Ça c'est mon problème, je ne pense pas qu'il soit indispensable d'en discuter.

— Maintenant tes problèmes sont aussi les miens. On a beaucoup de choses à se dire et on a peu de temps, je n'ai pas quitté mes filles pour perdre la journée avec Lina! Comment est-ce que tu as pu arranger ce rendez-vous?

— J'ai pensé que ça te ferait plaisir. Et puis de toute façon, il y a le téléphone : appelle ton amie, dis-lui que nous sommes occupés et que tu ne peux pas la voir!»

Voilà, tout à coup il avait perdu patience, et je

39

me tus. Oui, je savais bien comment était Lila. Depuis que j'étais rentrée à Florence, elle m'avait souvent appelée, mais j'avais autre chose en tête, et non seulement j'avais toujours raccroché, mais j'avais prié Adele – si jamais c'était elle qui répondait – de dire à Lila que je n'étais pas là. Pourtant elle n'avait jamais renoncé. C'était donc plausible : elle avait appris ma visite à Naples par Adele, s'était dit que je n'irais pas au quartier et, pour me voir, elle avait trouvé le moyen de contacter Nino. Qu'y avait-il de mal ? Et surtout, à quoi m'attendais-je ? Je savais depuis toujours qu'il avait aimé Lila et que Lila l'avait aimé. Alors quoi ? Cela s'était produit il y a si longtemps ! Ma jalousie était déplacée. Je caressai doucement la main de Nino et murmurai : D'accord, demain on ira sur la Piazza Amedeo.

Pendant le dîner, ce fut lui qui parla longuement de notre avenir. Il me fit promettre de demander la séparation dès mon retour de France. De son côté, il m'assura qu'il avait déjà contacté un ami avocat et que, malgré toutes les difficultés, et même si Eleonora et sa famille allaient certainement lui donner du fil à retordre, il était déterminé à aller jusqu'au bout. Tu sais, fit-il, ici à Naples, ces choses-là sont plus compliquées : les parents de ma femme ne sont pas plus évolués que les miens ou les tiens, et ne se conduisent pas mieux qu'eux ; ils ont beau pratiquer des professions libérales de haut vol et avoir plein d'argent, ça ne change rien à leur mentalité. Et, comme pour préciser sa pensée, il se mit à parler favorablement de mes beaux-parents : Malheureusement, s'exclama-t-il, moi je n'ai pas affaire, comme toi, à des gens bien comme les Airota ! Il les décrivit comme des personnes merveilleusement civilisées, héritières d'une admirable tradition culturelle.

Je l'écoutai, mais désormais Lila s'était immiscée entre nous, à notre table, et je ne parvins pas à l'éloigner. Pendant qu'il parlait, je me souvins de tous les ennuis dans lesquels elle s'était fourrée afin de pouvoir être avec lui, sans se soucier de ce qu'auraient pu lui faire Stefano, son frère Rino ou Michele Solara. Et, pendant une fraction de seconde, l'allusion de Nino à nos parents me fit repenser à Ischia, à cette soirée sur la plage des Maronti – Lila avec Nino à Forio, moi sur le sable humide avec Donato – et j'en éprouvai de l'horreur. Ça, me dis-je, c'est un secret que je ne pourrai jamais lui révéler. Même au sein d'un couple qui s'aime, bien des paroles demeurent indicibles, et le risque est grand que d'autres personnes les prononcent, provoquant la destruction de ce couple. Son père et moi, Lila et lui. Je m'arrachai à cette sensation de répulsion, puis évoquai Pietro et sa grande souffrance. Nino s'enflamma, ce fut à son tour d'être jaloux, et j'essayai de le rassurer. Il exigea des ruptures nettes et un point final, et je les exigeai moi aussi : cela nous paraissait indispensable pour commencer une nouvelle vie. Nous réfléchîmes à quand et où. Le travail retenait inévitablement Nino à Naples, tandis que les filles me retenaient à Florence.

« Reviens vivre ici, me dit-il soudain, déménage au plus vite !

— C'est impossible, il faut bien que Pietro puisse voir les filles.

— Vous alternerez : une fois tu les lui amèneras, la fois d'après il descendra.

— Il ne voudra pas.

— Si, il acceptera. »

La soirée fila de cette manière. Plus nous disséquions la question, plus elle nous semblait compliquée ; plus nous nous imaginions vivre ensemble – chaque jour, chaque nuit –, plus nous nous désirions, et là les difficultés s'évanouissaient. Dans le restaurant vide, les serveurs bavardaient entre eux en sourdine et bâillaient. Nino paya et nous regagnâmes le bord de mer, encore très animé. Un instant, tandis que je fixais l'eau noire en respirant l'odeur marine, j'eus l'impression que mon quartier était bien plus loin de moi que lorsque j'étais partie à Pise ou à Florence. Même Naples, tout à coup, me sembla très loin de Naples, et Lila de Lila : je sentis que ce n'était pas elle que j'avais près de moi, mais mes propres angoisses. Tout ce qu'il y avait de proche, de très proche, c'était Nino et moi, et rien d'autre. Je lui murmurai à l'oreille : Allons nous coucher.

8

Le lendemain, je me levai de bonne heure et m'enfermai dans la salle de bain. Je pris une longue douche et me séchai les cheveux avec soin, craignant que le sèche-cheveux de l'hôtel, avec son souffle trop violent, ne leur donne un vilain pli. Peu avant 10 heures, je réveillai Nino qui, encore étourdi de sommeil, me couvrit de compliments pour la robe que j'avais passée. Il tenta de m'attirer à nouveau près de lui et je me dérobai. J'avais beau m'efforcer de faire mine de rien, j'avais du mal à pardonner. À cause de lui, cette nouvelle journée d'amour s'était transformée en jour de Lila, et à présent le temps était uniquement suspendu à cette rencontre imminente.

J'entraînai Nino pour aller prendre le petit-déjeuner et il me suivit, accommodant. Il ne rit pas, ne se ficha pas de moi, et dit en effleurant mes cheveux du bout des doigts : Tu es magnifique ! À l'évidence, il sentait que j'étais inquiète. Et c'était vrai : je craignais que Lila ne vienne à notre rendez-vous dans sa forme la meilleure. Moi j'étais comme j'étais, alors qu'elle, elle était élégante par nature. De surcroît, elle avait à nouveau de l'argent, et si elle le voulait, elle pouvait prendre soin d'elle comme elle l'avait fait, jeune fille, avec l'argent de Stefano. Je ne voulais pas que Nino en reste à nouveau ébloui.

Nous sortîmes vers 10 heures et demie, un vent froid soufflait. Nous partîmes à pied et sans nous presser en direction de la Piazza Amedeo, je frissonnais malgré mon manteau épais, et il avait passé un bras autour de mes épaules. Nous ne fîmes jamais allusion à Lila. Nino parla, de manière un peu artificielle, de tous les progrès en cours à Naples maintenant qu'il y avait un maire communiste, et il recommença à me presser pour que je le rejoigne au plus vite avec les filles. Il me tint serrée contre lui pendant tout le parcours, et j'espérai qu'il continuerait à le faire jusqu'à la station. J'imaginai Lila déjà devant l'entrée du métro : elle nous verrait de loin, nous trouverait beaux et serait obligée de se dire « c'est un couple parfait ». Mais, à quelques mètres du lieu de rendez-vous, il enleva son bras et alluma une cigarette.

Instinctivement, je lui pris la main et la serrai fort, et c'est ainsi que nous arrivâmes sur la place.

Je ne vis pas tout de suite Lila, et j'eus l'espoir un instant qu'elle ne viendrait pas. Or j'entendis qu'elle m'appelait – elle m'appelait avec son ton impérieux de toujours, comme s'il était simplement inconcevable que je ne puisse pas l'entendre, me retourner et obéir à sa voix. Elle se trouvait devant le café qui faisait face au tunnel du métro, mains enfoncées dans les poches d'un gros manteau marron, plus maigre que d'ordinaire, un peu voûtée et ses cheveux d'un noir brillant striés de fils argentés et coiffés en queue-de-cheval. Elle me sembla être la Lila de toujours, la Lila adulte, marquée par l'expérience de l'usine : elle n'avait rien fait pour s'embellir. Elle me serra fort dans ses bras, une étreinte intense que je lui rendis sans y mettre d'énergie, puis elle me posa sur les joues deux baisers sonores accompagnés d'un rire joyeux. Elle tendit distraitement la main à Nino.

Nous nous installâmes dans le café et elle monopolisa pratiquement la parole, comme si nous étions seules. Elle s'en prit d'emblée à l'hostilité qui, à l'évidence, se lisait sur mon visage, et elle me dit d'un ton affectueux et rieur : D'accord, j'ai eu tort, tu t'es vexée, mais maintenant c'est fini ! Depuis quand tu es aussi susceptible ? Tu sais bien que j'aime tout chez toi, on fait la paix ?

Je me dérobai avec de petits sourires mi-figue mi-raisin, ne lui dis ni oui ni non. Elle s'était assise face à Nino mais ne lui accorda jamais un regard et ne lui adressa pas un mot. Elle était là pour moi et, à un moment donné, elle me prit la main, que je retirai doucement. Elle voulait une réconciliation et avait l'intention de faire à nouveau partie de ma vie, bien qu'elle désapprouvât la direction que je donnais à mon existence. Je m'en rendis compte à sa façon de poser question sur question sans se soucier des réponses. Elle était tellement désireuse d'occuper à nouveau tous les recoins de ma vie qu'à peine effleurait-elle un sujet qu'elle passait immédiatement à un autre :

« Comment ça se passe avec Pietro ?

— Mal.

— Et tes filles ?

— Elles vont bien.

— Tu vas divorcer ?

— Oui.

— Et vous deux, vous allez vivre ensemble ?

— Oui.

— Où ça, dans quelle ville ?

— Je ne sais pas.

— Reviens vivre ici !

— C'est compliqué.

— Je peux m'occuper de te trouver un appartement.

— Si j'en ai besoin, je te le dirai.

— Et tu écris ?

— J'ai publié un livre.

— Un nouveau ?

— Oui.

— Personne n'en a parlé.

— Pour le moment, il est sorti seulement en France.

— En français ?

— Bien sûr.

— Un roman ?

— Un récit, mais avec des réflexions.

— De quoi il parle ? »

Je demeurai vague avant de couper court. Je

préférai prendre des nouvelles d'Enzo, de Gennaro, du quartier et de son travail. Parlant de son fils, elle eut un regard amusé et m'annonça que j'allais bientôt le voir : pour le moment il était encore à l'école, mais il allait arriver avec Enzo, et il y aurait aussi une belle surprise. En revanche, quand elle évoqua le quartier, elle prit un air indifférent. Au sujet de la vilaine mort de Manuela Solara et des désordres qui en avaient découlé, elle fit : Oh, ça c'est rien, on meurt assassiné ici comme partout en Italie. Ensuite, étrangement, elle mentionna ma mère, dont elle loua l'énergie et l'ingéniosité, bien qu'elle fût parfaitement au courant de nos rapports conflictuels. Et tout aussi étrangement, elle se montra pleine d'affection envers ses parents, précisant qu'elle mettait de l'argent de côté afin d'acquérir l'appartement où ils vivaient depuis toujours, et de leur apporter ainsi la tranquillité. Cela me fait plaisir, expliqua-t-elle comme si elle devait justifier cet élan de générosité : j'y suis née, j'y suis attachée, et si Enzo et moi nous travaillons dur, nous pouvons le racheter. Elle trimait désormais jusqu'à douze heures par jour, non seulement pour Michele Solara mais aussi pour d'autres clients. J'apprends à me servir d'une nouvelle machine, raconta-t-elle, le Système 32, qui est beaucoup mieux que celui que je t'ai montré lorsque tu es venue à Acerra : c'est un boîtier blanc avec un tout petit écran de six pouces, un clavier et une imprimante intégrée. Elle parla et parla encore de systèmes plus perfectionnés qui arrivaient. Elle était très bien informée, et comme toujours elle s'enflammait pour tout ce qui était nouveau avant de s'en lasser au bout de quelques jours. D'après elle, ce nouvel engin avait une beauté bien à lui. Dommage, ajouta-t-elle, qu'en dehors de la machine il n'y ait que de la merde.

À ce moment-là Nino intervint, et il fit exactement le contraire de ce que j'avais fait jusque-là : il se mit à lui donner des informations détaillées. Il parla avec enthousiasme de mon livre, dit qu'il ne tarderait pas à sortir en Italie aussi, cita les bonnes critiques françaises que j'avais reçues, signala que j'avais beaucoup de problèmes avec mon mari et les filles, évoqua la rupture avec sa femme, répéta qu'il n'y avait d'autre solution que de vivre à Naples, l'encouragea même à nous chercher un logement, et lui posa deux ou trois questions pertinentes sur son travail et celui d'Enzo.

Je l'écoutai avec un peu d'appréhension. Il s'exprima toujours d'un ton détaché, afin de me prouver : primo, que c'était vrai qu'il n'avait jamais revu Lila, et deusio, qu'elle n'avait plus aucune influence sur lui. Pas une seconde il n'utilisa le ton séduisant qu'il avait déployé avec Colombe et qui lui venait tout naturellement avec les femmes. Il n'inventa pas d'expressions mielleuses, ne la regarda jamais droit dans les yeux et ne l'effleura pas : sa voix ne prit un peu de chaleur que lorsqu'il m'adressa des louanges.

Cela ne m'empêcha pas de me rappeler la plage de Citara et la façon dont Lila et lui s'étaient servis des prétextes les plus variés pour forger leur entente et m'exclure. Mais j'eus l'impression qu'en cette occasion c'était le contraire qui se produisait. Même lorsqu'ils se posèrent réciproquement des questions et y répondirent, ils le firent en s'ignorant et en s'adressant à moi comme si j'étais leur unique interlocutrice.

Ils discutèrent ainsi une bonne demi-heure sans tomber d'accord sur rien. Ce qui m'étonna surtout, c'était qu'ils tenaient à souligner leurs divergences sur Naples. Ma compétence politique était désormais bien mince : les besoins des filles, le travail préparatoire pour mon petit livre, son écriture, et puis surtout le chamboulement de ma vie privée, tout cela m'avait fait mettre de côté jusqu'à la lecture des journaux. Eux deux, au contraire, savaient tout sur tout. Nino dressa une liste de noms de communistes et de socialistes napolitains qu'il connaissait bien et en qui il avait confiance. Il fit l'éloge d'une administration enfin honnête, conduite par un maire qu'il décrivit comme un homme bien, sympathique et étranger aux vieux pillages traditionnels. Il conclut : Il y a finalement de bonnes raisons de vivre et de travailler ici, c'est une grande opportunité, il ne faut pas rater ça. Mais Lila ironisa sur tout ce qu'il disait. Naples est toujours aussi pourrie qu'avant, lança-t-elle, et si on ne donne pas une bonne leçon aux monarchistes, aux fascistes et aux démocrates-chrétiens pour toutes les cochonneries qu'ils ont faites, voire si on passe l'éponge comme la gauche en ce moment, la ville ne tardera pas à être reprise par les boutiquiers (elle rit d'une voix un peu stridente après ce mot), la bureaucratie municipale, les avocats, les géomètres, les banques et les camorristes ! Je m'aperçus bientôt qu'ils m'avaient placée au centre de cette conversation également. Tous deux désiraient mon retour à Naples, mais chacun s'efforçait explicitement de me soustraire à l'influence de l'autre, et m'incitait à déménager sans tarder dans la ville telle qu'il ou elle l'imaginait : celle de Nino était pacifiée et tendait au bon gouvernement, celle de Lila se vengeait de tous les pillards, se foutait des communistes comme des socialistes et repartait de zéro.

Je les examinai pendant toute notre rencontre. Ce qui me frappa, c'est que plus la conversation abordait des thèmes complexes, plus Lila déployait son italien secret : je l'en savais capable, mais en cette occasion cela me surprit beaucoup, parce que chaque phrase la révélait plus cultivée que ce qu'elle voulait bien laisser paraître. Je fus impressionnée de voir que Nino, d'ordinaire si brillant et sûr de lui, choisissait ses mots avec soin, et semblait parfois intimidé. Ils sont tous deux mal à l'aise, pensai-je. Par le passé, ils se sont exposés l'un à l'autre sans fard, et maintenant ils ont honte de l'avoir fait. Qu'est-ce qui se joue, en ce moment ? Sont-ils en train de me tromper ? Se battent-ils vraiment pour moi ou cherchent-ils seulement à maîtriser leur vieille attirance ? Je ne tardai pas à donner volontairement quelques signes d'impatience. Lila s'en aperçut, se leva et s'éclipsa comme pour aller aux toilettes. Je ne dis mot, je craignais de me montrer agressive avec Nino, et il se tut lui aussi. Quand Lila revint, elle s'exclama, joyeuse :

« Allez, c'est l'heure, allons voir Gennaro !

— Nous ne pouvons pas, dis-je, nous avons un engagement.

— Mon fils t'adore, il va être déçu !

— Dis-lui bonjour de ma part, et dis-lui que moi aussi, je l'adore !

— J'ai rendez-vous sur la Piazza dei Martiri : c'est juste à dix minutes d'ici, allons saluer Alfonso, après vous pourrez y aller. »

Je la fixai et elle plissa aussitôt les yeux, comme

pour les cacher. C'était donc ça, son projet ? Elle voulait entraîner Nino dans le vieux magasin de chaussures des Solara, elle voulait le ramener sur les lieux où, pendant pratiquement un an, ils s'étaient aimés clandestinement ?

Je répondis avec un petit sourire : Non, désolée, il faut vraiment qu'on y aille. Et je lançai un regard à Nino, qui fit aussitôt signe au serveur pour payer. Lila dit : C'est déjà fait ! Et tandis que Nino protestait, elle s'adressa encore à moi, insistant à sa façon irrésistible :

« Gennaro ne vient pas seul, c'est Enzo qui l'amène. Et avec eux, il y a quelqu'un d'autre qui meurt d'envie de te voir, ce serait vraiment dommage de t'en aller sans lui dire bonjour. »

Ce quelqu'un, c'était Antonio Cappuccio, le petit ami de mon adolescence, que les Solara, après l'assassinat de leur mère, avaient rappelé de toute urgence d'Allemagne.

9

Lila me raconta qu'Antonio était arrivé pour l'enterrement de Manuela, seul et presque méconnaissable tant il était maigre. Au bout de quelques jours, il s'était installé dans un appartement à quelques pas de chez Melina, qui vivait avec Stefano et Ada, puis il avait fait venir au quartier son épouse allemande et leurs trois enfants. C'était donc vrai qu'il était marié, et c'était donc vrai qu'il avait des enfants. Différents segments de ma vie s'assemblèrent dans ma tête. Antonio était une partie importante du monde d'où je venais, les paroles de Lila à son propos atténuèrent le poids de cette matinée, et je me sentis plus légère. Je murmurai à Nino : Juste quelques minutes, d'accord ? Il haussa les épaules et nous nous dirigeâmes vers la Piazza dei Martiri.

Pendant tout le trajet, tandis que nous parcourions la Via dei Mille et la Via Filangieri et que Nino nous suivait mains dans les poches, tête baissée et sûrement de mauvaise humeur, Lila m'accapara, me parlant avec sa familiarité de toujours. Elle dit qu'à la première occasion je devrais rencontrer la famille d'Antonio. Elle fit de son épouse et de ses enfants une description très vivante. La femme était très belle, encore plus blonde que moi, et les trois gosses aussi étaient blonds, aucun ne ressemblant à leur père, brun comme un Sarrasin : lorsqu'ils marchaient tous les cinq sur le boulevard, on avait l'impression que l'épouse et les gamins, très pâles et la chevelure resplendissante, étaient des prisonniers de guerre qu'Antonio promenait dans le quartier. Elle rit puis énuméra tous ceux qui, en plus d'Antonio, m'attendaient pour me saluer : Carmen – mais elle avait du travail : elle ne resterait qu'un instant avant de filer avec Enzo –, Alfonso bien sûr, qui continuait à s'occuper du magasin des Solara, et Marisa avec ses enfants. Tu leur accordes juste quelques minutes, dit-elle, ça leur fera plaisir : ils t'aiment beaucoup.

Pendant qu'elle parlait, je songeai que toutes ces personnes que j'allais revoir allaient diffuser dans le quartier la nouvelle que mon mariage était fini : ainsi mes parents l'apprendraient également, et ma mère saurait que j'étais devenue la maîtresse du fils Sarratore. Mais je réalisai que cela ne me troublait pas, j'étais même contente qu'on me voie avec Nino et que mes amis disent derrière mon dos : C'est une fille qui fait ce qu'elle veut, elle a quitté son mari et ses enfants, elle s'est mise avec un autre. Je me rendis compte avec surprise que je *désirais* être officiellement associée à Nino, je désirais être vue à son côté, je désirais effacer le couple Elena-Pietro et le remplacer par le couple Nino-Elena. Soudain, je me sentis calme et presque bien disposée à l'idée de me jeter dans ce piège que Lila m'avait tendu.

Elle enchaînait un mot après l'autre sans une pause, et à un moment donné, elle passa son bras sous le mien, selon une vieille habitude. Ce geste me laissa indifférente. Elle veut se convaincre que nous sommes toujours les mêmes, me dis-je, mais le moment est venu de reconnaître qu'au contraire nous nous sommes consumées mutuellement ; ce bras, c'est comme un membre en bois, ou bien le résidu fantomatique du contact émouvant d'autrefois. En revanche, me revint à l'esprit cette période, des années auparavant, où j'avais espéré qu'elle tomberait malade pour de bon et mourrait. Alors, me dis-je, notre relation était malgré tout vivante, dense et, de ce fait, douloureuse. Mais aujourd'hui, il y avait quelque chose de nouveau. Toute la passion dont j'étais capable – y compris celle qui avait donné naissance à ce terrible souhait – s'était concentrée sur l'homme que j'aimais depuis toujours. Lila croyait encore avoir sa force d'autrefois et pouvoir m'entraîner avec elle là où elle voulait. Mais en fin de compte, qu'avait-elle orchestré, aujourd'hui ? Nous allions revisiter des amours immatures et des passions adolescentes ? Ce que j'avais perçu comme un sale coup quelques minutes plus tôt me parut soudain anodin comme une visite au musée. C'était autre chose qui comptait pour moi, qu'elle le veuille ou non. Ce qui comptait, c'était Nino et moi, moi et Nino, et même scandaliser le petit monde du quartier me semblait une agréable façon de ratifier notre couple. Je ne me sentais plus en contact avec Lila : on aurait dit qu'il n'y avait plus de sang dans son bras, et que nous n'étions désormais qu'étoffe contre étoffe.

Nous arrivâmes sur la Piazza dei Martiri. Je me tournai vers Nino pour l'avertir que sa sœur se trouvait aussi dans la boutique, avec ses enfants. Il bougonna quelque chose, contrarié. L'enseigne apparut – SOLARA –, nous entrâmes et, bien que tous les regards fussent tournés vers Nino, je fus accueillie comme si j'étais seule. Il n'y eut que Marisa pour s'adresser à son frère, et aucun des deux ne sembla heureux de ces retrouvailles. Elle lui reprocha aussitôt de ne jamais donner de nouvelles, de ne jamais se manifester, et s'exclama : Maman est malade, papa est insupportable, et toi t'en as rien à foutre ! Il ne répondit rien, embrassa distraitement ses neveux et, uniquement parce que Marisa continuait à le harceler, bougonna : J'ai mes problèmes, Marì, laisse-moi tranquille ! Bien que tiraillée de-ci de-là avec affection, je le tenais toujours à l'œil, mais désormais sans jalousie, seulement par crainte qu'il ne soit mal à l'aise. Je ne savais pas s'il se souvenait d'Antonio ni s'il le reconnaissait, et j'étais la seule à être au courant du passage à tabac que mon ex-petit ami lui avait infligé. Je vis qu'ils échangeaient un salut minimal – un mouvement de tête, un léger sourire –, en rien différent de ce qui passa aussitôt après entre Enzo et lui, Alfonso et lui, Carmen et lui. Pour Nino, c'étaient tous des étrangers, c'était le monde de Lila et moi, avec lequel il n'avait jamais eu de rapports. Ensuite, il fit les cent pas dans le magasin en fumant et personne, pas même sa sœur, ne lui adressa plus la parole. Il était là, présent, c'était l'homme pour lequel j'avais quitté mon mari. Lila aussi – Lila surtout – dut en prendre acte, de manière définitive. Maintenant que tout le monde l'avait bien dévisagé, je voulais simplement le sortir de là au plus vite, et l'entraîner au loin.

10

Pendant la demi-heure que je passai là, il y eut une collision permanente entre le passé et le présent : les chaussures dessinées par Lila, sa photo en robe de mariée, le soir de l'inauguration et de sa fausse couche, la transformation de la boutique en un salon et une alcôve pour parvenir à ses propres fins, et puis la trame d'aujourd'hui, à trente ans sonnés, nos histoires si différentes et toutes ces voix, directes ou secrètes.

Je me donnai une contenance et pris un ton joyeux. J'échangeai câlins, embrassades et quelques mots avec Gennaro, devenu un garçon de douze ans grassouillet, l'ombre noire d'un duvet au-dessus de sa lèvre supérieure, avec des traits tellement semblables à ceux de Stefano adolescent que Lila, en le concevant, semblait avoir disparu tout entière. Je me sentis obligée de manifester la même affection aux enfants de Marisa et à Marisa qui, heureuse de mes attentions, tint quelques propos allusifs, pour indiquer qu'elle savait quel pli prenait ma vie. Elle dit : Maintenant que tu vas descendre plus souvent à Naples, viens nous voir, hein ! on sait bien que vous êtes occupés, vous avez toujours des trucs à étudier, pas comme nous, mais il faut quand même que vous trouviez un peu de temps !

Elle était debout près de son mari et retenait ses enfants, prêts à s'enfuir pour aller courir dehors. Je cherchai inutilement sur son visage les traces de son lien de sang avec Nino, mais elle n'avait rien de son frère, ni même de sa mère. Maintenant qu'elle avait pris un peu d'embonpoint, elle ressemblait plutôt à Donato, dont elle avait aussi hérité la faconde superficielle, avec laquelle elle voulait me faire croire que sa vie était belle et qu'elle avait une bien jolie famille. Alfonso, pour la seconder, faisait oui de la tête, et il me souriait en silence de ses dents très blanches. Son aspect me désorienta beaucoup. Il était extrêmement élégant, ses cheveux noirs très longs coiffés en queue-de-cheval soulignaient la grâce de ses traits, mais il y avait dans ses gestes et dans son expression quelque chose que je ne pus saisir, quelque chose d'inattendu qui m'inquiéta. À part Nino et moi, c'était le seul, dans cette pièce, à avoir fait des études de bourgeois, et j'eus l'impression que ces études, au lieu de s'effacer avec le temps, avaient marqué encore plus profondément son corps souple et son visage délicat. Il était tellement beau et tellement bien élevé ! Marisa l'avait voulu à tout prix alors qu'il lui échappait, et maintenant les voilà, elle qui vieillissait en prenant des traits masculins, lui qui rejetait sa virilité en se féminisant de plus en plus, et leurs deux enfants, dont on racontait qu'ils étaient de Michele Solara. Oui, murmura Alfonso en s'associant à l'invitation de son épouse, cela nous ferait très plaisir que vous veniez dîner chez nous un soir. Et Marisa : Quand est-ce que tu sors un nouveau livre, Lenù ? on attend ! mais il faut te mettre au goût du jour, tu avais l'air d'écrire des trucs sales mais ça ne l'était pas assez, tu as vu les trucs pornographiques qu'on écrit aujourd'hui ?

Si les personnes présentes ne manifestèrent aucune sympathie à l'égard de Nino, pas une ne fit la moindre allusion critique à mon choix senti-mental, il n'y eut pas un clin d'œil ou un sourire en coin. Au contraire, pendant que je les embrassais et bavardais avec eux, tous cherchèrent à me faire sentir leur affection et leur estime. Enzo me serra dans ses bras avec sa force sérieuse, sans un mot, un simple sourire sur le visage, et il eut l'air de me dire : Je t'aimerai toujours pareil, quoi que tu décides de faire. Carmen, en revanche, m'entraîna presque immédiatement dans un coin – elle était très fébrile et n'arrêtait pas de regarder sa montre – pour me parler avec ardeur de son frère : elle me traita comme une autorité bienveillante qui sait tout, qui peut tout, et dont nul faux pas ne peut ternir l'aura. Elle ne fit aucune allusion à ses enfants, à son mari, à sa vie privée ou à la mienne. Je compris qu'elle avait assumé tout le poids de la réputation de terroriste qu'avait acquise Pasquale, mais uniquement pour en renverser le sens. Au cours de nos quelques minutes de conversation, elle ne se contenta pas de me dire que son frère était injustement persécuté, mais elle insista sur son courage et sa bonté. Ses yeux brûlaient de détermination : elle serait toujours, et quoi qu'il advienne, de son côté. Elle dit qu'elle avait besoin de pouvoir me contacter, elle voulut mon numéro de téléphone et mon adresse. Tu es quelqu'un d'important, Lenù – chuchota-t-elle – et tu connais des gens qui peuvent aider Pasquale, s'il ne se fait pas tuer avant… Puis elle fit signe à Antonio qui se tenait à l'écart, à quelques pas d'Enzo. Viens, glissa-t-elle, dis-lui, toi aussi ! Alors Antonio s'approcha, tête baissée, et il m'adressa des propos timides dont la teneur était : Je sais que Pasquale te fait confiance, il est venu chez toi avant de faire le choix qu'il a fait, alors si tu le revois préviens-le, il faut qu'il disparaisse, il ne doit plus se montrer en Italie. Je l'ai déjà expliqué à Carmen, le problème ce n'est pas les carabiniers, le problème c'est les Solara : ils sont convaincus que c'est lui qui a tué Mme Manuela, et s'ils le trouvent – aujourd'hui, demain, dans plusieurs années – je ne pourrai pas l'aider. Pendant qu'il me tenait ce petit discours, l'air grave, Carmen intervenait constamment pour me demander : Tu as compris, Lenù ? tout en me scrutant, les yeux pleins d'anxiété. Puis elle me serra dans ses bras, m'embrassa et murmura : Lina et toi, vous êtes mes sœurs. Enfin elle fila avec Enzo, car ils avaient à faire.

Ainsi restai-je seule avec Antonio. J'eus l'impression d'avoir devant moi deux personnes présentes dans le même corps, et pourtant bien distinctes. Il y avait le garçon d'autrefois qui m'avait enlacée près des étangs, qui m'avait idolâtrée, et dont l'odeur intense m'était restée en mémoire comme un désir jamais vraiment satisfait. Et il y avait l'homme d'aujourd'hui, tout en longueur, sans une once de graisse, juste la peau sur les os, depuis son visage dur au regard absent jusqu'aux pieds, chaussés d'énormes godillots. Gênée, je lui dis que je ne connaissais personne capable d'aider Pasquale, et que Carmen me surestimait. Mais je compris aussitôt que si la sœur de Pasquale se faisait une idée exagérée de mon prestige, Antonio s'en faisait une idée encore plus exagérée. Il murmura que j'étais trop modeste, comme d'habitude, qu'il avait lu mon livre, en plus en allemand, et que j'étais connue dans le monde entier. Malgré ses longues années à l'étranger, au cours desquelles il avait certainement vu et fait des choses bien moches pour le compte des Solara, il était resté un gars du quartier, et il continuait à imaginer – à moins qu'il ne fasse semblant, qui sait, peut-être pour me faire plaisir – que j'avais du pouvoir, le pouvoir des gens comme il faut, parce que j'étais diplômée de l'université, parlais en italien et écrivais des livres. Je dis en riant : Ce livre, en Allemagne il n'y a que toi qui l'as acheté ! Je lui posai des questions sur son épouse et ses enfants. Il me répondit par monosyllabes tout en m'entraînant dehors, sur la place. Là, il dit avec gentillesse :

« Maintenant, tu dois reconnaître que j'avais raison.

— Raison sur quoi ?

— C'était lui que tu voulais, et tu me disais que des mensonges.

— Je n'étais qu'une gamine.

— Non, tu étais grande. Et plus intelligente que moi. Tu sais pas le mal que tu m'as fait, en me laissant croire que j'étais fou.

— Arrête ! »

Il se tut et je reculai vers la boutique. Il me

suivit et me retint sur le seuil. Pendant quelques secondes, il regarda fixement Nino qui s'était assis dans un coin. Puis il murmura :

« S'il te fait mal à toi aussi, dis-le-moi. »

Je ris :

« Bien sûr !

— Ne ris pas, j'ai discuté avec Lina. Elle le connaît bien et elle dit que tu ne dois pas t'y fier. Nous on te respecte, pas lui. »

Lila. Voilà qu'elle utilisait Antonio et en faisait un messager de possibles mésaventures. Au fait, où était-elle ? Je la vis qui se tenait à l'écart, jouant avec les enfants de Marisa, mais en réalité elle surveillait chacun d'entre nous avec ses yeux réduits à des fentes. Et, comme d'habitude, elle commandait tout le monde : Carmen, Alfonso, Marisa, Enzo, Antonio, son fils et les enfants des autres, peut-être même les patrons de ce magasin. Je me dis à nouveau qu'elle n'exercerait plus jamais aucune autorité sur moi, ce temps-là était fini. Je lui dis au revoir et elle me serra à nouveau fort dans ses bras, comme si elle voulait m'entraîner à l'intérieur d'elle. Pendant que je prenais congé de tous, l'un après l'autre, je fus encore frappée par Alfonso, mais cette fois je compris ce qui m'avait troublée dès mon premier regard. Les rares détails qui l'avaient caractérisé comme le fils de Don Achille et de Maria, comme le frère de Stefano et de Pinuccia, avaient disparu de son visage. Maintenant, mystérieusement, avec ces cheveux longs en queue-de-cheval, il ressemblait à Lila.

11

Je rentrai à Florence et parlai à Pietro de notre séparation. Nous eûmes une violente dispute tandis qu'Adele cherchait à protéger les petites – et elle aussi peut-être – en s'enfermant avec elles dans sa chambre. À un moment donné, nous réalisâmes non pas que nous exagérions mais que la présence de nos filles ne nous permettait pas d'exagérer comme nous en avions vraiment envie. Alors notre affrontement se poursuivit dans la rue. Quand Pietro disparut je ne sais où – j'étais furieuse et ne voulais plus le voir ni l'entendre –, je rentrai à la maison. Les gosses dormaient et je trouvai Adele en train de lire, assise dans la cuisine. Je lui lançai :

« Tu vois comment il me traite, tu te rends compte ?

— Et toi ?

— Quoi, moi ?

— Oui, toi ! Tu te rends compte comment tu le traites et comment tu l'as traité ? »

Je la plantai là et m'enfermai dans ma chambre en claquant la porte. Le mépris qu'elle avait mis dans ces paroles m'avait surprise et blessée. C'était la première fois qu'elle se retournait aussi explicitement contre moi.

Je partis le lendemain pour la France, remplie de culpabilité à cause des filles en pleurs, et chargée d'ouvrages à lire dans le train. Mais plus j'essayais de me concentrer sur ma lecture, plus Nino, Pietro, mes enfants, l'apologie que Carmen avait faite de son frère, les paroles d'Antonio et la transformation d'Alfonso se mêlaient à mes pages.

J'atteignis Paris au terme d'un voyage exténuant, plus déboussolée que jamais. Néanmoins, dès mon arrivée à la gare, quand je reconnus sur le quai la plus jeune des deux dames de la maison d'édition, je devins joyeuse et retrouvai ce plaisir de me répandre que j'avais goûté à Montpellier, avec Nino. Mais cette fois, pas d'hôtel ni d'amphi-théâtre grandiose, tout se révéla beaucoup plus modeste. Les deux femmes m'amenèrent dans de grandes villes et de petits bourgs, tous les jours nous allions quelque part, et tous les soirs il y avait des débats en librairie ou même dans des appartements privés. Quant aux repas et au cou-chage, ce fut cuisine familiale et lit d'appoint, par-fois même un divan.

Cela me fatigua beaucoup, je me souciai de moins en moins de mon apparence et je maigris. Pourtant, je plus à mes éditrices et au public que je rencontrais soir après soir. Me déplaçant ici et là, discutant avec untel ou untel dans une langue qui n'était pas la mienne mais que j'appris rapi-dement à maîtriser, je redécouvris progressive-ment une aptitude dont j'avais déjà fait preuve des années auparavant, avec mon livre précédent : partant de petits événements personnels, j'aboutis-sais naturellement à des thèmes de réflexion géné-rale. Tous les soirs, j'improvisais avec succès en m'inspirant de mon vécu. Je parlai du monde d'où je venais, de la misère et de la déchéance, de la fureur des hommes et des femmes, de Carmen, de son lien avec son frère et de sa tendance à justifier des actions violentes qu'elle-même n'aurait jamais commises. Je racontai que, depuis l'enfance, j'avais observé chez ma mère et chez les autres femmes les aspects les plus humiliants de la vie familiale, de la maternité et de l'asservissement aux mâles. Je dis que, par amour d'un homme, on pouvait être poussée à commettre n'importe quelle infamie envers les autres femmes et envers ses enfants. J'évoquai mes rapports difficiles avec les groupes féministes de Florence et de Milan : ce faisant, une expérience que j'avais sous-estimée devint soudain pleine de sens, et je réalisai, en parlant en public, tout ce que j'avais appris en assistant à ces douloureux exercices d'analyse. J'expliquai que j'avais toujours cherché à m'imposer grâce à une intelligence masculine – « je me suis sentie inventée par les hommes et colonisée par leur imagination », ainsi commençais-je chaque soir –, et je racontai que j'avais récemment vu un de mes amis d'enfance s'efforcer par tous les moyens de subvertir sa nature en extirpant la fille qui était en lui.

Si je puisais souvent mon inspiration dans cette demi-heure passée dans le magasin des Solara, je ne m'en rendis compte qu'assez tard, peut-être parce que Lila ne me vint jamais à l'esprit. Je ne sais pourquoi, mais pas une fois je ne fis allusion à notre amitié. Je crus sans doute que, tout en m'entraînant dans le tourbillon de ses désirs et en me rapprochant de nos amis d'enfance, Lila était incapable de déchiffrer ce qu'elle m'avait mis sous les yeux. Par exemple, voyait-elle ce qu'en un éclair j'avais vu en Alfonso ? Y réfléchissait-elle ? Je l'excluais. Elle s'était enfoncée dans la *lota*, la merde du quartier, et s'en satisfaisait. Moi, au contraire, lors de ces journées françaises, je me sentis jetée dans le chaos mais aussi dotée d'instruments me permettant d'en comprendre le fonctionnement. Cette conviction, consolidée par le petit succès de mon livre, m'aida à atténuer un peu mon anxiété quant au futur, comme si tout ce que j'étais capable de faire avec des mots à l'écrit ou à l'oral était destiné à marcher aussi dans la réalité. Voilà, me disais-je, le couple cède, la famille cède, l'ensemble des carcans culturels cède, toute possibilité d'accommodement social-démocrate cède, et en même temps chaque chose essaie de prendre violemment une autre forme, jusqu'alors impensable : Nino et moi, mes enfants additionnées aux siens, l'hégémonie de la classe ouvrière, le socialisme et le communisme, et surtout le sujet imprévu, la femme, moi ! Au cours de mes déplacements, je me reconnaissais, soir après soir, dans l'idée euphorisante d'une déstructuration généralisée allant de pair avec une nouvelle recomposition.

Pendant ce temps, toujours un peu dans la précipitation, je téléphonais à Adele et discutais avec les filles, qui me répondaient par monosyllabes ou me demandaient « quand est-ce que tu rentres ? », comme un refrain. Peu avant Noël, je tentai de prendre congé de mes éditrices, mais elles avaient désormais mon destin très à cœur et ne voulaient pas me laisser partir. Elles avaient lu mon premier livre et désiraient le republier : elles m'entraînèrent dans les bureaux de la maison d'édition française qui, des années auparavant, l'avait imprimé sans succès. Je m'engageai timidement dans des discussions et des négociations, soutenue par les deux femmes qui, contrairement à moi, étaient très combatives, et savaient manier la flatterie comme la menace. Pour finir, et grâce aussi à l'intervention de ma maison d'édition milanaise, on parvint à un accord : mon texte reverrait le jour dans le courant de l'année suivante avec l'estampille de mes éditrices.

J'annonçai la nouvelle à Nino par téléphone et il s'en réjouit. Mais ensuite, de fil en aiguille, son mécontentement devint évident :

« Peut-être que tu n'as plus besoin de moi, lâcha-t-il.

— Tu plaisantes ? Je meurs d'envie de te serrer dans mes bras !

— Tu es tellement prise par tes histoires que tu n'as plus la moindre place pour moi.

— Tu te trompes ! C'est grâce à toi que j'ai écrit ce livre et que j'ai l'impression d'avoir enfin les idées claires.

— Alors voyons-nous à Naples, ou même à Rome, maintenant, avant Noël ! »

Mais désormais, nous croiser était impossible, ces questions éditoriales m'avaient pris trop de temps et je devais retourner auprès de mes filles. Pourtant, je ne pus résister, et nous décidâmes de nous retrouver à Rome, ne serait-ce que pour quelques heures. Je voyageai en train couchette et arrivai exténuée dans la capitale le matin du 23 décembre. Je passai des heures dans la gare, en vain : pas de Nino, j'étais inquiète et affligée. Je m'apprêtais à prendre un train pour Florence lorsqu'il apparut, couvert de sueur malgré le froid. Il avait eu mille difficultés et avait fini par prendre la voiture : par le rail, il ne serait jamais arrivé à temps. Nous mangeâmes un morceau en toute hâte avant de descendre dans un hôtel de la Via Nazionale, à quelques pas de la gare, où nous nous enfermâmes dans une chambre. Je comptais repartir l'après-midi même, mais je n'eus pas la force de quitter Nino et repoussai mon départ au lendemain. Nous nous réveillâmes heureux d'avoir dormi ensemble : ah, c'était tellement beau de bouger le pied et de découvrir, après l'inconscience du sommeil, qu'il était là, dans le lit, à mon côté ! C'était la veille de Noël et nous sortîmes nous acheter des cadeaux. Mon départ glissa d'heure en heure, le sien aussi. Ce n'est qu'en fin d'après-midi que je traînai mes bagages jusqu'à sa voiture : je n'arrivais pas à le quitter. Il finit par mettre le moteur en route et partir, et l'auto disparut dans la circulation. J'avançai péniblement de la Piazza della Repubblica jusqu'à la gare, mais j'avais trop tardé et ratai le train de quelques minutes. Le désespoir m'envahit : j'allais arriver à Florence en pleine nuit. Pourtant il en était allé ainsi, et je me résignai à téléphoner à la maison. Pietro répondit :

« Où es-tu ?

— À Rome, le train est en gare mais rien ne bouge, je ne sais pas quand on va partir.

— Ah là là, ces chemins de fer ! Alors je dis aux filles que tu ne seras pas là pour le réveillon ?

— En effet, je n'arriverai peut-être pas à temps… »

Il éclata de rire et raccrocha.

Je voyageai dans un train glacial et totalement vide, et même le contrôleur ne passa pas. J'eus l'impression d'avoir tout perdu et de me diriger vers le néant, prisonnière d'une situation sordide qui accentuait mon sentiment de culpabilité. J'arrivai à Florence au beau milieu de la nuit et ne pus trouver de taxi. Je traînai mes valises dans le froid à travers les rues désertes – cela faisait longtemps que même les carillons de Noël s'étaient tus. Je me servis des clefs pour entrer dans l'appartement. Il était plongé dans l'obscurité et dans un silence angoissant. Je fis le tour des pièces : aucune trace des filles ni d'Adele. Fatiguée, effrayée mais aussi exaspérée, je cherchai au moins un billet m'indiquant où elles étaient parties. Rien.

La maison était parfaitement rangée.

12

J'eus des idées noires. Dede, Elsa, peut-être les deux, s'étaient blessées, Pietro et sa mère les avaient conduites aux urgences. Ou bien c'était mon mari qui avait fini à l'hôpital : il avait commis quelque folie, Adele se trouvait à son chevet avec les filles.

Je marchai en long et en large dans l'appartement, dévorée par l'anxiété et sans savoir que faire. À un moment donné, je me dis que dans tous les cas, ma belle-mère avait certainement averti Mariarosa et, bien qu'il fût 3 heures du matin, je décidai d'appeler celle-ci. Ma belle-sœur finit par répondre, j'eus du mal à la tirer de son sommeil. Mais c'est par elle que je sus, finalement, qu'Adele avait décidé d'emmener les filles à Gênes – elles étaient parties il y a deux jours – afin de nous donner toute liberté, à Pietro et moi, d'affronter notre situation, et de permettre aux petites de passer les vacances de Noël dans un climat serein.

D'un côté, cette nouvelle me tranquillisa, mais de l'autre, elle m'exaspéra. Pietro m'avait menti : quand je lui avais téléphoné, il savait déjà qu'il n'y avait aucun réveillon, que les filles ne m'attendaient pas et qu'elles étaient parties avec leur grand-mère. Et Adele ? Comment s'était-elle permis de prendre ainsi mes enfants ? Je me défoulai au téléphone avec Mariarosa, qui m'écouta en silence. Je lui demandai : Est-ce que je me trompe sur toute la ligne, est-ce que je mérite ce qui m'arrive ? Elle prit un ton grave mais encourageant. Elle déclara que j'avais le droit d'avoir une vie à moi et le devoir de continuer à écrire et à faire de la recherche. Elle me proposa alors de nous loger, mes filles et moi, chaque fois que je me trouverais en difficulté.

Ses paroles m'apaisèrent, toutefois je ne parvins pas à trouver le sommeil. Je tournai encore et encore dans ma tête mes angoisses, mes colères, mon désir de Nino, et ma rancœur parce que celui-ci allait quand même passer les fêtes en famille, avec Albertino, alors que j'en étais réduite à être une femme seule et sans attaches dans un appartement vide. À 9 heures du matin, j'entendis la porte de l'appartement s'ouvrir, c'était Pietro. Je l'attaquai aussitôt en criant : Pourquoi est-ce que tu as confié les filles à ta mère sans ma permission ? Il avait de la barbe, ses vêtements étaient froissés, il puait le vin mais ne semblait pas ivre. Il me laissa hurler sans réagir, se contentant de répéter à plusieurs reprises, d'un ton las : J'ai des trucs à faire, je ne peux pas m'en occuper, et toi tu as ton amant, tu n'as pas de temps pour elles.

Je l'obligeai à s'asseoir dans la cuisine. J'essayai de me calmer, puis déclarai :

« Il faut qu'on trouve un accord.

— Explique-toi. Quel genre d'accord ?

— Les filles habiteront avec moi, et toi, tu les verras le week-end.

— Mais où ça, le week-end ?

— Chez moi.

— Et c'est où, chez toi ?

— Je ne sais pas, il faut encore que je me décide : ici, à Milan, ou à Naples. »

Il lui suffit d'entendre ce mot : Naples. Alors il bondit aussitôt sur ses pieds, les yeux exorbités, ouvrit la bouche comme s'il allait me mordre et leva le poing avec une grimace tellement féroce qu'il me fit peur. Ce fut un moment interminable. Le robinet gouttait, le frigo ronflait, quelqu'un riait dans la cour. Pietro était bien bâti et avait de gros doigts blancs. Un jour il m'avait déjà frappée et je sus que, cette fois-ci, son poing s'abattrait sur moi avec une telle violence qu'il me tuerait sur le coup : je levai immédiatement les bras pour me protéger. Mais il changea brusquement d'avis, fit volte-face et frappa à une, deux, trois reprises sur le meuble en métal dans lequel je rangeais les balais. Il aurait continué si je ne m'étais pas agrippée à son bras en criant : Arrête, ça suffit, tu te fais mal !

Ce que j'avais craint à mon retour se produisit pour de bon, puisque nous finîmes à l'hôpital : tel fut le résultat de cet éclat de rage. On lui posa un plâtre, et en rentrant il avait presque l'air content. Je me souvins que c'était Noël et préparai quelque chose à manger. Nous nous attablâmes et, de but en blanc, il m'annonça :

« Hier, j'ai téléphoné à ta mère. »

Je tressaillis :

« Qu'est-ce qui t'est passé par la tête ?

— Quelqu'un devait bien le faire ! Je lui ai expliqué ce que tu m'as fait.

— C'était mon devoir de lui parler.

— Pour quoi faire ? Pour lui raconter des mensonges, comme à moi ? »

La tension me gagna à nouveau mais je tentai de me maîtriser, je craignais qu'il ne recommençât à se briser les os pour éviter de briser les miens. Or, je vis qu'il souriait calmement, en regardant son bras plâtré.

« Comme ça, je ne peux pas conduire, bougonna-t-il.

— Où est-ce que tu dois aller ?

— À la gare. »

Je découvris que ma mère avait pris le train le jour de Noël – le jour entre tous où elle s'attribuait le rôle capital et les responsabilités maximales à la maison – et qu'elle allait bientôt arriver.

13

Je fus tentée de m'enfuir. Je songeai à partir pour Naples – m'échapper dans la ville de ma mère au moment même où celle-ci s'apprêtait à débarquer dans la mienne – et chercher un peu de paix auprès de Nino. Or, je ne bougeai pas. Malgré mon impression d'avoir beaucoup changé, j'étais restée la fille disciplinée qui ne se défilait jamais. Du reste, me dis-je, que peut-elle bien me faire ? Je suis une femme, pas une gamine ! Tout au plus m'apportera-t-elle quelques bons petits plats, comme lors de ce Noël, dix ans auparavant, où j'étais tombée malade et où elle était venue me voir dans ma résidence universitaire, à l'École normale supérieure.

J'allai chercher ma mère à la gare avec Pietro, c'est moi qui conduisis. Elle descendit de train avec un air pincé, elle avait des vêtements neufs, un sac à main neuf, des chaussures neuves, et même un peu de poudre sur les joues. Tu as l'air en forme, lui dis-je, tu es très élégante. Elle cracha : C'est pas grâce à toi ! Après quoi, elle ne m'adressa plus la parole. En revanche, elle fut très affectueuse avec Pietro. Elle se renseigna sur son plâtre et, comme il resta vague – il raconta qu'il s'était cogné contre une porte –, elle se mit à bougonner dans un italien incertain : Cogné, cogné, tu parles, je sais bien, moi, qui t'a fait te cogner !

Une fois chez nous, elle abandonna sa feinte retenue. Claudiquant de long en large dans le séjour, elle m'adressa un long sermon. Elle loua exagérément mon mari et m'ordonna de lui demander pardon. Vu que je n'obtempérais pas, elle se mit alors à l'implorer de me pardonner, et elle jura sur Peppe, Gianni et Elisa qu'elle ne rentrerait pas chez elle tant que nous n'aurions pas fait la paix tous les deux. Au début, vu son emphase, j'eus presque l'impression qu'elle se moquait de mon mari et de moi. L'énumération qu'elle fit des vertus de Pietro me parut infinie, et elle ne lésina pas non plus – je dois l'avouer – sur les miennes. Elle souligna mille fois que, pour ce qui est de l'intelligence et du travail, nous étions faits l'un pour l'autre. Elle nous pria de penser au bonheur de Dede – c'était sa petite-fille préférée, elle oublia de mentionner Elsa : la gamine comprenait tout et il était injuste de la faire souffrir.

Mon mari eut l'air d'accord avec tout ce qu'elle disait, malgré l'expression incrédule qu'il affichait devant ce spectacle de la démesure. Elle l'étreignit, l'embrassa et le remercia pour sa générosité devant laquelle – me jeta-t-elle – je ne pouvais que me mettre à genoux. Elle ne cessa de nous pousser avec rudesse pour que nous nous rapprochions :

nous devions absolument nous prendre dans les bras l'un de l'autre et nous donner des baisers. Je m'esquivai et fus distante. Je n'arrêtais pas de me dire : Je ne la supporte pas, et je ne supporte pas non plus, dans un moment comme celui-ci, de devoir *aussi* assumer le fait d'être la fille de cette femme, qui plus est sous les yeux de Pietro. En même temps, je tentais de me calmer en me répétant : ce sont toujours les mêmes scènes, bientôt elle va se fatiguer et ira se coucher. C'est seulement lorsqu'elle m'agrippa une énième fois pour me forcer à avouer que j'avais commis une grave erreur que je craquai : je ne pus tolérer ses mains sur moi et m'écartai brusquement. Je lançai quelque chose comme : Ça suffit, m'man, ça sert à rien, je peux pas vivre avec Pietro, j'en aime un autre !

Je n'aurais pas dû. Je la connaissais : tout ce qu'elle attendait, c'était une légère provocation de ma part. Sa litanie s'interrompit et, en un éclair, la situation changea. Elle m'asséna une claque extrêmement violente et hurla en rafales : La ferme, putain, la ferme, la ferme, la ferme ! Elle tenta de me saisir par les cheveux et brailla qu'elle n'en pouvait plus de moi, que ce n'était pas possible que moi, *moi*, je veuille lui pourrir la vie en courant derrière le fils Sarratore, un type encore pire, bien pire, que cette merde qu'était son père. Avant, cria-t-elle, je croyais que c'était ta copine Lina qui t'entraînait sur la mauvaise pente, mais je me trompais, c'est toi, *toi*, la dévergondée ! Sans toi, elle est devenue quelqu'un de très bien ! Ah, mais pourquoi je t'ai pas cassé les jambes quand t'étais petite ? T'as un mari en or qui t'a permis de faire ta bourgeoise dans cette ville magnifique, qui t'aime, qui t'a donné deux filles, et c'est comme ça que tu le remercies, connasse! Viens par là! C'est moi qui t'ai fait naître, et c'est moi qui vais te tuer!

Elle s'était jetée sur moi et j'eus l'impression qu'elle voulait réellement ma mort. En cet instant, je compris toute la réalité de la déception que je lui causais et toute la profondeur de son amour maternel qui, perdant l'espoir de me plier à ce qu'elle considérait être mon bien (autrement dit ce qu'elle n'avait jamais eu et ce que moi au contraire j'avais, la rendant, jusqu'à la veille, la mère la plus heureuse du quartier), était prêt à se transformer en haine et à me détruire : elle allait me punir d'avoir flanqué en l'air tous les cadeaux de Dieu que j'avais reçus. Alors je la repoussai, je la repoussai en criant plus fort qu'elle. Je la poussai sans le vouloir, instinctivement, avec une telle force que je lui fis perdre l'équilibre et l'envoyai par terre.

Pietro fut épouvanté. Je vis sur son visage, dans son regard, mon univers qui se fracassait contre le sien. De toute sa vie, il n'avait certainement jamais vu une scène de ce genre, avec de tels hurlements et des réactions aussi incontrôlées. Ma mère avait renversé une chaise et fait une lourde chute. Elle peinait maintenant à se relever à cause de sa jambe malade, elle agitait un bras pour essayer d'agripper le rebord de la table et se redresser. Mais elle ne renonçait pas à brailler menaces et insultes. Elle n'arrêta pas même lorsque Pietro, effaré, l'aida à se relever de son bras valide. La voix brisée, les yeux exorbités, furieuse et en même temps sincèrement meurtrie, elle lâcha, haletante : T'es plus ma fille, mon fils c'est lui! Même ton père te veut plus, et tes frères et ta sœur non plus! Le fils Sarratore, j'espère qu'y va t'refiler la chaude-pisse et la syphilis! Mais qu'est-ce que j'ai pu faire pour vivre une journée comme ça? Ô mon Dieu, mon Dieu, mon Dieu, j'veux mourir tout d'suite, j'veux mourir maint'nant! Elle était tellement submergée de souffrance que, chose pour moi invraisemblable, elle éclata en sanglots.

Je courus m'enfermer à clef dans ma chambre. Je ne savais que faire, je n'aurais jamais imaginé que me séparer serait une telle torture. J'étais effrayée et consternée. D'où m'était venue cette détermination à pousser ma mère en employant la même violence physique qu'elle? Quelles forces obscures et quelle présomption se cachaient donc en moi? Ce qui m'apaisa un peu, ce fut que Pietro vint bientôt frapper à ma porte et me dit à voix basse, avec une douceur inattendue : N'ouvre pas, je ne te demande pas de me laisser entrer, je veux juste te dire que ce n'était pas ce que je voulais, là c'est trop, même toi tu ne mérites pas ça.

14

J'espérai que ma mère s'adoucirait et que dès le matin, dans l'un de ses brusques revirements, elle trouverait le moyen d'affirmer à nouveau qu'elle m'aimait et que, malgré tout, elle était fière de moi. Mais il n'en fut rien. Je l'entendis comploter avec Pietro toute la nuit. Elle l'encensait, répétait avec aigreur que j'avais toujours été sa croix, et disait en soupirant qu'avec moi il fallait vraiment beaucoup de patience. Le lendemain, pour éviter une nouvelle dispute, j'allai de-ci de-là dans l'appartement ou essayai de lire, sans jamais me mêler de leurs conciliabules. J'étais très malheureuse. J'avais honte de l'avoir poussée, j'avais honte d'elle et de moi, je désirais lui demander pardon et l'embrasser, mais je craignais qu'elle ne comprenne mon geste de travers et croie à une reddition. Si elle en était arrivée à soutenir que c'était moi l'âme damnée de Lila et pas l'inverse, je devais vraiment lui avoir causé une déception insupportable. Pour justifier sa réaction, je songeai : Son unité de mesure c'est le quartier, et à ses yeux, là-bas tout s'est arrangé. Grâce à Elisa, elle se dit qu'elle est apparentée aux Solara ; ses fils travaillent enfin pour Marcello, qu'elle appelle fièrement « mon gendre » ; les vêtements neufs qu'elle porte sont le signe du bien-être qui lui est tombé dessus ; du coup, elle a l'impression que Lila, au service de Michele Solara, vivant de manière stable avec Enzo, et riche au point de pouvoir racheter le petit appartement où habitent ses parents, a beaucoup mieux réussi que moi – c'est normal. Toutefois, ce genre de raisonnement ne servit qu'à marquer encore davantage la distance qu'il y avait entre elle et moi : nous n'avions plus de points de contact.

Elle repartit sans que nous nous adressions la parole. Nous la raccompagnâmes à la gare en voiture et elle fit comme si je n'étais pas au volant. Elle se contenta de souhaiter à Pietro tout le bonheur possible et lui recommanda encore et encore, pratiquement jusqu'au départ du train, de lui donner des nouvelles de son bras cassé et des filles.

Dès qu'elle fut partie, je me rendis compte, avec une certaine surprise, que son irruption avait eu un effet inespéré. À peine rentrés chez nous, mon mari alla au-delà des quelques mots de solidarité murmurés devant ma porte la veille au soir. Cet affrontement hors norme avec ma mère avait dû lui révéler plus de choses sur moi et sur comment j'avais grandi que ce que je lui avais raconté et ce qu'il avait imaginé. Je crois qu'il eut de la peine pour moi. Il recouvra brusquement ses esprits, nos rapports redevinrent courtois et, quelques jours plus tard, nous allâmes voir un avocat qui parla un moment de tout et de rien avant de nous demander :

« Vous êtes sûrs de ne plus vouloir vivre ensemble ?

— Comment peut-on vivre avec quelqu'un qui ne veut plus de vous ? fit Pietro.

— Vous ne voulez plus de votre mari, madame ?

— Ce sont mes affaires, répliquai-je. On vous demande juste d'entamer les démarches pour le divorce. »

De retour dans la rue, Pietro se mit à rire :

« Tu es exactement comme ta mère !

— Ce n'est pas vrai.

— Tu as raison, ce n'est pas vrai : tu es comme ta mère serait si elle avait fait des études et si elle s'était mise à écrire des romans.

— Qu'est-ce que tu veux dire ?

— Je veux dire que tu es pire. »

Cela m'énerva un peu, mais pas tant que ça : j'étais contente de voir que, dans les limites du possible, il avait recouvré la raison. Je poussai un soupir de soulagement et me concentrai sur ce qu'il y avait à faire. Au cours de longues conversations téléphoniques avec Nino, je lui racontai tout ce qui m'était arrivé depuis l'instant où nous

nous étions quittés, puis nous discutâmes de mon déménagement à Naples ; par prudence, je lui tus que Pietro et moi avions recommencé à dormir sous le même toit, bien que, naturellement, dans des chambres séparées. Surtout, je parlai à plusieurs reprises à mes filles et annonçai à Adele, avec une hostilité explicite, que j'allais venir les rechercher.

« Ne t'en fais pas, tenta de me rassurer ma belle-mère, tu peux me les laisser autant que tu voudras.

— Dede doit reprendre l'école.

— Nous pourrions l'envoyer ici, c'est juste à côté, je m'occuperais de tout.

— Non, je veux les avoir près de moi.

— Réfléchis bien ! Une femme séparée, avec deux filles et des ambitions comme les tiennes, doit tenir compte de la réalité et établir ce à quoi elle peut renoncer ou non. » Tout, dans cette dernière phrase, m'exaspéra.

15

Je voulais partir aussitôt pour Gênes, mais on m'appela de France. La plus âgée de mes éditrices me demanda d'écrire pour une revue importante les arguments qu'elle m'avait entendue développer en public. Je me retrouvai donc déjà dans une situation où je dus choisir entre aller chercher mes filles ou me mettre au travail. Je repoussai mon départ et écrivis jour et nuit, anxieuse de bien faire. Je devais encore donner une forme acceptable à mon texte lorsque Nino m'annonça qu'avant de reprendre les cours, il avait quelques jours de libres et était prêt à me rejoindre. Je ne pus résister et nous allâmes à Monte Argentario en voiture. Je m'étourdis d'amour. Nous passâmes des journées merveilleuses, jouissant de la mer hivernale et nous adonnant, comme cela ne m'était jamais arrivé avec Franco et encore moins avec Pietro, au plaisir de manger et de boire, de la conversation cultivée et du sexe. Le matin, je me tirais du lit à l'aube et me mettais à écrire.

Un soir, au lit, Nino me tendit quelques feuillets à lire, me disant qu'il tenait beaucoup à mon opinion. C'était un essai compliqué sur l'Italsider de Bagnoli. Je le lus serrée contre lui, qui murmurait de temps à autre, se dénigrant : J'écris mal, corrige ce que tu veux, tu es meilleure que moi, tu l'étais déjà au lycée... Je le félicitai grandement pour son travail et suggérai quelques modifications. Mais il ne s'en satisfit pas et me poussa à intervenir davantage. C'est en cette circonstance que, presque pour me convaincre de la nécessité de mes corrections, il finit par m'annoncer qu'il avait une mauvaise action à me confesser. Entre gêne et ironie, il définit son secret comme « la chose la plus honteuse que j'aie faite de toute ma vie ». Il m'expliqua que cela concernait le petit article dans lequel j'avais évoqué mon conflit avec le professeur de religion, qu'il m'avait demandé de rédiger pour une modeste revue de lycéens, quand nous étions dans le secondaire.

« Qu'est-ce que tu as donc fait ? lui demandai-je en riant.

— Je vais te le dire, mais tu dois te rappeler que je n'étais qu'un gamin ! »

Je sentis qu'il avait vraiment honte et m'inquiétai

un peu. Il m'expliqua que, lorsqu'il avait lu mon article, il lui avait semblé vraiment impossible que l'on puisse écrire de manière aussi agréable et aussi intelligente. Je fus heureuse du compliment et l'embrassai. Puis, tout en me remémorant le temps considérable que j'avais passé sur ces quelques pages avec Lila, je lui racontai avec autodérision la déception, pour ne pas dire la douleur, que j'avais ressentie quand la revue avait décidé de ne pas les publier par manque de place.

« C'est ce que je t'avais dit ? demanda Nino, mal à l'aise.

— Plus ou moins, je ne sais plus. »

Il fit une grimace déprimée :

« La vérité, c'est que de la place pour ton article, il y en avait plein.

— Alors pourquoi est-ce qu'ils ne l'ont pas publié ?

— Par jalousie. »

J'éclatai de rire :

« Les rédacteurs étaient jaloux de moi ?

— Non, c'est *moi* qui étais jaloux. J'ai lu tes feuillets et puis je les ai jetés à la poubelle. Je ne pouvais pas supporter que tu sois aussi douée. »

Pendant quelques instants, je ne dis mot. Cet article avait tellement compté pour moi, et j'avais tellement souffert ! Je n'arrivais pas à y croire : était-il donc possible que le lycéen préféré de Mme Galiani ait éprouvé de la jalousie pour les lignes d'une petite collégienne au point de les jeter à la poubelle ? Je sentis que Nino attendait ma réaction, mais je ne savais comment intégrer une action aussi mesquine, vu le halo lumineux dont je l'avais toujours nimbé quand j'étais petite. Les secondes s'écoulaient et, déconcertée, je tentais de retenir près de moi cet acte vil pour éviter qu'il n'aille s'ajouter à la mauvaise réputation que Nino avait à Milan, selon Adele, ou bien au conseil de me méfier de lui que m'avaient donné Lila et Antonio. Puis je me repris, le côté positif de cet aveu me sauta aux yeux et je serrai Nino dans mes bras. Au fond, il n'avait nulle obligation de me raconter cet épisode, c'était une mauvaise action très éloignée dans le temps. Et pourtant il venait de le faire, et ce besoin d'être sincère au-delà de tout calcul, et même au risque de se montrer sous un mauvais jour, m'émut. Brusquement, à partir de ce moment-là, je me dis que je le croirais toujours.

Cette nuit-là, nous nous aimâmes avec plus de passion encore que d'habitude. Au réveil, je réalisai qu'en avouant cette faute, Nino avait admis qu'à ses yeux j'avais toujours été une fille hors du commun, même lorsqu'il était le petit ami de Nadia Galiani, même lorsqu'il était devenu l'amant de Lila. Ah, comme c'était excitant de me sentir non seulement aimée, mais estimée ! Il me confia son texte et je l'aidai à lui donner une forme plus belle. Lors de ces journées à Monte Argentario, j'eus l'impression d'avoir définitivement accru ma capacité à sentir, à comprendre et à m'exprimer, ce qui – pensai-je avec orgueil – était confirmé par l'accueil honorable que recevait, hors d'Italie, le livre que j'avais écrit, poussée par Nino, et pour lui plaire. À ce moment-là, j'avais tout. Seules Dede et Elsa étaient restées en marge.

16

Je ne mentionnai pas Nino à ma belle-mère. En revanche, je parlai de la revue française et me décrivis intégralement absorbée par le texte que j'étais en train d'écrire. À part cela, je la remerciai à contrecœur de s'occuper de ses petites-filles.

Tout en n'ayant aucune confiance en elle, je compris à ce moment qu'Adele avait soulevé un véritable problème. Comment faire tenir ensemble ma vie et mes filles ? Certes, je comptais bientôt aller vivre quelque part avec Nino, et alors nous pourrions nous entraider. Mais en attendant ? Il n'était pas facile d'associer le besoin de voir Nino, Dede, Elsa, l'écriture, les rendez-vous professionnels et les pressions auxquelles Pietro, bien que redevenu plus raisonnable, me soumettrait forcément. Sans oublier la question de l'argent. Il m'en restait très peu et je ne savais pas encore combien me rapporterait mon nouveau livre. Dans l'immédiat, je ne pouvais en aucune manière financer un loyer, le téléphone, la vie quotidienne pour les filles et moi. Et puis, dans quel lieu prendrait forme ce quotidien ? J'allais bientôt récupérer les filles, mais pour les emmener où ? À Florence, dans l'appartement où elles étaient nées et dans lequel, retrouvant un père doux et une mère affable, elles se convaincraient que tout était miraculeusement rentré dans l'ordre ? Voulais-je les bercer d'illusions, sachant qu'à la première apparition de Nino elles seraient encore plus déçues ? Devais-je dire à Pietro de s'en aller, alors que c'était moi qui avais décidé de rompre ? Ou bien était-ce mon devoir de quitter notre domicile ?

Je partis pour Gênes avec mille questions en tête et sans avoir pris aucune décision.

Mes beaux-parents m'accueillirent avec une froideur courtoise, Elsa avec enthousiasme et Dede avec hostilité. Je connaissais peu l'appartement génois, dont je n'avais gardé qu'une impression de lumière. En fait, il était composé de pièces entières remplies de livres, de meubles anciens, de lustres en cristal et d'épais rideaux, les planchers étant recouverts de tapis précieux. Seul le séjour était très lumineux : une baie vitrée découpait un grand pan de lumière et de mer, qui semblait une œuvre d'art. Je remarquai que mes filles se déplaçaient dans tout l'appartement avec plus de liberté que chez elles : elles touchaient à tout et saisissaient tout sans jamais un reproche, et elles s'adressaient à la domestique du ton poli mais impérieux qu'elles avaient pris de leur grand-mère. Dans les heures suivant mon arrivée, elles me montrèrent leur chambre, voulurent entendre mon enthousiasme devant tous leurs jouets – tellement coûteux qu'elles n'en auraient jamais eu de tels de la part de leur père et moi – et me racontèrent les belles choses qu'elles avaient faites et vues. Je réalisai peu à peu que Dede s'était beaucoup liée à son grand-père ; quant à Elsa, elle avait eu beau m'enlacer et m'embrasser jusqu'à l'épuisement, elle s'adressait à Adele dès qu'elle avait besoin de quelque chose et, quand elle était fatiguée, elle grimpait sur les genoux de sa grand-mère d'où elle me regardait, mélancolique, en suçant son pouce. Les filles avaient-elles donc appris à se passer de moi en aussi peu de temps ? Ou bien, plus probablement, étaient-elles tellement fatiguées de ce qu'elles avaient vu et entendu au cours de ces derniers mois qu'à présent, redoutant la nuée de désastres que j'attirais toujours, elles hésitaient à m'accepter de nouveau ? Je ne sais pas. En tout cas, je n'osai dire tout de suite : Préparez vos affaires, on s'en va. Je restai quelques jours, pendant lesquels je recommençai à m'occuper d'elles. Mes beaux-parents n'interférèrent pas ; au contraire, dès que Dede – surtout elle – tenta de recourir à leur autorité pour contrer la mienne, ils s'effacèrent, afin d'éviter tout conflit.

Guido, en particulier, faisait très attention à parler d'autre chose et, dans les premiers temps, il ne fit pas la moindre allusion à la rupture entre son fils et moi. Après dîner, quand Dede et Elsa allaient se coucher et qu'il restait un peu avec moi, par politesse, avant de s'enfermer dans son bureau jusque tard dans la nuit (à l'évidence, Pietro ne faisait qu'appliquer le modèle de son père), il était gêné. En général, il se réfugiait dans le bavardage politique : l'aggravation de la crise du capitalisme, l'austérité devenue panacée, la multiplication des formes de marginalité, le tremblement de terre dans le Frioul comme symbole de la précarité en Italie, les grandes difficultés de la gauche, les vieux partis et les groupuscules. Mais il le faisait sans montrer aucune curiosité envers mes opinions – du reste, je ne cherchais même pas à en avoir. Parfois il se décidait et m'encourageait vraiment à exprimer mon avis, et alors il se repliait sur mon livre : je vis l'édition italienne pour la première fois dans cet appartement même, il s'agissait d'un petit volume fin et discret, arrivé en même temps que d'innombrables livres et revues qui s'amoncelaient constamment sur les tables, attendant d'être feuilletés. Un soir, il me posa quelques questions sur mon ouvrage et, sachant qu'il ne l'avait pas lu et ne le lirait jamais, je lui résumai mes arguments et lui en lus quelques pages. Dans l'ensemble, il écouta avec sérieux et attention. En une seule occasion, il avança des critiques doctes sur un passage de Sophocle que j'avais cité mal à propos, prenant un ton professoral qui me fit honte. C'était un homme qui dégageait une grande autorité – bien que l'autorité soit un vernis, et qu'il suffise parfois d'un rien pour qu'une fissure apparaisse, ne serait-ce que quelques minutes, laissant deviner un autre personnage bien moins édifiant. Alors que je faisais allusion au féminisme, Guido abandonna soudain la bienséance, une malice inattendue brilla dans son regard et il se mit à chantonner, d'un ton sarcastique et le rouge aux joues – lui qui avait d'habitude un teint d'anémié – quelques slogans parvenus à ses oreilles : *L'orgasme, c'est pour qui, c'est quoi ? Nous les filles, on n'y a pas droit !* et aussi : *On n'est pas des machines pour la reproduction, mais des femmes en lutte pour la libération !* Quand il réalisa qu'il m'avait désagréablement surprise, il saisit ses lunettes, les nettoya avec soin et se retira pour travailler.

Lors de ces quelques soirées, Adele demeura toujours silencieuse, mais je compris vite que son mari et elle cherchaient un moyen subtil de m'entraîner à découvert. Mais comme je ne mordais pas à l'hameçon, pour finir ce fut mon beau-père qui, à sa manière, aborda directement le problème. Un jour, lorsque Dede et Elsa nous souhaitèrent bonne nuit, il demanda à ses petites-filles, dans une espèce de rituel débonnaire :

« Comment s'appellent ces deux magnifiques demoiselles ?

« — Dede.

— Elsa.

— Mais encore ? Votre grand-père veut entendre votre nom en entier.

— Dede Airota.

— Elsa Airota.

— Airota comme qui ?

— Comme papa.

— Et qui encore ?

— Grand-père.

— Et votre maman, comment s'appelle-t-elle ?

— Elena Greco.

— Et vous, vous appelez-vous Greco ou Airota ?

— Airota.

— Très bien ! Bonne nuit, mes chéries, faites de beaux rêves. »

Puis, dès que les filles quittèrent la pièce accompagnées d'Adele, il dit, comme s'il suivait un fil partant des courtes réponses des gamines : J'ai appris que la rupture avec Pietro était due à Nino Sarratore. Je tressaillis et hochai la tête. Il sourit et se mit à louer Nino, mais sans l'approbation absolue des années passées. Il le décrivit comme un garçon très intelligent qui maîtrisait bien son sujet, toutefois – dit-il en appuyant sur l'adverbe adversatif – il est *ondoyant*, et il répéta ce mot comme pour s'assurer d'avoir choisi le bon terme. Ensuite, il précisa : Je n'ai pas aimé les dernières choses que Sarratore a écrites. Et, d'un ton méprisant, il le plaça soudain parmi tous ces gens qui considéraient plus urgent d'apprendre à faire fonctionner les rouages du néocapitalisme plutôt que de continuer à exiger la transformation des rapports sociaux et de production. Il employa ce vocabulaire, mais en donnant à chaque parole le sens d'une insulte.

Je ne pus le supporter et m'efforçai de le convaincre qu'il se trompait. Adele revint au moment même où je citais des textes de Nino qui me paraissaient très radicaux, tandis que Guido m'écoutait en émettant le bruit sourd auquel il avait généralement recours quand il se tenait en suspens entre accord et désaccord. Je me tus brusquement, plutôt fébrile. Pendant quelques minutes, mon beau-père eut l'air de modérer son jugement (*D'ailleurs, il est difficile de s'orienter dans le désordre de la crise italienne, et je peux comprendre que des jeunes comme lui se trouvent en difficulté, surtout quand ils ont le désir d'agir*), avant de se lever pour regagner son bureau. Mais avant de s'éclipser, il changea d'avis. Il s'arrêta sur le seuil et déclara, plein d'amertume : Cependant, il y a agir et agir ! Sarratore est d'une intelligence sans traditions, il préfère plaire à ceux qui commandent plutôt que se battre pour des idées, il deviendra un homme politique très serviable. Là, il s'interrompit mais eut encore une hésitation, comme s'il avait quelque chose de bien plus cru sur le bout de la langue. Toutefois, il se limita à bougonner « bonne nuit » et se retira dans son bureau.

Je sentis sur moi le regard d'Adele. Je dois quitter cette pièce moi aussi, me dis-je, il faut que j'invente une excuse, dire que je suis fatiguée. En même temps, j'espérai qu'Adele trouverait une formule conciliante capable de me calmer, du coup je demandai :

« Qu'est-ce que ça veut dire, que Nino est d'une intelligence sans traditions ? »

Elle me regarda, ironique :

« Ça veut dire qu'il n'est personne. Et quand on n'est personne, devenir quelqu'un est plus important que tout. C'est pourquoi ce M. Sarratore n'est pas une personne fiable.

— Moi aussi, je suis d'une intelligence sans traditions. »

Elle sourit :

« En effet, et toi non plus tu n'es pas fiable. »

Silence. Adele avait parlé posément, comme si ses mots n'avaient aucune charge émotive mais se contentaient de relever des faits. Je n'en fus pas moins vexée :

« Qu'est-ce que tu veux dire ?

— Que je t'ai confié mon fils et que tu l'as traité sans honnêteté. Si tu voulais un autre homme, pourquoi l'as-tu épousé ?

— Je ne savais pas que j'en voulais un autre.

— Tu mens. »

J'hésitai, avant d'avouer :

« C'est vrai, je mens, mais c'est parce que tu m'obliges à te donner une explication linéaire, et les explications linéaires sont presque toujours des mensonges. Toi aussi, tu m'as dit du mal de Pietro, et tu m'as même soutenue contre lui. Tu mentais ?

— Non. J'ai vraiment été de ton côté, mais à l'intérieur d'un pacte que tu aurais dû respecter.

— Lequel ?

— Rester auprès de ton mari et de tes filles. Tu étais une Airota, tes filles étaient des Airota. Je ne voulais pas que tu te sentes déplacée et malheureuse, et j'ai essayé de t'aider à être une bonne mère et une bonne épouse. Mais si le pacte est rompu, alors tout change. Tu ne recevras plus rien de ma part ni de celle de mon mari, et je t'enlèverai même tout ce que je t'ai donné. »

Je respirai à fond et tentai de maîtriser ma voix, comme du reste elle continuait à le faire, elle :

« Adele, dis-je, moi je suis Elena Greco, et mes filles sont mes filles. J'en ai rien à foutre de vous, les Airota. »

Elle hocha la tête, pâle et avec une expression désormais sévère :

« Ça se voit, que tu es Elena Greco, maintenant ça crève même les yeux. Mais les petites sont les filles de mon fils, et nous ne te permettrons pas de les détruire. »

Elle me planta là et alla se coucher.

17

Telle fut ma première confrontation avec mes beaux-parents. Il y en eut d'autres, mais qui n'atteignirent jamais un mépris aussi explicite. Par la suite, les Airota se contentèrent de me démontrer par tous les moyens que, si je continuais à m'occuper avant tout de moi, il fallait que je leur confie Dede et Elsa.

Évidemment je m'y opposai, et pas un jour ne s'écoulait sans que je pique une colère et décide de repartir sur-le-champ avec mes filles à Florence, Milan ou Naples, n'importe où, histoire de ne pas les laisser une minute de plus dans cet appartement. Mais je reculais vite et repoussais notre départ : il se produisait toujours quelque chose qui venait témoigner en ma défaveur. Par exemple, Nino téléphonait et je ne pouvais résister : je courais le rejoindre partout où il voulait.

De plus, en Italie, mon nouveau livre avait aussi un certain écho et, malgré le silence critique des journaux, il trouvait tout de même son public. Par conséquent, je faisais souvent coïncider rencontres avec les lecteurs et rencontres avec mon amant, ce qui me prenait encore plus de temps et me tenait éloignée des filles.

J'avais du mal à me séparer d'elles. Je sentais leur regard accusateur sur moi et en souffrais. Pourtant, dès que je me retrouvais dans le train, occupée à lire, préparer quelque intervention publique ou imaginer mes prochaines retrouvailles avec Nino, une joie effrontée bouillonnait dans mes veines. Je réalisai vite que je m'habituais à être en même temps heureuse et malheureuse, comme si telle était la condition inévitable de ma nouvelle vie. Quand je rentrais à Gênes, je me sentais coupable (Dede et Elsa étaient maintenant à l'aise, elles allaient à l'école, avaient des camarades et tout ce qu'elles voulaient, indépendamment de moi) mais, dès que je repartais, cette culpabilité n'était plus qu'une entrave fastidieuse et s'estompait. Évidemment, j'en étais consciente et voyais dans ce balancement de la mesquinerie. Devoir admettre qu'une modeste notoriété et mon amour pour Nino pouvaient repousser dans l'ombre Dede et Elsa était humiliant. Et pourtant, il en allait ainsi. C'est précisément pendant cette période que l'écho de la phrase de Lila, *pense au mal que tu fais à tes filles*, devint pour moi une sorte d'épigraphe permanente, une introduction au malheur. Je voyageais beaucoup, changeais fréquemment de lit, et souvent ne trouvais pas le sommeil. Les malédictions de ma mère me revenaient à l'esprit et se mêlaient aux paroles de

Lila. Ma mère et mon amie, qui pourtant avaient toujours été à mes yeux l'envers l'une de l'autre, finirent souvent, ces nuits-là, par se fondre. Je les sentais toutes deux hostiles et étrangères à ma nouvelle vie : si d'un côté cela me semblait la preuve que j'étais enfin devenue quelqu'un d'autonome, de l'autre, je me sentais d'autant plus seule et à la merci de mes problèmes.

Je tentai de renouer avec ma belle-sœur. Comme toujours, elle se montra très disponible, et organisa une rencontre en l'honneur de mon livre dans une librairie milanaise. Le public était essentiellement féminin, et des groupes s'opposaient : je fus critiquée par les unes et couverte de louanges par les autres. Au début cette situation m'inquiéta, toutefois Mariarosa intervint avec autorité et je me découvris un talent insoupçonné pour manœuvrer entre les pour et les contre, en m'inventant un rôle de médiatrice (j'étais douée pour dire de façon convaincante : *ce n'est pas exactement ce que je voulais dire*). À la fin, tout le monde me félicita, surtout Mariarosa.

Ensuite je dînai et dormis chez elle. J'y retrouvai Franco, ainsi que Silvia et son fils Mirko. Pendant toute la soirée, je ne fis qu'observer le gamin – je calculai qu'il devait avoir huit ans – et répertoriai toutes les ressemblances physiques et même psychologiques que je lui trouvai avec Nino. Je n'avais pas dit à ce dernier que j'étais au courant pour l'enfant, et décidai de ne jamais le lui révéler. Je passai beaucoup de temps à bavarder et jouer avec le petit garçon, je le cajolais et le mettais sur mes genoux. Nous vivions dans un tel désordre ! Des fragments de nous-mêmes partaient dans tous les sens, comme si vivre signifiait s'éparpiller sans cesse. Voilà, à Milan il y avait ce gosse, à Gênes mes filles, et à Naples Albertino. Je ne pus résister et me mis à parler de cette dispersion avec Silvia, Mariarosa et Franco, assumant la posture du penseur désenchanté. À vrai dire, je m'attendais à ce que mon ex-petit ami, comme toujours, s'empare du sujet et le développe avec son art de la dialectique habituel, ordonnant le présent, anticipant le futur et nous rassurant. Mais il m'apporta la véritable surprise de cette soirée : il tint un discours sur la fin imminente d'une époque qui avait été « objectivement » – il utilisa cet adverbe d'un ton sarcastique – révolutionnaire mais qui désormais, affirma-t-il, déclinait en entraînant toutes les catégories qui nous avaient servi de boussoles.

« Je n'ai pas l'impression ! objectai-je, mais uniquement pour le provoquer. En Italie, la situation est explosive et les gens sont combatifs.

— Si tu n'as pas l'impression, c'est parce que tu es contente de toi.

— Pas du tout, je suis déprimée !

— Les gens déprimés n'écrivent pas de livres. Ceux qui écrivent, ce sont les gens heureux, ceux qui voyagent, sont amoureux et ne font que parler, convaincus que les mots, d'une manière ou d'une autre, arrivent toujours à bonne destination.

— Et ce n'est pas le cas ?

— Non, les mots arrivent rarement à bonne destination, et toujours pour un laps de temps très bref. Autrement, ils ne servent qu'à dire des âneries, comme maintenant. Ou à faire semblant de tout maîtriser.

— Faire semblant ? Toi qui as toujours tout maîtrisé, tu faisais semblant ?

— Et pourquoi pas ? Faire un peu semblant est

un besoin physiologique. Nous qui voulions faire la révolution, nous avons aussi été ceux qui, au milieu du chaos, tentions d'inventer un ordre et faisions semblant de savoir exactement comment allaient les choses.

— Tu fais ton autocritique?

— Mais oui! Bonne grammaire, bonne syntaxe, une explication toute prête pour chaque chose, et un véritable talent pour la relation de cause à effet : A dérive de B et conduit nécessairement à C, voilà, les jeux sont faits.

— Et ce n'est plus bien?

— Oh si, c'est très bien! C'est tellement confortable, de ne jamais se sentir perdu devant rien! Aucune plaie ne s'infecte jamais, toute blessure a ses points de suture, et aucun recoin sombre ne nous fait peur. Seulement, à un moment donné, le truc ne marche plus.

— C'est-à-dire?

— Du bla-bla, Lena, du bla-bla! Les mots se vident de leur sens. »

Et il ne s'arrêta pas là. Il ironisa longuement sur les propos qu'il venait de tenir, se moquant de lui-même et se moquant de moi. Puis il murmura « je dis des bêtises » et passa le reste de la soirée à nous écouter toutes les trois.

Ce qui me frappa, ce fut que si les traces des terribles violences subies semblaient avoir totalement disparu en Silvia, chez lui en revanche, le passage à tabac vécu quelques années auparavant avait lentement fait émerger un autre corps et un autre esprit. Il se leva souvent pour aller aux toilettes, il boitait – bien que légèrement –, et l'orbite violacée vilainement occupée par son œil de verre semblait plus combative que son autre œil qui, bien que vivant, était rendu opaque par la dépression. Mais surtout, le Franco agréablement énergique d'autrefois comme celui, sombre, de sa convalescence, avaient disparu. Il me paraissait à présent doucement mélancolique et capable d'un cynisme affectueux. Si Silvia se fendit de quelques mots pour dire que je devais récupérer mes filles, si Mariarosa affirma que, tant que je n'avais pas de situation stable, Dede et Elsa étaient bien chez leurs grands-parents, Franco se mit à chanter mes qualités qu'il définit ironiquement comme masculines, me conseillant de continuer à les peaufiner, sans m'encombrer d'obligations féminines.

Quand je me retirai dans ma chambre, j'eus de la peine à m'endormir. Qu'est-ce qui était mal pour mes filles, et qu'est-ce qui était bien ? Et mon mal, et mon bien, en quoi consistaient-ils ? Coïncidaient-ils avec leurs propres mal et bien, ou en divergeaient-ils ? Cette nuit-là, Nino finit en arrière-plan, tandis que Lila fit sa réapparition. Lila toute seule, sans l'appui de ma mère. J'eus envie de me disputer avec elle et de lui crier : Ça ne suffit pas, de me critiquer ! Prends aussi la responsabilité de me suggérer ce que je dois faire ! Je finis par m'assoupir. Le lendemain, je retournai à Gênes et annonçai de but en blanc à Dede et Elsa, en présence de mes beaux-parents :

« Les filles, en ce moment j'ai beaucoup de travail. Dans quelques jours je dois repartir, et je devrai encore repartir après, plusieurs fois. Vous préférez venir avec moi ou rester chez vos grands-parents ? »

Aujourd'hui encore, au moment où j'écris, j'ai honte de cette question.

Dede d'abord puis, aussitôt après, Elsa répondirent :

« Chez nos grands-parents. Mais toi, quand tu peux, reviens et amène-nous des cadeaux ! »

18

Il me fallut plus de deux années pleines de joies, tourments, mauvaises surprises et pénibles discussions pour réussir à remettre un peu d'ordre dans mon existence. Pendant ce temps, tout en connaissant de douloureux déchirements personnels, je continuai à avoir de la chance dans ma vie publique. La petite centaine de pages que j'avais écrites essentiellement pour impressionner Nino fut bientôt traduite en allemand et en anglais. Mon livre publié dix ans auparavant ressortit en France et en Italie, et je me remis à écrire pour des journaux et des revues. Mon nom et ma personne physique retrouvèrent lentement une certaine notoriété, les journées recommencèrent à se remplir comme par le passé, et j'attirai la curiosité et parfois également l'estime de personnes à l'époque très présentes sur la scène publique. Toutefois, ce qui m'aida à me sentir plus sûre de moi, ce fut un commérage rapporté par le directeur de ma maison d'édition milanaise qui, depuis le début, avait de la sympathie pour moi. Un soir où je dînais chez lui pour discuter de mon avenir éditorial mais aussi – je dois le dire – pour lui proposer un recueil d'essais de Nino, il me révéla qu'Adele avait fait pression, avant le Noël de l'année précédente, pour bloquer la publication de mon petit ouvrage.

« Les Airota complotent au petit-déjeuner pour imposer un sous-secrétaire d'État et au dîner pour déposer un ministre ! plaisanta-t-il. Mais avec ton livre, ça n'a pas marché, le volume était prêt et nous l'avons envoyé à l'imprimeur. »

D'après lui, à l'origine du faible nombre de critiques dans la presse italienne, il y avait aussi ma belle-mère. Et si le livre s'était quand même imposé, ce n'était certainement pas parce que Mme Airota avait eu la gentillesse de changer d'avis : le mérite en revenait entièrement à la force de mon écriture. J'appris ainsi que, cette fois, je ne devais rien à Adele, ce qu'elle continua pourtant à prétendre à chacune de mes visites à Gênes. Cela me donna fierté et confiance en moi, et je finis par me persuader que l'époque où j'étais dépendante sur tous les points était finie.

Lila, elle, ne s'en rendit jamais compte. Depuis le fin fond du quartier, depuis cet endroit qui me semblait désormais un mouchoir de poche, elle continua à me considérer comme un appendice d'elle-même. Elle demanda à Pietro le numéro de téléphone de Gênes et se mit à l'utiliser sans se soucier de déranger mes beaux-parents. Quand elle parvenait à me joindre, elle faisait mine de ne pas remarquer mes réponses laconiques et parlait pour nous deux, sans jamais s'arrêter. Elle évoquait Enzo, son travail, son fils qui était bon en classe, Carmen et Antonio. Lorsque je n'y étais pas, elle rappelait encore et encore, avec une persévérance de névrosée, donnant ainsi l'occasion à Adele – qui notait dans un carnet les coups de téléphone pour moi en indiquant, par exemple, qu'on

était tel mois, tel jour, et qu'avaient appelé Sarratore (trois fois), Cerullo (neuf) – de se plaindre de
la gêne que j'occasionnais. Je tentai de convaincre
Lila que si on lui répondait que je n'étais pas là,
il était inutile d'insister : l'appartement de Gênes
n'était pas le mien et elle me mettait dans une
situation embarrassante. En vain. Elle en arriva
même à téléphoner à Nino. Je suis incapable de
rapporter exactement comment cela s'était produit : Nino était mal à l'aise et minimisait l'affaire,
craignant de dire quelque chose qui allait m'énerver. Dans un premier temps, il me raconta que Lila
avait téléphoné à plusieurs reprises chez Eleonora,
exaspérant cette dernière ; puis je crus comprendre
que Lila avait cherché à le joindre directement en
l'appelant Via Duomo ; enfin, il suggéra que c'était
lui qui s'était hâté de la contacter pour éviter
qu'elle n'appelle sans arrêt sa femme. Quoi qu'il en
soit, le fait est qu'il avait été obligé de la rencontrer. Cependant, elle n'était pas venue seule : Nino
tint aussitôt à préciser qu'elle était accompagnée
de Carmen, puisque c'était Carmen – oui, surtout
Carmen – qui avait de toute urgence besoin de me
contacter.

J'écoutai le récit de ce rendez-vous sans émotion. Au début, Lila avait voulu savoir par le menu
comment je me comportais en public lorsque je
parlais de mes livres : les vêtements que je portais,
ma coiffure, mon maquillage, étais-je timide ou
amusante, est-ce que je lisais un texte ou improvisais. Après quoi, elle était restée silencieuse
et avait laissé la parole à Carmen. Ainsi était-
il apparu que ce besoin frénétique de me parler
était lié à Pasquale. Carmen ayant appris par ses
propres canaux que Nadia Galiani s'était mise en

sécurité à l'étranger, elle voulait me demander un service : je devais contacter ma prof de lycée pour lui demander si Pasquale aussi était hors de danger. Carmen s'était exclamée à deux reprises : Je veux pas que les enfants de bourges s'en sortent et pas ceux comme mon frère ! Puis elle avait recommandé à Nino de bien me dire – comme si elle-même considérait que son inquiétude pour Pasquale était un délit condamnable et donc une faute qui pouvait m'engager moi aussi – que si je voulais l'aider, je ne devais pas utiliser le téléphone, ni pour contacter mon enseignante ni pour la contacter, elle. Nino conclut : Carmen et Lina sont assez déraisonnables, il vaut mieux que tu laisses tomber, elles pourraient t'attirer des ennuis.

Je songeai qu'à peine quelques mois plus tôt, une rencontre entre Nino et Lila, même en présence de Carmen, m'aurait alarmée. Or, je m'apercevais avec soulagement que cela me laissait à présent indifférente. À l'évidence, j'étais maintenant tellement sûre de l'amour de Nino que, même sans pouvoir exclure que Lila veuille me le voler, il me semblait impossible qu'elle y parvienne. Je caressai la joue de Nino et plaisantai : Ne t'attire pas d'ennuis, *toi*, c'est un conseil ! Comment se fait-il que tu aies trouvé un moment de libre, toi qui es toujours si occupé ?

19

C'est pendant cette période que je remarquai vraiment pour la première fois la rigidité du périmètre que Lila s'était assigné. Elle s'occupait toujours moins de ce qui se passait en dehors du quartier. Quand elle se passionnait pour une question sortant de la sphère purement locale, c'était parce que celle-ci concernait des gens qu'elle connaissait depuis l'enfance. Même son travail, pour autant que je sache, l'intéressait seulement dans un cadre très restreint. On savait qu'Enzo avait dû passer quelque temps à Milan ou Turin. Pas Lila : elle n'avait jamais bougé, et cet enfermement commença à me frapper d'autant plus que j'éprouvai toujours davantage le goût de voyager.

À cette époque, je saisissais n'importe quelle occasion pour sortir d'Italie, surtout s'il était possible de partir avec Nino. Par exemple, quand la petite maison d'édition allemande qui avait publié mon ouvrage organisa un tour promotionnel en Allemagne de l'Ouest et en Autriche, Nino laissa tomber toutes ses obligations et, joyeux et docile, il me servit de chauffeur. Nous parcourûmes ces pays en long et en large pendant une quinzaine de jours, glissant de paysage en paysage comme devant autant de tableaux aux couleurs éblouissantes. Montagnes, lacs, villes et monuments entraient dans notre vie de couple uniquement pour participer à notre jouissance du moment présent, ils ne semblaient là que pour contribuer à la perfection de notre bonheur. Même lorsque la triste réalité nous rattrapait et nous effrayait, coïncidant avec les paroles les plus noires que je prononçais soir après soir devant un public très radical, nous parlions après coup de notre frayeur comme d'une agréable aventure.

Un soir, nous rentrions à l'hôtel en voiture lorsque la police nous arrêta. La langue allemande, dans l'obscurité et venant d'hommes en uniforme, arme au poing, sonna à mes oreilles, comme à celles de Nino, de façon vraiment sinistre. Les policiers nous rudoyèrent pour nous faire sortir du véhicule et nous séparèrent, je finis dans une voiture et criai, tandis que Nino atterrissait dans une autre. Puis nous nous retrouvâmes dans une petite pièce, d'abord abandonnés à nous-mêmes avant d'être brutalement interrogés : papiers, motif du séjour, profession. Sur un mur était accrochée une série de photos : des visages sombres, beaucoup d'hommes barbus et quelques femmes aux cheveux courts. Je me surpris à chercher anxieusement les portraits de Pasquale et de Nadia, mais ne les trouvai pas. Nous fûmes libérés à l'aube et on nous ramena sur l'esplanade où nous avions été contraints d'abandonner notre véhicule. On ne nous adressa aucune excuse : nous avions une plaque d'immatriculation italienne, nous étions italiens, ils avaient ordre de nous contrôler.

Je fus frappée par mon propre réflexe, là en Allemagne : j'avais scruté les avis de recherche du monde entier, anxieuse d'y trouver la personne même qui, en ce moment, tenait tellement à cœur à Lila. Pasquale Peluso, cette nuit-là, m'apparut comme une sorte de fusée lancée depuis l'espace exigu où elle s'était recluse pour me rappeler, dans mon espace beaucoup plus vaste, sa présence à elle dans le tourbillon des affaires planétaires. Pendant quelques secondes, le frère de Carmen devint le point de contact entre son univers à elle, toujours plus petit, et le mien, toujours plus étendu.

À la fin de ces soirées où je parlais de mon livre, dans de petites villes étrangères dont je ne savais rien, des questions fusaient toujours sur la dureté du climat politique, et je m'en sortais avec des généralités qui, en résumé, tournaient autour du mot *réprimer*. En tant que romancière, je me sentais en devoir de faire preuve d'imagination. Aucun espace n'est épargné! disais-je. Un rouleau compresseur passe de territoire en territoire, d'ouest en est, pour remettre toute la planète en ordre : les travailleurs doivent travailler, les chômeurs se morfondre, les affamés dépérir, les intellectuels parler à qui mieux mieux, les Noirs faire les Noirs, les femmes faire les femmes! Mais j'éprouvais parfois le besoin de dire quelque chose de plus vrai, de plus sincère et personnel, alors je racontais l'histoire de Pasquale, avec toutes ses tragiques étapes, de l'enfance jusqu'au choix de la clandestinité. Je ne savais pas faire de discours plus concrets que ça, mon vocabulaire était celui que je m'étais forgé dix ans auparavant, et pour moi ces paroles n'étaient chargées de sens que lorsque je les associais à certains événements du quartier; appliquées au reste, elles n'étaient qu'un matériau déjà éprouvé, aux effets certains. À part que si, à l'époque de mon premier livre, je finissais toujours tôt ou tard par appeler à la révolution, ce que tout le monde semblait désirer, désormais j'évitais ce mot. Nino avait commencé à le trouver naïf et j'apprenais de lui la complexité de la politique, j'étais plus prudente. J'avais plutôt recours à la formule « se rebeller est juste », et j'ajoutais aussitôt qu'il fallait élargir le consensus, que l'État allait durer plus longtemps que nous ne l'avions imaginé et qu'il était urgent d'apprendre à gouverner. À l'issue de ces soirées, je n'étais pas toujours contente de moi. Parfois, j'avais l'impression que si j'avais baissé ainsi d'un ton, c'était uniquement pour faire plaisir à Nino qui m'écoutait dans ces petites salles enfumées, assis parmi de belles étrangères qui avaient mon âge ou moins. Souvent, je ne pouvais résister et tombais dans l'excès, suivant cette pulsion ancienne et obscure qui, par le passé, m'avait poussée à me disputer avec Pietro. Cela m'arrivait surtout lorsque j'avais devant moi un public de femmes qui avaient lu mon livre et s'attendaient à des propos mordants. Attention à ne pas commencer à nous fliquer nous-mêmes ! lançais-je alors. Ceci est une lutte à mort, et elle ne finira que lorsque nous aurons gagné ! Ensuite Nino se moquait de moi, il disait que je me sentais toujours obligée d'exagérer, et nous riions ensemble.

Certaines nuits, je me blottissais contre lui et tentais d'éclaircir mes idées. J'avouais aimer les discours subversifs, ceux qui dénonçaient les compromis des partis et les violences d'État. La politique, lui disais-je, la politique comme tu la conçois, et *comme elle est certainement*, m'ennuie, je te la laisse : je ne suis pas faite pour ce genre d'engagement. Pourtant, après, j'y repensais et ajoutais que je ne me sentais pas non plus faite pour l'autre type d'engagement auquel je m'étais forcée par le passé, entraînant mes filles avec moi. Les vociférations menaçantes des cortèges m'effrayaient, ainsi que les minorités agressives, les morts dans les rues, la haine révolutionnaire envers toute chose. Je suis obligée de parler en public, admettais-je, alors que je ne sais pas ce que je suis, et que je ne sais pas à quel point je pense sérieusement ce que je dis.

À présent, avec Nino, j'avais l'impression de pouvoir exprimer mes sentiments les plus secrets, même ceux que je taisais à moi-même, sans omettre mes incohérences et lâchetés. Il était tellement sûr de lui et solide, et il avait une opinion précise sur tout. Moi, j'avais l'impression d'avoir simplement collé sur la rébellion chaotique de mon enfance de jolis petits papiers avec des expressions visant à faire bonne figure. Le jour où nous nous rendîmes à Bologne pour un congrès – il y eut alors un véritable exode de militants aguerris vers la ville de la liberté –, nous fûmes soumis à des contrôles policiers incessants : on nous arrêta cinq fois. Armes brandies et « sortez du véhicule, papiers, contre le mur ! » Je fus encore plus effrayée qu'en Allemagne : c'étaient ma terre et ma langue, et pourtant je perdis mon sang-froid ; je voulais me taire et obéir, or je me mis à hurler, passai sans m'en apercevoir au dialecte et accablai d'insultes les policiers parce qu'ils me rudoyaient. Frayeur et colère se mêlaient en moi, et souvent je ne parvenais à maîtriser ni l'une ni l'autre. Nino, au contraire, garda son calme, plaisanta avec les agents, les amadoua et m'apaisa. Pour lui, tout ce qui comptait, c'était nous deux. « Rappelle-toi que nous sommes ensemble, ici et maintenant ! Tout le reste n'est qu'un décor et changera. »

20

Pendant ces années-là, nous fûmes toujours en mouvement. Nous voulions être sur le terrain, observer, étudier, comprendre, réfléchir, témoigner et avant tout nous aimer. Les sirènes hurlantes de la police, les postes de contrôle, le claquement des pales d'hélicoptère, les morts, tout cela était autant de pavés sur lesquels nous marquions le déroulement de notre relation, les semaines, les mois, la première année, et puis une année et demie – toujours à partir de la nuit où, dans l'appartement de Florence, j'avais rejoint Nino dans sa chambre. C'était alors, nous disions-nous, que notre vraie vie avait commencé. Et ce que nous appelions «vraie vie», c'était une impression de fulgurance miraculeuse qui ne nous abandonnait jamais, même lorsque les horreurs du quotidien s'invitaient sur la scène.

Nous étions à Rome les jours suivant l'enlèvement d'Aldo Moro. J'avais rejoint Nino, qui devait présenter le livre d'un de ses collègues napolitains portant sur la géographie et les politiques dans le Sud. On parla peu ou prou de l'ouvrage, en revanche on posa beaucoup de questions sur le président de la Démocratie chrétienne. Je pris peur, car une partie du public s'insurgea lorsque Nino déclara que celui qui avait jeté de la boue sur l'État, qui en avait montré les plus sombres aspects et avait créé les conditions pour la naissance des Brigades rouges, c'était Moro, justement, qui avait essayé de camoufler des vérités inconfortables pour son parti de corrompus et avait même confondu ce dernier avec l'État, dans le but de le faire échapper à toute accusation et à toute sanction. Même lorsqu'il conclut que défendre les institutions ne signifiait pas occulter leurs méfaits mais travailler à les rendre transparentes sans rien omettre et les faire devenir efficaces et capables de justice dans toutes leurs ramifications, les esprits ne se calmèrent toujours pas, et les insultes fusèrent. Je vis Nino de plus en plus pâle et l'entraînai au loin dès que possible. Nous nous réfugiâmes en nous-mêmes comme à l'intérieur d'une éclatante cuirasse.

Les temps étaient ainsi. Cela se passa mal pour moi aussi, un soir à Ferrare. Le cadavre de Moro avait été retrouvé depuis un peu plus d'un mois lorsque le terme d'*assassins* m'échappa pour définir ses kidnappeurs. Le choix des mots était toujours très ardu, mon public exigeait que je sache les calibrer selon les habitudes de l'extrême gauche, ce à quoi j'étais très attentive. Mais souvent, je me laissais aller et prononçais des phrases privées de filtre. Le mot *assassins* ne plut à personne dans l'assemblée – *Les assassins, c'est les fascistes !* –, je fus attaquée et critiquée, et devins la risée de tous. Je me tus. Combien je souffrais, lorsque tout à coup je ne bénéficiais plus du consensus ! Je perdais toute confiance en moi, et j'avais l'impression d'être rejetée au fin fond de mes origines ; je me sentais une nullité en politique, me disais que j'étais une femme qui aurait mieux fait de ne pas s'en mêler et, pendant un temps, j'évitais toute occasion de confrontation publique. *Si on tue quelqu'un, n'est-on pas un assassin ?* La soirée finit mal, Nino manqua de faire le coup de poing avec un gars au fond de la petite salle. Mais cette fois encore, tout ce qui compta, ce fut de retourner à nous deux. Il en était ainsi : si nous étions ensemble, aucune critique ne nous touchait vraiment, nous devenions même arrogants et rien n'avait de sens en dehors de nos opinions. Nous courions dîner, il y avait la bonne chère, le vin et le sexe. Nous voulions seulement nous jeter dans les bras l'un de l'autre, nous serrer l'un contre l'autre.

21

La première douche froide arriva fin 1978, par Lila évidemment. Ce fut l'aboutissement d'une série d'événements désagréables qui commencèrent mi-octobre, quand Pietro, de retour à l'université, fut agressé par deux jeunes – des rouges, des noirs, on ne savait plus – à visage découvert et armés de gourdins. Je me précipitai à l'hôpital, persuadée de le trouver plus déprimé que jamais. Or, malgré sa tête bandée et son œil au beurre noir, il était joyeux. Il m'accueillit d'un ton conciliant, puis m'oublia pour bavarder uniquement avec un petit groupe d'étudiants, parmi lesquels se distinguait une jeune femme très gracieuse. Quand la plupart d'entre eux partirent, elle s'assit près de lui, au bord de son lit, et lui prit la main. Elle portait un sous-pull blanc au col montant avec une minijupe bleue, et ses cheveux bruns lui arrivaient au bas du dos. Je fus aimable et lui posai des questions sur ses études. Elle répondit qu'elle n'avait plus que deux examens à passer et qu'elle travaillait déjà à son mémoire sur Catulle. Elle est très douée ! s'exclama Pietro. Elle s'appelait Doriana et, tant que je restai dans la chambre, elle ne lâcha la main du blessé que pour arranger ses oreillers.

Le soir, dans l'appartement de Florence, ma belle-mère apparut avec Dede et Elsa. Je lui parlai de cette jeune femme et elle sourit d'un air satisfait : elle était au courant de la liaison de son fils. Elle lança : Tu l'as quitté, à quoi tu t'attendais ? Le lendemain, nous allâmes toutes ensemble à l'hôpital. Dede et Elsa furent aussitôt séduites par Doriana, par ses colliers et ses bracelets. Les gamines se soucièrent très peu de leur père et de moi et passèrent leur temps dans la cour, à jouer avec la jeune femme et avec leur grand-mère. Une nouvelle époque commence, me dis-je, alors je tâtai prudemment le terrain auprès de Pietro. Déjà avant son passage à tabac, il espaçait de plus en plus ses visites aux filles, et maintenant je comprenais pourquoi. Je lui posai des questions sur cette femme. Il m'en parla comme il savait le faire : avec dévotion. Je lui demandai : Elle va venir habiter avec toi ? Il dit que c'était trop tôt, qu'il ne savait pas, mais oui, peut-être que oui. Nous devons discuter des filles, lançai-je alors. Il fut tout de suite d'accord.

À la première occasion, j'évoquai cette nouvelle situation avec Adele. Elle dut croire que je voulais m'en plaindre, mais je lui expliquai que cela ne me déplaisait nullement : mon problème, c'étaient les gamines.

« C'est-à-dire ? demanda-t-elle, inquiète.

— Jusqu'à présent, je te les ai laissées par nécessité, et parce que je pensais que Pietro avait besoin de retrouver un équilibre, mais maintenant qu'il a une vie à lui, la situation est différente. Moi aussi, j'ai droit à un peu de stabilité.

— Et alors ?

— Je vais prendre un appartement à Naples et déménager là-bas avec mes filles. »

Nous eûmes une discussion très violente. Elle tenait beaucoup aux enfants et ne voulait pas me les confier. Elle m'accusa d'être trop prise par mes propres affaires pour pouvoir m'occuper d'elles comme il le fallait. Elle insinua que faire entrer chez soi un homme étranger – elle voulait dire Nino – quand on a deux filles était une grave imprudence. Pour finir, elle jura qu'elle n'accepterait jamais que ses petites-filles grandissent dans une ville aussi chaotique que Naples.

On s'en dit des vertes et des pas mûres. Elle mentionna soudain ma mère : son fils devait lui avoir raconté notre méchante scène à Florence.

« Quand tu auras besoin d'aller quelque part, à qui vas-tu les laisser ? À elle ?

— Je les laisserai à qui j'ai envie.

— Je ne veux pas que Dede et Elsa soient en contact avec des personnes qui ne savent pas se maîtriser. »

Je répondis :

« Pendant toutes ces années, j'ai cru que tu étais la figure maternelle dont j'avais toujours eu besoin. J'ai eu tort, ma mère vaut mieux que toi. »

22

Par la suite, je posai à nouveau la question à Pietro et il fut évident que, malgré toutes sortes de réticences, il était disposé à n'importe quel accord lui permettant de passer le plus de temps possible avec Doriana. Là-dessus, je me rendis à Naples pour parler avec Nino, ne voulant pas réduire un moment aussi délicat à un coup de téléphone. Il m'accueillit dans l'appartement de la Via Duomo, comme il le faisait souvent désormais. Je savais qu'il continuait à vivre là, c'était chez lui ; malgré l'impression de provisoire que cet endroit me donnait et malgré ses draps trop usés qui m'agaçaient, j'étais heureuse de le voir et y allais volontiers. Quand je lui annonçai que je me sentais prête à déménager avec les filles, il explosa véritablement de joie. Nous fîmes la fête, il s'engagea à trouver le plus rapidement possible notre appartement et se dit prêt à se charger de toutes les inévitables corvées.

Je me sentis soulagée. Après tout ce temps passé à courir, voyager, souffrir et prendre du plaisir, il était temps de se poser. J'avais maintenant un peu d'argent, Pietro m'en enverrait pour l'entretien des filles, et je m'apprêtais à signer un contrat avantageux pour un autre livre. En outre, je me sentais enfin adulte, je jouissais d'un prestige croissant, et je me trouvais dans une situation où rentrer à Naples pouvait représenter un défi passionnant et fructueux pour mon travail. Mais surtout, je désirais vivre avec Nino. Comme j'aimais me promener avec lui, rencontrer ses amis, discuter, me coucher tard ! Je voulais louer un appartement inondé de lumière, avec vue sur la mer. Mes filles ne devaient pas regretter l'aisance de Gênes.

J'évitai de téléphoner à Lila pour lui annoncer ma décision. Il me paraissait évident qu'elle allait s'immiscer dans mes affaires, ce que je ne voulais pas. En revanche j'appelai Carmen, avec qui j'avais établi de bons rapports pendant l'année écoulée. Pour lui faire plaisir, j'avais rencontré le frère de Nadia, Armando, qui – avais-je découvert –, en plus d'être médecin, était devenu un membre éminent de la Démocratie prolétarienne. Il m'avait traitée avec beaucoup de respect. Il m'avait félicitée pour mon dernier livre, avait insisté pour que je vienne en discuter quelque part en ville et m'avait entraînée dans une radio très écoutée qu'il avait fondée lui-même : et c'est là, dans le désordre le plus lamentable, qu'il m'avait interviewée. Mais pour ce qui est de ma curiosité récurrente (comme il l'avait ironiquement appelée) envers sa sœur, il avait été évasif. Il avait dit que Nadia allait bien et qu'elle était partie faire un long voyage avec leur mère, rien d'autre. Quant à Pasquale, il n'avait aucune nouvelle de lui et ne tenait pas à en avoir : les types dans son genre, avait-il insisté, avaient signé la destruction d'une formidable saison politique.

Évidemment, je n'avais fait à Carmen qu'un résumé édulcoré de cette entrevue, mais elle n'en avait pas été moins attristée. Une tristesse retenue qui m'avait incitée à la voir de temps en temps lorsque je me rendais à Naples. Je sentais en elle une angoisse que je comprenais. Pasquale était *notre* Pasquale. Nous l'aimions toutes les deux, quoi qu'il ait fait et quoi qu'il fasse. Je n'avais désormais plus de lui que des souvenirs fragmentaires et incertains : le jour où nous étions allés ensemble à la bibliothèque du quartier, la bagarre sur la Piazza dei Martiri, et le soir où il était venu me chercher en voiture pour m'emmener auprès de Lila, ou lorsqu'il s'était présenté chez moi à Florence avec Nadia. Je sentais que Carmen, au contraire, était toute d'un bloc. Sa douleur d'enfant – je me rappelais très bien l'arrestation de son père – ne faisait plus qu'une avec la douleur liée à son frère et avec la détermination qu'elle mettait à veiller sur son sort. Si elle n'était autrefois qu'une amie d'enfance, devenue vendeuse dans la nouvelle épicerie des Carracci grâce à Lila, j'avais désormais plaisir à la rencontrer, et elle m'était chère.

Nous nous retrouvâmes dans un café de la Via Duomo. La salle manquait de lumière et nous nous installâmes près de la porte donnant sur la rue. Je lui expliquai mes projets en détail : je savais qu'elle en parlerait à Lila et me disais que c'était bien comme ça. Carmen, vêtue de noir, le visage sombre, m'écouta très attentivement et sans m'interrompre. Je me sentis bien frivole avec ma robe élégante et mes bavardages sur Nino ou mon désir d'emménager dans un bel appartement. À un moment donné, elle regarda sa montre et annonça :

« Lina va arriver. »

La nervosité me saisit : j'avais rendez-vous avec Carmen, pas avec Lila. Je regardai l'heure à mon tour et lâchai :

« Il faut que j'y aille.

— Attends ! Elle sera là dans cinq minutes. »

Elle se mit à me parler de notre amie avec affection et gratitude. Lila prenait soin de ses amis. Lila s'occupait de tout le monde : de ses parents, de son frère et même de Stefano. Lila avait aidé Antonio à trouver un appartement et elle s'était liée d'amitié avec l'Allemande qu'il avait épousée. Lila avait en tête de se mettre à son compte avec les ordinateurs. Lila était sincère, riche, généreuse, et si tu avais des difficultés, elle mettait la main à la poche. Lila était prête à aider Pasquale de toutes les façons possibles. Ah, Lenù ! dit-elle, vous avez tellement de chance d'avoir toujours été aussi proches ! Je vous ai tellement enviées ! J'eus alors l'impression de déceler dans sa voix, et de reconnaître dans un mouvement de sa main, le ton et la gestuelle de notre amie. Je songeai à nouveau à Alfonso, et je me souvins du jour où j'avais eu l'impression que lui, un homme, ressemblait à Lila jusque dans ses traits. Le quartier s'installait-il en elle ? Trouvait-il ainsi une nouvelle direction ?

« J'y vais, dis-je.

— Attends encore un peu, Lila a quelque chose d'important à te dire.

— Tu n'as qu'à me le dire, toi !

— Non, c'est à elle de le faire. »

J'attendis de plus en plus à contrecœur. Lila arriva enfin. Cette fois-ci, elle avait été beaucoup plus attentive à son aspect que le jour où je l'avais vue sur la Piazza Amedeo, et je dus reconnaître que, lorsqu'elle le voulait, elle savait toujours être très belle. Elle s'exclama :

« Alors tu t'es décidée, tu rentres à Naples ?

— Oui.

— Et tu le dis à Carmen, mais pas à moi ?

— Je te l'aurais dit aussi.

— Tes parents sont au courant ?

— Non.

— Et Elisa ?

— Non plus.

— Ta mère ne va pas bien.

— Qu'est-ce qu'elle a ?

— Elle tousse, mais elle refuse d'aller chez le docteur. »

Je m'agitai sur ma chaise et recommençai à regarder l'heure :

« Carmen dit que tu as quelque chose d'important à me dire.

— Ce n'est pas une bonne nouvelle.

110

« — Eh bien, vas-y !

— J'ai demandé à Antonio de suivre Nino. »

Je tressaillis :

« Comment ça, le suivre ?

— Voir ce qu'il fait.

— Et pourquoi ?

— C'était pour ton bien.

— Mon bien, c'est moi qui m'en occupe ! »

Lila coula un regard vers Carmen comme pour avoir son soutien, puis me fixa à nouveau :

« Si tu le prends comme ça, je me tais. Je ne veux pas encore te vexer.

— Je ne me vexerai pas, mais dépêche-toi ! »

Elle me regarda droit dans les yeux et me révéla, en quelques phrases sèches en italien, que Nino n'avait jamais quitté sa femme, qu'il continuait à vivre avec son fils et elle, et qu'en récompense il avait obtenu la direction, précisément ces jours-ci, d'un important institut de recherche financé par la banque à la tête de laquelle siégeait son beau-père. Elle conclut, sérieuse :

« Tu le savais ? »

Je secouai la tête :

« Non.

— Si tu ne me crois pas, on va le voir : je répéterai tout ça devant lui, mot pour mot, exactement comme je viens de te le dire, et tu verras. »

Je fis un geste de la main pour lui faire comprendre que ce n'était pas la peine :

« Je te crois », murmurai-je, mais pour éviter son regard, je tournai la tête vers la porte et la rue.

Alors la voix de Carmen m'arriva de loin, et elle disait : Si vous allez voir Nino, je veux venir moi aussi, à trois on va lui faire sa fête et on lui coupera son engin ! Je sentis qu'elle me touchait

doucement le bras pour attirer mon attention.
Petites, nous lisions ensemble des romans-photos
dans le jardin public près de l'église et partagions
la même envie de prêter main-forte à l'héroïne
lorsque celle-ci se trouvait en difficulté. À présent,
elle éprouvait certainement le même sentiment de
solidarité qu'autrefois, mais avec le sérieux d'aujourd'hui, et il s'agissait d'un sentiment authen-
tique, causé par un tort qui n'était plus feint mais
véritable. Lila, en revanche, avait toujours méprisé
nos lectures, et en ce moment elle était assise en
face de moi avec des motivations qui étaient certainement bien différentes. J'imaginai qu'elle se
sentait satisfaite, comme devait aussi l'avoir été
Antonio, lorsqu'il avait découvert la fausseté de
Nino. Je vis que Carmen et elle échangeaient un
regard, une sorte de consultation muette, comme
pour prendre une décision. Cela dura un long instant. « Non », lus-je sur les lèvres de Carmen – ce
fut comme un souffle, accompagné d'un impercep-
tible non de la tête.

Non quoi ?

Lila recommença à me fixer, bouche entrouverte. Comme toujours, elle s'attribuait le devoir
de me planter une aiguille dans le cœur, non pour
qu'il s'arrête mais pour qu'il batte plus fort. Elle
avait les yeux en fente et son large front était
plissé. Elle attendait ma réaction. Elle voulait que
je hurle, que je pleure et que je m'en remette à elle.
Je dis doucement :

« Maintenant, il faut vraiment que j'y aille. »

23

J'exclus Lila de tout ce qui suivit.

J'étais blessée non parce qu'elle m'avait révélé que Nino, depuis plus de deux ans, me racontait des mensonges sur l'état de son mariage, mais parce qu'elle avait réussi à me démontrer ce que, de fait, elle m'avait dit dès le début : j'avais fait le mauvais choix, j'étais une crétine.

Quelques heures plus tard, je retrouvai Nino mais fis comme si de rien n'était, me contentant d'esquiver ses baisers. J'étais dévorée par la rancœur. Je passai la nuit les yeux grands ouverts, mon désir d'étreindre ce long corps masculin s'était éteint. Le lendemain, il insista pour que nous allions visiter un appartement sur la Via Tasso, et je le laissai me dire : Surtout ne t'en fais pas pour le loyer, je m'en charge, je vais bientôt avoir un poste qui résoudra tous nos problèmes financiers. Mais le soir venu, je n'y tins plus et j'explosai. Nous nous trouvions dans l'appartement de la Via Duomo et, comme d'habitude, son collègue n'était pas là. J'annonçai :

« Demain, je veux voir Eleonora. »

Il me regarda, perplexe :

« Pourquoi ? »

— Il faut que je lui parle. Je veux savoir ce qu'elle sait de nous, quand est-ce que tu as quitté votre domicile, et depuis combien de temps vous ne couchez plus ensemble. Je veux savoir si vous avez demandé le divorce. Je veux qu'elle me dise si son père et sa mère savent que votre mariage est fini. »

Il ne se départit pas de son calme :

« Tu n'as qu'à me demander : s'il y a quelque chose que tu ne comprends pas, je t'expliquerai.

— Non, je n'ai confiance qu'en elle, toi tu es un menteur. »

Alors je me mis à crier, passant au dialecte. Il céda immédiatement, il avoua tout – je n'avais pas douté un seul instant de la véracité des propos de Lila. Je martelai sa poitrine de coups de poing et, ce faisant, j'eus l'impression qu'un autre moi s'était dissocié de ma personne : ce moi voulait faire encore plus de mal à cet homme, le gifler et lui cracher au visage, comme je l'avais vu faire, quand j'étais enfant, dans les disputes de notre quartier, ce moi désirait lui crier qu'il n'était qu'une merde, le griffer et lui arracher les yeux. J'en fus surprise et effrayée. *Est-ce que c'est moi aussi, ce moi plein de fureur ? Moi ici, à Naples, dans cet appartement horrible, moi qui, si je le pouvais, tuerais cet homme, lui planterais de toutes mes forces un couteau dans le cœur ? Est-ce que je dois retenir cette ombre – celle de ma mère et de toutes nos ancêtres – ou bien la laisser se déchaîner ?* Je hurlais, je frappais. Au début, il para les coups en faisant mine de s'amuser, puis tout à coup il s'assombrit, se laissa tomber dans un fauteuil et cessa de se défendre.

Je ralentis, mon cœur allait exploser. Il murmura :

« Assieds-toi.

— Non.

— Donne-moi au moins la possibilité de t'expliquer. »

Je m'affalai sur une chaise, le plus loin possible de lui, et le laissai parler. Tu sais bien – commença-t-il d'une voix brisée – qu'avant Montpellier, j'avais tout dit à Eleonora, et que notre rupture était inéluctable. Mais à mon retour, murmura-t-il, les choses se sont compliquées. Sa femme avait perdu la tête, au point de mettre en danger, avait-il redouté, jusqu'à la vie d'Albertino. Du coup, pour pouvoir continuer, il avait dû lui dire que nous ne nous voyions plus. Ce mensonge avait tenu quelque temps. Mais comme les explications qu'il fournissait à Eleonora pour toutes ses absences étaient de plus en plus invraisemblables, les scènes avaient recommencé. Une fois, sa femme avait saisi un couteau et avait tenté de se le planter dans le ventre. Une autre fois, elle avait ouvert grand les portes du balcon et avait voulu se jeter dans le vide. Un autre jour encore, elle s'était enfuie en emmenant le petit. En cette occasion, elle avait disparu pendant une journée entière, et Nino en avait été mort de peur. Mais quand il l'avait finalement retrouvée, chez une tante dont elle était très proche, il s'était aperçu qu'Eleonora avait changé. Elle s'était mise à le traiter sans colère, rien qu'avec un soupçon de mépris. Puis un matin – raconta Nino, le souffle court – elle m'a demandé si je t'avais quittée. J'ai répondu oui. Et elle a dit simplement : D'accord, je te crois – exactement comme ça. Et à partir de là, elle a commencé à faire semblant de me croire, oui, à *faire semblant*. Maintenant nous vivons dans cette fiction, et tout va bien. En effet, comme tu le vois je suis ici avec toi, je dors avec toi, et quand je veux, je voyage avec toi. Elle sait tout, mais elle se comporte comme si elle ne savait rien.

Là, il reprit son souffle et s'éclaircit la gorge, tentant de saisir si je prêtais attention à ses paroles ou si je suffoquais simplement de rage. Je continuai à me taire et regardai ailleurs. Il dut croire

que je rendais les armes, car il poursuivit ses discours avec une détermination croissante. Il parla
encore et encore comme il savait le faire, il mit
vraiment le paquet. Il fut persuasif, à la fois plein
d'autodérision, de douleur et de désespoir. Mais
quand il tenta de m'approcher, je le repoussai en
criant. Alors il craqua et éclata en sanglots. Il gesticulait, penchait le buste vers moi et murmurait
entre les larmes : Je ne veux pas que tu me par-
donnes, juste que tu me comprennes… Je l'interrompis plus furieuse que jamais et hurlai : Tu lui as
menti, et tu m'as menti aussi ! Et tu ne l'as pas fait
par amour de l'une ni de l'autre, mais uniquement
pour toi, parce que tu n'as pas le courage de tes
choix, parce que tu es un lâche ! Puis je passai à
des mots répugnants en dialecte et il se laissa insulter, balbutiant juste quelques expressions de regret.
Bientôt je me sentis étouffer, essayai de reprendre
mon souffle et me tus, ce qui lui permit de revenir à
la charge. Il tenta à nouveau de me prouver que me
mentir avait été la seule manière d'éviter une tragédie. Quand il eut l'impression d'être parvenu à ses
fins, quand il me murmura que maintenant, grâce
au consentement d'Eleonora, nous pouvions sans
problème essayer de vivre ensemble, je lui déclarai
calmement qu'entre nous deux, c'était fini. Je partis
et m'en retournai à Gênes.

24

L'ambiance chez mes beaux-parents devint
de plus en plus tendue. Nino n'arrêtait pas de

téléphoner et soit je lui raccrochais au nez, soit nous nous querellions en parlant très fort. À deux reprises, Lila appela, elle voulait savoir comment ça allait. Je lui répondis «Bien, très bien, comment tu veux que ça aille?» et raccrochai. Je devins intraitable et hurlais pour un rien contre Dede et Elsa. Mais surtout, je commençai à m'en prendre à Adele. Un matin, je lui reprochai ce qu'elle avait fait pour empêcher la publication de mon texte. Elle ne nia pas, et me dit même : Ce n'est qu'un opuscule, cela n'a pas la dignité d'un livre. Je répliquai : Moi j'écris peut-être des opuscules mais toi, de toute ta vie, tu n'as même pas été capable d'en faire autant! D'ailleurs, on se demande bien pourquoi on t'écoute tellement! Vexée, elle lâcha : Tu ne sais rien de moi. Or j'en savais bien plus qu'elle ne croyait, mais en cette occasion, je parvins à rester bouche cousue. En revanche, quelques jours plus tard, j'eus une dispute très violente avec Nino, hurlant au téléphone en dialecte, et comme ma belle-mère me le reprocha d'un ton méprisant, je réagis en rétorquant :

«Fiche-moi la paix, et regarde-toi plutôt avant de parler!

— Qu'est-ce que tu veux dire?

— Tu le sais très bien.

— Je ne sais rien du tout.

— Pietro m'a dit que tu as eu des amants.

— Moi?

— Oui, toi, et ne fais pas semblant de tomber des nues! Moi j'ai assumé mes responsabilités devant tout le monde, même devant Dede et Elsa, et je paye la conséquence de mes actes. Toi par contre, avec tes grands airs, tu n'es qu'une sale bourgeoise hypocrite qui cache ses cochonneries sous le tapis ! »

Adele pâlit et en resta bouche bée. Raide, le visage crispé, elle se leva pour aller fermer la porte du salon. Ensuite elle me dit à voix basse, presque en chuchotant, que j'étais une femme mauvaise, que je ne pouvais pas comprendre ce que voulait dire aimer pour de vrai et renoncer à la personne aimée, et que derrière mes airs aimables et dociles, je dissimulais un appétit très vulgaire qui me poussait à m'emparer de tout, chose que ni les études ni les livres ne pourraient jamais corriger. Enfin elle conclut : Demain vous partez, toi et tes filles ; c'est seulement dommage pour les petites, car si elles avaient grandi ici, elles auraient eu la possibilité de ne pas devenir comme toi.

Je ne répondis rien, je savais que j'avais dépassé les bornes. Je fus tentée de m'excuser mais ne le fis pas. Le lendemain matin, Adele ordonna à la domestique de m'aider à préparer les bagages. Je me débrouille seule ! m'exclamai-je. Et sans même avoir salué Guido, qui se trouvait dans son bureau et faisait comme si de rien n'était, je me retrouvai à la gare, ployant sous les valises, avec les deux filles qui me scrutaient, tentant de saisir mes intentions.

Je me souviens encore de mon épuisement, du grondement des trains dans le hall et de la salle d'attente. Dede me reprochait ma brusquerie : Pousse pas, arrête de crier tout le temps, j'suis pas sourde ! Elsa demanda : On va chez papa ? Toutes deux se réjouissaient de rater l'école, mais je sentais qu'elles n'avaient pas confiance en moi, et elles me demandaient prudemment, prêtes à se taire si je me fâchais : Qu'est-ce qu'on fait ? Quand est-ce qu'on retourne chez les grands-parents ? On va manger où ? On va dormir où, cette nuit ?

Dans un premier temps, désespérée comme je l'étais, je projetai de descendre à Naples et de me présenter sans préavis chez Nino et Eleonora, avec les gosses. Je me disais : Oui, c'est ce que je dois faire, si mes filles et moi sommes dans cette situation, c'est aussi à cause de lui, il faut qu'il paye ! Je souhaitais que le désordre de ma vie le heurte de plein fouet et le bouleverse autant que moi. Il m'avait roulée. Il avait gardé sa famille et, comme divertissement, il m'avait gardée moi aussi. Moi je l'avais choisi pour toujours, pas lui. Moi j'avais quitté Pietro, lui avait conservé Eleonora. J'étais donc dans le juste. J'avais le droit d'envahir son existence et de lui dire : Eh bien mon ami, voilà où on en est ! Si tu t'es tellement inquiété pour ta femme parce qu'elle faisait des folies, maintenant que c'est moi qui en fais, voyons un peu comment tu t'en sors !

Mais alors que je me préparais à un long et insupportable voyage vers Naples, je changeai d'avis en un éclair – il me suffit pour cela d'une annonce faite par haut-parleur – et partis pour Milan. Vu ma nouvelle situation, j'avais plus que jamais besoin d'argent, et je me dis qu'avant toute chose je devais aller trouver ma maison d'édition et les supplier de me confier quelques travaux. C'est seulement dans le train que je compris le véritable motif de ce brusque changement de destination. Malgré tout, l'amour se débattait férocement en moi, et le seul fait d'imaginer faire du mal à Nino me répugnait. J'avais beau désormais écrire et parler de l'autonomie féminine en long et en large, je ne pouvais me passer de son corps, de sa voix et de son intelligence. Me l'avouer fut chose terrible, pourtant je continuais à le vouloir, je l'aimais même plus que mes filles. À l'idée de lui nuire et de ne plus le revoir, c'était comme si je me fanais d'un coup et dans la douleur : la femme libre et cultivée perdait ses pétales, se détachant de la femme-mère, la femme-mère prenait ses distances avec la femme-maîtresse et la femme-maîtresse avec la mégère enragée, et toutes semblaient sur le point de partir au gré du vent. Plus Milan approchait, plus je réalisais que, Lila écartée, je ne savais pas me donner de consistance, si ce n'est en me modelant sur Nino. J'étais incapable d'être *mon* propre modèle. Sans Nino, je n'avais plus de base à partir de laquelle, depuis le quartier, me projeter vers le monde : je n'étais qu'un tas de détritus.

Épuisée et terrifiée, j'échouai chez Mariarosa.

25

Combien de temps y restai-je ? Quelques mois, et ce fut une cohabitation difficile. Ma belle-sœur était déjà au courant de ma confrontation avec Adele, et elle me dit avec sa franchise habituelle : Tu sais que je t'aime beaucoup, mais tu as eu tort de traiter ma mère comme ça.

« Elle s'est très mal comportée.

— Récemment, oui. Mais avant, elle t'avait aidée.

— C'était juste pour que son fils ne fasse pas mauvaise figure. »

— Tu es injuste.

— Non, je parle franchement. »

Elle me regarda avec agacement, chose rare chez elle. Puis, comme si elle énonçait une règle dont elle ne pourrait tolérer aucune violation, elle déclara :

« Moi aussi, je veux parler franchement. Ma mère, c'est ma mère. Tu peux dire ce que tu veux de mon père et de mon frère, mais elle, tu n'y touches pas. »

À part ça, elle fut très gentille. Elle nous accueillit avec sa décontraction légendaire, nous attribua une grande chambre avec trois lits d'appoint, nous donna des serviettes et puis nous abandonna à nous-mêmes, comme elle le faisait avec toutes ses invitées qui apparaissaient et disparaissaient constamment. Comme toujours, je fus frappée par son regard plein de vivacité : on aurait dit que ses yeux seuls portaient son être tout entier, semblable à une robe de chambre élimée. Je ne remarquai guère sa pâleur inhabituelle ni son amaigrissement. J'étais comme absorbée par moi-même et par ma douleur, et finis bientôt par ne plus lui accorder d'attention.

J'essayai de mettre un peu d'ordre dans la pièce pleine de bazar, poussiéreuse et crasseuse. Je préparai mon lit et ceux des filles. Je fis la liste de tout ce dont nous avions besoin. Mais cet effort d'organisation fut de courte durée. J'avais la tête ailleurs, ne savais quelles décisions prendre et passai les premiers jours pendue au téléphone. Nino me manquait tellement que je l'appelai très vite. Il nota le numéro de Mariarosa et, à partir de là, n'arrêta pas de m'appeler, quoique chaque conversation finisse par une querelle. Au début j'entendais sa voix avec joie, et parfois j'étais sur le point de céder. Je me disais : moi aussi, je lui ai caché que Pietro était revenu chez nous et que nous dormions sous le même toit. Puis je me mettais en colère contre moi-même, je me rendais compte que ce n'était pas la même chose : moi je n'avais plus jamais couché avec Pietro, alors que Nino dormait avec Eleonora, moi j'avais amorcé la séparation, alors qu'il avait consolidé son lien conjugal. Alors nous recommencions à nous disputer et je criais qu'il ne devait plus jamais me rappeler. Mais le téléphone sonnait avec régularité, soir et matin. Il me disait qu'il ne pouvait vivre sans moi et me suppliait de le rejoindre à Naples. Un jour, il m'apprit qu'il avait loué l'appartement de la Via Tasso et que tout était prêt pour nous accueillir, les filles et moi. Il parlait, annonçait, promettait et semblait prêt à tout, mais il ne se décidait pas à prononcer les paroles les plus importantes : *avec Eleonora, maintenant c'est fini pour de bon*. Par conséquent, il y avait toujours un moment où, sans me soucier des filles ou de qui traversait l'appartement, je hurlais qu'il devait cesser de me torturer et raccrochais, plus folle de colère que jamais.

26

Je vécus ces journées en me méprisant moi-même : je n'arrivais pas à me sortir Nino de la tête. J'effectuais mes travaux à contrecœur, voyageais par obligation, revenais par obligation, me désespérais, me détruisais. Et je sentais que les faits donnaient raison à Lila : j'en oubliais mes filles, je les laissais sans soin et sans école.

Dede et Elsa étaient enchantées de leur nouvelle situation. Elles connaissaient peu leur tante, mais elles adoraient l'impression de liberté absolue qu'elle dégageait. L'appartement de Sant'Ambrogio était toujours un port dans la tempête, Mariarosa accueillait tout le monde à la façon d'une sœur ou peut-être même d'une bonne sœur sans préjugés, sans se soucier de la saleté, des problèmes mentaux, des délits ou des drogues. Mes filles n'avaient aucune obligation et se promenaient avec curiosité dans l'appartement jusque tard le soir. Elles écoutaient toutes sortes de discours et de jargons et s'amusaient quand on jouait de la musique, chantait ou dansait. Leur tante sortait le matin pour aller à l'université et rentrait en fin d'après-midi. Elle n'était jamais stressée, faisait rire ses nièces, les poursuivait de pièce en pièce, et jouait à cache-cache ou à colin-maillard. Quand elle restait à la maison, elle se lançait dans de grands nettoyages en impliquant les gosses, ses hôtes de passage et moi-même. Mais plus que de nos corps, elle s'occupait de nos intelligences. Elle avait organisé des cours du soir, invitant ses collègues d'université à nous instruire. Parfois, elle donnait elle-même des leçons, extrêmement spirituelles et bourrées d'informations, et elle le faisait en serrant ses nièces contre elle, s'adressant aux gamines et les engageant dans les discussions. Ces jours-là, l'appartement se remplissait de ses amis, hommes et femmes, qui venaient exprès pour l'écouter.

Un soir, pendant l'une de ces leçons, on frappa à la porte. Dede courut ouvrir, elle aimait beaucoup accueillir les gens. La gamine revint dans le salon et dit, très émue : C'est la police. La petite audience fut parcourue de murmures de colère et presque de menace. Mariarosa se leva posément et alla parler aux agents. Ils étaient deux et expliquèrent que des voisins s'étaient plaints, ou quelque chose comme ça. Elle les traita avec cordialité, insista pour qu'ils entrent et les obligea presque à s'asseoir parmi nous dans le séjour, avant de reprendre son cours. Dede n'avait jamais vu de près un policier. Elle se mit à bavarder avec le plus jeune d'entre eux, sur le genou duquel elle appuya son coude. Je me souviens bien de sa manière de l'aborder, dans le but de lui prouver que Mariarosa était quelqu'un de bien :

« En réalité, dit-elle, ma tante est professeur !

— En réalité, murmura l'agent avec un sourire hésitant.

— Oui.

— Tu parles bien !

— Merci ! En réalité, elle s'appelle Mariarosa Airota et elle enseigne l'histoire de l'art. »

Le jeune homme glissa quelque chose à l'oreille de son collègue plus âgé. Ils restèrent ainsi captifs une dizaine de minutes et puis s'en allèrent. Dede les raccompagna à la porte.

Plus tard, on me confia à moi aussi une de ces initiatives pédagogiques et, pour ma soirée, le public fut plus fourni qu'à l'ordinaire. Mes filles s'assirent sur des coussins au premier rang, dans le grand salon, et suivirent sagement. Ce fut à partir de ce jour-là, je crois, que Dede commença à me considérer avec curiosité. Elle estimait beaucoup son père, son grand-père et maintenant Mariarosa. De moi, elle ne savait rien et ne voulait rien savoir. J'étais sa mère, je lui interdisais tout, elle ne pouvait pas me supporter. Elle dut être étonnée que l'on m'écoute avec une attention que, par principe, elle ne m'aurait jamais accordée. Et peut-être apprécia-t-elle aussi le calme avec lequel je réfutais les critiques qui, étrangement, me vinrent ce soir-là de Mariarosa. Ma belle-sœur fut la seule, parmi toutes les femmes présentes, à montrer qu'elle ne partageait pas un mot de ce que je disais : et pourtant c'était elle, longtemps auparavant, qui m'avait encouragée à étudier, écrire et publier. Sans m'en demander la permission, elle raconta mon affrontement avec ma mère à Florence, révélant qu'elle en connaissait les moindres détails. Elle théorisa « en recourant à moult doctes citations » qu'une femme sans amour pour sa génitrice était une femme perdue.

27

Quand j'étais en déplacement, je confiais les filles à ma belle-sœur, mais je me rendis bientôt compte qu'en fait c'était Franco qui s'en occupait. En général il restait dans sa chambre, ne participait pas aux leçons et ne s'intéressait pas aux allées et venues permanentes. Mais il s'attacha à mes filles. Quand il le fallait, il cuisinait pour elles, inventait des jeux et les instruisait à sa manière. Dede apprit grâce à lui à mettre en discussion l'apologue « inepte » – ainsi le qualifia-t-elle lorsqu'elle m'en parla – d'Agrippa Menenius, qu'on lui avait appris dans la nouvelle école où je m'étais décidée à l'inscrire. Elle riait et disait : « Maman, le patricien Agrippa Menenius a étourdi les plébéiens de bavardages, mais il n'a pas réussi à démontrer que les membres d'un homme se nourrissent lorsque le ventre d'un autre se remplit, ha ha ha ! » C'est aussi Franco qui lui apprit, sur une grande mappemonde, la répartition du bien-être excessif et de la misère insupportable. Elle répétait toujours : C'est la plus grande des injustices.

Un soir où Mariarosa n'était pas là, mon petit ami de l'époque de Pise me dit avec un ton de regret sincère, faisant allusion aux filles qui se poursuivaient dans l'appartement en poussant de grands cris : Tu imagines, ça pourrait être les nôtres ! Je le corrigeai : Aujourd'hui elles auraient quelques années de plus. Il hocha la tête. Je l'observai quelques secondes tandis qu'il fixait le bout de ses chaussures. Je le comparai mentalement à l'étudiant riche et cultivé d'il y a quinze ans : c'était lui, et pourtant ce n'était pas lui. Il ne lisait plus, n'écrivait pas, et depuis un an il avait réduit au minimum ses interventions dans les assemblées, les débats et les manifestations. Il parlait politique – son seul véritable centre d'intérêt – sans la conviction et la passion d'autrefois ; il avait même accentué sa tendance à tourner en dérision ses propres prophéties catastrophistes. D'un ton grandiloquent, il me faisait la liste des désastres selon lui imminents : un, le crépuscule du sujet révolutionnaire par excellence, la classe ouvrière ; deux, la dispersion définitive du patrimoine politique des socialistes et des communistes, déjà dénaturés par leurs querelles quotidiennes pour être la béquille du capital ; et trois, la fin de toute éventualité de changement – ce qui est là est là, il faudra nous adapter. Je demandais, sceptique : Tu crois vraiment que ça finira ainsi ? Bien sûr, répondait-il en riant, mais tu sais aussi que je suis très doué pour les bavardages, alors si tu veux, à force d'antithèses et de synthèses, je peux te démontrer exactement le contraire : le communisme est inévitable, la dictature du prolétariat est la forme la plus élevée de la démocratie, l'Union soviétique, la Chine, la Corée du Nord et la Thaïlande sont nettement mieux que les États-Unis, et faire couler le sang, que ce soit quelques gouttes ou à flots, est parfois criminel et parfois juste. Tu préfères cette version ?

En deux occasions seulement, je retrouvai le garçon que j'avais connu autrefois. Un matin Pietro débarqua sans Doriana, et il avait l'air de faire une inspection pour vérifier dans quelles conditions vivaient ses filles, dans quelle école je les avais mises, et si elles étaient heureuses. Ce fut un moment de forte tension. Les gamines lui racontèrent peut-être trop en détail leur mode de vie, qui plus est avec ce goût enfantin pour l'exagération fantastique. Du coup, il se querella vivement d'abord avec sa sœur puis avec moi, nous traitant toutes deux d'irresponsables. Je perdis mon calme et m'écriai : Tu as raison, tu n'as qu'à les prendre avec toi, tu t'en occuperas avec Doriana ! À ce moment-là, Franco sortit de sa chambre et intervint, déployant son ancien art du discours qui, par le passé, lui avait permis de maîtriser des assemblées très houleuses. Pietro et lui finirent par discuter savamment du couple, de la famille, de l'éducation des enfants et même de Platon, oubliant Mariarosa et moi. Mon mari s'en alla énervé, le visage empourpré et les yeux humides, mais avec tout de même la satisfaction d'avoir trouvé un interlocuteur capable d'un dialogue intelligent et civilisé.

Plus tempétueuse – et beaucoup plus terrible pour moi – fut la première fois où Nino surgit sans préavis. Il était fatigué de son long voyage en voiture, très tendu, et avait un aspect négligé. Dans un premier temps, je crus qu'il était venu décider d'autorité de mon destin et de celui de mes filles. J'espérai qu'il me dirait : Ça suffit, j'ai réglé ma situation matrimoniale, on va vivre à Naples. Je me sentis prête à céder sans trop faire d'histoires, tant le caractère provisoire de notre vie m'épuisait. Mais les choses ne se passèrent pas ainsi. Nous nous enfermâmes dans une pièce et, avec mille hésitations, triturant ses mains, ses cheveux ou son visage, il me répéta, déjouant toutes mes attentes, que se séparer de sa femme était impossible. Il devint fébrile, tenta de m'enlacer et s'efforça de me démontrer que rester avec Eleonora était indispensable s'il ne voulait renoncer ni à moi ni à notre vie commune. En une autre circonstance, il m'aurait fait de la peine : à l'évidence, il souffrait sincèrement. Mais ce jour-là, je ne me souciai pas une seconde de sa souffrance et le regardai, abasourdie :

« Qu'est-ce que tu es en train de me dire ?

— Que je ne peux pas quitter Eleonora mais que je ne peux pas vivre sans toi.

— Alors, j'ai bien compris : tu me proposes, comme si c'était une solution raisonnable, de troquer le rôle de maîtresse pour celui d'épouse parallèle.

— Qu'est-ce que tu racontes ? Ce n'est pas ça ! »

Je l'agressai – *Mais bien sûr que si, c'est ça !*

– et lui indiquai la porte : j'en avais assez de tous ses trucs, de toutes ses inventions et de tous ses lamentables discours ! Alors lui, avec une voix qui peinait à sortir de sa gorge, mais aussi avec l'air de celui qui indique, de manière définitive et indiscutable, les raisons de son comportement, m'avoua quelque chose que *je ne devais pas apprendre par quelqu'un d'autre* – voilà ce qu'il cria – et qui expliquait pourquoi il était venu me le dire en personne : Eleonora était enceinte de sept mois.

28

Maintenant que j'ai la vie derrière moi, je sais bien que je réagis à cette nouvelle de manière excessive et, en racontant cet épisode, je m'aperçois que je souris en mon for intérieur. Je connais tant d'hommes et de femmes qui pourraient raconter des expériences similaires : l'amour et le sexe sont irrationnels et brutaux. Mais ce jour-là, je craquai complètement. Ce seul fait – Eleonora est enceinte de sept mois – me sembla le tort le plus insupportable que Nino puisse me faire. Je me souvins de Lila et du moment d'incertitude où Carmen et elle s'étaient consultées du regard, comme si elles avaient quelque chose d'autre à me dire. Antonio avait donc découvert également cette grossesse ? Ils étaient au courant ? Et pourquoi Lila avait-elle renoncé à me le dire ? Elle s'était arrogé le droit de doser ma douleur ? Quelque chose se brisa dans ma poitrine et dans mon ventre. Tandis que Nino étouffait d'anxiété et s'efforçait de se justifier en murmurant que si, d'un côté, cette grossesse avait servi à apaiser sa femme, de l'autre, il lui était encore plus difficile de la quitter, je me pliai en deux sous le coup de la souffrance, les bras croisés : tout mon corps me faisait mal, je n'arrivais pas à parler ni à crier. Puis je me redressai brusquement. À ce moment-là, il n'y avait que Franco dans l'appartement. Pas de femmes instables, affligées, malades ou occupées à chantonner. Mariarosa avait emmené mes filles se promener pour nous laisser, à Nino et à moi, le temps de nous affronter. J'ouvris la porte de la pièce et, d'une voix faible, appelai mon ex-petit ami de Pise. Il arriva aussitôt et je lui indiquai Nino du doigt. Dans une sorte de râle, je lui dis : Mets-le à la porte !

Il ne le chassa pas mais lui fit signe de se taire. Il évita de demander ce qui s'était passé, me saisit les poignets, me maintint immobile et me laissa le temps de reprendre mes esprits. Puis il me conduisit dans la cuisine et me fit asseoir. Nino nous suivit. J'étais au désespoir, je haletais et émettais des sons hachés. Mets-le à la porte ! répétai-je quand Nino tenta de s'approcher de moi. Franco l'éloigna et lui dit posément : Laisse-la tranquille, sors ! Nino obéit et, dans la plus grande confusion, je racontai à Franco tout ce qui s'était passé. Il m'écouta sans m'interrompre, jusqu'à ce qu'il s'aperçoive que j'étais à bout de forces. C'est seulement alors qu'il me dit, de son ton super cultivé habituel, qu'une bonne règle générale était de ne pas trop en demander, et de profiter de ce qui était possible. Je m'en pris à lui aussi : Les hommes, c'est toujours le même baratin ! m'écriai-je. Mais qu'est-ce qu'on en a à foutre, du possible ! C'est quoi ces âneries ?

Sans se vexer, il voulut que j'examine la situation telle qu'elle était. D'accord, dit-il, ce monsieur t'a menti pendant deux ans et demi, il a prétendu avoir quitté sa femme, a raconté qu'il n'avait plus de rapports avec elle, et maintenant tu découvres qu'il y a sept mois, il l'a mise enceinte. Tu as raison, c'est horrible, et Nino est un être abject. Mais une fois découvert – me fit-il remarquer – il aurait pu disparaître et ne plus se soucier de toi. Alors pourquoi est-il venu en voiture de Naples à Milan, pourquoi a-t-il voyagé toute la nuit, pourquoi s'est-il humilié en se dénonçant, pourquoi t'a-t-il suppliée de ne pas le quitter ? Tout ça doit quand même vouloir dire quelque chose. Ça veut dire, hurlai-je, que c'est un menteur ! que c'est un type superficiel, incapable de choisir ! Franco hocha la tête, il était d'accord. Toutefois, ensuite il me demanda : Et s'il t'aimait vraiment, mais était incapable de t'aimer autrement ?

Je n'eus pas le temps de brailler que telle était précisément la thèse de Nino. La porte de l'appartement s'ouvrit et Mariarosa apparut. Timides et gracieuses, les filles reconnurent Nino et, à l'idée d'attirer son attention, elles oublièrent d'un coup que ce nom avait résonné pendant des jours et des mois comme une insulte dans la bouche de leur père. Il se consacra immédiatement à elles, pendant que Mariarosa et Franco s'occupaient de moi. Comme tout était difficile ! À présent Dede et Elsa parlaient très fort et riaient, tandis que mes deux hôtes m'adressaient des propos sérieux. Ils voulaient m'aider à raisonner mais, au fond, eux-mêmes ne maîtrisaient pas vraiment leurs sentiments. Franco révéla un penchant insoupçonné pour la médiation affectueuse, alors qu'autrefois il tranchait toujours dans le vif. Au début, ma belle-sœur fut très compréhensive à mon égard, mais ensuite elle chercha à saisir aussi les motivations de Nino et surtout le drame d'Eleonora, finissant ainsi par me blesser, que ce soit involontairement ou par calcul. Ne t'énerve pas, dit-elle, et réfléchis un peu : que peut éprouver une femme qui a ta conscience à l'idée que son bonheur passe par la destruction d'une autre ?

Et cela continua ainsi. Franco m'incitait à prendre ce que je pouvais dans les limites imposées par la situation ; Mariarosa me représentait Eleonora abandonnée avec un enfant en bas âge et un autre pas encore né, et elle me recommandait : Entre en contact avec elle, devenez le miroir l'une de l'autre ! Des idioties de gens qui ne savent pas et ne peuvent pas comprendre, me disais-je, maintenant exténuée. Lila, elle, réagirait comme elle l'a toujours fait en me conseillant : Tu t'es déjà assez plantée comme ça, maintenant tu leur craches tous à la gueule et tu te tires ! C'est l'épilogue qu'elle avait toujours souhaité. Mais j'étais effrayée, tous ces discours de Franco et Mariarosa m'embrouillaient encore plus, et je ne les écoutais plus. En revanche, j'observais Nino. Comme il était beau, occupé à reconquérir l'affection de mes filles ! Voilà qu'il entrait dans leur chambre, l'air de rien, puis les félicitait en s'adressant à Mariarosa – *Tu as vu, tatie, comme ces demoiselles sont exceptionnelles !* –, et voilà qu'il retrouvait naturellement ses tons et manières de séducteur, effleurant le genou dénudé de ma belle-sœur. Je l'entraînai dehors et le contraignis à une longue promenade dans Sant'Ambrogio.

Je me rappelle qu'il faisait chaud. Nous suivions

une longue coulée rouge brique, et l'air était rempli de duvet qui s'envolait des platanes. Je lui dis que je devais apprendre à me passer de lui mais que pour le moment j'en étais incapable, il me fallait plus de temps. Il me répondit que lui, au contraire, ne pourrait jamais vivre sans moi. Je répliquai qu'il n'était jamais capable de se séparer de rien ni de personne. Il dit que ce n'était pas vrai, que c'était la faute des circonstances, et que c'était uniquement pour m'avoir qu'il était obligé de tout garder. Je compris que chercher à l'amener au-delà de cette position était inutile, il avait l'air de se tenir, épouvanté, devant un gouffre. Je l'accompagnai à sa voiture et le chassai. Au moment de partir, il demanda encore : Qu'est-ce que tu vas faire ? Je ne lui répondis rien, je ne le savais pas moi-même.

29

Ce qui décida à ma place, ce fut l'événement qui se produisit quelques semaines plus tard. Mariarosa était en voyage, elle avait je ne sais quel engagement à Bordeaux. Avant de s'en aller, elle m'avait prise à l'écart et m'avait tenu un discours confus sur Franco, me recommandant d'être proche de lui pendant son absence. Elle m'expliqua qu'il était très déprimé et je compris soudain quelque chose dont j'avais parfois eu l'intuition mais qui, jusqu'alors, ne s'était jamais ancré dans mon esprit, par distraction. Avec Franco, elle ne jouait pas au bon Samaritain, comme elle le faisait avec tout le monde : elle l'aimait pour de vrai, elle était devenue sa mère-sœur-maîtresse, et son air maladif comme son corps décharné étaient dus à l'angoisse permanente qu'elle éprouvait pour lui, à sa certitude qu'il était devenu très fragile et pouvait se briser d'un moment à l'autre.

Elle partit huit jours. Au prix de quelques efforts – j'avais bien d'autres choses en tête – je fus amicale avec Franco et lui tins compagnie tous les soirs, bavardant jusque tard. Ce qui me fit plaisir, c'est qu'au lieu de parler politique il préféra évoquer, s'adressant à lui-même plutôt qu'à moi, combien nous avions été bien ensemble : nos promenades à Pise au printemps, la puanteur des quais de l'Arno, les fois où il m'avait confié des choses qu'il n'avait jamais dites à personne sur son enfance, ses parents ou ses grands-parents. Surtout, j'appréciai qu'il me laisse parler de mes anxiétés, du nouveau contrat que j'avais signé avec ma maison d'édition et de la nécessité qui en découlait d'écrire un nouveau livre, de mon possible retour à Naples, ou de Nino. Il ne tenta jamais d'en tirer des généralités ni de trop broder autour. Il fut toujours tranchant, presque vulgaire. Si tu tiens plus à lui qu'à toi – me dit-il un soir où il était comme sonné –, alors il faut que tu le prennes comme il vient : avec épouse, enfants, sa tendance permanente à baiser d'autres femmes, et les saloperies dont il est et sera capable. Lena, Lenuccia... murmura-t-il affectueusement, secouant la tête. Ensuite il rit, se leva de son fauteuil, énonça de façon obscure que, d'après lui, l'amour finissait seulement lorsqu'on était capable de reprendre ses esprits sans crainte ni dégoût, et puis quitta la pièce en traînant des pieds, comme s'il voulait s'assurer que le sol était bien réel. Je ne sais pourquoi, mais ce soir-là il me fit penser à Pasquale, pourtant très loin de lui par son origine sociale, sa culture et ses choix politiques : j'imaginai un instant que si mon ami du quartier parvenait à ressortir vivant de l'obscurité qui l'avait englouti, il aurait la même démarche que lui.

Pendant une journée entière, Franco ne sortit pas de sa chambre. Le soir, je devais sortir pour le travail, alors je frappai à sa porte et lui demandai s'il pouvait faire manger Dede et Elsa. Il promit de le faire. Je rentrai tard. Contrairement à son habitude, Franco avait laissé la cuisine dans le plus grand désordre : je débarrassai et fis la vaisselle. Je ne dormis guère, et à 6 heures j'étais déjà réveillée. Pour me rendre à la salle de bain, je passai devant sa chambre, et je fus intriguée par une feuille de cahier accrochée à sa porte par une punaise. Il y avait écrit : « Lena, ne laisse pas entrer les filles. » Je me dis que Dede et Elsa avaient dû le déranger ces derniers jours, ou que la veille elles l'avaient énervé, et j'allai prendre mon petit-déjeuner avec l'intention de les gronder. Mais j'y réfléchis encore : Franco avait un excellent rapport avec mes filles et j'exclus que, pour quelque motif que ce soit, il puisse leur en vouloir. Vers 8 heures, je frappai doucement à sa porte. Aucune réponse. Je frappai plus fort et ouvris sa porte avec prudence : la pièce était plongée dans l'obscurité. Je l'appelai, silence, et puis allumai la lumière.

Il y avait du sang sur l'oreiller et sur les draps, une grande tache noire s'étendait jusqu'à ses pieds. C'est tellement repoussant, la mort. Ici, je me contenterai de dire que lorsque je vis ce corps sans vie, ce corps que je connaissais intimement, qui avait été heureux et actif, qui avait lu de nombreux livres et s'était exposé à un tas d'expériences, je fus saisie en même temps de répulsion et de pitié. Franco avait été une matière vivante pétrie de culture politique, de générosité, d'espoirs et de courtoisie. Maintenant, il donnait de lui un spectacle horrible. Il s'était débarrassé de façon tellement féroce de sa mémoire, de son langage et de sa capacité à attribuer du sens, que sa haine contre lui-même, contre son propre épiderme, ses humeurs, ses pensées et ses paroles, et contre le mauvais pli que prenait le monde qui l'avait entouré, me sembla évidente.

Les jours suivants, Giuseppina, la mère de Pasquale et Carmen, me revint à l'esprit. Elle aussi ne pouvait plus se supporter et ne pouvait plus supporter le bout de vie qui lui restait. Mais Giuseppina venait d'un temps qui m'avait précédée, alors que Franco appartenait à mon temps, et la manière violente dont il s'élimina non seulement m'impressionna mais me bouleversa. Je songeai longuement à son billet, le seul qu'il laissa. Il s'adressait à moi, et au fond il me disait : Ne laisse pas entrer les filles, je ne veux pas qu'elles me voient, mais toi par contre tu peux entrer, tu *dois* me voir. J'y pense encore aujourd'hui, à ce double impératif, l'un explicite, l'autre implicite. Après l'enterrement, auquel participa une foule de militants, le poing mollement levé (à l'époque Franco était encore très célèbre et estimé), je tentai de rétablir le contact avec Mariarosa. Je voulais être proche d'elle, je voulais lui parler de Franco, mais elle ne me le permit pas. Son air défait s'accentua, et elle prit une expression de méfiance maladive qui affaiblit même la vivacité de son regard.

Lentement, l'appartement se vida. Elle cessa tout comportement de sœur à mon égard et se montra de plus en plus hostile. Soit elle restait toute la journée à l'université, soit elle était à la maison, enfermée dans sa chambre, et ne voulait pas être dérangée. Elle s'énervait si mes filles faisaient du chahut en jouant, elle s'énervait encore davantage si je leur reprochais leurs jeux bruyants. Je fis les bagages et partis pour Naples avec Dede et Elsa.

30

Nino n'avait pas menti, il avait vraiment loué l'appartement de la Via Tasso. J'allai immédiatement y habiter, bien qu'il fût infesté de fourmis et que son ameublement se limitât à un grand lit sans tête de lit, deux petits lits pour les filles, une table et quelques chaises. Je ne parlai pas d'amour et ne fis aucune allusion au futur.

Je lui dis que ma décision était largement due à Franco et me contentai de lui communiquer une bonne nouvelle et une mauvaise. La bonne, c'était que ma maison d'édition avait accepté de publier son recueil d'essais à condition qu'il en rédige une autre version, un peu moins aride ; la mauvaise, c'était que je ne voulais plus seulement qu'il m'effleure. Il accueillit avec joie la première nouvelle et fut désespéré par la seconde. Par la suite, nous finîmes par passer toutes nos soirées assis l'un près de l'autre afin de réécrire ses textes, et cette proximité m'empêcha d'entretenir ma colère. Eleonora était encore enceinte lorsque nous recommençâmes à nous aimer. Et lorsqu'elle accoucha d'une petite fille à qui l'on donna le nom de Lidia, Nino et moi étions déjà redevenus un couple d'amants avec nos habitudes, un bel appartement, deux filles, une vie privée et publique assez intense. Au début, je l'avertis :

« Ne va pas imaginer que je suis à tes ordres : pour le moment je suis incapable de te quitter, mais tôt ou tard je le ferai.

— Tu ne le feras pas, tu n'en auras pas de motif.

— Des motifs, j'en ai déjà pas mal !

— Ça va bientôt changer.

— C'est ce qu'on verra. »

Mais c'était une mise en scène, je feignais de croire qu'était raisonnable ce qui, en réalité, était déraisonnable et humiliant. Pour le moment – me disais-je en adaptant les paroles de Franco – je prends ce qui m'est indispensable, mais dès que j'aurai épuisé son visage, ses mots et tout désir, je le chasserai. Du coup, quand je l'attendais inutilement pendant des jours, je me racontais que c'était mieux ainsi, que j'étais très occupée et qu'il m'accaparait beaucoup trop. Et quand je sentais les morsures de la jalousie, j'essayais de m'apaiser en murmurant : C'est *moi*, la femme qu'il aime ! Et si je pensais à ses enfants, je me disais : Il passe plus de temps avec Dede et Elsa qu'avec Albertino et Lidia. Évidemment, tout cela était à la fois vrai et faux. Oui, le pouvoir d'attraction de Nino allait s'épuiser. Oui, j'avais un tas de choses à faire. Oui, Nino m'aimait, et il aimait Dede et Elsa. Mais il y avait d'autres « oui » que je faisais semblant d'ignorer. Oui, il m'attirait plus que jamais. Oui, j'étais prête à négliger tout et tout le monde s'il avait besoin de moi. Oui, ses liens avec Eleonora,

Albertino et la petite Lidia étaient au moins aussi forts que ses liens avec mes filles et moi. Je jetais un voile épais sur tous ces «oui», et si quelque déchirure apparaissait çà et là, rendant évident l'état des choses, j'avais recours en hâte à quelques grandes envolées sur le monde en devenir – *Tout change, nous sommes en train d'inventer de nouvelles formes de vie commune* – et autres bla-bla parmi tous les discours que je prononçais moi-même à droite à gauche, ou que j'écrivais dès que l'occasion s'en présentait.

Mais les difficultés m'assaillaient jour après jour, ouvrant sans cesse de nouvelles failles. La ville ne s'était nullement améliorée, et elle m'écrasa immédiatement sous son mal-être. La Via Tasso s'avéra fort peu pratique. Nino me procura une voiture d'occasion, une 4L blanche qui me plut tout de suite, cependant, dans les premiers temps je renonçai à l'utiliser car je finissais toujours coincée dans les bouchons. J'avais du mal à faire face aux mille tâches du quotidien, c'était beaucoup plus dur que ce que j'avais connu à Florence, Gênes ou Milan. Dès le premier jour d'école, Dede détesta sa maîtresse et ses camarades. Elsa, qui commençait l'école primaire, rentrait tous les jours triste, les yeux rouges, refusant de me raconter ce qui lui était arrivé. Je me pris à les gronder constamment toutes les deux. Je leur disais qu'elles ne savaient pas réagir à l'adversité, qu'elles devaient s'imposer, s'adapter, qu'il était urgent qu'elles apprennent. Par conséquent, les deux sœurs s'allièrent contre moi : elles se mirent à parler de grand-mère Adele et de tatie Mariarosa comme de divinités qui avaient organisé un monde heureux à leur mesure, et elles les regrettaient toujours plus ouvertement. Quand, pour les reconquérir, je les attirais à moi et les câlinais, elles m'enlaçaient à contrecœur et parfois me repoussaient. Et mon travail ? Il devint de plus en plus évident, surtout pendant cette période favorable, que j'aurais mieux fait de rester à Milan et de trouver un poste dans ma maison d'édition. Ou bien de m'en aller à Rome, puisque, au cours de mes tournées promotionnelles, j'avais rencontré des gens qui avaient proposé de m'aider. Que faisions-nous donc à Naples, mes filles et moi ? Étions-nous là uniquement pour faire plaisir à Nino ? Me mentais-je, quand je me représentais libre et autonome ? Et mentais-je à mon public, lorsque je jouais le rôle de celle qui, avec ses deux petits livres, avait tenté d'aider chaque femme à s'avouer ce que d'habitude elle ne savait pas se dire ? N'étaient-ce que des formules auxquelles il m'était commode de croire, alors qu'en réalité rien ne me distinguait des femmes de mon âge les plus traditionnelles ? Malgré tout ce que je racontais, me laissais-je *inventer* par un homme au point que ses besoins prévalaient sur les miens et sur ceux de mes filles ?

J'appris à me fuir. Il suffisait que Nino frappe à la porte pour que tout regret s'évanouisse. Je me disais : *En ce moment*, la vie c'est ça et ça ne peut pas être autre chose. J'essayais aussi de m'imposer une discipline, je ne me résignais pas, je m'efforçais d'être combative, parfois je parvenais même à me sentir heureuse. L'appartement resplendissait de lumière. De mon balcon, je voyais Naples s'étendre jusqu'au rivage où la mer miroitait, jaune et bleue. J'avais sorti mes filles du provisoire de Gênes et de Milan. L'air, les couleurs, les sons du dialecte dans la rue et les gens cultivés que Nino ramenait à la maison, même en pleine nuit, me donnaient un sentiment de sécurité et d'allégresse. J'emmenais les filles chez Pietro à Florence et affichais mon bonheur lorsqu'il venait les voir à Naples. Je le logeais chez moi malgré les remontrances de Nino. Je lui préparais un lit dans la chambre des filles, qui lui manifestaient une affection exubérante, comme si elles voulaient le retenir en lui montrant combien elles l'aimaient. Pietro et moi tentions d'avoir des relations désinvoltes, je prenais des nouvelles de Doriana et l'interrogeais sur son livre – celui-ci était toujours sur le point d'être publié mais d'autres détails émergeaient, qu'il devait d'abord approfondir. Quand les filles restaient collées à leur père et m'ignoraient, j'en profitais pour me détendre un peu. Je descendais par la Via Arco Mirelli et me promenais sur la Via Caracciolo, le long de la mer. Ou bien je montais jusqu'à la Via Aniello Falcone et rejoignais la Villa Floridiana : là je choisissais un banc et je lisais.

31

Depuis la Via Tasso, le quartier de mon enfance ne paraissait qu'un lointain tas de pierres blanchâtres, des détritus urbains au pied du Vésuve que rien ne distinguait. Et je voulais qu'il continue à en être ainsi : j'étais quelqu'un d'autre maintenant, et j'étais décidée à tout faire pour ne plus être aspirée par mon quartier. Mais là aussi, les résolutions que je prenais se révélaient vite bien fragiles. Trois ou quatre jours à peine après notre installation précipitée dans l'appartement, je cédai. J'habillai les filles avec soin, me pomponnai moi-même longuement, et déclarai : Aujourd'hui, on va rendre visite à grand-mère Immacolata, grand-père Vittorio et vos oncles et tante.

Nous partîmes de bon matin pour aller prendre le métro sur la Piazza Amedeo, et les gamines s'amusèrent du coup de vent très violent que provoqua l'arrivée du train, mettant la pagaille dans nos cheveux, plaquant nos vêtements contre notre corps et nous coupant le souffle. Je n'avais pas vu ni entendu ma mère depuis la scène qu'elle m'avait faite à Florence. Je craignais qu'elle ne refuse de me voir, et c'est peut-être pour cela que je ne téléphonai pas pour annoncer ma visite. Mais pour être honnête, il y eut aussi une autre raison, plus secrète. J'étais peu encline à me dire : Je suis venue ici pour tel et tel motif, je veux aller ici et là. Pour moi, le quartier, plus encore que mes parents, c'était Lila : programmer cette visite m'aurait forcée à m'interroger sur la manière dont je voulais m'arranger avec elle. Et comme je n'avais pas encore de réponses définitives, mieux valait me livrer au hasard. Quoi qu'il en soit, puisque à tout moment il pouvait m'arriver de la croiser, j'avais consacré énormément d'attention à mon apparence et à celle de mes filles. Si jamais l'on se rencontrait, je voulais qu'elle comprenne que j'étais une femme distinguée, que mes filles ne souffraient pas, n'étaient pas sur une mauvaise pente et allaient très bien.

Ce fut une journée riche en émotions. J'empruntai le tunnel, évitai la station-service où travaillaient Carmen et son mari Roberto, et traversai la cour de mon immeuble. Le cœur battant, je gravis l'escalier ébréché du vieil immeuble où j'étais née. Dede et Elsa étaient survoltées, comme si elles étaient lancées dans je ne sais quelle aventure; je les plaçai devant moi et appuyai sur la sonnette. Je reconnus le pas claudiquant de ma mère, elle ouvrit la porte et, là, écarquilla les yeux comme si nous étions trois fantômes. Moi aussi, je ne pus m'empêcher de laisser paraître ma stupeur. Il y eut comme une dissociation entre la personne que je m'attendais à voir et celle qui, en réalité, se trouvait devant moi. Ma mère avait beaucoup changé. Pendant une fraction de seconde, je crus voir l'une de ses cousines, que je n'avais rencontrée qu'à quelques reprises dans mon enfance et qui lui ressemblait, bien qu'elle eût six ou sept ans de plus qu'elle. Ma mère était très amaigrie et semblait avoir un visage, un nez et des oreilles énormes.

Je tentai de l'embrasser, mais elle s'esquiva. Mon père n'était pas là, Peppe et Gianni non plus. Obtenir la moindre nouvelle d'eux fut impossible : pendant plus d'une heure, ma mère ne m'adressa pratiquement pas la parole. En revanche, elle fut affectueuse avec les filles. Elle leur fit un tas de compliments et puis, après les avoir couvertes de grands tabliers afin de les protéger des taches, elle se mit à préparer des bonbons de sucre avec elles. Pour moi, ce fut un moment très gênant, puisqu'elle faisait comme si je n'étais pas là. Quand je tentai de dire aux filles qu'elles mangeaient trop de bonbons, Dede se tourna aussitôt vers sa grand-mère :

« On peut en avoir encore ? »

— Mangez tout ce que vous voulez ! » répondit ma mère sans me regarder.

Cette scène se répéta lorsqu'elle dit aux filles qu'elles pouvaient aller jouer dans la cour. À Florence, à Gênes comme à Milan, je ne les avais jamais laissées sortir seules. Je lançai :

« Non les filles, ce n'est pas possible, restez là !

— Grand-mère, on peut descendre ? demandèrent les gamines presque à l'unisson.

— Oui, je vous ai dit. »

Nous restâmes seules. Je lui annonçai avec anxiété, comme si j'étais encore enfant :

« J'ai déménagé. J'ai pris un appartement sur la Via Tasso.

— Bien.

— Depuis trois jours.

— Bien.

— J'ai sorti un autre livre.

— Qu'est-ce que ça peut m'foutre ? »

Je me tus. Avec une moue de dégoût, elle coupa un citron en deux et en pressa le jus dans un verre.

« Pourquoi tu te fais une limonade ? lui demandai-je.

— Te voir, ça m'donne mal au ventre. »

Elle ajouta au citron de l'eau et un peu de bicarbonate, puis but bruyamment d'un trait la boisson écumante.

« Tu ne vas pas bien ?

— J'vais très bien.

— Ce n'est pas vrai. Tu as été chez le docteur ?

— Tu rigoles ! J'vais pas jeter l'argent par la fenêtre avec les docteurs et les médicaments !

— Elisa sait que tu ne te sens pas bien ?

— Elisa est enceinte.

— Pourquoi vous ne m'avez rien dit ? »

Elle ne répondit rien. Elle posa son verre sur l'évier puis, poussant un soupir long et douloureux, s'essuya les lèvres du dos de la main. J'annonçai :

« C'est moi qui t'emmènerai chez le docteur. Est-ce qu'il y a autre chose qui te fait mal ?

— Tous les trucs que tu m'as faits ! À cause de toi, j'ai une veine du ventre qui a éclaté.

— Qu'est-ce que tu racontes ?

— Si si, tu m'as fait exploser à l'intérieur !

— Mais je t'aime, maman !

— Pas moi. Tu es venue habiter à Naples avec les petites ?

— Oui.

— Et ton mari ne vient pas ?

— Non.

— Alors ne mets plus les pieds dans cette maison.

— M'man, aujourd'hui ce n'est plus comme avant : on peut être quelqu'un de bien même si on quitte son mari et si on se met avec un autre. Pourquoi tu t'en prends tellement à moi alors qu'à Elisa, qui est enceinte sans être mariée, tu ne dis rien ?

— Parce que tu n'es pas Elisa ! Est-ce qu'Elisa a étudié comme toi ? Est-ce que j'attendais d'Elisa ce que j'attendais de toi ?

— Je fais des choses dont tu devrais être fière. Greco devient un nom important. Maintenant, même à l'étranger, je suis un peu connue.

— Pas la peine de te vanter avec moi : t'es une moins-que-rien ! Ce que t'imagines être, pour les gens normaux, c'est que dalle ! Ici, si je suis respectée, c'est pas parce que je t'ai faite, toi, mais parce que j'ai fait Elisa. Elle a pas fait d'études et a même pas fini le collège, et pourtant elle est devenue une dame. Et toi qui es diplômée de l'université, comment t'as fini ? Je suis seulement désolée pour les gosses, qui sont si jolies et parlent si bien ! T'as pensé à elles ? Avec leur père, elles grandissaient comme les gamins qu'on voit à la télévision, et toi qu'est-ce que tu fais ? Tu les amènes à Naples !

— C'est moi qui les ai élevées, m'man, pas leur père ! Et où que je les amène, elles continueront à grandir ainsi.

— Mais qu'est-ce que t'es prétentieuse ! *Madonna*, qu'est-ce que j'me suis plantée, avec toi ! J'croyais que c'était Lina, la prétentieuse, mais non, c'est toi ! Ta copine a acheté l'appartement de ses parents, toi tu l'as fait ? Ta copine commande tout le monde à la baguette, même Michele Solara, et toi c'est qui que tu commandes, ce merdeux de fils Sarratore ? »

Après quoi, elle se mit à chanter les louanges de Lila : Ah, qu'est-ce qu'elle est belle, Lina, et qu'est-ce qu'elle est généreuse ! Maintenant elle a même une compagnie rien qu'à elle ! Enzo et elle ont vraiment su se débrouiller ! Je compris alors définitivement que la plus grave faute qu'elle m'attribuait était celle de la forcer à reconnaître, sans échappatoire possible, que je valais moins que Lila. Quand elle dit qu'elle devait faire quelque chose à manger pour Dede et Elsa, m'excluant volontairement, je me rendis compte que m'inviter à déjeuner lui pesait. Je m'en allai, amère.

32

Une fois sur le boulevard, j'hésitai : attendre devant le portail le retour de mon père pour lui dire bonjour, faire le tour du quartier à la recherche de mes frères, ou essayer de voir si ma sœur était chez elle ? Je trouvai une cabine téléphonique, appelai Elisa et traînai mes filles jusqu'à son vaste appartement, d'où on voyait le Vésuve. Ma sœur ne montrait aucun signe de grossesse, et pourtant je trouvai qu'elle avait beaucoup changé. Le simple fait de tomber enceinte devait l'avoir fait grandir d'un coup, mais en la déformant. Tout semblait être devenu vulgaire en elle : son corps, ses paroles et ses intonations. Elle avait le teint terreux et était tellement intoxiquée par sa mauvaise humeur qu'elle nous accueillit à contrecœur. Je ne retrouvai pas une seconde l'affection et l'estime un peu infantile qu'elle avait eues pour moi. Et quand je mentionnai l'état de santé de notre mère, elle prit à mon égard un ton agressif dont je ne l'aurais jamais crue capable, en tout cas envers moi. Elle s'exclama :

« Lenù, le docteur a dit qu'elle allait très bien, c'est son âme qui souffre ! Maman est en pleine forme, elle a la santé, il n'y a rien à soigner chez elle, à part sa tristesse. Si tu ne lui avais pas donné la déception que tu lui as donnée, elle ne serait pas dans cet état !

— Mais c'est quoi, ces âneries ? »

Son ton monta encore d'un cran :

« Des âneries ? J'ai qu'un truc à te dire : je suis bien plus malade que maman ! Et puis, vu que maintenant tu habites à Naples et que tu en sais plus que les docteurs, occupe-toi donc un peu d'elle, comme ça je serai pas la seule à l'avoir sur le dos ! T'as qu'à lui accorder un peu d'attention et elle se remettra. »

Je tentai de me maîtriser, je n'avais nulle envie de me disputer. Pourquoi me parlait-elle ainsi ? Avais-je changé moi aussi pour le pire, comme elle ? La belle époque de notre relation de sœurs était-elle derrière nous ? Ou bien Elisa, la plus jeune de la famille, était-elle la preuve évidente que la vie au quartier abîmait les gens encore plus que par le passé ? Mes filles s'étaient assises sage-ment, en silence, mais elles étaient déçues parce que leur tante les ignorait totalement, alors je leur dis qu'elles pouvaient finir les bonbons au sucre de leur grand-mère. Puis je demandai à ma sœur :

« Et avec Marcello, comment ça va ?

— Très bien, comment tu veux que ça aille ? S'il n'avait pas tous ces soucis depuis que sa mère est morte, nous serions vraiment heureux.

— Quels soucis ?

— Des soucis, Lenù, des soucis ! Occupe-toi donc de tes livres, la vie c'est autre chose…

— Et Peppe et Gianni ?

— Ils bossent dur.

— Je n'arrive jamais à les voir.

— C'est ta faute, tu ne viens jamais.

— Maintenant, je viendrai plus souvent.

— Très bien ! Alors essaie de dire un mot aussi à ta copine Lina.

— Qu'est-ce qui se passe ?

— Rien. Mais parmi tous les soucis de Marcello, il y a elle, aussi.

— Comment ça ?

148

— Demande à Lina ! Et si elle te répond, dis-lui aussi qu'elle ferait mieux de rester à sa place. »

Je reconnus le ton allusif et menaçant des Solara, et réalisai que nous ne retrouverions plus jamais la confiance d'autrefois. Je lui expliquai que mes relations avec Lila s'étaient distendues, et que notre mère venait de m'apprendre qu'elle ne travaillait plus pour Michele et s'était mise à son compte. Elisa éclata :

« Elle s'est mise à son compte avec notre fric !

— Explique-toi !

— Qu'est-ce qu'il y a à expliquer, Lenù ? Elle fait tout ce qu'elle veut de Michele ! Mais avec mon Marcello, ça marche pas ! »

33

Elisa ne nous invita pas non plus à déjeuner. Ce n'est qu'en nous raccompagnant à la porte qu'elle eut l'air de réaliser son impolitesse et lança à Elsa : Viens avec tatie ! Elles disparurent quelques minutes, faisant souffrir Dede, qui me serra la main pour ne pas se sentir négligée. Quand elles réapparurent, Elsa avait le visage sérieux mais le regard pétillant. Ma sœur, qui semblait avoir du mal à se tenir debout, referma la porte dès que nous commençâmes à descendre l'escalier.

Une fois dans la rue, la petite nous montra le cadeau secret de sa tante : vingt mille lires. Elisa avait donné de l'argent comme le faisaient certains de nos parents à peine plus riches que nous, lorsque nous étions petits. À l'époque, l'argent n'était qu'en apparence un cadeau pour nous, les enfants : de fait, nous étions tenus de le remettre à ma mère, qui le dépensait pour subvenir au quotidien. Elisa aussi, à l'évidence, avait voulu adresser l'argent plus à moi qu'à Elsa, mais dans un autre but. Avec ces vingt mille lires – l'équivalent d'au moins trois livres dans une belle édition –, elle avait voulu me démontrer que Marcello l'aimait et la faisait vivre dans l'aisance.

Je calmai les filles qui se chamaillaient déjà. Il fallut soumettre Elsa à un interrogatoire poussé pour qu'elle admette que, selon la volonté de leur tante, la somme devait être partagée, dix mille pour elle et dix mille pour Dede. Elles se bagarraient et se bousculaient encore lorsque j'entendis qu'on m'appelait. C'était Carmen, affublée d'une blouse de pompiste bleue. À présent elle agitait la main, les cheveux bouclés et très noirs, le visage souriant.

Il fut difficile de résister. Carmen ferma la station-service et voulut nous emmener chez elle pour déjeuner. Son mari arriva, je ne l'avais jamais rencontré. Il avait couru chercher leurs enfants à l'école maternelle : deux garçons, un de l'âge d'Elsa et un plus petit de un an. Il se révéla une personne douce et très cordiale. Il mit la table avec l'aide des enfants, puis débarrassa et fit la vaisselle. Jusqu'à ce jour, je n'avais jamais vu de couple de ma génération aussi bien assorti et aussi visiblement heureux de vivre ensemble. Je me sentis enfin bien accueillie et je vis que mes filles étaient à l'aise également : elles mangèrent avec appétit et adoptèrent une attitude maternelle envers les garçonnets. Bref, cela me remonta le moral, et j'eus deux heures de paix. Puis Roberto courut rouvrir la station-service et nous restâmes seules, Carmen et moi.

Elle fut discrète, ne me posa pas de questions sur Nino et ne me demanda pas si j'avais déménagé à Naples pour vivre avec lui, bien qu'elle eût l'air de tout savoir. En revanche elle parla de son mari, un grand travailleur très attaché à sa famille. Lenù, me dit-elle, au milieu de toute cette douleur, mes enfants et lui sont ma seule consolation ! Et elle évoqua à nouveau le passé : la triste histoire de son père, les sacrifices de sa mère et puis sa mort, l'époque où elle avait travaillé dans l'épicerie de Stefano Carracci, quand Ada avait pris la place de Lila et l'avait tourmentée. Nous rîmes même un peu du temps où elle avait été la petite amie d'Enzo : Quelle bêtise ! s'exclama-t-elle. Elle ne nomma pas Pasquale une seule fois, c'est moi qui lui posai la question. Mais elle fixa le sol en secouant la tête avant de se lever d'un bond, comme pour éloigner quelque chose qu'elle ne voulait ou ne pouvait me dire.

« Je vais appeler Lina, dit-elle, si elle apprend que nous nous sommes vues et que je ne l'ai pas prévenue, elle ne voudra plus me parler !

— Laisse tomber, elle a toujours beaucoup de travail.

— Tu parles ! Maintenant la patronne c'est elle, elle fait ce qu'elle veut ! »

Je tentai de la retenir en lui parlant, et l'interrogeai prudemment sur les rapports entre Lila et les Solara. Mais elle manifesta de la gêne, répondit qu'elle ne savait pas grand-chose et alla tout de même téléphoner. Je l'entendis annoncer avec enthousiasme ma présence et celle de mes filles chez elle. En revenant, elle annonça :

« Elle est ravie ! Elle arrive tout de suite. »

À partir de là, ma nervosité grandit. Toutefois,

j'étais dans une disposition favorable – on se sentait bien dans cette maison confortable, et les quatre gosses jouaient dans la pièce voisine. La sonnette retentit, Carmen alla ouvrir : c'était la voix de Lila.

34

Au début je ne remarquai pas Gennaro et n'aperçus pas Enzo non plus. Ils ne me devinrent visibles qu'après de longues secondes, pendant lesquelles je n'entendis que Lila et pendant lesquelles j'eus la surprise de découvrir en moi un sentiment de culpabilité. Peut-être me sembla-t-il injuste que ce soit elle, encore une fois, qui accoure à ma rencontre, alors que moi j'insistais pour la tenir en dehors de ma vie. Ou peut-être me trouvai-je grossière, dans le sens où elle continuait à avoir de la curiosité à mon sujet alors qu'avec mes silences et mes absences je cherchais au contraire à lui signaler qu'elle ne m'intéressait plus. Je ne sais pas. En tout cas, quand elle me serra dans ses bras, je me dis : si elle ne m'agresse pas avec des paroles perfides sur Nino, si elle fait mine de ne pas être au courant de sa nouvelle paternité et si elle est gentille avec mes filles, alors je serai aimable, et après on verra.

Nous nous assîmes. Nous ne nous étions pas vues depuis notre rendez-vous dans le bar de la Via Duomo. Lila parla la première. Elle poussa vers moi Gennaro – un gros adolescent au visage dévoré par l'acné – et se mit tout de suite à se plaindre de ses résultats scolaires. Elle dit, mais d'un ton affectueux : Il était fort en primaire, et même au début du secondaire, mais cette année il va se faire recaler, il ne s'en sort pas en latin et en grec ! Je donnai une chiquenaude au garçon et le réconfortai : Il faut juste que tu fasses des exercices, Gennà, viens me voir, je te donnerai des leçons ! Et soudain je décidai de prendre l'initiative, abordant ce qui était pour moi le sujet le plus brûlant. Je lançai : J'ai déménagé à Naples il y a quelques jours, la situation avec Nino s'est éclaircie dans les limites du possible, tout va bien. Sur ce, d'une voix posée j'appelai mes gamines, et quand elles apparurent, je m'exclamai : Voilà les filles ! Comment tu les trouves ? Elles ont beaucoup grandi, hein ! Là, tout devint confusion. Dede reconnut Gennaro et l'entraîna à sa suite, exultant, avec des airs de séductrice – elle neuf ans, lui presque quinze. Elsa le tira vers elle à son tour, histoire de ne pas être en reste par rapport à sa sœur. Je les regardai avec une fierté maternelle et fus contente que Lila s'exclame : Tu as bien fait de revenir à Naples, chacun doit faire ce dont il a envie, tes filles ont l'air en pleine forme, et qu'est-ce qu'elles sont jolies !

À ce moment-là, je me sentis soulagée. Pour faire la conversation, Enzo me posa des questions sur mon travail. Je me vantai un peu du parcours de mon dernier livre, mais je compris tout de suite que, dans le quartier, si on avait parlé de mon premier ouvrage et si certains l'avaient lu, en revanche le deuxième avait échappé non seulement à Enzo et Carmen, mais même à Lila. J'en parlai vaguement et avec autodérision, avant d'interroger mes amis sur leurs activités. Je lançai en riant : Alors comme ça, j'ai appris que, de prolétaires, vous êtes devenus patrons ! Lila fit la moue pour minimiser la chose et se tourna vers Enzo, qui tenta en quelques phrases succinctes de m'exposer la situation. Il m'apprit que, ces dernières années, les ordinateurs avaient beaucoup évolué, et qu'IBM avait mis sur le marché des engins tout à fait différents de ce qui se faisait auparavant. Comme d'habitude, il se perdit dans des détails techniques qui m'ennuyèrent. Il utilisa des acronymes, parla du Système 34 et du 5120, et dit que maintenant il n'y avait plus de fiches perforées ni de machines perforatrices et vérificatrices, mais un langage de programmation différent, le basic, ainsi que des appareils de plus en plus petits, qui avaient une faible capacité de calcul et de stockage des données mais qui coûtaient aussi beaucoup moins cher. Je finis par comprendre que cette nouvelle technologie avait été pour eux décisive : ils l'avaient étudiée et avaient conclu qu'ils pouvaient devenir indépendants. Ainsi avaient-ils fondé une nouvelle société, la Basic Sight – *En anglais, parce que autrement personne ne te prend au sérieux* – : lui, Enzo, était le sociétaire majoritaire et l'administrateur, mais l'âme, oui, la véritable âme de cette société – et Enzo me l'indiqua d'un geste plein de fierté –, c'était Lila. Regarde ce logo, s'exclama-t-il, c'est elle qui l'a dessiné !

J'observai le logotype, une ligne courbe s'enroulant autour d'un trait vertical. Je le fixai avec une émotion inattendue : c'était encore une manifestation de son imagination débridée – qui sait toutes les créations que j'avais dû rater ! J'éprouvai de la nostalgie pour les moments heureux de notre passé. Lila apprenait, mettait de côté, apprenait encore. Elle ne s'arrêtait jamais, ne reculait jamais : le 34, le 5120, le basic, la Basic Sight, le logo. Il est magnifique ! dis-je, et je me sentis comme je ne m'étais jamais sentie avec ma mère ou avec ma sœur. Ils avaient tous l'air heureux que je sois de nouveau parmi eux et ils m'entraînaient avec générosité dans leurs vies. Presque pour me prouver que ses idées n'avaient pas changé malgré les bonnes affaires qu'ils faisaient, Enzo se mit à me raconter, avec son style sec, ce qu'il voyait quand il se rendait dans les usines : les gens travaillaient dans des conditions terribles pour quelques lires et, parfois, il avait honte de devoir transformer la cochonnerie de l'exploitation ouvrière en programmation bien propre. De son côté, Lila affirma que, pour obtenir cette perfection, les patrons étaient obligés de lui montrer de près toutes leurs saloperies, et elle évoqua sur un ton sarcastique les trucs, mensonges et arnaques qui se trouvaient derrière la façade des comptes bien tenus. Carmen ne fut pas en reste et raconta comment ça se passait pour l'essence. Elle s'exclama : Là aussi, il y a de la merde partout ! Et c'est alors seulement qu'elle nomma son frère, parlant des raisons justes qui l'avaient amené à faire des choses erronées. Elle se remémora le quartier de notre enfance et de notre adolescence. Elle évoqua – ce qui ne s'était jamais produit auparavant – l'époque où Pasquale et elle étaient petits et où leur père leur énumérait point par point ce que les fascistes, Don Achille en tête, lui avaient fait : le jour où il avait été tabassé à l'entrée même du tunnel, ou bien celui où ils avaient voulu l'obliger à embrasser la photographie de Mussolini mais où il avait craché dessus. Et s'il n'avait pas disparu comme tant de ses camarades – *Il faudrait encore écrire l'histoire de tous ceux que les fascistes ont tués puis fait disparaître* –, c'était parce qu'il avait sa boutique de menuisier et qu'il était très connu dans le quartier : s'il avait été effacé de la surface de la terre, tout le monde s'en serait aperçu.

Le temps s'écoula ainsi. À un moment donné, une telle entente régna entre nous qu'ils décidèrent de me donner une grande preuve de leur amitié. Carmen consulta du regard Enzo et Lila, et dit prudemment : On peut faire confiance à Lenuccia. Quand elle vit qu'ils étaient d'accord, elle me révéla qu'ils avaient récemment vu Pasquale. Une nuit, il s'était présenté chez Carmen, elle avait appelé Lila, qui avait accouru avec Enzo. Pasquale allait bien. Il était parfaitement propre, pas un cheveu de travers et très élégant, on aurait dit un chirurgien. Mais ils l'avaient trouvé triste. Ses idées étaient restées les mêmes, mais il était triste, triste, triste. Il avait dit qu'il ne se rendrait jamais, qu'on devrait le tuer. Avant de partir, il était allé regarder ses neveux qui dormaient, il ne savait même pas leurs noms. Là, Carmen se mit à pleurer mais en silence, pour éviter que ses fils n'accourent. Nous nous dîmes, elle d'abord, et avec plus d'insistance que Lila et moi (Lila fut laconique ; quant à Enzo, il se contenta de hocher la tête), que les choix de Pasquale ne nous plaisaient pas, que nous éprouvions de l'horreur pour tout le désordre sanguinaire qui frappait l'Italie et le monde, mais que Pasquale savait, comme nous, les choses essentielles : bien que nos vies aient pris leur direction, que ce soit avec l'informatique, le latin, le grec, les livres ou l'essence, nous ne le renierions jamais. Parmi ceux qui l'aimaient, personne ne le renierait.

La journée s'acheva ainsi. Je ne posai qu'une dernière question à Lila et Enzo, parce que je me sentais à l'aise et parce que j'avais en tête ce qu'Elisa m'avait dit peu auparavant. Je demandai : Et les Solara ? Enzo fixa aussitôt le sol. Lila haussa les épaules et lâcha : Des merdeux, comme d'habitude ! Puis elle raconta avec ironie que Michele était devenu fou : après la mort de sa mère, il avait quitté Gigliola, chassé femme et enfants de son appartement de Posillipo, et si ces derniers s'aventuraient à y revenir, il les rouait de coups. Ils sont finis, les Solara ! déclara-t-elle avec un soupçon de complaisance. Imagine un peu, Marcello raconte partout que c'est ma faute, si son frère se comporte comme ça ! Alors elle plissa les yeux avec une moue de satisfaction, comme si ces propos de Marcello étaient un compliment. Enfin, elle conclut : Tellement de choses ont changé, Lenù, pendant que tu n'étais pas là ! Tu dois passer plus de temps avec nous, maintenant ; allez, donne-moi ton numéro de téléphone, il faut qu'on se voie le plus souvent possible ; et puis je veux t'envoyer Gennaro, tu me diras si tu peux l'aider.

Elle prit un stylo, prête à noter mon numéro. Je lui indiquai aussitôt les deux premiers chiffres, mais ensuite je m'embrouillai : j'avais appris ce numéro depuis quelques jours à peine et ne m'en souvenais pas bien. Cependant, quand il me revint clairement en mémoire, j'hésitai encore, pris peur que Lila ne s'immisce à nouveau dans ma vie, lui fournis les deux chiffres suivants et puis me trompai délibérément sur le reste du numéro.

J'eus bien raison. Au moment même où je

m'apprêtais à m'en aller avec les filles, Lila me demanda devant tout le monde, y compris devant Dede et Elsa :

« Et avec Nino, tu as l'intention d'avoir un gosse ? »

35

Bien sûr que non ! répondis-je avec un petit rire gêné. Mais dans la rue, je dus expliquer, en particulier à Elsa – Dede maintenait un silence hostile – que je n'aurais pas d'autres enfants : mes filles c'étaient elles, un point c'est tout. Pendant deux jours, j'eus mal à la tête et ne pus fermer l'œil de la nuit. Rien qu'en lâchant quelques mots bien choisis, Lila avait semé la confusion dans une rencontre que, jusque-là, j'avais trouvée agréable. Je songeai : Il n'y a rien à faire, elle est incorrigible, elle sait toujours comment me compliquer l'existence ! Et je ne pensais pas uniquement aux angoisses qu'elle avait déclenchées chez Dede et Elsa. Lila avait touché avec adresse quelque chose que je gardais bien caché en moi, et qui me ramenait au désir de maternité que j'avais éprouvé pour la première fois une douzaine d'années auparavant, lorsque j'avais pris dans mes bras le petit Mirko, dans l'appartement de Mariarosa : un besoin tout à fait irrationnel, une espèce de diktat de l'amour qui, à l'époque, m'avait bouleversée. Sur le moment, j'avais eu l'intuition déjà qu'il ne s'agissait pas d'une simple envie d'avoir un enfant. Je voulais un enfant précis, un enfant comme Mirko, un enfant de Nino. Cette obsession ne m'avait pas quittée avec Pietro, ni avec la naissance de Dede et d'Elsa. Récemment, elle était même remontée à la surface chaque fois que j'avais vu l'enfant de Silvia et, surtout, lorsque Nino m'avait appris qu'Eleonora était enceinte. Cette idée me travaillait désormais de plus en plus et, comme d'habitude, avec son regard perçant, Lila l'*avait vue*. C'est son jeu préféré, me dis-je, c'est ce qu'elle fait avec Enzo, Carmen, Antonio ou Alfonso ! Elle s'est sans doute comportée ainsi avec Michele Solara et Gigliola également. Elle fait mine d'être sympathique et affectueuse, mais ensuite elle te pousse légèrement, juste assez pour te déséquilibrer et t'égarer. Elle veut recommencer à agir comme ça avec moi aussi, et avec Nino. Elle était déjà parvenue à rendre évident un frémissement secret qu'en général j'essayais d'ignorer, comme on ignore le battement d'une paupière.

Pendant des jours et des jours, dans l'appartement de la Via Tasso, que je sois seule ou non, je me sentis constamment tourmentée par cette question : *et avec Nino, tu as l'intention d'avoir un gosse ?* Mais à présent, ce n'était plus une question de Lila : je me la posais à moi-même.

36

Par la suite, je retournai souvent au quartier, surtout lorsque Pietro venait voir les filles. Je descendais à pied jusqu'à la Piazza Amedeo et prenais le métro. Parfois, je m'arrêtais sur le pont de la

159

voie ferrée et regardais le boulevard en contrebas, d'autres fois je me contentais de traverser le tunnel et de me promener jusqu'à l'église. Mais le plus souvent, j'allais me bagarrer avec ma mère pour qu'elle aille consulter un médecin, impliquant dans cette lutte mon père, Peppe et Gianni. C'était une femme têtue, elle s'emportait contre son mari et ses enfants dès que je faisais allusion à ses problèmes de santé. Elle me criait systématiquement : Tais-toi, c'est toi qui m'fais crever ! Elle me chassait ou allait s'enfermer dans la salle d'eau.

Celle qui avait de l'étoffe, c'était Lila, on le savait – Michele, par exemple, l'avait compris depuis longtemps. Ainsi, l'aversion d'Elisa à l'égard de mon amie n'était pas simplement due à quelque brouille avec Marcello, mais au fait que Lila se soit encore une fois libérée des Solara et, après les avoir utilisés, les domine. La Basic Sight lui apportait chaque jour davantage le prestige de la nouveauté et des gains. Il ne s'agissait plus simplement de la personne débordante d'imagination qui, depuis l'enfance, avait l'art de s'emparer du désordre de ton esprit et de ton cœur pour te les restituer dans un ordre parfait, ou qui au contraire, si elle te détestait, pouvait t'embrouiller totalement les idées et te laisser désemparée. Maintenant, elle incarnait aussi la possibilité d'apprendre un nouveau type de métier, dont personne ne savait rien, mais qui était très rentable. Les affaires marchaient tellement bien, disait-on, qu'Enzo cherchait un local où installer un bureau adéquat, afin de remplacer celui qu'il avait improvisé entre leur cuisine et leur chambre. Mais qui était donc Enzo, si intelligent soit-il ? Simplement quelqu'un qui travaillait pour Lila. Si les choses bougeaient, c'était grâce à elle ; c'était elle qui faisait et défaisait. En poussant un peu, on aurait dit qu'en peu de temps la situation au quartier était devenue la suivante : chacun devait apprendre à être soit comme Marcello et Michele, soit comme Lila.

Certes, ce n'était peut-être là qu'une de mes obsessions ; néanmoins, pendant cette période, j'eus l'impression de la retrouver de plus en plus dans toutes les personnes qui avaient été ou étaient proches d'elle. Un jour, par exemple, je croisai Stefano Carracci, très épaissi, le teint jaune et mal habillé. Il ne restait absolument rien du jeune commerçant que Lila avait épousé – de son argent, encore moins. Et pourtant, au cours de notre brève conversation, il me sembla reconnaître de nombreuses expressions de sa femme. Ada aussi, qui à cette époque estimait beaucoup Lila et en disait grand bien à cause de l'argent qu'elle passait à Stefano, me parut imiter les gestes de mon amie, peut-être aussi sa manière de rire.

Parents et amis, dans l'espoir d'un travail, se pressaient autour d'elle, s'efforçant de se montrer à la hauteur. Ada elle-même fut rapidement embauchée à la Basic Sight : au début elle devait répondre au téléphone – au besoin, elle apprendrait à faire autre chose. Rino aussi, qui avait eu le malheur de se disputer un jour avec Marcello et avait dû quitter son supermarché, s'inséra dans l'entreprise de sa sœur sans demander la permission à qui que ce soit, prétendant pouvoir apprendre en deux coups de cuillère à pot tout ce qu'il y avait à savoir. Mais la nouvelle qui me surprit le plus – Nino me l'annonça un soir, il la tenait de Marisa –, c'est que même Alfonso avait atterri à la Basic Sight. Michele Solara, qui continuait ses folies, avait fermé la boutique de la Piazza dei Martiri sans aucun motif, et Alfonso s'était retrouvé au chômage. Par conséquent, lui aussi se recyclait grâce à Lila, et avec succès.

J'aurais pu en savoir davantage, et cela m'aurait peut-être fait plaisir : je n'avais qu'à appeler Lila ou passer la voir. Mais je ne le fis jamais. Il ne m'arriva qu'une fois de la croiser dans la rue, et elle s'arrêta à contrecœur. Elle devait s'être vexée parce que je ne lui avais pas donné mon véritable numéro de téléphone, parce que j'avais proposé de donner des cours à son fils et puis m'étais éclipsée, et parce que je m'étais dérobée alors qu'elle avait tout fait pour que nous nous réconciliions. Elle me dit qu'elle était pressée et me lança en dialecte :

« Tu habites toujours là-bas, sur la Via Tasso ?

— Oui.

— C'est pas pratique !

— On voit la mer.

— Qu'est-ce que c'est de là-haut, la mer ? un peu de couleur. C'est mieux de la voir de près : comme ça tu te rends compte que c'est dégueulasse, c'est de la boue et de la pisse et ça pue. Mais vous qui lisez et écrivez des livres, vous aimez vous raconter des mensonges, pas la vérité. »

Je tranchai :

« Maintenant, j'habite là-bas. »

Elle fut encore plus tranchante que moi :

« On peut toujours changer. Combien de fois dit-on une chose pour en faire une autre, après ? Prends un appart ici ! »

Je secouai la tête et lui dis au revoir. Alors c'était cela, qu'elle voulait ? Me ramener au quartier ?

37

Ensuite, deux événements totalement inattendus se produisirent dans ma vie déjà compliquée.
L'institut de recherche que Nino dirigeait fut invité
à New York pour je ne sais quel travail important,
et une minuscule maison d'édition de Boston
publia mon livre. Ces deux circonstances débou-
chèrent sur la possibilité d'un voyage aux États-
Unis.

Après mille tergiversations, mille discussions et
quelques disputes, Nino et moi nous décidâmes à
prendre ces vacances. Mais je devais laisser Dede
et Elsa à quelqu'un pendant deux semaines. En
temps ordinaire, j'avais déjà du mal à les faire garder. J'écrivais pour quelques revues, faisais des traductions, participais à des débats dans pas mal de
villes et de villages, et accumulais des notes pour
un nouveau livre, du coup m'occuper des filles au
milieu de toute cette frénésie était toujours très
difficile. En général je m'adressais à Mirella, une
étudiante de Nino très fiable et qui ne demandait
pas beaucoup, et quand celle-ci n'était pas disponible, je les confiais à Antonella, une voisine d'une
cinquantaine d'années très compétente qui avait
de grands enfants. Cette fois, je tentai de les placer
chez Pietro, mais il me répondit que les accueillir
aussi longtemps à ce moment-là était impossible.
J'examinai la situation – je n'avais plus de relations
avec Adele, Mariarosa était partie sans laisser
d'adresse, ma mère était affaiblie par son mal-être
fuyant, Elisa était de plus en plus hostile –, sans

trouver de solution acceptable. Pour finir, c'est Pietro qui me suggéra : Demande à Lina, par le passé elle t'a laissé son fils pendant des mois, elle t'est redevable ! J'eus du mal à me décider. Mon côté le plus superficiel imaginait que, malgré la disponibilité affichée par Lila (qui avait pourtant de nombreuses contraintes de travail), elle traiterait mes filles comme des poupées capricieuses et exigeantes, les tourmenterait et les abandonnerait à Gennaro. Mais un autre plus obscur, et qui m'agaçait encore davantage, était persuadé au contraire que Lila était la seule personne, parmi celles que je connaissais, qui ferait absolument tout pour que mes enfants se sentent bien. L'urgence de trouver une solution me poussa à l'appeler. À ma requête pleine d'hésitations et de circonvolutions, elle répondit aussitôt, me surprenant une fois de plus :

« Tes filles sont plus que mes filles, tu peux me les amener quand tu veux ! Fais ce que tu as à faire, prends tout ton temps ! »

Alors que je lui avais dit que je partais avec Nino, elle ne le nomma jamais, et elle fit de même lorsque je vins lui confier les gamines, avec toutes sortes de recommandations. Ainsi, en mai 1980, rongée par les scrupules et néanmoins enthousiaste, je partis pour les États-Unis. Pour moi, ce voyage fut une expérience hors du commun. Je sentis à nouveau que je n'avais plus de limites : j'étais capable de voler au-dessus des océans et de me répandre sur le monde entier. Un délire exaltant. Bien sûr, ces deux semaines se révélèrent très fatigantes et très onéreuses. Les femmes qui m'avaient publiée n'avaient pas le sou et, malgré leurs efforts, j'en fus tout de même souvent de ma poche. Quant à Nino, il eut du mal à se faire rembourser jusqu'à son billet d'avion. Pourtant, nous fûmes heureux. Moi, en tout cas, je ne me suis plus jamais sentie aussi bien que ces jours-là.

À notre retour, je fus certaine d'être enceinte. Déjà, avant de partir pour l'Amérique, j'avais eu quelques soupçons sur mon état, mais je n'en avais jamais parlé à Nino, et pendant toutes les vacances j'avais savouré en secret cette éventualité avec un plaisir irréfléchi. Mais lorsque j'allai récupérer les filles, je n'avais dès lors plus aucun doute, et je me sentais littéralement tellement pleine de vie que je fus d'abord tentée de me confier à Lila. Mais comme d'habitude, j'y renonçai. Je songeai : elle va encore me dire quelque chose de désagréable, elle va me reprocher d'avoir nié que je voulais un autre enfant. Cependant j'étais radieuse et, comme si mon bonheur l'avait contaminée, Lila m'accueillit avec un air tout aussi heureux et s'exclama : Qu'est-ce que tu es belle ! Je lui offris les cadeaux que j'avais rapportés pour Enzo, Gennaro et elle. Je lui contai par le menu les villes que j'avais vues et les rencontres que j'avais faites. Quand j'étais dans l'avion, dis-je, il y avait un trou dans les nuages, et j'ai vu un morceau de l'océan Atlantique ! Les gens sont très accueillants, ils ne sont pas coincés comme en Allemagne ou présomptueux comme en France. Même si tu parles mal anglais, ils t'écoutent avec attention et font des efforts pour te comprendre. Dans les restaurants, tout le monde crie, c'est pire qu'à Naples ! Le gratte-ciel du Corso Novara, si tu le compares à ceux de Boston ou de New York, tu te rends compte que ce n'est même pas un gratte-ciel. Les rues portent des numéros, pas les noms de gens que personne ne connaît plus. Je ne mentionnai jamais Nino, ne parlai ni de lui ni de son travail, et fis comme si j'étais partie seule. Elle m'écouta avec beaucoup d'intérêt, me posa des questions auxquelles je ne sus pas répondre, et puis loua vivement mes filles, m'affirmant que tout s'était très bien passé. Cela me fit plaisir et, à nouveau, je m'apprêtai à lui dire que j'attendais un bébé. Mais Lila ne m'en laissa pas le temps et murmura, sérieuse : Heureusement que tu es là, Lenù, j'ai une bonne nouvelle, et je suis heureuse de te l'annoncer en premier. Elle était enceinte elle aussi.

38

Lila s'était consacrée aux filles corps et âme. Et cela n'avait pas dû être chose facile : les réveiller bien à l'heure le matin, les obliger à se lever, les forcer à prendre un petit-déjeuner à la fois copieux et rapide, les accompagner à l'école sur la Via Tasso dans le chaos matinal de la ville, aller les rechercher dans la même confusion, les ramener au quartier, leur donner à manger, vérifier leurs devoirs, et cela tout en travaillant et en s'occupant des tâches domestiques. Mais, comme me le confirmèrent Dede et Elsa lorsque je les questionnai à fond, elle s'en était très bien tirée. Du coup, à leurs yeux, j'étais plus que jamais une mère défaillante. Je ne savais pas cuisiner les pâtes à la sauce tomate comme tata Lina, je n'avais pas son talent ni sa douceur pour leur sécher les cheveux ou les coiffer et, quoi que j'entreprenne, tata Lina le faisait avec plus de sensibilité que moi – à part peut-être chantonner certains airs que les filles aimaient et que Lila avait avoué ne pas connaître. Il fallait ajouter à cela que, surtout aux yeux de Dede, cette femme merveilleuse que j'avais le tort de très peu fréquenter (*Maman, pourquoi on ne va pas chez tata Lina, pourquoi tu ne nous laisses pas dormir chez elle plus souvent, tu ne dois plus voyager ?*) avait une spécificité qui la rendait inégalable : elle était la mère de Gennaro, que ma fille aînée appelait habituellement Rino, et qui était à ses yeux l'être de sexe masculin le plus réussi au monde.

Sur le coup, je fus vexée. Mes rapports avec les filles étaient loin d'être idylliques, et ils empirèrent avec leur nouvelle manie d'idéaliser Lila. Un jour, à leur énième critique à mon égard, je perdis patience et m'écriai : Ça suffit, allez au marché aux mères et achetez-en une autre ! Ce marché était l'un de nos jeux, qui en général permettait d'apaiser les conflits et de faire la paix. Je disais : Vendez-moi sur le marché aux mères, si je ne vous conviens pas ! Et elles répondaient : Non non, maman, on veut pas te vendre, on t'aime comme tu es ! Mais cette fois, peut-être à cause de mon ton âpre, Dede rétorqua : D'accord, on y va tout de suite, on va te vendre et acheter tata Lina !

Telle fut l'ambiance pendant un certain temps. Ce n'était certes pas l'atmosphère idéale pour annoncer aux petites que je leur avais dit un mensonge. J'étais dans un état émotif très compliqué : je me sentais audacieuse et pudique, joyeuse et anxieuse, partagée entre innocence et culpabilité. Et je ne savais pas par où commencer, c'était un discours difficile : Les filles, je croyais que je ne voulais plus d'enfant mais en fait j'en voulais un,

167

eh bien voilà, je suis enceinte, vous allez avoir un petit frère ou peut-être une petite sœur, mais son père ce n'est pas votre père, son père c'est Nino, qui pourtant a déjà une femme et deux enfants, et je ne sais pas comment il va le prendre. J'y pensais, j'y pensais, et repoussais l'annonce.

Puis survint une conversation inattendue. En présence d'Elsa qui écoutait, un peu inquiète, Dede commença, du ton qu'elle prenait lorsqu'elle voulait éclaircir une question pleine d'embûches :

« Tu sais que tata Lina dort avec Enzo alors qu'ils ne sont pas mariés ?

— Qui t'a raconté ça ?

— Rino. Enzo n'est pas son père.

— Ça aussi, c'est Rino qui te l'a dit ?

— Oui. Alors j'ai posé la question à tata Lina, et elle m'a expliqué.

— Qu'est-ce qu'elle t'a expliqué ? »

Elle était tendue. Elle me scruta pour voir si j'allais m'énerver :

« Je peux te le dire ?

— Oui.

— Tata Lina a un mari, comme toi, ce mari c'est le père de Rino et il s'appelle Stefano Carracci. Et puis elle a aussi Enzo, Enzo Scanno, qui dort avec elle. Et c'est exactement la même chose pour toi : tu as papa, qui s'appelle Airota, mais tu dors avec Nino, qui s'appelle Sarratore. »

Je souris pour la rassurer :

« Comment tu as fait pour apprendre tous ces noms ?

— Tata Lina nous en a parlé et elle a dit que c'était bête, ces noms. Rino est sorti du ventre de tata Lina et il habite avec elle, mais il s'appelle Carracci, comme son père. Nous sommes sorties de ton ventre et nous sommes beaucoup plus avec toi qu'avec papa, et pourtant on s'appelle Airota.

— Et donc?

— Maman, si quelqu'un veut parler du ventre de tata Lina, il ne dit pas "ça c'est le ventre de Stefano Carracci", mais il dit "ça c'est le ventre de Lina Cerullo". C'est la même chose pour toi : ton ventre c'est le ventre d'Elena Greco, ce n'est pas le ventre de Pietro Airota.

— Et qu'est-ce que ça veut dire?

— Que ça serait mieux que Rino s'appelle Rino Cerullo, et nous Dede et Elsa Greco.

— C'est ton idée, ça?

— Non, c'est une idée de tata Lina.

— Et toi, qu'est-ce que tu en penses?

— Moi je pense pareil.

— C'est vrai?

— Oui, j'en suis sûre. »

Mais, le climat paraissant favorable, Elsa me tira par la manche et intervint :

« C'est pas vrai, maman! Elle, elle a dit que quand elle se mariera, elle s'appellera Dede Carracci! »

Furieuse, Dede s'exclama :

« Tais-toi, t'es une menteuse! »

Je me tournai vers Elsa :

« Et pourquoi Dede Carracci?

— Parce qu'elle veut se marier avec Rino. »

Je demandai à Dede :

« Tu es amoureuse de Rino?

— Oui! fit-elle d'un ton provocateur. Et même si on se marie pas, je dormirai avec lui quand même!

— Avec Rino?

— Oui. Comme tata Lina avec Enzo. Et aussi comme toi avec Nino.

— Elle a le droit, maman ? » demanda Elsa, sceptique.

Je ne répondis rien, j'esquivai. Mais après cette discussion, mon humeur s'améliora et une nouvelle période s'amorça. Je dus bientôt reconnaître qu'avec ces conversations sur les pères vrais ou faux et sur les noms anciens ou nouveaux, Lila avait réussi à rendre non seulement acceptable aux yeux de Dede et Elsa, mais même intéressante, la situation dans laquelle je les avais jetées. En effet, comme par miracle, mes filles cessèrent de regretter Adele et Mariarosa ; elles cessèrent de rentrer de Florence en disant qu'elles voulaient aller vivre définitivement avec leur père et Doriana ; elles cessèrent de faire des caprices avec Mirella, la babysitter, comme si c'était leur pire ennemie ; elles cessèrent de rejeter Naples, l'école, les maîtresses, leurs camarades, et surtout le fait que Nino dorme dans mon lit. Bref, elles me semblèrent plus sereines. Je remarquai ces changements avec soulagement. J'avais beau trouver exaspérant que Lila soit entrée aussi dans la vie de mes filles en se les attachant, la dernière chose dont j'aurais pu l'accuser aurait été de ne pas leur avoir accordé toute son affection et son aide, contribuant à atténuer leurs angoisses. À vrai dire, c'était celle-là, la Lila que j'aimais. Celle qui savait sortir soudain de sa propre méchanceté et m'étonner. D'un coup, j'oubliai toutes les vexations – *Elle est perfide et l'a toujours été, mais elle est aussi bien autre chose, il faut la supporter* – et je m'avouai qu'elle m'aidait à faire moins mal à mes filles.

Un matin au réveil, pour la première fois depuis bien longtemps, je songeai à elle sans hostilité. Je me souvins de son mariage et de sa première grossesse : elle avait seize ans, seulement sept ou huit de plus que Dede. Ma fille aurait bientôt l'âge de nos fantasmes de gamines. Il me parut inconcevable que, dans un laps de temps relativement court, il puisse arriver à ma fille comme à Lila de porter une robe de mariée, de finir brutalisée dans le lit d'un homme et de s'enfermer dans le rôle de Mme Carracci ; il me parut inconcevable qu'elle puisse se retrouver, comme moi, allongée sous le corps lourd d'un homme mûr, une nuit, aux Maronti, salie par le sable obscur et par les humeurs de cet homme, rien que par vengeance. Je me souvins des tas de choses odieuses que nous avions vécues et laissai la solidarité entre nous reprendre ses droits. Ce serait tellement dommage, me dis-je, de gâcher notre histoire en laissant trop de place aux mauvais sentiments ! Ces derniers sont inévitables, mais l'essentiel est de les endiguer. Je me rapprochai de Lila sous prétexte que mes filles tenaient à la voir souvent. Nos grossesses firent le reste.

39

Cependant, nous fûmes deux femmes enceintes très différentes. Mon corps réagit avec une adhésion totale, le sien avec réticence. Et pourtant, dès le départ, Lila souligna qu'elle avait *voulu* cette grossesse. Elle disait en riant : Je l'ai programmée. Néanmoins, comme toujours, quelque chose résistait dans son organisme. Ainsi, alors que j'eus tout de suite l'impression qu'une espèce de lueur rosée brillait en moi, Lila se fit verdâtre, le blanc de ses yeux jaunit, elle ne supporta plus certaines odeurs et passa son temps à vomir. Qu'est-ce que je peux y faire ? s'exclamait-elle. Je suis contente, mais ce truc dans mon ventre ne l'est pas, on dirait même qu'il m'en veut ! Enzo niait et disait : Mais non, il est encore plus content que nous tous. D'après Lila, qui se moquait de lui, en fait il voulait dire : C'est moi qui l'ai mis là-dedans, tu peux avoir confiance, je sais qu'il est gentil, ne t'inquiète pas.

Quand je tombais sur Enzo, j'éprouvais à son égard encore plus de sympathie et d'admiration qu'auparavant. C'était comme si, à son ancienne fierté, s'était ajoutée une nouvelle, qui se manifestait par une envie décuplée de travailler et, en même temps, par une vigilance continue à la maison, au travail et dans la rue, qui visait exclusivement à défendre sa compagne contre les dangers physiques et métaphysiques, et à prévenir chacun de ses désirs. C'est lui qui se chargea d'annoncer la nouvelle à Stefano. Celui-ci ne broncha pas : il grimaça vaguement puis passa à autre chose, peut-être parce que maintenant la vieille épicerie, à son tour, n'était presque plus rentable, et que l'aide financière de son ex-épouse était essentielle, ou peut-être parce qu'il considérait tout lien entre Lila et lui comme de l'histoire très ancienne – qu'est-ce que cela pouvait lui faire, qu'elle soit enceinte ? Il avait d'autres problèmes, d'autres désirs.

Plus important encore, Enzo se chargea d'annoncer la nouvelle à Gennaro. En effet, Lila avait à l'égard de son fils une gêne qui ne différait guère de celle que j'éprouvais face à Dede et Elsa, mais qui était certainement plus justifiée que la mienne. Gennaro n'était plus un gamin et on ne pouvait

pas employer avec lui des paroles et un ton enfantins. Il s'agissait d'un garçon en pleine crise de
puberté, qui ne parvenait pas encore à trouver
son équilibre. Il avait redoublé deux fois de suite
au collège, il était devenu hypersensible, incapable
de retenir ses larmes et prisonnier d'un sentiment
d'humiliation. Il passait ses journées soit à traîner
dans les rues, soit dans l'épicerie de son père, assis
dans un coin, occupé à tripoter les boutons sur
son gros visage et à scruter tous les faits et gestes
de Stefano, sans mot dire.

Il va très mal le prendre, s'inquiétait Lila ; mais
en même temps elle craignait que d'autres ne le
lui apprennent, Stefano par exemple. Ainsi, un
soir, Enzo prit Gennaro à part et lui annonça la
grossesse. Le garçon demeura impassible. Enzo
l'encouragea : Allez, va embrasser ta mère, fais-
lui sentir que tu l'aimes ! L'adolescent obéit. Mais
quelques jours plus tard, Elsa me demanda, en
cachette de sa sœur :

« Maman, qu'est-ce que c'est, une chienne ?

— La femelle du chien.

— Tu es sûre ?

— Oui.

— Rino a dit à Dede que tata Lina était une
chienne. »

Bref, des problèmes. Je n'en parlai pas à Lila,
cela me parut inutile. Et puis, j'avais moi aussi
mes difficultés : je n'arrivais pas à le dire à Pietro, je n'arrivais pas à le dire aux filles, et surtout
je n'arrivais pas à le dire à Nino. J'étais certaine
que Pietro, bien qu'il ait à présent Doriana, rede-
viendrait désagréable en apprenant que j'étais
enceinte : il aurait sans doute recours à ses parents
et inciterait sa mère à me donner du fil à retordre

par tous les moyens possibles. J'étais certaine que Dede et Elsa me deviendraient de plus en plus hostiles. Mais mon véritable problème, c'était Nino. J'espérais que la naissance du bébé le lierait définitivement à moi. J'espérais qu'Eleonora, une fois au courant de cette nouvelle paternité, le quitterait. Mais cet espoir était fragile, et la peur prévalait presque toujours. Nino me l'avait dit clairement : il préférait cette double vie – malgré les désagréments en tous genres qu'elle nous causait, malgré les anxiétés et les tensions – au traumatisme d'une rupture définitive avec sa femme. Du coup, je craignais qu'il ne me demande d'avorter. Ainsi, jour après jour, j'étais sur le point de lui annoncer mon état et, jour après jour, je me disais : Non, mieux vaut attendre demain.

Or, tout finit par s'arranger. Un soir, j'appelai Pietro et lui annonçai : je suis enceinte. Il y eut un long silence, il se racla la gorge puis murmura qu'il s'y attendait. Il demanda :

« Tu l'as dit aux filles ?

— Non.

— Tu veux que je le fasse ?

— Non.

— Fais attention à toi.

— Je vais bien. »

Et ce fut tout. Par la suite, il téléphona plus souvent. Il avait un ton affectueux, se préoccupait de la réaction des filles et proposait chaque fois de leur parler. Mais cela n'échut ni à l'un ni à l'autre. Ce fut Lila – qui pourtant n'avait pas voulu parler à son fils – qui persuada Dede et Elsa que, le moment venu, s'occuper de l'amusant petit bonhomme que j'avais fait avec Nino et pas avec leur père serait fantastique. Elles le prirent bien. Comme tata Lina l'avait appelé « petit bonhomme », elles se mirent à l'appeler de même. Elles s'intéressaient à mon ventre et demandaient tous les matins, dès le réveil : Maman, comment il va, le petit bonhomme ?

Passée l'annonce à Pietro et aux filles, je dus enfin faire face à Nino. Voilà comment cela se produisit. Un après-midi où je me sentais particulièrement agitée, j'allai voir Lila pour donner libre cours à mon angoisse. Je lui demandai :

« Et s'il veut que j'avorte ?

— Eh bien, fit-elle, alors tout sera clair.

— Qu'est-ce qui sera clair ?

— Que sa femme et ses enfants passent d'abord, et toi après. »

Directe, brutale. Lila me cachait beaucoup de choses, mais pas son aversion pour mon union. Toutefois, cela ne fut pas pour me déplaire, je me rendis même compte que parler de manière aussi franche me faisait du bien. En fin de compte, elle avait exprimé ce que je n'osais pas me dire, à savoir que la réaction de Nino serait la preuve de la réalité de notre lien. Je balbutiai quelques propos du genre : C'est possible, on verra… Quand, peu après, Carmen arriva avec ses enfants, Lila l'entraîna à son tour dans cette conversation, et l'après-midi devint semblable à ceux de notre adolescence. Nous nous fîmes des confidences, commençâmes à comploter et à faire des projets. Carmen s'emporta, s'exclamant que si Nino faisait de la résistance, elle était prête à aller en personne lui dire deux mots ! Elle ajouta : Lenù, je comprends pas comment une fille de ton niveau peut se laisser marcher sur les pieds comme ça ! Je tentai de me justifier et de justifier mon compagnon.

J'expliquai que ses beaux-parents l'avaient aidé et l'aidaient encore, et que tout ce que Nino et moi nous permettions n'était possible que parce qu'il gagnait beaucoup grâce à la famille de son épouse. Je dus avouer : S'il n'y avait que l'argent qui me venait de mes livres et de Pietro, les filles et moi aurions du mal à joindre les deux bouts. Avant d'ajouter : Mais ne vous méprenez pas, Nino est très affectueux, il vient dormir chez moi au moins quatre fois par semaine, il m'a toujours évité toute humiliation, et quand il peut il s'occupe de Dede et d'Elsa comme si c'étaient ses propres filles. Mais dès que je me tus, Lila me lança, pratiquement comme un ordre :

« Dans ce cas, dis-lui ce soir même ! »

Je m'exécutai. Je rentrai à la maison, lorsqu'il arriva nous dînâmes, je mis les filles au lit et, enfin, lui annonçai que j'étais enceinte. Il y eut un très long silence, puis il me serra contre lui et m'embrassa : il était très heureux. Soulagée, je murmurai : Cela fait un moment que je le sais, mais j'avais peur que tu te mettes en colère. Il me fit des reproches et dit quelque chose qui me surprit beaucoup : Il faut que nous allions chez mes parents avec Dede et Elsa pour leur apporter à eux aussi cette bonne nouvelle, ma mère sera heureuse. Il voulait donc, de cette façon, consacrer notre union et rendre sa nouvelle paternité officielle. J'esquissai une vague moue d'assentiment avant de murmurer :

« Mais tu vas le dire à Eleonora ?
— Ça ne la regarde pas.
— Tu es encore son mari !
— C'est juste pour la forme.

— Il faudra que tu donnes ton nom à notre enfant.

— Je le ferai. »

Je commençai à m'agiter :

« Non, Nino, je sais que tu ne le feras pas ! Tu feras comme si de rien n'était, pour ne pas changer !

— Tu n'es pas bien, avec moi ?

— Si, très bien.

— Je te néglige ?

— Non. Mais *moi*, j'ai quitté mon mari, *moi*, je suis venue habiter à Naples, *moi*, j'ai changé de vie de fond en comble. Alors que *toi*, tu as encore ta vie, elle est intacte !

— Ma vie c'est toi, tes filles, et ce bébé qui va arriver. Le reste, ce n'est qu'une toile de fond indispensable.

— Indispensable pour qui ? Pour toi ? Sûrement pas pour moi ! »

Il me serra fort dans ses bras et chuchota :

« Fais-moi confiance ! »

Le lendemain, j'appelai Lila et lui dis : Tout va bien, Nino est ravi.

40

Des semaines compliquées s'ensuivirent, et je me dis souvent que si mon organisme n'avait pas réagi avec autant de naturel et de joie à cette grossesse, et si je m'étais trouvée dans le même état de souffrance physique permanente que Lila, je n'aurais pas tenu. Après bien des résistances, ma maison d'édition publia enfin le recueil d'essais de Nino et – continuant à imiter Adele, malgré nos rapports exécrables – je m'employai à contacter les rares individus de quelque prestige que je connaissais afin qu'ils en parlent dans les journaux, et m'adressai aussi aux nombreuses, très nombreuses personnalités que Nino fréquentait, lui, mais auxquelles son orgueil interdisait de téléphoner. Le livre de Pietro vit le jour à la même période, et il me l'apporta en personne dès qu'il vint à Naples voir les petites. Il attendit avec anxiété que je lise la dédicace (embarrassante : « À Elena, qui m'a appris à aimer dans la douleur ») ; nous fûmes émus tous les deux et il m'invita à une fête en son honneur à Florence. Je dus y aller, ne fût-ce que pour lui amener les filles. En cette occasion, je fus obligée de faire face non seulement à l'hostilité ouverte de mes beaux-parents mais aussi, avant et après le voyage, à la mauvaise humeur de Nino, jaloux du moindre de mes contacts avec Pietro, fâché par sa dédicace, maussade parce que je lui avais dit que le livre de mon ex-mari était excellent et qu'on en parlait avec beaucoup de respect dans le monde universitaire et au-delà et, enfin, mécontent parce que son ouvrage à lui passait totalement inaperçu.

Comme notre relation me fatiguait ! Le moindre de nos gestes et de nos propos recelait tellement d'embûches ! Il ne supportait pas d'entendre le nom de Pietro, s'assombrissait quand j'évoquais Franco, devenait jaloux si je riais trop avec l'un de ses amis, en revanche il trouvait tout à fait normal de se partager entre sa femme et moi. À deux reprises, je le croisai sur la Via Filangieri avec Eleonora et leurs deux enfants. La première fois, ils firent mine de ne pas me voir et passèrent leur chemin ; la deuxième, je me plantai joyeusement devant la petite famille et échangeai quelques mots avec eux, mentionnant ma grossesse bien qu'elle ne fût pas encore visible, et puis m'éloignai furieuse, le cœur battant dans mes tempes. Il me reprocha ensuite ce qu'il appela un comportement inutilement provocateur, et nous nous disputâmes (*Je ne lui ai pas dit que c'était toi le père, j'ai juste dit que j'étais enceinte*) : je le chassai de l'appartement, et le laissai bientôt revenir.

Dans ces moments-là, je me voyais soudain pour ce que j'étais vraiment : dominée, disposée à faire toujours ses quatre volontés, attentive à ne pas exagérer pour ne pas le mettre en difficulté et ne pas lui déplaire. Je perdais mon temps à cuisiner pour lui, à laver les vêtements sales qu'il laissait à la maison, et à écouter le récit de ses problèmes à l'université ou dans les multiples fonctions qu'il cumulait, à la fois grâce au climat de sympathie qui l'entourait et grâce aux petits pouvoirs de son beau-père. Je l'accueillais toujours avec allégresse, je voulais qu'il se sente mieux chez moi que dans son autre foyer, je souhaitais qu'il se repose et se confie, et sa façon d'être toujours dépassé par les responsabilités m'attendrissait. J'en arrivais même à me demander si, au fond, Eleonora ne l'aimait pas plus que moi, puisqu'elle acceptait tous les affronts afin de pouvoir le considérer encore à elle. Mais parfois, je craquais et m'écriais, au risque que mes filles entendent : Mais je suis qui, pour toi ? Explique-moi ce que je fais dans cette ville, pourquoi je t'attends tous les soirs, pourquoi je supporte cette situation ?

Ces jours-là, il prenait peur et me suppliait de

me calmer. Ce fut sans doute pour me prouver que sa femme, c'était moi – rien que moi – et qu'Eleonora n'avait aucune importance dans sa vie, qu'un dimanche il voulut réellement m'emmener déjeuner chez ses parents, dans leur appartement de la Via Nazionale. Je fus incapable de refuser. La journée s'écoula lentement, dans un climat affectueux. Lidia, la mère de Nino, était désormais une dame âgée consumée par la fatigue, et ses yeux paraissaient terrorisés non pas tant par le monde extérieur que par une menace couvant en son cœur. Quant à Pino, Clelia et Ciro, que j'avais connus enfants, c'étaient maintenant des adultes qui étudiaient ou travaillaient, et Clelia venait même de se marier. Peu après, Marisa et Alfonso arrivèrent avec leurs gamins, et le déjeuner commença. Il y eut d'innombrables plats, on mangea de 2 heures de l'après-midi jusqu'à 6 heures, dans une atmosphère de joie forcée mais aussi d'affection sincère. Lidia, surtout, me traita comme si j'étais sa véritable belle-fille ; elle voulut que je m'assoie près d'elle, adressa de nombreux compliments à mes filles et me félicita pour le bébé que je portais.

Naturellement, la seule source de tension provint de Donato. Le revoir après vingt ans m'impressionna beaucoup. Il portait une veste d'intérieur bleu marine et avait des pantoufles marron aux pieds. On aurait dit qu'il avait rapetissé et qu'il s'était élargi, et il n'arrêtait pas de bouger ses mains trapues couvertes de taches de vieillesse, des arcs noirâtres de saleté sous les ongles. Son visage semblait déborder de tous côtés et il avait le regard opaque. Il camouflait son crâne chauve sous quelques mèches de cheveux teints en une espèce de couleur rougeâtre, et souriait en montrant des trous, là où les dents manquaient. Au début, il tenta de recourir à son ancien ton d'homme du monde, reluqua ma poitrine à plusieurs reprises et lâcha quelques propos allusifs. Puis il se répandit en lamentations : Rien n'est plus à sa place, les dix commandements ont été abolis, il n'y a plus personne pour retenir les femmes, c'est le bordel partout... Mais ses enfants le firent taire, le tinrent à l'écart, et on ne l'entendit plus. Après le déjeuner, il entraîna dans un coin Alfonso, si fin, si délicat et à mes yeux aussi beau sinon plus que Lila, afin d'assouvir auprès de lui sa manie d'être toujours le centre de l'attention. De temps à autre je regardais, incrédule, cet homme âgé, me disant : C'est impossible, je n'ai pas pu aller avec ce type répugnant aux Maronti, quand j'étais jeune, ça ne peut pas être vrai ! Oh mon Dieu, regardez-le ! Chauve et débraillé, avec ses regards obscènes, à côté de mon camarade de lycée qui s'est volontairement féminisé – et semble à présent une jeune femme dans des vêtements d'homme –, et moi dans la même pièce que lui, si différente de celle que j'étais à Ischia... Quelle drôle d'époque on vit, *aujourd'hui*, et quelle drôle d'époque on vivait, *alors* !

À un moment donné, Donato m'appela poliment : Lenù ! Alfonso aussi m'invita à les rejoindre, du geste et du regard. Mal à l'aise, je m'approchai de leur coin. Donato commença alors à faire mon panégyrique à haute voix, comme s'il haranguait un auditoire immense : Cette femme est une grande intellectuelle, une romancière qui n'a d'égale nulle part au monde ! Je suis fier de la connaître depuis l'enfance, elle est venue passer ses vacances avec nous à Ischia quand elle n'était qu'une gamine, et elle a découvert la littérature à travers mes modestes vers, en lisant mon livre avant de s'endormir : ce n'est pas vrai, Lenù ?

Il me regarda, hésitant et soudain suppliant. Il me priait des yeux de lui confirmer le rôle de ses mots dans ma vocation littéraire. Alors je dis : Oui, c'est vrai, quand j'étais petite, je n'arrivais pas à croire que je connaissais en personne quelqu'un qui avait écrit un livre de poésie, et dont les journaux publiaient même les idées. Je le remerciai pour la critique qu'il avait consacrée à mon roman, une douzaine d'années plus tôt, affirmant qu'elle m'avait été très utile. Donato devint rouge de joie et, regonflé à bloc, se mit à se célébrer lui-même, tout en se plaignant de la jalousie des médiocres, qui l'avait empêché de se faire connaître comme il l'aurait mérité. Nino dut intervenir avec rudesse. Il m'entraîna à nouveau près de sa mère.

Dans la rue, Nino m'adressa des reproches : Tu sais bien comment il est, mon père, il ne faut pas l'écouter ! J'acquiesçai, tout en l'observant du coin de l'œil. Nino perdrait-il ses cheveux ? Grossirait-il ? Parlerait-il avec aigreur des personnes ayant eu plus de chance que lui ? Pour le moment, c'était un homme tellement beau que je ne voulais pas même y penser. Il disait encore de son père : Il n'arrive pas à se résigner, plus il vieillit plus ça empire !

41

À la même époque, ma sœur accoucha avec mille angoisses et de grands cris : elle eut un garçon qu'elle appela Silvio, comme le père de Marcello. Notre mère n'allant pas mieux, j'essayai d'aider Elisa, qui était livide, exténuée et terrorisée par le nouveau-né. En découvrant son fils souillé de sang et d'humeurs, elle avait eu l'impression d'avoir devant les yeux un petit corps à l'agonie, ce qui l'avait dégoûtée. Mais Silvio était bien vivant, et il ne faisait que brailler, poings serrés. Elle ne savait pas comment le prendre dans ses bras, comment lui donner un bain, comment soigner la plaie du cordon ombilical ni comment lui couper les ongles. Elle trouvait répugnant le simple fait que ce soit un garçon. Je tentai de lui apprendre deux ou trois choses, mais mon intervention fut de courte durée. Marcello, toujours un peu maladroit, me traita immédiatement avec une timidité sous laquelle je percevais de l'agacement, comme si ma présence chez eux lui compliquait l'existence. Loin d'être reconnaissante, Elisa s'énervait dès que je lui disais quelque chose, et mon désir même de l'aider l'irritait. Chaque jour, je me disais : Ça suffit, j'ai beaucoup de choses à faire, demain je n'y vais pas ! Mais je continuai, et ce sont les événements qui décidèrent pour moi.

De tristes événements. Un matin où je me trouvais chez ma sœur – il faisait très chaud et le quartier somnolait sous une poussière brûlante, la gare de Bologne avait explosé quelques jours plus tôt –, il y eut un coup de téléphone de Peppe : notre mère s'était évanouie dans la salle d'eau. Je courus chez eux : elle était baignée de sueurs froides, tremblait et souffrait d'insupportables douleurs au ventre. Je réussis enfin à lui imposer une visite médicale. Des tests en tout genre s'ensuivirent et on lui diagnostiqua rapidement une

« grave maladie » – expression fuyante que j'appris aussitôt moi-même à utiliser. Le quartier y avait recours pour parler du cancer, et les médecins ne furent pas en reste. Ils traduisirent leur diagnostic avec une formule voisine, à peine plus sophistiquée : plus que grave, la maladie était *inexorable*.

À cette nouvelle, mon père s'effondra immédiatement, se révélant incapable de faire face à la situation, et plongea dans la dépression. Mes frères, avec leurs yeux vaguement hallucinés et leur teint jaune, se manifestèrent un moment, l'air serviable, avant de disparaître, absorbés jour et nuit par leurs trafics indéfinis, se contentant de laisser de l'argent, en effet nécessaire pour les médecins et les médicaments. Quant à ma sœur, elle se terra constamment chez elle, épouvantée et débraillée, en chemise de nuit, prête à fourrer un téton dans la bouche de Silvio dès qu'il esquissait un vagissement. Ainsi, à mon quatrième mois de grossesse, le poids de la maladie retomba entièrement sur moi.

Ce ne fut pas pour me déplaire, car je voulais que ma mère comprenne que je l'aimais, bien qu'elle n'eût jamais cessé de me tourmenter. Je m'activai beaucoup : j'impliquai Nino comme Pietro pour qu'ils m'indiquent des médecins de renom ; j'accompagnai ma mère chez toutes sortes d'éminents professeurs ; je fus à son côté à l'hôpital lorsqu'elle fut opérée en urgence et quand elle en sortit ; une fois qu'elle fut de retour chez elle, je l'aidai pour tout.

Il faisait une chaleur insupportable et je vivais dans une inquiétude perpétuelle. Alors que mon ventre commençait joyeusement à pointer et que grossissait en moi un cœur différent de celui que j'avais dans ma poitrine, j'observai jour après jour, avec douleur, le dépérissement de ma mère. Je fus émue de la voir s'agripper à moi pour ne pas se perdre – cela me rappelait l'enfant que j'avais été, lorsque je lui tenais la main. Plus elle devenait fragile et apeurée, plus j'étais fière de la retenir dans la vie.

Au début, comme toujours, elle fut hargneuse. Quoi que je dise, elle répondait toujours par des refus grossiers et prétendait qu'il n'y avait rien qu'elle ne puisse faire sans moi. Le médecin ? Elle voulait le voir seule. L'hôpital ? Elle pouvait y aller seule. Les soins ? Elle s'en occuperait seule. J'ai besoin de rien, ronchonnait-elle, va-t'en, tu fais que m'casser les pieds. Toutefois, elle s'emportait si j'arrivais avec ne serait-ce qu'une minute de retard (*Si t'avais autre chose à faire, c'était pas la peine de dire que tu v'nais !*) ; si je n'allais pas chercher immédiatement ce qu'elle me demandait, elle m'insultait et se précipitait pour y aller elle-même de son pas claudicant, afin de me prouver que j'étais pire que la Belle au bois dormant et qu'elle était beaucoup plus énergique que moi (*Allez, allez, à quoi tu penses, Lenù, t'as pas toute ta tête, j'ai l'temps d'prendre froid, avec toi !*) ; elle me critiquait avec férocité pour mes bonnes manières vis-à-vis des docteurs et des infirmiers, et affirmait : *Si tu leur craches pas à la gueule, à ces merdeux, y s'foutent de toi ! Y s'démènent seulement pour ceux qui leur fichent la trouille !* Mais en même temps, quelque chose se modifiait en elle. Souvent, sa propre agitation l'effrayait. Elle bougeait comme si elle craignait que le sol puisse s'ouvrir sous ses pieds. Un jour où je la surpris devant le miroir – elle se regardait souvent, avec une curiosité qu'elle n'avait jamais eue auparavant –, elle me demanda, gênée : Tu te rappelles comment j'étais, quand j'étais jeune ? Puis, comme si elle y voyait un lien, elle m'obligea avec sa brutalité ordinaire à lui jurer que je ne l'enverrais jamais plus à l'hôpital, et que je ne la laisserais pas mourir seule dans une salle commune. Ses yeux se remplirent de larmes.

Ce qui m'inquiétait surtout, c'était qu'elle devenait facilement émotive, ce qui par le passé ne lui arrivait jamais. Elle était émue dès que je mentionnais Dede, quand elle craignait que mon père n'ait plus de chaussettes propres, lorsqu'elle évoquait Elisa aux prises avec son bébé, quand elle regardait mon ventre qui s'arrondissait ou se remémorait la campagne qui, autrefois, s'étendait autour des immeubles du quartier. Bref, avec la maladie lui vint une fragilité qu'elle n'avait jamais eue jusqu'alors, ce qui atténua son abattement, le transformant plutôt en une souffrance capricieuse, qui lui mettait de plus en plus souvent les larmes aux yeux. Un après-midi, elle éclata en sanglots simplement parce que Mme Oliviero lui était revenue à l'esprit, alors qu'elle l'avait toujours détestée. Tu te rappelles, me lança-t-elle, lorsqu'elle a insisté pour que tu passes l'examen d'entrée dans le secondaire ? Et là, ses larmes se mirent à couler – impossible de les arrêter. M'man, lui dis-je, calme-toi, y a pas de quoi pleurer ! La voir ainsi au désespoir pour un rien m'impressionna beaucoup, c'était nouveau pour moi. Elle aussi secoua la tête, incrédule, elle riait et pleurait en même temps, elle riait pour me faire comprendre qu'elle ne savait pas pourquoi elle pleurait.

42

C'est cet affaiblissement qui ouvrit lentement la voie à une intimité que nous n'avions jamais eue auparavant. Au début, elle avait honte d'être malade. Si, lorsqu'elle craquait ainsi, mon père, mes frères ou Elisa avec Silvio étaient présents, elle se cachait dans la salle d'eau ; puis, s'ils l'interrogeaient avec discrétion (*M'man, comment tu te sens ? Ouvre !*), elle n'ouvrait pas et répondait inévitablement : *Ça va très bien, qu'est-ce que vous m'voulez, on peut même pas être tranquille dans les chiottes ?* Avec moi, au contraire, elle s'abandonna soudain et décida d'étaler ses souffrances sous mes yeux, sans pudeur.

Cela commença un matin chez elle, lorsqu'elle me raconta pourquoi elle boitait. Elle le fit de son propre chef, spontanément et sans préambule. L'ange de la mort, m'expliqua-t-elle fièrement, m'a déjà effleurée quand j'étais petite, avec le même mal qu'aujourd'hui. Mais moi je l'ai baisé, même si j'étais qu'une gosse ! Et tu verras que je le baiserai encore, parce que moi je sais souffrir, j'ai appris quand j'avais dix ans et depuis j'ai jamais arrêté ! Si tu sais souffrir, l'ange te respecte, et au bout d'un moment il s'en va. Tout en parlant, elle souleva sa robe et me montra sa jambe vexée, comme si c'était la relique d'une ancienne bataille. Elle la palpa en me scrutant, avec un rictus vissé sur les lèvres et un regard effrayé.

À partir de là, ses périodes de rancœur silencieuse diminuèrent, laissant une place toujours croissante aux confidences sans retenue. Parfois, elle disait des choses gênantes. Ainsi, elle me révéla qu'elle n'avait jamais été avec aucun autre homme que mon père. Elle m'apprit, de lourdes obscénités à l'appui, que mon père était trop rapide et qu'elle ne se rappelait plus si l'étreinte lui avait jamais donné du plaisir. Elle affirma qu'elle avait toujours aimé son mari et qu'elle l'aimait encore, mais comme un frère. Elle me révéla que l'unique moment heureux de sa vie avait été le jour où j'étais sortie de son ventre, moi, sa fille aînée. Elle m'avoua que la plus grave faute qu'elle eût commise – une faute pour laquelle elle irait en enfer –, c'était qu'elle ne s'était jamais vraiment sentie liée à ses autres gosses : elle les avait considérés et les considérait encore comme une punition. Elle finit par me déclarer, sans y aller par quatre chemins, que son seul véritable enfant, c'était moi. Quand elle me le dit – je me souviens que nous nous trouvions à l'hôpital pour une consultation –, sa douleur fut telle qu'elle pleura encore plus qu'à l'accoutumée. Elle murmura : Je me suis inquiétée uniquement pour toi, tout le temps, et pour moi les autres n'étaient que des beaux-enfants ; c'est pour ça que je mérite la déception que tu m'as causée, Lenù ! Quel coup de poignard, mais quel coup de poignard ! Tu devais pas quitter Pietro, tu devais pas te mettre avec le fils Sarratore, il est pire que son père – un homme honnête marié avec deux gosses n'irait pas piquer la femme d'un autre !

Je défendis Nino. Je tentai de la rassurer, lui dis que maintenant le divorce existait, que nous allions divorcer tous les deux et nous marier. Elle écouta sans m'interrompre. Elle avait pratiquement épuisé l'énergie qui, autrefois, jaillissait d'elle en permanence, elle qui voulait toujours avoir raison ; à présent, elle se contentait de secouer la tête. Pâle, elle n'avait plus que la peau sur les os et, si elle me contredisait, c'était d'une voix lente et découragée :

« Quand ça ? Et où ? Il faut vraiment que je te voie devenir pire que moi ?

— Non, m'man, t'en fais pas, je m'en tirerai.

— J'y crois pas, Lenù, tu fais du sur-place…

— Tu verras que tu seras contente de moi, d'ailleurs tu seras contente de nous tous : mes frères, ma sœur et moi.

— Tes frères et ta sœur, je les ai abandonnés, j'ai honte.

— Ce n'est pas vrai : Elisa ne manque de rien, quant à Peppe et Gianni, ils travaillent et gagnent de l'argent, qu'est-ce que tu veux de plus ?

— Je veux arranger les choses. Je les ai donnés tous les trois à Marcello et j'ai eu tort. »

Comme ça, à voix basse. Elle était inconsolable, et elle me dressa alors un tableau qui m'étonna. Marcello est un voyou pire encore que Michele, me dit-elle, il a traîné mes fils dans la *lota*, dans la merde ; on dirait que c'est le meilleur des deux, mais c'est pas vrai. Il avait transformé Elisa, qui à présent se sentait davantage une Solara qu'une Greco et qui prenait toujours le parti de son mari. Ma mère me parla toujours en chuchotant, comme si nous n'attendions pas notre tour depuis des heures dans une horrible salle pleine à craquer d'un des hôpitaux les plus renommés de la ville, mais quelque part où Marcello aurait été près de nous. Pour la tranquilliser, je tentai de dédramatiser, elle exagérait tout à cause de la maladie et de la vieillesse. Tu t'inquiètes trop ! lui dis-je. Elle rétorqua : Si je m'inquiète, c'est parce que moi je sais, et pas toi. Demande à Lina, si tu me crois pas.

Ce fut là, à la suite de propos mélancoliques sur le quartier qui n'avait fait qu'empirer (*On était mieux quand c'était Don Achille Carracci qui commandait*) qu'elle se mit à me parler de Lila, avec une estime encore plus vive que les fois précédentes. Lila était la seule capable d'arranger les choses dans le quartier. Lila savait obtenir ce qu'elle voulait, de gré ou – le plus souvent – de force. Lila était au courant de tout, y compris des actions les plus méprisables, néanmoins elle ne jugeait jamais personne, consciente que chacun pouvait se tromper, elle la première, et c'est pourquoi elle aidait les gens. Ma mère représentait Lila comme une espèce de sainte guerrière qui lançait des foudres vengeresses sur le boulevard, dans le jardin public ou entre les immeubles, anciens et nouveaux.

En l'écoutant, j'eus l'impression qu'à ses yeux je comptais désormais uniquement en fonction des bons rapports que j'entretenais avec cette nouvelle figure d'autorité du quartier. Elle qualifia l'amitié entre Lila et moi d'utile et affirma que je devais la cultiver pour toujours, m'expliquant aussitôt pourquoi :

« Rends-moi service, me pria-t-elle : parle avec Enzo et elle, et essaie de voir s'ils peuvent sortir tes frères de la rue et les prendre avec eux pour travailler. »

Je lui souris et arrangeai une mèche de ses cheveux gris. Elle prétendait ne s'être jamais occupée de ses autres enfants et pourtant, le dos courbé, les mains tremblantes et les ongles blancs serrés sur mon bras, elle s'inquiétait avant tout pour eux. Elle voulait les arracher aux Solara et les donner à Lila. C'était sa manière de réparer une erreur de calcul dans la guerre entre sa volonté de faire le mal et celle de faire le bien, une guerre qu'elle menait depuis toujours. Je constatai que Lila lui semblait l'incarnation du désir de faire le bien.

« Maman, répondis-je, je ferai tout ce que tu veux, mais même si Lina les prenait – et ça m'étonnerait, car pour faire ce boulot il faut apprendre beaucoup de trucs –, Peppe et Gianni n'accepteraient jamais d'aller travailler chez elle pour quelques lires, alors qu'ils gagnent bien plus avec les Solara. »

Elle acquiesça mais insista encore :

« Essaie quand même ! Toi t'as vécu ailleurs et t'es pas trop au courant, mais ici tout le monde sait que Lina a écrasé Michele. Et maintenant qu'elle est enceinte, tu vas voir, elle deviendra encore plus forte. Le jour où elle le voudra, elle leur brisera les jambes, aux deux Solara ! »

43

Les mois de grossesse passèrent rapidement pour moi, malgré mes soucis, et très lentement pour Lila. Nous remarquâmes souvent que nous vivions l'attente de façon totalement différente. J'utilisais des expressions comme « j'en suis *déjà* au quatrième mois » alors qu'elle disait plutôt « j'en suis *seulement* au quatrième mois ». Certes, le teint de Lila s'améliora bientôt et ses traits prirent de la douceur. Mais nos organismes, bien que soumis au même processus de reproduction de la vie, continuèrent à en subir les phases successives de manière opposée : le mien avec une collaboration active, le sien avec une réticence résignée. Les gens que nous fréquentions étaient surpris de voir comment le temps semblait filer pour moi et s'écouler lentement pour elle.

Je me souviens qu'un dimanche, nous nous promenions ensemble sur le Toledo avec mes filles lorsque nous tombâmes sur Gigliola. Cette rencontre fut importante : elle me troubla beaucoup et me prouva que Lila avait vraiment un lien avec les folies de Michele Solara. Gigliola arborait un maquillage très épais mais son habillement était négligé et ses cheveux en désordre ; ses seins et ses hanches débordaient de partout et ses fesses étaient de plus en plus grosses. Elle eut l'air heureuse de nous voir et ne nous quitta plus. Elle fit grande fête à Dede et Elsa et nous entraîna au Gambrinus, là elle commanda un tas de mets salés et sucrés et dévora le tout avec avidité. Elle oublia rapidement mes filles, ce qui fut d'ailleurs réciproque : lorsqu'elle se mit à nous raconter par le menu et à haute voix tous les torts de Michele à son égard, les gamines s'ennuyèrent vite et se mirent à explorer l'établissement avec curiosité.

Gigliola n'arrivait pas à accepter la manière dont elle avait été traitée. C'est un animal ! s'exclama-t-elle. Il en était arrivé à lui crier : Te contente pas de menaces, suicide-toi pour de bon, jette-toi du balcon et crève ! D'autres fois, il prétendait arranger les choses en faisant totalement fi de sa sensibilité, et en lui fourrant des milliers de lires dans le soutien-gorge et les poches. Elle était ulcérée et désespérée. Elle raconta – s'adressant uniquement

192

à moi parce que j'avais habité loin pendant long-temps et n'étais pas au courant – que son mari les avait chassés de leur appartement de Posillipo à coups de pied et de poing, ses enfants et elle. Mais au moment où elle se mit à souhaiter à Michele les plus horribles maladies qui pouvaient lui traverser l'esprit, sans oublier une mort des plus abominables, elle changea d'interlocutrice et se tourna exclusivement vers Lila. À ma grande surprise, elle lui parla comme si mon amie pouvait l'aider à rendre efficaces ses malédictions, comme à une alliée. Elle s'écria, enthousiaste : T'as bien fait de te faire payer grassement et puis de le planter ! Et si t'as réussi à lui tirer du fric, c'est encore mieux ! T'as de la chance de savoir comment l'traiter, y faut qu'tu continues à lui faire cracher le sang ! Et elle brailla : Ce qu'il supporte pas, c'est que toi t'en as rien à foutre, et il arrive pas à accepter que moins tu le vois, mieux tu t'portes ; bravo, bravo, bravo, continue comme ça, y faut qu'il finisse complètement fou et aille pourrir en enfer !

Là, elle poussa un soupir de soulagement feint. Nos deux gros ventres lui revinrent à l'esprit et elle voulut les toucher. Elle posa sa large main pratiquement sur mon pubis et me demanda à quel mois j'en étais. Dès que je lui répondis le quatrième, elle s'exclama : Ça alors, déjà le quatrième ! En revanche, soudain distante, elle dit de Lila : Y a des femmes qui accouchent jamais, elles veulent garder leurs mioches pour toujours à l'intérieur, et toi tu fais partie de ces femmes-là. Il fut inutile de lui rappeler que nous en étions toutes deux au même mois et devions accoucher en janvier de l'année suivante. Elle secoua la tête et lança à Lila : Imagine, je croyais que t'avais déjà eu ton gosse !

Puis elle ajouta avec un soupçon de tristesse inattendue : Plus Michele te voit avec ce ventre, plus il morfle, alors débrouille-toi pour le garder longtemps, toi tu sais comment on fait ! Colle-lui ton ventre sous les yeux au maximum, ça va le faire exploser ! Puis elle annonça qu'elle avait des choses très urgentes à faire, tout en répétant à deux ou trois reprises que nous devions nous voir plus souvent (*Y faut refaire le groupe de notre jeunesse, c'était tellement bien ! On doit s'en foutre, de tous ces connards, et penser seulement à nous !*). Elle n'adressa pas même un geste d'au revoir aux filles, qui à présent jouaient dehors, et s'éloigna après avoir lancé quelques propos obscènes au serveur.

« Elle est débile, grogna Lila, maussade. Qu'est-ce qui ne va pas, avec mon ventre ?

— Rien du tout.

— Et avec moi ?

— Rien, ne t'en fais pas ! »

44

C'était vrai, Lila n'avait rien, enfin rien de neuf. Elle était toujours ce même être inquiet doué d'une irrésistible force d'attraction, qui la rendait si unique. Tout ce qu'elle faisait, en bien ou en mal (sa façon de réagir à la grossesse, ce qui se passait avec Michele et comment elle l'avait soumis, ou sa manière de s'imposer dans le quartier), était beaucoup plus intense que ce que nous faisions, et c'est pour cela que son temps semblait s'écouler au ralenti. Je la vis de plus en plus fréquemment, surtout parce que la maladie de ma mère me ramenait au quartier. Mais j'avais l'impression qu'il y avait entre nous un équilibre inédit. Que ce soit dû à mon personnage public ou à tous mes ennuis privés, je me sentais maintenant plus mûre que Lila, et de plus en plus capable de l'accueillir à nouveau dans ma vie, en reconnaissant son pouvoir de fascination sans en pâtir.

Au fil de ces mois, je ne cessais de courir frénétiquement ici et là, mais les journées passaient à toute vitesse et, paradoxalement, je me sentais légère même lorsque je devais traverser la ville pour emmener ma mère consulter des médecins à l'hôpital. Quand je ne savais pas quoi faire de mes filles, je m'adressais à Carmen, et j'avais même parfois recours à Alfonso, qui m'avait téléphoné à plusieurs reprises pour me dire que je pouvais compter sur lui. Mais évidemment, la personne en laquelle j'avais le plus confiance et surtout celle avec laquelle Dede et Elsa restaient le plus volontiers, c'était Lila, cependant toujours accablée de travail et épuisée par sa grossesse. Les différences entre mon ventre et le sien s'accentuaient. Le mien était gros et large, il semblait se développer sur les côtés plus que devant ; le sien était tout petit et serré entre ses hanches étroites, on aurait dit un ballon sur le point de s'échapper de son bassin.

Dès que je lui avais appris mon état, Nino m'avait accompagnée chez une gynécologue, épouse d'un de ses collègues, et comme la doctoresse m'avait plu – compétente et disponible, très éloignée par ses façons de faire et ses connaissances des médecins grincheux de Florence –, j'avais parlé d'elle avec enthousiasme à Lila, l'incitant à venir avec moi au moins une fois, pour voir. À présent nous nous rendions ensemble à nos rendez-vous, nous arrangeant pour être reçues en même temps : quand c'était mon tour, elle restait dans un coin en silence, et quand c'était le sien, je lui tenais la main, les docteurs continuant à la stresser. Mais ce que nous préférions de loin, c'était la salle d'attente. Pendant un moment, je mettais entre parenthèses le calvaire de ma mère et nous redevenions des gamines. Nous adorions être assises côte à côte, la blonde et la brune, l'une sereine et l'autre nerveuse, l'une gentille et l'autre perfide, opposées et complémentaires, et nous deux ensemble très différentes des autres femmes enceintes, que nous scrutions avec ironie.

C'était un rare moment d'allégresse. Un jour, pensant aux êtres minuscules en train de se former à l'intérieur de nos corps, je me rappelai quand – assises l'une près de l'autre dans la cour, comme à présent dans la salle d'attente – nous jouions à la maman avec nos poupées. La mienne s'appelait Tina, la sienne Nu. Lila avait jeté Tina dans les ténèbres de la cave et moi, pour me venger, j'en avais fait autant avec Nu. Tu te souviens ? lui demandai-je. Elle eut l'air perplexe et esquissa le petit sourire hésitant de qui a du mal à saisir un souvenir. Puis, quand je lui racontai à l'oreille, avec humour, la peur et le courage avec lesquels nous étions montées jusqu'à la porte du terrible Don Achille Carracci, le père de son futur mari, à qui nous attribuions le vol de nos poupées, elle se mit à rire, et nous nous amusâmes comme deux petites folles, dérangeant les ventres habités des autres patientes, plus sages que nous.

Nous n'arrêtâmes que lorsque l'infirmière nous appela : Cerullo et Greco ! – nous avions donné nos noms de jeunes filles. C'était une grosse femme joviale qui, chaque fois, ne manquait pas de dire à Lila, en lui touchant le ventre : Là-dedans, c'est un petit gars ! Et à moi : Et là, une petite fille ! Puis elle nous montrait le chemin et je murmurais à Lila : J'ai déjà deux filles, si tu as vraiment un garçon, tu me le donnes ? Elle répondait : Pourquoi pas ? On n'a qu'à échanger !

La doctoresse nous trouvait toujours en bonne santé, nos examens étaient excellents et tout se passait bien. Particulièrement attentive à notre poids – comme à l'accoutumée, Lila demeurait très maigre alors que j'avais tendance à grossir –, elle jugeait même, à chaque visite, que Lila allait mieux que moi. Bref, malgré nos soucis respectifs, en ces occasions nous fûmes presque toujours heureuses d'avoir retrouvé le chemin de l'affection, à trente-six ans, nous si différentes en tout et pourtant si proches.

Toutefois, quand je remontais Via Tasso et qu'elle courait au quartier, la distance que nous mettions alors entre nous mettait brusquement en relief d'autres distances, qui me sautaient alors aux yeux. Notre nouvelle entente était certainement bien réelle. Nous aimions passer du temps ensemble, cela nous rendait la vie plus légère. Mais il y avait quelque chose d'incontestable : alors que je lui disais presque tout de moi, elle, elle ne me confiait pratiquement rien. De mon côté, je ne résistais jamais au besoin de lui parler de ma mère, d'un article que j'écrivais, de mes problèmes avec Dede et Elsa, ou même de ma situation de maîtresse-épouse (il suffisait de ne pas préciser maîtresse-épouse de qui : mieux valait prononcer le nom de Nino le moins possible, en dehors de

ça je pouvais me confier autant que je le voulais) ;
en revanche, lorsqu'elle me parlait d'elle, de ses
parents, de ses frères, de Rino, de l'anxiété que lui
causait Gennaro, de nos amis et connaissances,
d'Enzo, de Michele et de Marcello Solara ou du
quartier tout entier, elle demeurait vague, elle avait
l'air de ne pas me faire confiance jusqu'au bout. À
l'évidence, je restais celle qui s'en était allée et qui,
même revenue, avait désormais un autre regard,
vivait dans la Naples haute et ne pouvait pas être
pleinement réintégrée.

45

Quant à moi, c'était vrai que j'avais une espèce
de double identité. Quand je me trouvais Via
Tasso, Nino m'amenait ses amis cultivés, qui me
traitaient avec beaucoup de respect ; ils aimaient
surtout mon deuxième livre et voulaient que
je jette un œil à leurs travaux. Nous discutions
jusque tard dans la nuit avec l'air de tout savoir
sur tout. On se demandait si le prolétariat existait
encore ou non, on parlait avec bienveillance de la
gauche socialiste et avec aigreur des communistes
(*Ils sont plus flics que les flics ou les curés*), on se
disputait sur la manière de gouverner un pays de
plus en plus en bout de course, certains étaient
fiers de consommer de la drogue, et on ironisait
sur une maladie que tout le monde prenait pour
un coup monté du pape Wojtyla afin d'entraver la
libre manifestation de la sexualité sous toutes ses
formes.

Mais je ne me limitais pas à la Via Tasso, je bougeais beaucoup, je ne voulais pas rester prisonnière de Naples. Je montais assez souvent à Florence avec les filles. Pietro, depuis longtemps en rupture avec son père, y compris sur le plan politique, se déclarait désormais ouvertement communiste – contrairement à Nino, toujours plus proche des socialistes. Je restais quelques heures et l'écoutais en silence. Il tressait les lauriers de son parti, honnête et compétent, faisait allusion à ses problèmes à la fac, et me racontait l'approbation unanime que recevait son livre dans le monde universitaire, en particulier anglo-saxon. Puis je reprenais la route. Je laissais les petites à Doriana et lui, puis allais rendre visite à mes éditeurs milanais, avant tout dans le but de contrer la campagne de dénigrement dans laquelle Adele persévérait. Ma belle-mère ne perdait pas une occasion de dire du mal de moi – le directeur luimême m'en avait parlé, un soir où il m'avait invitée à dîner – et elle collait sur moi une étiquette de personne inconstante et peu fiable. Par conséquent, je m'efforçais de séduire tous ceux qu'il m'arrivait de croiser dans la maison d'édition. Je me lançais dans des conversations intellectuelles, manifestais de l'enthousiasme à chaque initiative du service de presse, et affirmais au directeur que mon nouveau livre était en bonne voie alors qu'il n'était pas même commencé. Puis je me remettais en voyage, passais récupérer les filles et redescendais jusqu'à Naples, où je me réadaptais à la circulation chaotique, aux interminables transactions pour obtenir ce qui me revenait de droit, aux queues exténuantes et belliqueuses, à la fatigue de devoir m'imposer et à mon anxiété permanente lorsque, avec ma mère, je faisais le tour des médecins, hôpitaux et laboratoires d'analyse. Du coup, Via Tasso et en Italie, je me sentais une dame dotée d'une petite aura, mais partout ailleurs à Naples, et en particulier au quartier, je perdais mes bonnes manières, personne n'avait jamais entendu parler de mon deuxième livre, et quand les abus constants me mettaient hors de moi, je passais au dialecte et aux insultes les plus grossières.

Il me semblait que le seul lien entre le haut et le bas, c'était le sang. On tuait de plus en plus, en Vénétie, en Lombardie, en Émilie, dans le Latium ou en Campanie. Le matin, je jetais un œil sur le journal, et le quartier me paraissait parfois plus tranquille que le reste de l'Italie. Bien sûr, il n'en était rien, la violence était toujours la même. Les hommes faisaient le coup de poing, ils battaient les femmes, et certains finissaient tués pour d'obscures raisons. Parfois, même entre ceux que j'aimais, la tension montait et le ton se faisait menaçant. Quant à moi, j'étais traitée avec beaucoup d'égards. On me réservait la bienveillance de rigueur envers un hôte apprécié mais qui ne doit pas se mêler des affaires dont il ne connaît rien. Et en effet, je me sentais observatrice extérieure disposant d'informations insuffisantes. J'avais sans arrêt l'impression que Carmen, Enzo ou d'autres savaient beaucoup plus de choses que moi, et que Lila partageait avec eux des secrets qu'elle ne me révélait pas.

Un après-midi où je me trouvais avec les filles dans les bureaux de la Basic Sight – trois petites pièces d'où on voyait l'entrée de notre école primaire –, Carmen, sachant que je me trouvais dans le quartier, vint y faire un saut également. Je fis allusion à Pasquale par sympathie, par affection – et pourtant je l'imaginais désormais comme un combattant à la dérive, de plus en plus impliqué dans des crimes infâmes. Je voulais savoir s'il y avait du nouveau, mais je crus voir Carmen et Lila se raidir, comme si j'avais dit quelque chose d'osé. Elles n'esquivèrent pas le sujet, loin de là, et nous en parlâmes longuement – ou, plus exactement, nous laissâmes Carmen donner libre cours à ses angoisses. Mais je continuai à penser que, pour quelque raison, elles avaient décidé de ne pas m'en dire davantage.

À deux ou trois reprises, je tombai aussi sur Antonio. Une fois, il était avec Lila, et une autre, je crois, avec Lila, Carmen et Enzo. Je fus frappée par le fait qu'ils aient renoué leur amitié, et surprise qu'un homme de main des Solara tel que lui se comporte comme s'il avait changé de patron, puisqu'il semblait au service de Lila et d'Enzo. Bien entendu, nous nous connaissions tous depuis l'enfance, cependant j'eus l'intuition qu'ils ne se fréquentaient pas simplement par la force d'une vieille habitude. En me voyant, tous quatre se comportèrent comme s'ils venaient de se croiser par hasard, ce qui n'était pas vrai, et je perçus une espèce de pacte secret qu'ils n'avaient pas l'intention d'étendre à ma personne. Cela concernait-il Pasquale ? les activités de leur entreprise ? les Solara ? Je ne sais pas. Lors d'une de ces rencontres, Antonio me dit simplement, mais d'un air distrait : Tu es très belle, avec ce ventre ! Du moins, c'est la seule phrase dont je me souvienne.

Était-ce un manque de confiance ? Je ne crois pas. Parfois, je me disais que, à cause de mon identité de «femme comme il faut», mes amis – et avant tout Lila – estimaient que j'avais perdu ma capacité de compréhension et voulaient m'empêcher de commettre des erreurs par ignorance.

46

Quoi qu'il en soit, quelque chose n'allait pas. C'était une sensation vague, que j'éprouvais même lorsqu'en apparence tout était clair et que j'avais simplement l'impression d'avoir affaire à l'un des jeux d'enfance de Lila : orchestrer des situations en laissant entendre que, sous l'évidence, il y avait autre chose.

Un matin, toujours à la Basic Sight, je bavardai un moment avec Rino, que je n'avais pas vu depuis des années. Il me parut méconnaissable. Très amaigri, un peu hagard, il m'accueillit avec une affection exagérée et se mit à me palper comme si j'étais en caoutchouc. Il me parla à tort et à travers des ordinateurs et de l'important chiffre d'affaires qu'il brassait. Puis il changea d'un coup, fut saisi d'une espèce de crise d'asthme et, sans motif apparent, commença à débiter des invectives à voix basse contre sa sœur. Je lui dis «du calme» et voulus aller lui chercher un verre d'eau, mais il me planta devant le bureau fermé de Lila et disparut, comme s'il craignait qu'elle ne lui adresse quelque reproche.

Je frappai et entrai. Je demandai prudemment à Lila si son frère avait des problèmes. Elle eut une moue agacée et lâcha : Tu sais comment il est !

Je dis faiblement oui, pensai à Elisa et murmurai qu'avec la fratrie les relations ne sont pas toujours simples. Alors Peppe et Gianni me revinrent à l'esprit et j'ajoutai que ma mère s'inquiétait pour eux : elle souhaitait les soustraire à Marcello Solara et m'avait priée de lui demander si elle avait quelque moyen de leur trouver un emploi. Mais en entendant mes expressions – *les soustraire à Marcello Solara, leur trouver un emploi* –, elle plissa les yeux et me fixa comme si elle voulait mesurer jusqu'à quel point je comprenais le sens des paroles que je prononçais. Comme elle dut conclure que je n'en saisissais pas tout le sens, elle répondit âprement : Je peux pas les garder ici, Lenù, j'ai déjà Rino, ça me suffit, sans parler des risques que court Gennaro. Sur le coup, je ne sus que répondre. *Gennaro, mes frères, le sien, Marcello Solara.* Je revins sur le sujet mais elle esquiva et détourna la conversation.

Cette manière de glisser et de s'échapper se répéta plus tard, à propos d'Alfonso. Il travaillait maintenant pour Lila et Enzo, mais pas à la façon de Rino, qui traînait là sans rien faire. Alfonso était devenu très compétent et ils l'emmenaient avec eux dans les entreprises pour recueillir des données. Cependant, je me dis immédiatement qu'entre Lila et lui il s'agissait de bien plus que d'une simple relation de travail. Ce n'était pas l'attraction-répulsion qu'Alfonso m'avait avouée par le passé, à présent c'était visiblement quelque chose d'autre. Il y avait de la part d'Alfonso le besoin – je ne sais comment l'exprimer autrement – de ne jamais perdre Lila de vue. C'était un rapport étrange, comme si un fluide secret émanait d'elle et le remodelait. Je fus bientôt convaincue que la fermeture du magasin de la Piazza dei Martiri et le licenciement d'Alfonso étaient liés à ce fluide. Mais si je tentais de poser des questions – Qu'est-ce qui s'est passé avec Michele ? Comment tu as réussi à te débarrasser de lui ? Pourquoi il a renvoyé Alfonso ? –, Lila avait un petit rire et répondait : Qu'est-ce que je peux te dire ? Michele ne sait plus ce qu'il veut ! il ouvre, il ferme, il fabrique, il bousille, et après il s'en prend aux autres !

Ce petit rire n'était pas de la moquerie, du plaisir ni de la satisfaction. C'était un moyen de m'interdire d'insister. Un après-midi, nous allâmes faire des courses sur la Via dei Mille, et comme ce quartier avait été pendant des années le royaume d'Alfonso, il proposa de nous accompagner : un de ses amis tenait un magasin qui serait parfait pour nous. Désormais, son homosexualité était bien connue. Alfonso continuait à vivre officiellement avec Marisa, mais Carmen m'avait confirmé que ses enfants étaient de Michele, et elle avait même chuchoté : Maintenant Marisa est la maîtresse de Stefano – oui, Stefano, le frère d'Alfonso, l'ex-mari de Lila, voilà la nouvelle rumeur qui circulait. Mais Alfonso n'en a rien à foutre, avait ajouté Carmen avec une sympathie explicite, sa femme et lui mènent des vies séparées et ils se débrouillent comme ça. Ainsi, je ne m'étonnai pas que son ami commerçant – comme nous le présenta Alfonso lui-même d'un air amusé – soit homosexuel. En revanche, ce qui me surprit, ce fut le jeu auquel Lila poussa Alfonso.

Nous étions en train d'essayer des robes de grossesse. Nous sortions des cabines d'essayage, nous nous regardions dans le miroir, et Alfonso et son ami nous admiraient, nous conseillant ou déconseillant tel ou tel article, dans une atmosphère somme toute agréable. Puis, sans raison apparente, Lila commença à s'énerver, le front plissé. Rien ne lui plaisait, elle touchait son ventre pointu, elle était fatiguée et lançait à Alfonso des phrases comme : Mais qu'est-ce que tu racontes ? Me conseille pas des trucs qui me vont pas ! Tu mettrais une couleur comme ça, toi ?

Je sentis à nouveau autour de moi cette oscillation entre le visible et le caché. À un moment donné, Lila saisit une belle robe noire et, comme si le miroir de la boutique s'était brisé, elle dit à son ex-beau-frère : Montre-moi comment elle *me* va ! Elle lui lança ces paroles incongrues comme s'il s'agissait d'une requête habituelle et, de fait, Alfonso ne se fit pas prier, il prit la robe et s'enferma dans la cabine d'essayage pendant un temps interminable.

Moi, je continuai à essayer des vêtements. Lila me regardait distraitement, le patron de la boutique me félicitait à chaque article que j'endossais et, pendant ce temps, j'attendais avec perplexité le retour d'Alfonso. Quand il réapparut, j'en restai bouche bée. Avec ses cheveux détachés et sa robe élégante, mon ancien camarade de classe était la copie de Lila. Sa tendance à lui ressembler, que j'avais remarquée depuis longtemps, s'était brusquement précisée, et en ce moment il était peut-être même plus beau qu'elle, plus belle qu'elle, un homme-femme comme ceux dont j'avais parlé dans mon livre, prêt ou prête à prendre la route menant à la Vierge noire de Montevergine.

Il demanda à Lila, un peu anxieux : Tu te plais, comme ça ? Le patron du magasin applaudit avec enthousiasme et dit, complice : Moi je sais à qui tu plairais, tu es magnifique! Des allusions. Des faits que je ne connaissais pas, mais eux si. Lila eut un sourire perfide et bougonna : Je veux te l'offrir. Rien d'autre. Alfonso accepta avec joie mais plus personne ne dit rien, comme si Lila avait ordonné à son ami et lui, sans un mot, que cela suffisait, que j'en avais assez vu et entendu.

47

Cette oscillation qu'elle orchestrait entre l'évident et l'opaque me frappa de manière particulièrement douloureuse un jour – le seul – où les choses se passèrent mal lors d'un de nos rendez-vous chez la gynécologue. C'était le mois de novembre, pourtant la ville dégageait encore de la chaleur, l'été ne voulait pas finir. Dans la rue, Lila se sentit mal, nous allâmes nous asseoir quelques minutes dans un café, puis nous rendîmes un peu alarmées chez notre doctoresse. Ironique, Lila lui expliqua que le gros truc qu'elle avait dans le ventre n'arrêtait pas de la tirer, de la pousser, de la retenir, de l'embêter et de l'affaiblir. La gynécologue l'écouta amusée, la tranquillisa et dit : Vous aurez un enfant à votre image, très vif et plein d'imagination. Tout allait bien, donc, très bien. Mais avant de nous en aller, j'insistai quand même :

« Vous êtes sûre que tout est en ordre ?

— Absolument.

— Qu'est-ce que j'ai, alors ? s'exclama Lila.

— C'est sans rapport avec votre grossesse.

— C'est en rapport avec quoi, alors ?

— Votre tête.

— Qu'est-ce que vous en savez, de ma tête ?

— Votre ami Nino m'en a dit beaucoup de bien ! »

Nino ? Votre ami ? Silence.

En sortant, j'eus du mal à convaincre Lila de ne pas changer de docteur. Au moment de nous séparer, elle me lança de son ton le plus féroce : Ton amant n'est sûrement pas mon ami, mais selon moi, ce n'est pas ton ami non plus !

Ainsi, je me trouvai projetée à nouveau au cœur de mes problèmes : impossible de faire confiance à Nino. Par le passé, Lila m'avait déjà prouvé qu'elle savait sur lui des choses que je ne savais pas. Suggérait-elle à présent qu'elle était au courant d'autres faits encore que moi j'ignorais ? Je la priai en vain de mieux s'expliquer : elle partit en coupant court à toute conversation.

48

Après ça, je me disputai avec Nino pour son manque de tact, pour les confidences qu'il avait certainement faites à la femme de son collègue – malgré ses dénégations indignées – et aussi pour toutes les choses que j'avais sur le cœur mais qu'en cette occasion encore je finis par réprimer.

Je ne lui lançai pas : Lila te prend pour un menteur et un traître ! C'était inutile, il aurait éclaté de rire. Toutefois, mes soupçons persistèrent : cette allusion de Lila au fait qu'on ne pouvait pas faire confiance à Nino devait venir d'un fait concret. C'étaient des doutes paresseux, réticents, que je n'avais nulle intention de muer en insupportable certitude. Et pourtant, je ne pouvais m'en débarrasser. C'est pourquoi, un dimanche de novembre, je décidai de me rendre d'abord chez ma mère et puis, vers 18 heures, chez Lila. Mes filles se trouvaient à Florence avec leur père, et Nino était occupé à fêter l'anniversaire de son beau-père avec sa famille (à présent je disais ainsi : *ta* famille). Quant à Lila, je savais qu'elle était seule, car Enzo avait dû rendre visite à des parents à Avellino et avait emmené Gennaro avec lui.

Le bébé s'agitait beaucoup dans mon ventre, et j'en attribuai la responsabilité à la lourdeur du temps. Lila aussi se plaignit de son bébé, qui n'arrêtait pas de bouger : C'est une vraie tempête, là-dedans ! Elle voulait aller se promener pour le calmer un peu, mais j'avais apporté des pâtisseries, alors je préparai moi-même le café. J'avais l'espoir d'un tête-à-tête sincère dans l'intimité de cet appartement dépouillé, dont les fenêtres donnaient sur le boulevard.

Je feignis simplement d'être en veine de bavardages. Je commençai par les questions qui, au fond, m'intéressaient le moins – *Pourquoi Marcello raconte que tu as détruit son frère, qu'est-ce que tu as fait à Michele ?* – en prenant un ton légèrement amusé, comme s'il n'y avait là que motif à plaisanterie. Je comptais arriver progressivement, à force de confidences, à la question qui me tenait vraiment à cœur : Qu'est-ce que tu sais sur Nino que je ne sais pas ?

Lila me répondit sans entrain. Elle s'asseyait, se relevait, râlait en disant qu'elle avait l'impression d'avoir bu des litres de boissons gazeuses, et se plaignait de l'odeur des *cannoli* – d'ordinaire elle les adorait, mais aujourd'hui elle ne les trouvait pas bons. Elle fit : Tu sais comment il est, Marcello, il n'a jamais oublié ce que je lui ai fait quand j'étais jeune ! Et comme c'est un lâche, il ne dit jamais les choses en face, il fait semblant d'être un brave homme, on le croit inoffensif, mais il fait courir des rumeurs… Alors elle prit le ton qu'elle avait souvent pendant cette période, affectueux mais aussi légèrement railleur : Mais toi t'es une dame, laisse donc tomber mes problèmes ! dis-moi plutôt : comment va ta mère ? Elle chercha immédiatement à me faire parler de moi, mais je résistai. Partant de ma mère et de son inquiétude pour Elisa et mes frères, je ramenai la conversation sur les Solara. Lila poussa un soupir d'impatience et observa, sarcastique, que les hommes accordaient une importance énorme à la baise, avant de préciser en riant : Pas tant Marcello – même si lui non plus, il rigole pas avec ça – que Michele, qui en est devenu fou ! Ça fait longtemps qu'il est obsédé par moi, et maintenant il court même derrière l'ombre de mon ombre. Elle insista avec un ton allusif sur cette expression – *l'ombre de mon ombre* –, et affirma que c'était pour cette raison que Marcello lui en voulait et la menaçait. Il ne supportait pas qu'elle tienne son frère en laisse et l'entraîne dans une voie qu'il jugeait humiliante. Elle rit encore et bougonna : Marcello imagine qu'il me fait peur, mais tu parles, la seule personne qui savait vraiment faire peur, c'était leur mère, et tu vois comment elle a fini !

Tout en parlant, elle se touchait le front ; elle se plaignit de la chaleur et d'un léger mal de tête qu'elle avait depuis le matin. Je compris que ses propos cherchaient à me rassurer mais aussi, et inversement, à me dévoiler quelque peu ce qui se passait là où elle vivait et travaillait chaque jour, derrière la façade des immeubles, dans les rues de l'ancien et du nouveau quartier. Ainsi, d'un côté, elle nia à plusieurs reprises qu'il y ait du danger, mais de l'autre, elle me traça le portrait d'un quartier en proie à une délinquance rampante, aux extorsions, aux agressions, aux vols, à l'usure et aux vengeances suivies d'autres vengeances. Le mystérieux livre rouge que Manuela avait tenu bien à jour et qui, après sa mort, était revenu à Michele, se trouvait à présent dans les mains de Marcello. Ce dernier était également en train d'ôter à son frère – en qui il n'avait plus confiance – toute la gestion des activités licites et illicites, ainsi que celle des amitiés politiques. Lila déclara soudain : Ça fait quelques années que Marcello a introduit la drogue dans le quartier, je me demande bien comment ça va finir. Une phrase de ce genre. Elle était très pâle et s'éventait avec un pan de sa jupe.

De tout ce qu'elle me dit, je fus uniquement frappée par son allusion à la drogue, et surtout par son ton réprobateur et dégoûté. À cette époque, pour moi, la drogue c'était l'appartement de Mariarosa et aussi, certains soirs, la Via Tasso. Personnellement je n'en avais jamais pris, il m'était juste arrivé de fumer un peu par curiosité, mais je ne me scandalisais pas si d'autres en faisaient usage – dans les milieux que j'avais fréquentés et fréquentais, cela ne scandalisait personne. Aussi, pour entretenir la conversation, je donnai mon opinion sur la drogue, en pensant surtout à l'époque de Milan et à Mariarosa, pour qui se droguer était une des multiples façons d'atteindre le bien-être individuel et une manière de se libérer des tabous, une forme cultivée de dérèglement. Mais Lila secoua la tête, contrariée : Tu parles d'un dérèglement, Lenù ! Il y a quinze jours, le fils de Mme Palmieri en est mort, on l'a retrouvé dans le jardin public. Je perçus toute l'irritation que lui avait causée ce mot, *dérèglement*, ainsi que ma manière de le prononcer, en lui attribuant une valeur très positive. Je me raidis : Il avait sûrement des problèmes de cœur ! Elle répliqua : C'est l'héroïne qui l'a tué. Et elle ajouta précipitamment : Ça suffit, j'en ai marre, je veux pas passer mon dimanche à discuter des saloperies des Solara !

Néanmoins, elle venait de le faire, et plus longuement que d'habitude. Un moment s'écoula. Que ce soit par inquiétude, par fatigue ou par choix – je ne sais –, Lila avait élargi un peu les mailles de son discours, et je me rendis compte que, avec une grande économie de mots, elle avait réussi à remplir ma tête d'images nouvelles. Je savais depuis longtemps que Michele la voulait – à sa façon abstraite et obsessionnelle qui lui faisait mal – et, à l'évidence, elle s'en était servie pour le mettre à genoux. Mais elle avait mentionné *l'ombre de son ombre*, convoquant ainsi sous mes yeux Alfonso, Alfonso qui, dans la boutique de la Via dei Mille, se comportait comme son reflet, en robe de grossesse : et alors j'avais vu Michele, un Michele ébloui, qui soulevait cette robe et serrait mon camarade contre lui. Et quand elle avait parlé de Marcello, en un éclair, la drogue avait cessé d'être ce qu'elle avait toujours été pour moi – un jeu libérateur pour gens aisés – pour finir dans le décor sordide du jardinet près de l'église : elle était devenue un serpent, un poison qui circulait dans le sang de mes frères, de Rino et peut-être de Gennaro, qui tuait et qui faisait rentrer l'argent dans le livre rouge autrefois tenu par Manuela Solara et qui, maintenant, passé de Michele à Marcello, était conservé par ma sœur, dans son appartement. Fascinée, je reconnus le talent de Lila, à qui quelques mots suffisaient pour modeler et défaire à volonté l'imaginaire ; elle savait exactement que dire et quand s'arrêter, laissant ses auditeurs en proie à leurs fantasmes et à leurs émotions, sans avoir besoin de rien ajouter. Je pensai confusément : J'ai eu tort d'écrire comme je l'ai fait jusqu'à présent, en couchant sur le papier tout ce que je sais ! Je devrais écrire comme elle parle, en laissant des abîmes, en jetant des ponts qui resteraient inachevés et en obligeant les lecteurs à fixer le courant : Marcello Solara qui file à toute allure avec ma sœur Elisa, Silvio, Peppe, Gianni, Rino, Gennaro et Michele, enlacé à l'ombre de l'ombre de Lila ; je devrais simplement laisser entendre qu'ils coulent tous dans les veines du fils de Mme Palmieri, un garçon que je ne connaissais même pas et pour lequel je ressens pourtant de la peine, des veines qui sont très éloignées de celles des gens que Nino m'amène Via Tasso, de celles de Mariarosa, ou de celles d'une de ses amies qui – cela me revient à l'esprit, maintenant – en est tombée malade et a dû aller en cure de désintoxication ; au fait, où est-elle, ma belle-sœur ? Je n'ai aucune nouvelle d'elle depuis si longtemps ! Il y a des gens qui s'en sortent toujours et d'autres qui périssent.

Je m'efforçai de chasser des images de pénétrations voluptueuses entre hommes, de seringues plantées dans les veines, de désir et de mort.

Je tentai de renouer le fil de la conversation mais quelque chose n'allait pas, la chaleur de cette fin d'après-midi m'étouffait. Je me souviens que j'avais les jambes lourdes et la nuque couverte de sueur. Je regardai l'horloge sur le mur de la cuisine, il était 19 h 30 passées. Je réalisai que je n'avais plus envie de mentionner Nino ni de demander à Lila, assise devant moi dans une faible lumière jaunâtre : Qu'est-ce que tu sais de lui que je ne sais pas ? Elle savait beaucoup de choses, trop, elle aurait pu me faire imaginer ce qu'elle voulait, et je n'aurais plus jamais réussi à effacer ces images de ma mémoire. Ils avaient couché ensemble, ils avaient étudié ensemble, elle l'avait aidé à écrire ses articles comme je l'avais fait avec ses essais. Un instant, la jalousie et l'envie me revinrent. Mais elles me firent mal et je les repoussai.

Ou, plus probablement, elles furent repoussées par une espèce de coup de tonnerre sous l'immeuble et le boulevard : on aurait dit que l'un des camions qui passaient là toute la journée avait trouvé le moyen de braquer dans notre direction, de s'enfoncer à vitesse maximale dans le sol, avec son moteur à plein régime, et de rouler comme un fou entre les fondations de notre bâtiment, renversant et brisant tout sur son passage.

49

J'en eus le souffle coupé et, pendant une fraction de seconde, je ne compris pas ce qui se passait. La tasse de café trembla sur sa soucoupe, la jambe de la table cogna contre mon genou. Je bondis sur mes pieds et m'aperçus que Lila aussi, alarmée, tentait de se lever. Sa chaise vacilla derrière elle et elle essaya de la retenir, mais d'un geste lent ; elle se tenait le dos courbé, une main tendue devant elle, dans ma direction, et l'autre qui tentait d'attraper le dossier de la chaise ; elle plissait les yeux comme lorsqu'elle se concentrait avant de réagir. Le tonnerre continuait à gronder sous l'immeuble et un vent souterrain soulevait les vagues d'une mer secrète, qui venaient frapper le plancher. Je regardai le plafond : l'ampoule oscillait avec son abat-jour de verre rose.

Un tremblement de terre ! m'écriai-je. Le sol bougeait, une tempête invisible se déchaînait sous mes pieds et secouait la pièce avec un vacarme qui évoquait une forêt ployant sous des rafales de vent. Les murs grinçaient et avaient l'air de gonfler, leurs angles ne cessaient de se décoller et de se recoller. Un nuage de poussière tombait du plafond et se mêlait au nuage provenant des murs. Je voulus m'élancer vers la porte et criai encore : Un tremblement de terre ! Mais si j'avais eu l'intention d'avancer, en réalité je n'avais pas réussi à faire un pas. Mes pieds me paraissaient lourds, d'ailleurs tout était lourd, ma tête, ma poitrine et surtout mon ventre. Le carrelage sur lequel je prenais appui se dérobait : pendant une fraction de seconde il était là, et puis aussitôt après il s'éloignait.

Mes pensées revinrent vers Lila et je la cherchai du regard. Sa chaise avait fini par tomber, et les meubles – en particulier un vieil argentier rempli d'objets, verres, couverts et chinoiseries – vibraient, ainsi que les vitres des fenêtres, telles des herbes sauvages sur une corniche un jour de brise. Lila se tenait debout au milieu de la pièce, le dos courbé, la tête inclinée, les yeux plissés, le front contracté, et ses mains tenaient son ventre comme si elle craignait qu'il ne se détache et n'aille se perdre dans les poussières de plâtre. Les secondes s'écoulaient mais rien ne voulait retrouver sa place. Je l'appelai. Elle n'eut aucune réaction et je la vis comme un bloc compact, la seule forme autour de moi qui ne soit pas sujette à sursauts et tremblements. Elle paraissait avoir éliminé toute capacité à sentir : ses oreilles n'écoutaient pas, sa poitrine ne se remplissait pas d'air, sa mâchoire restait serrée et ses paupières effaçaient son regard. Elle était devenue un organisme immobile et rigide, et tout ce qu'il y avait de vivant en elle, c'étaient ses mains qui, doigts écartés, agrippaient son ventre.

J'appelai : Lila ! Je m'avançai pour l'empoigner et l'entraîner dehors, c'était ce qu'il fallait faire de toute urgence. Mais ma tendance à me sentir inférieure – un trait que je croyais pourtant affaibli – remontait à la surface, me suggérant soudain : peut-être que tu dois faire comme elle ? Rester immobile, te ramasser sur toi-même pour protéger le bébé, ne pas t'enfuir. J'eus du mal à me décider. Il m'était très difficile de l'approcher, alors qu'elle n'était qu'à un pas de moi. Je finis par lui saisir le bras, je la secouai, et là elle ouvrit des yeux qui me parurent tout blancs. Un bruit insupportable régnait, la ville entière n'était que fracas : le Vésuve, les rues, la mer, les vieux immeubles des Tribunali et des Quartieri Spagnuoli et ceux, récents, du Posillipo. Lila se débattit et cria : Me touche pas ! Un hurlement plein de rage, qui est encore plus vivace dans ma mémoire que les interminables secondes du tremblement de terre. Je compris que je m'étais trompée : elle qui maîtrisait toujours tout, à cet instant-là, elle ne maîtrisait plus rien. Elle était pétrifiée par l'horreur et craignait de se briser en mille morceaux si je l'effleurais.

50

Je l'entraînai dehors en la tirant, en la poussant, en la suppliant. J'avais peur que la secousse qui nous avait paralysées ne soit suivie d'une autre encore plus terrible, définitive, et que tout ne s'effondre sur nos têtes. Je lui adressai reproches et prières, et lui rappelai que nous devions protéger nos bébés. Nous nous jetâmes donc dans le flot des cris de terreur, une clameur croissante accompagnée de mouvements incompréhensibles – on aurait dit que le cœur du quartier et de la ville était sur le point d'exploser. Dès que nous arrivâmes dans la cour, Lila vomit, et moi je luttai contre la nausée qui me nouait l'estomac.

Le tremblement de terre – c'était le séisme du 23 novembre 1980, qui causa d'immenses destructions – pénétra jusque dans nos os. Il chassa toute notion habituelle de stabilité et de solidité, et toute certitude que chaque instant serait identique à l'instant suivant ; il effaça la familiarité des bruits et des gestes, et la conviction de pouvoir les reconnaître ; il fit naître en nous la méfiance envers toute parole rassurante, la disposition à croire en toute prophétie de malheur, et une attention angoissée aux signes de fragilité du monde, et il fut difficile de retrouver la maîtrise des choses. Le séisme dura d'interminables secondes, il n'en finissait pas.

Dehors c'était pire que dans l'immeuble, ça bougeait et ça hurlait de tous côtés, et nous fûmes submergées par des ouï-dire qui décuplaient la terreur. On avait vu des lueurs rouges vers la voie ferrée. Le Vésuve s'était réveillé. La mer allait battre contre Mergellina, la Villa Comunale et la Via Chiatamone. Des bâtiments s'étaient écroulés aux Ponti Rossi, le cimetière du Pianto s'était affaissé avec ses morts, et la prison de Poggioreale était un champ de ruines. Les détenus qui n'étaient pas enfouis sous les décombres s'étaient enfuis et tuaient des gens comme ça, au hasard. Le tunnel qui conduisait à la Marina s'était écroulé, ensevelissant la moitié des habitants du quartier, qui tentaient de se sauver par là. Les rumeurs se nourrissaient les unes des autres et je m'aperçus que Lila croyait n'importe quoi ; elle tremblait et s'agrippait à mon bras. La ville est un piège, me chuchota-t-elle, il faut s'en aller, les maisons se fissurent, tout va nous tomber dessus, les égouts vont déborder, regarde les rats qui fuient ! Les gens se précipitaient vers leurs voitures et les rues étaient déjà encombrées. Lila me tira par la manche en murmurant : Ils vont tous à la campagne, là c'est plus sûr ! Elle voulait courir à sa voiture et gagner un endroit ouvert où seul le ciel, qui paraissait léger, aurait pu nous tomber sur la tête. Je n'arrivais pas à la calmer.

Nous parvînmes à son auto, mais Lila n'avait pas les clefs. Nous avions fui sans rien emporter et avions fermé la porte derrière nous : même si nous avions eu le courage de faire demi-tour, nous n'aurions pas pu rentrer dans l'appartement. Je saisis une poignée de toutes mes forces, la tirai et la secouai, mais Lila poussa un cri et plaqua les mains sur ses oreilles, comme si je produisais un bruit et des vibrations insupportables. Je regardai autour de moi, remarquai une grosse pierre qui s'était détachée d'un muret et brisai une vitre. Je te la ferai réparer, fis-je, restons là pour le moment, ça va passer. Nous nous installâmes dans la voiture, mais non, rien ne passa, nous avions l'impression que la terre tremblait en permanence. Derrière le pare-brise poussiéreux, nous observions des personnes du quartier qui discutaient, rassemblées en petits groupes. Mais quand tout semblait enfin s'apaiser, il y avait toujours quelqu'un qui surgissait en courant et en criant, ce qui provoquait à nouveau un sauve-qui-peut général – les gens se cognaient alors contre notre auto, et chaque fois mon cœur s'arrêtait de battre.

51

Oh j'avais peur, oui, j'étais même terrorisée! Mais à ma plus grande surprise, je ne l'étais pas autant que Lila. Pendant les secondes du tremblement de terre, elle s'était dépouillée d'un seul coup de la femme qu'elle avait été ne serait-ce qu'une minute auparavant – celle qui savait calibrer avec précision pensées, paroles, gestes, tactiques et stratégies –, comme si, en cette circonstance, elle la considérait comme une armure inutile. Maintenant, elle était autre. C'était la personne que j'avais vue la nuit du Nouvel An 1958, quand la guerre des feux d'artifice avait éclaté entre les Carracci et les Solara ; et aussi celle qui m'avait fait appeler à San Giovanni a Teduccio lorsqu'elle travaillait dans l'usine de Bruno Soccavo, croyait avoir le cœur malade et voulait me confier Gennaro, persuadée d'être à l'article de la mort. Sauf que, par le passé, des points de contact entre les deux Lila subsistaient, alors qu'à présent cette autre femme paraissait surgie directement des entrailles de la terre et ne ressemblait plus en rien à la fille que j'avais enviée quelques minutes plus tôt pour le talent avec lequel elle choisissait ses mots – même ses traits n'avaient plus rien de commun avec ceux d'avant, tant ils étaient défaits par l'angoisse.

Moi, je n'aurais jamais pu subir une métamorphose aussi brutale, ma discipline était sans faille et le monde subsistait autour de moi de façon naturelle, y compris dans les moments les plus terribles. Je me disais que Dede et Elsa étaient avec leur père à Florence, que Florence était un ailleurs loin du danger, et cela suffisait à me tranquilliser. J'espérais que le pire était passé, qu'aucun immeuble du quartier ne s'effondrerait et que Nino, ma mère, mon père, Elisa et mes frères, après un moment d'épouvante, étaient vivants, comme nous. Mais Lila, elle, ne parvenait pas à penser ainsi. Elle se tordait dans tous les sens, tremblait, caressait son ventre et ne paraissait plus croire en la possibilité d'attaches stables. À ses yeux, Gennaro et Enzo avaient perdu tout lien entre eux et avec nous, ils s'étaient dissous. Elle produisait une espèce de râle, s'agrippait à elle-même et se serrait dans ses propres bras, les yeux exorbités. Elle répétait de manière obsessionnelle des adjectifs et des noms tout à fait incongrus, sans rapport avec la situation dans laquelle nous nous trouvions ; elle émettait avec beaucoup de conviction des propos totalement privés de sens ; elle se mettait à me tirailler.

Pendant un long moment, je m'efforçais en vain de lui signaler des connaissances : j'ouvrais la portière, agitais le bras et les appelais, espérant ainsi raccrocher Lila à des noms, à des voix capables de s'exprimer sur l'horrible expérience que nous vivions, et la forcer à son tour à tenir un discours cohérent. Je lui indiquai Carmen, son mari et leurs enfants, qui se couvraient comiquement la tête avec des oreillers, en compagnie d'un homme – peut-être le beau-frère de Carmen – portant sur son dos un matelas, et d'autres encore : ils marchaient à vive allure en direction de la gare, emmenant avec eux des objets insensés – par exemple, une femme tenait une poêle à la main. Je lui montrai Antonio avec sa femme et ses enfants, et je restai bouche bée tellement ils étaient beaux, on aurait dit les personnages d'un film : ils prirent place dans une camionnette verte qui démarra rapidement. Je lui fis remarquer la famille Carracci au sens large, avec maris, femmes, pères, mères, concubins et amants – autrement dit Stefano, Ada, Melina, Maria, Pinuccia, Rino, Alfonso, Marisa et tous leurs enfants – qui apparaissaient et disparaissaient dans la foule, s'interpellant les uns les autres, par peur de se perdre. Je lui désignai la luxueuse voiture de Marcello Solara, qui faisait vrombir son moteur pour tenter de se dégager de l'embouteillage. Ma sœur Elisa avec le bébé se tenait à côté de lui, à l'arrière on apercevait les ombres pâles de ma mère et de mon père.

Je criai leurs noms par la portière ouverte, tentant d'impliquer Lila. Mais elle ne fit pas un geste. Au contraire, je réalisai que les gens – surtout ceux que nous connaissions bien – ne faisaient qu'accentuer sa terreur, en particulier s'ils s'agitaient, criaient pour s'appeler ou couraient. Lorsque la voiture de Marcello grimpa sur le trottoir en klaxonnant, passant au milieu de groupes en train de discuter, Lila me serra fort la main et ferma les yeux. Elle s'exclama même «*Madonna!*», un mot que je ne lui avais jamais entendu utiliser. Qu'est-ce qu'il y a? lui demandai-je. Haletante, elle s'écria que la voiture se *délimitait* et que Marcello aussi, au volant, se *délimitait* : le véhicule et l'homme giclaient hors d'eux-mêmes, le métal et la chair se mêlaient.

Elle utilisa ce mot, *délimiter*. C'est en cette occasion qu'elle y eut recours pour la première fois, et elle s'efforça de m'en éclaircir le sens : elle voulait que je comprenne bien ce que c'était, la dissolution des limites, et à quel point cela la terrifiait. Elle me serra la main encore plus fort, le souffle court. Elle expliqua que le contour des objets et des personnes était fragile et pouvait se briser comme un fil de coton. Elle murmura que, pour elle, cela avait toujours été ainsi : toute chose pouvait perdre ses limites et dégouliner sur une autre, les matières les plus hétérogènes fondaient, le tout se mélangeait et fusionnait. Elle s'exclama qu'elle avait toujours dû se faire violence pour se persuader que la vie avait des limites robustes, parce qu'elle savait depuis l'enfance que ce n'était pas comme ça – *ce n'était pas du tout comme ça* –, et elle n'arrivait pas à croire que ces limites pouvaient résister aux chocs et aux poussées.

Contrairement à ce qu'elle faisait encore quelques instants plus tôt, elle se mit à scander des phrases interminables d'un ton surexcité, utilisant parfois des mots de dialecte et s'inspirant parfois des milliers de livres dévorés pendant sa jeunesse. Elle grommela qu'elle ne pouvait pas se permettre un moment de distraction : si elle se déconcentrait, les choses véritables, avec leurs contorsions violentes et douloureuses, la terrorisaient et prenaient le dessus sur les choses inventées qui, grâce à leur solidité physique et mentale, la calmaient : alors elle s'enfonçait dans une réalité confuse et poisseuse, et ne parvenait plus à donner aucun contour clair à ses sensations – une sensation tactile devenait visuelle, une sensation visuelle devenait olfactive. Ah, voilà le monde véritable, Lenù, il vient de se dévoiler à nouveau ! On ne peut jamais, jamais, jamais dire définitivement : c'est comme ça. Ainsi, si elle n'était pas vigilante et ne prêtait pas attention aux limites, tout se délitait et devenait caillots de sang menstruel, polypes cancéreux ou fibres jaunâtres.

52

Elle parla longuement. Ce fut la première et la dernière fois qu'elle tenta de m'expliquer comment elle percevait le monde qui l'entourait. Jusqu'à présent, dit-elle (et là je résume ses propos avec mes mots d'aujourd'hui), j'ai cru qu'il s'agissait juste de mauvais moments qui allaient et venaient, comme dans une maladie de croissance. Tu te rappelles, quand je t'ai raconté que la casserole de cuivre avait explosé ? Et tu te souviens du Nouvel An 1958, quand les Solara nous ont tiré dessus ? Ce ne sont pas tellement les coups de feu qui m'ont fait peur. Par contre, j'ai été effrayée par le feu d'artifice : j'avais l'impression que les couleurs étaient tranchantes – le vert et le violet, surtout, étaient acérés – et qu'elles pouvaient nous massacrer. J'avais l'impression qu'au passage, les fusées frottaient contre mon frère Rino comme des limes ou des râpes et lui fendaient la peau, faisant couler un autre frère en dehors de lui, répugnant, que je devais remettre aussitôt à l'intérieur – à l'intérieur de sa forme de toujours –, si je ne voulais pas qu'il se retourne contre moi et me fasse du mal. Pendant toute ma vie, je n'ai fait que ça, Lenù : essayer de contenir ce genre de moments. Marcello me faisait peur et je me protégeais avec Stefano. Stefano me faisait peur et je me protégeais avec Michele. Michele me faisait peur et je me protégeais avec Nino. Nino me faisait peur et je me protégeais avec Enzo. Mais qu'est-ce que ça veut dire, se protéger ? Ce n'est qu'un mot. Je devrais te faire la liste complète de tous les trucs, petits et grands, que j'avais inventés et qui pourtant n'ont pas suffi. Tu te souviens du ciel nocturne d'Ischia, qui me faisait horreur ? Vous n'arrêtiez pas de dire que vous le trouviez beau, mais moi j'en étais incapable. J'y percevais une odeur d'œuf pourri, avec son jaune verdâtre et son blanc à l'intérieur de la coquille, on aurait dit un œuf dur qui se casse ; je sentais dans ma bouche des œufs-étoiles empoisonnés, leur lumière était d'une consistance blanchâtre caoutchouteuse qui collait à la fois à mes dents et à la gélatine noire du ciel, et je la mastiquais, dégoûtée, avec ses grains qui crissaient. Tu comprends ? C'est clair ? Et pourtant, à Ischia, j'étais heureuse, je débordais d'amour. Mais ça ne servait à rien, ma tête trouvait toujours un interstice par lequel regarder au-delà – au-dessus, en dessous, de côté –, là où se trouvait l'effroi. Quant à l'usine de Bruno, les os des animaux s'y brisaient sous mes doigts dès que je les effleurais, et de la moelle rance en sortait : ça m'a tellement répugnée que j'ai cru être malade. Mais est-ce que j'étais malade, est-ce que j'avais vraiment un souffle au cœur ? Non. Mon seul problème, ça a toujours été ma tête folle. Je ne peux pas l'arrêter, il faut toujours que je fasse, refasse, couvre, découvre, renforce, et puis tout à coup que je défasse et que je casse. Regarde Alfonso : déjà, quand il était gosse, il m'angoissait, car je sentais le fil de coton qui le tenait en place toujours prêt à se rompre. Et Michele ? pour qui il se prenait, celui-là ! alors qu'il m'a suffi de trouver la ligne délimitant son contour et de tirer dessus – ha ha ha ! je l'ai brisé, j'ai cassé son fil de coton que j'ai entremêlé avec celui d'Alfonso – de la matière masculine avec d'autre matière masculine –, la toile que je tisse le jour se défait la nuit, ma tête invente toujours un moyen. Mais ça ne sert pas à grand-chose, la terreur persiste, elle trouve toujours un interstice entre une chose normale et une autre. Elle demeure là aux aguets, je m'en étais toujours doutée et, ce soir, c'est devenu une certitude : rien ne tient, Lenù, même dans mon ventre – j'ai l'impression que le bébé reste là mais ce n'est pas vrai. Tu te rappelles quand je me suis mariée avec Stefano et que je voulais faire repartir le quartier à zéro ? Il ne devait plus y avoir que des choses belles, et toutes les cochonneries d'avant devaient disparaître. Combien de temps ça a duré ? Les bons sentiments sont fragiles. Avec moi, l'amour ne résiste pas. L'amour pour un homme ne résiste pas, même l'amour pour les enfants ne résiste pas, il ne tarde pas à se déchirer. Regarde dans ces déchirures et tu verras la nébuleuse des bonnes intentions se mélanger à celle des mauvaises. Je me sens coupable envers Gennaro, et ce truc dans mon ventre est une responsabilité qui me taillade et me lacère. L'amour et la haine courent côte à côte et je n'arrive pas, absolument pas, à me concentrer sur une quelconque bonne intention. Tu sais, Oliviero avait raison : je suis méchante. Je ne sais même pas entretenir l'amitié. Tu es très gentille, Lenù, et tu as toujours été patiente avec moi. Mais ce soir j'ai compris, une fois pour toutes : il existe en permanence un solvant qui opère lentement, avec une douce chaleur, et qui détruit tout, même quand il n'y a pas de tremblement de terre. Alors, s'il te plaît, si je te blesse, si je te dis des saletés, bouche-toi les oreilles, je ne fais pas exprès, ce n'est pas ce que je veux. Je t'en prie, ne m'abandonne pas, autrement je vais m'écrouler !

53

D'accord, d'accord, dis-je à de nombreuses reprises, ça va, mais maintenant, repose-toi ! Je la serrai contre moi et elle finit par s'endormir. Quant à moi, je restai éveillée à la regarder, comme elle m'avait recommandé de le faire un jour. De temps à autre, je ressentais de nouvelles petites secousses, et des gens hurlaient de terreur à l'intérieur de leurs voitures. À présent, le boulevard était désert. J'éprouvais toutes sortes de remous dans mon ventre ; je touchai celui de Lila et son bébé bougeait aussi. En fait, tout bougeait : la mer de feu sous la croûte terrestre, la fournaise des étoiles, les planètes, les univers, la lumière à l'intérieur des ténèbres, le silence du grand froid. Pourtant, même maintenant que j'y réfléchissais à la lueur des propos de Lila si bouleversée, je savais que l'effroi ne parvenait pas à s'enraciner en moi ; si la lave, si toute la matière en fusion que j'imaginais en ruisseau de feu à l'intérieur du globe terrestre m'effrayaient, elles ne se présentaient pas moins dans mon esprit sous la forme de phrases ordonnées, d'images harmonieuses, et se transformaient en sol de pierres noires comme il y en avait dans les rues de Naples, un pavement dont j'étais toujours le centre, quoi qu'il arrive. Bref, je me donnais de la consistance et je savais m'en donner, quoi qu'il advienne. Tout ce qui m'arrivait – les études, les livres, Franco, Pietro, les filles, Nino, le tremblement de terre – allait passer, mais moi (n'importe lequel de ces *moi* parmi ceux que j'avais accumulés), oui, *moi* je resterais toujours là, immobile : j'étais la pointe fixe du compas, autour de laquelle tourne la mine traçant des cercles. Lila au contraire – maintenant cela m'apparaissait clairement et m'apportait des sentiments de fierté, de paix et de tendresse – avait du mal à se sentir stable. Elle n'y arrivait pas, elle n'y croyait pas. Elle avait beau nous dominer tous depuis l'enfance, elle avait beau nous avoir imposé et nous imposer encore ses manières d'être – faute de quoi nous encourions son ressentiment et sa colère –, elle se percevait elle-même comme une matière dégoulinante, et chacun de ses efforts avait simplement pour but, en fin de compte, de se contenir. Quand, malgré les nombreuses stratégies qu'elle mettait en œuvre avec les gens et les choses, la coulée prévalait, alors Lila perdait Lila, le chaos semblait l'unique vérité, et – alors qu'elle était pourtant si active et si courageuse – elle s'effaçait, terrorisée, et n'était plus rien.

54

Le quartier se vida, le boulevard devint calme, et un froid glacial s'installa. Pas la moindre lumière, pas la moindre lueur colorée de téléviseur ne provenait des immeubles transformés en masses rocheuses sombres. Je finis par m'assoupir à mon tour. Quand je me réveillai en sursaut, il faisait encore noir. Lila était sortie de la voiture, elle avait laissé sa portière entrouverte. J'ouvris de mon côté et regardai autour de moi. Les véhicules garés étaient pleins de gens, certains toussaient, d'autres geignaient dans leur sommeil. Je ne voyais pas Lila, cela m'inquiéta et je me dirigeai vers le tunnel. Je la trouvai à quelques pas de la station-service de Carmen. Elle se tenait au milieu des débris de corniches et autres gravats, la tête levée vers les fenêtres de son appartement. En me voyant, elle eut l'air gênée. Je n'étais pas bien, me dit-elle, je suis désolée, je t'ai saoulée avec mes bavardages, heureusement que nous étions ensemble ! Elle esquissa un petit sourire embarrassé et prononça une de ses nombreuses expressions plus ou moins incompréhensibles de la nuit – *Ce mot* heureusement, *c'est comme une brume de parfum qui sort quand tu appuies sur le vaporisateur* –, et elle frissonna. Elle n'était pas encore remise, je la convainquis de regagner la voiture. Quelques minutes après, elle se rendormit.

Dès qu'il fit jour, je la réveillai. Elle était calme et tenta de se justifier. Elle murmura, pour relativiser : Tu sais que je suis comme ça ! De temps en temps j'ai un truc qui me prend là, dans la poitrine… Je la rassurai : Ce n'est rien, ça arrive quand on est épuisé, tu t'occupes de trop de choses ! Et puis ça a été terrible pour tout le monde, ça avait l'air de ne jamais devoir s'arrêter. Elle secoua la tête : Non, c'est moi qui suis faite comme ça…

Nous nous organisâmes pour trouver le moyen de rentrer dans l'appartement. Nous passâmes d'innombrables coups de téléphone, mais soit nous n'arrivions pas à avoir la ligne, soit le téléphone sonnait dans le vide. Les parents de Lila ne répondaient pas, la famille d'Avellino, qui aurait pu nous donner des nouvelles d'Enzo et de Gennaro, ne répondait pas non plus, personne ne décrochait chez Nino, aucun de ses amis n'était là. En revanche, je réussis à parler à Pietro, qui venait d'apprendre le tremblement de terre. Je lui dis de garder les filles quelques jours, le temps d'être sûr que le danger était passé. Mais plus les heures s'écoulaient, plus l'étendue du désastre apparaissait. Notre frayeur s'avérait bien fondée. Comme pour se justifier, Lila murmura : Tu as vu, la terre a failli se briser en deux !

Nous étions étourdies par les émotions et la fatigue, mais nous continuions tout de même à marcher à travers le quartier et la ville en deuil, parfois plongée dans le mutisme, parfois déchirée par les pénibles hurlements des sirènes. Pour apaiser nos angoisses, nous parlâmes beaucoup : Mais où est Nino, où est Enzo, où est Gennaro, comment va ma mère et où Marcello Solara l'a-t-il emmenée, où sont les parents de Lila ? Je me rendis compte que Lila avait besoin de revenir sur les minutes du séisme : ce n'était pas tant pour raconter son traumatisme que pour les envisager comme un nouveau socle, autour duquel réorganiser sa sensibilité. Je l'incitai à s'exprimer à chaque occasion possible. Tandis qu'elle reprenait le contrôle d'elle-même, la destruction et la mort de villages entiers du Sud devenaient de plus en plus évidentes. Elle se mit bientôt à me parler sans honte de sa terreur, ce qui me rassura. Il lui en resta néanmoins quelque chose d'insaisissable : un pas plus prudent, un voile d'inquiétude dans la voix. Les effets du séisme persistaient, Naples ne les laissait pas partir. Seule la chaleur se dissipait, comme une exhalaison de brume qui se levait du corps de la ville, de sa vie lente et âpre.

Nous arrivâmes jusque chez Nino et Eleonora. Je frappai longuement et appelai : aucune réponse. Lila demeura à cent mètres de là. Elle me fixait, l'air maussade, avec son ventre tendu et pointu. Je discutai avec un homme qui sortait de l'immeuble en portant deux valises, il me dit que le bâtiment était désert. Je demeurai un moment immobile, je n'arrivai pas à me décider à m'en aller. J'épiai la silhouette de Lila. Je me souvins de ce qu'elle m'avait dit et laissé entendre peu avant le séisme, et j'eus l'impression qu'une horde de démons la harcelaient. Elle se servait d'Enzo, de Pasquale et d'Antonio. Elle remodelait Alfonso, pliait Michele Solara en l'entraînant dans un amour fou pour elle, pour lui. Et Michele se débattait pour lui échapper, il licenciait Alfonso, fermait le magasin de la Piazza dei Martiri, mais en vain. Lila l'avait humilié, continuait à l'humilier, l'asservissait. Elle devait savoir tellement de choses, désormais, sur les trafics des deux frères ! Elle avait mis le nez dans leurs affaires lorsqu'elle avait recueilli des données pour leur ordinateur, elle était même au courant de l'argent de la drogue. Voilà pourquoi Marcello la haïssait, voilà pourquoi ma sœur Elisa la haïssait. Lila savait tout. Et si elle savait tout, c'était purement et simplement parce qu'elle avait peur de toute chose, vivante ou morte. Elle devait connaître tellement de saletés sur le compte de Nino ! Elle avait l'air de me dire, à distance : Laisse tomber, nous savons aussi bien l'une que l'autre qu'il s'est mis en lieu sûr avec sa famille, et qu'il se fout bien de toi !

55

Ce qui, en substance, se révéla exact. Enzo et Gennaro revinrent au quartier dans la soirée, défaits et bouleversés, ils semblaient deux resca-pés d'une guerre atroce, et leur unique préoccupa-tion était : comment va Lila ? En revanche, Nino réapparut quelques jours plus tard, et on aurait dit qu'il rentrait de vacances. Je n'ai rien compris à ce qui se passait ! s'exclama-t-il. J'ai pris mes enfants et je me suis enfui !

Ses enfants. Quel père responsable ! Et celui que je portais dans mon ventre, alors ?

De son ton enlevé, il me raconta qu'il s'était réfugié avec les petits, Eleonora et ses beaux-parents dans une maison de famille à Minturno. Je fis la tête. Je le tins à distance pendant des jours, refusant de le voir. Inquiète pour mes parents, j'appris par Marcello en personne, revenu seul au quartier, qu'il les avait mis en sûreté avec Elisa et Silvio dans une propriété qu'il avait à Gaète. Encore quelqu'un qui avait sauvé *sa* famille !

Je regagnai donc seule l'appartement de la Via Tasso. À présent il faisait très froid, l'immeuble était glacial. Je vérifiai les murs un à un, et il ne me sembla pas détecter de fissures. Mais le soir, j'avais peur de m'endormir, je craignais les répliques du tremblement de terre, et j'étais contente que Pietro et Doriana aient accepté de garder les filles encore quelques jours.

Puis vint Noël, et je fus incapable de résister : je me réconciliai avec Nino. J'allai récupérer Dede et Elsa à Florence. La vie reprit son cours, mais c'était comme une convalescence dont je ne voyais pas la fin. Maintenant, chaque fois que je croisais Lila, je la sentais d'humeur imprévisible, surtout lorsqu'elle prenait un ton agressif. Elle me regardait comme pour dire : Toi tu sais bien ce qu'il y a, sous chacune de mes paroles !

Mais le savais-je vraiment ? Je passais par des rues fermées à la circulation ou longeais des centaines d'édifices inhabitables, soutenus par des étais robustes. Souvent, je finissais engluée dans des problèmes de la plus ignoble et nocive inefficacité. Et je pensais à Lila, qui avait immédiatement recommencé à travailler, manipuler, bouger, se moquer et agresser. Je me remémorais la terreur qui l'avait anéantie en quelques secondes et en retrouvais la trace dans son geste, devenu coutumier, de se tenir le ventre avec les mains, doigts écartés. Je me demandais, soucieuse : qui est-elle à présent, que va-t-elle devenir, quelles réactions peut-elle avoir ? Un jour, pour entériner le fait qu'un sale moment était passé, je lui dis :

« Tu vois, les choses ont retrouvé leur place. »

Elle rétorqua, railleuse :

« Quelle place ? »

56

Lors de mon dernier mois de grossesse, tout devint très difficile. Nino se montrait rarement, il avait du travail, ce qui m'énervait. Les rares fois où il apparaissait, j'étais désagréable, je me disais : il ne me désire plus, je suis trop moche. Et c'était vrai, moi-même je n'arrivais pas à me regarder dans le miroir, je ne me supportais plus. J'avais les joues gonflées et un nez énorme. Ma poitrine et mon ventre semblaient avoir dévoré le reste de mon corps, je me voyais privée de cou, avec des jambes courtes et des chevilles épaisses. J'étais devenue comme ma mère, mais pas celle d'aujourd'hui, une petite vieille frêle et apeurée ; non, je ressemblais plutôt au personnage hargneux que j'avais toujours craint et qui, désormais, n'existait plus que dans ma mémoire.

Cette mère persécutrice se déchaîna : elle commença à agir à travers moi en se défoulant pour évacuer la fatigue, l'angoisse et la peine que ma mère mourante me causait – avec sa fragilité et son regard de naufragé sur le point de se noyer. Je devins irascible, tout contretemps me semblait une conjuration et j'en venais souvent à crier. Dans mes moments d'exaspération majeure, j'eus l'impression que les problèmes de Naples avaient pris possession de mon propre corps et que je perdais ma capacité à apparaître sympathique et séduisante. Pietro m'appelait pour parler avec les filles et j'étais distante. Ma maison d'édition ou quelque quotidien me téléphonaient et je protestais : J'en suis au neuvième mois, je suis fatiguée, laissez-moi tranquille !

Avec mes filles aussi, mon attitude se détériora. Pas tellement avec Dede, car j'étais habituée à son mélange d'intelligence, d'affection et de logique harcelante – elle ressemblait à son père. En revanche, Elsa commença à me taper sur les nerfs. Alors qu'elle avait été une fillette très douce, elle devenait un être insaisissable et sa maîtresse n'arrêtait pas de s'en plaindre, la décrivant comme dissimulatrice et bagarreuse ; moi-même, à la maison ou dans la rue, je la réprimandais sans cesse parce qu'elle cherchait querelle à tout propos, s'appropriait les affaires des autres et, quand elle était obligée de les rendre, elle les brisait. Quel beau trio féminin nous formons, me disais-je, pas étonnant que Nino nous fuie et nous préfère Eleonora, Albertino et Lidia ! La nuit, lorsque je n'arrivais pas à dormir tant le bébé s'agitait dans mon ventre – j'avais l'impression d'être remplie de bulles d'air en mouvement –, j'espérais, contre toutes les prévisions, que je donnerais naissance à un garçon, qu'il ressemblerait à son père, qu'il lui plairait, et que Nino l'aimerait plus que ses autres enfants.

Néanmoins, malgré mes efforts pour retrouver l'image de moi que je préférais – j'avais toujours souhaité être une personne équilibrée, capable de tenir sagement en bride tout sentiment mesquin, voire violent –, je ne réussis jamais à retrouver la sérénité au cours des derniers jours de ma grossesse. J'en rejetais la responsabilité sur le tremblement de terre qui, sur le coup, ne semblait pas m'avoir tellement troublée, mais qui était peut-être resté au plus profond de moi, jusque dans mon ventre. Quand je traversais en voiture le tunnel de Capodimonte, la panique me saisissait, je craignais qu'une nouvelle secousse ne le fasse s'effondrer. Quand je passais sur le viaduc du Corso Malta, qui vibrait déjà tout seul, j'accélérais pour échapper à la secousse qui aurait pu le briser d'un moment à l'autre. Pendant cette période, je cessai même ma guerre contre les fourmis, qui apparaissaient souvent et se plaisaient dans notre salle de bain : je les laissais en vie et, de temps en temps, les observais : Alfonso soutenait qu'elles étaient capables de pressentir les catastrophes naturelles.

Toutefois, je ne fus pas déstabilisée seulement par les séquelles du séisme : les quelques mots lourds de sens prononcés par Lila y contribuèrent. À présent, dans la rue, je regardais s'il n'y avait pas de seringues comme il m'était arrivé d'en remarquer distraitement à Milan. Si jamais j'en repérais dans le jardin public de notre quartier, une colère floue me tombait dessus, et l'envie me prenait d'aller me disputer avec Marcello et mes frères, sans vraiment savoir quels arguments avancer. Je finis ainsi par dire et faire des choses odieuses. À ma mère, qui me harcelait en me demandant si j'avais parlé à Lila de Peppe et Gianni, je répondis un jour sèchement : M'man, Lila ne peut pas les prendre, elle a déjà un frère qui se drogue, et elle a peur pour Gennaro ! Ne la chargez pas de tous les problèmes que vous ne savez pas résoudre ! Elle me regarda, sidérée. Elle n'avait jamais fait allusion à la drogue et j'avais prononcé le mot qu'il ne fallait pas. Mais si, en d'autres temps, elle se serait égosillée à défendre mes frères et dénoncer mon insensibilité, là elle se terra dans un coin sombre de la cuisine sans souffler mot, au point que c'est moi qui murmurai, l'air coupable : Allez, t'en fais pas, on trouvera une solution !

Mais quelle solution ? Cela compliqua encore davantage la situation. Je finis par dénicher Peppe dans le jardin public – qui sait où Gianni s'était fourré – et lui débitai une grande tirade sur ce qu'il y avait d'affreux à gagner de l'argent sur les vices d'autrui. Je conclus : Cherche-toi un boulot, n'importe lequel, mais pas celui-là, tu te détruis et tu fais mourir d'inquiétude notre mère ! Pendant tout mon discours, il se cura les ongles de la main droite avec l'ongle du pouce de la main gauche et m'écouta d'un air intimidé, les yeux baissés. Il avait trois ans de moins que moi et se sentait toujours le petit frère devant sa grande sœur devenue un personnage important. Toutefois, cela ne l'empêcha pas, à la fin, de me lancer en ricanant : Sans mon fric, maman serait déjà morte ! Et il partit avec un vague geste de la main.

Cette réponse accentua encore ma nervosité. Je laissai passer un jour ou deux puis me présentai chez Elisa, espérant y trouver aussi Marcello.

Il faisait très froid, les rues du nouveau quartier étaient aussi sinistrées et sales que celles du vieux quartier. Marcello n'était pas là, l'appartement était en désordre et ma sœur m'agaça avec son allure débraillée habituelle : elle n'était ni lavée ni habillée et ne s'intéressait qu'à son fils. Je lui criai presque : Dis à ton mari – et j'appuyai sur le mot *mari*, bien qu'ils ne fussent pas mariés – qu'il est en train de détruire nos frères ! S'il veut vendre de la drogue, il n'a qu'à le faire lui-même ! Je lui parlai exactement comme ça, en italien. Elle pâlit et rétorqua : Lenù, sors tout de suite de chez moi ! Tu crois que tu parles avec qui, là ? Avec un de ces bourges que tu fréquentes ? Va-t'en, t'es qu'une crâneuse, et tu l'as toujours été ! Quand je tentai de reprendre la parole, elle brailla : Ne viens plus jamais chez moi me faire la leçon sur mon Marcello ! C'est un homme adorable, à qui nous devons tout ! Et moi, si j'veux, j'peux t'acheter, acheter cette salope de Lina, et acheter tous ces connards que tu aimes tellement !

57

Je m'impliquai de plus en plus dans la vie du quartier à laquelle Lila m'avait fait accéder, et me rendis compte assez tard que je remuais des questions difficiles à résoudre, qui plus est en violant une règle que je m'étais fixée en rentrant à Naples : ne plus me laisser aspirer par l'endroit où j'étais née. Un après-midi où j'avais laissé les filles à Mirella, je rendis d'abord visite à ma mère puis, dans un grand état d'agitation, passai dans les bureaux de Lila – je ne sais si j'espérais me calmer ou me défouler. Ada m'ouvrit la porte, joyeuse. Lila était enfermée dans son bureau où elle discutait à haute voix avec un client, Enzo était en déplacement dans je ne sais quelle entreprise, secondé par Rino, alors Ada se sentit obligée de me tenir compagnie. Elle me parla interminablement de sa fille Maria, qui avait beaucoup grandi et marchait très bien à l'école. Mais ensuite le téléphone sonna, Ada courut répondre et appela Alfonso : Viens, Lenuccia est là ! Plutôt embarrassé, mon ancien camarade de classe, plus féminin que jamais dans ses gestes, sa coiffure et la couleur de ses vêtements, me fit entrer dans une petite pièce très dépouillée. Surprise, j'y découvris aussi Michele Solara.

Cela faisait longtemps que je n'avais pas vu Michele, ce qui provoqua un malaise qui nous gagna tous les trois. Il avait beaucoup changé : grisonnant, il avait le visage marqué, alors que son corps était toujours jeune et athlétique. Mais surtout – chose totalement inhabituelle – il se montra gêné par ma présence et très éloigné de ses comportements ordinaires. Pour commencer, quand j'entrai dans la pièce, il se leva. Ensuite, il fut poli mais parla à peine, le bagou gouailleur qui l'avait toujours caractérisé avait disparu. Il se tournait souvent vers Alfonso, comme pour chercher de l'aide, mais aussitôt après son regard changeait de direction, comme si ses yeux pouvaient suffire à le trahir. Alfonso n'était pas plus à l'aise. Il n'arrêtait pas de remettre ses beaux cheveux longs en place, faisait claquer ses lèvres à la recherche de quelque chose à dire, et la conversation ne tarda pas à languir. Ce furent des instants délicats. La nervosité m'envahit, sans que je comprenne pourquoi. Peut-être étais-je agacée qu'ils se cachent – surtout qu'ils se cachent de *moi*, comme si je ne pouvais pas comprendre, *moi* qui avais fréquenté et fréquentais des milieux bien plus progressistes que les gens de cette petite pièce du quartier, *moi* qui avais écrit un livre, apprécié même à l'étranger, sur la porosité des identités sexuelles ! Je fus à deux doigts de m'exclamer « alors, si j'ai bien compris, vous êtes amants ? », et si je ne le fis pas, ce fut uniquement par peur d'avoir mal interprété les allusions de Lila ; toutefois, ne pouvant supporter le silence, je me mis à parler en abondance, tentant de les pousser dans cette direction.

Je dis à Michele :

« Gigliola m'a annoncé que vous vous étiez séparés.

— Oui.

— Moi aussi, je suis séparée.

— Je sais, et je sais aussi avec qui tu t'es mise.

— Nino ne t'a jamais plu.

— Non. Mais chacun doit faire ce qui lui plaît, autrement on se rend malade.

— Tu es toujours à Posillipo ? »

Alfonso intervint, plein d'enthousiasme :

« Oui, et il y a une vue magnifique ! »

Michele lui lança un coup d'œil agacé et fit :

« J'y suis bien. »

J'enchaînai :

« Seul, on n'est jamais bien.

— Mieux vaut seul que mal accompagné », répliqua-t-il.

Alfonso dut sentir que je cherchais une occasion pour dire à Michele quelque chose de désagréable et il chercha à attirer mon attention sur lui-même.

Il s'exclama :

« Moi aussi, je vais me séparer de Marisa ! » et il commença à raconter avec moult détails certains conflits avec sa femme pour des questions d'argent. Il ne mentionna jamais l'amour, le sexe ni même les infidélités de son épouse. En revanche, il s'étendit longuement sur l'argent, évoqua Stefano de façon obscure et, à propos de Marisa, fit uniquement allusion au fait qu'elle avait piqué la place d'Ada (*Les femmes volent les hommes des autres femmes sans aucun scrupule, et même avec une immense satisfaction*). À l'entendre, on aurait dit que son épouse n'était rien d'autre qu'une connaissance, dont on pouvait discuter avec ironie. Quelle valse, dit-il en riant : Ada a pris Stefano à Lila, et maintenant Marisa le lui prend, ha ha ha !

En l'écoutant, je redécouvris peu à peu – mais comme en les tirant d'un puits profond – la familiarité et la solidarité de l'époque lointaine où nous étions assis à la même table de classe. Mais je réalisai alors seulement que, même sans avoir jamais été consciente de sa différence, je m'étais attachée à lui justement parce qu'il n'était pas comme les autres garçons, et parce qu'il était étranger aux comportements virils du quartier. Et ce jour-là, pendant qu'il parlait, je me rendis compte que ce lien existait encore. En revanche, à ce moment de notre conversation, Michele m'irrita encore davantage. Il bougonna quelques vulgarités sur Marisa, puis perdit patience envers les bavardages d'Alfonso et finit par interrompre celui-ci au beau milieu d'une phrase, presque avec colère (*Tu me laisses dire deux mots à Lenuccia ?*). Il me demanda des nouvelles de ma mère, on savait qu'elle était malade. Alfonso se tut aussitôt, le visage empourpré, et je me mis à parler de ma mère, soulignant à dessein qu'elle s'inquiétait beaucoup pour mes frères. Je précisai :

« Elle n'aime pas que Peppe et Gianni travaillent pour ton frère.

— Qu'est-ce qui ne va pas, chez Marcello ?

— Je ne sais pas, tu n'as qu'à me le dire ! Il paraît que vous vous êtes disputés. »

Il me regarda, presque gêné :

« On t'a mal informée. De toute façon, si l'argent de Marcello ne plaît pas à ta mère, elle peut envoyer tes frères bosser sous les ordres de quelqu'un d'autre. »

Je fus sur le point de lui reprocher cette expression, « sous les ordres » : *mes* frères *sous les ordres* de Marcello, de Michele ou de quelqu'un d'autre, *mes* frères que je n'avais pas aidés pendant leurs études et qui maintenant, par ma faute, se retrouvaient *sous les ordres* ! Sous ? Mais aucun être humain ne devrait être « sous » quelqu'un, encore moins « sous » les Solara ! Mon exaspération monta encore d'un cran, j'avais envie de me quereller. Mais Lila apparut :

« Il y a du monde, là-d'dans ! s'exclama-t-elle, et, s'adressant à Michele : Il faut que tu me parles ?

— Oui.

— Ça va prendre du temps ?

— Oui.

— Alors laisse-moi discuter d'abord avec Lenuccia. »

Il eut un timide geste d'assentiment. Je me levai et dis, en regardant Michele mais en touchant le bras d'Alfonso, comme pour le pousser vers lui :

« Un soir, invitez-moi donc à Posillipo, je suis

toujours seule ! Si vous voulez, c'est moi qui cuisine. »

Michele ouvrit grand la bouche sans émettre le moindre son et Alfonso intervint, très anxieux :

« Ce n'est pas la peine, je cuisine bien ! Si Michele nous invite, c'est moi qui ferai tout. »

Lila m'entraîna à sa suite.

Elle passa un long moment avec moi dans son bureau, nous parlâmes de tout et de rien. Elle aussi allait bientôt accoucher, mais on aurait dit que la grossesse ne lui pesait plus du tout. Amusée, elle me dit, posant sa main en coupe sous son ventre : J'ai fini par m'y habituer, je me sens bien et je garderais volontiers le bébé là-dedans pour toujours ! Avec une vanité dont elle avait rarement fait preuve par le passé, elle se mit de profil pour que je l'admire. Elle était grande et sa silhouette fine présentait de belles courbes : la petite poitrine, le ventre, le dos et les chevilles. Enzo m'aime encore plus enceinte, dit-elle en riant avec une pointe de vulgarité, quelle barbe, le calendrier ! J'interprétai : le tremblement de terre lui a paru tellement horrible que désormais chaque instant est pour elle une inconnue, et elle voudrait que tout reste immobile, y compris sa grossesse. Je vérifiai parfois l'heure, mais elle ne se soucia jamais de Michele qui l'attendait, et il me sembla même qu'elle perdait du temps avec moi exprès.

« Il n'est pas ici pour le travail, m'expliqua-t-elle lorsque je lui rappelai qu'il patientait toujours, il fait semblant, il trouve toujours des prétextes.

— Des prétextes pour quoi ?

— Des prétextes. Mais toi, ne te mêle pas de ça : soit tu t'occupes de tes affaires, point final, soit ce sont des questions qu'il faut traiter sérieusement.

Même ta phrase sur le dîner à Posillipo, tu aurais peut-être mieux fait de t'en passer. »

Mal à l'aise, je murmurai qu'actuellement j'étais dans un état de tension permanente ; je lui racontai mes disputes avec Elisa et Peppe et lui annonçai que j'avais l'intention d'affronter Marcello. Elle secoua la tête et insista :

« Là non plus, ce ne sont pas des trucs où tu peux intervenir avant de repartir aussi sec Via Tasso.

— Je ne veux pas que ma mère disparaisse angoissée pour ses enfants.

— Alors apaise-la !

— Et comment ? »

Elle sourit :

« Avec des mensonges. C'est beaucoup mieux que les tranquillisants. »

58

Mais dans cette période de mauvaise humeur, je n'étais pas capable de mentir, même pour la bonne cause. C'est seulement parce que Elisa alla dire à notre mère que je l'avais offensée, et qu'elle ne voulait plus avoir de contacts avec moi, et parce que Peppe et Gianni s'exclamèrent qu'elle ne devait plus jamais se risquer à m'envoyer pour que je leur tienne des discours de flic, que je me résolus enfin à un mensonge. Je racontai à ma mère que j'avais parlé à Lila et que celle-ci avait promis de s'occuper de Peppe et Gianni. Mais elle perçut mon manque de conviction et rétorqua, sombre :

Oui oui, c'est ça, rentre donc chez toi, tu as les filles… Je m'en voulus et, par la suite, constatai que son inquiétude n'arrêtait pas de croître ; elle maugréait qu'elle voulait mourir au plus vite. Mais un jour où je la traînai à l'hôpital, elle eut l'air plus optimiste.

« Elle m'a téléphoné, annonça-t-elle d'une voix rauque et pleine de douleur.

— Qui ça ?

— Lina. »

J'en restai bouche bée, stupéfiée.

« Et qu'est-ce qu'elle t'a dit ?

— Que je peux être tranquille, elle s'occupera de Peppe et Gianni.

— Dans quel sens ?

— Je ne sais pas, mais si elle me l'a promis, ça veut dire qu'elle trouvera une solution.

— C'est sûr !

— J'ai confiance, elle sait y faire.

— Oui.

— Tu as vu ce qu'elle est belle ?

— Oui.

— Elle m'a dit que si elle a une fille, elle l'appellera Nunzia, comme sa mère.

— Elle va avoir un garçon.

— Mais si c'est une fille, elle l'appellera Nunzia », insista-t-elle. Elle parlait sans me regarder, en fixant les autres visages en peine de la salle d'attente. Je dis :

« Moi, ce sera certainement une fille, il suffit de regarder le ventre que j'ai !

— Et alors ? »

Je me fis violence et promis :

« Alors je lui donnerai ton nom, ne t'en fais pas. »

Elle bougonna :

« Le fils Sarratore voudra l'appeler comme sa mère. »

59

Je lui assurai que Nino n'avait nullement voix au chapitre – à cette période, son nom seul me mettait en colère. Il avait disparu, il était toujours occupé ailleurs. Mais le jour même où je fis cette promesse à ma mère, alors que je dînais le soir avec mes filles, il nous fit une visite surprise. Il se montra joyeux et feignit de ne pas remarquer mon amertume. Il mangea avec nous, mit lui-même Dede et Elsa au lit en les comblant de plaisanteries et d'histoires, et attendit qu'elles s'endorment. Sa désinvolture et sa superficialité accentuèrent encore ma mauvaise humeur. Il avait fait un saut pour me voir mais ensuite il s'éclipserait à nouveau, et qui sait pour combien de temps ! Que craignait-il ? Que le travail se déclenche alors qu'il était chez moi, endormi à mon côté ? De se retrouver dans l'obligation de m'accompagner à la clinique ? De devoir dire à Eleonora : Il faut que je reste avec Elena, elle est en train de mettre mon enfant au monde ?

Une fois les petites endormies, il revint dans le séjour. Il me fit mille cajoleries, s'agenouilla devant moi et baisa mon ventre. En un éclair, Mirko me revint à l'esprit : quel âge pouvait-il avoir, à présent ? une douzaine d'années, peut-être ?

« Qu'est-ce que tu sais de ton fils ? » lui demandai-je, sans préambule.

Évidemment il ne comprit pas, crut que je parlais de l'enfant que j'avais dans le ventre et sourit, déconcerté. Alors je m'expliquai, trahissant avec délice une promesse que je m'étais faite longtemps auparavant :

« Je veux dire le fils de Silvia, Mirko. Je l'ai vu, c'est tout ton portrait. Mais toi ? Tu l'as reconnu ? Tu t'en es déjà occupé ? »

Il se rembrunit et se leva :

« Parfois, je ne sais vraiment pas comment me comporter, avec toi, murmura-t-il.

— Qu'est-ce que tu veux dire ? Explique-toi !

— Tu es une femme intelligente, mais parfois tu deviens une autre.

— Une autre comment ? Déraisonnable ? Idiote ? »

Il eut un petit rire et un geste, comme pour chasser un insecte agaçant :

« Tu écoutes trop Lina.

— Lina ? Quel est le rapport ?

— Elle t'abîme la tête, elle abîme tes sentiments, tout ! »

Ces mots me firent définitivement perdre mon calme. Je lançai :

« Ce soir, je veux dormir seule. »

Il n'insista pas. Avec l'air de celui qui se plie à une grave injustice afin d'avoir la paix, il referma doucement la porte derrière lui.

Deux heures plus tard, alors que je tournais en rond dans l'appartement sans nulle envie de dormir, je sentis de petites contractions, comme des douleurs de règles. Je téléphonai à Pietro, je savais qu'il passait toujours ses nuits à travailler. Je lui dis : Je vais accoucher, viens chercher Dede et Elsa demain ! Je n'avais pas encore raccroché qu'un liquide chaud coulait déjà entre mes jambes. Je saisis un sac que j'avais rempli depuis longtemps de tout le nécessaire, puis enfonçai la sonnette des voisins jusqu'à ce qu'ils m'ouvrent. J'avais déjà un accord de principe avec Antonella et, bien qu'à moitié endormie, elle ne manifesta nulle surprise. Je lui annonçai :

« Le moment est arrivé, je vous laisse mes filles. »

D'un seul coup, colère et anxiété m'abandonnèrent.

60

C'était le 22 janvier 1981, le jour de mon troisième accouchement. Je n'avais pas un souvenir particulièrement douloureux de mes deux premières expériences, mais celle-ci fut de loin la moins difficile, au point que je la considérai comme une heureuse libération. La gynécologue me congratula pour ma capacité à me contrôler, satisfaite que je ne lui aie posé aucun problème. Si elles pouvaient toutes être comme toi ! s'exclama-t-elle. Tu es faite pour mettre des enfants au monde ! Puis elle me murmura à l'oreille : Nino t'attend dehors, je l'ai prévenu.

Cette nouvelle me fit plaisir, mais je fus encore plus contente de découvrir soudain que toute rancœur m'avait quittée. En accouchant, je m'étais délivrée aussi de l'amertume de ce dernier mois.

Ce fut un soulagement, et je me sentis à nouveau disposée à une gentillesse indulgente. J'accueillis le bébé avec tendresse, c'était une fillette de trois kilos deux cents grammes, écarlate et chauve. Quand je permis à Nino d'entrer dans la chambre, après m'être arrangée un peu pour camoufler les dégâts causés par l'effort, je lui annonçai : Maintenant nous sommes quatre filles, alors je te comprendrai, si tu me quittes ! Je ne fis aucune allusion à la dispute que nous avions eue. Il m'enlaça, m'embrassa et me jura qu'il ne pouvait pas se passer de moi. Il m'offrit une chaîne en or avec un pendentif. Je les trouvai splendides.

Dès que je me sentis mieux, je téléphonai à ma voisine. J'appris que Pietro, diligent comme toujours, était déjà arrivé. Je lui parlai, il voulait venir à la clinique avec les filles. Il me les passa, elles étaient distraites par le plaisir d'être avec leur père et me répondirent toutes deux par monosyllabes. Je dis à mon ex-mari que je préférais qu'il les emmène à Florence pour quelques jours. Il fut très affectueux, j'aurais voulu le remercier pour sa sollicitude et l'assurer que je l'aimais beaucoup. Mais je sentais sur moi le regard inquisiteur de Nino, et y renonçai.

Aussitôt après, j'appelai mes parents. Mon père resta froid, que ce soit par timidité, parce que ma vie lui paraissait un désastre, ou parce qu'il partageait la défiance de mes frères envers ma nouvelle tendance à m'immiscer dans leurs affaires, alors que je ne leur avais jamais permis de se mêler des miennes. Ma mère dit qu'elle voulait voir la petite tout de suite, et j'eus du mal à la dissuader. Ensuite je composai le numéro de Lila qui commenta, amusée : Pour toi ça se passe toujours bien, moi il n'y a encore rien qui bouge ! Peut-être débordée de travail, elle fut expéditive et ne mentionna pas une visite à la clinique. Tout est normal, me dis-je de bonne humeur, et je m'endormis.

Au réveil, j'avais la certitude que Nino s'était déjà éclipsé, or il était là. Il parla longuement avec son amie gynécologue, s'informa sur la reconnaissance de paternité et ne manifesta aucune anxiété pour les éventuelles réactions d'Eleonora. Quand je lui annonçai que je voulais donner à l'enfant le prénom de ma mère, il fut ravi. Dès que je fus remise d'aplomb, nous nous présentâmes devant un employé municipal pour officialiser le fait que l'enfant sorti de mon ventre s'appelait Immacolata Sarratore.

En cette occasion aussi, Nino ne manifesta aucun malaise. C'est moi qui m'embrouillai et finis par dire que j'étais mariée avec Giovanni Sarratore ; je me corrigeai, murmurai « *séparée* de Pietro Airota » et accumulai dans le désordre noms, prénoms et informations inexactes. Mais cela me parut un beau moment, et je me remis à croire qu'un peu de patience suffirait à remettre de l'ordre dans ma vie privée.

Les premiers jours, Nino négligea ses nombreux engagements et voulut me prouver, par tous les moyens possibles, combien je comptais pour lui. Il ne s'assombrit que lorsqu'il découvrit que je ne voulais pas baptiser le bébé.

« Les enfants, ça se baptise, affirma-t-il.

— Albertino et Lidia sont baptisés ?

— Bien sûr ! »

J'appris ainsi que, malgré l'anticléricalisme qu'il affichait souvent, le baptême lui paraissait une nécessité. Cela donna lieu à une conversation embarrassée. Depuis le lycée, j'avais toujours pensé qu'il n'était pas croyant ; de son côté, il me dit que, précisément à cause de ma polémique contre le professeur de religion, il était persuadé que j'étais croyante.

« De toute façon, dit-il, perplexe, on baptise ses enfants, qu'on soit croyant ou non.

— Ça ce n'est pas du raisonnement, c'est du sentiment ! »

Je pris un ton léger :

« Permets-moi d'être cohérente, dis-je en souriant, je n'ai baptisé ni Dede ni Elsa, je ne baptiserai pas Immacolata non plus. Elles décideront quand elles seront grandes. »

Il y réfléchit un instant, puis éclata de rire :

« Mais oui, quelle importance ? C'était juste pour faire la fête !

— On pourra faire une fête quand même ! »

Je lui promis d'organiser quelque chose pour tous ses amis. Lors de ces premières heures de vie de notre fille, j'observai les moindres gestes de Nino, ses moues de déception et d'appréciation. Je me sentis à la fois heureuse et désorientée. Était-ce bien lui ? Était-ce l'homme que j'avais toujours aimé ? Ou était-ce un inconnu que je contraignais à jouer un personnage clair et net ?

61

Aucun membre de ma famille et pas un ami du quartier ne se montrèrent à la clinique. Une fois chez moi, je me dis : Et si j'organisais une petite fête pour eux aussi ? J'avais tenu mes origines tellement séparées de mon moi actuel que, malgré tout le temps que je passais dans le quartier, je n'avais invité dans mon appartement de la Via Tasso aucune personne liée à mon enfance et à mon adolescence. Je le regrettai et perçus ce cloisonnement radical comme une séquelle de périodes plus fragiles de ma vie, presque comme un signe d'immaturité. J'avais encore cette idée en tête lorsque le téléphone sonna. C'était Lila.

« On arrive !

— Qui ça ?

— Ta mère et moi. »

C'était un après-midi glacial, le sommet du Vésuve était saupoudré de neige et cette visite me parut inopportune :

« Avec le froid qu'il fait ? C'est dangereux pour elle !

— Je lui ai dit, mais elle n'écoute pas.

— Dans quelques jours, je ferai une fête et vous inviterai tous : dis-lui qu'elle verra la petite à cette occasion.

— T'as qu'à lui dire, toi ! »

Je renonçai à discuter, mais toute envie de festivité me passa d'un coup, et je perçus cette visite comme une invasion. J'étais rentrée à la maison depuis peu. Entre tétées, bains rapides au bébé et quelques points de suture qui me gênaient, j'étais fatiguée. Et surtout, Nino était avec moi. Je n'avais pas envie de contrarier ma mère et j'étais mal à l'aise à l'idée que Lila et lui se rencontrent à un moment où je n'étais pas en forme. Je tentai de me débarrasser de lui, mais il n'eut pas l'air de comprendre ; au contraire, il se réjouit de la venue de ma mère et resta.

Je courus à la salle de bain pour m'arranger un peu. Quand elles frappèrent à la porte, je me hâtai d'aller ouvrir. Je n'avais pas vu ma mère depuis une dizaine de jours : quel contraste saisissant entre Lila, toujours pleine de deux vies, énergique, magnifique, et elle ! Agrippée à son bras comme à une bouée au milieu de la tempête, elle avait encore rapetissé, était à bout de forces, prête à se noyer. Je lui donnai le bras et l'emmenai s'asseoir dans un fauteuil, devant la porte vitrée. Elle murmura : Qu'est-ce qu'il est beau, le golfe ! Et elle continua à fixer l'autre côté du balcon, peut-être pour ne pas regarder Nino. Mais celui-ci vint se placer à son côté et, avec ses manières enjôleuses, commença à lui énumérer le nom des profils brumeux se dessinant entre ciel et mer : Là-bas c'est Ischia, et là Capri, venez, d'ici on voit mieux, prenez mon bras ! Il ne s'adressa jamais à Lila, ne lui dit pas même bonjour. C'est moi qui m'occupai de mon amie.

« Tu as récupéré vite ! me dit-elle.

— Je suis un peu fatiguée, mais ça va.

— Tu persistes à habiter sur ces hauteurs, c'est vraiment pas commode !

— Mais c'est beau.

— Mouais.

— Viens, je te montre le bébé. »

Je l'accompagnai dans la petite chambre d'Immacolata.

« Tu as déjà retrouvé ton visage d'avant, me complimenta-t-elle, et qu'est-ce que tu as de beaux cheveux ! Et ce collier ?

— C'est Nino qui me l'a offert. »

Je sortis l'enfant du berceau. Lila la renifla,

lui mit le nez dans le cou et dit qu'on sentait son odeur dès qu'on entrait dans l'appartement.

« Quelle odeur ?

— De talc, de lait, de savon, de neuf.

— Tu la trouves jolie ?

— Oui.

— Je pensais qu'elle pèserait plus que ça. À l'évidence, il n'y avait que moi qui étais grosse !

— Je me demande comment sera le mien. »

Désormais, elle en parlait toujours au masculin.

« Il sera sage et très mignon. »

Elle acquiesça, mais comme si elle n'avait pas entendu, occupée qu'elle était à examiner attentivement le bébé. Elle lui passa l'index sur le front et sur une oreille. Pour plaisanter, elle rappela le pacte que nous avions fait :

« On pourra toujours faire l'échange, hein ? »

Je ris, puis portai la petite à ma mère, que je découvris appuyée au bras de Nino, près de la fenêtre. À présent, elle examinait mon amant de la tête aux pieds avec sympathie, sourire aux lèvres : on aurait dit qu'elle avait oublié son état et croyait avoir retrouvé sa jeunesse.

« Voilà Immacolata ! » dis-je.

Elle dévisagea Nino, qui s'exclama aussitôt :

« Quel beau prénom ! »

Ma mère murmura :

« Ce n'est pas vrai. Mais vous pouvez l'appeler Imma, ça fait plus moderne. »

Elle quitta le bras de Nino et me fit signe de lui donner sa petite-fille. Je la lui passai, mais redoutant qu'elle n'ait pas la force de la tenir.

« *Madonna*, qu'est-ce que tu es belle ! lui chuchota-t-elle, avant de s'adresser à Lila. Elle te plaît ? »

Lila, distraite, fixait les pieds de ma mère :

«Oui, dit-elle sans détourner les yeux, mais asseyez-vous donc!»

Je suivis son regard. Ma mère perdait du sang sous sa robe noire.

62

Je repris aussitôt la petite, d'un geste brusque et instinctif. Ma mère se rendit compte de ce qui lui arrivait, je lus sur son visage le dégoût de soi et la honte. Nino la saisit juste avant qu'elle ne s'évanouisse. Maman, maman! appelai-je, tandis que Nino lui tapotait la joue du bout des doigts. Je paniquai, elle ne revenait pas à elle, et le bébé se mit à vagir. Elle va mourir, me dis-je terrorisée, elle a résisté jusqu'à ce qu'elle voie Immacolata, et puis elle s'est laissée partir! Je continuai à appeler «maman», de plus en plus fort.

«Appelle une ambulance!» ordonna Lila.

Je me dirigeai vers le téléphone mais m'arrêtai, déboussolée, voulant donner la petite à Nino. Or, il m'évita et s'adressa non pas à moi mais à Lila, affirmant qu'il était plus rapide d'emmener ma mère à l'hôpital en voiture. Mon cœur battait à tout rompre, la petite pleurait, ma mère reprit conscience et commença à gémir. Elle murmura en sanglotant qu'elle ne voulait plus retourner à l'hôpital et, tirant sur ma jupe, me rappela qu'elle y avait déjà été admise une fois et ne voulait pas mourir dans un tel état d'abandon. Tremblante, elle dit : Je veux voir grandir la petite!

À ce moment-là, Nino prit le ton ferme qui était déjà le sien, étudiant, lorsqu'il devait faire face à une situation difficile. Allons-y! lança-t-il, et il prit ma mère dans ses bras. Comme elle protestait faiblement, il la rassura en lui disant qu'il s'occuperait de tout. Lila me regarda, perplexe. Je songeai : Le professeur qui suit ma mère à l'hôpital est un ami de la famille d'Eleonora, en ce moment Nino est indispensable, heureusement qu'il est là! Lila me lança : Laisse-moi le bébé et vas-y! J'acquiesçai et m'apprêtai à lui tendre la petite, mais d'un geste hésitant – j'étais attachée à ce bébé comme s'il se trouvait encore à l'intérieur de moi. De toute façon, pour le moment, je ne pouvais pas m'en séparer, je devais l'allaiter et lui donner son bain. En même temps, je me sentais également liée à ma mère comme jamais auparavant, et je n'arrêtais pas de trembler – mais qu'est-ce que c'est que ce sang? qu'est-ce que ça veut dire?

« Allez! lança Nino à Lila, impatient. Dépêchons-nous!

— Oui, murmurai-je, allez-y et tenez-moi au courant. »

C'est seulement lorsque la porte se referma que j'éprouvai toute la douleur de la situation : Lila et Nino, ensemble, emmenaient ma mère, ils s'occupaient d'elle alors que c'est moi qui aurais dû le faire.

Je me sentis faible, éperdue. Je m'assis sur le divan et donnai le sein à Immacolata pour la calmer. Je n'arrivais pas à détacher les yeux du sang sur le sol, tout en imaginant la voiture fonçant dans les rues glacées de la ville, un mouchoir accroché à la fenêtre pour indiquer l'urgence de la situation et le doigt appuyé en permanence sur le klaxon. C'était l'auto de Lila : conduisait-elle, ou bien Nino avait-il pris le volant ? Il faut que je reste calme, me dis-je.

Je posai la petite dans le berceau et me décidai à appeler Elisa. Je minimisai ce qui s'était passé, ne mentionnai pas Nino et fis allusion à Lila. Ma sœur perdit aussitôt tout contrôle, éclata en sanglots et m'insulta. Elle s'écria que j'avais envoyé notre mère Dieu sait où avec une étrangère, que j'aurais dû appeler une ambulance, que je ne pensais qu'à mes affaires et à ce qui m'arrangeait, et que si ma mère mourait, ce serait ma faute. Puis je l'entendis appeler à plusieurs reprises Marcello, avec un ton de commandement que je ne lui connaissais pas ; elle criait d'une voix à la fois hargneuse et angoissée. Je rétorquai : Qu'est-ce que ça veut dire, « Dieu sait où » ?, Lina l'a emmenée à l'hôpital ! Pourquoi est-ce que tu parles comme ça ? Elle me raccrocha au nez.

Pourtant, Elisa avait raison. En effet, j'avais perdu la tête, j'aurais dû appeler une ambulance. Ou bien m'arracher à la petite et la donner à Lila. Je m'étais soumise à l'autorité de Nino, et à cette manie des hommes de se mettre en valeur en jouant avec détermination les sauveurs. J'attendis près du téléphone qu'ils m'appellent.

Une heure passa, une heure et demie, puis le téléphone sonna enfin. Lila m'expliqua calmement :

« Ils l'ont gardée. Nino connaît bien les gens qui s'occupent d'elle, ils disent qu'ils maîtrisent la situation. Ne t'en fais pas ! »

Je demandai :

« Elle est seule ?

— Oui, les visites sont interdites.

« — Elle ne veut pas mourir seule.

— Elle ne va pas mourir.

— Elle doit être épouvantée ! Lila, fais quelque chose, elle n'est plus comme autrefois !

— Ça ne marche pas comme ça, à l'hôpital.

— Elle m'a réclamée ?

— Elle veut que tu lui amènes la petite.

— Qu'est-ce que vous faites, maintenant ?

— Nino reste un peu avec les docteurs, moi j'y vais.

— Oui, merci, vas-y, et repose-toi !

— Il te téléphonera dès que possible.

— D'accord.

— Et reste calme, sinon le lait ne montera plus. »

Cette allusion au lait me fit du bien. Je m'assis près du berceau d'Immacolata, comme si cette proximité pouvait m'aider à garder les seins gonflés. Quelle drôle de chose, le corps d'une femme ! J'avais nourri ma fille dans mon ventre et, maintenant qu'elle en était sortie, elle se nourrissait à mon sein. Je me dis qu'il y avait eu une époque où, moi aussi, j'avais été dans le ventre de ma mère, et où j'avais tété à sa poitrine. Une poitrine aussi grosse que la mienne, peut-être davantage. Peu avant sa maladie, mon père faisait encore souvent des remarques obscènes sur ses seins. Je ne l'avais jamais vue sans soutien-gorge, à aucun moment de sa vie. Elle s'était toujours cachée – à cause de sa jambe, elle n'avait aucune confiance en son corps. Néanmoins, il ne lui fallait qu'un verre de vin, et elle répondait aux obscénités de mon père par des paroles tout aussi vulgaires : elle chantait les attraits de son mari en faisant montre d'une absence de pudeur qui n'était que pure mise en scène. Le téléphone sonna à nouveau, je courus répondre. C'était à nouveau Lila, qui cette fois adopta un ton brusque :

« Ici, on a des problèmes, Lenù.

— Sa situation s'est dégradée ?

— Non, les médecins ne sont pas inquiets. C'est Marcello qui est arrivé et qui fait du foin.

— Marcello ? Qu'est-ce qu'il vient faire là ?

— Je ne sais pas.

— Passe-le-moi !

— Attends, il est en train de se disputer avec Nino. »

J'entendis dans le fond la voix épaisse de Marcello, pleine de dialecte, et celle de Nino, en bon italien mais haut perchée, comme cela arrivait lorsqu'il perdait son calme. Anxieuse, je recommandai à Lila :

« Dis à Nino de laisser tomber, et chasse-le tout de suite ! »

Lila ne répondit pas, j'entendis qu'elle intervenait dans une discussion dont je ne savais rien, et puis soudain elle se mit à hurler en dialecte : « Putain, qu'est-ce que tu racontes, Marcè ? mais va t'faire foutre ! » Puis elle me cria : « Parle donc à ce connard, s'te plaît, et mettez-vous d'accord, moi je veux pas m'en mêler ! » Un brouhaha de voix lointaines. Quelques secondes plus tard, Marcello prit l'appareil. S'efforçant de conserver un ton courtois, il m'expliqua qu'Elisa lui avait demandé de ne pas laisser notre mère à l'hôpital, et qu'il était venu exprès pour l'emmener dans une belle clinique à Capodimonte. Il me demanda, comme s'il cherchait sérieusement mon consentement :

« J'ai pas raison ? Dis, j'ai pas raison ?

— Calme-toi !

— Je suis calme, Lenù ! Mais tu as accouché en clinique, Elisa a accouché en clinique, alors pourquoi ta mère devrait mourir là-dedans ? »

Mal à l'aise, je répondis :

« C'est là que travaillent les médecins qui la suivent. »

Il devint agressif comme il ne l'avait jamais été avec moi :

« Les médecins, y sont là où il y a le fric ! Qui c'est qui commande, ici ? Toi, Lina ou ce connard ?

— Il ne s'agit pas de commander.

— Bien sûr que si ! Alors soit tu dis à tes copains que je peux emmener votre mère à Capodimonte, soit je casse la gueule à quelqu'un et je l'emmène quand même !

— Passe-moi Lina ! » coupai-je.

J'avais du mal à tenir debout et mon cœur cognait dans mes tempes. Je dis à Lina : Demande à Nino si ma mère peut être transportée, dis-lui d'aller parler aux médecins, et puis rappelle-moi. Je raccrochai en me tordant les mains, je ne savais que faire.

Quelques minutes s'écoulèrent et le téléphone sonna à nouveau. C'était Nino :

« Lenù, mets la muselière à cet animal, sinon j'appelle la police !

— Tu as demandé aux médecins si on pouvait transporter ma mère ?

— Non, elle ne peut pas être transportée.

— Nino, tu as demandé ou non ? Elle ne veut pas rester à l'hôpital.

— Les cliniques privées sont encore plus atroces.

— Je sais, mais il faut d'abord que tu te calmes.

— Je suis très calme.

— D'accord, alors rentre tout de suite à la maison !

— Et ici ?

— Lina va s'en occuper.

— Je ne peux pas laisser Lina avec ce type-là ! »

Je haussai le ton :

« Lina sait prendre soin d'elle. Moi je ne tiens pas debout, le bébé pleure et il faut que je lui donne son bain. Je t'ai dit de rentrer immédiatement à la maison. »

Je raccrochai.

63

Ce furent des heures très dures. Nino rentra à l'appartement bouleversé et très tendu, il parlait en dialecte et répétait : Maintenant, on va voir qui va gagner ! Je me rendis compte que l'hospitalisation de ma mère était devenue pour lui une question de principe. Mais il craignait aussi que Solara parvienne à l'emmener dans un endroit inadéquat, conçu uniquement pour soutirer de l'argent aux patients. À l'hôpital, s'exclama-t-il en repassant à l'italien, ta mère peut avoir accès aux plus grands spécialistes, aux professeurs qui l'ont maintenue en vie jusqu'à ce jour de manière digne, malgré le degré avancé de la maladie !

Je partageai ses craintes, et il prit la question de plus en plus à cœur. Bien que ce fût l'heure du dîner, il téléphona à des gens importants, des noms bien connus à Naples à cette époque-là – j'ignore si son intention était de se défouler ou d'obtenir leur soutien dans une éventuelle bataille contre les abus de pouvoir de Marcello. Toutefois, j'entendais que, dès qu'il prononçait «Solara», la conversation se compliquait, il se taisait et écoutait en silence. Il ne se calma que vers 10 heures du soir. J'étais très angoissée mais essayais de ne pas le montrer, pour éviter qu'il ne décide de retourner à l'hôpital. Je communiquai mon stress à Immacolata. Elle pleurait, je l'allaitais, elle s'apaisait puis pleurait à nouveau.

Je ne pus fermer l'œil. Le téléphone se remit à sonner à 6 heures du matin, je courus répondre en espérant que le bébé et Nino ne se réveilleraient pas. C'était Lila, elle avait passé la nuit à l'hôpital. Elle me le raconta d'une voix fatiguée. Apparemment, Marcello avait battu en retraite et était parti sans même dire au revoir. Alors mon amie s'était faufilée dans les escaliers et les couloirs, et elle avait fini par trouver la salle où ils avaient mis ma mère. C'était un véritable mouroir, elle était avec cinq autres femmes qui souffraient, gémissaient et criaient, toutes abandonnées à leur souffrance. Elle avait découvert ma mère immobile, les yeux exorbités, qui murmurait en fixant le plafond «Vierge Marie, fais-moi mourir tout de suite», et son corps tout entier tremblait sous ses efforts pour supporter la douleur. Lila s'était blottie contre elle et l'avait apaisée. Maintenant elle devait se sauver parce qu'il commençait à faire jour et les infirmières arrivaient. Ça l'amusait d'avoir transgressé toutes les règles : l'insubordination lui causait toujours du plaisir. Mais en cette occasion, j'eus l'impression qu'elle faisait semblant, afin de ne pas me faire sentir le poids des difficultés qu'elle avait affrontées pour moi. Elle était sur le point d'accoucher, j'imaginais combien elle devait être épuisée et tourmentée par ses propres soucis. Je m'inquiétai au moins autant pour elle que pour ma mère.

« Comment tu te sens ?

— Bien.

— Tu es sûre ?

— Tout à fait sûre.

— Va te reposer !

— Je partirai quand Marcello arrivera avec ta sœur.

— Tu crois qu'ils vont revenir ?

— Ils ne vont pas renoncer comme ça à foutre le bordel ! »

Alors que j'étais au téléphone, Nino apparut, ensommeillé. Il écouta un peu la conversation puis lança :

« Laisse-moi lui parler ! »

Je ne lui passai pas le téléphone et bougonnai : Elle a déjà raccroché. Il protesta et me rappela qu'il avait mobilisé un tas de gens afin que ma mère dispose de toute l'aide possible, et il voulait savoir si ses démarches avaient commencé à porter leurs fruits. Pas pour le moment, répondis-je. Nous décidâmes qu'il m'accompagnerait à l'hôpital avec le bébé, malgré le vent fort et glacial. Il resterait dans la voiture avec Immacolata et j'irais voir ma mère entre deux tétées. Il me dit « d'accord » et sa serviabilité m'attendrit, à part qu'un instant plus tard il m'énerva parce que je réalisai qu'il s'était soucié de tout sauf d'un détail pratique : noter l'horaire des visites. Je me renseignai par téléphone, puis nous habillâmes chaudement la petite et partîmes. Lila n'avait plus donné signe de vie, mais j'étais convaincue que nous la retrouverions à l'hôpital. Or, lorsque nous arrivâmes, ce fut pour découvrir non seulement qu'elle n'était pas là, mais que ma mère n'y était pas non plus. On l'avait fait sortir.

64

J'appris plus tard, par ma sœur, comment cela s'était passé. Elle me le raconta sur un ton qui voulait dire : Vous vous donnez de grands airs mais sans nous, vous n'êtes rien ! À 9 heures précises, Marcello s'était présenté à l'hôpital avec je ne sais quel médecin-chef qu'il avait pris soin d'aller chercher en personne chez lui, avec sa voiture. Notre mère avait immédiatement été transportée en ambulance dans la clinique de Capodimonte. Et là, ajouta Elisa, elle est comme une reine ! Les membres de la famille peuvent rester autant de temps qu'ils veulent, et il y a un lit pour papa, qui lui tiendra compagnie la nuit. Elle précisa avec mépris : Ne t'en fais pas, c'est nous qui payons. Puis elle se fit franchement menaçante : Peut-être que ton ami professeur n'a pas bien compris à qui il avait affaire, lança-t-elle, mais il vaudrait mieux que tu lui expliques ! Et tu peux dire à cette connasse de Lina qu'elle a beau être très intelligente, Marcello a changé, ce n'est plus son fiancé d'autrefois et il n'est pas non plus comme Michele, qu'elle mène maintenant par le bout du nez ; Marcello l'a dit : si elle lève encore la voix contre moi et si elle m'insulte encore comme elle l'a fait devant tout le monde à l'hôpital, il la tue !

Je ne répétai rien à Lila, et ne voulus même pas savoir ce qu'elles s'étaient dit, ma sœur et elle. Les jours suivants, je devins plus affectueuse avec elle et lui téléphonai souvent pour lui faire comprendre que j'étais son obligée, qu'elle m'était chère et que j'étais impatiente qu'elle accouche à son tour.

« Tout va bien ? demandais-je.

— Oui.

— Il y a de l'évolution ?

— Aucune. Tu as besoin d'aide, aujourd'hui ?

— Non, mais demain, si tu peux. »

Ce furent des journées intenses, où toutes sortes de liens, nouveaux et anciens, se mêlèrent les uns aux autres. Mon corps tout entier était en symbiose avec le minuscule organisme d'Imma, je n'arrivais pas à me détacher d'elle. Mais Dede et Elsa me manquaient aussi, alors je téléphonai à Pietro, et il finit par me les ramener. Au début, Elsa fit semblant d'adorer sa nouvelle petite sœur, mais elle ne résista pas longtemps et, au bout de quelques heures, commença à lui faire des grimaces de dégoût. Elle me disait : Tu l'as faite vraiment moche, hein ! À l'opposé, Dede voulut aussitôt me prouver qu'elle pouvait être une maman beaucoup plus compétente que moi, mais elle manquait sans arrêt de faire tomber le nourrisson ou de le noyer dans son bain.

J'aurais vraiment eu besoin d'aide, au moins lors de ces premiers jours, et je dois dire que Pietro me le proposa. Alors qu'en tant que mari il n'avait jamais fait grand-chose pour atténuer mes difficultés, à présent que nous étions officiellement séparés, il n'avait pas le cœur de me laisser seule avec trois filles dont un bébé, et il offrit de rester quelques jours. Mais je dus le renvoyer, non pas parce que je ne voulais pas de son soutien, mais parce qu'au cours des brèves heures qu'il passa Via Tasso, Nino me harcela, me téléphonant sans cesse pour savoir si mon ex-mari était parti et s'il pouvait rentrer *chez lui* sans être obligé de le rencontrer. Naturellement, lorsque Pietro s'en alla, Nino fut emporté par ses obligations de travail et ses engagements politiques, et je me retrouvai seule : si je voulais faire les courses, emmener les filles à l'école, aller les rechercher, feuilleter un livre ou écrire deux lignes, je devais laisser Imma à la voisine.

Mais ce n'était pas le pire. Aller voir ma mère à la clinique s'avéra bien plus compliqué encore. Je n'avais pas assez confiance en Mirella : deux fillettes et un nourrisson, cela me paraissait trop pour elle. Alors je me résolus à emmener Imma avec moi. Je la couvrais de mon mieux, appelais un taxi et me faisais conduire à Capodimonte, profitant des heures d'école de Dede et Elsa.

Ma mère s'était reprise. Certes, elle était fragile, et si elle ne nous voyait pas tous les jours, nous ses enfants, elle imaginait immédiatement une catastrophe et se mettait à pleurer. En outre, elle était tout le temps alitée, alors qu'auparavant elle marchait et sortait, quoique avec difficulté. Néanmoins, il me sembla indéniable que le luxe lui faisait du bien. Être traitée comme une grande dame devint bientôt un jeu qui la distrayait de la souffrance et qui, ajouté aux médicaments atténuant ses douleurs, la rendait parfois euphorique. Elle aimait cette pièce vaste et lumineuse, trouvait le matelas très confortable et était fière d'avoir une salle de bain rien que pour elle, dans

sa chambre même. Une vraie salle de bain, sou-
lignait-elle, pas juste des chiottes! Et elle voulait
se lever pour me montrer ça. Sans compter qu'il
y avait sa petite-fille. Quand je venais la voir avec
Imma, elle la tenait près d'elle, lui parlait avec
des mots enfantins et s'enthousiasmait en soute-
nant – chose très improbable – que la petite lui
avait souri.

Mais en général, son attention pour la nou-
veau-née était de courte durée. Elle se mettait
souvent à parler de son enfance ou de son adolescence. Elle revenait au temps où elle avait
cinq ans, puis glissait vers ses douze ou ses quatorze ans et me racontait, comme si elle avait ces
âges-là, ses histoires et celles de ses camarades
de l'époque. Un matin, elle me dit en dialecte :
Petite, je savais que l'on meurt, je l'ai toujours
su, mais je n'ai jamais pensé que ça m'arriverait, à moi; même aujourd'hui, j'arrive pas à y
croire! Une autre fois, suivant le cours de ses
pensées, elle se mit à rire puis murmura : T'as
raison de pas baptiser la gosse, tout ça c'est des
bêtises, maintenant je sais que quand je mourrai, je deviendrai des petits, tout petits morceaux.
Mais surtout, ce fut au cours de ces lentes heures
que je me sentis vraiment son enfant préférée.
Lorsqu'elle me serrait dans ses bras avant que je
m'en aille, elle semblait vouloir se glisser en moi
et y rester – comme, par le passé, j'avais été en
elle. Si tout contact avec son corps m'avait agacée
quand elle était en bonne santé, à présent ça me
plaisait.

65

Curieusement, la clinique devint bientôt un lieu de rencontre pour les vieux et les jeunes du quartier.

Mon père dormait près de ma mère ; quand je le croisais le matin, il n'était pas rasé et avait le regard effrayé. Nous nous disions à peine bonjour, mais cela ne me semblait pas anormal. Avec lui, je n'avais jamais eu beaucoup de contacts. Il s'était montré parfois affectueux, souvent distrait, et à l'occasion il m'avait soutenue contre ma mère, mais nos relations avaient presque toujours été superficielles. Ma mère lui avait attribué ou retiré des rôles à sa convenance, en particulier lorsqu'il s'agissait de moi, le rejetant systématiquement à l'arrière-plan : elle seule devait pouvoir faire et défaire ma vie. Maintenant que l'énergie de sa femme avait presque entièrement disparu, il ne savait pas comment me parler, et moi non plus. Je lui disais « *ciao* », il me répondait « *ciao* » puis ajoutait : Pendant que tu lui tiens compagnie, je vais fumer une cigarette. Parfois, je me demandais comment il avait fait pour survivre, lui si insignifiant, dans le monde cruel où il avait vécu – à Naples, au travail, dans le quartier et même à la maison.

Quand Elisa venait avec son enfant, je voyais qu'il y avait plus de familiarité entre notre père et elle. Ma sœur le traitait avec une autorité affectueuse. Elle restait souvent toute la journée, et de temps en temps la nuit aussi, pour permettre à notre père de rentrer dormir à la maison, dans son lit. Dès qu'elle arrivait, ma sœur trouvait à redire à tout : la poussière, les vitres ou la nourriture. Elle le faisait pour qu'on la respecte, elle voulait que tout le monde sache bien que c'était elle qui commandait. Peppe et Gianni n'étaient pas en reste. Quand ils voyaient ma mère qui souffrait et mon père au désespoir, ils s'alarmaient, appuyaient sur le bouton et appelaient l'infirmière. Si celle-ci tardait, mes frères le lui reprochaient durement avant de lui donner un généreux pourboire, se contredisant eux-mêmes. Gianni surtout, avant de s'en aller, lui fourrait un peu d'argent dans la poche en lui recommandant : Vous devez être toujours derrière la porte, et bondir dès que notre mère appelle, c'est compris ? Votre café, vous le prenez en dehors des heures de boulot ! Puis, pour faire comprendre que notre mère était un personnage important, il prononçait à trois ou quatre reprises le nom des Solara. Mme Greco, martelait-il, appartient aux Solara.

Elle appartient aux Solara. À ces mots, la colère et la honte m'envahissaient. Toutefois, je me disais : C'est ça ou l'hôpital. Alors je pensais : Mais *après* (même si je ne m'avouais pas ce que je voulais dire par cet *après*), il faudra qu'on s'explique sérieusement avec mes frères, ma sœur et Marcello. Pour l'instant je me réjouissais, en arrivant, de trouver ma mère dans sa chambre entourée de ses copines du quartier, toutes des femmes de son âge, auprès desquelles elle se vantait d'une voix faible en disant des choses comme : Ce sont mes enfants qui ont voulu tout ça ! Ou bien, en me désignant : Elena est un écrivain célèbre, elle a un appartement sur la Via Tasso avec vue sur la mer, et regardez la jolie petite fille qu'elle vient d'avoir ! Elle s'appelle Immacolata, comme moi. Quand ses amies quittaient sa chambre en murmurant « elle dort », j'allais immédiatement vérifier, avant de retourner avec Imma dans le couloir, où l'air me semblait plus sain. Je laissais la porte ouverte pour pouvoir surveiller sa respiration lourde : souvent, après la fatigue des visites, elle s'endormait et gémissait dans son sommeil.

De temps en temps, ma journée était un peu plus simple. Par exemple, sous prétexte qu'elle voulait dire bonjour à ma mère, Carmen venait parfois me prendre en voiture. Alfonso fit de même. Évidemment, c'était une preuve d'affection à mon égard. Ils adressaient quelques paroles respectueuses à ma mère et lui faisaient plaisir en louant sa petite-fille et le confort de sa chambre ; puis ils passaient le reste du temps soit à bavarder dans le couloir avec moi, soit dans leur voiture, à attendre que ce soit l'heure de m'emmener chercher les filles à l'école. Ces matinées avec eux furent toujours intenses et elles eurent un effet curieux : elles rapprochèrent le quartier qu'avait connu ma mère, maintenant qu'elle était proche de la fin, du quartier en construction sous l'influence de Lila.

Je racontai à Carmen ce que notre amie avait fait pour ma mère. Elle s'écria joyeusement : Ça c'est sûr, Lina, personne ne peut l'arrêter ! Puis elle en parla d'une telle façon qu'elle avait l'air de lui attribuer des pouvoirs magiques. Mais ce qui me marqua le plus, ce fut un quart d'heure passé avec Alfonso dans le couloir immaculé de la clinique, pendant que ma mère voyait un médecin. Lui aussi, comme toujours, était éperdu de gratitude envers Lila, mais ce qui me frappa surtout fut que, pour la première fois, il me parla de lui de façon explicite. Il me dit : Lina m'a appris un métier qui a un grand avenir ! Il s'exclama : Qu'est-ce que je serais sans elle ? rien du tout ! Un peu de chair vivante qui n'a jamais pu trouver la plénitude. Il compara le comportement de Lila à celui de sa femme : J'ai laissé à Marisa la liberté de me rendre cocu autant qu'elle le voulait, j'ai donné mon nom à ses enfants, et elle m'en veut quand même ! Elle m'a tourmenté et me tourmente encore, elle n'arrête pas de me cracher à la figure, et elle prétend que je l'ai roulée ! Il se défendit : La rouler ? Moi ? Lenù, toi qui es une intellectuelle, tu peux me comprendre ! Celui qui s'est fait rouler, c'est surtout moi ! En fait je me suis roulé moi-même, et si Lina ne m'avait pas aidé, je serais mort roulé. Ses yeux s'embuèrent : Ce qu'elle a fait de plus beau pour moi, c'est de m'obliger à la clarté. Elle m'a appris à me dire : Quand j'effleure le pied nu de cette femme, je n'éprouve rien, alors que je meurs d'envie d'effleurer le pied de cet homme-là – oui, celui-là –, de lui caresser les mains, de lui couper les ongles avec de petits ciseaux, d'appuyer sur ses points noirs, d'être avec lui dans un dancing et de lui dire : Si tu sais valser, invite-moi et montre-moi comment tu guides ! Il évoqua des moments très anciens : Tu te souviens, quand Lina et toi vous êtes venues chez nous demander à mon père de vous rendre vos poupées ? Il m'a appelé et m'a demandé, pour se foutre de moi : Alfò, c'est toi qui les as prises ? parce que j'étais la honte de la famille, je jouais avec les poupées de ma sœur et mettais les colliers de maman… Il m'expliqua, mais comme si je savais déjà tout et n'étais là que pour lui permettre d'exprimer sa véritable nature : Déjà, quand j'étais petit, non seulement je savais que je n'étais pas ce que les autres croyaient, mais je n'étais pas non plus ce que je croyais être moi-même. Je me disais : Je suis quelque chose d'autre, quelque chose qui est caché dans mes veines, qui n'a pas de nom et qui attend. Mais je ne savais pas ce que c'était, et surtout je ne savais pas comment ça pouvait être moi. Jusqu'à ce que Lila m'oblige – je ne sais comment l'exprimer autrement – à prendre un peu d'elle. Tu sais comment elle est ! Elle m'a dit : Commence par ça, et vois un peu ce qui se passe. Ainsi nous nous sommes mélangés, c'était très amusant, et maintenant je ne suis plus celui que j'étais mais je ne suis pas Lila non plus, je suis une autre personne, qui se précise peu à peu.

Il fut heureux de me faire ces confidences, et je fus heureuse qu'il me les fasse. En ces occasions, une confiance nouvelle s'instaura entre nous, différente de celle qui nous liait lorsque nous rentrions à pied du lycée. Avec Carmen aussi, j'eus l'impression que notre rapport devenait plus profond. Mais ensuite, je me rendis compte que tous deux, chacun à sa manière, attendaient davantage de moi. Cette prise de conscience advint dans des circonstances liées chaque fois à la présence de Marcello dans la clinique.

Généralement, un homme âgé appelé Domenico emmenait ma sœur et son bébé à la clinique. Il les laissait là et ramenait notre père au quartier. Mais parfois, c'était Marcello lui-même qui accompagnait Elisa et Silvio. Un matin où il vint en personne, Carmen se trouvait avec moi. Je m'attendais à coup sûr à de la tension entre les deux ; or ils échangèrent des bonjours certes peu enthousiastes mais pas agressifs non plus, et ensuite Carmen se mit à tourner autour de Marcello, comme un animal désireux de s'approcher au premier signe favorable. Une fois seules, elle me confia à voix basse, très stressée, que même si les Solara la détestaient, elle s'efforçait d'être cordiale avec eux pour Pasquale. Mais j'y arrive pas, s'exclama-t-elle, Lenù, je les déteste et je voudrais les trucider ! C'est par pure nécessité ! Puis elle me demanda : Et toi, qu'est-ce que tu ferais, à ma place ?

Il se produisit quelque chose de similaire avec Alfonso. Un matin où il m'avait accompagnée auprès de ma mère, Marcello apparut soudain et, rien qu'à le voir, mon ami fut gagné par la frayeur. Pourtant, Solara ne modifia en rien son comportement : il me dit bonjour avec une gentillesse maladroite et adressa un signe à Alfonso, faisant semblant de ne pas remarquer la main que celui-ci lui avait machinalement tendue. Pour éviter tout conflit, j'attirai mon camarade dans le couloir sous prétexte que je devais allaiter Imma. Une fois dehors, Alfonso bougonna : Si on me tue, rappelle-toi que c'est un coup de Marcello ! Je lui dis : N'exagère pas ! Mais il était tendu et, d'un ton sarcastique, se mit à dresser la liste des gens du quartier qui l'auraient tué avec plaisir, des personnes que je connaissais ou pas. Dans cette énumération, il mit son frère Stefano (il dit en riant : *Il baise ma femme rien que pour prouver qu'on n'est pas tous pédés dans la famille !*) et même Rino (*Depuis qu'il s'est rendu compte que je peux ressembler à sa sœur, il me ferait tout ce qu'il ne peut pas lui faire, à elle !*). Mais en haut de la liste, il plaça sans hésitation Marcello qui, selon lui, était celui qui le détestait le plus. Il précisa avec un mélange de satisfaction et d'angoisse : Il croit que Michele est devenu fou à cause de moi. Et il ajouta en ricanant : Lila m'a encouragé à lui ressembler, elle aime les efforts que je fais, elle apprécie de voir comment je la réinvente et se réjouit de l'effet qu'a cette réinvention sur Michele – et moi aussi, ça me plaît. Puis il s'interrompit et me demanda : Qu'est-ce que tu en penses ?

Je l'écoutais tout en allaitant la petite. Pour Carmen et lui, le fait que j'habite à Naples et que nous nous rencontrions de temps en temps ne suffisait pas : ils voulaient que je réintègre pleinement le quartier, me demandaient de me mettre au côté de Lila en qualité d'esprit tutélaire et insistaient pour que nous agissions comme deux divinités, de manière harmonieuse ou bien concurrente, mais attentives à leurs ennuis. En cette circonstance, je fus émue de leur requête d'une implication majeure de ma part dans leurs affaires – ce que Lila aussi, à sa manière, me demandait souvent, mais qui me semblait d'habitude une pression importune. Là, je sentis qu'ils s'unissaient à la voix lasse de ma mère, lorsqu'elle me présentait fièrement à ses connaissances du quartier comme une partie importante d'elle-même. Je serrai Imma contre mon sein et arrangeai sa couverture pour la protéger des courants d'air.

66

Seuls Nino et Lila ne vinrent jamais à la clinique. Nino fut explicite : Je n'ai aucune envie de rencontrer ce camorriste, me dit-il, je suis désolé pour ta mère, dis-lui bonjour de ma part, mais je ne peux pas t'accompagner. Parfois, j'avais l'impression que c'était une excuse pour justifier ses disparitions, mais le plus souvent il me paraissait véritablement amer : il avait fait beaucoup pour elle, or, toute ma famille et moi-même avions fini par écouter les Solara. J'arguai que c'était le résultat d'un engrenage compliqué et affirmai : Ça n'a rien à voir avec Marcello, nous avons simplement accepté ce qui faisait plaisir à notre mère. Mais il ronchonna : Comme ça, Naples ne changera jamais !

Quant à Lila, elle ne s'exprima jamais sur ce transfert en clinique. En revanche, elle continua à m'aider, même si elle risquait d'accoucher d'un moment à l'autre. Je me sentais coupable et lui disais : Ne t'en fais pas pour moi, il faut que tu fasses attention à toi ! Mais non, me répondait-elle en indiquant son ventre avec une expression mi-ironique mi-inquiète : il traîne, je n'ai pas envie qu'il sorte et lui non plus ! Et dès que j'avais besoin de quelque chose, elle accourait. Certes, elle ne proposa jamais de m'accompagner en voiture à Capodimonte comme le faisaient Carmen et Alfonso. Mais si mes filles avaient un peu de fièvre et que je ne pouvais pas les envoyer à l'école – comme cela se produisit à plusieurs reprises lors des trois premières semaines de vie d'Immacolata, qui furent froides et pluvieuses –, Lila se libérait aussitôt, confiait son travail à Enzo et Alfonso, montait Via Tasso et les gardait toutes les trois.

Cela me faisait plaisir : les moments que Dede et Elsa passaient avec elle étaient toujours profitables. Lila parvenait à rapprocher les deux grandes sœurs de la troisième, elle savait responsabiliser Dede, tenir sous contrôle Elsa et calmer Imma sans lui fourrer une tétine dans la bouche, comme le faisait Mirella. Le seul problème, c'était Nino. Je craignais de découvrir que, bien qu'il ait toujours trop à faire quand j'étais seule, il trouve miraculeusement le temps de donner un coup de main à Lila lorsque celle-ci gardait mes filles. De ce fait, un pan caché de moi n'était jamais vraiment serein. Lila arrivait, je lui faisais mille recommandations, inscrivais le numéro de la clinique sur un bout de papier, prévenais la voisine en cas de besoin et courais à Capodimonte. Je restais avec ma mère une heure tout au plus, puis filais afin d'arriver à temps pour la tétée et pour faire à manger. Mais parfois, sur le chemin du retour, j'imaginais soudain que je rentrais chez moi et trouvais Nino et Lila ensemble, occupés à parler de tout et de rien, comme ils le faisaient à Ischia. J'étais aussi en proie, bien sûr, aux fantasmes les plus insupportables, mais je les repoussais, immédiatement horrifiée. Toutefois, ma crainte la plus persistante était autre et, pendant que je roulais, elle me semblait aussi la plus fondée. Je me figurais le travail de Lila se déclenchant alors que Nino était présent : mon amant était obligé de l'emmener de toute urgence à la clinique, laissant Dede effrayée tenir le rôle de la fille raisonnable, Elsa fouiller dans le sac de Lila pour lui voler quelque chose, et Imma pleurer dans son berceau, tourmentée par la faim et les rougeurs.

Or, il se produisit précisément quelque chose de ce genre, mais sans que Nino soit impliqué d'aucune manière. Je rentrai chez moi un matin, ponctuelle, avant midi et demi, et découvris que Lila n'était pas là : le travail avait commencé. Une angoisse insupportable me saisit. Ce que mon amie redoutait le plus, c'était les convulsions et torsions de la matière ; elle haïssait le mal-être sous toutes ses formes et détestait les mots creux, absolument vidés de leur sens. Alors je priai pour qu'elle tienne le coup.

67

Je connus les détails de son accouchement par deux sources : Lila elle-même et notre gynécologue. Je vais relayer ici ces deux récits et résumer la situation avec mes propres mots. Il pleuvait. Imma avait une vingtaine de jours. Ma mère était à la clinique depuis deux semaines et, quand elle ne me voyait pas arriver, elle pleurait comme une fillette angoissée. Dede avait un peu de fièvre et Elsa refusait d'aller à l'école, prétendant qu'elle voulait soigner sa sœur. Carmen n'était pas disponible, Alfonso non plus. Je téléphonai à Lila et, comme d'habitude, commençai par lui dire : Si tu ne vas pas bien ou si tu as du travail, laisse tomber, je trouverai une autre solution. De son ton moqueur, elle répliqua qu'elle allait très bien et que, quand on est patron, on donne le travail aux autres et on prend tout le temps libre qu'on veut. Elle aimait mes deux grandes filles, mais ce qui lui plaisait surtout, c'était de s'occuper d'Imma avec elles : c'était un jeu qui leur faisait du bien à toutes les quatre. J'arrive tout de suite ! m'assurat-elle. Je calculai qu'elle devait être chez moi dans une heure tout au plus, or elle tarda. J'attendis un peu, mais comme je savais qu'elle tenait toujours ses promesses, je dis à la voisine : Elle sera là dans quelques minutes, je vous laisse les enfants et je cours voir ma mère.

Mais Lila était bel et bien en retard : son corps avait eu une sorte de pressentiment. Même sans avoir de contractions, elle ne se sentait pas bien, et finalement elle avait demandé à Enzo, par précaution, de l'accompagner chez moi. Elle n'était pas encore arrivée qu'elle avait ressenti les premières douleurs. Elle téléphona aussitôt à Carmen, la priant de venir donner un coup de main à ma voisine, puis Enzo l'emmena à la clinique où exerçait notre gynécologue. Le travail commença aussitôt, extrêmement violent mais pas déterminant, et il dura seize heures.

Lila m'en fit un récit presque amusé. Elle s'exclama : Ce n'est pas vrai qu'on a mal seulement pour le premier enfant et qu'après tout est plus facile, non, on souffre à chaque fois ! Et elle accumula les détails, aussi crus qu'ironiques. Il lui paraissait insensé de porter un enfant dans son ventre et, en même temps, de vouloir l'en expulser. C'est tellement ridicule, dit-elle, de faire suivre cette délicieuse hospitalité de neuf mois d'un effort frénétique pour virer son hôte de la manière la plus violente qui soit ! Elle secouait la tête, indignée par l'incohérence du système. Un truc de fous, s'écria-t-elle en passant à l'italien, ton propre organisme se retourne contre toi, il t'agresse et devient ton pire ennemi, te procurant la douleur maximale. Pendant des heures et des heures, elle avait senti sous son abdomen de longues flammes glacées, un flux insupportable de douleur qui cognait brutalement au fond de son ventre et puis repassait à l'arrière, lui écrasant les reins. Allez, ironisa-t-elle, tu es une menteuse, elle est où, la belle expérience ? Et elle jura – cette fois-ci, sérieusement – qu'elle ne tomberait jamais plus enceinte.

Mais d'après la gynécologue, que Nino invita un soir à dîner avec son mari, l'accouchement s'était passé normalement, et une autre femme aurait donné naissance sans faire tant d'histoires. Ce qui avait compliqué les choses, c'était la tête pleine d'imagination de Lila. La doctoresse était devenue très nerveuse : Tu fais le contraire de ce qu'il faut, lui avait-elle reproché, tu retiens au lieu de pousser ! Allez, vas-y, pousse ! Selon elle – qui nourrissait désormais une aversion évidente pour sa patiente et qui, loin de s'en cacher, l'afficha d'un ton complice, surtout à l'attention de Nino, lors de ce dîner chez moi –, Lila avait tout fait pour ne pas mettre au monde son bébé. Elle le retenait de toutes ses forces, tout en haletant : Coupe-moi le ventre, fais-le sortir, moi j'y arrive pas ! Ensuite, tandis que le médecin continuait à l'encourager, Lila s'était mise à lui crier des insultes très vulgaires. Elle était couverte de sueur, nous raconta la gynécologue, sous son large front ses yeux étaient injectés de sang, et elle hurlait : Toi tu parles et tu donnes des ordres, mais t'as qu'à te mettre à ma place, connasse, et t'as qu'à le foutre dehors, ce gosse, si t'en es capable ! Il est en train de me tuer !

J'en eus assez et lançai à la doctoresse : Tu ne devrais pas nous raconter ces trucs-là. Cela l'irrita encore davantage et elle s'exclama : Je les raconte parce qu'on est entre amis ! Mais après, piquée au vif, elle prit un ton très professionnel, et affirma

avec une gravité artificielle que si nous aimions
Lila, nous devrions (et elle voulait dire Nino et
moi, bien sûr) l'aider à se concentrer sur quelque
chose qui lui apporte vraiment de la satisfaction :
autrement, avec son cerveau virevoltant (c'est
l'expression qu'elle utilisa), elle causerait des problèmes à elle-même et à son entourage. Enfin, elle
souligna qu'elle avait assisté en salle d'accouchement à une lutte contre nature, à un affrontement
horrible entre une mère et son enfant. Et elle
conclut : Ça a vraiment été une sale expérience.

Le bébé était une fille, une fille et non un garçon, comme tout le monde le prédisait. Quand je
réussis à passer à la clinique, Lila, bien qu'anéantie, me montra la petite avec fierté. Elle demanda :

« Combien pesait Imma ?

— Trois kilos deux.

— Nunzia pèse presque quatre kilos ! Mon
ventre était petit mais elle, elle est grosse. »

Elle l'avait en effet appelée comme sa mère. Et
pour ne pas contrarier son père Fernando, qui en
vieillissant devenait encore plus irascible que dans
sa jeunesse, ni la famille d'Enzo, elle la fit baptiser
peu après dans l'église de notre quartier, et organisa une grande fête au siège de la Basic Sight.

68

Nos bébés devinrent aussitôt pour nous une
occasion de passer plus de temps ensemble. Lila
et moi nous téléphonions, nous retrouvions pour
promener les deux petites et parlions à bâtons

rompus non plus de nous, mais d'elles. En tout cas, c'était notre impression. En réalité, la richesse et la complexité nouvelles de notre relation se manifestèrent à travers l'attention réciproque que nous portions à nos deux filles. Nous les comparions dans leurs moindres détails, comme si le bien-être ou le mal-être de l'une était le miroir exact du bien-être ou du mal-être de l'autre, et nous intervenions promptement afin de consolider le premier et d'éliminer le second. Nous nous communiquions tout ce qui nous paraissait bénéfique et utile pour une croissance saine, dans une rivalité vertueuse : c'était à celle qui découvrirait la meilleure alimentation, la couche la plus confortable ou la crème la plus efficace contre les rougeurs. Il n'y avait pas un joli vêtement trouvé pour Nunzia – que Lila appelait maintenant Tina, diminutif de Nunziatina – qu'elle n'achetait aussi pour Imma ; et, dans la mesure de mes moyens, je faisais de même. Ce pyjama allait si bien à Tina que je l'ai acheté aussi pour Imma, disait-elle, ces chaussons étaient parfaits pour Tina alors j'en ai pris une autre paire pour Imma.

Un jour, amusée, je lui demandai :

« Tu sais que tu lui as donné le nom de ma poupée ?

— Quelle poupée ?

— Tina, tu ne t'en souviens pas ? »

Elle se toucha le front, comme si elle avait mal à la tête, et dit :

« C'est vrai ! Mais je ne l'ai pas fait exprès.

— C'était une belle poupée, j'y tenais beaucoup.

— Ma fille est beaucoup plus belle ! »

Ainsi les semaines s'écoulaient, et les parfums du printemps montaient déjà. Un matin, l'état de ma mère s'aggrava et il y eut un moment de panique. Comme les médecins de la clinique ne semblaient plus à la hauteur, y compris aux yeux de mes frères, on évoqua la possibilité de la ramener à l'hôpital. J'en parlai à Nino pour voir si, grâce aux professeurs que connaissaient ses beaux-parents et qui s'étaient occupés d'elle auparavant, il serait possible de lui épargner la salle commune et d'obtenir une chambre individuelle. Mais Nino répliqua qu'il était contre les recommandations et les suppliques, que dans un service public tout le monde devait être traité pareil, et il conclut en bougonnant, maussade : Dans ce pays, il faut arrêter de penser que même pour un lit d'hôpital il est indispensable d'être inscrit dans une loge ou de se livrer à la camorra ! Il en avait après Marcello, bien sûr, et certainement pas contre moi, mais je ne m'en sentis pas moins mortifiée. Toutefois, je suis certaine qu'il aurait fini par m'aider si ma mère, malgré ses souffrances atroces, ne nous avait fait comprendre par tous les moyens qu'elle préférait mourir dans le confort plutôt que de retourner, même pour quelques heures, dans la salle commune d'un hôpital. Et voilà qu'un matin, Marcello, nous surprenant une fois de plus, se présenta à la clinique avec un des spécialistes qui avaient soigné notre mère. Le professeur, plutôt bourru lorsqu'il exerçait à l'hôpital, fut extrêmement cordial, et il revint souvent, accueilli avec déférence par les médecins de l'institution privée. Ma mère se rétablit un peu.

Cependant, bientôt son état de santé se compliqua à nouveau. Ce fut alors qu'elle rassembla toute son énergie et fit deux choses contradictoires mais, à ses yeux, d'égale importance. À cette époque,

Lila avait réussi à trouver des postes pour Peppe et Gianni dans l'entreprise d'un de ses clients à Baiano, toutefois ils avaient ignoré son offre ; ma mère, bénissant mille fois mon amie pour sa générosité, convoqua ses deux fils pour un long entretien et elle redevint, quelques minutes au moins, celle qu'elle avait été autrefois. Elle fit ses yeux furieux et menaça de les persécuter depuis le royaume des morts s'ils n'acceptaient pas ce travail : elle les fit pleurer, les transforma en deux agneaux et ne les lâcha pas avant d'avoir la certitude qu'ils s'étaient rendus. Puis elle demanda à voir Marcello, auquel elle venait d'arracher Peppe et Gianni, et lui fit jurer solennellement qu'il épouserait sa fille cadette avant qu'elle ne ferme les yeux pour toujours. Marcello la rassura et lui expliqua qu'Elisa et lui avaient repoussé leur mariage uniquement parce qu'ils attendaient sa guérison : maintenant qu'elle allait mieux, il s'occuperait au plus vite de préparer les papiers nécessaires. Alors le visage de ma mère s'éclaira. Elle ne faisait nulle distinction entre le pouvoir qu'elle attribuait à Lila et celui qu'elle attribuait à Marcello. Elle s'était servie de l'un comme de l'autre et était heureuse d'avoir fait le bien de ses enfants grâce aux personnes les plus importantes du quartier – autrement dit, pour elle, du monde.

Pendant deux jours, elle vécut dans une douce joie. Je lui amenai Dede, qu'elle aimait beaucoup, et je la laissai tenir Imma dans ses bras. Elle manifesta même de l'affection envers Elsa, pour laquelle elle n'avait jamais eu de penchant. Je l'observai : elle était devenue une petite vieille grise et ridée, et pourtant elle n'avait pas cent ans mais soixante. Je ressentis pour la première fois le choc

du temps, la force qui me poussait vers mes quarante ans, la rapidité avec laquelle la vie s'écoulait,
et la concrétude de l'exposition à la mort : *si ça lui
arrive à elle,* me dis-je, *il n'y a pas d'échappatoire,
ça m'arrivera à moi aussi.*

Imma avait un peu plus de deux mois lorsque
ma mère, un matin, me dit d'une voix faible :
Lenù, maintenant je suis vraiment contente, et il
n'y a plus que pour toi que je m'inquiète, mais toi
c'est toi, et tu as toujours su arranger les choses
à ta façon, alors j'ai confiance. Après quoi elle
s'endormit et tomba dans le coma. Elle résista
encore quelques jours, elle ne voulait pas mourir.
Je me souviens que j'étais dans sa chambre avec
Imma et que son râle d'agonie était incessant, cela
faisait désormais partie des bruits de la clinique.
Mon père, qui ne supportait plus de l'entendre,
était resté à la maison cette nuit-là pour pleurer.
Elisa avait emmené Silvio prendre l'air dans la
cour, et mes frères fumaient dans une petite pièce,
à quelques pas de là. Je fixai longuement ce relief
inconsistant sous les draps. Ma mère était réduite
à presque rien, et pourtant elle avait été vraiment
encombrante, elle avait pesé sur moi : je m'étais
sentie comme un ver de terre sous un caillou, à la
fois protégée et écrasée. Je fis des vœux pour que
ce râle finisse – tout de suite, maintenant. Et à ma
grande surprise, c'est ce qui se produisit. Tout à
coup, la chambre plongea dans le silence. J'attendis, sans trouver la force de me lever et d'aller la
voir. Puis la langue d'Imma claqua, rompant le
silence. Je quittai ma chaise et m'approchai du lit.
Dans ce lieu de maladie, nous étions, toutes deux
– moi et la petite, qui dans son sommeil cherchait
avidement mon sein, pour faire toujours partie de

moi –, ce qui restait encore de vivant et de sain de ma mère.

Ce jour-là, je ne sais pourquoi, j'avais le bracelet qu'elle m'avait offert plus de vingt ans auparavant. Cela faisait longtemps que je ne l'avais pas porté, je choisissais d'habitude les bijoux raffinés qu'Adele m'avait fait connaître. Mais après cette nuit, je le mis souvent.

69

J'eus beaucoup de mal à accepter la mort de ma mère. Je ne versai pas une larme, et pourtant la douleur que j'éprouvai dura longtemps, et elle ne m'a peut-être jamais vraiment quittée. Je l'avais vue comme une femme insensible et vulgaire, je l'avais crainte et fuie. Aussitôt après l'enterrement, je me sentis comme lorsqu'on est surpris par une violente averse et qu'on regarde autour de soi, sans pouvoir trouver d'abri. Pendant des semaines, je n'arrêtai pas de la voir, de l'entendre, jour et nuit. Dans mon imagination, elle apparaissait comme une vapeur s'élevant en permanence tout autour de moi. J'avais la nostalgie de cette autre manière d'être ensemble que nous avions découverte pendant sa maladie, et je la prolongeais en exhumant des souvenirs agréables du temps où j'étais petite fille, et elle jeune femme. Mon sentiment de culpabilité voulait la forcer à durer. Je rangeais dans mes tiroirs une de ses épingles à cheveux, un mouchoir ou des ciseaux, mais ces objets me paraissaient tous insuffisants – même son bracelet était peu de chose. C'est peut-être pour cela que, la grossesse ayant fait revenir ma douleur à la hanche et l'accouchement n'étant pas parvenu à m'en débarrasser, je choisis de ne pas en parler aux médecins. Je cultivai ce mal comme un héritage intégré à mon propre corps.

Les paroles qu'elle m'avait adressées juste avant la fin (*toi c'est toi, j'ai confiance*) m'accompagnèrent longtemps aussi. Elle était persuadée que j'étais faite de telle sorte et que j'avais accumulé de telles ressources que rien ne pourrait m'abattre. Cette idée fit son chemin en moi et finit par me venir en aide. Je décidai de confirmer à ma mère qu'elle avait vu juste. Je m'occupai à nouveau de moi avec rigueur. Je recommençai à mettre à profit chaque minute de mon temps libre pour lire et écrire. J'éprouvai de moins en moins d'intérêt pour la politique au quotidien – je n'arrivais en aucune façon à me passionner pour les manigances des cinq partis de gouvernement et pour leurs conflits avec les communistes, contrairement à ce que faisait activement Nino –, mais je continuai à suivre avec attention la dérive du pays dans la corruption et la violence. J'accumulai les lectures féministes et, encore forte du petit succès de mon dernier livre, je proposai des articles aux nouvelles revues qui s'adressaient aux femmes. Mais je dois avouer qu'une grande partie de mon énergie était consacrée à convaincre ma maison d'édition que mon prochain roman était en bonne voie.

Deux ans plus tôt, j'avais reçu la moitié d'une avance considérable, mais depuis je n'avais pas fait grand-chose et je peinais, encore à la recherche d'une intrigue. Le directeur éditorial, à l'origine de cette somme généreuse, n'avait jamais exercé de pression sur moi ; il se renseignait avec discrétion, et si j'esquivais parce que rendre des comptes me semblait vexant, il n'insistait pas. Puis un petit événement désagréable se produisit. Un article plutôt ironique parut dans le *Corriere della Sera*, dans lequel, après quelques louanges pour un premier roman rencontrant un certain succès, le journaliste évoquait les promesses non maintenues par la jeune littérature italienne : mon nom figurait dans la liste. Quelques jours plus tard, le directeur passa par Naples, où il devait participer à un colloque prestigieux, et demanda à me rencontrer.

Son ton sérieux m'inquiéta aussitôt. En près de quinze ans, il ne m'avait jamais fait sentir le poids de son rôle, il avait pris ma défense contre Adele et m'avait toujours traitée avec affabilité. Feignant l'allégresse, je l'invitai à dîner Via Tasso, au prix de beaucoup de stress et de fatigue – mais je le fis également parce que Nino voulait lui proposer un nouveau recueil d'essais.

Le directeur se montra poli mais peu amène. Il m'adressa ses condoléances pour ma mère, me félicita pour Imma, offrit deux petits livres très colorés à Dede et Elsa, puis attendit patiemment que je m'active pour le repas et auprès des filles, laissant Nino l'entretenir de son projet de livre. Quand nous en fûmes au dessert, il aborda le véritable motif de notre rencontre : il me demanda s'il pouvait programmer la sortie de mon roman pour l'automne. Je piquai un fard :

« L'automne 1982 ?

— Oui, l'automne 1982.

— Peut-être, mais je ne pourrai te le dire que dans quelque temps.

— Il va falloir que tu me le dises tout de suite.

— Je suis loin d'avoir fini…

— Tu pourrais me faire lire quelque chose ?

— Je ne me sens pas prête. »

Silence. Il but une gorgée de vin avant de poursuivre, d'un ton grave :

« Jusqu'à ce jour, tu as eu beaucoup de chance, Elena. Ton dernier livre a particulièrement bien marché, tu es estimée, et tu as conquis un nombre considérable de lecteurs. Mais le lectorat, ça se cultive. Si tu le perds, tu perds aussi la possibilité de publier d'autres livres. »

Quel sale coup ! Je compris qu'Adele, à force d'insistance, avait fini par influencer aussi cet homme si cultivé et si aimable. J'imaginai les propos de la mère de Pietro, les termes précis qu'elle avait dû employer – *C'est une méridionale perfide qui, derrière un dehors sympathique, se livre à de sombres manigances* –, et je me détestai parce que j'étais en train de confirmer à cet homme qu'il en était bien ainsi. Devant son dessert, le directeur liquida en quelques phrases expéditives la proposition de Nino, affirmant que ce n'était pas la bonne période pour les essais. Le malaise augmenta, plus personne ne savait que dire, et je parlai d'Imma jusqu'au moment où mon hôte regarda sa montre, marmonnant qu'il devait y aller. Alors je ne pus résister et dis :

« D'accord, je t'enverrai mon livre à temps pour qu'il sorte en automne. »

Ma promesse tranquillisa le directeur. Il s'attarda encore une heure, bavarda de tout et de rien, et s'efforça de se montrer plus disponible envers Nino. Pour finir, il m'embrassa en me glissant à l'oreille : Je suis sûr que tu es en train d'écrire un roman splendide ! Et il partit.

J'eus à peine refermé la porte derrière lui que je m'écriai : Adele continue à me faire la guerre, je suis dans la panade ! Mais Nino n'était pas de mon avis. La possibilité, même très mince, que son livre puisse être publié, l'avait rasséréné. En outre, il avait récemment participé au congrès du parti socialiste à Palerme, où il avait rencontré Guido mais aussi Adele, et en cette occasion le professeur Airota avait indiqué qu'il appréciait certains de ses textes récents. Du coup il lâcha, conciliant :

« N'exagère pas, avec les conjurations des Airota ! Tu n'as eu qu'à promettre de te mettre au travail, et tu as vu comme il a changé de ton ? »

Nous nous disputâmes. Bon, je venais de promettre un livre : mais comment allais-je faire ? Comment trouver la concentration et la continuité nécessaires pour écrire ? Est-ce que Nino réalisait ce qu'avait été ma vie, et ce qu'elle était toujours ? J'énumérai pêle-mêle la maladie et la mort de ma mère, l'attention que demandaient Elsa et Dede, les tâches ménagères, la grossesse, la naissance d'Imma, le désintérêt de Nino pour son bébé, son habitude de courir de congrès en conférences le plus souvent sans moi, et enfin le dégoût, oui, le dégoût que j'éprouvais à devoir le partager avec Eleonora ! *Moi*, m'écriai-je, *moi* je vais bientôt divorcer de Pietro, alors que toi, tu n'as même pas voulu te séparer ! Comment pouvais-je travailler avec toutes ces préoccupations, seule, et sans aucune aide de sa part ?

Ce fut une scène inutile. Nino réagit comme d'habitude. Il prit un air déprimé et murmura : Tu ne comprends pas, tu ne peux pas comprendre, tu es injuste. Et, l'air sombre, il jura qu'il m'aimait et qu'il ne pouvait se passer d'Imma, de mes grandes filles, ni de moi. Pour finir, il offrit de me payer une femme de ménage.

En d'autres occasions déjà, il m'avait encouragée à trouver une personne qui s'occupe de l'appartement, des courses, de la cuisine et des enfants ; mais de peur de paraître trop exigeante, j'avais toujours répondu que je ne souhaitais pas peser sur ses finances au-delà du nécessaire. J'avais tendance à donner la priorité non pas à ce qui m'arrangeait, mais à ce que lui était susceptible d'apprécier. De plus, je ne voulais pas risquer l'émergence, dans notre relation, de problèmes déjà rencontrés avec Pietro. Mais cette fois, à sa grande surprise, je répondis aussitôt : Oui, d'accord, cherche quelqu'un le plus vite possible ! et j'eus l'impression de parler avec la voix de ma mère – non pas sa voix affaiblie des derniers temps, mais celle qui cherchait toujours la bagarre. Qu'est-ce que ça pouvait foutre, le coût ? Je devais penser à mon avenir. Or, mon avenir, c'était de réussir à ficeler un roman en quelques mois. Un roman qui devait être très bon. Et rien, pas même Nino, ne devait m'empêcher de faire mon travail.

Je fis le point sur la situation. Mes deux livres précédents, qui pendant des années m'avaient fait gagner un peu d'argent, notamment grâce aux traductions, ne rapportaient presque plus rien. L'avance que j'avais reçue pour mon nouveau roman, pas encore commencé, était presque épuisée. Les articles que j'écrivais en travaillant jusque tard dans la nuit étaient très peu rémunérés, parfois pas du tout. Bref, je vivais grâce à l'argent que Pietro me versait ponctuellement tous les mois et que Nino intégrait au sien pour payer loyer et factures, et je dois reconnaître aussi que mon amant nous offrait souvent des vêtements, aux filles et à moi. Tant que j'avais été confrontée aux multiples changements, problèmes et douleurs qui avaient suivi mon retour à Naples, cet arrangement m'avait paru juste. Mais après ce soir-là, je décidai qu'il m'était désormais urgent de devenir le plus autonome possible. Il fallait que j'écrive et publie avec régularité, que j'affirme mon profil littéraire, que je gagne ma vie. Ce n'était pas que je me sente une vocation d'auteure, mais je pensais à l'avenir : croyais-je vraiment que Nino s'occuperait éternellement de mes filles et de moi ?

Ce fut alors qu'une nouvelle facette de ma personnalité commença à se dessiner – mais commença seulement : consciemment et sans véritable souffrance, cette part de moi admettait que je ne pouvais guère compter sur lui. Il ne s'agissait plus seulement, comme auparavant, de la peur qu'il me quitte. J'avais l'impression que ma perspective s'était soudain raccourcie. Je cessai de regarder au loin et commençai à me dire que, dans l'immédiat, je ne pouvais pas attendre de Nino plus qu'il ne me donnait déjà : c'était à moi de décider si cela me suffisait.

Je l'aimais toujours, bien sûr. J'adorais son corps mince et élancé, son intelligence méthodique. Et j'avais une grande admiration pour son travail. Sa vieille capacité à rassembler des données et à les interpréter était devenue une compétence fort demandée. Il avait récemment publié un essai très bien accueilli – peut-être celui qui avait tant plu à Guido – sur la crise économique et sur les mouvements souterrains des capitaux qui, de sources à explorer, s'étaient déplacés vers la construction, la finance et les télévisions privées. Toutefois, quelque chose en lui commençait à m'énerver. Par exemple, la joie qu'il avait éprouvée à rentrer dans les bonnes grâces de mon beau-père m'avait fait mal. Je n'avais pas aimé non plus qu'il se remette à distinguer Pietro – *Un petit prof sans imagination, apprécié uniquement à cause du nom qu'il porte et pour sa militance bornée au parti communiste* – de son père, le *véritable* professeur Airota, qu'il louait sans nuances pour ses ouvrages fondamentaux sur l'hellénisme et en tant que représentant combatif et de premier plan de la gauche socialiste. En outre, j'étais blessée qu'il ait renoué avec Adele, qu'il présentait toujours comme une grande dame, dotée d'un talent extraordinaire dans les relations publiques. Bref, je me disais qu'il se laissait facilement influencer par le consensus entourant les gens célèbres et qu'il était prompt à rabaisser, voire à humilier par envie, les personnes qui n'avaient encore qu'un prestige limité, ou celles qui n'en avaient pas du tout mais auraient pu en avoir. Cela écornait l'image que j'avais toujours eue de lui, et que lui-même voulait donner.

Mais ce ne fut pas tout. Le climat politique et culturel changeait, d'autres lectures s'imposaient. Nous avions tous cessé de tenir des discours radicaux, et je me surprenais moi-même à approuver des positions que, des années plus tôt, j'avais combattues chez Pietro, par envie de le contredire et par besoin de me disputer. Toutefois, Nino exagérait vraiment, et désormais il trouvait ridicule non seulement toute déclaration subversive, mais aussi le moindre point de vue éthique ou l'expression d'un quelconque principe. Il se moquait de moi en disant :

« Il y a trop de bien-pensants en circulation !

— C'est-à-dire ?

— Des gens qui se scandalisent pour un rien, alors que tout le monde sait que si les partis ne font pas leur travail c'est le champ libre aux bandes armées et aux loges maçonniques.

— Qu'est-ce que tu veux dire ?

— Je veux dire qu'un parti ne peut pas être autre chose qu'un distributeur de faveurs en échange du consensus. Les idéaux, c'est juste pour le décor.

— Dans ce cas, je suis une bien-pensante.

— Ça je sais, oui ! »

Je commençai à trouver désagréable sa manie de toujours adopter des opinions politiques iconoclastes. Quand il organisait des dîners chez moi, il embarrassait ses propres invités en défendant, d'un point de vue de gauche, des positions de droite. Il soutenait : Ce que disent les fascistes n'est pas toujours faux, il faut apprendre à dialoguer avec eux. Ou bien : Il y en a marre de la dénonciation pure et simple, si on veut changer les choses, il faut se salir les mains. Ou encore : Il faut au plus vite adapter la justice aux nécessités induites par la tâche de gouverner, si on ne veut pas que les juges deviennent des bombes à retardement pour notre démocratie. Il disait aussi : Il faut geler les salaires, le système de l'échelle mobile est une ruine pour l'Italie. Si quelqu'un intervenait contre lui, il se faisait méprisant, ricanait et laissait entendre qu'il était inutile de discuter avec des gens qui portaient des œillères et n'avaient que de vieux slogans en tête.

Afin de ne pas devoir prendre parti contre lui, je finissais par me taire, mal à l'aise. Il adorait les sables mouvants de cette époque, il pensait que notre avenir se décidait là. Il savait tout ce qui se passait au sein des partis et au Parlement, n'ignorait rien des mouvements internes des capitaux et de l'organisation du travail. Moi, au contraire, je ne lisais avec ardeur que ce qui concernait les conspirations fascistes, les enlèvements et les derniers soubresauts sanglants des groupes armés rouges, le débat sur le crépuscule de la classe ouvrière, ou l'apparition de nouveaux sujets d'opposition. Par conséquent, je me retrouvais davantage dans les propos de nos invités que dans les siens. Un soir, il se querella avec un ami qui enseignait à la faculté d'architecture. Débordant de passion, Nino s'enflamma – il était tout échevelé, magnifique :

« Vous n'êtes pas capable de distinguer entre un pas en avant, un pas en arrière et rester immobile !

« — C'est quoi, un pas en avant ? demanda son ami.

— Un président du Conseil qui ne soit pas un démocrate-chrétien comme d'habitude.

— Et rester immobile ?

— Une manif de métallos.

— Et un pas en arrière ?

— Se demander si les socialistes sont plus propres que les communistes ou vice versa.

— Tu deviens vraiment cynique !

— Toi par contre, tu as toujours été con ! »

Non, Nino ne me convainquait plus comme autrefois. Il s'exprimait – comment dire ? – d'une façon à la fois provocatrice et opaque. Alors qu'il exaltait la clairvoyance, on aurait dit qu'il ne voyait rien d'autre que les tactiques et manœuvres quotidiennes d'un système dont les fondations semblaient, à ses amis et à moi, complètement pourries. Ça suffit, insistait-il, arrêtons avec notre aversion infantile pour le pouvoir ! Il faut être là où les choses naissent et meurent : les partis, les banques, la télévision ! Je l'écoutais mais, quand il s'adressait à moi, je baissais les yeux. Je ne me cachais plus que non seulement sa conversation m'ennuyait un peu, mais qu'elle révélait aussi un caractère prompt à se déliter qui l'entraînait vers le bas.

Un jour où il tenait ce genre de discours à Dede, qui devait faire je ne sais quelle recherche absconse pour sa prof, j'intervins afin de modérer son pragmatisme :

« Dede, les peuples ont toujours la possibilité de tout envoyer balader !

— Maman aime inventer des histoires, commenta Nino d'un ton affable, et c'est un très beau

293

métier. Mais elle ne sait pas bien comment fonctionne le monde dans lequel nous vivons, alors à chaque fois qu'il y a quelque chose qui ne lui plaît pas, elle a recours à cette formule magique : on envoie tout balader ! Mais toi, dis à ta prof qu'il faut faire fonctionner le monde tel qu'il est.

— Et comment ? demandai-je.

— Avec les lois.

— Mais si tu dis qu'il faut contrôler les juges ? »

Il secoua la tête, mécontent de moi, exactement comme faisait Pietro autrefois.

« Allez, va écrire ton livre ! lança-t-il. Après, tu vas te plaindre qu'à cause de nous tu n'arrives pas à travailler. »

Il enchaîna en faisant à Dede une petite leçon sur la séparation des pouvoirs, que j'écoutai en silence et approuvai de A à Z.

72

Quand il était à la maison, Nino mettait en scène un rituel ironique avec Dede et Elsa. Ils m'entraînaient dans la petite pièce où j'avais mon bureau, m'ordonnaient impérativement de me mettre au travail, puis fermaient la porte derrière eux et me réprimandaient en chœur dès que je m'aventurais à la rouvrir.

Quand il avait le temps, il pouvait se montrer très disponible envers les filles. Il l'était avec Dede, qu'il estimait très intelligente mais trop rigide, comme avec Elsa, qui l'amusait avec son apparente docilité, derrière laquelle elle dissimulait malice et fausseté. En revanche, ce que j'avais souhaité ne se réalisa jamais : il ne s'attacha pas à la petite Imma. Certes il jouait avec elle, et parfois il avait vraiment l'air de s'amuser. Par exemple, avec Dede et Elsa, il se mettait à aboyer autour du bébé pour l'inciter à prononcer le mot *chien*. Je les entendais brailler dans l'appartement alors que je tentais inutilement de coucher quelques notes sur le papier, et si Imma, par un pur hasard, émettait du fond de sa gorge quelque son indistinct ressemblant à *ien*, Nino criait à l'unisson avec les filles : Elle l'a dit ! Bravo ! Ien ! Mais rien de plus. En fait, il se servait de la petite comme d'une poupée pour divertir Dede et Elsa. Quand il passait un dimanche avec nous – chose de plus en plus rare – et qu'il faisait beau, il emmenait mes aînées et Imma à la Villa Floridiana, encourageant les grandes à faire rouler la poussette de leur petite sœur dans les allées du parc. Quand ils rentraient à la maison, ils étaient contents tous les quatre. Mais il me suffisait de quelques mots pour deviner que Nino avait laissé Dede et Elsa jouer à la maman avec Imma, et que lui avait passé son temps à bavarder avec les vraies mamans du Vomero, qui emmenaient leurs enfants prendre l'air et le soleil.

Avec le temps, j'avais fini par m'accoutumer à son irrésistible besoin de séduire, je le considérais comme une espèce de tic. Surtout, je m'étais habituée à ce qu'il plaise instantanément aux femmes. Mais à un moment donné, quelque chose se grippa aussi dans ce domaine. Ce qui me sauta aux yeux, c'était qu'il avait un nombre impressionnant d'amies, et qu'elles semblaient toutes illuminées par sa présence. Je connaissais bien cet éclat et

il ne me surprenait pas. Être à son côté te donnait l'impression d'être visible à tes propres yeux
avant tout, cela te rendait heureuse. Il était donc
naturel que toutes ces jeunes personnes, mais
aussi des femmes mûres, le prennent en affection,
et si je n'excluais pas le désir sexuel, je ne pensais pas que c'était essentiel. Je restais perplexe
devant les paroles prononcées longtemps auparavant par Lila, *d'après moi, ce n'est pas ton ami non
plus*, et tentais d'éviter au maximum qu'elles ne
glissent vers la question « ces femmes sont-elles
ses maîtresses ? ». Toutefois, je ne fus pas troublée par l'éventualité qu'il me trompe, mais par
autre chose. Je finis par être persuadée que Nino
encourageait chez ces femmes une sorte d'instinct
maternel afin qu'elles fassent, dans la mesure de
leurs moyens, ce qui pouvait lui être utile.

À partir de la naissance d'Imma, sa situation
professionnelle ne cessa de s'améliorer. Chaque
fois qu'il apparaissait, il me racontait avec fierté
ses succès, et je réalisai bientôt que si, par le
passé, sa carrière avait connu une envolée grâce à
la famille de son épouse, il y avait désormais, derrière chaque nouvelle fonction qu'on lui confiait,
l'intervention d'une femme. Ainsi, une dame lui
avait procuré une petite rubrique bimensuelle
dans *Il Mattino*. Une autre avait proposé son nom
pour prononcer le discours inaugural d'un important congrès à Ferrare. Une autre l'avait fait figurer dans le comité directeur d'une revue turinoise.
Une autre – originaire de Philadelphie et mariée
à un officier de l'Otan basé à Naples – lui avait
récemment permis de figurer parmi les consul-
tants d'une fondation américaine. La liste des
faveurs s'allongeait encore et encore. D'ailleurs, ne

l'avais-je pas aidé moi-même à sortir un ouvrage dans une importante maison d'édition milanaise ? Et n'étais-je pas en train de lui en faire publier un autre ? À bien y réfléchir, à l'origine de son prestige de lycéen, n'y avait-il pas déjà Mme Galiani ?

Je me mis à l'étudier à l'œuvre dans son travail de séduction. Il invitait souvent des femmes jeunes et moins jeunes à dîner chez moi, seules ou avec leurs maris ou compagnons. En ces occasions, j'observais avec un peu d'anxiété sa manière de leur créer un espace : il ignorait presque totalement ses hôtes de sexe masculin, plaçait les femmes au centre de l'attention et, parfois, mettait l'une d'elles particulièrement en lumière. Soir après soir, j'assistai à des conversations qu'il savait mener, malgré la présence d'autres personnes, comme s'il était en tête à tête avec la seule femme qui, à ce moment-là, semblait l'intéresser. Il ne tenait aucun propos allusif ou compromettant et se contentait de lui poser des questions :

« Et ensuite, qu'est-ce qui s'est passé ?

— Je suis partie de chez moi. J'ai quitté Lecce à dix-huit ans, et cela n'a pas été facile de vivre à Naples.

— Où est-ce que tu habitais ?

— Dans un appartement minable de la Via dei Tribunali, avec deux autres filles. Il n'y avait pas un coin tranquille pour étudier.

— Et les hommes ?

— Tu parles !

— Il y en a bien eu ?

— Il y en a eu un et il est ici présent : pour mon malheur, je l'ai épousé ! »

Bien qu'elle eût mentionné son mari presque pour l'inclure dans la conversation, Nino ignorait ce dernier et, de sa voix chaleureuse, continuait à parler uniquement à l'épouse. Sa curiosité envers le monde féminin était véritable. Néanmoins – et ça je le savais très bien, maintenant – il ne ressemblait en rien aux hommes qui, ces années-là, avaient renoncé à leurs privilèges, au moins en partie. Je pensais non seulement aux professeurs, architectes ou artistes fréquentant notre domicile qui faisaient montre d'une espèce de féminisation de leurs comportements, sentiments ou opinions, mais aussi à Roberto, le mari de Carmen, si serviable, et à Enzo, qui aurait sacrifié sans hésitation tout son temps aux besoins de Lila. Nino s'enthousiasmait sincèrement pour la manière dont les femmes se cherchaient elles-mêmes. Il n'y avait pas un dîner sans qu'il énonce que penser *avec* elles était désormais la seule vraie manière de penser. Cependant, il se réservait toujours des espaces et des activités, se mettait toujours au premier plan, lui et lui seul, et ne cédait pas une minute de son temps.

Une fois, je tentai de le démasquer devant tout le monde, avec une ironie affectueuse :

« N'écoutez pas ce qu'il dit ! Au début il m'aidait à débarrasser et faisait la vaisselle, aujourd'hui il ne ramasse même plus ses chaussettes !

— Ce n'est pas vrai ! protesta-t-il.

— Mais si, c'est exactement ça. Il veut libérer les femmes des autres, mais pas la sienne.

— La libération, ça ne doit pas forcément passer par la perte de ma liberté ! »

Et même dans les propos de ce genre, tenus par plaisanterie, je reconnus bientôt, avec malaise, l'écho des conflits que j'avais eus avec Pietro. Pourquoi en avais-je tellement voulu à mon ex-mari, alors qu'avec Nino, je laissais courir? Je songeais : Peut-être que chaque relation avec un homme ne fait que reproduire les mêmes contradictions, y compris, dans certains milieux, les mêmes réponses complaisantes? Pourtant, je me disais ensuite : Il ne faut pas exagérer, ce n'est quand même pas la même chose! Avec Nino, cela se passe beaucoup mieux!

Mais était-ce vraiment le cas? J'en fus de moins en moins persuadée. Je me souvins comment il m'avait soutenue contre Pietro, lorsqu'il était notre invité à Florence, et je me rappelai avec plaisir combien il m'avait encouragée à écrire. Mais aujourd'hui? Maintenant qu'il devenait urgent de me remettre sérieusement au travail, il ne semblait plus capable, comme autrefois, de me donner confiance en moi. Avec les années, les choses avaient changé. Nino avait toujours un tas d'engagements et, même s'il le voulait, il ne pouvait s'occuper de moi. Pour m'amadouer, il s'était hâté, par l'intermédiaire de sa mère, d'engager Silvana, une femme corpulente d'une cinquantaine d'années, mère de trois enfants, toujours de belle humeur, très active et qui savait s'y prendre avec mes trois filles. Généreux, il était resté vague quant à sa rémunération et, au bout d'une semaine, il m'avait demandé : Ça se passe bien, ça marche? Mais à l'évidence, il considérait cette dépense comme une autorisation à ne pas s'inquiéter pour moi. Certes, il était attentif et se renseignait régulièrement : Tu écris? Rien d'autre. Mes efforts pour écrire qui, au début, avaient occupé une place centrale dans notre relation, ne faisaient plus partie de ses préoccupations. Et ce n'était pas tout. Moi-même, avec une certaine gêne, je ne lui reconnaissais plus l'autorité d'autrefois. Autrement dit, la part de moi qui avouait ne guère pouvoir compter sur Nino finissait aussi par ne plus voir, autour de toutes ses paroles, l'auréole flamboyante que j'avais imaginée, depuis ma prime jeunesse. Je lui donnais à lire quelques notes informes, et il s'exclamait : Parfait ! Je lui présentais à grands traits une trame et des personnages, et il disait aussitôt : Bravo, c'est très intelligent ! Mais je n'étais pas convaincue, je ne le croyais plus, il exprimait des opinions enthousiastes sur le travail de trop de femmes. Son commentaire récurrent, après une soirée passée avec d'autres couples, était presque toujours : Quel type barbant, elle vaut certainement beaucoup mieux que lui ! Toutes ses amies, précisément en tant qu'amies, étaient immanquablement qualifiées d'extraordinaires. Et son jugement sur les femmes en général était, en gros, toujours accommodant. Nino parvenait même à justifier le sadisme obtus des employées de la poste ou l'ignorance crasse des enseignantes de Dede et d'Elsa. Bref, je ne me sentais plus unique, j'étais un exemplaire qui valait pour toutes. Mais si, pour lui, je n'étais pas unique, alors quelle aide son jugement m'apportait-il, et comment pouvais-je en tirer l'énergie nécessaire pour bien travailler ?

Un soir, exaspérée par les louanges qu'il avait adressées, en ma présence, à une de ses amies biologistes, je lui lançai :

« D'après toi, ça n'existe pas, une femme stupide ?

— Ce n'est pas ce que j'ai dit. Je pense juste qu'en général vous êtes mieux que nous.

— Alors moi, je suis mieux que toi ?

— Bien sûr, et je le sais depuis longtemps !

— D'accord, admettons. Mais est-ce qu'il ne

t'est pas arrivé, au moins une fois dans ta vie, de rencontrer une conne ?

— Si.

— Qui ça ? »

Je savais déjà ce qu'il allait me répondre, néanmoins j'insistai, espérant qu'il me dirait Eleonora. J'attendis. Il se fit sérieux :

« Je ne peux pas.

— Dis-moi !

— Si je te le dis, tu vas te mettre en colère.

— Non, je ne m'énerverai pas.

— Lina. »

73

Si, par le passé, j'avais accordé quelque crédit à son animosité récurrente envers Lila, à présent j'y croyais de moins en moins, d'autant plus qu'elle était accompagnée de moments assez fréquents où il faisait montre de tout autres sentiments, comme cela s'était encore produit quelques soirées plus tôt. Il tentait d'achever un essai sur le travail et la robotisation chez Fiat, mais je voyais qu'il peinait (*Mais qu'est-ce que c'est, exactement, un microprocesseur ? Et une puce ? Comment ça fonctionne en fait, tous ces trucs ?*). Je lui avais conseillé : Parle à Enzo Scanno, il s'y connaît. Distraitement, il m'avait demandé : C'est qui, Enzo Scanno ? L'homme de Lina, avais-je répondu. Avec un petit sourire, il avait rétorqué : Alors je préfère parler à Lina, elle en sait certainement davantage. Et comme si la mémoire lui était soudain

revenue, il avait ajouté, avec une pointe de rancœur : Scanno, c'est pas ce crétin qui était le fils
de la marchande de fruits ?

Son ton me frappa. Enzo était le créateur d'une
petite entreprise novatrice, chose miraculeuse, surtout si on pensait qu'elle avait son siège au cœur du
vieux quartier. Nino aurait dû manifester de l'intérêt et de l'admiration à son égard – précisément
en tant que chercheur. Or il l'avait ramené, par cet
imparfait – *était* –, aux jours de l'école primaire,
quand Enzo aidait sa mère à l'échoppe et parcourait les rues avec son père derrière une charrette,
un temps où il n'avait pas la possibilité d'étudier et
de briller. Nino, irrité, avait nié le moindre mérite
à Enzo et tout attribué à Lila. Je réalisai ainsi que,
si je l'avais vraiment obligé à creuser la question, il
aurait dû admettre que le plus bel exemple d'intelligence féminine, c'était Lila ; le culte même qu'il
portait à cette intelligence, y compris dans certains
discours où il plaçait en tête de tous les gâchis
celui des ressources intellectuelles des femmes,
était peut-être lié à elle. Et je compris que si la saison de notre amour s'assombrissait déjà, l'époque
d'Ischia, pour lui, resterait pour toujours radieuse.
Je me dis : Si l'homme pour qui j'ai quitté Pietro
est ce qu'il est, c'est parce que sa rencontre avec
Lila l'a modelé ainsi.

74

Cette idée me vint à l'esprit un matin glacé
d'automne, alors que j'emmenais Dede et Elsa

à l'école. Je conduisais distraitement tandis que cette pensée s'enracinait en moi. Je me mis à distinguer mon amour pour le garçon du quartier puis pour le lycéen – un sentiment à *moi* qui avait pour objet un fantasme à *moi*, conçu *avant* Ischia – de la passion qui m'avait emportée pour le jeune homme de la librairie milanaise et pour celui qui avait surgi dans mon appartement florentin. J'avais toujours établi un lien entre ces deux ensembles d'émotions, or, ce matin-là, il me sembla que ce lien n'existait pas, et que la continuité n'était qu'une ruse de mon esprit. Au milieu, me dis-je, il y avait la fracture de son amour pour Lila, qui aurait dû effacer Nino de ma vie pour toujours, et de laquelle je n'avais pourtant pas voulu tenir compte. À qui m'étais-je donc liée, qui était l'homme que j'aimais encore aujourd'hui ?

D'ordinaire, c'était Silvana qui accompagnait les filles à l'école. De mon côté, je m'occupais d'Imma, pendant que Nino dormait encore. En revanche, ce jour-là j'avais organisé les choses afin de pouvoir sortir toute la matinée : je voulais voir s'il y avait à la Biblioteca Nazionale un vieux volume de Roberto Bracco intitulé *Nel mondo della donna*. Mais pour le moment, j'avançais lentement dans la circulation matinale, en ressassant cette idée. Je conduisais et répondais aux questions des filles, tout en ayant en tête cette vision d'un Nino composé de deux parties : une qui m'appartenait et une autre qui m'était étrangère. Quand je déposai Dede et Elsa devant leurs établissements respectifs avec mille recommandations, cette pensée s'était maintenant transformée en image et, comme cela m'arrivait souvent durant cette période, elle était devenue le départ possible d'une trame. Descendant vers la mer, je me disais : Cela pourrait être un roman dans lequel une femme épouse un homme dont elle est amoureuse depuis l'enfance, mais lors de leur première nuit de noces, elle s'aperçoit que si une partie du corps de cet homme lui appartient, l'autre est physiquement habitée par une de ses amies d'enfance. Puis, en un éclair, toute pensée vola en éclats, brisée par une sorte de signal d'alarme domestique : j'avais oublié d'acheter des couches pour Imma.

Très souvent, le quotidien surgissait ainsi comme une claque, rendant insignifiant, pour ne pas dire ridicule, le moindre de mes efforts d'inventivité. Je me garai, en colère contre moi-même. J'avais beau inscrire méticuleusement dans un bloc-notes tout ce que je devais acheter, j'étais tellement débordée que je finissais par oublier la liste elle-même. Je poussai un gros soupir : déci-dément, je n'arrivais jamais à m'organiser comme j'aurais dû ! Nino avait un important rendez-vous de travail, peut-être était-il déjà sorti, et de toute façon il ne fallait pas compter sur lui. Je ne pou-vais pas envoyer Silvana à la pharmacie car elle aurait dû laisser le bébé seul à la maison. Du coup, sans couches à la maison, Imma ne pouvait pas être changée, or elle souffrait de rougeurs depuis des jours. Je retournai à la Via Tasso. Je courus à la pharmacie, achetai des couches et arrivai chez moi hors d'haleine. J'étais certaine d'entendre les braillements d'Imma dès le palier, or, après avoir ouvert la porte avec mes clefs, je pénétrai dans un appartement silencieux.

J'aperçus la petite dans le séjour : assise dans son parc, sans couche, elle jouait avec une pou-pée. Je me faufilai sans qu'elle me voie, voulant éviter qu'elle ne se mette à crier pour que je la prenne dans mes bras. Je voulais remettre immédiatement le paquet à Silvana et tenter à nouveau de gagner la bibliothèque. Un léger bruit me parvint de la plus grande des salles de bain (nous en avions une petite, dont se servait généralement Nino, et une grande, pour les filles et moi); je me dis que Silvana devait être en train de faire le ménage. Je m'approchai. La porte était entrebâillée, je la poussai. Je vis d'abord, dans le long cadre lumineux du miroir, la tête de Silvana penchée en avant, et je remarquai la raie de ses cheveux, bien au milieu, entre deux bandes noires striées de nombreux fils blancs. Puis je découvris les yeux fermés de Nino et sa bouche grande ouverte. Alors, en un éclair, l'image réfléchie et les corps devant moi s'associèrent. Nino portait un maillot de corps, autrement il était nu, les jambes longues et maigres écartées, les pieds nus aussi. Silvana, penchée en avant, les mains agrippées au lavabo, avait sa grande culotte autour des genoux et sa combinaison noire remontée autour de la taille. D'une main, Nino caressait le sexe de la femme tout en tenant son ventre lourd avec son bras, de l'autre main il serrait l'énorme poitrine qui sortait de la combinaison et du soutien-gorge, et en même temps, il cognait son ventre plat contre les grosses fesses très blanches.

Je claquai la porte à l'instant même où Nino rouvrait brusquement les yeux et où Silvana relevait la tête, me lançant un regard effrayé. Je courus prendre Imma dans son parc, Nino cria « Elena, attends ! » mais j'étais déjà hors de l'appartement, je n'appelai même pas l'ascenseur et courus dans l'escalier, le bébé dans les bras.

75

Je me réfugiai dans la voiture, mis le moteur en route et, Imma assise sur mes genoux, démarrai. La petite avait l'air heureuse, elle voulait appuyer sur le klaxon comme Elsa le lui avait appris, elle alternait babillage incompréhensible et cris de joie, ravie que je me trouve aussi près d'elle. Je conduisis sans but, je voulais juste m'éloigner le plus possible de l'appartement. J'atterris devant le château de Sant'Elmo, je me garai et éteignis le moteur. Je réalisai alors que je n'avais pas de larmes et que je ne souffrais pas : j'étais simplement glacée d'horreur.

Je n'arrivais pas à y croire. Était-il possible que ce Nino que j'avais surpris en train de pousser son sexe dressé dans le sexe d'une femme mûre – une personne qui rangeait mon appartement, faisait mes courses, cuisinait, s'occupait de mes filles, une femme marquée par les efforts pour survivre, grasse et défaite, à mille lieues des dames très cultivées et élégantes qu'il amenait dîner chez moi – soit le garçon de mon adolescence ? Pendant tout ce temps passé à conduire à l'aveuglette – pratiquement inconsciente du poids d'Imma, à moitié nue, qui donnait en vain de petits coups sur le klaxon et m'appelait joyeusement –, je n'avais pas réussi à attribuer une identité stable à cet homme. J'avais l'impression qu'en rentrant chez moi j'avais trouvé soudain, sortie à découvert dans ma salle de bain, une créature étrangère qui, normalement, se terrait dans le corps du père de ma troisième fille. Cet étranger avait les traits de Nino, mais ce n'était pas lui. Était-ce l'autre, celui né après Ischia ? Mais lequel, exactement ? Celui qui avait mis Silvia enceinte ? L'amant de Mariarosa ? Le mari d'Eleonora, infidèle et pourtant très attaché à elle ? L'époux qui m'avait dit, à moi, une femme mariée, qu'il m'aimait et me voulait à tout prix ?

Le long du parcours m'ayant amenée au Vomero, j'avais tenté de me raccrocher au Nino du quartier et du lycée, au Nino de la tendresse et de l'amour, afin de sortir de mon état de révulsion. C'est seulement une fois arrêtée devant Sant'Elmo que me revinrent en tête la salle de bain et le moment où Nino avait ouvert les yeux et m'avait vue dans le miroir, immobile sur le seuil. À partir de là, tout me parut beaucoup plus clair. Il n'y avait aucune séparation entre cet homme venu après Lila et le garçon dont – avant Lila – j'étais amoureuse depuis l'enfance. Il n'y avait qu'un seul Nino, et l'expression de son visage, quand il était à l'intérieur de Silvana, en témoignait. C'était l'expression qu'avait eue son père Donato, non pas quand il m'avait dépucelée aux Maronti, mais quand il m'avait touchée entre les jambes, sous le drap, dans la cuisine de Nella.

Rien d'étranger, donc, mais quelque chose de vraiment répugnant. Nino était ce qu'il n'aurait pas voulu être et que, pourtant, il avait toujours été. Quand il cognait en rythme contre les fesses de Silvana, tout en se souciant gentiment de lui donner du plaisir, il ne mentait pas. De même, il ne mentait pas lorsqu'il me faisait du mal et puis était désolé, s'excusait, me suppliait de lui pardonner et jurait qu'il m'aimait. *Il est comme ça*, me dis-je. Mais ce ne fut pas pour me consoler. Au contraire, je sentis que mon sentiment d'horreur, au lieu de s'atténuer, trouva un gîte plus solide dans cette constatation. Puis un liquide tiède coula sur mes genoux. Je me secouai : Imma n'avait pas de couche, elle venait de faire pipi sur moi.

76

Rentrer chez moi me parut impensable, malgré le froid et Imma qui risquait de tomber malade. Je l'enveloppai dans mon manteau comme si c'était un jeu, achetai un nouveau paquet de couches et lui en mis une, après l'avoir nettoyée avec des lingettes. Il fallait que je prenne une décision. Dede et Elsa allaient bientôt sortir de l'école, de mauvaise humeur, affamées, et Imma devait manger aussi. Avec mon jean trempé, sans manteau et les nerfs à vif, je tremblais de froid. Je cherchai un téléphone, appelai Lila et lui demandai :

« Je peux venir déjeuner chez toi avec les filles ?
— Bien sûr !
— Ça n'embête pas Enzo ?
— Tu sais bien que ça lui fait plaisir. »

J'entendis la petite voix joyeuse de Tina, à qui Lila lança : Tais-toi ! Puis elle me demanda, avec une prudence qui ne lui ressemblait pas :

« Il y a un problème ?
— Oui.
— Qu'est-ce qui s'est passé ?
— Ce que tu avais prévu.
— Tu t'es disputée avec Nino ?

— Je te raconterai, il faut que j'y aille. »

J'arrivai en avance devant l'école. Imma avait maintenant perdu tout intérêt pour le volant, le klaxon ou moi, elle s'énervait et poussait des cris. Je l'obligeai encore à rester enveloppée dans mon manteau et nous allâmes acheter des biscuits. Je croyais agir posément – en mon for intérieur, je me sentais tranquille : ce n'était pas la fureur qui prévalait mais le dégoût, une répulsion guère différente de celle que j'aurais éprouvée si j'avais vu deux lézards en train de s'accoupler –, or je m'aperçus que les passants me fixaient, intrigués et inquiets, tandis que je courais dans la rue avec mon pantalon mouillé, parlant fort à la petite qui, bien serrée dans mon manteau, se démenait et pleurait.

Imma s'apaisa au premier biscuit, mais son calme laissa le champ libre à mon anxiété. Nino avait certainement repoussé son rendez-vous, il était sans doute en train de me chercher, et je risquais de le retrouver devant l'école. Comme Elsa sortait avant Dede, qui était en deuxième année de collège, je me postai à un coin d'où je pouvais surveiller le portail de l'école primaire sans être vue. Le froid me faisait claquer des dents, Imma souillait mon manteau avec des miettes de biscuit imbibées de salive. Sur le qui-vive, j'inspectai les environs, mais aucune trace de Nino. Il ne se montra pas non plus devant le portail du collège, dont Dede sortit bientôt dans un flot de bousculades, de cris et d'insultes en dialecte.

Les filles ne m'accordèrent guère d'attention, mais s'intéressèrent beaucoup à cette nouveauté : j'étais venue les chercher avec Imma.

«Pourquoi elle est enveloppée dans ce manteau ? demanda Dede.

— Parce qu'elle a froid.

— T'as vu qu'elle met des miettes partout ?

— Ce n'est pas grave.

— Une fois, je l'ai sali et tu m'as donné une claque ! pleurnicha Elsa.

— Ce n'est pas vrai.

— Si, c'est vrai ! »

Dede enquêta :

«Pourquoi elle a juste un tee-shirt et une couche ?

— Elle est bien comme ça.

— Il s'est passé quelque chose ?

— Non. Allez, aujourd'hui on va déjeuner chez tata Lina. »

Elles accueillirent cette nouvelle avec leur enthousiasme habituel, montèrent en voiture puis, alors que la petite s'adressait à elles dans sa langue obscure, ravie d'être au centre de l'attention, elles commencèrent à se disputer le droit de la prendre dans leurs bras. Je les obligeai à la tenir toutes les deux ensemble, sans la tirailler de-ci de-là : Elle n'est pas en caoutchouc ! m'exclamai-je. Elsa fut mécontente de cette solution et lâcha un gros mot en dialecte contre Dede. Je tentai de la gifler puis scandai, la fixant dans le rétroviseur : Qu'est-ce que tu as dit ? Répète ! Qu'est-ce que tu as dit ? Elle ne pleura pas, abandonna définitivement Imma à Dede et marmonna que s'occuper de sa petite sœur l'ennuyait. Après quoi, chaque fois que le bébé tendait les mains vers elle pour jouer, Elsa la repoussait avec rudesse et criait, me mettant les nerfs à vif : Imma, arrête ! Tu m'embêtes, t'es toute sale ! Et elle me lançait aussi : Maman, dis-lui d'arrêter ! Je finis par craquer et poussai un hurlement qui les effraya toutes les trois. Nous traversâmes la ville dans un état de crispation générale, uniquement interrompu par les murmures de Dede et d'Elsa qui se consultaient, se demandant si quelque chose d'irréparable allait à nouveau bouleverser leur vie.

Ce conciliabule aussi me parut insupportable. Je ne tolérais plus rien : leur jeune âge, mon rôle de mère, le babillage d'Imma. En outre, la présence de mes filles dans cette auto jurait avec les images de coït toujours présentes devant mes yeux, avec l'odeur de sexe que j'avais encore dans les narines, et avec la colère qui commençait à monter en moi, accompagnée du dialecte le plus vulgaire. Nino avait baisé la femme de ménage et puis était parti à son rendez-vous, se foutant complètement de moi et même de sa fille. Ah, quel merdeux ! Je faisais vraiment erreur sur erreur. Était-il comme son père ? non, ce serait trop simple. Nino était très intelligent, Nino était extraordinairement cultivé. Sa propension à sauter sur tout ce qui bouge ne provenait pas de l'exhibition grossière et naïve d'une virilité fondée sur des clichés à la fois fascistes et méridionaux. Ce qu'il m'avait fait, ce qu'il me faisait était filtré par une conscience très raffinée. Lui qui manipulait des concepts complexes et subtils, il savait qu'ainsi il me blesserait au point de me détruire. Mais il l'avait fait quand même. Il s'était dit : Je ne peux pas renoncer à mon plaisir juste sous prétexte que cette connasse peut me faire chier ! Oui, comme ça, exactement comme ça. Et il qualifiait certainement de béotienne – cet adjectif était encore assez en vogue dans notre milieu – mon éventuelle réaction. Béotienne, béotienne. Je devinais même la rengaine à laquelle il aurait recours afin de se justifier avec élégance : Ce n'est rien, la chair est faible et j'ai lu tous les livres... Oui, ces mots-là, quel fils de pute ! La fureur commença à ouvrir une brèche dans l'horreur. Je criai à Imma – *oui, même à Imma* – de se taire. Quand j'arrivai devant chez Lila, je haïssais maintenant Nino comme je n'avais jamais haï personne jusqu'à ce jour.

77

Lila avait préparé le déjeuner. Elle savait que Dede et Elsa adoraient les *orecchiette* à la sauce tomate, et l'annonce de ce menu provoqua une bruyante manifestation d'enthousiasme. Et ce ne fut pas tout. Elle me prit Imma des bras et s'occupa de Tina et d'elle comme si, d'un coup, sa fille s'était dédoublée. Elle les changea toutes les deux, les lava, les habilla de manière identique et leur fit des câlins dans une extraordinaire démonstration d'amour maternel. Puis, comme les deux petites s'étaient immédiatement reconnues et avaient commencé à jouer ensemble, elle les installa toutes deux sur un vieux tapis, où elles se mirent à ramper et babiller. Comme elles étaient différentes ! Je comparai avec dépit la fille de Nino et moi à celle d'Enzo et Lila. Tina me parut plus belle et épanouie qu'Imma, elle était le fruit très doux d'une relation solide.

Entre-temps Enzo rentra du travail, cordialement laconique, comme d'habitude. À table, ni

Lila ni lui ne me demandèrent pourquoi je ne touchais pas à la nourriture. Seule Dede intervint, comme pour m'aider à échapper aux sombres pensées des autres et d'elle-même. Elle déclara : Ma maman ne mange jamais beaucoup parce qu'elle ne veut pas grossir, et moi je fais pareil. Je m'exclamai, menaçante : Toi, tu dois vider ton assiette jusqu'à la dernière *orecchietta* ! Enzo, peut-être pour protéger les filles de mes foudres, se lança avec elles dans une course bouffonne à qui finirait ses pâtes en premier. En outre, il répondit avec gentillesse à la rafale de questions de Dede sur Rino – ma fille avait espéré le croiser au moins au déjeuner : il expliqua que le garçon avait commencé à travailler dans un atelier et qu'il restait dehors toute la journée. Puis, à la fin du repas, il entraîna en catimini les deux sœurs dans la chambre de Gennaro pour leur montrer tous les secrets qui s'y cachaient. Quelques minutes plus tard, une musique endiablée retentit, et on ne les revit plus.

Je restai seule avec Lila et lui racontai tout en détail, entre sarcasmes et souffrance. Elle m'écouta sans jamais m'interrompre. Je me rendis compte que plus je mettais des mots sur ce qui s'était produit, plus la scène de sexe entre cette grosse femme et Nino si mince me semblait ridicule. À un moment donné, je finis par dire en dialecte : Il s'est réveillé, il est tombé sur Silvana dans les chiottes et, sans même prendre le temps de pisser, il a soulevé sa combinaison et il l'a enfilée ! Alors j'éclatai d'un rire vulgaire et Lila me regarda, mal à l'aise. C'était elle qui parlait de cette façon, elle ne s'attendait pas à ça de ma part. Calme-toi !

me dit-elle. Imma pleurait dans la pièce voisine, nous allâmes voir.

Ma blondinette de fille, visage rougi, pleurait à chaudes larmes, bouche grande ouverte, et dès qu'elle m'aperçut, elle leva les bras pour que je la porte. Tina, brune et pâle, la fixait déconcertée et, quand sa mère apparut, elle ne bougea pas, mais l'appela comme pour qu'elle l'aide à comprendre, prononçant clairement *maman*. Lila souleva les deux fillettes, les tint chacune sur un bras et sécha les larmes de la mienne avec ses baisers, lui parlant et l'apaisant.

J'étais abasourdie : Tina dit « maman » avec clarté, on entend bien les deux syllabes, Imma ne parle pas encore, alors qu'elle a presque un mois de plus ! Je me sentis triste et en totale perte de vitesse. L'année 1981 était sur le point de s'achever. J'allais chasser Silvana. Je ne savais pas quoi écrire, les mois fileraient et je ne remettrais pas mon manuscrit, je perdrais du terrain ainsi que ma réputation d'écrivaine. Je n'aurais plus d'avenir, je serais à demeure dépendante de l'argent de Pietro, seule avec trois filles, et sans Nino. Nino perdu, Nino fini. Cette part de moi qui continuait à l'aimer émergea à nouveau, mais ce n'était plus comme à Florence, c'était plutôt comme je l'avais aimé enfant, à l'école primaire, quand je le voyais sortir de l'école. Je cherchai confusément quelque prétexte pour lui pardonner malgré mon humiliation, je ne supportais pas de le chasser de ma vie. Où était-il ? Était-ce vrai qu'il ne m'avait même pas cherchée ? Je repensai soudain à Enzo, qui s'était immédiatement occupé de mes deux aînées, et à Lila, qui avait lâché tout engagement et m'avait écoutée en me laissant l'espace dont j'avais besoin.

Je compris enfin qu'ils savaient déjà tout avant même que je n'arrive au quartier. Je demandai à Lila :

« Nino a téléphoné ?

— Oui.

— Et qu'est-ce qu'il a dit ?

— Que c'était une bêtise, que je dois être à ton côté et t'aider à comprendre, qu'aujourd'hui la vie c'est comme ça. Du bla-bla.

— Et toi ?

— Je lui ai raccroché au nez.

— Il va me rappeler ?

— Tu penses bien ! »

Je me sentis avilie :

« Lila, je n'arrive pas à vivre sans lui. Tout s'est passé si vite ! J'ai rompu mon mariage, je suis venue vivre ici avec les filles, j'ai eu un autre enfant. Pourquoi ?

— Parce que tu t'es trompée. »

Sa réponse m'irrita, elle me semblait l'écho d'une discussion ancienne qui, à l'époque, m'avait vexée. Elle me jetait à la figure que je m'étais trompée bien qu'elle ait tenté de me faire sortir de l'erreur. C'était une façon de me dire que j'avais *voulu* me tromper et que, par conséquent, *elle* s'était trompée : je n'étais pas intelligente, j'étais une femme stupide. Je déclarai soudain :

« Il faut que je lui parle, je dois l'affronter.

— D'accord, mais laisse-moi les filles.

— Tu n'y arriveras pas, ça t'en fera quatre !

— Tu veux dire cinq, avec Gennaro, et lui c'est le plus fatigant du lot !

— Tu vois ? Je les emmène avec moi.

— Il n'en est pas question. »

J'admis avoir besoin de son aide et dis :

« Je te les laisse jusqu'à demain, il me faut du temps pour clarifier la situation.

— La clarifier comment ?

— Je ne sais pas.

— Tu veux continuer avec Nino ? »

Je la sentis contrariée et m'écriai presque :

« Qu'est-ce que je peux faire ?

— La seule chose possible : le quitter. »

D'après elle, c'était ça la bonne solution, elle avait toujours voulu que cela finisse ainsi et ne me l'avait jamais caché. Je lâchai :

« Je vais y réfléchir.

— Mais non, tu vas pas y réfléchir ! Tu as déjà décidé de continuer comme si de rien n'était ! »

J'évitai de répondre mais elle me harcela, elle s'exclama que je ne devais pas me détruire, que j'avais un tout autre destin et que si je continuais ainsi, j'allais me perdre toujours davantage. Je m'aperçus qu'elle devenait de plus en plus âpre et compris que, dans le but de me retenir, elle était sur le point de me révéler ce que je voulais savoir depuis longtemps, et qu'elle m'avait obstinément tu. Je pris peur. Pourtant, n'avais-je pas voulu moi-même, en plusieurs occasions, la pousser à s'expliquer ? Et aujourd'hui, n'avais-je pas couru chez elle *aussi* pour qu'elle vide enfin son sac ?

« Si tu as quelque chose à me dire, murmurai-je, vas-y. »

Alors elle se décida. Elle chercha mon regard mais je baissai les yeux. Elle me révéla que Nino l'avait souvent contactée. Il lui avait demandé de se remettre avec lui, que ce soit avant que nous soyons ensemble ou pendant notre relation. Elle raconta que, lorsqu'ils avaient accompagné ma mère à l'hôpital, il avait été particulièrement insistant. Pendant que les docteurs examinaient ma mère et qu'ils attendaient tous deux le diagnostic dans la salle d'attente, il lui avait juré qu'il était avec moi uniquement pour se sentir plus proche d'elle.

«Regarde-moi! murmura-t-elle. Je sais que je suis méchante de te dire ces trucs-là, mais lui, il est beaucoup plus méchant que moi. Et puis il a la pire des méchancetés, celle des gens superficiels.»

78

Je regagnai la Via Tasso déterminée à rompre toute relation avec Nino. Je trouvai l'appartement vide et parfaitement rangé, je m'assis près de la porte-fenêtre donnant sur le balcon. La vie ici était terminée, deux années avaient épuisé les raisons de ma présence à Naples.

J'attendis avec une anxiété croissante qu'il donne signe de vie. Quelques heures s'écoulèrent, je m'endormis et, quand je me réveillai en sursaut, il faisait noir. Le téléphone sonnait.

Je courus répondre, certaine que c'était Nino, or il s'agissait d'Antonio. Il appelait d'un café à quelques mètres de là et me demanda si je pouvais l'y rejoindre. Je lui dis : Monte! Je sentis qu'il hésitait, puis il accepta. Je ne doutai pas un instant que c'était Lila qui me l'envoyait, ce que du reste il admit aussitôt.

«Elle veut pas que tu fais des bêtises, me dit-il, parlant italien avec difficulté.

— Et toi, tu peux m'en empêcher?

— Oui.

— Comment ? »

Il s'assit dans le séjour après avoir refusé le café que je voulais lui préparer et, tranquillement, sur le ton d'un homme habitué aux comptes-rendus minutieux, il me dressa la liste de toutes les maîtresses de Nino : noms, prénoms, professions, liens familiaux. Certaines m'étaient inconnues, il s'agissait de relations de vieille date. D'autres étaient des personnes que Nino avait amenées dîner chez moi, je me souvenais de leurs manifestations d'affection envers les filles et moi. Mirella, qui s'était occupée de Dede, d'Elsa et aussi d'Imma, était avec lui depuis trois ans. Sa relation avec la gynécologue qui avait accouché Lila et moi était encore plus ancienne. Antonio énuméra ainsi un bon nombre de créatures – c'est ainsi qu'il les appela – avec lesquelles, à des époques différentes, Nino avait toujours appliqué le même scénario : une période d'intense fréquentation, puis des rencontres intermittentes, en aucun cas une interruption définitive. C'est un type qui s'attache, commenta Antonio, sarcastique, il ne met jamais vraiment fin à une aventure : il va tantôt chez l'une, tantôt chez l'autre.

« Lina est au courant ?

— Oui.

— Depuis quand ?

— Pas longtemps.

— Pourquoi vous ne me l'avez pas dit tout de suite ?

— Moi, je voulais le faire.

— Et Lina ?

— Elle m'a dit d'attendre.

— Et toi, tu as obéi. Vous m'avez laissée

cuisiner et servir des personnes avec lesquelles il m'avait trompée la veille ou avec lesquelles il me tromperait le lendemain. J'ai mangé avec des femmes à qui il touchait le pied, le genou ou que sais-je encore sous la table. J'ai confié mes enfants à une fille sur laquelle il sautait dès que j'avais le dos tourné. »

Antonio haussa les épaules, fixa ses mains, puis les croisa avant de les poser sur ses genoux.

« Si on m'ordonne de faire quelque chose, je le fais », dit-il en dialecte.

Mais ensuite, il s'embrouilla. Enfin, je le fais presque toujours, précisa-t-il, avant de tenter de se justifier : j'obéis tantôt à l'argent, tantôt à l'estime, et quelquefois aussi à moi-même. La découverte des tromperies, murmura-t-il, si ça arrive pas au bon moment, ça sert à rien ; quand on est amoureux, on pardonne tout. Pour que ces trahisons aient un véritable poids, il faut qu'il y ait un peu de désamour d'abord. Et il continua à parler ainsi, accumulant des propos douloureux sur le thème de l'aveuglement de ceux qui aiment. Presque en guise d'exemple, il revint sur le jour où, des années plus tôt, il avait espionné Nino et Lila pour le compte des Solara. Dans ce cas, dit-il fièrement, je n'ai pas fait ce qu'on m'avait ordonné. Il n'avait pas eu le cœur de livrer Lila à Michele, et avait appelé Enzo pour qu'il la sorte d'embarras. Il évoqua à nouveau le passage à tabac qu'il avait infligé à Nino. Si je l'ai fait, bougonna-t-il, c'est surtout parce que tu l'aimais, lui, et pas moi, et aussi parce que si ce merdeux était retourné avec Lina, elle se serait accrochée à lui et se serait détruite encore plus. Tu vois, conclut-il, dans ce cas encore, ça aurait servi à rien de discuter : Lina m'aurait pas écouté, car si l'amour est aveugle, il est sourd aussi.

Je lui demandai, ébahie :

« Pendant toutes ces années, tu n'as jamais dit à Lina que Nino, ce soir-là, revenait près d'elle ?

— Non.

— Tu aurais dû.

— Et pourquoi ? Quand ma tête me dit "il vaut mieux faire comme ça", je le fais, un point c'est tout. Quand tu reviens sur tes décisions, ça cause que des problèmes. »

Comme il était plein de sagesse, à présent ! C'est en cette circonstance que j'appris que l'histoire entre Nino et Lila aurait duré un peu plus longtemps si Antonio ne l'avait pas interrompue avec ses coups. Mais je repoussai aussitôt l'idée qu'ils auraient pu s'aimer toute la vie, et qu'ils seraient devenus tous deux des personnes très différentes : cette perspective me sembla non seulement improbable, mais surtout insupportable. En revanche, je poussai un soupir contrarié. Antonio avait décidé, pour ses raisons propres, de sauver Lila, et maintenant Lila l'avait envoyé pour me sauver. Je le regardai et, avec un ton volontairement sarcastique, fis un commentaire sur son rôle de protecteur des dames. Il aurait dû intervenir à Florence, me dis-je, quand j'hésitais et me demandais que faire, et décider à ma place, avec ses mains noueuses, comme il avait décidé à la place de Lila des années auparavant. Je lui demandai, railleuse :

« Et cette fois, qu'est-ce que tu as comme ordre ?

— Avant de m'envoyer ici, Lina m'a interdit de casser la gueule à ce connard. Mais je l'ai déjà fait une fois, et j'aurais bien envie de recommencer.

— Alors on ne peut pas te faire confiance !

— Oui et non.

— C'est-à-dire ?

— C'est une situation compliquée, Lenù, t'en mêle pas. Mais t'as qu'à me dire que le fils Sarratore doit regretter d'être né et, crois-moi, je lui ferai regretter. »

Je ne pus me retenir : son style sérieux et raide me fit éclater de rire. Je reconnus le ton qu'il avait appris au quartier dans son enfance, le ton stéréotypé du mâle brut de décoffrage, alors qu'en réalité, il avait été autrefois timide et bourré de craintes. Il avait dû faire tellement d'efforts ! Mais à présent, c'était son style à lui, il n'aurait pas pu en adopter d'autre. Par rapport au passé, la seule différence était qu'en cette circonstance il s'efforçait de parler italien, et que cette langue difficile lui venait avec un accent étranger.

Mon rire l'assombrit, il regarda les rectangles noirs de la fenêtre et murmura : Ne te moque pas. Je vis son front devenir brillant malgré le froid, il suait, honteux de m'avoir paru ridicule. Il dit : Je sais que je m'exprime pas bien, je connais mieux l'allemand que l'italien. Je perçus son odeur, c'était encore celle de mes émotions à l'époque des étangs. Je m'excusai : C'est la situation qui me fait rire, toi qui veux tuer Nino depuis toujours et moi qui te dirais, à son retour, « vas-y, tue-le ! », et je ris aussi de désespoir, parce que je n'ai jamais été aussi offensée, parce que je me sens terriblement humiliée, je ne sais même pas si tu peux l'imaginer, et parce qu'en ce moment j'ai tellement mal que j'ai l'impression d'être sur le point de m'évanouir.

En effet, je me sentais faible et morte à l'intérieur. Du coup, je fus soudain reconnaissante à

Lila d'avoir eu la sensibilité de m'envoyer Antonio, justement la seule personne dont, en ce moment, je ne doutais pas de l'affection. De surcroît, son corps maigre, ses membres longs, ses sourcils épais et son visage sans finesse m'étaient restés familiers, ils ne me dégoûtaient pas et ne me faisaient pas peur. Aux étangs, dis-je, il faisait froid mais nous ne le sentions pas, or maintenant je tremble, je peux me mettre à côté de toi ?

Il me regarda, hésitant, mais je n'attendis pas son accord. Je me levai et m'assis sur ses genoux. Il demeura immobile, écartant simplement les bras par crainte de me toucher, puis les laissant retomber le long du fauteuil. Je m'abandonnai contre lui, posai mon visage entre son cou et son épaule, et eus l'impression de m'endormir quelques secondes.

« Lenù ?

— Oui.

— Ça ne va pas ?

— Serre-moi dans tes bras, j'ai besoin de me réchauffer.

— Non.

— Pourquoi ?

— Je ne sais pas si tu me veux.

— Je te veux maintenant, et cette fois seulement : c'est quelque chose que tu me dois et que je te dois.

— Je ne te dois rien. Moi je t'aime, toi par contre, tu as toujours aimé l'autre, là.

— C'est vrai, mais comme je t'ai désiré, je n'ai jamais désiré personne, même pas lui. »

Je parlai longuement. Je lui dis la vérité, la vérité de cet instant et la vérité de l'époque lointaine des étangs. C'est lui qui m'avait fait découvrir l'excitation, le fond du ventre qui devient chaud, s'ouvre, se liquéfie et libère une langueur brûlante. Franco, Pietro et Nino avaient trébuché devant cette attente et n'avaient jamais réussi à la satisfaire : il s'agissait d'une attente sans objet défini, c'était l'espoir du plaisir, le plus difficile à combler. La saveur de la bouche d'Antonio, le parfum de son désir, ses mains, son gros sexe serré entre ses cuisses constituaient un *avant* inégalable. L'*après* n'avait jamais vraiment été à la hauteur des après-midi que nous avions passés cachés dans les ruines de l'usine de conserves, bien qu'ils fussent faits d'amour sans pénétration et souvent sans orgasme.

Je m'exprimai dans un italien qui s'avéra assez complexe. Je le fis plus pour m'expliquer à moi-même ce que j'étais en train de faire que pour le faire comprendre à Antonio : mais cela dut lui paraître un acte de confiance, car il eut l'air heureux. Il me prit dans ses bras, me posa un baiser sur l'épaule, puis dans le cou et enfin sur la bouche. Je ne crois pas avoir eu d'autres rapports sexuels comme celui-ci, qui réunit brusquement les étangs d'il y a plus de vingt ans et le salon de la Via Tasso, le fauteuil, le sol, le lit, balayant d'un coup tout ce qu'il y avait entre nous et tout ce qui nous séparait, ce que j'étais et ce qu'il était. Antonio fut tantôt délicat, tantôt brutal, et je ne fus pas en reste. Il exigea des choses et j'en exigeai d'autres avec une fureur, une anxiété et un désir de transgression dont je ne me serais pas crue capable. À la fin, il était anéanti par la stupeur et moi aussi.

« Qu'est-ce qui s'est passé ? demandai-je abasourdie, comme si le souvenir de notre intimité dissolue s'était déjà évanoui.

« — Je ne sais pas, dit-il, mais heureusement que ça s'est passé. »

Je souris :

« Tu es comme tous les autres, tu as trompé ta femme. »

Je voulais plaisanter, mais il me prit au sérieux et répliqua en dialecte :

« Je n'ai trompé personne. Ma femme – *avant maintenant* – n'existe pas encore. »

Une formulation obscure, mais que je compris. Il s'efforçait de m'expliquer qu'il était d'accord avec moi et tentait de me communiquer à son tour une perception du temps qui sortait de la chronologie ordinaire. Il voulait dire que nous avions vécu *maintenant* un petit fragment d'un jour qui appartenait à vingt ans plus tôt. Je l'embrassai, murmurai « merci » et lui exprimai ma reconnaissance parce qu'il avait choisi d'ignorer les raisons troubles de tout ce sexe – les miennes et les siennes – et d'y voir simplement le besoin de solder nos comptes.

Puis le téléphone sonna, j'allai répondre, cela pouvait être Lila ayant besoin de moi pour les filles. Or, c'était Nino.

« Heureusement que tu es à la maison, dit-il haletant, j'arrive tout de suite !

— Non.

— Quand, alors ?

— Demain.

— Laisse-moi t'expliquer, il le faut, c'est urgent !

— Non.

— Pourquoi ? »

Je le lui dis et raccrochai.

79

Me séparer de Nino fut très difficile, cela prit des mois. Je crois n'avoir jamais autant souffert pour un homme, tout m'était supplice, l'éloigner comme le reprendre. Il refusa d'admettre qu'il avait fait des avances sentimentales et sexuelles à Lila. Il l'insulta, se moqua d'elle et l'accusa de vouloir détruire notre relation. Mais il mentait. Lors des premiers jours, il ne fit que mentir, il tenta même de me convaincre que ce que j'avais vu dans la salle de bain était une hallucination due à la fatigue et à la jalousie. Puis il commença à céder. Il avoua quelques relations mais les antidata, qualifia d'insignifiantes des aventures incontestablement récentes, et jura qu'il n'avait éprouvé que de l'amitié envers ces femmes, de l'amour jamais. Nous nous disputâmes à Noël et pendant tout l'hiver. Parfois je le faisais taire, exténuée par l'habileté avec laquelle il s'accusait, se défendait et *exigeait* mon pardon, d'autres jours je reculais devant son désespoir qui semblait véritable – il arrivait souvent ivre –, quelquefois je le chassais parce que par honnêteté, orgueil et peut-être dignité, il ne promit jamais de ne plus revoir celles qu'il appelait ses amies, et refusa de m'assurer que la liste ne s'allongerait pas encore.

Il se lança souvent dans de longs monologues intellectuels sur ce thème, dans le but de me convaincre que ce n'était pas sa faute mais celle de la nature, des astres, des corps spongieux trop abondamment irrigués, de ses reins particulièrement brûlants, autrement dit de sa virilité débordante. Malgré tous les livres que j'ai lus – murmurait-il d'un ton sincère, dolent, et pourtant vaniteux jusqu'au ridicule –, malgré toutes les langues que j'ai apprises, les maths, les sciences, la littérature, et puis surtout malgré tout l'amour que j'ai pour toi – oui l'amour, le besoin que j'ai de toi, et la terreur de ne plus te voir –, crois-moi, je t'en supplie, crois-moi, il n'y a rien à faire, je n'y arrive pas, non, je n'y arrive pas : la pulsion du moment, la plus stupide et la plus vaine, prend le dessus.

Parfois il m'émouvait, le plus souvent il m'irritait, en général je réagissais avec des sarcasmes. Alors il se taisait et ébouriffait nerveusement sa chevelure, avant de recommencer. Mais quand, un matin, je lui dis d'un ton glacial que son besoin de femmes était peut-être le signe d'une hétérosexualité fragile qui, pour être consolidée, réclamait sans cesse des confirmations, il se vexa et commença à me harceler, pendant des jours et des jours : il voulait savoir si Antonio avait été meilleur que lui, et comme j'en avais désormais assez de tous ses bla-bla fiévreux, je m'écriai « oui ». En outre, lors de cette période de disputes tempétueuses, certains de ses amis avaient cherché à entrer dans mon lit et, par ennui ou dépit, j'avais parfois accepté : du coup, je lâchai le nom de quelques hommes envers lesquels il avait de l'affection et, pour le blesser, affirmai qu'ils se débrouillaient beaucoup mieux que lui.

Il disparut. Il avait dit qu'il ne pouvait se passer de Dede et d'Elsa, qu'il aimait Imma plus que ses autres enfants, et qu'il s'occuperait des trois filles même si je ne revenais jamais avec lui. En fait, non seulement il nous oublia du jour au lendemain, mais il cessa aussi de payer le loyer de la Via

Tasso ainsi que les factures d'électricité, de gaz et de téléphone.

Je cherchai un logement plus économique dans le même secteur, en vain : souvent, pour des appartements moins jolis et plus petits, on réclamait des loyers encore plus élevés. Puis Lila me dit qu'un trois-pièces cuisine s'était libéré juste au-dessus de chez elle. Il ne coûtait pratiquement rien, ses fenêtres donnaient sur le boulevard et sur la cour. Elle me le dit à sa façon, d'un ton qui voulait dire : Je te donne juste un renseignement, tu en fais ce que tu veux. J'étais déprimée et effrayée. Récemment Elisa m'avait crié, au cours d'une dispute : Papa est tout seul, va habiter avec lui, j'en ai marre, y a que moi qui m'en occupe ! Naturellement j'avais refusé, dans ma situation je ne pouvais pas prendre soin en plus de mon père, j'étais déjà esclave de mes filles : Imma était constamment malade, dès que Dede avait la grippe elle la passait à Elsa, cette dernière ne faisait jamais ses devoirs si je ne m'asseyais pas à son côté, et du coup Dede piquait une colère et s'exclamait «alors il faut que tu m'aides aussi ! ». J'étais épuisée, j'avais les nerfs à vif. En outre, vu le grand désordre dans lequel j'avais sombré, je n'avais même plus ce peu de vie professionnelle que je m'étais assurée jusqu'à ce jour. Je refusais invitations, collaborations et voyages, et je n'osais plus répondre au téléphone, craignant que ma maison d'édition n'appelle au sujet du livre. J'étais jetée dans un tourbillon qui m'entraînait de plus en plus bas, et la perspective d'un retour au quartier aurait apporté la preuve que j'avais touché le fond. M'immerger à nouveau, avec mes filles, dans cet univers mental, et me laisser aspirer par Lila, Carmen,

Alfonso et tous les autres (comme ils le voulaient, justement)! Non, non et non : je me jurai à moi-même que je préférais vivre dans la Via dei Tribunali, à la Duchesca, au Lavinaio ou à Forcella, au milieu des poteaux de soutènement rappelant les dégâts du tremblement de terre, plutôt que revenir au quartier. C'est dans cette atmosphère que le directeur éditorial téléphona.

«Où en es-tu?»

Alors j'eus un éclair, une lumière vive s'alluma brusquement dans mon cerveau. Je vis ce que je devais dire et faire.

«Justement, j'ai fini hier.

— C'est vrai? Envoie-le aujourd'hui!

— Je passerai à la poste demain.

— Merci. Dès que le livre arrive, je le lis et je te dis ce que j'en pense.

— Prends ton temps!»

Je raccrochai. J'allai chercher une boîte dans l'armoire de ma chambre et en sortis un manuscrit qui, des années plus tôt, n'avait plu ni à Adele ni à Lila. Je ne tentai même pas de le relire. Le lendemain matin, j'accompagnai mes aînées à l'école puis allai expédier le paquet avec Imma. Je savais que c'était risqué, mais cela me semblait le seul geste susceptible de sauver ma réputation. J'avais promis de rendre un roman, eh bien en voilà un. Il n'était pas bon, carrément raté? Tant pis, il ne serait pas publié. Mais j'avais travaillé dur, je n'avais roulé personne, et la prochaine fois je ferais mieux.

La queue à la poste fut exténuante, je dus batailler sans arrêt avec les personnes qui ne la respectaient pas. Dans ce contexte houleux, le désastre de ma vie m'apparut dans toute son évidence. *Qu'est-ce que je fais ici ? Pourquoi je perds mon temps comme ça ? Les filles et Naples m'ont dévorée vive. Je ne travaille pas, je n'écris pas, j'ai perdu toute discipline !* J'avais réussi à conquérir une existence très différente de celle qui m'était dévolue à l'origine, or voilà ce que j'en avais fait ! J'étais exaspérée, je me sentais coupable envers moi-même, et surtout envers ma mère. En outre, depuis quelque temps, Imma m'inquiétait : chaque fois que je la comparais à Tina, je me persuadais qu'elle souffrait d'un retard de développement. La fille de Lila, qui avait pourtant trois semaines de moins que la mienne, était d'une grande vivacité et faisait un an de plus que son âge, alors qu'Imma semblait peu réactive et vaguement hébétée. Du coup, je l'examinais de manière obsessionnelle et la bombardais sans arrêt de tests que j'inventais. Je me disais : Il serait terrible que Nino non seulement m'ait gâché la vie, mais qu'il me laisse aussi avec une fille à problèmes ! Pourtant, on m'arrêtait dans la rue en me complimentant : comme elle est jolie, blonde et potelée ! Même là, à la poste, les femmes qui faisaient la queue admiraient ses joues bien rondes. Mais quant à Imma : pas un sourire. Une dame lui offrit un bonbon, la petite tendit mollement la main, le prit et le laissa tomber à terre. Ah, l'anxiété ne me lâchait pas, jour après jour un souci s'ajoutait aux autres ! Quand je sortis du bureau de poste, le colis maintenant envoyé sans aucun moyen de le récupérer, je sursautai : ma belle-mère me revint tout juste à l'esprit. Grand Dieu, qu'est-ce que j'avais fait ? Était-il possible d'avoir oublié que la maison d'édition soumettrait certainement le manuscrit à Adele aussi ? C'était quand même elle qui avait voulu faire publier mes deux livres, ils devaient lui faire lire celui-ci, ne serait-ce que par politesse. Et elle leur dirait : Greco cherche à vous rouler ! Ce n'est pas un nouveau texte, je l'ai lu il y a des années de cela, et il est nul ! Je me couvris de sueurs froides et me sentis faiblir. Pour combler une faille, j'en ouvrais une autre. Je n'étais même plus capable de maîtriser, autant que faire se peut, l'enchaînement de mes actes.

80

Pour compliquer les choses, Nino réapparut justement à ce moment-là. Il ne m'avait jamais rendu les clefs, malgré mon insistance pour les récupérer : ainsi surgit-il dans mon appartement sans téléphoner ni frapper. Je lui dis de s'en aller, il était chez moi, il ne payait même plus le loyer et ne me donnait pas un centime pour Imma. Il me jura que, anéanti par la douleur de notre séparation, il avait oublié. Il me parut sincère, très amaigri, et il avait l'air hagard. D'un ton solennel involontairement comique, il promit de recommencer à payer dès le mois suivant, et il évoqua d'une voix vibrante son affection pour Imma. Puis, derrière un ton badin, il enquêta à nouveau sur ma rencontre avec Antonio, pour savoir comment elle s'était déroulée, d'abord en général, puis sur le plan sexuel. Après Antonio, il passa à ses amis. Il tenta de me faire admettre que j'avais cédé (*céder* lui paraissait l'expression juste) à untel ou untel, non mue par une véritable attraction, mais uniquement par dépit. Je me tins sur mes gardes quand il commença à me toucher l'épaule, le genou, la joue. Je vis bien vite – dans ses yeux et ses paroles – que ce qui le désespérait, ce n'était pas d'avoir perdu mon amour, mais que je sois allée avec d'autres hommes et la perspective que, tôt ou tard, j'irais encore avec d'autres, et que je les préférerais à lui. Ce matin-là, il était réapparu uniquement pour retourner dans mon lit. Il exigeait que je dénigre mes amants récents, ce qui lui apporterait la preuve que mon seul désir était d'être à nouveau pénétrée par lui. Bref, il voulait réaffirmer sa primauté, ensuite il disparaîtrait certainement encore. Je parvins à me faire rendre les clefs et le chassai. Je réalisai alors, avec surprise, que je n'éprouvais plus rien pour lui. La très longue époque de mon amour toucha définitivement à sa fin ce matin-là.

Dès le lendemain, je commençai à me renseigner sur ce que je devais faire pour travailler dans l'enseignement secondaire, au moins pour y assurer des remplacements. Je compris vite que cela ne serait pas simple et que, de toute façon, je devrais attendre l'année scolaire suivante. Comme je tenais pour acquise ma rupture avec la maison d'édition, que j'imaginais suivie d'une perte catastrophique de mon identité d'écrivaine, je fus saisie de frayeur. Depuis leur naissance, mes filles étaient habituées à l'aisance, et moi-même, depuis mon mariage avec Pietro, je ne pouvais concevoir de retourner à une vie sans livres, revues, journaux, disques, cinéma ni théâtre. Je devais immédiatement chercher un petit boulot : je plaçai des annonces dans les magasins de mon quartier, proposant des cours particuliers.

Puis, un matin de juin, le directeur éditorial téléphona. Il avait reçu le manuscrit et l'avait lu.

« Déjà ? fis-je avec une feinte désinvolture.

— Oui. C'est un livre auquel je ne me serais jamais attendu de ta part, ce que tu as écrit m'a beaucoup surpris.

— Tu veux dire qu'il n'est pas bon ?

— Dès la première ligne, on est emporté par le pur plaisir du récit. »

Mon cœur se mit à battre la chamade :

« Il est bon ou pas ?

— Il est extraordinaire. »

81

Je me gonflai d'orgueil. En quelques secondes, non seulement je repris confiance en moi, mais je m'enhardis, me mis à parler de mon œuvre avec un enthousiasme infantile, éclatai trop souvent de rire et questionnai minutieusement mon interlocuteur pour obtenir une approbation plus circonstanciée. Je compris vite qu'il avait lu mes pages comme une espèce d'autobiographie, une transposition sous forme de roman de mon expérience dans la Naples la plus pauvre et la plus violente. Il avoua avoir craint que ce retour dans ma ville ait sur moi des effets négatifs, mais il reconnaissait aujourd'hui que cela m'avait fait du bien. Je lui tus que le livre avait été écrit plusieurs années auparavant à Florence. C'est un roman dur, souligna-t-il, je dirais masculin, mais paradoxalement plein de délicatesse, bref, c'est un grand pas en avant ! Puis il enchaîna avec les questions pratiques. Il voulut repousser la sortie au printemps 1983 afin de pouvoir s'occuper en personne et méticuleusement des relectures, et de bien préparer le lancement. Il conclut, un tantinet sarcastique :

« J'en ai parlé avec ton ex-belle-mère, elle m'a dit qu'elle en avait lu une ancienne version qui ne lui avait pas plu ; mais à l'évidence, soit son goût a vieilli, soit vos affaires personnelles l'ont empêchée d'avoir un jugement objectif. »

Je me hâtai d'admettre que, longtemps auparavant, j'en avais fait lire à Adele une première mouture. Il affirma : On voit que l'air de Naples a définitivement libéré ton talent ! Quand il raccrocha, un immense soulagement m'envahit. À partir de ce jour-là, je changeai et me montrai particulièrement affectueuse avec mes filles. La maison d'édition me versa le reste de l'avance et ma situation financière s'améliora. Soudain, je me mis à regarder la ville et surtout le quartier comme une part importante de ma vie, dont non seulement je ne devais pas faire abstraction, mais qui était essentielle à la réussite de mon travail. Ce fut un brusque virage, je passai de la perte de confiance à un sentiment de satisfaction et de joie. Ce que j'avais pris pour un gouffre se para soudain de noblesse littéraire et m'apparut aussi comme un choix décisif sur les plans culturel et politique. Le directeur éditorial lui-même l'avait confirmé, de toute son autorité : Pour toi, revenir au point de départ a été un pas en avant supplémentaire. Certes, je ne lui avais pas dit que le livre avait été écrit à Florence, et que mon retour à Naples n'avait eu aucune influence sur le texte. Néanmoins, la matière narrative et l'épaisseur des personnages venaient de mon quartier : le tournant se trouvait indubitablement là. Adele n'avait pas eu la sensibilité pour le comprendre, alors elle avait perdu. Tous les Airota avaient perdu. Nino aussi avait perdu, puisque en fin de compte il m'avait simplement vue comme une femme de plus sur sa liste, sans me distinguer des autres. En outre, et chose qui était encore plus significative pour moi, Lila avait perdu. Mon livre ne lui avait pas plu, elle avait eu des propos très durs, et ce jour où elle avait été amenée à me blesser avec son jugement négatif avait été une des rares occasions de sa vie où elle avait pleuré. Mais je ne lui en voulais pas, j'étais même contente qu'elle se soit trompée. Depuis l'enfance, je lui avais attribué trop de poids, et je m'en sentais maintenant comme libérée. Il était enfin évident qu'elle n'était pas ce que j'étais, et vice versa. Son avis ne m'était plus indispensable, j'avais le mien. Je me sentis forte, non plus victime de mes origines mais capable de les dominer, de leur donner forme et d'obtenir une rédemption pour moi, pour Lila et pour tout un chacun. Ce qui m'avait auparavant entraînée vers le bas était à présent matière pour aller vers le haut. Un matin de juillet 1982, je téléphonai à Lila et lui annonçai :

« D'accord, je prends l'appartement au-dessus du tien, je rentre au quartier. »

82

Je déménageai au beau milieu de l'été, ce fut Antonio qui s'en occupa. Il mobilisa quelques hommes costauds qui vidèrent l'appartement de la Via Tasso et installèrent le tout dans celui du quartier. Notre nouveau logement était sombre, et repeindre les pièces ne suffit pas à l'égayer. Mais, contrairement à ce que j'avais supposé lorsque j'étais revenue à Naples, cela ne me contraria pas, loin de là : cette lumière poussiéreuse qui, depuis toujours, entrait avec difficulté par les fenêtres de l'immeuble me fit l'effet d'un émouvant souvenir d'enfance. En revanche, Dede et Elsa protestèrent longuement. Elles qui avaient grandi à Florence, à Gênes, et dans la lumière éblouissante de la Via Tasso, elles détestèrent immédiatement les sols au carrelage inégal, la salle de bain étroite et obscure et le vacarme du boulevard. Elles se résignèrent uniquement parce qu'elles jouissaient à présent de privilèges tout à fait appréciables : voir tata Lina tous les jours, se lever plus tard parce que l'école ne se trouvait qu'à quelques pas, s'y rendre seules, et passer beaucoup de temps dans la rue et dans la cour.

Je fus aussitôt saisie par la manie de me réapproprier le quartier. J'inscrivis Elsa à l'école primaire que j'avais fréquentée, Dede à mon collège. Je repris contact avec tous ceux, jeunes ou vieux, qui se souvenaient de moi. Je fêtai mon retour avec Carmen et sa famille, avec Alfonso, Ada, Pinuccia. Naturellement, j'avais aussi des motifs de perplexité que Pietro, fort mécontent de ce choix, aggrava. Il me dit au téléphone :

« Sur la base de quels critères veux-tu élever nos filles dans un lieu que tu as fui ?

— Elles ne grandiront pas ici.

— Pourtant tu as déménagé et tu les as inscrites à l'école, sans te dire qu'elles méritaient autre chose.

— J'ai un livre à finir et il n'y a qu'ici que je peux bien travailler.

— J'aurais pu les garder.

— Tu aurais gardé Imma aussi? Ce sont toutes trois mes filles, je ne veux pas que la troisième soit séparée des deux premières. »

Il finit par s'apaiser. Il était content que j'aie quitté Nino et me pardonna bientôt ce déménagement. Concentre-toi sur ton travail, dit-il, j'ai confiance en toi, tu sais ce que tu fais. J'espérai qu'il avait raison. Je regardais les camions qui passaient sur le boulevard à grand fracas, soulevant la poussière. Je me promenais dans le jardin public jonché de seringues. J'entrais dans l'église vide et négligée. J'éprouvais de la tristesse devant le cinéma paroissial qui avait fermé et devant les permanences des partis qui semblaient des tanières à l'abandon. J'entendais les cris des hommes, des femmes et des enfants dans leurs appartements, surtout le soir. J'étais effrayée par les querelles entre familles et les haines entre voisins, par la facilité avec laquelle on en venait aux mains, et par les guerres entre bandes de gamins. Chaque fois que j'allais à la pharmacie, Gino me revenait à l'esprit : je frémissais en voyant l'emplacement où il avait été tué, en faisais prudemment le tour, et je m'adressais avec compassion à ses parents, encore derrière le comptoir de vieux bois sombre mais le dos plus voûté, très pâles dans leur blouse blanche et toujours gentils. Je me disais : quand j'étais petite, j'ai subi toutes ces choses, voyons maintenant si je suis capable de les dominer.

« Qu'est-ce qui t'a décidée ? » me demanda Lila quelque temps après mon emménagement. Elle s'attendait peut-être à une réponse affectueuse ou à une forme de reconnaissance de la justesse de ses choix, avec des paroles comme : Tu as bien fait de rester, parcourir le monde ne sert à rien, maintenant je l'ai compris. Or, je répliquai :

« C'est une expérience.

— Une expérience de quoi ? »

Nous nous trouvions dans son bureau, Tina lui tournait autour et Imma jouait de son côté. Je lui dis :

« Une expérience de recomposition. Tu as réussi à garder toute ta vie ici, pas moi : je me sens faite de morceaux éparpillés. »

Elle prit un air désapprobateur :

« Laisse tomber ces expériences, Lenù, autrement tu vas être déçue et tu vas finir par repartir ! Moi aussi, je suis en petits morceaux. Entre la cordonnerie de mon père et ce bureau, il n'y a que quelques mètres, et pourtant c'est comme s'ils étaient l'un au pôle Nord et l'autre au pôle Sud. »

Je dis, faussement amusée :

« Ne me décourage pas ! Mon métier, c'est de coller les faits les uns aux autres avec des mots jusqu'à ce que tout semble cohérent, même ce qui ne l'est pas.

— Mais la cohérence n'existe pas, alors à quoi bon faire semblant ?

— Pour mettre de l'ordre. Tu te souviens du roman que je t'avais fait lire et qui ne t'avait pas plu ? J'avais essayé d'encastrer ce que je sais de Naples à l'intérieur de ce que j'ai appris ensuite à Pise, Florence ou Milan. Je viens de le donner à ma maison d'édition et ils l'ont trouvé bon. Ils vont le publier. »

Elle fit ses yeux tout petits. Elle dit lentement :

« Je t'avais dit que je n'y comprenais rien. »

Je sentis que je l'avais blessée. C'était comme si je lui avais jeté à la figure : Si toi tu n'arrives pas à mettre ensemble ton histoire de chaussures et celle des ordinateurs, ça ne veut pas dire que c'est impossible, ça veut juste dire que tu n'as pas les outils intellectuels pour le faire. Je me hâtai d'ajouter : Tu verras, personne ne l'achètera, ce livre, et c'est toi qui auras eu raison ! Puis je lui dressai une liste un peu désordonnée de tous les défauts que j'attribuais moi-même à mon texte, de ce que je voulais modifier ou changer avant de le publier. Mais elle esquiva le sujet et sembla chercher un moyen de reprendre la main, se mettant à parler ordinateurs comme pour souligner : Tu as tes affaires, moi j'ai les miennes. Elle lança aux filles : Vous voulez voir une nouvelle machine qu'Enzo vient d'acheter ?

Elle nous conduisit dans une pièce exiguë. Elle expliqua à Dede et Elsa : Cet engin s'appelle un PC, il coûte très cher mais on peut faire des trucs fantastiques avec, venez voir comment ça marche ! Elle s'assit sur un tabouret, installa Tina sur ses genoux et entreprit avec patience une minutieuse description de l'ordinateur, s'adressant à Dede, Elsa ou la petite, jamais à moi.

Je ne quittai pas Tina des yeux. Elle parlait à Lila, lui demandait « c'est quoi, ça ? », et si sa mère ne l'écoutait pas, elle tirait sur un pan de son chemisier, lui attrapait le menton et insistait : « maman, c'est quoi ? ». Lina lui répondait comme à une adulte. Pendant ce temps, Imma se promenait dans la pièce en tirant un petit chariot à roulettes, s'asseyant parfois par terre, déboussolée. Viens Imma, l'incitai-je à plusieurs reprises, viens

écouter ce que raconte tata Lina! Mais elle continuait à jouer avec sa charrette.

Ma fille n'avait pas les qualités de celle de Lila.
Depuis quelques jours, l'angoisse d'un retard de
croissance m'avait quittée. J'avais emmené mon
enfant chez un pédiatre renommé et elle ne
manifestait aucune espèce de retard, j'étais plus
tranquille. Et pourtant, comparer Imma à Tina
continuait à me procurer un léger mécontentement. Comme Tina était vive! Quel plaisir c'était
de la regarder et de l'écouter! Et cela m'émouvait
tellement de voir la mère et la fille ensemble! Tant
que Lila parla du PC – on commençait alors à utiliser ce mot –, je les observai toutes deux avec admiration. À ce moment, j'étais heureuse et satisfaite
de moi, et par conséquent je sentis aussi, avec une
grande netteté, que j'aimais mon amie telle qu'elle
était, avec ses qualités et ses défauts, pour tout,
y compris pour ce petit être qu'elle avait mis au
monde. La gamine manifestait une vive curiosité,
elle apprenait en un éclair, elle avait déjà beaucoup de vocabulaire et une habileté manuelle sur-
prenante. Je me dis : Elle ressemble peu à Enzo,
c'est le portrait craché de Lila! Regarde cette
manière d'ouvrir grand les yeux puis de les plis-
ser, regarde ces oreilles avec leur lobe minuscule!
Je n'osais pas encore m'avouer que Tina m'attirait
plus que ma fille. Toutefois, quand Lila eut achevé
d'exhiber ses compétences, je m'enthousiasmai
pour l'ordinateur, complimentai abondamment la
petite, même si je savais qu'Imma pouvait en pâtir
(*Qu'est-ce que tu es intelligente! Qu'est-ce que tu es
jolie! Tu parles tellement bien! Tu sais tellement de
choses!*), félicitai chaleureusement Lila, avant tout
pour atténuer le malaise que je lui avais causé en

annonçant la publication de mon livre, et finis par tracer un portrait optimiste de l'avenir qui attendait mes trois filles et la sienne. Elles étudieront, m'exclamai-je, feront le tour du monde, et deviendront tout ce qu'elles voudront ! Mais Lila, après avoir couvert Tina de petits baisers – *Oui, elle est très douée !* –, rétorqua avec âpreté : Gennaro aussi était très éveillé, il a parlé et lu tôt, il marchait très bien à l'école, et regarde ce qu'il est devenu !

83

Un soir où Lila disait du mal de Gennaro, Dede s'arma de courage et le défendit. Cramoisie, elle s'écria : Il est très intelligent ! Lila la regarda avec intérêt, sourit et dit : Tu es gentille, je suis sa maman et tes paroles me font plaisir.

À partir de là, Dede se sentit autorisée à défendre Gennaro en toute occasion, même lorsque Lila était très remontée contre lui. Son fils était maintenant un gros garçon de dix-huit ans, avec un visage aussi beau que celui de son père jeune mais physiquement plus trapu et, surtout, il était revêche. Il ne prêtait nulle attention à Dede et ses douze ans, il avait autre chose en tête. Néanmoins, elle ne cessa jamais de le considérer comme l'être humain le plus extraordinaire qui eût jamais existé sur terre, et elle chantait ses louanges à la moindre occasion. Parfois, Lila était de mauvaise humeur et ne lui répondait pas. Mais d'autres jours, elle riait et s'exclamait : Tu plaisantes, c'est un vrai voyou ! Mais vous, les trois sœurs, vous avez du talent, et vous ferez encore mieux que votre mère ! Dede, malgré la satisfaction causée par ce compliment (elle était heureuse chaque fois qu'elle pouvait s'estimer meilleure que moi), commençait aussitôt à se dénigrer, histoire de valoriser Gennaro.

Elle l'adorait. Souvent, elle se postait à la fenêtre pour le voir rentrer de l'atelier et, dès qu'il apparaissait, elle faisait : Salut Rino ! S'il disait «salut» (mais en général il ne le faisait pas), elle se précipitait sur le palier pour le voir monter l'escalier et essayait d'entamer une conversation avec des propos tels que : Tu es fatigué ? Qu'est-ce que tu t'es fait à la main ? T'as pas chaud, avec ce bleu de travail ? ou autre chose de ce genre. Le moindre mot de la part de Gennaro la galvanisait. Quand, par quelque hasard, elle recevait plus d'attention que de coutume, afin de prolonger le contact, elle saisissait Imma et me lançait : Je descends chez tata Lina, comme ça Imma peut jouer avec Tina ! Je n'avais pas le temps de lui donner ma permission qu'elle était déjà sortie.

Jamais Lila et moi n'avions habité aussi près l'une de l'autre, même enfants. Mon plancher était son plafond. Deux volées de marches à descendre pour arriver chez elle, deux volées à monter pour arriver chez moi. Le matin, le soir, j'entendais leurs voix : les sons distincts des conversations, les pépiements de Tina auxquels Lila répondait comme si elle babillait elle aussi, les tonalités basses d'Enzo qui, éternel silencieux, parlait en revanche beaucoup à sa fille et lui fredonnait souvent des chansons. Je présumais que Lila aussi devait percevoir des signes de ma présence. Quand elle était au travail, que mes aînées étaient en classe et que je me trouvais seule avec Imma et Tina – celle-ci restait souvent chez moi, y compris pour dormir –, j'avais conscience du vide sous mes pieds, et j'étais impatiente d'entendre les pas de Lila et d'Enzo quand ils rentraient.

Les choses prirent bientôt une tournure favorable. Dede et Elsa s'occupaient beaucoup d'Imma, elles l'emmenaient souvent dans la cour ou chez Lila. Si je devais voyager, Lila gardait mes trois enfants. Je n'avais pas disposé d'autant de temps depuis des années. Je lisais et révisais mon livre, je me sentais bien sans Nino et sans l'anxiété de le perdre. Mes relations avec Pietro s'améliorèrent également. Il vint plus fréquemment à Naples voir les filles, finit par s'habituer à la grisaille misérable de l'appartement et à l'accent napolitain des petites, d'Elsa surtout, et passa souvent la nuit chez nous. En ces occasions, il fut aimable avec Enzo et discuta beaucoup avec Lila. Bien qu'il eût formulé autrefois des jugements franchement négatifs à son sujet, il me parut évident qu'il passait volontiers du temps en sa compagnie. Quant à Lila, dès qu'il repartait, elle se mettait à parler de lui avec un enthousiasme qu'elle ne manifestait ordinairement pour personne. Combien de livres a-t-il lus, demandait-elle sérieusement, cinquante mille, cent mille ? Je crois qu'elle voyait mon ex-mari comme l'incarnation de ses rêves d'enfance sur les personnes qui lisent et écrivent non par profession, mais par amour du savoir.

« Toi tu es très douée, me dit-elle un soir, mais lui, il a une manière de parler qui me plaît vraiment : il y a de l'écriture dans sa voix, et pourtant il s'exprime sans aucune pédanterie.

— Et moi si ? demandai-je, amusée.

— Un peu.

— Même maintenant ?

— Oui.

— Si je n'avais pas appris à parler ainsi, on ne m'aurait accordé aucune considération en dehors d'ici.

— Il est comme toi, mais en plus naturel. Quand Gennaro était petit, même si je ne connaissais pas encore Pietro, c'était exactement comme ça que je voulais le faire devenir. »

Elle me parla souvent de son fils. Elle expliqua qu'elle aurait voulu lui donner davantage, mais qu'elle n'en avait eu ni le temps, ni la constance, ni la capacité. Elle s'accusa d'avoir commencé par lui enseigner le peu qu'elle pouvait, avant de perdre confiance et de le laisser tomber. Un soir, elle passa sans transition de son premier enfant au second. Elle avait peur qu'en grandissant Tina ne se gâte à son tour. Je louai alors sa fille avec chaleur et sincérité, et elle déclara gravement :

« Maintenant que tu es là, il faut que tu m'aides à la faire devenir comme tes filles. Enzo aussi y tient, il m'a dit de te le demander.

— D'accord.

— Tu m'aides et je t'aide. L'école ne suffit pas : tu te rappelles Oliviero ? Avec moi, ça n'a pas suffi.

— C'était une autre époque.

— Je ne sais pas. J'ai donné tout ce que j'ai pu à Gennaro, mais ça a mal tourné.

— C'est à cause du quartier. »

Elle me regarda, sérieuse :

« Je n'y crois pas beaucoup : mais puisque tu as décidé de rester ici avec nous, alors, changeons le quartier ! »

84

En quelques mois, nos rapports devinrent très
étroits. Nous prîmes l'habitude de sortir faire les
courses ensemble, et le dimanche, au lieu de nous
balader entre les stands du boulevard, toujours
les mêmes, nous nous imposâmes d'aller dans le
centre avec Enzo afin que nos filles prennent le
soleil et l'air marin. Nous nous promenions sur
la Via Caracciolo et dans la Villa Comunale. Enzo
portait Tina sur ses épaules et lui faisait plein de
câlins, peut-être trop. Mais il n'oubliait jamais mes
filles, il leur achetait des ballons et des bonbons
et jouait avec elles. Lila et moi restions exprès à
la traîne. Nous parlions de tout, mais pas comme
lorsque nous étions adolescentes – ces temps-là
ne reviendraient jamais. Elle m'interrogeait sur
des choses qu'elle avait vues à la télévision et
je répondais en toute liberté. Je lui parlais, par
exemple, du postmodernisme, des problèmes de
l'édition, des derniers développements du féminisme ou de tout ce qui me passait par la tête ;
Lila m'écoutait, attentive, avec une expression
légèrement ironique, n'intervenant que pour me
demander de plus amples explications, jamais
pour me donner son opinion. J'aimais lui parler,
j'aimais l'air admiratif qu'elle prenait et j'aimais
ses exclamations du genre « qu'est-ce que t'en sais,
des trucs ! tu réfléchis sur tellement de sujets ! »,
même si je les devinais parfois moqueuses. Quand
je la sollicitais pour avoir son avis, elle se dérobait en râlant : Non, me fais pas dire de bêtises,

c'est toi qui parles ! Elle me citait souvent le nom de célébrités pour savoir si je les connaissais et, quand je répondais non, elle était déçue. Elle était également désappointée, je dois dire, lorsque je réduisais à des dimensions banales des personnes connues avec lesquelles j'avais été en contact.

« En fait, ces gens ne sont pas ce qu'ils paraissent ! conclut-elle un matin.

— Pas du tout. Souvent, ils sont bons dans leur travail. Mais à part ça, ils se comportent avec avidité, aiment faire mal, s'allient avec les forts pour harceler les faibles, forment des clans pour combattre d'autres clans, traitent les femmes comme des toutous qu'on promène et puis, dès qu'ils le peuvent, te balancent des obscénités et ont la main baladeuse, exactement comme chez nous, dans le bus.

— Tu exagères !

— Non ! Pour produire des idées, il n'est pas nécessaire d'être un saint. De toute façon, les vrais intellectuels, il y en a très peu. La plupart des gens cultivés passent leur vie à commenter paresseusement les idées des autres. Leur énergie est principalement consacrée à exercer leur sadisme pour contrer tout rival potentiel.

— Alors pourquoi tu es avec eux ? »

Je rétorquai : Je ne suis pas avec eux, je suis ici. Je voulais qu'elle sente que j'appartenais à l'élite tout en m'en distinguant. Elle-même me poussait dans cette voie. Elle s'amusait quand j'ironisais sur mes collègues, mais désirait qu'ils restent malgré tout mes collègues. Quelquefois, j'avais l'impression qu'il fallait absolument que je lui confirme que je faisais bien partie de ces gens qui expliquent comment va le monde et ce qu'il est juste de penser. À ses yeux, mon choix de résider dans le quartier n'avait de sens que si je continuais à compter parmi ceux qui écrivaient des livres, collaboraient à des revues et des journaux et apparaissaient de temps en temps à la télévision. La condition pour être son amie et sa voisine, c'était de jouir de cette aura. Et je la confortais dans cette idée. Son assentiment me donnait confiance en moi. J'étais à son côté dans la Villa Comunale, avec nos filles, et en même temps j'étais irrémédiablement différente, j'avais une vie qui m'emportait très loin. Je me flattais d'être une femme de grande expérience par rapport à elle, et je sentais qu'elle aussi était satisfaite de moi. Je lui parlais de la France, de l'Allemagne, de l'Autriche et des États-Unis, des débats auxquels je participais ici et là, ou des hommes que j'avais rencontrés récemment, après Nino. Elle prêtait attention à tout avec un sourire en coin, sans jamais dire ce qu'elle en pensait. Même les récits de mes aventures occasionnelles ne suscitèrent jamais en elle le besoin de se confier.

« Ça va, avec Enzo ? lui demandai-je un matin.

— Plutôt.

— Et tu n'es jamais attirée par quelqu'un d'autre ?

— Non.

— Tu l'aimes ?

— Plutôt. »

Il n'y avait pas moyen de lui tirer autre chose et j'étais la seule à parler de sexe, souvent de manière explicite. Monologues de mon côté, silence du sien. Néanmoins, quels que soient les sujets que nous abordions au cours de ces promenades, son corps même dégageait un je-ne-sais-quoi qui m'enveloppait, stimulait mon cerveau et m'aidait à réfléchir – comme c'était le cas depuis toujours.

C'était peut-être pour cela que je recherchais si fréquemment sa compagnie. L'énergie qui émanait d'elle en permanence avait le pouvoir de mettre à l'aise, de consolider un projet et de suggérer des solutions, de manière inconsciente. Et cette force n'avait pas d'effet que sur moi. Elle m'invitait parfois à dîner avec les filles mais, le plus souvent, c'était moi qui l'invitais avec Enzo et, bien sûr, Tina. Pas Gennaro, non, ça il n'y avait rien à faire, généralement il restait dehors pour ne rentrer que tard dans la nuit. Je me rendis bientôt compte qu'Enzo se faisait du souci pour le garçon, alors que Lila disait : Il est grand, il fait ce qu'il veut ! Mais je sentais qu'elle s'exprimait ainsi pour atténuer l'inquiétude de son compagnon. Et leur échange à tous les deux ressemblait à nos conversations : Enzo acquiesçait et quelque chose passait entre elle et lui, comme un fluide revigorant.

Le même phénomène se produisait dans les rues du quartier. Sortir faire les courses avec elle ne cessait de m'étonner, elle était devenue une personnalité de référence. On l'arrêtait tout le temps, on l'attirait respectueusement dans un coin pour lui faire une confidence, on lui glissait quelques mots à l'oreille, et elle, elle écoutait, impassible. Était-ce le succès de son nouveau travail qui lui valait pareil traitement ? Donnait-elle l'impression d'être capable de tout ? Ou bien l'énergie qui avait toujours émané d'elle, à présent qu'elle approchait la quarantaine, lui donnait-elle un air de magicienne qui enchantait et effrayait ? Je ne sais. En tout cas, ce qui me frappait, c'était qu'on s'occupait plus d'elle que de moi. J'étais une romancière connue et ma maison d'édition veillait à ce que, dans la perspective de mon nouveau livre, on parle souvent de moi dans les journaux. Un numéro de *La Repubblica* était sorti avec une photo de moi, de grand format, illustrant un petit article sur les livres à paraître prochainement, et à un moment donné, le journaliste écrivait : «Nous sommes particulièrement impatients de lire le nouveau roman d'Elena Greco, une histoire située dans une Naples inédite, aux couleurs rouge sang, etc.» Et pourtant, auprès de Lila, dans les lieux de notre enfance, je n'étais qu'un ornement qui témoignait des mérites de mon amie. Les gens qui nous connaissaient depuis toujours attribuaient à Lila et à sa force d'attraction le fait que le quartier accueille dans ses rues une personne de valeur comme moi.

85

Je pense que beaucoup de gens se demandaient pourquoi, alors que dans les journaux j'avais l'air riche et célèbre, j'étais revenue habiter dans un appartement minable, situé dans une zone de plus en plus dégradée. Peut-être que les premières à ne pas le comprendre étaient mes filles. Un matin, Dede revint du collège révulsée :

«Un vieux était en train de faire pipi dans l'entrée de l'immeuble !»

Un autre jour, Elsa arriva à la maison épouvantée :

«Quelqu'un a été poignardé aujourd'hui dans le jardin de l'église !»

En ces occasions, la peur me gagnait, et cette part de moi qui avait quitté le quartier depuis longtemps s'indignait, s'inquiétait pour les filles et disait «ça suffit». À la maison, Dede et Elsa parlaient en bon italien, mais il m'arrivait de les entendre par la fenêtre ou quand elles montaient l'escalier et je réalisais qu'Elsa surtout employait un dialecte très agressif, parfois obscène. Je la réprimandais et elle feignait le repentir. Mais je savais qu'il fallait beaucoup de discipline pour résister à la fascination des mauvaises manières, comme à tant d'autres tentations encore. Était-il possible que, tandis que je m'occupais de littérature, elles soient en train de se perdre? Je me tranquillisais en me répétant la limite temporelle de notre séjour : après la publication de mon livre, je quitterais définitivement Naples. Je me le disais et redisais : il fallait juste que j'arrive à la version finale de mon roman.

Indubitablement, le livre profitait de tout ce qui se passait dans le quartier. Mais si mon travail avançait aussi bien, c'était surtout parce que j'étais à l'écoute de Lila, qui était demeurée entièrement plongée dans cette ambiance. Sa voix, son regard, ses gestes, sa méchanceté, sa générosité et son dialecte même étaient intimement liés aux lieux de notre naissance. Même sa Basic Sight, malgré ce nom exotique (les gens appelaient son bureau *Basissìt*), n'était pas tant une météorite tombée du ciel qu'un effet imprévu de la misère, de la violence et de la dégradation. M'inspirer d'elle pour donner plus de vérité à mon récit me paraissait donc indispensable. Ensuite, je m'en irais pour toujours : j'avais l'intention de déménager à Milan.

Il me suffisait de rester un moment dans son

bureau pour avoir un aperçu de l'atmosphère dans laquelle elle évoluait. Je regardais son frère, que la drogue dévorait maintenant de manière évidente. Je regardais Ada, jour après jour plus impitoyable, devenue l'ennemie jurée de Marisa, qui lui avait définitivement pris Stefano. Je regardais Alfonso – en lui le féminin et le masculin effaçaient constamment leurs limites, sur son visage et dans ses manières, avec des effets que je trouvais un jour repoussants, un autre émouvants, toujours inquiétants : il avait souvent un œil au beurre noir ou la lèvre fendue sous les coups qu'il prenait, on ne savait jamais où ni quand. Je regardais Carmen qui, engoncée dans sa tenue bleue de pompiste, tirait Lila de côté pour l'interroger, tel un oracle. Je regardais Antonio, qui tournait autour de Lila en bredouillant quelques mots, ou bien gardait un silence déférent lorsqu'il emmenait sa superbe épouse allemande et leurs enfants à la Basic Sight, comme pour une visite de courtoisie. Pendant ce temps, je captais des rumeurs à n'en plus finir. Stefano Carracci va fermer l'épicerie, il n'a plus une lire, il a besoin de fric. C'est Pasquale Peluso qui a kidnappé machin-chose, et si c'est pas lui, il est sûrement impliqué quand même. L'incendie de l'usine de chemises à Afragola, c'est untel qui l'a allumé lui-même, pour toucher l'assurance. Fais attention, Dede, il y a des gens qui donnent des bonbons drogués aux enfants ! Un pédé rôde autour de l'école primaire et enlève les enfants. Les Solara ouvrent un night-club dans le quartier nouveau, il y aura des filles et de la drogue, et la musique sera tellement forte qu'on ne pourra plus dormir. La nuit, d'énormes camions transitent par le boulevard, et ils transportent des trucs encore plus destructeurs que la bombe atomique. Gennaro s'est mis à fréquenter de sales types, et si ça continue comme ça, j'arriverai même plus à l'envoyer bosser ! La personne retrouvée assassinée sous le tunnel avait l'air d'une femme, mais c'était un homme, et son corps a perdu tellement de sang que ça a coulé jusqu'à la station-service.

J'écoutais et regardais depuis mon poste d'observation, maintenant que j'étais devenue pour de vrai ce qui nous avait fait rêver dans notre enfance, Lila et moi : l'auteure d'un gros roman que j'étais en train de peaufiner, parfois de réécrire, et qui allait bientôt être publié. Je me disais : Dans la première version, j'ai mis trop de dialecte. J'effaçais et recommençais. Puis il me semblait ne pas en avoir mis assez et j'en ajoutais. J'habitais le quartier, certes, mais dans la sécurité de ce rôle et de cette mise en scène. Mes ambitions professionnelles justifiaient ma présence en ces lieux et, tant que je me consacrais à ce travail, elles donnaient du sens à la lumière maladive des pièces, aux voix grossières de la rue, aux risques qu'encouraient mes filles, à la circulation sur le boulevard qui soulevait de la poussière quand il faisait beau, de l'eau et de la boue quand il pleuvait, et à la foule des clients d'Enzo et Lila – de petits patrons de la région avec des grosses voitures de luxe, des vêtements à la richesse vulgaire et des corps empâtés aux mouvements tantôt arrogants, tantôt sournois.

Un jour où j'attendais Lila au siège de la Basic Sight avec Imma et Tina, tout me sembla plus limpide : même si Lila faisait un travail neuf, elle demeurait totalement immergée dans notre ancien monde. Je l'entendis crier de la manière la plus vulgaire qui soit contre un client, pour une question d'argent. Cela me secoua : où était passée la femme qui dégageait autorité et courtoisie ? Enzo accourut, et l'homme – une soixantaine d'années, petit mais avec un ventre énorme – s'en alla en jurant. Je demandai ensuite à Lila :

« Qui es-tu, en réalité ?

— Dans quel sens ?

— Si tu ne veux pas en discuter, laisse tomber !

— On peut discuter, mais il faut que tu m'expliques de quoi.

— Je veux dire : dans un milieu comme celui-ci, et étant donné les gens auxquels tu as affaire, comment tu te comportes ?

— Je fais attention, comme tout le monde.

— C'est tout ?

— Eh bien, je fais attention, et je m'arrange pour que les choses aillent dans le sens que je veux. On a toujours fait comme ça, non ?

— Oui, mais maintenant on a des responsabilités, envers nous-mêmes et envers nos enfants. Tu n'as pas dit que nous devions changer le quartier ?

— Et d'après toi, pour le changer, il faut faire quoi ?

— Avoir recours à la loi. »

Je fus moi-même surprise de mes paroles. Je tins un discours dans lequel je me découvris, à ma propre stupéfaction, encore plus légaliste que mon ex-mari et, à bien des égards, que Nino. Lila se moqua de moi :

« La loi, c'est bien quand t'as en face de toi des gens qui se mettent au garde-à-vous rien qu'à entendre le mot *loi*. Mais ici, tu sais comment c'est.

— Alors quoi ?

— Alors, si les mecs n'ont pas peur de la loi,

c'est à toi de leur faire peur. Le connard que t'as vu tout à l'heure, on a beaucoup bossé pour lui, mais vraiment beaucoup, et maintenant il veut pas payer, il raconte qu'il a pas de fric ! Je l'ai menacé, je lui ai dit : Je vais porter plainte. Il a répondu : C'est ça, porte plainte, qu'est-ce que ça peut foutre !

— Mais tu vas porter plainte, non ? »

Elle eut un rire :

« Comme ça je reverrai plus jamais mon argent ! Il y a longtemps, un comptable nous a volé des millions. On l'a viré et dénoncé. Mais la justice n'a pas bougé.

— Et puis ?

— Et puis j'en ai eu marre d'attendre et je me suis adressée à Antonio. L'argent est tout de suite revenu. Et celui-là aussi reviendra, sans procès, sans avocats et sans juges. »

86

Antonio faisait donc des travaux de ce genre pour Lila. Pas contre paiement mais par amitié, par estime personnelle. Ou peut-être qu'elle l'empruntait à Michele, que sais-je, puisque Antonio travaillait pour lui ! Et comme Michele disait oui à tout ce que demandait Lila, il le lui laissait.

Mais Michele satisfaisait-il vraiment la moindre requête de Lila ? Si c'était certainement le cas avant que j'emménage dans le quartier, à présent ce n'était plus aussi évident. Je remarquai d'abord quelques signes incongrus : Lila ne prononçait plus le nom de Michele avec suffisance mais avec agacement, et même avec une inquiétude visible ; surtout, Solara se pointa de plus en plus rarement à la Basic Sight.

Je me rendis compte pour la première fois que quelque chose avait changé à la fête de mariage de Marcello et d'Elisa, qui fut absolument fastueuse. Pendant toute la durée de la réception, Marcello garda son frère à son côté, lui parlant souvent à l'oreille et passant un bras autour de ses épaules, et ils riaient de concert. Quant à Michele, on aurait dit qu'il avait ressuscité. Il se lança à nouveau, comme autrefois, dans ses discours longs et ampoulés, tandis qu'étaient sagement assis près de lui Gigliola, maintenant extraordinairement grasse, et leurs enfants, comme s'ils avaient décidé d'oublier la manière dont il les avait traités. Je fus frappée de constater que la vulgarité très provinciale encore en vogue au mariage de Lila s'était comme modernisée. Elle s'était transformée en vulgarité métropolitaine, et Lila elle-même y avait adapté ses manières, son langage et ses vêtements. Bref, rien ne détonnait à part mes filles et moi qui, avec notre sobriété, étions tout à fait déplacées dans cette débauche de couleurs, d'éclats de rire et de luxe excessifs.

C'est sans doute pour cela que le coup de colère de Michele parut particulièrement alarmant. Il avait entamé un panégyrique des époux, mais la petite Tina réclamait quelque chose qu'Imma lui avait pris et braillait au beau milieu de la salle. Michele parlait, Tina criait. Alors Michele s'arrêta net et hurla, avec un regard fou : Putain, Lina, mais tu vas la faire taire, la pisseuse ? Comme ça, exactement en ces termes. Lila le fixa pendant une seconde interminable. Elle ne dit mot ni ne broncha. Puis elle posa lentement sa main sur celle d'Enzo, assis près d'elle. Je me levai de table en toute hâte et sortis avec les gamines.

Cet incident mobilisa la mariée, c'est-à-dire ma sœur, Elisa. À la fin du discours, quand le bruit des applaudissements me parvint dehors, elle me rejoignit dans sa somptueuse robe blanche. Elle me lança joyeusement : Mon beau-frère est redevenu celui d'avant! Puis elle ajouta : Mais il n'a pas à traiter les gosses comme ça. Elle prit Imma et Tina dans ses bras et, riant et plaisantant, ramena les deux petites dans la salle. Je la suivis, perplexe.

Pendant un temps, je me dis qu'elle aussi était peut-être redevenue celle d'avant. En effet, Elisa changea beaucoup après ses noces, comme si, jusqu'à ce jour, c'était l'absence de lien matrimonial qui l'avait rendue aussi désagréable. Elle se transforma en mère calme, en épouse posée et ferme à la fois, et cessa toute hostilité à mon égard. Maintenant que je lui rendais visite avec mes enfants, et souvent aussi avec Tina, elle m'accueillait gracieusement et manifestait de la tendresse envers les filles. Marcello aussi, les rares fois où je le croisais, se montrait gentil. Il m'appelait la belle-sœur qui écrit des romans (*Comment elle va, ma petite belle-sœur qui écrit des romans?*), prononçait quelques formules de politesse et disparaissait. À présent, son appartement était parfaitement en ordre, et Elisa et Silvio nous accueillaient en habits du dimanche. Mais je me rendis bientôt compte que ma petite sœur d'autrefois avait définitivement disparu. Le mariage avait inauguré une Mme Solara totalement factice, qui affichait en permanence sourire et ton affable,

exactement comme son mari, et ne lâchait jamais
une confidence. Moi, je m'efforçais d'être affectueuse avec elle et surtout avec mon neveu. Mais
Silvio ne m'était pas sympathique, il ressemblait
trop à Marcello, et Elisa dut s'en rendre compte.
Un après-midi, l'animosité refit surface pendant
quelques minutes : Tu préfères la fille de Lina à
mon fils ! Je jurai que non, pris son gosse dans mes
bras et le couvris de baisers. Mais elle secoua la
tête et lâcha, grinçante : D'ailleurs tu es allée vivre
près de Lina, pas à côté de papa ou moi ! Bref,
elle continuait à m'en vouloir, et désormais elle en
voulait aussi à nos frères. Je crois qu'elle les accusait d'ingratitude. À présent, ils vivaient et habi-
taient à Baiano, et ils ne venaient jamais, même
pas pour saluer Marcello, qui avait pourtant été
tellement généreux avec eux. Elisa ajouta, comme
énonçant un principe universel : On s'imagine que
les liens familiaux, c'est un truc fort, mais c'est pas
vrai. Elle continua : Pour éviter que ces liens se
brisent, il faut de la volonté, comme celle dont a
fait preuve mon mari. Michele était devenu débile,
mais Marcello lui a permis de retrouver son cerveau d'autrefois : tu as vu le beau discours qu'il a
fait à mon mariage ?

87

Le recouvrement de la raison par Michele fut
marqué non seulement par le retour de son bagou
fleuri mais aussi par l'absence, parmi les invités
au mariage, de quelqu'un qui avait certainement

été très proche de lui pendant cette période de crise : Alfonso. Cette invitation manquée fut, pour mon ex-camarade de classe, une immense souffrance. Pendant des jours, il ne fit que se lamenter, se demandant à haute voix quel tort il avait bien pu faire aux Solara. J'ai travaillé des années pour eux, s'exclama-t-il, et ils ne m'ont pas invité ! Puis un événement se produisit qui fit grand bruit. Un soir, Alfonso, très déprimé, vint dîner chez moi avec Lila et Enzo. Alors qu'il ne s'était jamais habillé en femme en ma présence, à part le jour où il avait essayé la robe de grossesse dans le magasin de la Via Chiaia, il se présenta dans des vêtements féminins, ce qui laissa, en particulier, Dede et Elsa bouche bée. Il fut importun pendant toute la soirée et but beaucoup. Il demandait de façon obsessionnelle à Lila : Je grossis ? Je m'enlaidis ? Je ne te ressemble plus ? Et à Enzo : Qui est la plus belle, elle ou moi ? À un moment donné, il se plaignit d'avoir l'intestin bouché et d'avoir un mal de chien au fond de ce qu'il appela – s'adressant aux gosses – son petit cul. Il se mit à exiger que j'y jette un œil pour voir ce qu'il avait. Regarde mon petit cul ! disait-il avec un rire gras. Dede le fixait, perplexe, et Elsa cherchait à étouffer un fou rire. Enzo et Lila durent le faire sortir précipitamment.

Alfonso ne s'apaisa nullement. Le lendemain, sans maquillage, en vêtements masculins et les yeux rougis par les pleurs, il sortit de la Basic Sight, disant qu'il allait prendre un café au bar Solara. Devant l'entrée, il tomba sur Michele. Personne ne sait ce qu'ils se dirent, mais au bout de quelques minutes, Michele se mit à le bourrer de coups de poing et de pied, puis il saisit la perche qui servait à baisser le rideau de fer et le passa à

tabac longuement, méthodiquement. Alfonso rega-
gna le bureau très mal en point, ne faisant que
répéter : C'est ma faute, j'ai pas su me comporter... Se comporter pour quoi, nul ne parvint à le
comprendre. Quoi qu'il en soit, à partir de ce jour-
là, son état ne fit qu'empirer, et cela parut inquiéter Lila. Pendant des jours, elle tenta en vain de
calmer Enzo, qui ne supportait pas la violence des
forts contre les faibles, et voulait aller voir Michele
pour lui demander s'il croyait pouvoir le traiter
comme Alfonso. De mon appartement, j'entendais
Lila qui disait : Arrête, tu fais peur à Tina !

88

Quand janvier arriva, mon livre s'était déjà
nourri de l'écho des innombrables micro-événe-
ments du quartier. Une vive angoisse me gagna.
Arrivée à l'étape des dernières épreuves, je demandai timidement à Lila si elle aurait la patience de
le relire (*J'ai changé beaucoup de trucs*), mais elle
répondit non d'un ton résolu. Je n'ai même pas
lu le dernier livre que tu as publié, dit-elle, je n'ai
aucune compétence pour ces questions-là. Je me
sentis seule face à mes propres pages, et je fus
même tentée de téléphoner à Nino pour savoir
s'il me ferait la faveur de les lire. Puis je réalisai
que, bien qu'ayant mon adresse et mon numéro
de téléphone, il n'avait jamais donné signe de
vie, nous ignorant, sa fille et moi, durant tous ces
mois. Alors je renonçai. Le texte perdit les dernières traces de provisoire qui lui restaient, puis

me quitta. Cette séparation m'effraya : quand je le reverrais, il aurait son aspect définitif, et chaque mot serait sans remède possible.

Le service de presse m'appela. Gina me dit : À *Panorama*, ils ont lu les épreuves et ils sont très intéressés, ils vont t'envoyer un photographe. Soudain, je regrettai la Via Tasso et mon logement bourgeois. Je pensai : Je ne veux pas être photographiée encore une fois devant l'entrée du tunnel, ni dans cet appart sordide, ni dans le jardin public parmi les seringues des drogués, je ne suis plus la fille d'il y a quinze ans, c'est mon troisième livre et je veux être traitée correctement. Mais Gina insista, il fallait promouvoir le livre. Je lui répondis : Donne mon numéro de téléphone au photographe, je veux au moins être prévenue à l'avance, pouvoir soigner les apparences et repousser le rendez-vous si je ne me sens pas en forme.

Les jours suivants, je m'efforçai de maintenir l'appartement bien rangé, mais personne n'appela. Je conclus qu'il y avait déjà assez de photos de moi en circulation et que *Panorama* avait dû renoncer à venir. Mais un matin, alors que Dede et Elsa étaient en classe et que je jouais, assise par terre, avec Imma et Tina, décoiffée, vêtue d'un jean et d'un pull usé jusqu'à la corde, on frappa à la porte. Les deux petites assemblaient des morceaux éparpillés qui servaient à faire un château, et je les aidais. Depuis quelques mois, il me semblait que l'écart entre ma fille et celle de Lila s'était définitivement comblé : elles collaboraient à la construction avec des gestes précis, et si Tina faisait preuve de plus d'imagination et me posait souvent des questions surprenantes dans un italien limpide et toujours bien articulé, Imma était plus déterminée et peut-être plus méthodique, son seul désavantage étant son charabia, que souvent nous ne pouvions décrypter qu'avec l'aide de sa petite copine. Comme je m'attardai pour répondre à je ne sais quelle requête de Tina, on carillonna de manière plus impérieuse. J'allai ouvrir et me retrouvai face à une femme splendide d'une trentaine d'années, avec de magnifiques boucles blondes et un long imperméable bleu. C'était la photographe.

Il s'avéra qu'il s'agissait d'une Milanaise très expansive. Rien de ce qu'elle portait n'était bon marché. J'ai perdu ton numéro, m'expliqua-t-elle, mais c'est mieux comme ça : moins tu t'attends à être photographiée, et plus les photos sont réussies ! Elle regarda autour d'elle. Quelle galère pour arriver jusqu'ici, quel endroit pourri ! Mais c'est exactement ce qu'il nous faut ! C'est à toi, les gamines ? Tina lui sourit, pas Imma, mais à l'évidence toutes deux la voyaient comme une espèce de fée. Je les lui présentai : Imma c'est ma fille, Tina celle d'une amie. Je parlais encore que la photographe me tournait déjà autour en me mitraillant avec différents appareils, assortis de tout un équipement. Il faut que je m'arrange un peu, tentai-je d'objecter. Jamais de la vie, tu es très bien comme ça !

Elle m'entraîna dans tous les recoins de l'appartement : la cuisine, la chambre des enfants, la mienne, et même devant le miroir de la salle de bain.

« Tu as ton livre ?

— Non, il n'est pas encore sorti.

— Et un exemplaire de celui que tu as écrit avant ?

— Oui.

— Prends-le et mets-toi là, fais semblant de lire ! »

J'obéis, abasourdie. Tina saisit un livre à son tour et copia mes poses en lançant à Imma : Prends-moi en photo ! Ce jeu enthousiasma la photographe, qui me dit : Assieds-toi par terre, avec les petites ! Elle prit de nombreux clichés, pour le ravissement de Tina et d'Imma. La femme s'exclama : Maintenant, on en fait une juste avec ta fille ! Je m'apprêtai à prendre Imma près de moi, mais la photographe dit : Non, l'autre, son petit visage est incroyable ! Elle me poussa près de Tina et prit un nombre infini de photos. Imma s'attrista : Moi aussi ! réclama-t-elle. J'écartai les bras et m'écriai : Mais oui, viens voir maman !

La matinée fila à vive allure. La femme à l'imperméable bleu nous entraîna aussi dans la rue, mais elle était un peu tendue. Elle demanda à deux reprises : Je ne vais pas me faire voler mon équipement ? Ensuite l'exaltation la gagna et elle voulut photographier tous les recoins misérables du quartier : elle m'installa sur un banc déglingué, contre un mur écaillé, près d'un vieil urinoir. Je recommandais à Imma et Tina : Restez là, ne bougez pas quand les voitures passent, faites attention ! Elles se tenaient la main, elles avaient la même taille, la blonde et la brune, et elles attendaient.

Lila rentra du travail à l'heure du dîner et monta chez moi récupérer sa fille. Tina ne lui donna pas le temps d'entrer et commença à tout lui raconter :

« Une dame très jolie est venue !

— Plus jolie que moi ?

— Oui.

— Plus jolie que tata Lenuccia ?

— Non.

— Alors la plus jolie de toutes, c'est tata Lenuccia.

— Non, c'est moi.

— Toi ? Tu dis de ces bêtises !

— Si, c'est vrai, maman !

— Et qu'est-ce qu'elle a fait, cette dame ?

— Des photos.

— De qui ?

— De moi.

— Seulement de toi ?

— Oui.

— Menteuse ! Allez, Imma, viens me voir, et raconte-moi ce que vous avez fait ! »

89

J'attendis la sortie de *Panorama*. Maintenant, j'étais satisfaite : le service de presse faisait un excellent travail et j'étais fière d'être le sujet d'un reportage photographique tout entier. Une semaine s'écoula et l'article ne parut pas. Quinze jours, toujours rien. On arriva fin mars, mon livre était à présent en librairie, encore rien. Je fus prise par d'autres choses : une interview radio, un entretien pour *Il Mattino*. À un moment donné, je dus aller à Milan pour présenter le roman. C'était la même librairie que quinze ans auparavant, et je fus présentée par le même professeur que ce jour-là. Adele ne vint pas, Mariarosa non plus, mais le public fut plus fourni que par le passé. L'universitaire parla du livre sans grande chaleur mais de manière positive, et quelques spectateurs – il y avait surtout des femmes – intervinrent en s'enthousiasmant pour la complexité humaine de la protagoniste. C'était un rite que je connaissais bien, désormais. Je repartis le lendemain et regagnai Naples épuisée.

Je me souviens que je rentrais à la maison en traînant ma valise quand une voiture s'arrêta à côté de moi sur le boulevard. Au volant il y avait Michele, et Marcello était assis près de lui. Cela me rappela le jour où les deux Solara avaient tenté de m'attirer dans leur voiture – ce qu'ils avaient fait à Ada aussi – et où Lila m'avait défendue. Je portais au poignet le bracelet de ma mère, comme en cette occasion, et je reculai avec un geste brusque pour le protéger, oubliant la nature inerte des objets. Marcello regarda droit devant lui sans dire bonjour, sans même me lancer comme d'habitude son débonnaire : Voilà ma petite belle-sœur qui écrit des romans ! C'est Michele qui parla, et il était furieux :

« Putain, Lenù, qu'est-ce que t'as écrit dans ce bouquin ? Des infamies sur l'endroit où t'es née ? Des infamies sur ma famille ? Des infamies sur ceux qui t'ont vu grandir, qui t'admirent et qui t'aiment ? Des infamies sur notre ville magnifique ? »

Il se retourna, saisit sur le siège arrière une copie de *Panorama* fraîchement sortie de l'imprimerie et me la tendit par la vitre :

« T'aimes ça, raconter des conneries ? »

Je regardai. L'hebdomadaire était ouvert à la page qui me concernait. Il y avait une grande photo couleur montrant Tina et moi assises par terre dans mon appartement. Je fus aussitôt frappée par la légende : Elena Greco et sa fille Tina.

Sur le coup, je pensai que le problème, c'était cette légende, et je ne compris pas pourquoi Michele s'énervait autant. Je répondis, perplexe :

« Ils se sont trompés. »

Mais alors il émit une phrase, presque un cri, qui fut encore plus incompréhensible :

« C'est pas eux qui se sont trompés, mais *vous deux* !

— Qui ça, vous deux ? Je ne comprends pas ce que tu veux dire. »

À ce moment-là, Marcello intervint, abrupt :

« Laisse tomber, Michè, Lina la manipule et elle s'en rend même pas compte ! »

Michele démarra en trombe et me laissa sur le trottoir, magazine en main.

90

Je restai plantée là avec ma valise. Je lus l'article : quatre pages contenant les photos des coins les plus moches du quartier. La seule photo où je figurais était celle avec Tina, un portrait magnifique où le fond sordide de l'appartement donnait à nos deux silhouettes une grâce particulière. L'auteur ne faisait pas la critique de mon livre et n'en parlait même pas comme d'un roman, mais il l'utilisait pour évoquer ce qu'il appelait « le fief des frères Solara », qualifié de territoire de frontière, peut-être lié à la nouvelle camorra, peut-être pas. Il n'y avait pas grand-chose sur Marcello, il y était surtout question de Michele, décrit comme un être sans scrupules doué d'un esprit d'entreprise et prêt à soutenir n'importe quel parti politique, selon la logique des affaires. Quelles affaires ? *Panorama* en dressait la liste, mêlant domaines légaux et illégaux : la pâtisserie, les peaux, les chaussures, les supérettes, les night-clubs, la vieille contrebande de cigarettes, l'usure, le recel, la drogue et l'infiltration des chantiers de reconstruction, après le tremblement de terre.

J'eus des sueurs froides.

Qu'est-ce que j'avais fait ? Comment avais-je pu être aussi imprudente ?

À Florence, j'avais inventé une intrigue en m'inspirant de faits de mon enfance et de mon adolescence, la distance me rendant intrépide. Vue de là, Naples était presque un endroit imaginaire, une ville comme dans les films, qui, bien que les rues et les immeubles soient réels, ne sert que de décor à des histoires, noires ou roses. Ensuite, à partir du moment où j'avais déménagé et avais fréquenté Lila jour après jour, une obsession de réalisme m'avait saisie et, tout en évitant de le nommer, j'avais raconté mon quartier. Mais j'avais sans doute exagéré, et l'équilibre entre vérité et fiction devait s'être rompu : à présent, la moindre rue, le moindre bâtiment étaient devenus reconnaissables, et peut-être les gens et les violences l'étaient-ils aussi. Les photos étaient la preuve de ce que mes pages contenaient, elles identifiaient les lieux de manière définitive, et le quartier cessait d'être une fiction, ce qu'il avait toujours été pour moi pendant que j'écrivais. L'auteur de l'article en traçait l'histoire, mentionnait même l'assassinat de Don Achille Carracci et celui de Manuela Solara. Il s'attardait surtout sur ce dernier, subodorant qu'il s'agissait soit de la pointe visible d'un conflit entre familles camorristes, soit d'une exécution signée par «le dangereux terroriste Pasquale Peluso, né et élevé dans le quartier, ancien maçon et ex-secrétaire de la section locale du parti communiste». Or, je n'avais rien dit sur Pasquale, je n'avais pas parlé de Don Achille ni de Manuela ! Les Carracci et les Solara n'avaient été pour moi que des silhouettes et des voix qui avaient nourri, avec le rythme de leur dialecte, leurs gestes et leurs tons parfois violents, une construction entièrement imaginaire. Je ne voulais pas mettre mon nez dans leurs affaires réelles ! Quel rapport avec «le fief des frères Solara» ?

C'était un roman, que j'avais écrit !

91

Je me rendis chez Lila dans un grand état d'agitation, mes filles se trouvaient là. Ah, tu es déjà rentrée, commenta Elsa, qui se sentait plus libre lorsque j'étais absente. Dede me fit vaguement bonjour de la main, murmurant avec une feinte concentration : Une minute, maman, je finis mes devoirs, après je viens t'embrasser. La seule à manifester de l'enthousiasme fut Imma, qui colla ses lèvres sur l'une de mes joues et me la couvrit longuement de bisous, sans vouloir s'en détacher. Tina voulut en faire autant. Mais j'avais autre chose en tête, je me consacrai très peu à elles et montrai immédiatement *Panorama* à Lila. Suffoquant d'anxiété, je lui racontai ce qui s'était passé avec les Solara et lui dis : Ils sont furieux ! Lila lut calmement l'article et émit un unique commentaire : Jolies photos ! Je m'exclamai :

« Je vais envoyer un courrier au journal, je vais me plaindre ! S'ils veulent un reportage sur Naples, ils peuvent le faire, je ne sais pas, sur le kidnapping de Cirillo, sur les gens assassinés par la camorra, ou sur ce qu'ils veulent ! mais qu'ils n'utilisent pas mon livre n'importe comment !

— Et pourquoi ?

— Parce que c'est de la littérature, je n'ai pas parlé de faits réels !

— Moi, je me rappelle que si. »

Je la regardai, hésitante :

« Qu'est-ce que tu racontes ?

— Tu ne donnais pas de noms, mais on reconnaissait beaucoup de choses.

— Pourquoi tu ne me l'as pas dit ?

— Je t'ai dit que je n'aimais pas le livre. Soit on dit les choses, soit on ne les dit pas : toi, tu restais au milieu.

— C'était un roman !

— Un roman… oui et non. »

Je ne répliquai rien, mon angoisse augmenta. Maintenant, je ne savais plus si j'étais davantage affectée par la réaction des Solara ou par les propos de Lila, qui venait tranquillement de réitérer son jugement négatif formulé des années auparavant. Presque sans les voir, je regardai Dede et Elsa, qui s'étaient emparées du magazine. Elsa s'écria :

« Tina, viens voir, t'es dans le journal ! »

Tina approcha et regarda son portrait, elle avait les yeux écarquillés d'émerveillement et souriait de satisfaction. Imma demanda à Elsa :

« Et moi, je suis où ?

— Toi t'y es pas, parce que Tina est belle, et toi t'es moche ! » répondit sa sœur.

Imma se tourna vers Dede pour savoir si c'était vrai. Alors Dede, après avoir lu deux fois à haute voix la légende de la photo, tenta de la convaincre que, puisqu'elle s'appelait Sarratore et non Airota, elle n'était pas vraiment ma fille. À ce moment-là, fatiguée et exaspérée, j'éclatai et hurlai : Ça suffit, on rentre à la maison ! Elles s'y opposèrent toutes les trois, soutenues par Tina et surtout par Lila, qui insista pour que nous restions dîner.

Je restai. Lila tenta de me tranquilliser, et même de me faire oublier qu'elle avait à nouveau dit du mal de mon livre. Elle débuta en dialecte avant de se lancer dans son italien des grandes occasions, qui ne cessait jamais de me surprendre. Elle fit référence à son expérience du tremblement de terre, alors qu'en plus de deux ans elle ne l'avait jamais fait, ou uniquement pour se plaindre de la ville qui empirait toujours ; elle expliqua que, depuis ce jour-là, elle était attentive à ne jamais oublier que nous étions des êtres multiples composés de physique, astrophysique, biologie, religion, spiritualité, bourgeoisie, prolétariat, capital, travail, profit, politique, et aussi pleins de toutes sortes d'expressions harmonieuses ou cacophoniques : chaos à l'intérieur comme à l'extérieur. Alors du calme, s'exclama-t-elle en riant, d'après toi c'est qui, les Solara ? Ton roman est fini : tu l'as écrit et réécrit, à l'évidence vivre ici t'a aidée à le rendre plus réaliste, mais maintenant il est parti dans le monde, et tu ne peux plus le récupérer. Les Solara sont furieux ? Et alors ? Michele te menace ? On s'en fiche ! Il peut y avoir un autre tremblement de terre d'un moment à l'autre, beaucoup plus violent que le premier. Ou bien l'Univers tout entier peut s'écrouler. Et alors, qu'est-ce que c'est, Michele Solara ? Rien. Et Marcello ? Rien non plus. Ces deux-là, c'est juste un peu de chair humaine, uniquement capable de réclamer du fric et de menacer. Elle soupira et continua à voix basse : Les Solara seront toujours des bêtes dangereuses, Lenù, il n'y a rien à faire, j'en avais domestiqué un, mais son frère l'a rendu à sa férocité. Tu as vu les coups que Michele a flanqués à Alfonso ? C'est moi qu'il voudrait tabasser, mais il n'en a pas le courage. Et cette fureur contre ton livre, contre l'article de *Panorama* et contre les photos, c'est tout de la fureur contre moi. Alors t'as qu'à t'en foutre, comme moi je m'en fous. Par ton intermédiaire, les Solara se sont retrouvés dans le journal, et c'est ça qu'ils ne supportent pas, ce n'est pas bon pour leurs affaires et leurs truandages. Mais nous, ça nous fait plaisir, non ? De quoi faut-il qu'on s'inquiète ?

Je l'écoutai. Quand elle s'exprimait ainsi, en utilisant certaines expressions ronflantes, je la soupçonnais à chaque fois de continuer à dévorer des livres, comme dans son enfance, mais en me le cachant, pour quelque motif incompréhensible. Chez elle, il n'y avait rien à lire, à part des documents ultra techniques liés à son travail. Elle voulait donner l'image d'une personne sans aucune instruction, or voilà qu'elle parlait tout à coup biologie et psychologie, ou évoquait la complexité de l'être humain. Pourquoi se comportait-elle ainsi avec moi ? Je ne savais pas. Néanmoins j'avais besoin de son soutien, et je lui fis confiance quand même. Bref, Lila parvint à me calmer. Je relus l'article et il me plut. J'examinai les photos : le quartier était laid, mais Tina et moi étions belles. Nous nous mîmes à faire la cuisine et nos préparatifs m'aidèrent à réfléchir. Je conclus que l'article et les photos profiteraient au roman, et que mon texte, écrit à Florence et enrichi à Naples, dans l'appartement au-dessus de celui de Lila, était vraiment meilleur. Oui, affirmai-je, on n'a qu'à s'en foutre, des Solara ! Je me détendis et redevins gentille avec les filles.

Avant le dîner, à l'issue de je ne sais quels conciliabules, Imma s'approcha de moi, talonnée par Tina. Elle me demanda, dans son langage fait de mots bien prononcés et d'autres à la limite du compréhensible :

« Maman, Tina veut savoir si ta fille, c'est moi ou c'est elle.

— Et toi, tu veux le savoir ? » lui demandai-je.

Ses yeux s'embuèrent :

« Oui. »

Lila intervint :

« Nous sommes toutes les deux des mamans et nous vous aimons toutes les deux. »

Quand Enzo rentra du travail, il s'enthousiasma pour la photo où sa fille apparaissait. Le lendemain, il acheta deux exemplaires de *Panorama* et accrocha dans son bureau à la fois l'image dans son entier et une autre, découpée, qui isolait l'enfant. Naturellement, il élimina la légende erronée.

92

Aujourd'hui, au moment où j'écris, j'ai honte d'avoir toujours été favorisée par la chance. Le livre suscita un intérêt immédiat. Certains exaltaient le plaisir qu'on avait à le lire. D'autres louaient la finesse du portrait de la protagoniste. On parlait de réalisme brutal, on encensait mon imagination baroque, on admirait une narration au féminin, douce et captivante. Bref, des formules toutes positives abondèrent, mais elles étaient souvent en nette contradiction entre elles, comme si les critiques n'avaient pas lu le roman qui se trouvait en librairie et comme s'ils évoquaient un livre-fantasme fabriqué avec leurs propres préjugés. À l'instar de l'article de *Panorama*, ils ne furent tous d'accord que sur un unique point : dans ce roman, Naples était racontée de manière totalement inédite.

Quand on m'envoya les exemplaires qui me revenaient par contrat, j'étais tellement heureuse que je décidai d'en offrir un à Lila. Je ne l'avais pas fait avec mes livres précédents, et je tenais pour acquis que, pour le moment du moins, elle ne le feuilletterait même pas. Néanmoins je la sentais proche de moi, c'était la seule personne sur laquelle je pouvais vraiment compter et je voulais lui exprimer ma gratitude. Elle ne réagit pas bien. À l'évidence, ce jour-là elle avait beaucoup à faire, elle était absorbée, avec son style bagarreur habituel, par les conflits du quartier, à l'occasion des élections du 26 juin, qui approchaient. Peut-être quelque chose l'avait-il contrariée, je ne sais. Quoi qu'il en soit, quand je lui tendis le volume, elle ne le toucha pas, et me lança que je ne devais pas gâcher mes exemplaires.

Cela me blessa. Enzo me sortit d'embarras : Donne-le-moi, bougonna-t-il, je n'ai jamais eu la passion de la lecture, mais je le garderai pour Tina, comme ça elle le lira quand elle sera grande.

Il voulut que je fasse une dédicace pour la petite. Je me souviens que j'écrivis, un peu mal à l'aise : « À Tina, qui fera mieux que nous tous. » Puis je lus la dédicace à haute voix, et Lila rétorqua : C'est pas dur, de faire mieux que moi ! J'espère qu'elle fera beaucoup mieux ! Des paroles inutiles et sans motif : j'avais écrit *mieux que nous tous* et elle l'avait réduit à *mieux que moi*. Enzo et moi laissâmes tomber. Il rangea le roman sur une étagère, entre des manuels d'informatique, puis nous discutâmes des invitations que je recevais et des voyages que j'allais faire.

93

En général, ces moments d'hostilité de la part de Lila étaient francs, cependant ils affleuraient aussi parfois derrière une apparence de disponibilité et d'affection. Par exemple, elle continua à se réjouir quand elle devait s'occuper de mes filles, et pourtant, ne serait-ce que par une inflexion de la voix, elle avait tendance à me faire sentir que j'étais son obligée, comme pour dire : Ce que tu es et deviens, ça dépend de ce que moi, en me sacrifiant, je te permets d'être et de devenir. Si je percevais un tant soit peu ce ton, je m'assombrissais et proposais de prendre une baby-sitter. Mais Enzo et elle prenaient cela comme une offense : C'est hors de question ! Un matin où j'avais besoin de son aide, elle fit allusion, agacée, à des problèmes pressants, et je dis froidement que je pouvais trouver d'autres solutions. Elle devint agressive : Je t'ai dit que je

pouvais pas le faire ? Si t'as besoin, je m'organise !
Tes filles se sont plaintes ? Je les ai déjà négligées ?
Cela me persuada qu'elle ne désirait qu'une chose :
je devais déclarer qu'elle m'était indispensable, et
j'admis donc avec une gratitude sincère que ma vie
professionnelle aurait été impossible si je n'avais
pas eu son soutien. Puis je me consacrai à mes
engagements en oubliant tout scrupule.

Grâce à l'efficacité du service de presse, j'apparaissais tous les jours dans un journal différent, et on me vit aussi deux fois à la télévision.
J'étais enthousiaste et stressée, j'aimais l'attention
croissante dont j'étais entourée, mais je craignais
de dire des choses qu'il ne fallait pas. Dans les
moments de tension majeure, je ne savais pas à qui
m'adresser et recourais à Lila pour tout conseil :

« Et si on me pose des questions sur les Solara ?

— Tu dis ce que tu en penses.

— Et si les Solara se mettent en colère ?

— En ce moment, tu es plus dangereuse pour
eux qu'eux ne le sont pour toi.

— Je suis inquiète, Michele a l'air de plus en
plus fou.

— Les livres, on les écrit pour être entendu, pas
pour se taire. »

En réalité, je m'efforçai toujours à la prudence.
Nous étions au beau milieu d'une campagne électorale enflammée et je fus attentive, dans les interviews, à ne pas me mêler de politique et à ne pas
mentionner les Solara, qui – on le savait – étaient
occupés à drainer des votes pour les cinq partis
de gouvernement. En revanche, j'évoquai longuement les conditions de vie dans le quartier, encore
dégradées après le tremblement de terre, la misère,
les trafics dissimulés derrière une pseudo-légalité,

et les connivences institutionnelles. Et puis, selon les questions et l'humeur du jour, je parlais de moi, de ma formation, des efforts que j'avais dû faire pour étudier, de la misogynie à l'École normale, de ma mère, de mes enfants et de la pensée féminine. C'était une période compliquée pour le marché du livre, et les écrivains de mon âge, hésitant entre avant-garde et récit traditionnel, avaient du mal à se définir et à s'affirmer. Mais je me trouvais dans une situation avantageuse. Mon premier livre était sorti à la fin des années soixante ; avec le deuxième, j'avais fait preuve d'une solide culture et de nombreux centres d'intérêt, et j'étais une des seules à avoir déjà un petit passé éditorial, et même un certain lectorat. Aussi le téléphone se mit-il à sonner de plus en plus souvent. Toutefois, il faut préciser que les journalistes étaient rarement en demande d'opinions ou d'interventions sur des questions littéraires, et voulaient surtout des considérations sociologiques ou des commentaires sur l'actualité napolitaine. Je répondais néanmoins de bonne grâce. Je me mis bientôt à collaborer au *Mattino* sur les thèmes les plus variés, acceptai une rubrique dans *Noi donne* et présentai le livre partout où l'on m'invitait, en l'adaptant aux exigences du public qui se trouvait devant moi. Je n'arrivais pas moi-même à croire à ce qui m'arrivait. Les volumes précédents avaient bien marché, mais pas à ce rythme effréné. Deux écrivains très connus, que je n'avais jamais eu l'occasion de rencontrer, m'appelèrent. Une cinéaste célèbre voulut me rencontrer, elle songeait à adapter mon roman à l'écran. Chaque jour, j'apprenais que le livre avait été demandé en lecture par telle ou telle maison d'édition étrangère. Bref, ma satisfaction ne cessa de croître.

Mais ce qui m'apporta un contentement particulier, ce fut deux coups de fil inattendus. Le premier vint d'Adele. Elle me parla avec une grande cordialité, me posa des questions sur ses petites-filles, expliqua qu'elle savait tout d'elles par Pietro et les avait vues en photo, elles étaient très belles. Je l'écoutai et me limitai à quelques propos convenus. Elle dit du livre : Je l'ai relu, bravo, tu l'as beaucoup amélioré. En prenant congé, elle me fit jurer de la contacter si j'allais présenter le roman à Gênes : je devais lui amener les filles et les lui laisser un peu. Je jurai, tout en excluant de tenir ma promesse.

Quelques jours plus tard, Nino appela. Il me dit que mon livre était fantastique (*Une qualité d'écriture inimaginable en Italie*) et demanda à voir mes trois filles. Je l'invitai à déjeuner, il s'occupa beaucoup de Dede, d'Elsa et d'Imma, et puis naturellement parla énormément de lui. Dorénavant il était très peu à Naples, il se trouvait tout le temps à Rome, travaillait fréquemment avec mon ex-beau-père et exerçait des fonctions importantes. Il répéta souvent : La situation s'arrange en Italie, le pays prend enfin le chemin de la modernité ! Puis soudain il s'exclama, en me fixant droit dans les yeux : Remettons-nous ensemble ! J'éclatai de rire : Quand tu veux voir Imma, tu n'as qu'à me téléphoner, mais nous deux, nous n'avons plus rien à nous dire, j'ai même l'impression d'avoir conçu cette enfant avec un fantôme, je suis sûre que ce n'était pas toi, dans le lit ! Il s'en alla, boudeur, et ne donna plus signe de vie. Il nous oublia – Dede, Elsa, Imma et moi – pendant longtemps. En tout cas, il est certain qu'il nous oublia dès que la porte se referma derrière lui.

94

À ce moment-là, que pouvais-je désirer de plus ? Mon nom, le nom d'une moins-que-rien, était définitivement devenu celui de quelqu'un. C'est pour cela qu'Adele Airota m'avait téléphoné comme pour s'excuser, c'est pour cela que Nino Sarratore avait essayé de se faire pardonner et de retourner dans mon lit, c'est pour cela que l'on m'invitait partout. Certes, j'avais toujours du mal à me séparer des filles et à cesser, même quelques jours, d'être leur mère. Mais ce déchirement aussi finit par devenir une habitude. Mon sentiment de culpabilité était bientôt remplacé par la nécessité de faire bonne impression en public. Ma tête se remplissait de mille choses, Naples et le quartier perdaient de leur réalité. D'autres paysages s'imposaient, j'arrivais dans des villes superbes que je n'avais jamais visitées auparavant et me disais que j'aurais aimé y habiter. Je rencontrais des hommes qui m'attiraient, me faisaient me sentir importante et me rendaient joyeuse. En l'espace de quelques heures, un éventail de possibilités séduisantes s'ouvrait à moi. Mes liens de mère s'affaiblissaient, j'oubliais parfois de téléphoner à Lila et de souhaiter bonne nuit aux gosses. C'est seulement lorsque je sentais que j'aurais été capable de vivre sans elles que je me reprenais et éprouvais des remords.

Puis il y eut un épisode particulièrement désagréable. Je partis pour une longue tournée de promotion dans le Sud. Je devais y rester une semaine mais Imma ne se sentait pas bien, elle avait l'air abattue et était très enrhumée. C'était ma faute, je ne pouvais pas en vouloir à Lila : elle était très attentive, mais elle avait mille choses à faire et ne pouvait pas toujours remarquer si les enfants, à force de surexcitation, transpiraient trop, ni surveiller tous les courants d'air. Avant de me mettre en route, je demandai au service de presse de me procurer les numéros de téléphone des hôtels où je devais loger et je les laissai à Lila, en cas de besoin. S'il y a un problème, lui recommandai-je, appelle-moi et je rentrerai immédiatement !

Je m'en allai. Au début, je ne fis que penser à Imma qui n'allait pas bien et téléphonai à la moindre occasion. Par la suite, j'oubliai. J'arrivais quelque part et on m'accueillait avec grande courtoisie, je découvrais le programme très serré qu'on m'avait préparé et je m'efforçais d'être à la hauteur, et pour finir on me fêtait au cours d'interminables dîners. Le temps fila à vive allure. Une fois, je tentai d'appeler, mais le téléphone sonna dans le vide et je laissai tomber ; un jour, Enzo souleva le combiné et répondit, laconique comme toujours, « fais ce que tu as à faire, ne t'inquiète pas » ; un autre jour, je tombai sur Dede qui s'exclama avec un ton d'adulte « tout va bien, maman, amuse-toi bien, *ciao* ! ». Mais quand je revins chez moi, je découvris qu'Imma était à l'hôpital depuis trois jours. La petite avait une pneumonie et on avait dû l'admettre en urgence. Lila était à son chevet, elle avait abandonné tout engagement, avait même laissé Tina, et elle s'était enfermée avec ma fillette à l'hôpital. Je fus au désespoir et protestai parce qu'ils ne m'avaient rien dit. Mais Lila ne voulut jamais me céder sa place : même lorsque je fus à

Naples, elle continua à se sentir responsable de mon enfant. Rentre à la maison, me disait-elle, repose-toi, tu es toujours en déplacement !

En effet j'étais fatiguée, mais surtout ébranlée. J'avais des remords : je n'avais pas été auprès d'Imma, je l'avais privée de ma présence au moment même où elle en avait le plus besoin. Du coup, maintenant, je ne savais rien de ses douleurs ni du déroulement de sa maladie. Lila, en revanche, connaissait toutes les étapes de sa pneumonie, ses difficultés respiratoires, son angoisse et leur course vers l'hôpital. Je regardai Lila, là, dans le couloir de l'hôpital, et elle semblait plus accablée que moi. Elle avait offert à Imma le contact permanent et affectueux de son corps. Elle n'était pas rentrée chez elle depuis plusieurs jours, dormant peu, et elle avait le regard noir de la fatigue, alors que malgré moi je me sentais rayonnante, et je craignais que cela ne se voie à l'extérieur. Même à présent que j'étais au courant de la maladie de ma fille, je n'arrivais pas à chasser mon sentiment de satisfaction pour ce que j'étais devenue, le goût de la liberté que j'avais de me déplacer partout en Italie, et le plaisir de disposer de moi comme si je n'avais pas de passé, comme si tout commençait aujourd'hui.

Dès que la petite put rentrer à la maison, j'avouai ces sentiments à Lila. Je voulais mettre de l'ordre dans le mélange de culpabilité et de fierté que j'éprouvais, je souhaitais lui exprimer ma gratitude, mais je désirais aussi qu'elle me raconte en détail ce qu'Imma avait absorbé d'elle, puisque moi, je n'avais pas été là pour le lui donner. Or, Lila répliqua presque avec agacement : Laisse tomber, Lenù, c'est fini, ta fille va bien, maintenant il y a des problèmes plus graves. Je crus un instant qu'il s'agissait de difficultés à son travail, mais non, ce n'était pas cela, les problèmes me concernaient. Peu avant la maladie d'Imma, elle avait appris que quelqu'un allait déposer plainte contre moi. Ce quelqu'un, c'était Carmen.

95

J'éprouvai frayeur et douleur. Carmen ? Carmen m'avait fait une chose pareille ?

La phase exaltante de mon succès prit fin à l'instant. En quelques secondes, à mon sentiment de culpabilité pour avoir négligé Imma vint s'ajouter la crainte que, par voie légale, tout ne me soit ôté : joie, prestige, argent. J'eus honte de moi et de mes aspirations. Je dis à Lila que je voulais immédiatement parler à Carmen : elle me le déconseilla. Mais j'eus l'impression qu'elle en savait beaucoup plus qu'elle ne le disait, alors je partis quand même à la recherche de Carmen.

Je passai d'abord à la station-service mais elle n'y était pas. Roberto me traita avec gêne. Il ne dit mot sur la plainte et m'expliqua que sa femme était partie avec leurs enfants à Giugliano, chez des parents, où elle resterait quelque temps. Je le plantai là et courus chez lui pour vérifier s'il m'avait dit la vérité. Mais en effet, soit Carmen était réellement partie pour Giugliano, soit elle ne m'ouvrit pas. Il faisait très chaud. Je marchai un moment pour me calmer, puis décidai d'aller voir Antonio, certaine qu'il savait quelque chose. J'imaginai qu'il serait difficile de lui mettre la

379

main dessus, il était toujours en vadrouille. Or, son épouse me dit qu'il était chez le barbier-coiffeur, et c'est effectivement là que je le trouvai. Je lui demandai s'il avait entendu parler d'actions en justice contre moi. Au lieu de me répondre, il se lança dans une diatribe contre l'école : il raconta que les enseignants s'en prenaient à ses enfants, se plaignant que ses gosses ne parlaient qu'en allemand ou en dialecte, mais ne se souciant pas de leur apprendre l'italien. Puis, brusquement, il dit, presque dans un murmure :

« Je profite de l'occasion pour te dire au revoir.

— Où tu vas ?

— Je retourne en Allemagne.

— Quand ?

— Je ne sais pas encore.

— Et pourquoi tu me dis au revoir maintenant ?

— Tu n'es jamais là, on se voit peu.

— C'est toi qui ne viens pas me voir.

— Tu ne viens pas me voir non plus.

— Pourquoi tu t'en vas ?

— Ma famille ne se plaît pas ici.

— C'est Michele qui te chasse ?

— Il commande et j'obéis.

— Alors c'est lui qui ne veut plus de toi au quartier. »

Il fixa ses mains, les examinant longuement.

« De temps en temps, j'ai la dépression nerveuse qui me reprend », dit-il, avant de se mettre à me parler de sa mère, Melina, dont la tête n'allait pas bien.

« Tu la laisses à Ada ?

— Je l'emmène avec moi, bougonna-t-il, Ada a déjà trop d'ennuis. Et puis je lui ressemble, alors je veux la garder sous mes yeux, pour voir comment je deviendrai.

— Elle a toujours vécu ici, elle va souffrir, en Allemagne !

— On souffre partout. Tu veux un conseil ? »

Je compris, à sa façon de me regarder, qu'il avait décidé d'entrer dans le vif du sujet.

« Je t'écoute.

— Va-t'en, toi aussi.

— Pourquoi ?

— Parce que Lina croit que, toutes les deux ensemble, vous êtes invincibles, mais c'est pas le cas. Et maintenant, je peux plus vous aider.

— Nous aider à quoi ? »

Il secoua la tête, mécontent.

« Les Solara sont furax. Tu as vu comment ils ont voté, les gens du quartier ?

— Non.

— Eh bien, les Solara ne contrôlent plus les votes comme ils les contrôlaient avant.

— Et alors ?

— Alors, Lila a réussi à déplacer un tas de votes sur les communistes.

— Et quel rapport ça a avec moi ?

— Marcello et Michele voient Lina derrière toute chose, et en particulier derrière toi. C'est vrai qu'il y a une plainte, et les avocats de Carmen, c'est leurs avocats. »

96

Je rentrai chez moi sans chercher à voir Lila. J'exclus qu'elle ne sache rien des élections, des votes et du rôle des féroces Solara, aux aguets derrière Carmen. Elle me disait les choses au compte-gouttes, suivant ses propres objectifs. En revanche, je téléphonai à la maison d'édition pour parler au directeur de la plainte et de ce que m'avait rapporté Antonio. Pour le moment ce n'est qu'une rumeur, expliquai-je, il n'y a rien de certain, mais je suis très inquiète. Il tenta de me rassurer, promit de demander au service juridique de mener une enquête et dit qu'il me rappellerait dès qu'il saurait quelque chose. Il conclut : Pourquoi es-tu tellement stressée ? C'est bon pour le livre ! Par pour moi, pensai-je, je me suis trompée sur toute la ligne, je n'aurais pas dû retourner vivre ici.

Les jours passèrent, la maison d'édition ne me donna aucun signe de vie, mais une notification de la plainte arriva chez moi, et ce fut comme un coup de poignard. Je la lus et en restai abasourdie. Carmen nous réclamait, à la maison d'édition et à moi, le retrait du livre du commerce et un dédommagement extravagant, pour avoir nui à la mémoire de sa mère Giuseppina. Je n'avais jamais vu auparavant un document qui synthétisait ainsi, avec son en-tête, la qualité de son écriture, ses tampons et sceaux compliqués, la puissance de la loi. Je découvris que ce qui ne m'avait jamais impressionnée, quand j'étais adolescente ou jeune adulte, à présent me terrifiait. Cette fois, je courus chez Lila. Quand je lui expliquai de quoi il s'agissait, elle se fit railleuse :

« Tu voulais la loi, eh bien la loi est arrivée !

— Et qu'est-ce que je fais ?

— Tu fous le bordel.

— C'est-à-dire ?

— Raconte aux journaux ce qui t'arrive.

— Tu es folle ! Antonio m'a révélé que derrière Carmen, il y a les avocats des Solara ! Et ne dis pas que tu ne le sais pas.

— Bien sûr, que je le sais.

— Alors pourquoi tu n'as rien dit ?

— Tu vois pas comme ça te stresse ? Regarde-toi ! Mais t'inquiète pas : toi, tu as peur de la loi, les Solara, eux, ils ont peur de ton livre.

— Moi, j'ai peur qu'avec tout l'argent qu'ils ont, ils arrivent à me détruire !

— Mais c'est justement ça, l'argent, que tu dois viser ! Écris ! Plus tu écris sur leurs saloperies, plus tu fous leurs affaires en l'air. »

Cette conversation me déprima. Était-ce vraiment ce que pensait Lila ? Était-ce donc cela, son projet ? Ce n'est qu'à ce moment-là que je compris avec clarté qu'elle m'attribuait la puissance que nous avions attribuée, dans notre enfance, à l'auteure des *Quatre Filles du docteur March*. Était-ce pour cette raison qu'elle avait voulu à tout prix que je regagne le quartier ? Je partis sans un mot. Je rentrai chez moi et téléphonai à la maison d'édition. J'espérais que le directeur se démenait d'une façon ou d'une autre, je voulais des nouvelles qui me tranquillisent, mais je ne parvins pas à le contacter. Le lendemain, c'est lui qui m'appela. Il m'annonça joyeusement qu'il y avait un article de lui – oui, écrit de sa main – dans le *Corriere della Sera*, où il racontait l'histoire de la plainte. Cours l'acheter, me conseilla-t-il, et dis-moi ce que tu en penses !

97

Je me rendis au kiosque plus anxieuse que jamais. Je tombai de nouveau sur ma photo avec Tina, cette fois en noir et blanc. La plainte était annoncée dès le titre et présentée comme une tentative de bâillonner une des rares romancières courageuses du pays, etc. Le nom du quartier n'apparaissait pas et il n'y avait aucune allusion aux Solara. Avec une certaine habileté, l'article situait cet épisode dans le contexte d'un conflit à l'œuvre partout entre « les résidus médiévaux qui empêchent l'Italie de se moderniser et l'avancée inexorable, y compris dans le Sud, d'un rajeunissement politique et culturel ». C'était un texte bref mais qui défendait efficacement, surtout dans sa conclusion, les raisons de la littérature, clairement distinctes des « tristes querelles locales ».

Je me rassérénai, j'eus l'impression d'être bien protégée. Je téléphonai au directeur et le félicitai chaleureusement pour son article, puis allai montrer le journal à Lila. Je m'attendais à ce qu'elle exulte. C'était ce qu'elle voulait, me semblait-il : un déploiement du pouvoir qu'elle m'attribuait. Or, elle me dit sur un ton distant :

« Pourquoi tu as fait écrire l'article par ce type-là ?

— Qu'est-ce qui ne va pas ? La maison d'édition m'a exprimé son soutien, et c'est eux qui s'occupent de tout ce bazar, ça me paraît une bonne nouvelle.

— Mais c'est que des bavardages, Lenù ! Tout ce qui intéresse ce gars, c'est que le livre se vende.

— Et ce n'est pas bien ?

— C'est bien, mais c'est toi qui aurais dû écrire l'article. »

Je perdis patience, je n'arrivais pas à comprendre ce qu'elle avait en tête :

« Pourquoi ?

— Parce que tu es douée et que tu connais bien la situation. Tu te rappelles, quand tu as écrit contre Bruno Soccavo ? »

Au lieu de me faire plaisir, cette allusion m'irrita. Bruno était mort, et je n'aimais pas me souvenir de ce que j'avais écrit. C'était un garçon sans cervelle, qui avait échoué dans le filet des Solara et dans je ne sais quels autres filets encore, puisqu'il avait fini par se faire assassiner. Je n'étais pas fière de m'en être prise à lui.

« Lila, dis-je, mon article n'était pas contre Bruno, c'était un article sur le travail en usine.

— Je sais, mais alors ? Tu lui as fait payer, et maintenant que tu es un personnage encore plus important, tu peux faire davantage. Les Solara ne doivent pas se cacher derrière Carmen. Les Solara, il faut que tu les forces à sortir à découvert, et il ne faut plus que ce soit eux qui commandent ! »

Je compris pourquoi elle avait méprisé le texte du directeur. Elle n'en avait rien à faire, de la liberté d'expression et de la bataille entre arriération et modernisation. Ce qui l'intéressait, c'étaient les tristes querelles locales. Elle voulait que je contribue, ici et maintenant, à une lutte contre des personnes concrètes, que nous connaissions depuis l'enfance, des personnes dont nous savions bien de quoi elles étaient faites. Je dis :

« Écoute, Lila : Carmen qui s'est vendue aux Solara, les Solara qui ont acheté Carmen, tout ça, au *Corriere*, ils s'en fichent. Pour paraître dans un grand journal, un article doit avoir une portée générale, autrement ils n'en veulent pas. »

Son visage se défit :

« Carmen ne s'est pas vendue, répliqua-t-elle, elle est toujours ton amie, et si elle a porté plainte, c'est pour une seule raison : elle y a été obligée.

— Je ne comprends pas, explique-toi. »

Elle me sourit, railleuse et très en colère :

« Non, je t'explique rien ! Les livres, c'est toi qui les écris, alors c'est toi qui dois expliquer. Moi, je sais simplement qu'ici, nous n'avons aucune maison d'édition milanaise pour nous protéger, et personne qui écrit pour nous de grands articles dans les journaux. *Nous*, nous ne sommes qu'une question locale, et on s'arrange comme on peut : si *toi*, tu veux nous donner un coup de main, très bien, autrement, nous nous débrouillerons tout seuls. »

98

Je retournai voir Roberto et le harcelai jusqu'à ce qu'il me fournisse l'adresse de sa famille à Giugliano, puis je pris la voiture avec Imma et partis à la recherche de Carmen.

Il faisait une chaleur étouffante. J'eus du mal à trouver l'adresse, dans les faubourgs. Une grosse femme aux manières brusques m'ouvrit et me répondit que Carmen était rentrée à Naples. Peu convaincue, je rebroussai chemin avec Imma, qui se plaignait d'être fatiguée bien que nous n'ayons fait qu'une centaine de mètres à pied. Mais j'avais à peine tourné le coin de la rue pour regagner la voiture que je tombai sur Carmen, ployant sous les sacs des commissions. En un éclair, elle me vit et éclata en sanglots. Je la pris dans mes bras, et ensuite elle voulut embrasser Imma. Puis nous trouvâmes un café avec une table à l'ombre et, après avoir obligé la fillette à jouer en silence avec ses poupées, je lui demandai de m'expliquer la situation. Elle confirma ce qu'avait suggéré Lila : elle avait été contrainte à porter plainte contre moi. Et elle m'en expliqua aussi la raison : Marcello lui avait fait croire qu'il savait où Pasquale se cachait.

« Et tu crois que c'est possible ?

— Oui.

— Et toi, tu sais où il se cache ? »

Elle hésita, puis hocha la tête.

« Ils ont dit qu'ils pouvaient le tuer quand ils voulaient ! »

Je tentai de la calmer. Je lui dis que si les Solara savaient vraiment où se trouvait l'homme auquel ils attribuaient l'assassinat de leur mère, cela ferait longtemps qu'ils seraient allés le débusquer.

« Tu penses qu'ils ne savent pas ?

— Bien sûr que non, ils ne savent pas ! Mais à ce point, pour le bien de ton frère, tu n'as qu'une chose à faire.

— Quoi ? »

Je répondis que si elle voulait sauver Pasquale, elle devait le livrer aux carabiniers.

Cela fut très mal reçu. Elle se raidit et je me hâtai d'expliquer que c'était le seul moyen de le protéger des Solara. Mais ce fut peine perdue, je compris que ma suggestion sonnait à ses oreilles comme la pire des trahisons, beaucoup plus grave que sa propre trahison à mon égard.

« Sinon tu vas rester entre leurs mains, insistai-je, ils t'ont demandé de porter plainte contre moi, la prochaine fois ils peuvent te demander n'importe quoi.

— Mais je suis sa sœur ! s'écria-t-elle.

— Ce n'est pas une question d'amour fraternel, dis-je. Ton amour fraternel, il me cause des ennuis, il ne sauve certainement pas Pasquale, et il risque de t'entraîner toi aussi dans la tourmente. »

Mais il n'y eut rien à faire pour la convaincre. Au contraire, plus nous discutions, et plus c'était moi qui doutais. Elle recommença à pleurer, tantôt elle regrettait ce qu'elle m'avait fait et me demandait pardon, tantôt elle redoutait ce qui pouvait arriver à son frère et était au désespoir. Je la revis gamine : à l'époque, je ne l'aurais jamais imaginée capable d'une fidélité aussi obstinée. Je finis par la quitter parce que je n'étais pas capable de la consoler, parce que Imma était couverte de sueur et je craignais qu'elle ne tombe à nouveau malade, et parce que j'étais de moins en moins sûre de ce que j'attendais de Carmen. Voulais-je qu'elle interrompe sa longue complicité avec Pasquale ? Croyais-je vraiment que c'était la bonne solution ? Voulais-je qu'elle choisisse l'État contre son frère ? Et pourquoi ? Pour la soustraire aux Solara et lui faire retirer sa plainte ? Était-ce plus important que son angoisse ? Je conclus :

« Fais pour le mieux, en tout cas sache que je ne t'en veux pas. »

Mais à ce moment-là, Carmen eut un éclair de colère inattendu dans les yeux :

« Et pourquoi tu devrais m'en vouloir ? Qu'est-ce que t'as à y perdre, toi ? T'es dans les journaux, ça te fait de la publicité, tu vends encore plus ! Lenù, t'as eu tort de me conseiller de livrer Pasquale aux carabiniers, t'aurais jamais dû dire ça. »

Je la quittai amère et, sur le chemin du retour, me disais déjà que j'aurais mieux fait de ne pas aller la voir. J'imaginai qu'elle irait aussitôt trouver les Solara en personne pour leur raconter ma visite et qu'ils l'obligeraient, après l'article du directeur dans le *Corriere*, à d'autres actions en justice contre moi.

99

Les jours suivants, je m'attendis à de nouveaux désastres, or il ne se passa rien. L'article eut un certain retentissement, les journaux napolitains le reprirent et l'amplifièrent, je reçus des appels et des lettres de soutien. Les semaines s'écoulèrent, je m'habituai à l'idée qu'on avait porté plainte contre moi et découvris que c'était arrivé à de nombreuses personnes qui exerçaient mon métier et se trouvaient bien plus exposées que moi. Le quotidien reprit le dessus. Pendant un temps, j'évitai Lila, et surtout je fus très attentive à ne pas faire le moindre faux pas.

Le livre se vendait toujours plus. En août, je partis en vacances à Santa Maria di Castellabate. Il fut question que Lila et Enzo aillent à la mer eux aussi, mais finalement leur travail prévalut, et tout naturellement ils me confièrent Tina. Mon seul plaisir, entre les mille fatigues et soucis de cette villégiature (une fille qui appelle, une autre qui crie, calmer une dispute, faire les courses, cuisiner) fut d'observer deux ou trois lecteurs installés sous leur parasol, mon livre à la main.

À l'automne, ma situation s'améliora encore, je remportai un prix d'une certaine importance qui attribuait au lauréat une somme considérable : je me dis que j'étais douée, habile en relations publiques, et que mes perspectives économiques étaient de plus en plus prometteuses. Mais la joie et la stupeur de mes premières semaines de succès ne revinrent pas. Jour après jour, j'avais l'impression que la lumière était devenue opaque, et je percevais autour de moi un malaise diffus. Depuis quelque temps, il n'y avait pas un soir où Enzo ne hurlait contre Gennaro, chose extrêmement rare par le passé. Quand je passais à la Basic Sight, je surprenais Lila en train de comploter avec Alfonso, et si je tentais d'approcher, elle me faisait signe d'attendre un peu, d'un geste distrait. Elle se comportait de même lorsqu'elle discutait avec Carmen, rentrée au quartier, ou avec Antonio qui, pour quelque motif obscur, avait repoussé son départ à une date indéterminée.

Il était évident que la situation autour de Lila se dégradait, mais elle me tenait à l'écart de ses problèmes, et je préférais qu'il en soit ainsi. Puis deux affreux événements se produisirent, coup sur coup. Par hasard, Lila découvrit que Gennaro avait les bras couverts de traces de piqûres. Je l'entendis hurler comme je ne l'avais jamais entendue faire. Elle attisa aussi la colère d'Enzo et le poussa à casser la figure de son fils. C'étaient tous deux des hommes robustes et ils cognèrent dur. Le lendemain, elle chassa son frère Rino de la Basic Sight, bien que Gennaro l'eût suppliée de ne pas licencier son oncle, jurant que ce n'était pas lui qui l'avait initié à l'héroïne. Cette tragédie affecta beaucoup mes filles, surtout Dede.

« Pourquoi tata Lina traite son fils comme ça ?

— Parce qu'il a fait quelque chose qu'il ne fallait pas.

— Il est grand, il fait ce qu'il veut !

— Pas ce qui peut le tuer.

— Et pourquoi ? C'est sa vie, il a le droit d'en faire ce qu'il a envie ! Vous ne savez pas ce que c'est, la liberté, pas même tata Lina. »

Dede, Elsa et même Imma étaient choquées par cette tempête de hurlements et de malédictions provenant de chez leur bien-aimée tante Lina. Gennaro était prisonnier dans leur appartement et criait toute la journée. Son oncle Rino disparut de la Basic Sight après avoir démoli une voiture très coûteuse, et on entendit ses jurons dans tout le quartier. Un soir, Pinuccia débarqua avec ses enfants pour supplier Lila de réembaucher son mari, se faisant accompagner par sa belle-mère. Lila traita aussi mal sa mère que sa belle-sœur, et ses cris et insultes arrivèrent nettement jusque chez moi. Comme ça, tu nous livres pieds et poings liés aux Solara ! s'exclamait Pinuccia, désespérée. Et Lila répliquait : C'est ce que vous méritez ! J'en ai plein l'cul de trimer pour vous, sans la moindre gratitude !

Mais ce fut peu de chose par rapport à ce qui se produisit quelques semaines plus tard. La situation s'était à peine calmée que Lila commença à se quereller avec Alfonso : devenu indispensable pour la gestion de la Basic Sight, il était de moins en moins fiable. Il ratait des rendez-vous d'affaires importants ou, quand il s'y rendait, se comportait de manière embarrassante, se présentant

lourdement maquillé et parlant de lui au féminin. Pourtant, il n'y avait à présent plus rien de
Lila sur son visage et, malgré tous ses efforts, la
masculinité reprenait possession de lui. Dans son
nez, son front et ses yeux, un peu de son père Don
Achille affleurait à nouveau, ce qui le dégoûtait.
De fait, on aurait dit qu'il essayait de fuir son
propre corps qui s'alourdissait, et il disparaissait
parfois pendant plusieurs jours. Quand il revenait,
il portait presque toujours des marques de violences. Il reprenait le travail à contrecœur.

Puis, un jour, il disparut définitivement. Lila et
Enzo le cherchèrent partout, en vain. On retrouva
son corps quelque temps plus tard, sur la plage de
Coroglio. Il avait été battu à mort on ne sait où,
puis jeté à la mer. Sur le coup, je ne pus y croire.
Mais quand je réalisai que tout était brutalement
vrai, je fus saisie d'une douleur qui n'arriva pas
à se dissiper. Je le revis à l'époque du petit lycée,
gentil, attentif aux autres, adoré par Marisa et
tourmenté par Gino, le fils du pharmacien. Je le
revis aussi derrière le comptoir de l'épicerie, pendant les grandes vacances, lorsqu'il était obligé
de faire ce travail qu'il détestait. Mais j'occultai
le reste de sa vie, que je connaissais peu et n'imaginais que très confusément. Je n'arrivais pas à
penser à lui tel qu'il était devenu, et le souvenir
de toutes nos rencontres récentes s'estompa, j'oubliai même le temps où il gérait la boutique de
chaussures de la Piazza dei Martiri. Tout ça c'est
à cause de Lila, me dis-je à chaud : avec sa manie
de forcer la main aux autres et de vouloir tout
réinventer, elle a bouleversé sa vie. Elle s'était obs-
curément servie de lui, puis l'avait laissé tomber.

Mais je changeai presque immédiatement

d'avis. Lila avait appris la nouvelle quelques heures plus tôt. Elle savait qu'Alfonso était mort, pourtant elle n'arrivait pas à se libérer de la colère qu'elle avait éprouvée à son encontre pendant plusieurs jours, et elle continuait à insister grossièrement sur son manque de fiabilité. Puis, au beau milieu d'une tirade de ce genre, elle s'effondra par terre, chez moi, à l'évidence en proie à une insupportable douleur. À partir de là, je pensai au contraire qu'elle l'avait aimé plus que moi, même plus que Marisa, et – comme d'ailleurs Alfonso me l'avait souvent dit – qu'elle l'avait aidé plus que n'importe qui. Dans les heures qui suivirent, elle sembla privée d'énergie, elle cessa de travailler, se désintéressa de Gennaro et me laissa Tina. La relation entre Alfonso et elle avait sans doute été plus complexe que je ne l'avais imaginé. Elle avait dû le considérer comme une espèce de miroir, elle s'était reconnue et avait voulu extraire de son corps à lui une partie d'elle-même. Exactement le contraire, pensai-je mal à l'aise, de ce que j'avais raconté dans mon deuxième livre. Alfonso avait certainement beaucoup apprécié ces efforts de Lila, il s'était offert à elle comme de la matière vivante, et Lila l'avait modelé. En tout cas, telle fut mon impression pendant la brève période où je tentai de me calmer et de mettre de l'ordre dans cette question. Mais, tout compte fait, ce ne fut là qu'une interprétation de ma part. En réalité, elle ne me parla jamais de leur relation, ni sur le moment ni par la suite. Elle demeura assommée par la souffrance, et je ne sais quels sentiments elle nourrit jusqu'au jour de l'enterrement.

100

Nous fûmes très peu à participer aux obsèques. Aucun des amis qu'Alfonso avait connus sur la Piazza dei Martiri ne vint, aucun membre de sa famille non plus. Je fus surtout frappée par l'absence de sa mère, Maria; cela étant, ni sa sœur Pinuccia ni son frère Stefano ne se déplacèrent, et on ne vit pas non plus Marisa et ses gosses, qui peut-être étaient les enfants d'Alfonso, peut-être pas. En revanche, étrangement, les Solara surgirent. Michele, très maigre et l'air sinistre, n'arrêtait pas de lancer des regards de fou autour de lui. Il contrastait avec l'attitude posée de Marcello, qui jurait néanmoins avec le grand luxe de son habillement. Ils ne se contentèrent pas de suivre le convoi funéraire, ils se rendirent en voiture jusqu'au cimetière et assistèrent à l'inhumation. Pendant ce temps, je ne cessai de me demander pourquoi ils s'étaient exposés à ce rite, et je tentai de croiser le regard de Lila. Elle ne se tourna jamais vers moi, elle se concentra sur les Solara et ne fit que les fixer, de manière provocatrice. À la fin, quand elle les vit s'en aller, elle m'agrippa le bras avec rage :

« Viens avec moi !

— Où ça ?

— Parler à ces deux-là !

— J'ai les filles avec moi.

— Enzo s'en occupera. »

J'hésitai, tentai de résister et dis :

« Laisse tomber !

— Alors, j'y vais seule. »

Je poussai un soupir. Cela avait toujours été

ainsi : si je n'acceptais pas de la suivre, elle me laissait en plan. Je fis signe à Enzo de garder les filles – lui avait l'air de ne prêter aucune attention aux Solara – et, dans le même état d'esprit que le jour où j'avais suivi Lila dans l'escalier jusque chez Don Achille, ou lorsque nous faisions des batailles de cailloux contre les garçons, je lui emboîtai le pas à travers la géométrie des constructions blanches, pleines de niches mortuaires.

Elle ignora Marcello et se planta devant Michele :

« Comment ça s'fait, que t'es venu ? T'as des remords ?

— Viens pas m'emmerder, Lina.

— Tous les deux, vous êtes finis, et vous allez être obligés de quitter le quartier !

— C'est plutôt toi qui ferais mieux de t'tirer, pendant qu'il en est encore temps.

— C'est une menace ?

— Oui.

— Vous avez pas intérêt à toucher Gennaro, et approchez pas d'Enzo ! Michè, t'as pigé ? Rappelle-toi que je sais assez de trucs pour vous détruire, toi et cet autre bestiau, là !

— Tu sais rien, t'as rien en main, et surtout t'as rien compris. Toi qui es si intelligente, t'as pas encore réalisé que maintenant, j'en ai plus rien à foutre, de toi ? »

Marcello le tira par le bras et lui dit en dialecte :

« Allons-y, Michè, ici on perd notre temps. »

Michele se libéra le bras avec force et s'adressa à Lila :

« Tu crois que tu m'fais peur parce que Lenuccia est tout l'temps dans les journaux ? C'est ça que tu penses ? Que j'ai peur de quelqu'un qui écrit des romans ? Mais celle-là, c'est personne ! Toi si, t'es quelqu'un, et même ton ombre, elle est mieux que n'importe quel individu en chair et en os. Mais t'as jamais voulu le comprendre, alors tant pis pour toi ! Je t'enlèverai tout ce que tu as. »

Il prononça cette dernière phrase comme s'il avait soudain une crampe à l'estomac et puis, presque comme une réaction à cette douleur physique, et avant que son frère ait pu l'arrêter, il envoya un très violent coup de poing dans le visage de Lila, la projetant à terre.

101

Je restai paralysée par ce geste, totalement imprévisible. Même Lila n'aurait pu l'imaginer. Nous étions désormais accoutumées à l'idée que non seulement Michele ne la toucherait jamais, mais aussi qu'il tuerait quiconque le ferait. Du coup, je n'arrivai même pas à crier, pas le moindre son étranglé ne sortit de ma bouche.

Marcello entraîna son frère plus loin mais, tandis qu'il le tirait et le poussait, et alors que Lila vomissait du sang et des imprécations en dialecte (*Je vais te tuer, aussi vrai que Dieu existe, vous êtes déjà morts tous les deux !*), il me dit avec une ironie affectueuse : Ça, il faudra que tu le mettes dans ton prochain roman, Lenù ! Et explique à Lina, si jamais elle a pas compris, que mon frère et moi, nous ne l'aimons *vraiment* plus !

Il fut difficile de convaincre Enzo que le visage tuméfié de Lila était dû à une mauvaise chute, à la suite d'un évanouissement soudain, comme nous le racontâmes. Je suis même certaine qu'il n'y crut pas du tout, d'abord parce que ma version – tellement j'étais émue – ne fut sans doute guère plausible, ensuite parce que Lila ne fit pas le moindre effort pour être persuasive. Mais lorsque Enzo tenta une objection, elle rétorqua sèchement que ça s'était passé exactement ainsi, et il cessa de discuter. Leur relation était fondée sur le principe que, venant de Lila, même un mensonge flagrant était la seule vérité dicible.

Je me retirai chez moi avec mes filles. Dede était effrayée, Elsa incrédule, et Imma posait des questions du genre : On a du sang dans le nez ? J'étais déconcertée et furieuse. Je descendais régulièrement voir comment Lila se sentait et j'essayais de ramener Tina avec moi, mais la petite était effrayée par l'état de sa mère et contente à l'idée de pouvoir l'aider. Pour ces deux motifs, elle refusait de la quitter, ne serait-ce qu'une minute. Elle l'enduisait de pommade avec grand soin et lui posait de petits objets en métal sur le front pour la rafraîchir et lui faire passer le mal de tête. Quand je descendis avec mes filles – pour appâter Tina et l'attirer chez moi –, je finis par compliquer la situation. Imma voulut à tout prix jouer à l'infirmière elle aussi mais Tina refusa de lui céder la place, même pour un instant, et elle hurla de désespoir quand Dede et Elsa tentèrent à leur tour de la priver de ses fonctions. La maman malade était la sienne, elle ne voulait la prêter à personne. Pour finir, Lila nous chassa toutes, moi comprise, avec une telle énergie que je me dis qu'elle allait déjà mieux.

En effet, elle se reprit rapidement. Pas moi. Ma

fureur se transforma en colère, puis en mépris envers moi-même. Je n'arrivais pas à me pardonner d'être restée paralysée devant la violence. Je me disais : Voilà ce que tu es devenue! Pourquoi tu es retournée vivre ici, si tu n'as pas été capable de réagir devant ces deux connards? Tu es trop comme il faut, tu veux faire ta bourgeoise soucieuse de démocratie qui se mêle à la plèbe, mais t'es ridicule! Ça fait longtemps que tu as perdu tout contact avec cette réalité, tu t'évanouis si tu sens la puanteur de la crasse, celle du vomi ou du sang! J'avais des pensées de ce genre, et en même temps je m'abandonnais à des fantasmes de cruauté, où je me déchaînais contre Michele : je le frappais, le griffais, le mordais, et mon cœur battait à tout rompre. Puis mes envies de massacre se dissipèrent et je me dis : Lila a raison, on n'écrit pas pour écrire, on écrit pour faire mal à ceux qui veulent faire mal. La douleur des mots contre celle des coups de poing et de pied, et contre les instruments de mort. Pas une grande douleur, mais une douleur quand même. Bien sûr, Lila avait encore à l'esprit nos rêves d'enfance. Elle imaginait qu'une personne capable d'obtenir grâce à l'écriture célébrité, argent et pouvoir devenait quelqu'un dont les mots pouvaient frapper comme la foudre. En revanche, moi je savais depuis longtemps que tout était beaucoup plus médiocre. Certes, un livre ou un article pouvaient faire du bruit : toutefois, le bruit s'élevait aussi des armées antiques avant la bataille mais, s'il n'était pas accompagné d'une force réelle et d'une violence sans frein, ce n'était rien d'autre que du théâtre. Néanmoins, je voulais me racheter : un peu de bruit, ça faisait mal tout de même. Un matin, je descendis à l'étage d'en dessous et demandai à Lila : Qu'est-ce que tu sais et qui fait peur aux Solara ?

Elle me regarda intriguée, tourna vaguement autour du pot un moment, puis répondit : Quand je travaillais pour Michele, j'ai vu beaucoup de paperasses que j'ai bien étudiées, et certains trucs, c'est lui-même qui me les a donnés. Son visage était livide, elle eut une grimace de douleur et ajouta dans le plus grossier dialecte : Quand un mec a une envie de moule, et qu'il la veut tellement qu'il arrive même pas à le dire, tu peux lui demander de foutre sa bite dans l'huile bouillante, il le fera ! Puis elle se prit la tête entre les mains, la secoua fort comme si c'était un gobelet en étain rempli de dés, et je me rendis compte qu'elle aussi, en ce moment, se méprisait. Elle n'aimait pas avoir été obligée de traiter Gennaro comme elle l'avait fait, elle n'aimait pas les insultes dont elle avait accablé Alfonso, ni la manière dont elle avait chassé son frère. Elle n'aimait pas non plus tous ces mots vulgaires qui sortaient là, de sa bouche. Elle ne se supportait pas elle-même, elle ne supportait plus rien. Mais brusquement, je crois qu'elle comprit que nous étions dans le même état d'esprit, et elle me demanda :

« Si je te file des trucs à écrire, tu les écriras ?

— Oui.

— Et ce que tu écriras, après tu le feras imprimer ?

— Peut-être, je ne sais pas.

— Ça dépend de quoi ?

— Je dois être sûre que cela fera mal aux Solara, pas à mes filles et à moi. »

Elle me regarda sans parvenir à se décider. Puis elle lança « garde Tina dix minutes » et sortit. Elle rentra une demi-heure plus tard chargée d'un sac en toile à motifs floraux rempli de documents.

Nous nous assîmes à la table de la cuisine, tandis que Tina et Imma se chuchotaient des choses en déplaçant par terre poupées, carrioles et chevaux. Lila sortit de nombreux papiers, des notes de sa main ainsi que deux cahiers dotés d'une couverture rouge pleine de taches. Je feuilletai aussitôt ces derniers avec curiosité : sur des pages à petits carreaux remplies d'une écriture typique des écoles primaires d'autrefois, ils contenaient une comptabilité minutieusement annotée dans une langue bourrée de fautes de grammaire, chaque page étant paraphée « M. S. ». Je compris que ces cahiers faisaient partie de ce que le quartier avait toujours appelé le livre rouge de Manuela Solara. Comme cette expression, « livre rouge », avait marqué notre enfance et notre adolescence, malgré son côté menaçant – ou peut-être, justement, à cause de son côté menaçant ! On employait parfois un autre terme pour le désigner – registre, par exemple –, et sa couleur pouvait varier, mais le livre de Manuela Solara nous impressionnait toujours, nous l'imaginions comme un document très secret, au cœur d'aventures sanglantes. Or, je le découvrais maintenant tel qu'il était vraiment : un ensemble de nombreux cahiers d'écolier semblables à ces deux exemplaires que nous avions devant nous, très banals et crasseux, le coin en bas à droite soulevé comme une vaguelette. En un éclair, je me rendis compte que la mémoire était déjà de la littérature, et que Lila avait peut-être raison : c'était vrai que mon roman – qui avait pourtant tellement de succès – était nul, et s'il l'était, c'était parce qu'il était bien organisé, écrit avec un soin obsessionnel, et parce que je n'avais pas su mimer la banalité des choses, décousue, anti-esthétique, illogique et informe.

Pendant que les gamines jouaient – dès qu'elles commençaient à se disputer, nous lancions des cris énervés pour les faire taire –, Lila me mit sous les yeux tout le matériel en sa possession et m'en expliqua le sens. Nous l'organisâmes et en fîmes le résumé. Cela faisait tellement longtemps que nous n'avions pas travaillé ainsi ensemble ! Elle eut l'air satisfaite, je compris que c'était ce qu'elle voulait et ce qu'elle attendait de moi. À la fin de la journée, elle disparut à nouveau avec son sac et je rentrai chez moi pour étudier nos notes. Les jours suivants, elle voulut que nous nous voyions à la Basic Sight. Nous nous enfermâmes dans son bureau et elle s'installa devant l'ordinateur, une espèce de téléviseur muni d'un clavier, bien différent de l'engin qu'elle nous avait montré aux filles et à moi, longtemps auparavant. Elle appuya sur le bouton d'allumage et inséra des rectangles noirs dans des blocs gris. J'attendis, perplexe. De petits clignotants tressaillirent sur l'écran. Lila commença à taper sur le clavier et j'en restai bouche bée. Rien de comparable avec une machine à écrire, même électrique. Du bout des doigts, elle caressait les touches grises, et l'écriture naissait sur l'écran en silence, verte comme l'herbe sortant de terre. Ce qui se trouvait dans sa tête, accroché je ne sais où dans son cortex cérébral, semblait se déverser à l'extérieur comme par miracle, et se fixer sur le néant de l'écran. C'était de la pure puissance qui, tout en passant par un geste, restait de la puissance, un stimulus électrochimique qui se transformait instantanément en lumière. Je me dis que l'écriture de Dieu sur le Sinaï avait dû être ainsi, au temps des commandements, insaisissable et terrible, mais avec pour effet une pureté bien concrète. Magnifique! dis-je. Je vais t'apprendre, proposa-t-elle. En effet, elle m'apprit, et des segments éblouissants, hypnotiques, commencèrent à s'aligner sur l'écran : des phrases que je disais, qu'elle disait, nos discussions volatiles qui allaient s'imprimer sur la flaque noire de l'écran, semblables à des sillons sans écume. Lila écrivait, je corrigeais, alors elle effaçait en appuyant sur une touche, et avec d'autres boutons elle faisait disparaître un bloc de lumière tout entier pour le faire réapparaître plus haut ou plus bas, en une seconde. Mais aussitôt après, c'était Lila qui avait une nouvelle idée et, en un éclair, tout changeait à nouveau : des mouvements magiques, ce qui était là soudain n'y était plus, ou était autre part. Et il n'y a pas besoin de stylo, de crayon, il n'y a pas besoin de changer de feuille ni d'en mettre une autre dans le rouleau! La page c'est l'écran, unique, sans jamais la moindre trace de correction, on dirait que c'est toujours la même. Et l'écriture est inaltérable, les lignes sont toutes parfaitement droites, et il émane d'elles un sentiment de propreté, même si nous sommes en train d'additionner les saloperies des Solara aux saloperies de la moitié de la Campanie.

Nous travaillâmes pendant des jours. Le texte descendit du ciel à la terre à travers le fracas de l'imprimante et se concrétisa en petits points noirs déposés sur le papier. Lila le trouva inadéquat et nous revînmes aux stylos, nous eûmes du mal à le corriger. Elle était hargneuse, elle s'attendait à plus de ma part, elle croyait que je saurais répondre à toutes ses questions et s'énervait parce qu'elle était convaincue que j'étais un puits de science or, à chaque ligne, elle découvrait que j'ignorais la géographie locale, les subtilités de l'administration, le fonctionnement des conseils municipaux, les hiérarchies internes d'une banque, les crimes et les délits. Et pourtant, paradoxalement, cela faisait longtemps que je ne l'avais pas sentie aussi fière de moi et de notre amitié. *Nous devons les détruire, Lenù, et si ça suffit pas, je les tue!* Nos têtes se heurtèrent longuement l'une contre l'autre – je me rends compte maintenant que c'était pour la dernière fois – et elles fusionnèrent jusqu'à devenir une seule. À la fin, nous dûmes nous résigner à accepter que tout était fini, et débuta alors cette période fade où ce qui est fait est fait. Elle réimprima le texte une énième fois, je mis nos pages dans une enveloppe et les envoyai au directeur de ma maison d'édition, en lui demandant de les montrer aux avocats. J'ai besoin de savoir si ce matériau suffit à envoyer les Solara en prison, lui expliquai-je au téléphone.

102

Une semaine passa, puis deux. Un matin, le directeur me téléphona, et il ne tarit pas d'éloges.

« Tu es dans une période remarquable ! me dit-il.

— J'ai travaillé avec une amie.

— On reconnaît là le meilleur de ton style, c'est un texte extraordinaire ! Rends-moi service :

montre ces pages au professeur Sarratore, comme
ça il comprendra comment on peut transformer
n'importe quel texte en une lecture passionnante.

— Nino, je ne le vois plus.

— C'est peut-être pour ça que tu es aussi en
forme ! »

Je ne ris pas, j'étais pressée de savoir ce
qu'avaient dit les avocats. Sa réponse me déçut. Il
n'y a pas assez de matière, répondit le directeur,
même pour un jour derrière les barreaux. Tu pour-
ras en tirer quelques satisfactions, mais tes Solara
n'iront pas en prison avec ça, surtout si, comme
tu le racontes, ils sont enracinés dans la politique
locale et ont les moyens d'acheter qui ils veulent.
Je me sentis faiblir, mes jambes ne me portaient
plus, je perdis toute confiance en moi et songeai :
Lila va piquer sa crise. Abattue, je lâchai : Ils sont
bien pires que ce que j'ai écrit ! Le directeur perçut
ma déception et tenta de me remonter le moral,
il recommença à me complimenter pour la passion qui animait ces pages. Mais sa conclusion
demeura la même : Avec ce que tu as, tu n'as pas
assez pour leur faire mordre la poussière. Puis,
à ma grande surprise, il insista pour que je ne
mette pas le texte de côté, mais le fasse publier.
Je peux appeler *L'Espresso*, me proposa-t-il : en
ce moment, si tu sors un texte comme ça, tu fais
un geste important pour toi, pour ton public et
pour tout le monde : tu prouves que l'Italie dans
laquelle nous vivons est bien pire que ce que l'on
croit d'ordinaire. Et il me demanda l'autorisation de soumettre à nouveau ces pages aux avocats, pour qu'ils nous indiquent quel risque pénal
j'encourais, ce qu'il était nécessaire d'effacer, et ce
que je pouvais laisser. Je me souvins comme tout

avait été facile lorsqu'il s'était agi d'effrayer Bruno Soccavo et refusai fermement. Je répliquai : Ça va encore finir avec une plainte contre moi, je vais me retrouver dans un océan d'ennuis pour rien, et je serai forcée d'en conclure – ce que je ne veux pas, par amour de mes filles – que les lois fonctionnent pour ceux qui les craignent et pas pour ceux qui les violent.

J'attendis un peu, puis me forçai à aller tout raconter à Lila, mot pour mot. Elle ne perdit pas son calme. Elle alluma l'ordinateur et parcourut le texte, mais d'après moi elle ne le relisait pas, elle fixait l'écran en réfléchissant. Puis elle me demanda, d'un ton à nouveau hostile :

« Tu as confiance en ce directeur ?

— Oui, c'est un homme honnête.

— Alors pourquoi tu ne veux pas publier l'article ?

— À quoi ça servirait ?

— À mettre les choses au clair.

— Tout est déjà clair.

— Pour qui ? Pour toi, pour moi, pour ton directeur ? »

Elle secoua la tête et, d'un ton glacial, me dit qu'elle avait du travail. Je m'exclamai :

« Attends !

— Je suis pressée. Sans Alfonso, les choses se sont compliquées, au boulot. Allez, s'il te plaît, va-t'en !

— Pourquoi tu t'en prends à moi ?

— Va-t'en ! »

Nous ne nous vîmes plus pendant quelque temps. Le matin, elle m'envoyait Tina, et le soir, soit Enzo venait rechercher la fillette, soit Lila criait depuis le palier : Tina, viens voir maman !

Deux semaines passèrent, je crois, puis le directeur me téléphona, très joyeux :

« Bravo, je suis ravi que tu te sois décidée ! »

Je ne compris pas, alors il m'expliqua qu'un de ses amis de *L'Espresso* l'avait appelé, car il cherchait de toute urgence à me joindre. C'est par lui qu'il avait appris que mon texte sur les Solara allait sortir, avec quelques coupes, dans le numéro de cette semaine. Tu aurais pu me prévenir que tu avais changé d'avis ! me reprocha-t-il.

J'eus des sueurs froides, je ne savais que dire, je fis mine de rien. Mais il ne me fallut qu'une seconde pour comprendre que c'était Lila qui avait envoyé nos pages à l'hebdomadaire. Indignée, je courus chez elle pour protester, mais je la découvris particulièrement affectueuse, et surtout très enjouée.

« Vu que tu ne te décidais pas, c'est moi qui ai décidé !

— J'avais décidé de ne pas le publier.

— Pas moi.

— C'était à toi de le signer, alors !

— Qu'est-ce que tu racontes ? C'est toi, celle qui écrit ! »

Lui communiquer ma désapprobation et mon angoisse fut impossible, chacune de mes critiques se heurta à sa bonne humeur. Une grande place fut accordée à cet article, long de six pages entières et ne portant naturellement qu'une signature, la mienne.

Quand je m'en rendis compte, nous nous disputâmes. En colère, je lançai :

« Je ne comprends pas pourquoi tu te comportes comme ça !

— Moi si, je comprends », répliqua-t-elle.

Elle portait encore sur le visage les traces du poing de Michele, mais ce n'est certainement pas la peur qui l'empêchait de signer. C'était autre chose qui la terrorisait, je le savais, elle se fichait des Solara. Néanmoins, j'étais si remontée que je le lui reprochai quand même – *Tu as enlevé ta signature parce que tu aimes rester cachée, parce que c'est facile de jeter une pierre et de retirer sa main, mais j'en ai marre de tes manigances !* – et elle se mit à rire, tant cette accusation lui semblait insensée. Dommage que tu le prennes comme ça, fit-elle. Elle prit un air buté et bougonna qu'elle avait envoyé l'article à *L'Espresso* avec ma seule signature parce que la sienne comptait pour du beurre, parce que c'était moi, celle qui avait fait des études, parce que j'étais célèbre, et parce que je pouvais désormais donner des leçons à n'importe qui sans crainte. Ces mots me confirmèrent qu'elle surestimait naïvement ma fonction, ce que je lui dis. Mais là, elle perdit patience et rétorqua que c'était moi qui me sous-estimais : voilà pourquoi elle voulait que je travaille davantage et mieux, afin qu'un public encore plus nombreux approuve mes écrits, et son unique désir était de voir mes mérites toujours plus reconnus. Tu verras ce qui va leur arriver, aux Solara ! s'enflamma-t-elle.

Je rentrai chez moi encore plus déprimée. Je n'arrivai pas à chasser le soupçon qu'elle m'utilisait, exactement comme Marcello l'avait dit. Elle m'envoyait à l'abattoir en comptant sur la petite notoriété que j'avais pour gagner une guerre à elle, pour accomplir ses vengeances à elle, et pour étouffer ses sentiments de culpabilité.

En réalité, signer cet article représenta pour moi un grand pas en avant. Il eut un tel retentissement qu'il permit à de nombreux fragments de ma vie professionnelle de s'assembler. J'apportai la preuve que j'avais non seulement une vocation de romancière mais que je me battais aussi contre la dégradation de ma ville, de la même manière dont je m'étais occupée, par le passé, de luttes syndicales, et m'étais engagée dans la critique de la condition féminine. Le public limité que j'avais conquis à la fin des années soixante s'unit à celui que j'avais cultivé, avec des hauts et des bas, dans les années soixante-dix, ainsi qu'aux nouveaux lecteurs, beaucoup plus nombreux, d'aujourd'hui. Cela profita à mes deux premiers livres, qui furent réimprimés, et au troisième, qui continua à se vendre très bien, tandis que l'idée d'en tirer un film se concrétisait de plus en plus.

Naturellement, ces pages me valurent aussi bien des ennuis. Je fus convoquée par les carabiniers. Entendue par la brigade des finances. Vilipendée par la presse locale de droite et étiquetée comme « divorcée, féministe, communiste », et « sympathisante des terroristes ». Je reçus des coups de fil anonymes qui nous menaçaient, mes filles et moi, dans un dialecte bourré d'obscénités. Mais, tout en vivant dans l'anxiété – à présent l'anxiété me semblait aller de pair avec l'écriture –, je me sentis finalement beaucoup moins stressée que je ne l'avais été à l'époque de *Panorama* et de la plainte de Carmen. C'était mon travail et j'apprenais à le faire de mieux en mieux. Et puis, je me sentais protégée par l'aide juridique de ma maison d'édition, par le soutien unanime des journaux de gauche, par mes rencontres avec un public toujours plus fourni, et par l'idée que j'étais dans le juste.

Toutefois, pour être honnête, je dois dire que ce ne fut pas la seule raison. Je me détendis surtout lorsqu'il devint évident que les Solara ne feraient absolument rien contre moi. Ma visibilité les poussait à être le plus invisibles possible. Non seulement Marcello et Michele ne portèrent pas plainte, mais ils se turent totalement et pour toujours, et même lorsque je me retrouvai face à eux en présence des forces de l'ordre, ils se contentèrent tous deux de bonjours froids mais respectueux. Ainsi les choses se calmèrent. Concrètement, tout ce qui se produisit, ce fut l'ouverture de plusieurs enquêtes et d'autant de dossiers. Mais, comme l'avait prévu le service juridique de la maison d'édition, les premières ne tardèrent pas à s'enliser, et les seconds finirent, j'imagine, sous des milliers d'autres : rien ne vint entraver les Solara. Le seul dommage causé par l'article fut de nature affective : ma sœur, mon neveu Silvio et même mon père me firent sortir de leur vie – pas par des discours, mais dans les faits. Seul Marcello resta cordial. Un après-midi, je le croisai sur le boulevard et détournai les yeux. Or, il se planta devant moi et me dit : Lenù, je sais que si tu avais pu, tu t'en serais passée, je ne t'en veux pas, ce n'est pas ta faute, mais rappelle-toi que ma maison t'est toujours ouverte. Je répliquai : Elisa m'a raccroché au nez hier même ! Il sourit : Ta sœur, c'est la patronne, qu'est-ce que je peux y faire ?

En revanche, cette conclusion en fin de compte conciliante déprima Lila. Elle ne cacha pas sa déception, toutefois elle ne l'exprima pas non plus. Elle continua en faisant comme si de rien n'était : elle passait chez moi pour me laisser Tina et allait s'enfermer dans son bureau ; mais il lui arrivait aussi de rester alitée toute la journée, elle disait que sa tête explosait et elle somnolait.

Je fis attention à ne pas lui rappeler que c'était elle qui avait pris la décision de publier nos pages. Je ne dis pas : Je t'avais prévenue que les Solara s'en sortiraient sans dommage, la maison d'édition m'avait avertie, ce n'est pas la peine de souffrir pour ça ! Le regret d'avoir mal apprécié la situation resta néanmoins gravé sur son visage. Pendant des semaines, elle se sentit humiliée d'avoir vécu en attribuant un pouvoir à des choses qui, dans les hiérarchies ordinaires, comptaient peu : l'alphabet, l'écriture, les livres. Pour elle qui semblait si désenchantée et si adulte, l'enfance ne s'acheva vraiment qu'à cette époque – c'est ce que je pense aujourd'hui.

Elle cessa de m'aider. Elle me confia de plus en plus souvent sa fille et parfois, même si c'était rare, Gennaro aussi, l'obligeant à rester chez moi, oisif. De mon côté, j'avais une vie de plus en plus remplie et ne savais comment m'en sortir. Un matin où je la sollicitai pour garder mes filles, elle me répondit, agacée : Appelle ma mère, et demande-lui de t'aider ! C'était nouveau, je la quittai avec un sentiment de gêne et obéis. C'est ainsi que Nunzia débarqua chez moi. Elle avait beaucoup vieilli, était docile et mal à l'aise, mais son efficacité était la même que lorsqu'elle s'occupait de notre maison, à l'époque d'Ischia.

Mes deux aînées la traitèrent immédiatement avec une arrogance offensante, en particulier Dede, dont le corps était en pleine transformation, et qui ne faisait plus preuve du moindre tact. Elle gonflait de partout et la peau de son visage était enflammée, ce qui chassait, jour après jour, l'image d'elle-même dont elle avait l'habitude : elle se sentait laide et devenait mauvaise. Nous commençâmes à avoir des prises de bec du genre :

« Pourquoi on doit rester avec cette vieille ? Sa bouffe est dégueulasse, c'est toi qui dois faire la cuisine !

— Arrête ça !

— Quand elle parle elle crache partout, t'as vu qu'elle a pas de dents ?

— Je veux pas entendre un mot de plus, ça suffit !

— Déjà qu'on est obligées d'habiter dans cette poubelle, maintenant il faut en plus qu'on vive avec ce vieux machin ? Je veux pas qu'elle dorme chez nous quand t'es pas là !

— Dede, j'ai dit ça suffit ! »

Elsa n'était pas en reste, mais avec ses modalités propres. Elle demeurait très sérieuse et parlait comme si elle voulait me soutenir, mais ce n'était que perfidie :

« Moi elle me plaît, maman, tu as bien fait de la faire venir. Elle sent bon le cadavre.

— Toi tu vas t'en prendre une ! Tu te rends compte qu'elle peut t'entendre ? »

La seule qui s'attacha immédiatement à la mère de Lila fut Imma : elle était dominée par Tina et l'imitait en tout, y compris dans les affections. Les deux gamines ne cessaient de tourner autour de Nunzia pendant qu'elle s'affairait dans l'appartement, et elles l'appelaient grand-mère. Mais grand-mère était brusque, surtout avec Imma. Elle faisait quelques caresses à sa véritable petite-fille, et s'attendrissait parfois tant celle-ci était bavarde et affectueuse, mais elle travaillait en silence quand sa fausse petite-fille cherchait à attirer son attention. Cependant, je découvris qu'un problème la taraudait. Au bout de sa première semaine de service, elle me dit, les yeux rivés au sol : Lenù, on a pas parlé de combien tu me donnes. Quelle vilaine surprise ! Stupidement, j'avais cru qu'elle venait parce que sa fille le lui avait demandé ; si j'avais su que je devais payer, j'aurais choisi quelqu'un de jeune, que mes filles auraient apprécié, et dont j'aurais pu exiger tout ce dont j'avais besoin. Mais je me retins, nous parlâmes argent et fixâmes une somme. C'est alors seulement que le visage de Nunzia s'éclaira un peu. À la fin des négociations, elle éprouva le besoin de se justifier : Mon mari est malade, il peut plus travailler, et Lina est folle, elle a viré Rino, on a pas une lire ! Je maugréai que je comprenais et lui demandai d'être plus gentille avec Imma. Elle s'exécuta. À partir de là, tout en favorisant systématiquement Tina, elle s'efforça de traiter ma fille aussi avec douceur.

En revanche, c'est avec Lila qu'elle ne changea pas de comportement. Qu'elle arrive, qu'elle reparte, Nunzia n'eut jamais envie de passer voir sa fille, qui pourtant lui avait procuré ce travail. Si elles se croisaient dans l'escalier, elles ne se disaient même pas bonjour. C'était une vieille dame qui avait perdu l'affabilité prudente d'autrefois. Mais Lila aussi, il faut le dire, était de plus en plus intraitable : elle empirait à vue d'œil.

105

Avec moi, elle prenait constamment et sans motif un ton hargneux. Ce qui m'agaçait surtout, c'était qu'elle me traitait comme si je ne voyais rien de ce qui arrivait à mes filles.

« Dede a eu ses ragnagnas.

— C'est elle qui te l'a dit ?

— Oui, toi tu n'es jamais là.

— Tu as utilisé ce mot avec elle ?

— Quel mot je devais utiliser ?

— Quelque chose de moins vulgaire.

— Tu sais comment elles parlent entre elles, tes filles ? Et tu as déjà entendu ce qu'elles disent de ma mère ? »

Le ton qu'elle employait me déplaisait. Alors que, par le passé, elle avait manifesté tellement d'affection envers Dede, Elsa et Imma, elle me sembla de plus en plus déterminée à les rabaisser, et toute occasion était bonne pour me prouver qu'à force de me promener sans arrêt d'un bout à l'autre de l'Italie, je les négligeais, avec de graves conséquences sur leur éducation. Je fus particulièrement nerveuse lorsqu'elle se mit à m'accuser de ne pas voir les problèmes d'Imma.

« Qu'est-ce qu'elle a ? lui demandai-je.

— Elle a un tic à l'œil.

— Ça lui arrive rarement.

— Moi, je l'ai vu souvent.

— Qu'est-ce que c'est, d'après toi ?

— Je ne sais pas. Moi, je sais juste qu'elle se sent orpheline de père, et qu'elle n'est même pas sûre d'avoir une mère. »

Je tentai d'ignorer Lila, mais ce fut difficile. Imma, je l'ai dit, m'avait toujours un peu inquiétée, et même lorsqu'elle faisait jeu égal avec la vivacité de Tina, il me semblait qu'il lui manquait quelque chose. En outre, depuis un moment, je reconnaissais en elle certains de mes propres traits, que je n'aimais pas. Elle était passive, cédait immédiatement en toute occasion par peur de ne pas plaire, et ensuite elle était triste d'avoir cédé. J'aurais préféré qu'elle hérite de la capacité de séduction effrontée de Nino, de sa vitalité désinvolte, mais il n'en était rien. Imma se soumettait à contrecœur, elle voulait tout et faisait semblant de ne rien vouloir. Je me disais : les enfants sont le fruit du hasard, elle n'a rien pris de son père. Mais sur ce point, Lila n'était pas d'accord, au contraire elle trouvait toujours le moyen de faire allusion à une ressemblance de la petite avec Nino, toutefois elle n'y voyait rien de positif et en parlait comme d'une tare congénitale. De plus, elle me répétait sans cesse : Si je te le dis, c'est parce que je l'aime et que je m'inquiète !

Je tentai de trouver une explication à cet acharnement soudain contre mes filles. Je supposai que, étant donné que je l'avais déçue, elle s'éloignait de moi en prenant ses distances, en particulier avec elles. Je me dis que mon livre avait de plus en plus de succès, ce qui confirmait mon autonomie par rapport à elle et par rapport à son jugement : par conséquent, elle cherchait à me diminuer en diminuant les filles que j'avais faites, ainsi que ma capacité à être une bonne mère. Mais aucune de ces deux hypothèses ne m'apaisa, et une troisième se fraya un chemin dans mon esprit : Lila voyait ce que moi, en tant que mère, je ne savais pas ou ne voulais pas voir. Et comme elle se montrait surtout critique envers Imma, j'aurais bien fait de vérifier si ses remarques étaient fondées.

Je me mis ainsi à observer attentivement la gamine, et je fus bientôt convaincue qu'en effet, elle souffrait. Elle était écrasée par l'expansivité joyeuse de Tina, par sa capacité de verbalisation très élevée et par son aptitude à susciter tendresse, admiration et affection chez tout le monde, surtout chez moi. Ma fille avait beau être charmante et intelligente, auprès de Tina elle devenait terne, ses qualités s'évanouissaient, et elle en pâtissait. Un jour, j'assistai à une dispute entre les deux enfants, en bon italien : la prononciation de Tina était extrêmement précise, tandis qu'Imma parlait en escamotant encore quelques syllabes. Elles coloriaient au crayon des formes d'animaux, Tina avait choisi d'utiliser le vert pour le rhinocéros, Imma appliquait au hasard des couleurs sur un chat. Tina lui dit :

« Fais-le gris ou noir !

— T'as pas à me donner des ordres.

— Ce n'est pas un ordre, c'est une suggestion. »

Imma la fixa, alarmée. Elle ne savait pas la différence entre un ordre et une suggestion. Elle rétorqua :

« Je veux pas faire la suggestion non plus.

— Alors ne la fais pas ! »

La lèvre inférieure d'Imma se mit à trembler :

« D'accord, dit-elle, je la fais, mais j'ai pas envie. »

Je tentai de m'occuper plus d'elle. Pour commencer, j'évitai de m'enthousiasmer devant toutes les trouvailles de Tina, et mis en valeur les qualités d'Imma, la complimentant pour un tas de petites choses. Mais je me rendis bientôt compte que c'était insuffisant. Les deux fillettes s'aimaient beaucoup, et se comparer mutuellement les aidait à grandir : une louange artificielle en plus ne permettait pas d'éviter qu'Imma, lorsqu'elle se reflétait en Tina, voie quelque chose qui lui faisait mal, et dont sa copine n'était certainement pas responsable.

À ce moment-là, je me mis à réfléchir aux paroles de Lila : *elle est orpheline de père, et elle n'est même pas sûre d'avoir une mère*. Je me souvins de la légende erronée de *Panorama*. Cette légende, accentuée par les méchantes plaisanteries de Dede et d'Elsa (*Tu n'es pas de notre famille : tu t'appelles Sarratore, pas Airota !*), devait avoir fait des dégâts. Mais était-ce vraiment cela, le cœur du problème ? Je l'exclus. L'absence de père me sembla beaucoup plus grave, et je finis par me convaincre que sa souffrance venait de là.

Une fois sur cette piste, je commençai à examiner la façon dont Imma recherchait l'attention de Pietro. Quand il téléphonait à ses filles, la petite se postait dans un coin et écoutait leur conversation. Si ses sœurs riaient, elle faisait semblant de s'amuser aussi, et quand elles disaient au revoir à leur père, chacune leur tour, avant de raccrocher, Imma criait : *Ciao !* Souvent, Pietro l'entendait et disait à Dede : Passe-moi Imma, que je lui dise bonjour ! Mais dans ce cas, soit elle devenait timide et s'enfuyait, soit elle prenait le combiné et restait muette. Lorsqu'il venait à Naples, elle tentait aussi d'attirer son attention. Pietro n'oubliait jamais de lui apporter un petit cadeau, Imma tournait autour de lui, jouait à être sa fille et était contente quand il lui faisait un compliment ou la prenait dans ses bras. Un jour où mon ex-mari vint chercher Dede et Elsa au quartier, le mal-être de la fillette dut lui paraître particulièrement évident, car il me dit en partant : Fais-lui des câlins, elle est triste que ses sœurs s'en aillent et pas elle !

Sa remarque accrut mon anxiété, et je me dis qu'il fallait faire quelque chose. Je songeai à en parler à Enzo, pour lui demander d'être plus présent dans la vie d'Imma. Toutefois, il était déjà très attentif. S'il portait sa fille sur ses épaules, au bout d'un moment il la faisait descendre et prenait un peu ma gosse sur ses épaules ; s'il achetait un jouet à Tina, il lui en achetait un identique ; s'il admirait les questions intelligentes que posait son enfant, s'en émouvant presque, il réussissait à ne pas oublier de manifester de l'enthousiasme pour les « pourquoi » un peu plus terre à terre de la mienne. Mais je lui en parlai tout de même et, de temps à autre, Enzo se mit à réprimander Tina quand elle occupait trop la scène et ne laissait pas assez de place à Imma. Cela me désola, car la fillette n'était nullement en faute. Ces incidents déroutèrent Tina, le couvercle qui s'abattait soudain sur son effervescence lui paraissant une punition imméritée. Elle ne comprenait pas pourquoi l'enchantement s'était rompu et s'efforçait de récupérer les faveurs de son père. Alors je l'attirais vers moi et jouais avec elle.

Bref, ça n'allait pas bien. Un matin, je me trouvais dans le bureau de Lila car je voulais qu'elle m'apprenne à taper à l'ordinateur. Imma jouait avec Tina sous le bureau, Tina lui présentait des lieux et des personnages imaginaires avec son talent habituel. Des créatures monstrueuses poursuivaient leurs poupées, et des princes courageux étaient sur le point de les sauver. Mais j'entendis ma fille s'exclamer, avec une colère imprévue :

« Pas moi !

— Quoi, pas toi ?

— Moi, je me sauverai pas.

— Ce n'est pas toi qui dois te sauver, c'est le prince qui te sauve !

— J'en ai pas.

— Alors je te ferai sauver par le mien.

— J'ai dit non. »

J'éprouvai de la peine en remarquant ce passage brutal qu'Imma avait opéré de sa poupée à elle-même, bien que Tina essayât de la retenir dans le jeu. Lila perdit patience parce que je me déconcentrais et menaça :

« Les filles, soit vous parlez doucement, soit vous allez jouer dehors ! »

106

Ce jour-là, j'écrivis une longue lettre à Nino. Je lui fis la liste des problèmes qui, selon moi, compliquaient la vie de notre fille : ses sœurs avaient un père qui s'occupait d'elles, pas Imma ; sa compagne de jeux, la fille de Lila, avait un père très

affectueux, pas elle ; j'étais toujours en déplacement à cause de mon travail et j'étais souvent obligée de la confier à quelqu'un ; bref, Imma risquait
de se sentir perpétuellement dans une situation de
désavantage. J'expédiai la lettre et attendis qu'il se
manifeste. Rien ne se produisit, alors je me décidai
à téléphoner chez lui. Eleonora répondit :

« Il n'est pas là, dit-elle d'une voix éteinte, il est
à Rome.

— S'il te plaît, est-ce que tu peux lui faire savoir
que ma fille a besoin de lui ? »

Sa voix se brisa dans sa gorge. Puis elle se reprit :

« Les miens non plus n'ont pas vu leur père
depuis au moins six mois.

— Il t'a quittée ?

— Non, il ne quitte jamais personne. Ou tu as la
force de le quitter – et de ce point de vue, tu as été
courageuse, je t'admire –, ou il va et vient, disparaît et réapparaît, comme ça l'arrange.

— Tu lui dis que j'ai téléphoné et que s'il ne
donne pas signe de vie immédiatement, je le
retrouve et lui amène la gosse, où qu'il se trouve ! »

Je raccrochai.

Il fallut encore quelques jours pour que Nino
se décide à m'appeler, mais il finit par le faire.
Comme d'habitude, il se comporta comme si nous
nous étions quittés quelques heures plus tôt. Il eut
un ton énergique et joyeux, et m'adressa de nombreux compliments. Je coupai court et demandai :

« Tu as reçu ma lettre ?

— Oui.

— Et pourquoi tu n'as pas répondu ?

— Je n'ai pas un instant à moi.

— Trouve le temps, et au plus vite ! Imma ne va
pas bien. »

Il avoua du bout des lèvres qu'il rentrait à Naples le week-end suivant, alors je l'obligeai à venir déjeuner avec nous le dimanche. J'insistai pour qu'en cette occasion il ne bavarde pas avec moi, ne s'amuse pas avec Dede et Elsa, mais consacre toute la journée à Imma. Et il faut que tes visites deviennent une habitude, précisai-je, ce serait bien que tu viennes une fois par semaine, mais ça, je ne te le demande même pas, je n'en attends pas autant de toi, mais une fois par mois, c'est indispensable ! Il me répondit gravement qu'il viendrait toutes les semaines, il me le promit et, sur le moment, il était certainement sincère.

Je ne me souviens pas du jour où j'ai passé ce coup de fil, en revanche je n'oublierai jamais le jour où, à 10 heures du matin, Nino se présenta dans le quartier, très élégant, au volant d'une voiture de luxe flambant neuve. C'était le 16 septembre 1984. Lila et moi avions un peu plus de quarante ans, Tina et Imma bientôt quatre.

107

J'avais informé Lila que Nino allait venir déjeuner chez moi. Le samedi, je lui avais expliqué : Je l'ai forcé, je veux qu'il passe toute la journée avec Imma. J'espérais qu'elle comprendrait que, ce jour-là au moins, elle ne devait pas m'envoyer Tina – mais elle ne le comprit pas ou ne voulut pas le comprendre. En revanche, elle s'était soudain montrée serviable et s'était écriée : Je vais dire à ma mère de faire la cuisine pour tout le monde, et on pourra peut-être manger chez moi, il y a plus de place ! Cela m'avait surprise et rendue nerveuse. Elle qui détestait Nino, pourquoi s'entremettait-elle ainsi ? J'avais refusé en disant : C'est moi qui cuisine. Et j'avais répété que cette journée était consacrée à Imma, il n'y avait ni la possibilité ni le temps de faire autre chose. Mais le lendemain, à 9 heures précises, Tina monta les marches avec ses jouets et frappa à ma porte. Elle était ravissante, avec ses petites tresses très noires et ses yeux brillants qui suscitaient la tendresse.

Je la fis entrer mais fus immédiatement obligée de me disputer avec Imma : ensommeillée et encore en pyjama, elle n'avait pas pris son petit-déjeuner et voulait pourtant déjà se mettre à jouer. Comme elle refusait de m'obéir, faisait des grimaces et riait avec son amie, je piquai une colère et enfermai Tina – stupéfiée par mes manières – dans une pièce pour qu'elle s'occupe seule, puis obligeai Imma à se laver. Je veux pas ! n'arrêtait-elle pas de brailler. Je lui dis : Il faut t'habiller, papa va arriver ! Cela faisait plusieurs jours que je la préparais à cette rencontre, néanmoins, à mes paroles, elle se rebella encore davantage. Moi-même, annonçant ainsi l'imminence de cette visite, je sentis la nervosité me gagner. La gamine se tordait dans tous les sens et criait « je veux pas de papa ! », comme si « papa » était une maladie repoussante. J'excluais qu'elle puisse se souvenir de Nino, ce n'était pas le refus d'une personne déterminée. Je pensai : Peut-être me suis-je trompée en l'invitant ! Quand Imma dit qu'elle ne veut pas de papa, cela signifie qu'elle ne veut pas n'importe lequel, elle veut Enzo, Pietro, elle veut ce qu'ont Tina et ses sœurs.

L'autre fillette me revint alors à l'esprit. Elle n'avait pas protesté et n'avait pas montré le bout de son nez. J'eus honte de mon comportement, Tina n'avait aucune responsabilité dans les tensions de cette journée. Je l'appelai avec douceur : elle réapparut, toute contente, et s'installa sur un tabouret dans un coin de la salle de bain, me donnant des conseils pour faire à Imma des tresses identiques aux siennes. Ma fille se calma et me laissa l'habiller et la pomponner sans plus résister. Quand j'eus fini, elles filèrent jouer, et j'allai tirer Dede et Elsa du lit.

Elsa se leva très joyeuse, elle était contente de revoir Nino et fut prête en un clin d'œil. En revanche, Dede passa un temps interminable à se laver, et sortit de la salle de bain seulement quand je me mis à hurler. Elle n'arrivait pas à accepter les transformations de son corps. Je me dégoûte ! dit-elle les larmes aux yeux. Elle courut s'enfermer dans sa chambre en criant qu'elle ne voulait voir personne.

Je me préparai en toute hâte. Je n'en avais plus rien à faire de Nino, toutefois je ne voulais pas qu'il me trouve négligée et vieillie. En outre, je craignais que Lila ne se pointe, et je savais bien que, lorsqu'elle le voulait, elle était capable d'attirer sur elle tous les regards d'un homme. Je me sentais à la fois stressée et apathique.

108

Nino arriva incroyablement ponctuel, et il monta les marches chargé de cadeaux. Elsa courut l'attendre sur le palier, aussitôt suivie de Tina et puis, prudemment, d'Imma. Je vis son tic à l'œil droit ressurgir. C'est papa! lui dis-je. Elle fit faiblement non de la tête.

Mais Nino se comporta aussitôt comme il fallait. Dans l'escalier déjà, il se mit à chantonner : Où est ma petite Imma ? Je veux lui faire trois bisous et la mordiller partout! Quand il apparut sur le palier, il salua Elsa, tira distraitement une tresse de Tina et prit sa fille dans ses bras : il la couvrit de baisers, dit qu'il n'avait jamais vu d'aussi beaux cheveux et admira sa robe, ses chaussures, tout. Une fois chez moi, il ne m'adressa pas même un signe pour me dire bonjour. Il s'assit par terre, installa Imma sur ses jambes croisées, et c'est seulement à ce moment-là qu'il accorda de l'attention à Elsa et accueillit chaleureusement Dede (*Grand Dieu, comme tu as grandi, tu es splendide !*), qui s'était approchée avec un sourire timide.

Je vis Tina perplexe. Tous les étrangers, sans exception, étaient éblouis par elle, et la cajolaient dès qu'ils la voyaient : or, Nino avait commencé la distribution des cadeaux et il continuait à l'ignorer. Elle se mit alors à lui parler de sa voix enjôleuse, tenta de prendre place sur ses jambes croisées auprès d'Imma mais, n'y parvenant pas, s'appuya contre son bras et posa la tête sur son épaule, d'un air tendre. Rien à faire, Nino donna un livre à Dede, un autre à Elsa, et se concentra sur sa fille. Il lui avait acheté de tout. Il attendait qu'elle ouvre un paquet et puis, aussitôt après, lui en tendait un autre. Imma me parut flattée et émue. Elle regardait cet homme comme si c'était un magicien venu faire des tours juste pour elle, et quand Tina tentait de prendre un des cadeaux, elle s'écriait : C'est à moi ! Tina battit bientôt en retraite, sa lèvre inférieure tremblait, alors je la pris dans mes bras en disant : Viens voir tata ! C'est seulement à ce moment que Nino sembla réaliser qu'il exagérait, du coup il fouilla dans sa poche, en sortit un stylo qui devait être coûteux et annonça : Ça, c'est pour toi ! Je reposai la gamine par terre, elle alla prendre le stylo en murmurant « merci », et Nino eut l'air de la remarquer vraiment pour la première fois. Je l'entendis murmurer, stupéfié :

« Tu es tout le portrait de ta mère !

— Je peux t'écrire mon nom ? demanda Tina, sérieuse.

— Tu sais déjà écrire ?

— Oui. »

Nino sortit de sa poche une feuille pliée, la petite la posa par terre et écrivit : « Tina ». Qu'est-ce que tu es douée ! admira-t-il. Mais un instant plus tard, il chercha mon regard, craignant un reproche, et pour se racheter il s'adressa à sa fille : Je parie que toi aussi, tu es très douée ! Imma voulut le lui prouver, elle arracha le stylo à son amie et griffonna sur le papier, très concentrée. Il lui adressa de nombreux compliments, malgré Elsa qui commençait déjà à tourmenter sa petite sœur (*On comprend rien, tu sais pas écrire !*), et malgré Tina qui tentait en vain de récupérer le stylo en clamant : Je sais aussi écrire d'autres mots ! Pour couper court, Nino finit par se lever, mettant sa fille debout aussi, et il lança : Maintenant, nous allons voir la plus belle voiture du monde ! Et il entraîna toutes les filles avec lui – Imma dans ses bras, Tina qui essayait de lui prendre la main, Dede qui tirait Tina en arrière pour qu'elle reste à son côté, et Elsa qui, d'un geste avide, s'était emparée du stylo coûteux.

109

La porte se referma derrière eux. J'entendis la voix profonde de Nino dans l'escalier – il promettait d'acheter des bonbons, de leur faire faire un tour en voiture –, et Dede, Elsa et les deux fillettes qui criaient leur enthousiasme. J'imaginai Lila à l'étage inférieur, enfermée dans son appartement silencieux, alors que les voix qui m'arrivaient lui parvenaient, à elle aussi. Tout ce qui nous séparait, c'était un plancher peu épais, et pourtant elle était capable de raccourcir davantage encore cette distance, ou au contraire de la dilater, selon son humeur, selon ce qui l'arrangeait, et selon les mouvements de son cerveau, mobile comme la mer quand la lune la saisit tout entière et la tire. Je rangeai et fis la cuisine en pensant à Lila qui, en dessous, faisait de même. Nous attendions toutes deux d'entendre à nouveau les voix de nos filles et les pas de l'homme que nous avions aimé. Il me vint à l'esprit qu'elle avait dû reconnaître bien des fois en Imma des traits de Nino, comme il avait reconnu aujourd'hui en Tina ses traits à elle. En avait-elle éprouvé de l'aversion pendant toutes ces années, ou bien sa préoccupation affectueuse pour la fillette était-elle aussi due à cette ressemblance ? Est-ce que, secrètement, Nino lui plaisait encore ? Était-elle en train de l'épier par la fenêtre ? Peut-être que Tina avait réussi à se faire prendre par la main et que Lila la regardait à présent, à côté de cet homme mince et très grand, en pensant : Si les choses s'étaient passées autrement, cela aurait pu être la sienne? Quels projets mijotait-elle? Allait-elle bientôt monter chez moi pour me blesser avec quelque compliment perfide? Ou bien ouvrirait-elle sa porte au moment même où il passerait devant, de retour avec les quatre filles, et l'inviterait-elle à entrer, avant de m'appeler d'en bas, m'obligeant ainsi à les inviter, Enzo et elle, à déjeuner?

Mon appartement était silencieux, alors que dehors se mêlaient les bruits des jours de fête : les cloches de midi, les cris des vendeurs derrière leurs étals, le passage des trains de marchandise et les camions en route vers les chantiers ouverts tous les jours de la semaine. Nino laisserait sûrement les filles s'empiffrer de bonbons, sans penser qu'après elles ne toucheraient plus à leur repas. Je le connaissais bien : il exauçait tous les désirs, achetait n'importe quoi sans ciller, il était toujours dans l'excès. Dès que le déjeuner fut prêt et la table mise, je me postai à la fenêtre donnant sur le boulevard. Mais les stands me bloquaient la vue, je réussis seulement à apercevoir Marcello qui se promenait, ma sœur d'un côté et Silvio de l'autre. Le boulevard vu d'en haut me donna un sentiment d'angoisse. Les jours de fête m'avaient toujours semblé un vernis cachant la dégradation mais, en cette occasion, mon impression s'accentua encore. Que faisais-je ici, pourquoi continuais-je à y vivre alors que j'avais assez d'argent pour aller où j'en avais envie? J'avais trop laissé faire Lila, je lui avais permis de rétablir toutes sortes de liens, et j'avais cru moi-même qu'en renouant publiquement avec mes origines j'aurais su mieux écrire. Tout me sembla encore plus laid, et j'éprouvai même une forte répulsion pour les mets que je venais de préparer. Puis je réagis, me brossai les cheveux, vérifiai que tout était en ordre et sortis. Je passai presque sur la pointe des pieds devant la porte de Lila, ne voulant pas qu'elle m'entende et décide de venir avec moi.

Dehors, il y avait une forte odeur d'amande grillée. Fouillant du regard les alentours, je vis d'abord Dede et Elsa, qui mangeaient une barbe à papa en observant un étalage plein de babioles : bracelets, boucles d'oreilles, colliers ou barrettes pour les cheveux. Un peu plus loin je reconnus Nino, immobile à un coin de rue. Ce n'est qu'après une fraction de seconde que je réalisai qu'il parlait à Lila, belle comme lorsqu'elle voulait être belle, et à Enzo, sérieux et renfrogné. Elle tenait dans ses bras Imma qui lui triturait une oreille, comme elle avait l'habitude de le faire avec moi, lorsqu'elle se sentait négligée. Lila laissait la fillette la tourmenter sans réagir, tant elle était absorbée par Nino qui l'entretenait, souriant et satisfait, en gesticulant avec ses longs bras et ses longues mains.

La colère me saisit. Voilà pourquoi Nino était sorti et n'était pas encore rentré ! Voilà comment il s'occupait de sa fille ! Je l'appelai, mais il ne m'entendit pas. En revanche, Dede se retourna et rit de ma voix trop faible, et Elsa fit de même : c'était toujours leur réaction, lorsque je criais. J'appelai encore. Je voulais que Nino dise immédiatement au revoir aux autres et revienne chez moi *tout seul*, avec mes filles. Mais j'étais couverte par le sifflet assourdissant du vendeur de noisettes et par le fracas d'un camion qui passait, vibrant de toute part et soulevant un nuage de poussière. Je soupirai et les rejoignis. Pourquoi Lila tenait-elle ma fille dans ses bras, était-ce nécessaire ? Et pourquoi Imma ne jouait-elle pas avec Tina ? Je ne dis pas bonjour et lançai à Imma : Pourquoi on te porte ? Tu es grande, descends ! Je la repris à Lila et la posai à terre. Puis je m'adressai à Nino : Les filles doivent manger, c'est prêt ! En même temps, je m'aperçus qu'Imma était restée accrochée à ma jupe, elle ne m'avait pas quittée pour courir auprès de sa copine. Je regardai autour de moi et demandai à Lila : Où est Tina ?

Son visage gardait l'expression d'assentiment cordial qu'elle avait, encore une minute plus tôt, en écoutant les bavardages de Nino. Elle est sûrement avec Dede et Elsa, fit-elle. Je lui répondis : Non, elle n'y est pas. Je voulais qu'elle s'occupe de sa fille avec Enzo, au lieu de s'immiscer entre la mienne et son père, le seul jour où celui-ci s'était montré disponible. Mais, tandis qu'Enzo jetait un regard circulaire à la recherche de Tina, Lila continuait à discuter avec Nino. Elle se mit à lui parler des fois où Gennaro avait disparu. Elle raconta en riant : Un matin, on ne le trouvait nulle part, les gosses étaient tous à l'école et pas lui, j'étais épouvantée, j'ai imaginé les choses les plus horribles, alors qu'il était là, tout tranquille, dans le jardin public ! Or, c'est justement en évoquant cet épisode qu'elle devint blême. Ses yeux semblèrent se vider d'un coup et, d'une voix altérée, elle demanda à Enzo :

« Tu l'as trouvée ? Elle est où ? »

110

Nous cherchâmes Tina sur le boulevard, puis dans tout le quartier, puis à nouveau sur le boulevard. Beaucoup de gens se joignirent à nous. Arrivèrent Antonio, Carmen et son mari, Roberto, et Marcello mobilisa même quelques-uns de ses hommes, tout en arpentant lui-même le quartier jusque tard dans la nuit. Lila faisait à présent penser à Melina, elle courait dans tous les sens, sans aucune logique. Pourtant, Enzo avait l'air encore plus fou qu'elle. Il vociférait, s'en prenait aux vendeurs ambulants, leur lançait des menaces terribles et voulait fouiller leurs voitures, camionnettes et carrioles. Les carabiniers durent intervenir pour le calmer.

On crut mille fois que Tina avait été retrouvée, et on poussa des soupirs de soulagement. Tout le monde connaissait la gamine, et tout le monde jurait l'avoir vue il y a une minute devant ce stand, à ce coin de rue, dans la cour, dans le jardin public ou près du tunnel, avec un homme tantôt grand, tantôt petit. Mais chaque témoignage se révéla illusoire, et les gens finirent par ne plus être sûrs d'eux et par perdre leur bonne volonté.

Dans la soirée, une rumeur circula, qui finit par s'enraciner. La petite était descendue du trottoir à la poursuite d'une balle bleue. Mais à l'instant même, un camion arrivait. Le véhicule était une masse couleur de boue, et il avançait à une vitesse soutenue, ferraillant et tressautant dans les nids-de-poule du boulevard. Personne n'avait rien vu d'autre, mais on avait entendu un choc, et ce choc passa directement du récit à la mémoire de quiconque écoutait. Le camion n'avait pas essayé de freiner, ne serait-ce que légèrement, il avait disparu au fond du boulevard avec le corps de Tina et ses petites tresses. Pas une goutte de sang n'était restée sur l'asphalte, rien de rien. Le véhicule s'était perdu dans le néant, et l'enfant fut perdue à jamais.

VIEILLESSE
Mauvais sang

1

J'ai définitivement quitté Naples en 1995, quand tout le monde disait que la ville était en pleine renaissance. Mais je croyais désormais peu à ses résurrections. Au fil des ans, j'avais vu arriver la nouvelle gare, le morne sommet du gratte-ciel de la Via Novara, les immeubles en forme de voiles de Scampia et les tours étincelantes qui proliféraient au-dessus des pierres grises de l'Arenaccia, de la Via Taddeo da Sessa ou de la Piazza Nazionale. Ces édifices, conçus en France ou au Japon et construits entre Ponticelli et Poggioreale toujours avec la même lenteur, avaient aussitôt perdu tout éclat et étaient devenus des tanières de désespérés. Résurrection, quelle résurrection? Ce n'était que maquillage, un peu de modernité prétentieuse plaquée ici et là, sur le visage corrompu de la ville.

C'était toujours la même chose. Cette histoire de renaissance suscitait des espoirs avant de les anéantir, et ceux-ci n'étaient bientôt plus qu'une croûte par-dessus d'autres vieilles croûtes. Voilà pourquoi, à l'époque où tout le monde se sentait obligé de rester en ville pour soutenir son renouvellement sous la conduite de l'ex-parti communiste, je décidai de partir à Turin, attirée par la possibilité d'y diriger une maison d'édition, alors pleine d'ambitions. Passé mes quarante ans, le temps s'était mis à filer à vive allure et je n'arrivais plus à suivre. Le calendrier réel avait été remplacé par les dates butoirs de mes contrats, les années étaient rythmées par mes publications, et donner une date aux événements qui me concernaient ou concernaient mes filles me coûtait un effort, je n'arrivais à les situer que par rapport à l'écriture, qui me prenait de plus en plus de temps. Quand est-ce que telle ou telle chose s'était produite ? Presque inconsciemment, je me repérais en fonction de la sortie de mes livres.

J'avais dorénavant un bon nombre d'ouvrages derrière moi, et ils m'avaient apporté un certain crédit, une solide réputation et une vie confortable. Au fur et à mesure, le poids de mes filles s'était beaucoup atténué. L'une après l'autre, Dede et Elsa étaient parties étudier à Boston, encouragées par Pietro qui, depuis sept ou huit ans, avait une chaire à Harvard. Elles étaient à l'aise avec leur père. Si l'on mettait de côté les lettres où elles se plaignaient du climat infâme et de la pédanterie des Bostoniens, elles étaient satisfaites d'elles-mêmes, et contentes de s'être soustraites aux choix que je leur avais imposés par le passé. À ce stade, que faisais-je encore au quartier, d'autant plus qu'Imma était impatiente de faire comme ses sœurs ? Au début, j'avais tiré profit de mon image d'écrivaine qui, bien que pouvant vivre ailleurs, restait dans une banlieue dangereuse afin de continuer à se nourrir de la réalité, mais par la suite c'était devenu un lieu commun chez beaucoup d'intellectuels. En outre, mes livres s'étaient engagés dans d'autres voies, et le quartier, comme matériau, avait fini dans un coin. N'était-ce pas hypocrite d'avoir une certaine notoriété, d'être pleine de privilèges, et pourtant de me restreindre et de résider dans un endroit où je ne pouvais qu'enregistrer, mal à l'aise, la façon dont ne cessait d'empirer la vie de mes frères et sœur, de mes amies, de leurs enfants et petits-enfants, et même celle de ma fille cadette ?

À l'époque, Imma était une adolescente de quatorze ans, elle ne manquait de rien et travaillait beaucoup. Mais elle utilisait parfois un dialecte brutal, elle avait des camarades de classe qui ne me plaisaient pas, et j'étais tellement anxieuse quand elle sortait après dîner que, souvent, elle décidait d'elle-même de rester à la maison. Moi aussi, quand j'étais en ville, j'avais une vie limitée. Je voyais des amis, hommes et femmes, appartenant à la Naples cultivée, je me laissais courtiser et entamais des relations qui, cependant, duraient peu de temps. Même les hommes les plus brillants se révélaient tôt ou tard aigris, en colère contre le mauvais sort, spirituels mais aussi subtilement malveillants. Parfois, j'avais l'impression qu'ils me voulaient surtout pour me faire lire leurs manuscrits ou pour connaître le monde de la télévision ou du cinéma, quand ce n'était pas pour obtenir quelque prêt, qu'ensuite ils ne me remboursaient jamais. Je faisais contre mauvaise fortune bon cœur et m'efforçais d'avoir une vie sociale et sentimentale. Cependant, sortir de chez moi habillée avec quelque élégance ne m'amusait pas, mais m'angoissait. Un jour, je n'eus pas le temps de fermer la porte de l'immeuble derrière moi que je fus frappée et détroussée par deux jeunes qui n'avaient pas plus de treize ans. Le chauffeur de taxi, qui attendait à deux mètres de là, ne passa même pas la tête par la vitre. C'est pourquoi, pendant l'été 1995, je quittai Naples avec Imma.

Je louai un appartement sur le Pô, tout près du Ponte Isabella : ma vie et celle de ma troisième fille s'améliorèrent aussitôt. De là, je pus réfléchir, écrire et faire écrire les auteurs que j'éditais sur Naples avec beaucoup plus de lucidité. J'aimais ma ville, mais je me fis violence pour m'interdire de prendre automatiquement sa défense. Au contraire, je me convainquis que la déception dans laquelle finissait tôt ou tard tout amour pour Naples était une loupe permettant de regarder l'Occident dans son entier. Naples était la grande métropole européenne où, de la façon la plus éclatante, la confiance accordée aux techniques, à la science, au développement économique, à la bonté de la nature et à la démocratie s'était révélée totalement privée de fondement, avec beaucoup d'avance sur le reste du monde. Être né dans cette ville – écrivis-je même une fois, ne pensant pas à moi mais au pessimisme de Lila – ne sert qu'à une chose : savoir depuis toujours, presque d'instinct, ce qu'aujourd'hui tout le monde commence à soutenir avec mille nuances : le rêve du progrès sans limites est, en réalité, un cauchemar rempli de férocité et de mort.

En 2000 je me retrouvai seule, car Imma partit étudier à Paris. Je tentai de la convaincre que ce n'était pas indispensable mais, nombre de ses amies de la même classe sociale ayant fait ce choix, elle ne voulut pas être en reste. Au début cela ne me pesa guère, j'avais une vie pleine d'engagements. Mais au bout de deux ans, je commençai à me sentir vieillir : j'avais l'impression de me faner, à l'unisson du monde dans lequel je m'étais affirmée. J'avais beau avoir gagné quelques prix prestigieux, à différentes périodes et avec des œuvres différentes, je vendais désormais très peu ; pour donner un exemple, en 2003, les treize romans et deux recueils d'essais que j'avais derrière moi me rapportèrent, au total, 2 323 euros bruts. Je dus prendre acte, à ce moment-là, que mon public n'attendait plus rien de moi, et que les lecteurs plus jeunes – mieux vaudrait dire les lectrices, puisque depuis le début c'étaient surtout les femmes qui me lisaient – avaient désormais d'autres goûts et d'autres centres d'intérêt. Les journaux n'étaient plus une source de revenus non plus. Ils ne s'intéressaient guère à moi, m'appelaient de moins en moins pour des contributions, et soit ils me payaient trois francs six sous, soit ils ne me donnaient rien du tout. Quant à la télévision, après quelques belles expériences dans les années quatre-vingt-dix, j'avais tenté de faire une émission, l'après-midi, consacrée aux classiques de la littérature grecque et latine, une idée qui avait vu le jour uniquement grâce à la bienveillance de certains amis, dont Armando Galiani, qui avait un programme sur Canale 5 mais entretenait aussi de bonnes relations avec la télévision publique. Cela avait débouché sur un indiscutable fiasco et, depuis, je n'avais pas eu d'autres occasions de travailler à la télévision. Un vent défavorable avait aussi commencé à souffler sur la maison d'édition que j'avais dirigée pendant des années. À l'automne 2004, je fus mise sur la touche par un jeune homme très futé, à peine trentenaire, et réduite à un rôle de consultante extérieure. J'avais soixante ans et je sentis que j'étais à la fin de mon parcours. À Turin, les hivers étaient trop froids, les étés trop chauds et les classes cultivées modérément accueillantes. J'étais stressée, je dormais très peu. Désormais, les hommes ne me remarquaient plus. De mon balcon, je regardais le Pô, les rameurs, la colline, et je m'ennuyais.

Je me mis à descendre plus souvent à Naples, mais dorénavant je n'avais plus envie de revoir amis et parents, et amis et parents n'avaient plus envie de me revoir. Je voyais seulement Lila, mais souvent je choisissais de ne pas la rencontrer non plus. Elle me mettait mal à l'aise. Depuis quelques années, elle se passionnait pour la ville avec un esprit de clocher qui me semblait fruste, du coup je préférais me promener seule sur la Via Caracciolo, monter au Vomero ou me balader sur la Via dei Tribunali. C'est ainsi qu'au printemps 2006, enfermée dans un vieil hôtel du Corso Vittorio Emanuele à cause d'une pluie qui n'en finissait pas, je rédigeai en quelques jours, pour tromper le temps, un récit qui ne faisait pas plus de quatre-vingts pages, situé dans mon quartier, et qui parlait de Tina. Je l'écrivis rapidement pour ne pas me donner le temps d'inventer. Cela produisit des pages sèches et directes. L'histoire ne s'envolait dans l'imaginaire que dans sa partie finale.

Je publiai ce récit à l'automne 2007, sous le titre *Une amitié*. Le livre reçut un accueil très favorable. Il se vend très bien aujourd'hui encore, et les professeures le conseillent à leurs élèves comme lecture d'été.

Mais moi, je le déteste.

Deux années seulement avant sa publication, quand le cadavre de Gigliola avait été retrouvé dans le jardin public – une mort par infarctus dans la solitude, sordide et terrible –, Lila m'avait fait promettre de ne jamais écrire sur elle. Or, voilà que je l'avais fait, et de la manière la plus explicite qui soit. Pendant quelques mois, j'eus l'impression d'avoir écrit mon meilleur livre et ma célébrité d'auteure connut un nouveau pic : cela faisait longtemps que je n'avais pas suscité une telle adhésion. Mais quand, fin 2007 – dans une ambiance de fêtes de Noël –, je me rendis dans la librairie Feltrinelli de la Piazza dei Martiri pour présenter *Une amitié*, je me sentis soudain honteuse, et je craignis de voir Lila dans le public, peut-être même au premier rang, prête à intervenir pour me mettre en difficulté. Or, la soirée se passa très bien, et on me fêta beaucoup. Cela me redonna un peu confiance et, de retour à l'hôtel, j'essayai de lui téléphoner, d'abord sur son téléphone fixe, puis sur son portable, et puis encore sur le fixe. Elle ne me répondit pas, elle n'a plus jamais répondu.

2

Je suis incapable de raconter la douleur de Lila. Ce que le sort lui réserva, et ce qui était peut-être aux aguets depuis toujours, tout au long de sa vie, ce ne fut pas la mort d'un enfant par maladie, par accident ou par un acte de violence, mais sa brusque disparition. Sa douleur n'eut rien à quoi se raccrocher. Il ne lui resta aucun corps inanimé à étreindre, désespérée, elle ne célébra les obsèques de personne, elle n'eut pas la possibilité de se recueillir devant la dépouille d'un être qui avait marché, couru, parlé et embrassé, avant d'être réduit à une pauvre chose abîmée. J'imagine que Lila eut l'impression qu'un de ses membres, qui une minute plus tôt faisait partie de son corps, avait soudain perdu forme et consistance, sans avoir subi de traumatisme. Mais la souffrance qui en dériva, je ne la connais pas suffisamment, et ne puis l'imaginer.

Au cours des dix années qui suivirent la perte de Tina, tout en continuant à habiter dans le même immeuble que Lila, où je la croisai chaque jour, je ne la vis jamais pleurer et n'assistai à aucune crise de désespoir. Sa première réaction avait été de courir partout dans le quartier, jour et nuit, cherchant sa fille en vain, et ensuite elle avait craqué, comme vaincue par la fatigue. Alors elle s'était assise près de la fenêtre de sa cuisine où elle resta longtemps immobile, bien qu'il n'y eût rien d'autre à voir qu'un morceau de voie ferrée et un coin de ciel. Puis elle se leva et reprit une vie normale, mais sans jamais se résigner. Les années passèrent sur elle, son mauvais caractère ne fit que s'accentuer, elle sema malaise et peur autour d'elle, et vieillit en vociférant et en se querellant. Au début, elle avait parlé de Tina en toute occasion et avec tout le monde : elle s'agrippait au prénom de la petite, comme si, en le prononçant, elle avait pu la ramener. Mais par la suite, faire la moindre allusion à cette perte en sa présence devint impossible ; même si c'était moi qui le faisais, elle me chassait au bout de quelques secondes avec brusquerie. La seule chose qu'elle apprécia, ce fut une lettre de Pietro, et je pense que c'était surtout parce qu'il avait réussi à lui écrire sur un ton affectueux sans jamais mentionner Tina. En 1995 encore, avant mon départ, elle faisait comme si de rien n'était, à part en de très rares occasions. Un jour, Pinuccia parla de la fillette comme d'un petit ange qui veillait sur nous tous. Lila lui cracha : Tire-toi !

3

Au quartier, personne ne fit confiance aux forces de l'ordre ni aux journalistes. Des hommes, des femmes et même des bandes de gosses cherchèrent Tina pendant des jours et des semaines, ignorant la police et la télévision. Tous les parents et tous les amis se mobilisèrent. Le seul qui se manifesta seulement à deux ou trois reprises – et par téléphone, afin de proférer quelques banalités qui n'étaient qu'une façon de répéter : Moi je n'ai aucune responsabilité là-dedans, je venais de rendre la petite à Lina et Enzo ! –, ce fut Nino. Mais je n'en fus pas surprise, il faisait partie de ces adultes qui, lorsqu'ils jouent avec un enfant et que celui-ci s'écorche le genou en tombant, ont l'air de gamins eux aussi, et craignent qu'on ne vienne leur dire : C'est toi qui l'as fait tomber ! D'ailleurs, personne ne lui accorda la moindre attention, et en quelques heures il fut oublié. Enzo et Lila eurent surtout recours à Antonio, qui repoussa encore une fois son départ pour l'Allemagne, uniquement pour rechercher Tina. Il le fit par amitié mais aussi, comme il le précisa lui-même à notre grande surprise, parce que Michele Solara le lui avait ordonné.

Les Solara s'impliquèrent plus que personne dans cette affaire de disparition, et je dois dire qu'ils donnèrent aussi une grande visibilité à leur action. Sans ignorer qu'ils seraient reçus avec hostilité, ils se présentèrent un soir chez Lila et parlèrent comme s'ils s'exprimaient au nom d'une communauté entière, jurant qu'ils feraient tout pour que Tina revienne saine et sauve chez ses parents. Pendant leur intervention, Lila les fixa comme si elle ne les voyait pas, ne les entendait pas. Enzo, très pâle, écouta quelques minutes puis cria que c'étaient eux qui avaient enlevé leur fille ! Il le dit ce jour-là et il le dit en de multiples occasions encore, il le hurla partout : les Solara leur avaient pris Tina parce que Lila et lui avaient toujours refusé de leur verser une partie des profits de la Basic Sight. Ce qu'il cherchait, c'était qu'on lui fasse la moindre objection, afin de tuer celui qui aurait parlé. Mais personne n'objecta jamais rien en sa présence. Ce soir-là, même les deux frères n'objectèrent rien.

« Nous comprenons ta douleur, dit Marcello. Si on m'avait pris Silvio, j'aurais fait des trucs fous, comme toi. »

Ils attendirent qu'on calme Enzo, puis s'en allèrent. Le lendemain, ils envoyèrent leurs épouses, Gigliola et Elisa, faire une visite de courtoisie : elles furent accueillies sans chaleur mais plus poliment. Par la suite, ils multiplièrent les initiatives. Ce sont probablement les Solara qui organisèrent une espèce de ratissage chez tous les vendeurs ambulants qui fréquentaient ordinairement les fêtes de quartier, ainsi que chez tous les Gitans des environs. Et ce furent certainement eux les instigateurs d'une véritable vague d'indignation populaire qui s'éleva contre les policiers qui vinrent arrêter, sirènes hurlantes, d'abord Stefano – qui, à cette occasion, fit sa première crise cardiaque et finit à l'hôpital –, puis Rino, relâché après quelques jours, et enfin Gennaro, qui pleura pendant des heures en jurant qu'il aimait sa petite sœur plus que tout et ne lui ferait jamais aucun mal. Il n'est pas non plus impossible que les Solara aient été à l'origine des rondes qui apparurent devant l'école primaire et qui permirent de matérialiser, durant une bonne demi-heure, le fameux « pédé séducteur d'enfants », qui jusqu'alors n'avait été qu'un fantasme populaire. Un homme fluet d'une trentaine d'années qui, sans avoir de gosses à amener ou récupérer à l'entrée et à la sortie des classes, se postait tout de même devant l'école, fut malmené : il réussit à s'enfuir et fut poursuivi par une foule enragée jusqu'aux jardins. Là, il aurait certainement été massacré s'il n'avait réussi à expliquer que les apparences étaient trompeuses et qu'il était un stagiaire du *Mattino* en quête d'informations.

Après cet épisode, le quartier commença à se calmer, et peu à peu les gens se replièrent sur leur vie quotidienne. Puisqu'on ne trouvait nulle trace de Tina, la rumeur du camion écraseur devint de plus en plus plausible. Ceux qui étaient fatigués de chercher, mais aussi les policiers et les

journalistes, la prirent au sérieux. L'attention générale se déplaça vers les chantiers des environs, où
elle demeura longtemps. C'est à cette occasion que
je revis Armando Galiani, le fils de ma professeure
de lycée. Il n'exerçait plus en tant que médecin,
n'était pas parvenu à entrer au Parlement aux
élections de 1983, et s'essayait depuis à un jour-
nalisme très agressif sur une chaîne de télévision
privée miteuse. J'appris que son père était mort
depuis un peu plus d'un an et que sa mère vivait
en France, mais elle n'était pas en bonne santé.
Quand Armando me demanda de l'accompagner
chez Lila, je lui expliquai qu'elle allait très mal. Il
insista et je finis par téléphoner à mon amie. Elle
eut du mal à se souvenir de lui mais, quand elle
parvint à le remettre, elle accepta de le rencontrer, alors que jusqu'à présent elle n'avait parlé à
aucun journaliste. Armando expliqua qu'il faisait
une enquête sur l'après-tremblement de terre et
qu'en parcourant les chantiers il avait entendu
parler d'un camion envoyé précipitamment à la
ferraille parce qu'il était impliqué dans une sale
affaire. Lila le laissa parler, avant de lâcher :

« Tu inventes tout.

— Je te dis ce que je sais.

— Tu n'en as rien à faire du camion, des chantiers et de ma fille !

— Là, tu m'offenses !

— Non, c'est maintenant que je vais t'offenser :
tu étais nul comme médecin, tu étais nul comme
révolutionnaire, et maintenant tu es nul comme
journaliste ! Tire-toi de chez moi ! »

Armando s'assombrit, adressa un signe d'au
revoir à Enzo et sortit. Une fois dans la rue, il
m'exprima toute sa déception. Il murmura :

Même cette terrible douleur ne l'a pas changée, mais explique-lui que je voulais l'aider ! Avant que nous nous quittions, il m'interviewa longuement. Je fus frappée par la douceur de ses manières et par l'attention qu'il prêtait aux mots. Il avait dû vivre de mauvais moments, à l'époque des choix de Nadia et quand il s'était séparé de sa femme. Mais maintenant, il avait l'air en forme. Il avait transformé en cynisme affligé son attitude d'autrefois, quand il faisait partie de ceux qui savaient tout sur la bonne ligne anticapitaliste.

« L'Italie est devenue un trou noir, dit-il navré, et on a tous fini dedans ! Si tu te balades, tu te rends compte que les gens comme il faut l'ont tous compris. Quel dommage, Elena, quel dommage ! Les partis ouvriers sont pleins de gens honnêtes à qui il ne reste plus d'espoir.

— Pourquoi tu t'es mis à faire ce travail ?

— Pour la même raison que toi tu fais le tien.

— À savoir ?

— Depuis que je n'ai plus rien derrière quoi me cacher, j'ai découvert que je suis vaniteux.

— Qui te dit que moi aussi je suis vaniteuse ?

— La comparaison : ton amie ne l'est pas. Mais j'en suis désolé pour elle, car la vanité est une ressource. Quand tu es vaniteux, tu fais attention à toi et à ce que tu as. Lina ne connaît pas la vanité, c'est pour ça qu'elle a perdu sa fille. »

Je suivis un moment son travail, Armando me parut talentueux. C'est lui qui retrouva la carcasse à demi brûlée d'un vieux véhicule du côté des Ponti Rossi, et c'est lui qui le relia à la disparition de Tina. Sa trouvaille fit un certain bruit, la nouvelle fut rapportée par les quotidiens nationaux et y demeura quelques jours. Ensuite il fut établi qu'il n'y avait aucun lien possible entre le camion brûlé et la disparition de la fillette. Lila me dit :

« Tina est vivante, je veux plus jamais revoir ce merdeux ! »

4

J'ignore pendant combien de temps elle a cru que sa fille était encore en vie. Plus Enzo était au désespoir, laminé par les larmes et la fureur, plus Lila disait : Tu vas voir, ils vont nous la rendre ! Elle ne crut certainement jamais au camion pirate, elle répéta qu'elle s'en serait rendu compte immédiatement et qu'elle aurait entendu avant tout le monde le choc, ou du moins un cri. Je crois qu'elle n'accorda jamais aucun crédit non plus à la thèse d'Enzo, et ne fit pas la moindre allusion à une possible implication des Solara. En revanche, elle pensa assez longtemps que Tina avait été enlevée par l'un de ses clients, quelqu'un qui savait que la Basic Sight faisait beaucoup de profit et qui voulait de l'argent en échange de l'enfant. C'était aussi la thèse d'Antonio, mais j'ai du mal à dire sur quels éléments concrets il s'appuyait. Les policiers explorèrent en effet cette piste, mais comme il n'y eut jamais de coup de téléphone réclamant une rançon, ils finirent par l'abandonner.

Les gens du quartier furent partagés entre une majorité qui croyait Tina morte, et une minorité qui la pensait vivante et prisonnière quelque part. Nous qui aimions Lila, nous faisions partie de cette minorité. Carmen en était tellement persuadée qu'elle répétait ce scénario à tout un chacun avec beaucoup d'insistance, et si au fil du temps quelqu'un finissait par croire Tina morte, cette personne devenait son ennemie. Un jour, je l'entendis murmurer à Enzo : Dis à Lina que Pasquale aussi est avec vous, d'après lui on va la retrouver, la petite ! Mais la majorité prévalut, et ceux qui s'affairaient encore à la recherche de Tina passèrent, aux yeux des autres, pour des imbéciles ou des hypocrites. Nombre d'entre eux se mirent aussi à penser que la tête de Lila ne l'aidait pas.

Carmen fut la première à s'apercevoir que le consensus qu'avait suscité notre amie avant la disparition de Tina ainsi que la solidarité qui avait suivi étaient tous deux superficiels et qu'en dessous, une vieille aversion couvait à son égard. Regarde, me dit Carmen, autrefois ils la traitaient comme si c'était la Madone, et aujourd'hui ils passent leur chemin sans même la regarder ! Je commençai à y prêter attention et me rendis compte que c'était exactement le cas. En leur for intérieur, les gens se disaient : On est désolés que tu aies perdu Tina, mais si tu étais vraiment celle que tu voulais nous faire croire, rien ni personne ne l'aurait touchée. Quand nous étions ensemble dans la rue, les gens se mettaient à me saluer d'abord, elle ensuite. Son air tourmenté et le halo de désastre qu'elle dégageait finissaient par effrayer. Bref, ceux qui, dans le quartier, s'étaient habitués à considérer Lila comme une alternative aux Solara se retirèrent, déçus.

Et ce ne fut pas tout. Une initiative fut prise qui, apparemment sympathique au départ, se révéla bientôt pernicieuse. Au cours des premières semaines, devant notre immeuble et devant la

Basic Sight apparurent des fleurs, des billets émus adressés à Lila ou directement à Tina, et même des poésies copiées dans des livres d'école. Puis on passa aux vieux jouets qu'apportaient mères, grands-mères et enfants. Ensuite arrivèrent les barrettes et rubans colorés pour les cheveux, ou les chaussures usagées. Enfin, on vit des poupées cousues à la main dotées de rictus horribles et tachées de rouge, ainsi que des charognes enveloppées dans des haillons répugnants. Lila ramassait calmement le tout et le jetait à la poubelle, mais après elle se mettait à vociférer de terribles malédictions contre quiconque passait par là, surtout contre les mioches qui l'observaient à distance. Elle passa alors de mère suscitant la compassion à folle inspirant la terreur. Un jour, une fillette tomba gravement malade peu après que Lila lui eut sonné les cloches parce qu'elle l'avait surprise en train d'écrire à la craie sur notre porte d'entrée « Tina se fait bouffer par les morts » : ainsi de nouveaux ragots vinrent-ils s'ajouter aux anciens, et les gens évitèrent de plus en plus Lila, comme si rien que la voir pouvait porter malheur.

Toutefois, elle ne sembla pas le remarquer. La certitude que Tina était encore vivante l'absorba entièrement, et ce fut cela, je pense, qui la poussa vers Imma. Lors des premiers mois, j'avais tenté de réduire les contacts entre ma fille cadette et elle, car j'avais peur que le simple fait de voir l'enfant la fasse souffrir encore davantage. Mais Lila manifesta bientôt son désir d'être en permanence avec ma gosse, et je la lui laissai souvent, même pour la nuit. Un matin où j'allai la récupérer, je trouvai la porte de son appartement entrebâillée et entrai. La petite était en train de poser des questions sur Tina. Après ce dimanche terrible, j'avais cherché à la tranquilliser en lui racontant que sa copine était allée passer un peu de temps dans la famille d'Enzo à Avellino, mais elle insistait souvent pour savoir quand elle rentrerait. À présent, elle le demandait directement à Lila, mais celle-ci ne semblait pas entendre sa voix et, au lieu de répondre, elle lui parlait en détail de la naissance de Tina, de son premier jouet et de sa façon de s'accrocher au sein sans jamais plus s'en détacher, des choses dans ce genre. Je m'arrêtai quelques secondes sur le seuil et entendis Imma qui l'interrompait avec impatience :

« Mais c'est quand qu'elle rentre ?

— Tu te sens seule ?

— Je sais pas avec qui jouer.

— Moi non plus.

— Alors, c'est quand qu'elle rentre ? »

Pendant un long moment, Lila ne dit rien, mais ensuite elle la gronda :

« C'est pas tes oignons, ferme-la un peu ! »

Ces paroles en dialecte furent tellement brusques, âpres et inadéquates que cela m'alarma. J'échangeai quelques banalités avec Lila, puis rentrai à la maison avec ma fille.

J'avais toujours pardonné à Lila ses excès et, vu les circonstances, j'étais disposée à le faire davantage encore que par le passé. Récemment, elle avait souvent dépassé les bornes et, autant que faire se pouvait, j'avais tenté de la raisonner. Lorsque les policiers avaient interrogé Stefano, elle avait été aussitôt persuadée que c'était lui qui avait enlevé Tina, au point qu'au début elle avait même refusé d'aller le voir à l'hôpital après son infarctus ; mais je l'avais calmée, et nous lui avions rendu visite ensemble. Et c'était grâce à moi qu'elle ne s'était pas jetée sur son frère, quand la police avait enquêté sur lui. Je m'étais aussi beaucoup démenée lors de ce jour affreux où Gennaro avait été convoqué au commissariat puis, une fois rentré chez lui, s'était senti mis en accusation : il y avait eu une querelle et il était allé vivre chez son père, après avoir crié à Lila qu'elle avait perdu pour toujours non seulement Tina, mais aussi lui. Bref, la situation était catastrophique, et je pouvais comprendre qu'elle s'en prenne à tout le monde, y compris à moi. Mais pas à Imma, ça non, je ne pouvais pas le permettre. À partir de ce jour-là, chaque fois que Lila emmenait la petite chez elle, j'étais fébrile et me mettais à réfléchir à des solutions.

Mais il n'y avait pas grand-chose à faire, les fils de sa souffrance étaient très enchevêtrés et Imma fit partie, pendant quelque temps, de ces entrelacs. Dans le désordre général où nous avions tous sombré, Lila, malgré son épuisement, continua à me signaler la moindre insatisfaction de ma fille, comme elle l'avait fait avant que je me décide à faire venir Nino à la maison. J'y sentis de l'acharnement et cela m'énerva, néanmoins je m'efforçai d'y voir *aussi* un aspect positif : Elle déplace progressivement son amour maternel sur Imma, me disais-je, c'est sa façon de me dire : puisque tu as la chance d'avoir encore ta fille, tu dois en profiter, tu dois t'occuper d'elle et lui donner tous les soins que tu ne lui as jamais donnés.

Mais ça, c'était seulement l'apparence des choses. Je me dis bientôt que, plus profondément, elle devait percevoir Imma – le corps d'Imma – comme le rappel d'une faute. Je repensai souvent aux circonstances dans lesquelles Tina avait été perdue. Nino l'avait remise à Lila mais *Lila ne s'en était pas occupée*. Elle avait dit à sa fille *attends là* et à ma fille *viens avec tata*. Peut-être l'avait-elle fait pour mettre Imma sous les yeux de son père, pour pouvoir la complimenter devant lui, afin de stimuler l'affection paternelle, qui sait. Mais Tina était une enfant pétulante, ou plus simplement elle s'était sentie ignorée et, vexée, s'était éloignée. Du coup, la souffrance de Lila avait fait son nid dans le poids d'Imma entre ses bras, dans le contact avec son corps et dans la chaleur vive qu'il dégageait. Mais ma fille était lente et fragile, totalement différente de Tina, rayonnante et dynamique. Imma ne pouvait en aucune manière servir de substitut et n'était qu'une barrière contre le temps qui passe. Bref, j'imaginai que Lila la gardait près d'elle pour avoir l'impression d'être encore ce dimanche-là et pouvoir se dire : Tina est là, elle va venir tirer sur ma jupe, elle va m'appeler, et alors c'est elle que je prendrai dans mes bras, et tout retrouvera sa place. C'est pourquoi elle ne supportait pas que la petite démolisse tout. Quand Imma insistait pour savoir pourquoi son amie ne revenait pas, lui rappelant ainsi que, de fait, Tina n'était pas là, alors Lila la traitait avec la même dureté qu'elle employait avec les adultes. Mais ça, je ne pouvais l'accepter. Dès qu'elle venait chercher Imma, je trouvais un prétexte quelconque pour envoyer Dede ou Elsa chez elle, pour la surveiller. Si elle avait utilisé ce ton en ma présence, que pouvait-il se passer quand elle la gardait pendant des heures ?

5

De temps en temps, j'échappais à mon appartement et à la volée de marches qui nous reliait, j'échappais au jardin public et au boulevard, et je partais en déplacement pour mon travail. Ces jours-là, je poussais un soupir de soulagement : je me faisais belle, mettais des vêtements élégants, et même la légère claudication qui m'était restée après la grossesse me paraissait un agréable trait distinctif. Bien que j'ironise volontiers sur les comportements bilieux des intellectuels et des artistes, tout ce qui avait un rapport avec l'édition, le cinéma, la télévision ou n'importe quel type de manifestation esthétique me paraissait encore, à l'époque, un monde féerique qu'il était merveilleux d'approcher. Même assister aux mises en scène chaotiques, extravagantes et festives des grands congrès, des grands colloques, des grands spectacles, des grandes expositions et des grands opéras me plaisait, et j'étais flattée lorsqu'on m'attribuait une place dans les premiers rangs, là où les fauteuils étaient réservés, ce qui me permettait d'observer le jeu des puissants, petits et grands, assise parmi toutes sortes de célébrités. Lila, en revanche, resta toujours au centre de *son* horreur, sans jamais une distraction. Un jour où je reçus une invitation pour voir je ne sais plus quel opéra au San Carlo – un endroit merveilleux où je n'étais jamais entrée moi-même –, j'insistai pour qu'elle vienne avec moi, mais elle refusa et convainquit Carmen de m'accompagner. La seule chose qui pouvait la distraire, si j'ose dire, c'était un autre motif de souffrance. Une douleur nouvelle agissait sur elle comme une sorte d'antidote. Elle devenait combative, déterminée, comme une personne qui sait qu'elle va se noyer mais qui, malgré elle, remue bras et jambes pour rester à la surface.

Un soir, elle apprit que son fils avait recommencé à se piquer. Sans dire un mot, sans même prévenir Enzo, elle alla le chercher chez Stefano, dans l'appartement du nouveau quartier où, quelques décennies plus tôt, elle avait vécu, jeune mariée. Or, il n'y était pas : Gennaro s'était aussi disputé avec son père et, depuis quelques jours, il avait déménagé chez son oncle Rino. Mais elle fut accueillie avec une nette hostilité par Stefano et Marisa, qui vivaient maintenant ensemble. Le bel homme d'autrefois n'avait plus que la peau sur les os, il était très pâle et semblait porter des vêtements deux tailles au-dessus de la sienne pour lui. L'infarctus l'avait anéanti, il avait l'air terrorisé, ne mangeait pratiquement rien, ne buvait pas, ne fumait plus, et il devait éviter les émotions fortes à cause de son cœur malade. Or ces jours-ci, il en éprouvait, des émotions fortes, et il y avait de quoi. Il avait définitivement fermé l'épicerie à cause de ses problèmes de santé. Ada réclamait de l'argent pour sa fille et elle. Sa sœur Pinuccia et sa mère Maria en réclamaient aussi. Marisa en réclamait pour ses enfants et elle. Lila comprit immédiatement que tout cet argent, Stefano l'attendait d'elle, et que Gennaro était son prétexte pour l'obtenir. En effet, bien qu'il eût chassé son fils quelques jours plus tôt, Stefano prit sa défense et, soutenu par Marisa, affirma que pour bien s'occuper de Gennaro, ils avaient besoin de beaucoup d'argent. Et comme Lila répliqua qu'elle ne donnerait jamais plus un centime à personne, et qu'elle n'avait rien à foutre des parents, des amis et de tout le quartier, la querelle s'envenima. Hurlant, les larmes aux yeux, Stefano lui dressa la liste de tout ce qu'il avait perdu au fil des années – des épiceries à son appartement – et, pour quelque raison obscure, il attribua à Lila la responsabilité de ce gaspillage. Mais le pire vint de Marisa, qui cria : Alfonso s'est fichu en l'air à cause de toi ! Tu nous as tous fichus en l'air, t'es pire que les Solara ! Il a bien fait, celui qui t'a pris ta fille !

Ce n'est qu'à cet instant que Lila se tut, et elle regarda autour d'elle à la recherche d'une chaise pour s'asseoir. Ne la trouvant pas, elle s'appuya le dos contre le mur du séjour qui, des décennies auparavant, avait été *son* séjour : une pièce toute blanche à l'époque, avec des meubles flambant neufs, rien n'ayant encore été abîmé par les dévastations des enfants qui y avaient grandi et par l'incurie des adultes. Allons-y, lança alors Stefano, qui s'était peut-être rendu compte que Marisa avait exagéré, allons chercher Gennaro ! Il lui prit le bras, ils sortirent tous les deux et se dirigèrent vers chez Rino.

Une fois dehors, Lila se ressaisit et dégagea son bras. Ils firent le chemin à pied, marchant à quelques pas de distance, elle devant, lui à sa suite. Le frère de Lila vivait dans le vieil appartement des Carracci avec sa belle-mère, Pinuccia et les enfants de celle-ci. Gennaro était bien là, et dès qu'il aperçut ses parents, il se mit à crier. Ainsi éclata une autre querelle, d'abord entre père et fils, puis entre mère et fils. Rino resta silencieux un moment puis, le regard éteint, se répandit en lamentations sur tout le mal que sa sœur lui avait fait depuis l'enfance. Quand Stefano intervint, Rino s'attaqua à lui aussi, l'insulta et lui dit que tous leurs ennuis avaient commencé quand il avait voulu faire croire qu'il était Dieu sait qui, alors qu'il s'était fait rouler dans la farine par Lila d'abord, par les Solara ensuite. Ils s'apprêtaient à en venir aux mains et Pinuccia dut retenir son mari, murmurant « tu as raison mais du calme, c'est pas le moment », pendant que la vieille Mme Maria, le souffle court, arrêtait Stefano : « Ça suffit, mon fils, fais semblant d'avoir rien entendu, Rino est encore plus malade que toi. » À cet instant, Lila saisit énergiquement son fils par le bras et l'entraîna dehors.

Mais dans la rue, ils furent rattrapés par Rino, qu'ils entendirent arriver péniblement derrière eux. Il voulait de l'argent, il le voulait à tout prix, et immédiatement. Il lança : Si tu m'laisses comme ça, j'vais crever ! Lila continua son chemin alors qu'il la poussait, riait, gémissait ou tentait de la retenir par le bras. Alors Gennaro se mit à pleurer et cria : M'man, t'as du fric, t'as qu'à lui en donner ! Mais Lila chassa son frère et ramena son fils chez elle en sifflant : C'est ça qu'tu veux devenir ? Tu veux finir comme ton oncle ?

6

Avec le retour de Gennaro, la situation dans l'appartement d'en dessous devint encore plus infernale, et j'étais parfois obligée de courir chez eux, craignant qu'ils ne se tuent. Dans ces cas-là, Lila m'ouvrait en disant, glaciale : Qu'est-ce que tu veux ? Je répondais, tout aussi glaciale : Là, c'est trop, Dede pleure et veut appeler les flics, Elsa est effrayée ! Elle tranchait net : Reste chez toi et bouche les oreilles de tes filles, si elles ont pas envie d'entendre !

À cette époque, elle manifesta de moins en moins d'intérêt envers mes deux aînées, qu'elle appelait, de manière ouvertement sarcastique, les demoiselles. Mais mes filles aussi changèrent d'attitude à son égard. Dede, surtout, cessa d'être fascinée : on aurait dit qu'à ses yeux aussi la disparition de Tina avait ôté son autorité à Lila. Un soir, elle me demanda :

« Si tata Lina ne voulait pas d'autre enfant, pourquoi elle en a eu un ?

— Comment tu sais qu'elle n'en voulait pas d'autre ?

— Elle l'a dit à Imma.

— À Imma ?

— Oui, je l'ai entendu de mes propres oreilles. Elle ne lui parle pas comme à une enfant. D'après moi, elle est folle !

— Ce n'est pas de la folie, c'est de la douleur.

— Elle n'a pas versé la moindre larme !

— Les larmes et la douleur sont deux choses différentes.

— D'accord, mais sans les larmes, comment tu sais qu'il y a de la douleur ?

— Il y a souvent une douleur encore plus profonde.

— Pas dans son cas. Tu veux savoir ce que je pense ?

— J'écoute.

— Elle a perdu Tina exprès. Et maintenant, elle veut perdre Gennaro aussi. Ne parlons pas d'Enzo,

456

tu as vu comment elle le traite ? Tata Lina est exactement comme Elsa, elle n'aime personne. »

Dede était comme ça, elle pensait toujours y voir plus clair que les autres, et elle aimait formuler des jugements sans appel. Je lui interdis de répéter ces paroles terribles en présence de Lila, et cherchai à lui expliquer que tous les êtres humains ne réagissent pas de la même manière : Lila et Elsa avaient des stratégies affectives qui différaient des siennes.

« Par exemple, ta sœur n'affronte pas les problèmes directement comme tu le fais, dis-je, et elle trouve ridicule de trop extérioriser ses sentiments, elle préfère rester en retrait.

— À force de rester en retrait, elle a perdu toute sensibilité !

— Pourquoi tu en veux tellement à Elsa ?

— Parce qu'elle est exactement comme tata Lina ! »

C'était un cercle vicieux : Lila avait tort parce qu'elle était comme Elsa, Elsa avait tort parce qu'elle était comme Lila. En réalité, au cœur de ce jugement négatif, il y avait Gennaro. D'après Dede, dans ce cas, Elsa et Lila commettaient typiquement la même erreur d'évaluation et faisaient preuve du même défaut affectif. Exactement comme Lila, Elsa considérait que Gennaro était une vraie bête. Dede me raconta que sa sœur lui disait souvent, pour la provoquer, que Lila et Enzo avaient bien raison de flanquer une raclée au garçon à chaque fois qu'il mettait le nez dehors. Elle concluait : Y a qu'une crétine comme toi, qui ne sait rien des hommes, pour se laisser aveugler par un tas de viande mal lavée et sans un brin d'intelligence ! Dede répliquait : Et y a qu'une pourrie comme toi pour parler d'un être humain de cette façon !

Comme elles lisaient beaucoup toutes les deux, elles se disputaient dans une langue littéraire, au point que j'écoutais leurs chamailleries avec une certaine admiration – sauf lorsqu'elles passaient soudain au plus brutal des dialectes pour s'insulter. Le côté positif de ce conflit fut que l'animosité de Dede à mon encontre s'affaiblit, mais le côté négatif me pesa beaucoup : sa sœur et Lila devinrent les objets de toute sa hargne. Dede dénonçait en permanence les turpitudes d'Elsa : ses camarades de classe, filles et garçons, la détestaient parce qu'elle se croyait toujours la meilleure et ne faisait que les humilier, elle se vantait d'avoir eu des relations avec des hommes faits, et elle séchait les cours en falsifiant ma signature sur les justificatifs. Quant à Lila, elle me disait d'elle : C'est une fasciste, comment tu peux être amie avec elle ? Et elle prenait le parti de Gennaro sans aucune nuance. Selon elle, la drogue exprimait la rébellion des personnes sensibles contre les forces de la répression. Elle jurait qu'un jour ou l'autre elle trouverait le moyen d'aider Rino (elle l'appelait toujours et uniquement ainsi, nous amenant à l'appeler de même) à s'échapper de la prison où sa mère le séquestrait.

En toute occasion, j'essayais d'éteindre l'incendie, réprimandant Elsa, défendant Lila. Mais parfois, j'avais du mal à rester du côté de Lila. Ses pics de douleur coléreuse m'effrayaient. En même temps, je craignais que son corps ne tienne pas le choc, comme cela s'était déjà produit par le passé. Par conséquent, tout en appréciant l'agressivité à la fois lucide et passionnée de Dede, ainsi que l'imagination effrontée d'Elsa, je faisais attention à ce que mes filles ne déchaînent pas de crises avec des paroles inconsidérées (je savais que Dede aurait été tout à fait capable de dire : *Tata Lina, dis les choses telles qu'elles sont, tu as voulu perdre Tina, ce n'était pas un hasard*). Jour après jour, je craignais le pire. Malgré leur immersion dans la réalité du quartier, les demoiselles – comme les appelait Lila – avaient un fort sentiment de leur différence. Lorsqu'elles revenaient de Florence, en particulier, elles se sentaient d'une nature supérieure et faisaient leur possible pour le montrer à tout un chacun. Au lycée, Dede avait d'excellents résultats, et quand son professeur l'interrogeait – un homme qui n'avait guère plus de quarante ans, très cultivé et fasciné par le nom Airota –, il semblait plus inquiet de se tromper dans ses questions qu'elle ne l'était, elle, de se tromper dans les réponses. Elsa était une élève moins brillante, et au milieu de l'année ses bulletins étaient en général très mauvais ; mais ce qui la rendait insupportable, c'était la désinvolture avec laquelle, au dernier trimestre, elle rebattait les cartes et finissait par se placer parmi les meilleurs. Comme je connaissais leurs fragilités et leurs terreurs à toutes deux, et les voyais comme des fillettes apeurées, je prenais peu au sérieux leur arrogance. Mais ce n'était pas pareil pour les autres et, vues de l'extérieur, elles devaient certainement paraître odieuses. Par exemple, en classe comme ailleurs, Elsa affublait tout le monde de surnoms désagréables, avec une légèreté puérile : elle n'avait de respect pour personne. Elle appelait Enzo le débile muet, Lila le papillon de nuit venimeux, Gennaro le crocodile rieur. Mais elle s'en prenait surtout à Antonio : il passait voir Lila presque chaque jour, au bureau ou à la maison, et il l'entraînait aussitôt avec Enzo pour discuter dans une autre pièce. Après ce qui s'était passé avec Tina, Antonio était devenu encore plus insociable. Si je me trouvais là, j'étais congédiée plus ou moins explicitement, et si mes filles y étaient, au bout d'une minute Antonio les excluait en fermant la porte. Elsa, qui connaissait bien Poe, l'appelait le masque de la mort jaune, parce qu'il avait par nature un visage de ce coloris. Il était donc logique que je craigne quelque faux pas de leur part. Et, immanquablement, c'est ce qui se produisit.

Un jour où j'étais à Milan, Lila se précipita soudain dans la cour où Dede lisait, Elsa bavardait avec quelques amies et Imma jouait. Ce n'étaient plus des gamines. Dede avait seize ans, Elsa presque treize, seule Imma était petite, cinq ans. Mais Lila les traita toutes trois comme si elles n'avaient aucune autonomie. Elle les traîna chez elle sans aucune explication (elles qui étaient habituées à réclamer des explications pour tout), se contentant de crier que rester dehors était dangereux. Mon aînée trouva ce comportement insupportable et hurla :

« Maman m'a confié mes sœurs, c'est à moi de décider si on rentre ou pas !

— Quand votre mère n'est pas là, c'est moi votre mère !

— Une mère de merde, rétorqua Dede en passant au dialecte, t'as perdu Tina et t'as même pas pleuré ! »

Lila lui flanqua une gifle, ce qui anéantit ma fille. Elsa défendit sa sœur et se prit une claque à son tour, Imma éclata en sanglots. Personne ne sort, répéta mon amie, haletante, dehors c'est dangereux, dehors on meurt ! Elle les obligea à rester dans l'appartement pendant des jours, jusqu'à mon retour.

Quand je revins, Dede me raconta toute l'affaire et, honnête comme elle l'était par nature, elle me rapporta aussi sa méchante réplique. Je voulus lui faire comprendre qu'elle avait prononcé des paroles terribles et la réprimandai durement : Je t'avais prévenue de ne pas faire ça ! Elsa prit le parti de sa sœur, m'expliqua que tata Lina n'avait plus toute sa tête et vivait dans l'idée que, pour échapper aux dangers, il fallait vivre barricadé chez soi. Il fut difficile de convaincre mes filles que ce n'était pas la faute de Lila mais de l'Empire soviétique : dans un endroit qui s'appelait Tchernobyl, il y avait eu un accident dans une centrale nucléaire, et des radiations dangereuses s'en échappaient. La planète était petite, cela pouvait atteindre chacun d'entre nous, jusque dans nos veines. Tata Lina vous a protégées, dis-je. Mais Elsa cria : C'est pas vrai, elle nous a tapées ! Le seul truc bien, c'est qu'elle nous a fait que des surgelés à manger ! Imma intervint : Moi j'ai beaucoup pleuré, j'aime pas les surgelés. Et Dede : Elle nous a traitées encore pire que Gennaro. Je murmurai : Tata Lina se serait comportée de la même manière avec Tina, imaginez un peu comme ça a dû être difficile, pour elle, de vous protéger, tout en pensant que sa fille est quelque part et que personne ne s'en occupe. Mais m'exprimer ainsi devant Imma fut une erreur. Alors que Dede et Elsa réagissaient avec des moues sceptiques, ma cadette partit jouer, troublée.

Quelques jours plus tard, Lila m'affronta, directe comme toujours :

« C'est toi qui racontes à tes filles que j'ai perdu Tina et que je n'ai jamais pleuré ?

— Arrête ! Tu crois que je dis des trucs comme ça ?

— Dede m'a appelée une mère de merde.

— C'est une gamine.

— Une gamine mal élevée. »

À ce moment-là, je commis une bévue pas moins grave que celles de mes filles. Je continuai :

« Calme-toi ! Je sais combien tu aimais Tina. Essaie de ne pas tout garder pour toi, tu devrais te libérer et dire tout ce que tu as dans la tête. C'est vrai que tu as eu un accouchement difficile, mais ça ne sert à rien de fantasmer autour de ça. »

J'eus tout faux : l'imparfait de *tu aimais*, la référence à l'accouchement, le ton doucereux. Elle répliqua aussi sec : Occupe-toi de tes affaires ! Et ensuite elle cria, comme si Imma était une adulte : Et apprends à ta fille que, quand on lui dit quelque chose, c'est pas pour qu'elle le répète à tout le monde !

7

La situation empira encore lorsqu'un matin – je crois que c'était un jour de juin 1986 – il y eut une autre disparition. Nunzia arriva encore plus sombre qu'à l'ordinaire : elle m'apprit que Rino n'était pas rentré dormir chez lui la veille et que Pinuccia le cherchait dans tout le quartier. Elle me donna cette information sans me regarder en face, comme elle le faisait chaque fois qu'elle me disait quelque chose qui, en réalité, était un message pour Lila.

J'allai communiquer la nouvelle. Lila appela aussitôt Gennaro, car il lui paraissait évident qu'il savait où se trouvait son oncle. Le garçon fit beaucoup de résistance, il ne voulait rien révéler qui puisse amener sa mère à se montrer encore plus dure. Mais quand la journée entière se fut écoulée sans que l'on trouve Rino, il se décida à collaborer. Le lendemain matin, il refusa de se faire accompagner par Enzo et Lila dans ses recherches, mais se résigna à être escorté de son père. Stefano arriva essoufflé, irrité par le énième problème que lui causait son beau-frère, et inquiet parce qu'il se sentait faible : il se touchait sans arrêt la gorge et, le teint terreux, répétait «j'ai du mal à respirer». Père et fils – le gros garçon et l'homme maigre comme un fil avec ses habits trop larges – finirent par s'acheminer vers la voie ferrée.

Ils traversèrent la gare de triage et suivirent de vieux rails où stationnaient des wagons désaffectés. Dans l'un d'eux, ils trouvèrent Rino. Il était assis, les yeux ouverts. Son nez paraissait énorme et de la barbe encore noire lui mangeait le visage, remontant jusqu'aux pommettes, comme de la mauvaise herbe.

En voyant son beau-frère, Stefano oublia ses problèmes de santé et fut pris d'un véritable accès de rage. Il cria des insultes au cadavre et voulut le bourrer de coups de pied. T'étais un connard quand t'étais jeune, cria-t-il, et t'es toujours resté un connard ! Tu mérites bien de crever comme ça, t'es vraiment mort comme un con ! Il lui en voulait parce qu'il avait détruit la vie de sa sœur Pinuccia, la vie de ses neveux, la vie de son fils. Regarde, lança-t-il à Gennaro, regarde ce qui t'attend ! Gennaro le saisit par les épaules et le serra fort pour le retenir, mais Stefano se débattait et donnait des coups de pied.

C'était tôt le matin mais il faisait déjà chaud. Le wagon puait la pisse et la merde, les sièges étaient défoncés et les vitres tellement sales qu'on ne voyait pas à travers. Comme Stefano continuait à se tordre en tous sens et à beugler, le garçon perdit son calme et dit de vilaines choses à son père : il lui cria qu'être son fils le dégoûtait, et que les seules personnes de tout le quartier qu'il respectait, c'étaient Enzo et sa mère. À ce point, Stefano éclata en sanglots. Ils restèrent un moment ensemble auprès du corps de Rino, pas pour le veiller, mais seulement pour se calmer. Puis ils revinrent annoncer la nouvelle.

8

Nunzia et Fernando furent les seuls à souffrir de la perte de Rino. Pinuccia pleura son mari juste ce qu'il fallait, puis elle sembla renaître. Deux semaines plus tard, elle se présenta chez moi pour me demander si elle pouvait remplacer sa belle-mère qui, anéantie par la douleur, n'arrivait plus à travailler : elle se chargerait des tâches ménagères, ferait la cuisine et s'occuperait des filles en mon absence, pour exactement la même somme. Elle se révéla moins efficace que Nunzia mais plus bavarde et, surtout, Dede, Elsa et Imma la trouvèrent beaucoup plus sympathique. Elle adressait un tas de compliments aux trois filles et, à longueur de journée, à moi aussi : Comme tu es belle, disait-elle, tu es une vraie dame ! J'ai vu dans ton placard que tu as des robes magnifiques et beaucoup de chaussures, ça se voit que tu es quelqu'un d'important et que tu fréquentes des gens qui comptent ! C'est vrai que ton livre va devenir un film ?

Les premiers temps, elle se comporta en veuve, mais ensuite elle commença à me demander s'il y avait des robes que je ne mettais plus, bien qu'elle fût grosse et que mes vêtements ne lui aillent pas. Je les élargirai ! précisait-elle, alors je lui en choisissais quelques-unes. Et en effet, elle effectuait des retouches et venait bientôt travailler habillée comme pour une fête, défilant sans relâche dans le couloir pour que mes filles et moi puissions donner notre avis. Elle m'était très reconnaissante, et certains jours elle était tellement contente qu'elle avait plus envie de discuter que de travailler, et se mettait à parler de l'époque d'Ischia. Elle mentionnait souvent Bruno Soccavo et murmurait, émue : Quelle fin terrible ! À deux ou trois reprises, elle eut recours à une expression qui semblait lui plaire beaucoup : Je suis restée veuve deux fois ! Un matin, elle me confia que Rino avait été un véritable mari pendant quelques années seulement, autrement cela avait été comme vivre avec un petit garçon ; quant au lit, ça durait une minute un point c'est tout, parfois même moins. Il n'avait aucune maturité, il était fanfaron, menteur mais également prétentieux – aussi prétentieux que Lina. Ils sont tous comme ça, chez les

Cerullo, s'emportait-elle, ils sont frimeurs et n'ont aucune sensibilité ! Alors elle se mit à dire du mal de Lila, affirmant qu'elle s'était emparée de tout ce qui était le fruit de l'intelligence et du travail de son frère. Là, je rétorquai : Ce n'est pas vrai, Lina aimait beaucoup Rino, c'est lui qui l'a exploitée autant qu'il le pouvait. Pinuccia me regarda avec ressentiment et, de but en blanc, se mit à chanter les louanges de son mari. Elle scanda : Les chaussures Cerullo, c'est lui qui les a inventées ! mais ensuite Lina en a profité, elle a embobiné Stefano, s'est fait épouser, lui a volé un tas de fric – papa nous avait laissés millionnaires –, et après elle s'est mise d'accord avec Michele Solara et nous a tous mis sur la paille ! Elle ajouta : Tu sais très bien tout ça, ne la défends pas !

Évidemment, ce n'était pas vrai, et j'avais une tout autre version des choses : c'étaient de vieilles rancœurs qui faisaient parler Pinuccia ainsi. Et pourtant, la seule réaction visible de Lila à la mort de son frère fut de donner un large crédit à ces mensonges. J'avais remarqué depuis longtemps que chacun organise sa mémoire selon ce qui l'arrange, et aujourd'hui encore, je me surprends à le faire moi aussi. En revanche, je trouvai étonnant qu'on puisse ordonner les faits d'une manière allant à l'encontre de ses propres intérêts. Ainsi, Lila se mit presque aussitôt à attribuer à Rino tous les mérites de l'aventure des chaussures. Elle raconta que, depuis l'enfance, son frère avait une imagination et un savoir-faire extraordinaires, et que si les Solara ne s'étaient pas immiscés dans cette affaire, il aurait pu faire mieux que Ferragamo. Elle s'efforça d'arrêter le flux de la vie de Rino au moment précis où l'échoppe de son père était devenue une petite fabrique, ôtant forme au reste, oubliant tout ce qu'il lui avait fait et tous ses méfaits. Elle ne maintint vivante et solide que l'image du garçon qui l'avait défendue contre son père violent, et qui l'avait appuyée dans ses fantaisies de petite fille à la recherche de voies pour exprimer son intelligence.

Cela dut lui paraître un bon remède à la douleur parce que, pendant cette période, elle reprit de la vigueur, et appliqua cette méthode pour Tina aussi. Elle ne passa plus ses journées comme si la gamine devait revenir d'un instant à l'autre, mais elle tenta de remplir le vide de son appartement et le vide en elle avec un petit personnage lumineux tout droit sorti d'un programme informatique. Tina devint une espèce d'hologramme, elle était là et elle n'y était pas. Lila faisait plus qu'évoquer son souvenir : elle l'évoquait directement. Elle me montrait ses plus jolies photos et me faisait écouter sa petite voix enregistrée par Enzo sur un magnétophone quand elle avait un, deux, trois ans, ou bien elle citait ses questions amusantes et ses réponses extraordinaires, faisant attention à en parler toujours au présent : Tina a, Tina fait, Tina dit.

Naturellement, cela ne parvint pas à la rasséréner, et elle finit par crier encore plus qu'auparavant. Elle hurlait contre son fils, contre ses clients, contre moi, contre Pinuccia, contre Dede et Elsa, et parfois contre Imma. Elle hurlait surtout contre Enzo quand, au travail, il éclatait brusquement en sanglots. Mais parfois elle s'asseyait, comme elle l'avait fait au début, et parlait à Imma de Rino et de Tina comme si, pour quelque raison, ils étaient partis ensemble. Si ma fille demandait « quand est-ce qu'ils rentrent ? », elle répondait sans s'emporter

« quand ils en auront envie ». Mais là aussi, cela devint moins fréquent. Après notre dispute au sujet de mes enfants, elle semblait ne plus avoir besoin d'Imma. De fait, progressivement, elle s'en occupa moins et, même si elle lui gardait une affection particulière, elle commença à la considérer à l'égal de ses sœurs. Un soir, nous venions de regagner le hall sordide de notre immeuble – Elsa se plaignait parce qu'elle avait aperçu un cafard, Dede était dégoûtée rien qu'à cette idée, et Imma voulait que je la porte –, et Lila leur lança à toutes les trois, comme si je n'étais pas là : vous êtes des filles de bourge, qu'est-ce que vous fichez ici ? Dites à votre mère de vous emmener ailleurs !

9

En apparence, donc, après la mort de Rino, elle sembla aller mieux. Elle cessa de passer la journée aux aguets, les yeux plissés. La peau de son visage, tendue comme une voile très blanche prise dans un vent puissant, retrouva de la douceur. Mais l'amélioration fut de courte durée. Des rides désordonnées envahirent bientôt son front, le coin de ses yeux et ses joues, où on aurait dit des faux plis. Et c'est un peu tout son corps qui se mit à vieillir, son dos se voûta et son ventre se gonfla.

Un jour, Carmen utilisa une expression bien à elle lorsqu'elle me dit, inquiète : Tina est restée incrustée en elle comme un kyste, il faut qu'on le lui enlève ! Et elle avait raison, il fallait trouver un moyen pour que l'histoire de la petite ne reste pas coincée en elle. Mais Lila s'y refusait, tout ce qui concernait sa fille restait figé. Je crois que quelque chose se mit à bouger, et de façon très douloureuse, seulement avec Antonio et Enzo, par nécessité et en secret. Quand Antonio quitta soudain le quartier – sans saluer personne, avec toute sa petite famille blonde et avec Melina, hagarde et désormais âgée –, Lila ne put même plus se raccrocher à ses mystérieux rapports. Elle demeura seule et ne cessa plus de se déchaîner contre Enzo et Gennaro, les montant souvent l'un contre l'autre. Ou bien elle restait perdue dans ses pensées, distraite, l'air d'attendre.

Je passais chez elle quotidiennement, même lorsque j'étais pressée par les délais et que je devais écrire, et je faisais mon possible pour réactiver la confiance entre nous. Vu qu'elle était de plus en plus apathique, je lui demandai un jour :

« Tu aimes encore ton travail ?

— Je ne l'ai jamais aimé.

— Tu mens, je me rappelle que tu l'aimais !

— Non, tu ne te rappelles rien du tout : c'est Enzo qui aimait ce boulot, alors je me suis arrangée pour l'aimer aussi.

— Trouve autre chose à faire, alors !

— Je suis bien comme ça. Enzo a la tête dans les nuages : si je ne l'aide pas, on va être obligés de fermer.

— Il faut tous les deux que vous sortiez de la douleur.

— La douleur, Lenù ? Il faut qu'on sorte de la rage.

— Sortez de la rage, alors !

— On essaie.

— Essayez davantage ! Tina ne mérite pas ça. »

« — Laisse Tina tranquille, et occupe-toi de tes filles.

— Je m'en occupe.

— Pas assez. »

Au cours de ces années-là, elle trouva constamment quelque subterfuge pour renverser la situation et m'obliger à voir les défauts de Dede, d'Elsa et d'Imma. Tu les négliges, me disait-elle. J'acceptais ses critiques, dont certaines étaient fondées : je passais trop de temps à courir derrière ma propre vie et faisais passer la leur après. Malgré tout, je cherchais toujours l'occasion de déplacer à nouveau la discussion sur Tina et elle. À un moment donné, je me mis à la harceler à propos de son teint jaunâtre :

« Tu es très pâle.

— Et toi, tu es toute rouge ! Regarde-toi, tu es cramoisie.

— C'est de toi que je parle : il y a quelque chose qui ne va pas ?

— L'anémie.

— Quelle anémie ?

— J'ai mes règles n'importe quand, et ça dure des jours et des jours.

— Depuis quand ?

— Depuis toujours.

— Dis-moi la vérité, Lila.

— La vérité. »

Je la suppliais, et souvent la provoquais. Elle réagissait, mais sans jamais arriver au point de perdre la maîtrise de soi et de se libérer.

Je me dis que c'était peut-être une question de langue. Elle avait recours à l'italien comme à une barrière et je cherchais à la pousser vers le dialecte, notre langue de la franchise. Mais alors que son italien était traduit du dialecte, mon dialecte était de plus en plus traduit de l'italien, et nous parlions toutes deux une langue factice. Or, il aurait fallu qu'elle explose et que les mots sortent de manière incontrôlée. Je voulais qu'elle dise dans le napolitain sincère de notre enfance : Putain, qu'est-ce que tu veux, Lenù ? Je suis comme ça parce que j'ai perdu ma fille ! Peut-être qu'elle est vivante, peut-être qu'elle est morte, mais j'arrive à supporter aucune de ces deux possibilités ! Si elle est vivante, elle est vivante loin de moi, et elle se trouve quelque part où il lui arrive des trucs atroces que je vois clairement, oui, je vois ces trucs chaque jour et chaque nuit, comme s'ils avaient lieu là, devant mes yeux ; mais si elle est morte, alors je suis morte moi aussi, je suis morte à l'intérieur, et c'est une mort plus insupportable que la vraie, qui est une mort sans sensation, tandis que cette mort-là m'oblige jour après jour à sentir toutes les choses, à me réveiller, me laver, m'habiller, boire et manger, à travailler ; et puis elle m'oblige à parler avec toi qui ne comprends rien ou ne veux rien comprendre, oui, je suis là à discuter avec toi alors que, rien qu'à te voir, toute pomponnée et sortant de chez le coiffeur, avec tes filles qui marchent bien en classe, qui font toujours tout parfaitement et que même cet endroit de merde n'arrive pas à gâcher, puisque au contraire il a l'air de leur faire du bien (elles ont encore plus confiance en elles, elles sont encore plus arrogantes, et elles ont encore plus la certitude d'avoir le droit de tout prendre), eh bien ça ne fait que m'empoisonner encore davantage le sang ! Alors va-t'en, allez, fiche-moi la paix ! Tina devait être mieux que vous tous, alors ils l'ont prise, et moi j'en peux plus !

J'aurais voulu la pousser à tenir des propos de ce genre, confus, malades. Je pensais que si elle s'était décidée, elle aurait tiré de l'écheveau entremêlé de son cerveau des expressions semblables. Mais cela ne se produisit jamais. En fait, à la réflexion, à cette époque elle fut plutôt moins agressive que lors d'autres périodes de notre histoire. Ce défoulement que je lui souhaitais n'était peut-être que le fruit de mes propres sentiments qui, par conséquent, m'empêchaient de voir clairement la situation, rendant Lila encore plus insaisissable à mes yeux. Parfois, le doute me prenait qu'elle avait en tête quelque chose qui ne pouvait être dit, et que je n'étais même pas capable d'imaginer.

10

Le pire, c'étaient les dimanches. Lila restait dans son appartement, elle ne travaillait pas, et les bruits de la fête lui provenaient de l'extérieur. Je descendais chez elle et proposais : Sortons, allons nous promener dans le centre, allons voir la mer ! Elle refusait et, si j'insistais trop, elle s'emportait. Alors, pour rattraper ses mauvaises manières, Enzo disait : Moi je viens, allez, on est partis ! Lila criait aussitôt : C'est ça, sortez, fichez-moi la paix, je vais prendre un bon bain et me laver les cheveux, laissez-moi donc respirer un peu !

Nous sortions, mes filles venaient avec nous,

et parfois Gennaro aussi – depuis la mort de son oncle, nous l'appelions tous Rino. Lors de ces heures de promenade, Enzo se confiait à moi à sa façon, avec quelques propos laconiques et parfois obscurs. Il disait que sans Tina, il ne savait plus à quoi cela lui servait, de gagner de l'argent. Il disait que voler les enfants pour faire souffrir les parents, c'était le signe de l'époque pourrie qui s'annonçait. Il disait qu'après la naissance de sa fille, il avait eu l'impression qu'une petite lumière s'était allumée dans sa tête, et que maintenant cette lueur s'était éteinte. Il disait : Tu te rappelles quand ici même, dans cette rue, je la portais sur mes épaules ? Il ajoutait : Lenù, merci de l'aide que tu nous apportes, et n'en veux pas à Lina, c'est une période pleine de malheurs, mais tu la connais mieux que moi, tôt ou tard elle va se reprendre.

J'écoutais et lui demandais : Elle est très pâle, comment va-t-elle, physiquement ? Je voulais dire par là : je sais bien qu'elle est déchirée par la douleur, mais dis-moi, elle est quand même en bonne santé, tu as remarqué des symptômes inquiétants ? Mais au mot *physiquement*, Enzo était gêné. Il ne savait pratiquement rien du corps de Lila, il l'adorait comme une idole, avec prudence et respect. Alors il répondait, sans conviction : Ça va. Ensuite la nervosité le gagnait, il avait hâte de rentrer à la maison et suggérait : Essayons au moins de la convaincre de faire quelques pas dans le quartier.

C'était inutile, et je ne parvins à traîner Lila dehors le dimanche qu'en de très rares occasions, qui ne furent pas des réussites. Elle avançait d'un pas rapide, mal fagotée, les cheveux défaits et emmêlés, dardant autour d'elle des coups d'œil bagarreurs. Mes filles et moi la suivions à grand-peine, on avait l'air de domestiques à son service, mais plus belles et plus richement parées que notre patronne. Tout le monde la connaissait, même les vendeurs ambulants, qui se souvenaient bien des ennuis qu'ils avaient eus à cause de la disparition de Tina et qui, craignant d'en avoir d'autres, l'évitaient. Pour tous, elle était cette femme terrible qui portait sur elle toute la force de son effroyable malheur et qui le répandait autour d'elle. Lila avançait sur le boulevard et vers le jardin public avec son regard terrifiant, et les gens baissaient les yeux, fixaient autre chose. Mais même quand on la saluait, elle n'y prêtait aucune attention et ne répondait jamais. À sa façon de marcher, on aurait dit qu'elle avait un but à atteindre d'urgence. En réalité, elle fuyait simplement le souvenir de ce dimanche d'il y a deux ans.

Les rares fois où nous sortîmes ensemble, croiser les Solara fut inévitable. Depuis quelque temps, ils ne s'éloignaient plus du quartier : il y avait eu une longue liste d'assassinats à Naples et ils préféraient passer au moins le dimanche en paix, dans les rues de leur enfance qui, pour eux, étaient sûres comme une forteresse. Les deux familles suivaient toujours la même routine. Ils allaient à la messe, faisaient un tour entre les stands, puis emmenaient leurs enfants à la bibliothèque du quartier qui, selon une vieille tradition – depuis que Lila et moi étions petites –, était ouverte les jours de fête. J'imaginais que c'étaient Elisa ou Gigliola qui imposaient ce rite de gens cultivés mais, un jour où je dus m'arrêter pour échanger quelques mots, je découvris que c'était une volonté de Michele. Il me dit en indiquant ses fils, déjà grands mais qui, à l'évidence, lui obéissaient par peur – alors qu'ils n'avaient aucun respect pour leur mère :

« Ceux-là, ils savent que s'ils ne lisent pas au moins un livre par mois de la première à la dernière page, je ne leur donne plus une lire ! Je n'ai pas raison, Lenù ? »

J'ignore s'ils empruntaient vraiment des livres – ils auraient eu de quoi acheter la Biblioteca Nazionale en entier. Mais que ce soit un besoin ou un rôle qu'ils se donnaient, ils avaient désormais cette habitude : ils montaient l'escalier, poussaient la porte vitrée datant des années quarante, entraient, ne restaient pas plus de dix minutes et ressortaient.

Quand j'étais seule avec mes filles, Marcello, Michele, Gigliola ainsi que leurs enfants se montraient cordiaux, et il n'y avait que ma sœur pour nous traiter froidement. En revanche, avec Lila les choses se compliquaient, et je craignais toujours que la tension ne monte dangereusement. Mais au cours de ces quelques promenades, elle fit toujours comme s'ils n'étaient pas là. Les Solara se comportèrent de même et, vu que j'étais avec Lila, ils choisirent de m'ignorer également. Toutefois, un dimanche matin, Elsa refusa de se conformer à cette règle non écrite et, avec ses manières de reine, elle se mit à saluer les fils de Michele et Gigliola, qui lui répondirent, mal à l'aise. Par conséquent, malgré le froid intense, nous fûmes tous obligés de nous arrêter quelques minutes. Les deux Solara firent mine d'avoir des choses urgentes à se dire, moi je discutai avec Gigliola, mes aînées avec les garçons, et Imma observa avec attention son cousin Silvio, que nous voyions de plus en plus rarement. Personne n'adressa la parole à Lila et, de son côté, elle ne dit mot. Seul Michele la mentionna, sans la regarder, au moment où il interrompit ses bavardages avec Marcello pour me parler, à sa manière goguenarde :

« On est sur le chemin de la bibliothèque, et après on va déjeuner. Tu veux nous accompagner, Lenù ?

— Non merci, répondis-je, il faut qu'on y aille, mais une autre fois, volontiers.

— Super, comme ça tu diras aux gosses ce qu'il faut lire ou pas. Pour nous, vous êtes un exemple, tes filles et toi ! Quand on vous voit passer dans la rue, on se dit toujours : autrefois Lenuccia était comme nous, et regardez ce qu'elle est devenue, maintenant ! Et elle ne connaît pas l'arrogance, c'est une vraie démocrate, elle vit ici parmi nous, exactement comme nous, même si c'est quelqu'un d'important. Eh oui, quand on fait des études, on devient bon ! Aujourd'hui tout le monde fait des études, tout le monde a la tête dans les livres, et dans l'avenir il y en aura tellement, de la bonté, qu'elle nous sortira par les oreilles ! Par contre, quand on ne lit pas, quand on ne fait pas d'études, comme c'est arrivé à Lina et comme c'est arrivé à nous tous, on reste mauvais, et ça c'est moche, d'être mauvais ! J'ai pas raison, Lenù ? »

Il m'attrapa par le poignet, ses yeux brillaient. Il répéta d'un ton sarcastique : J'ai pas raison ? Je fis signe que oui et dégageai mon poignet, mais trop brusquement, et le bracelet de ma mère lui resta entre les mains.

« Oh ! » s'exclama-t-il, et cette fois il chercha le

regard de Lila, sans le trouver. Il ajouta, feignant le remords :

« Désolé, je te le ferai réparer.

— Ce n'est pas la peine.

— Si si, c'est mon devoir ! Quand tu le récupéreras, il sera comme neuf ! Marcè, tu passeras à la bijouterie ? »

Marcello acquiesça.

Autour de nous, les gens marchaient tête baissée, c'était bientôt l'heure du déjeuner. Quand nous réussîmes à nous libérer des deux frères, Lila me lança :

« Tu sais encore moins te défendre qu'avant ! Tu le reverras jamais, ton bracelet. »

11

J'étais persuadée qu'une de ses crises allait se produire. Je la voyais affaiblie et la sentais pleine d'angoisse, elle semblait attendre quelque chose d'incontrôlable capable de briser en deux l'immeuble, l'appartement, elle-même. Pendant plusieurs jours, je n'eus aucune nouvelle, j'étais assommée par la grippe. Dede aussi toussait avec de la fièvre, et il me paraissait évident que le virus ne tarderait pas à contaminer Elsa et Imma. En outre, il fallait que je rende un travail de toute urgence (je devais inventer quelque chose pour une revue qui consacrait un numéro au corps féminin), or je n'avais ni l'envie ni la force d'écrire.

Dehors, un vent froid s'était levé, il faisait trembler les vitres, et des lames glaciales s'engouffraient partout dans l'immeuble mal isolé. Le vendredi, Enzo vint m'annoncer qu'il devait se rendre à Avellino parce qu'une vieille tante n'allait pas bien. Quant à Rino, il passerait le samedi et le dimanche chez Stefano, qui lui avait demandé de l'aider à démonter le mobilier de l'épicerie pour le porter chez un acheteur potentiel. Lila resterait donc seule. Enzo me dit qu'elle était assez déprimée et me recommanda de lui tenir un peu compagnie. Mais j'étais fatiguée, j'avais à peine le temps d'esquisser une vague idée dans ma tête que Dede m'appelait, qu'Imma me réclamait et qu'Elsa se lamentait, et l'idée partait en fumée. Quand Pinuccia vint faire le ménage, je lui demandai de faire à manger en abondance pour samedi et dimanche, puis m'enfermai dans ma chambre où j'avais un bureau pour travailler.

Le lendemain, Lila n'ayant pas donné le moindre signe de vie, je descendis pour l'inviter à déjeuner. Elle m'ouvrit tout ébouriffée, en pantoufles, une vieille robe de chambre verte passée par-dessus son pyjama. Mais, à ma grande surprise, elle avait les yeux et la bouche lourdement maquillés. Son appartement était très désordonné et il y régnait une odeur désagréable. Elle m'accueillit en disant : Si le vent se renforce, il va finir par emporter le quartier ! C'était une hyperbole éculée, rien de plus, et pourtant cela m'alarma : elle avait parlé comme si le quartier pouvait véritablement être arraché à ses fondations et aller se disloquer du côté des Ponti Rossi. Elle se rendit compte que j'avais perçu quelque chose d'anormal dans son expression, elle eut un sourire forcé et murmura : Je plaisantais ! J'acquiesçai, avant de lui dresser la liste de toutes les bonnes choses qu'il y avait à manger. Elle réagit avec un enthousiasme exagéré avant de changer brusquement d'humeur et de lancer, un instant plus tard : Amène-moi le déjeuner ici, je veux pas venir chez toi, tes filles me tapent sur les nerfs.

Je lui apportai le déjeuner et le dîner en même temps. La cage d'escalier était glaciale, je ne me sentais pas bien et n'avais nulle envie de passer mon temps à monter et descendre pour m'entendre dire des choses désagréables. Mais cette fois-ci, je la trouvai étonnamment cordiale, et elle me dit : Attends, reste un peu avec moi ! Elle m'entraîna dans la salle de bain où elle se brossa les cheveux très soigneusement, tout en me parlant de mes filles avec tendresse et admiration, comme pour me persuader qu'elle ne pensait pas vraiment ce qu'elle m'avait dit quelques minutes plus tôt.

Tandis qu'elle se faisait une raie au milieu puis commençait à se faire des tresses, sans perdre de vue son image dans le miroir, elle dit : « Au début, Dede te ressemblait, mais maintenant on dirait de plus en plus son père. Elsa, c'est le contraire : c'était le portrait de son père, or maintenant elle commence à te ressembler. Tout change. Le désir et l'imagination circulent plus vite que le sang.

— Je ne comprends pas.

— Tu te souviens quand je croyais que Gennaro était le fils de Nino ?

— Oui.

— Pour moi c'était la réalité, ce gamin était tout son portrait, on aurait dit son double !

— Tu veux dire qu'un désir peut être tellement fort qu'il peut sembler déjà réalisé ?

— Non, je veux dire que, pendant quelques années, Gennaro a *vraiment* été le fils de Nino.

« — Là, tu exagères ! »

Elle me fixa un instant avec malice, puis fit quelques pas en boitant avant d'éclater d'un rire un peu forcé.

« Et comme ça, tu trouves que j'exagère ? »

Je compris, un peu agacée, qu'elle imitait ma démarche.

« Ne te moque pas de moi, j'ai mal à la hanche.

— Mais non, t'as pas mal, Lenù ! T'as inventé que tu devais boiter pour que ta mère ne meure pas totalement, et tu as fini par boiter pour de vrai. Et moi qui t'observe, je peux te dire que ça te fait du bien ! Les Solara ont pris ton bracelet et tu n'as rien dit, ça ne t'a pas contrariée, pas inquiétée. Sur le coup, j'ai cru que tu ne savais pas te rebeller, mais après j'ai compris que ce n'était pas ça. Tu vieillis bien. Tu te sens forte, tu as arrêté d'être une enfant, tu es devenue vraiment mère. »

Mal à l'aise, j'insistai :

« J'ai un peu mal, c'est tout.

— Même avoir mal, ça te fait du bien ! Il t'a suffi de boiter un chouia et hop, maintenant ta mère se tient tranquillement en toi. Sa jambe est contente que tu boites, et donc tu es contente toi aussi. Pas vrai ?

— Non. »

Elle fit une moue ironique pour signaler à nouveau qu'elle ne me croyait pas, puis elle me fixa de ses yeux maquillés, réduits à deux fentes :

« D'après toi, quand Tina aura quarante-deux ans, elle sera comme ça ? »

Je la fixai. Elle avait une expression provocante, les mains serrées sur ses tresses. Je répondis :

« C'est probable. Oui, peut-être que oui. »

12

Mes filles durent se débrouiller seules car je restai manger avec Lila, bien que j'eusse froid jusque
dans les os. Nous discutâmes tout le temps des ressemblances physiques, et je tentai de comprendre
ce qu'elle avait en tête. Mais j'évoquai aussi l'article sur lequel je travaillais. Ça m'aide de parler
avec toi, dis-je pour lui donner confiance, tu me
pousses à réfléchir.

Cela eut l'air de lui faire plaisir et elle murmura : Quand je sais que je te suis utile, je me
sens mieux. Aussitôt après, se forçant à me prêter
main-forte, elle se lança dans des raisonnements
tortueux et peu concluants. Pour cacher sa pâleur,
elle s'était mis beaucoup de fard, et elle ressemblait plus à un masque de carnaval qu'à elle-même,
avec des pommettes très rouges. Par moments je
suivis son discours avec intérêt, parfois j'y reconnus simplement les signes de son mal-être, que je
connaissais bien maintenant, et je m'en inquiétai.
Par exemple, elle dit en riant : Pendant un temps,
j'ai élevé un fils de Nino, exactement comme
tu l'as fait avec Imma, un fils en chair et en os
– mais quand ce fils est devenu celui de Stefano,
où est passé celui de Nino ? Est-ce que Gennaro
l'a encore en lui ? Ou bien est-il en moi ? Des propos de ce genre : elle s'égarait. Ensuite elle se mit
soudain à louer ma cuisine, elle dit avoir mangé
avec plaisir, ce qui ne lui était pas arrivé depuis
longtemps. Quand je répondis que ce n'était pas
moi qui avais fait à manger mais Pinuccia, elle

s'assombrit et ronchonna qu'elle ne voulait rien de la part de celle-là. À ce moment-là, Elsa m'appela depuis le palier, me criant que je devais rentrer tout de suite : Dede avec la fièvre, c'était encore pire que Dede en bonne santé ! Je recommandai à Lila de m'appeler si elle avait besoin de moi, quelle que soit l'heure, et lui dis de se reposer, puis remontai en vitesse chez moi.

Pendant le reste de la journée, je m'efforçai de l'oublier et travaillai jusque tard dans la nuit. Les filles avaient grandi avec l'idée que, lorsque j'avais vraiment le couteau sous la gorge, elles devaient s'arranger seules et ne pas m'ennuyer. En effet, elles me laissèrent tranquille et je parvins à écrire. Comme d'habitude, il me suffisait de quelques mots de Lila pour que mon cerveau ressente son rayonnement, s'active et révèle son intelligence. Désormais, je savais que je faisais surtout du bon travail lorsque, au hasard de quelques propos décousus, elle me convainquait que j'étais dans le vrai, alors que j'étais en proie au doute. Je donnai une expression concise et élégante à ses digressions bougonnes. J'écrivis sur ma hanche, sur ma mère. À présent que je rencontrais un succès croissant, j'admettais sans gêne que parler avec Lila m'inspirait et m'incitait à établir des liens entre des choses a priori éloignées. Pendant ces années de voisinage, moi à l'étage du dessus et elle en dessous, cela se produisit souvent. Il me suffisait d'être un peu stimulée, et ma tête, qui auparavant me paraissait vide, se révélait soudain débordante d'idées et d'entrain. D'après moi, Lila était dotée de clairvoyance, un don que je lui attribuerais toute la vie, et je n'avais aucun mal à l'avouer. Je me disais que c'était cela, être adulte :

reconnaître que j'avais besoin de ses encourage-
ments. Si, autrefois, je me cachais à moi-même
qu'elle avait le pouvoir d'enflammer mon imagination, aujourd'hui j'en étais fière, et j'avais même
écrit quelque chose à ce sujet. *Moi j'étais moi*, et
c'est précisément pourquoi je pouvais lui faire de
la place en moi et lui donner une forme solide.
Elle au contraire ne voulait pas être elle, et donc ne
savait pas en faire autant. La tragédie de Tina, son
corps affaibli et son cerveau qui déraillait concou-
raient certainement à ses crises. Mais au fond, ce
malaise qu'elle appelait la «délimitation» venait
de là. Je me couchai vers 3 heures et me réveillai
à 9 heures.

Dede n'avait plus de fièvre, en revanche Imma
toussait. Je rangeai l'appartement et descendis voir
comment allait Lila. Je frappai longuement, elle
n'ouvrit pas. Je tins le doigt sur la sonnette jusqu'à
ce que j'entende un pas traînant et une voix qui
grommelait des insultes en dialecte. Ses tresses
étaient à moitié défaites, son maquillage s'était
étalé et elle semblait porter, encore plus que la
veille, un vilain masque à l'expression souffrante.

«Pinuccia m'a empoisonnée, annonça-t-elle
avec assurance, j'ai pas dormi de la nuit, j'ai le
ventre qui explose!»

En entrant, j'eus une impression de laisser-aller
et de crasse. Par terre, près de l'évier, je vis du
papier toilette plein de sang. Je dis:

«J'ai mangé les mêmes choses que toi et je me
sens bien.

— T'as qu'à m'expliquer ce que j'ai!

— Tes règles?»

Elle s'emporta:

«Je les ai tout le temps, mes règles!

— Alors, il faut que tu ailles consulter.

— J'irai montrer l'intérieur de mon ventre à personne !

— Tu crois que tu as quoi ?

— Je le sais très bien, moi.

— Bon, pour le moment, je vais te chercher un calmant à la pharmacie.

— T'en as pas chez toi ?

— Je n'en ai pas besoin.

— Et Dede, et Elsa ?

— Non plus.

— Ah vous, vous êtes parfaites, vous avez jamais besoin de rien ! »

Je poussai un soupir : ça recommençait.

« Tu veux te disputer ?

— C'est toi qui veux te disputer, quand tu racontes que j'ai des douleurs de règles ! Je suis pas une gamine comme tes filles, je sais distinguer ces douleurs-là ! »

Ce n'était pas vrai, elle ne savait rien d'elle. Quand il s'agissait des mouvements de son corps, elle était pire que Dede et Elsa. Je compris qu'elle souffrait vraiment, elle pressait les mains contre son ventre. Peut-être m'étais-je trompée : elle était bien terrassée par l'angoisse, mais pas à cause de ses vieilles terreurs, elle avait un mal réel. Je lui préparai une camomille, la lui fis boire, puis enfilai un manteau et courus voir si la pharmacie était ouverte. Le père de Gino était très compétent, il me donnerait certainement de bons conseils. Mais j'étais à peine sortie sur le boulevard, entre les stands du dimanche, que j'entendis des détonations – pan, pan, pan, pan – semblables à celles que faisaient les gamins avant Noël, quand ils jouaient avec les feux d'artifice.

Il y en eut quatre très rapprochées, et puis une cinquième : pan.

Je pris la rue menant à la pharmacie. Les gens avaient l'air désorientés, ce n'était pas encore Noël, certains pressaient le pas, d'autres couraient.

Tout à coup, le concert des sirènes débuta : police, ambulance. Je demandai à quelqu'un ce qui s'était passé, l'homme secoua la tête, fustigea sa femme parce qu'elle s'attardait et s'éloigna en toute hâte. C'est alors que je vis Carmen avec son mari et leurs deux enfants. Ils se trouvaient sur le trottoir d'en face, je traversai. Avant que je ne pose la moindre question, Carmen me lança en dialecte : Les deux Solara ont été tués !

13

Il y a des moments où ce qui nous entoure et semble devoir servir de décor à notre vie pour l'éternité – un empire, un parti politique, une foi, un monument, mais aussi simplement des gens qui font partie de notre quotidien – s'effondre d'une façon tout à fait inattendue, alors même que mille autres soucis nous pressent. C'est ce qui se produisit. Jour après jour, mois après mois, un effort vint s'ajouter à un autre effort, une peur à une autre peur. Pendant une longue période, j'eus l'impression d'être l'un de ces personnages de roman ou de tableau qui se tiennent immobiles en haut d'une falaise ou à la proue d'un navire, face à une tempête qui non seulement ne peut les renver- ser mais ne les effleure même pas. Mon téléphone n'arrêta pas de sonner. Le fait d'habiter dans le fief des Solara me conduisit à une série infinie de discours écrits et oraux. Après la mort de son mari, ma sœur Elisa se transforma en une gamine terrorisée et me voulut près d'elle jour et nuit, persuadée que les assassins allaient revenir pour les tuer aussi, son fils et elle. Et surtout, je dus m'occuper de Lila, qui ce même dimanche fut soudain arrachée au quartier, à son fils, à Enzo, à son travail, et finit entre les mains des médecins parce qu'elle était faible, parce qu'elle voyait des choses qui lui semblaient vraies mais ne l'étaient pas, et parce qu'elle perdait son sang. Ils découvrirent qu'elle avait un utérus fibromateux et l'opérèrent pour le lui enlever. Un jour – elle se trouvait encore à l'hôpital – elle se réveilla en sursaut et s'écria que Tina était une nouvelle fois sortie de son ventre, et qu'elle se vengeait sur tout le monde, y compris sur elle. Pendant une fraction de seconde, elle eut l'air persuadée que c'était sa fille qui avait tué les Solara.

14

Marcello et Michele moururent un dimanche de décembre 1986, devant l'église où ils avaient été baptisés. Quelques minutes après leur assassinat, le quartier en connaissait déjà tous les détails. On avait tiré deux fois sur Michele, trois fois sur Marcello. Gigliola s'était enfuie, et ses fils avaient eu le réflexe de courir derrière elle. Elisa avait saisi Silvio et l'avait serré contre elle, en tournant le dos aux assassins. Michele était mort sur le coup, pas Marcello : il s'était assis sur une marche et avait tenté de boutonner sa veste, en vain.

Quand il s'agit de dire qui avait tué les frères Solara, ceux qui savaient tout sur leur mort se rendirent soudain compte qu'ils n'avaient pratiquement rien vu. C'était un homme seul qui avait tiré, avant de monter calmement dans une Ford Fiesta rouge et de s'éloigner. Non, ils étaient deux, deux hommes, et ils avaient fui à bord d'une Fiat 147 conduite par une femme. Pas du tout, il y avait trois assassins, des hommes, le visage recouvert d'un passe-montagne, et ils étaient partis à pied. Dans certains cas, on aurait dit que personne n'avait tiré. Par exemple, dans le récit que Carmen m'en fit, les Solara, ma sœur, mon neveu, Gigliola et ses enfants s'agitaient devant l'église comme s'ils avaient été renversés par des effets sans cause ; Michele tombait sur le dos et sa tête heurtait violemment la pierre de lave, Marcello s'asseyait avec précaution sur une marche et, n'arrivant pas à fermer sa veste par-dessus son pull-over bleu à col roulé, il jurait et s'allongeait sur le côté ; épouses et enfants n'avaient pas une égratignure et, en quelques secondes, ils rejoignaient l'église pour s'y cacher. On aurait dit que les personnes présentes n'avaient regardé que le côté des tués, jamais celui des tueurs.

C'est dans ce contexte qu'Armando revint m'interviewer pour sa chaîne de télévision. Et il ne fut pas le seul. Sur le coup, je dis et racontai par écrit, à différents endroits, ce que je savais. Mais au cours des deux ou trois jours qui suivirent, je m'aperçus que les chroniqueurs, ceux des journaux napolitains en particulier, en savaient beaucoup plus long que moi. Les informations introuvables quelque temps auparavant se mirent soudain à déferler. Une impressionnante liste d'entreprises criminelles, dont je n'avais jamais entendu parler, furent attribuées aux frères Solara. Tout aussi impressionnante fut la liste de leurs biens. Ce que j'avais écrit avec Lila, ce que j'avais publié de leur vivant, n'était rien ou presque rien par rapport à ce qui parut dans les journaux après leur mort. En revanche, je réalisai que je savais d'autres choses, des choses que personne ne savait et que personne n'écrivit – pas même moi. Je savais que, lorsque nous étions gamines, les Solara nous semblaient très beaux, qu'ils faisaient des allées et venues dans le quartier dans leur Millecento comme des guerriers antiques sur leurs chars de combat, qu'un soir sur la Piazza dei Martiri ils nous avaient défendus contre la jeunesse dorée de Chiaia, que Marcello aurait voulu épouser Lila mais qu'ensuite il s'était marié avec ma sœur, Elisa, que Michele avait compris longtemps avant tout le monde les prodigieuses qualités de mon amie, et qu'il l'avait aimée pendant des années d'une manière tellement absolue qu'il avait fini par s'égarer lui-même. Au moment même où je m'apercevais que je savais tout ça, j'en découvrais l'importance. Cela montrait comment moi-même mais aussi des milliers et des milliers d'autres personnes comme il faut dans toute Naples avions participé au monde des Solara : nous avions assisté à l'inauguration de leurs magasins, avions acheté des pâtisseries dans leur café, avions fêté leurs mariages, avions acheté leurs chaussures, avions été invités chez eux, avions mangé à la même table qu'eux, avions pris de manière directe ou indirecte leur argent, avions subi leur violence, et avions fait semblant de rien. Qu'on le veuille ou non, Marcello et Michele faisaient partie de nous, comme Pasquale. Mais alors que, par rapport à Pasquale, une ligne de séparation nette avait immédiatement été tracée – malgré toutes les nuances possibles –, la ligne nous séparant des personnes comme les Solara était toujours restée floue, à Naples comme en Italie. Plus nous reculions, horrifiés, et plus cette ligne nous incluait.

Dans l'espace restreint et bien connu du quartier, cette inclusion avait pris des formes très concrètes qui finirent par me déprimer. Dans le but de me couvrir de boue, quelqu'un écrivit que j'appartenais à la famille Solara et, pendant un temps, j'évitai d'aller voir ma sœur et mon neveu. J'évitai aussi Lila. Certes, elle avait été l'ennemie la plus acharnée des deux frères. Néanmoins, l'argent qui lui avait permis de démarrer sa petite entreprise, ne l'avait-elle pas accumulé en travaillant pour Michele, et peut-être en le lui soutirant ? Cette question me tarabusta un moment. Ensuite le temps passa, les Solara aussi se mêlèrent à tous ceux qui finissaient chaque jour sur la liste des tués et, au fur et à mesure, notre principal souci fut de nous dire qu'à leur place allaient arriver des gens que nous connaissions moins et qui seraient encore plus cruels. Je les oubliai à un tel point que, lorsqu'un garçon d'une quinzaine d'années me livra un paquet de la part d'une bijouterie de Montesanto, je ne devinai pas ce qu'il contenait. Je restai ébahie devant l'étui rouge et l'enveloppe adressée à Mme le professeur Elena Greco. Je dus lire le billet pour comprendre de quoi il s'agissait. D'une main hésitante, Marcello n'avait écrit que «désolé», avant de signer avec un « M » plein de volutes, tel qu'on l'enseignait autrefois à l'école primaire. Dans l'étui, il y avait mon bracelet, tellement lustré qu'il paraissait neuf.

15

Quand je parlai à Lila de ce paquet et lui montrai le bracelet étincelant, elle s'exclama : Ne le mets plus jamais, et fais gaffe à ce que tes filles ne le portent pas non plus ! Elle était rentrée chez elle très affaiblie, et il lui suffisait de monter une volée de marches pour que le souffle se brise dans sa poitrine. Elle prenait des cachets et se faisait ses propres piqûres, mais elle était tellement pâle qu'elle semblait revenir du royaume des morts, et elle parlait du bracelet comme si elle était convaincue qu'il venait de là aussi.

La mort des Solara s'était superposée à son admission en urgence à l'hôpital – comme dans ma propre expérience de ce dimanche chaotique –, et le sang qu'elle avait versé s'était mêlé au leur. Mais chaque fois que je tentai de lui parler de cette espèce d'exécution devant l'église, elle eut l'air contrariée et réagit avec des propos comme : C'étaient des gens de merde, Lenù, qu'est-ce que ça peut foutre ? Je suis désolée pour ta sœur, mais si elle avait été un peu plus maligne, elle aurait pas épousé Marcello, tout le monde sait bien que les types comme lui finissent assassinés !

À quelques reprises, je tentai de l'amener à discuter cette impression de contiguïté qui, à cette époque, me troublait, imaginant qu'elle devait l'éprouver encore plus que moi. Je lâchai quelque chose comme :

« Nous les connaissions depuis qu'ils étaient gosses !

— Tout le monde a été gosse.

— Ils t'ont fait travailler.

— Ça les arrangeait et ça m'arrangeait.

— C'est sûr, Michele était une charogne, mais tu n'as pas toujours été en reste !

— J'aurais dû faire pire. »

Elle parlait en essayant de se limiter au mépris, mais elle prenait un regard mauvais et croisait les doigts, les serrant jusqu'à ce qu'ils deviennent tout blancs. Je sentais que, derrière ces paroles déjà féroces, il y en avait d'autres beaucoup plus féroces encore qu'elle évitait de dire, mais qui étaient prêtes dans sa tête. Je les lisais sur son visage et j'avais l'impression de les entendre, dans un hurlement : Si c'est eux qui m'ont pris Tina, alors les tueurs leur ont pas fait assez mal, aux Solara, ils auraient dû les écarteler, leur arracher le cœur et jeter leurs tripes dans la rue ! Et si c'est pas eux, ceux qui les ont tués ont bien fait quand même, ils le méritaient de toute façon et ils auraient dû subir des trucs bien pires encore – si les gars m'avaient appelée, j'aurais tout de suite couru leur filer un coup de main.

Mais elle n'arriva jamais à s'exprimer ainsi. En apparence, la brusque sortie de scène des deux frères sembla avoir très peu d'influence sur elle. Cela l'encouragea seulement, puisqu'on ne risquait plus de les rencontrer, à se promener plus fréquemment dans le quartier. Elle ne manifesta jamais aucun désir de retourner à ses activités d'avant la disparition de Tina, et ne reprit même pas sa routine maison- boulot. Elle fit durer sa convalescence des semaines et des semaines. Elle traînait vers le tunnel, sur le boulevard et dans le jardin public. Elle marchait tête baissée, sans parler à personne, et comme elle continuait à sembler dangereuse pour elle-même et pour les autres, nul ne lui adressait la parole, son aspect négligé n'étant pas engageant non plus.

Parfois, elle m'imposait de l'accompagner, et il était difficile de lui dire non. Nous passâmes souvent devant le bar-pâtisserie, où avait été accroché un écriteau « fermé pour deuil ». Le deuil ne finit jamais, le magasin ne rouvrit plus, le temps des Solara était fini. Mais chaque fois, Lila jetait un œil aux rideaux de fer baissés, à la pancarte déteinte, et elle constatait avec satisfaction : C'est toujours fermé. Cela lui semblait tellement positif que, lorsque nous dépassions le magasin, elle émettait parfois un petit rire – oui, un petit rire, rien d'autre – comme si cette fermeture avait quelque chose de ridicule.

Une fois seulement, nous nous arrêtâmes au coin de cette rue presque pour en assimiler la laideur, maintenant qu'elle était dépouillée des décorations du bar. Autrefois, il y avait là les petites tables et les chaises colorées, l'odeur des pâtisseries et du café, les gens qui allaient et venaient, les trafics secrets, les pactes honnêtes ou infâmes. Aujourd'hui, il n'y avait plus qu'un mur jaunâtre tout écaillé. Lila dit : Quand leur grand-père est mort, quand leur mère a été assassinée, Marcello et Michele ont tapissé le quartier de croix et de madones, et ils ont pleurniché à n'en plus finir, mais maintenant qu'ils sont morts, que dalle ! Ensuite, elle se souvint du moment où je lui avais raconté, quand elle était encore à la clinique, qu'à en croire les récits des témoins pleins de réticence, les balles ayant tué les Solara semblaient n'avoir été tirées par personne. Personne ne les a tués, sourit-elle, et personne ne les pleure. Là, elle sembla se perdre dans ses pensées et se tut quelques secondes. Puis, sans aucun lien évident avec ce qui précédait, elle me confia qu'elle n'avait plus l'intention de travailler.

16

Je n'eus pas l'impression qu'il s'agissait d'une manifestation occasionnelle de mauvaise humeur, elle y réfléchissait certainement depuis longtemps, peut-être depuis sa sortie de clinique. Elle continua :

« Si Enzo se débrouille seul, très bien, autrement on vendra.

— Tu veux céder la Basic Sight ? Et qu'est-ce que tu feras ?

— On est obligé de faire quelque chose ?

— Tu dois occuper ta vie à quelque chose.

— Comme toi ?

— Pourquoi pas ? »

Elle rit et soupira :

« Moi, je veux perdre mon temps.

— Tu as Gennaro, tu as Enzo, il faut que tu penses à eux.

— Gennaro a vingt-trois ans, je m'en suis déjà occupée trop longtemps. Et je dois détacher Enzo de moi.

— Pourquoi ?

— Je veux recommencer à dormir seule.

— C'est moche, de dormir seule.

— Tu ne le fais pas, toi ?

— Moi, je n'ai pas d'homme.

— Et pourquoi je devrais en avoir un, moi ?

— Tu n'as plus d'affection pour Enzo ?

— Si, mais je n'ai plus envie de lui ni de personne. Je suis devenue vieille et, quand je dors, je ne veux pas qu'on me dérange.

— Va voir un médecin.

— J'en ai marre, des médecins.

— Je t'accompagne, ce sont des problèmes qu'on peut résoudre. »

Elle se fit sérieuse :

« Non, je suis bien comme ça.

— Personne ne peut être bien comme ça.

— Moi, si ! C'est très surfait, la baise.

— Je te parle d'amour.

— J'ai autre chose en tête. Toi, tu as déjà oublié Tina. Pas moi. »

J'entendis qu'Enzo et elle se disputaient toujours plus fréquemment. Pour être plus précise, je ne percevais généralement la voix de son homme que de façon indistincte, grave et à peine plus forte que d'ordinaire, alors que Lila ne faisait que brailler. De l'étage du dessus, je ne comprenais de ce qu'il disait que des bribes amorties par mon plancher. Il n'était pas en colère – jamais il ne se mettait en colère contre Lila –, mais désespéré. En gros, il répétait que tout s'était détraqué – Tina, le travail, leur relation –, et qu'elle ne faisait rien pour arranger la situation : au contraire, elle voulait que tout continue à se détraquer. Parle-lui ! me demanda-t-il un jour. Je lui répondis que c'était inutile et qu'elle avait simplement besoin d'un peu de temps pour retrouver un équilibre. Enzo, pour la première fois, répliqua avec dureté : Lina n'a jamais eu d'équilibre.

Ce n'était pas vrai. Quand elle le voulait, Lila pouvait être calme et judicieuse, même pendant cette période très tendue. Elle avait de bons jours, où elle était sereine et très affectueuse. Elle s'occupait de mes filles et de moi, m'interrogeait sur mes voyages, sur ce que j'écrivais et sur les gens que je rencontrais. Souvent amusée, parfois indignée, elle suivait les récits de dysfonctionnements scolaires, de professeurs fous, de conflits et d'amour que lui faisaient Dede, Elsa et même Imma. Et elle était généreuse. Un après-midi, elle se fit aider par Gennaro et monta chez moi un vieil ordinateur. Elle m'apprit comment le faire marcher et conclut : Je te l'offre.

Dès le lendemain, je commençai à m'en servir pour écrire. Je m'y habituai vite, malgré ma peur obsessionnelle de la coupure de courant qui viendrait balayer des heures de travail. À part cela, cet engin me plaisait. En présence de Lila, je racontai à mes filles : Imaginez un peu, j'ai appris à écrire avec une plume, puis je suis passée au stylo à bille, ensuite à la machine à écrire – j'ai aussi travaillé sur des machines électriques –, et maintenant me voilà qui tape sur des touches, et cette écriture miraculeuse apparaît ! C'est merveilleux, je ne reviendrai jamais en arrière, le stylo c'est fini, j'écrirai pour toujours à l'ordinateur ! Venez, touchez la callosité que j'ai là, sur l'index, sentez comme c'est dur : je l'ai depuis toujours, mais elle finira par disparaître !

Cette exubérance amusa Lila, qui avait

l'expression d'une personne heureuse d'avoir fait un cadeau très apprécié. Pourtant, elle ajouta : Votre mère a l'enthousiasme de celle qui ne comprend rien ! Et elle les entraîna à sa suite pour me laisser travailler. Tout en sachant qu'elle avait perdu leur confiance, elle les emmenait souvent dans son bureau, lorsqu'elle était de bonne humeur, pour leur montrer ce que ses machines plus récentes pouvaient faire, comment et pourquoi. Pour les reconquérir, elle disait : Mme Elena Greco, je ne sais pas si vous la connaissez, a la vivacité d'un hippopotame dans une mare : pas comme vous, qui êtes tellement intelligentes ! Mais elle ne parvint pas à récupérer leur affection, surtout celle de Dede et d'Elsa. Quand elles rentraient, mes filles me disaient : Maman, on ne comprend pas où elle veut en venir, d'abord elle nous pousse à apprendre, et après elle nous dit que ce sont des engins qui servent à se faire beaucoup d'argent en détruisant toutes les anciennes manières de gagner de l'argent ! Néanmoins, alors que je ne savais me servir de l'ordinateur que pour écrire, bientôt mes filles, y compris un peu Imma, acquirent des notions et des savoir-faire qui me remplirent d'orgueil. Pour n'importe quel problème, je me mis à dépendre essentiellement d'Elsa, qui savait toujours quoi faire, et puis allait se vanter auprès de tata Lila : J'ai fait comme ci et comme ça, qu'est-ce que tu en dis, j'ai eu raison ?

La situation s'améliora ultérieurement quand Dede réussit à impliquer Rino. Alors qu'il n'avait jamais voulu effleurer une de ces machines avec Enzo et Lila, il commença à manifester un minimum d'intérêt pour le sujet, ne serait-ce que pour ne pas être houspillé par mes filles. Un matin, Lila me dit en riant :

« Dede est en train de changer Gennaro ! »

Je fis :

« Rino a simplement besoin d'un peu de confiance en lui. »

Elle répliqua, avec une vulgarité voulue :

« Moi je sais bien, de quelle confiance il a besoin ! »

17

Ça, c'étaient les bons jours. Mais bientôt survenaient les mauvais : elle avait chaud, elle avait froid, son teint était jaunâtre puis cramoisi, elle se couvrait de sueur et se mettait à vociférer, exigeait mille choses ou se querellait avec Carmen, qu'elle traitait d'idiote et de pleurnicheuse. Depuis son opération, son corps lui semblait encore davantage sens dessus dessous. Tout à coup, elle abandonnait toute gentillesse et trouvait Elsa insupportable, étrillait Dede, rembarrait Imma ou, alors que j'étais en train de lui parler, me tournait brusquement le dos et s'en allait. Lors de ces périodes noires, elle n'arrivait pas à rester chez elle, et ne supportait pas davantage d'être dans son bureau. Elle prenait le bus ou le métro et disparaissait.

« Qu'est-ce que tu fais ? lui demandais-je.

— Je me promène dans Naples.

— D'accord, mais où ?

— J'ai des comptes à te rendre ? »

Toute occasion était bonne pour arriver à

l'affrontement, il suffisait d'un rien. Elle se disputait surtout avec son fils, mais attribuait la responsabilité de leurs conflits à Dede et Elsa. De fait, elle avait raison. Mon aînée fréquentait beaucoup et volontiers Rino ; quant à sa sœur, pour ne pas rester isolée, elle se forçait à présent à accepter le garçon, et passait aussi pas mal de temps avec eux. Elles finirent par inoculer à Rino une attitude d'insubordination permanente : dans leur cas, cette posture n'était qu'un jeu verbal passionné, mais dans la bouche de Rino, cela devenait un discours confus et complaisant qui exaspérait Lila. Elle criait à son fils : Ces deux-là y mettent de l'intelligence, mais toi tu fais que répéter des bêtises comme un perroquet ! À cette époque, elle était particulièrement inflexible et ne tolérait pas les phrases toutes faites, les expressions pleines de pathos, toute forme de sentimentalisme et, surtout, la rébellion nourrie de vieux slogans. Et pourtant, le moment voulu, elle était capable de faire preuve d'un anarchisme convenu qui me semblait complètement dépassé. Ainsi, nous nous accrochâmes durement quand, à l'approche de la campagne électorale de 1987, nous lûmes que Nadia Galiani avait été arrêtée à Chiasso.

Carmen courut nous voir, en proie à une crise de panique. Elle n'arrivait plus à raisonner et répétait : Maintenant ils vont attraper Pasquale ! Vous allez voir, il a échappé aux Solara, mais c'est les carabiniers qui vont le tuer ! Lila rétorqua : Nadia, ce ne sont pas les carabiniers qui l'ont prise, elle s'est rendue pour négocier une peine plus légère. Cette hypothèse me parut sensée. Il n'y avait que quelques lignes dans les journaux, où il n'était jamais question de filature, de coups de feu ou de capture. Pour calmer Carmen, je lui conseillai à nouveau : Pasquale aussi ferait mieux de se rendre, tu connais mon opinion. Catastrophe, qu'est-ce que je n'avais pas dit ! Lila explosa et se mit à crier :

« Se rendre à qui ?

— À l'État.

— À l'État ? »

Elle me dressa alors une longue liste d'escroqueries et de connivences criminelles, anciennes et nouvelles, impliquant ministres, simples parlementaires, policiers, magistrats et services secrets, de 1945 à nos jours – se révélant, comme d'habitude, beaucoup plus informée que je ne l'imaginais. Elle conclut en hurlant :

« Putain c'est *ça*, l'État ! Pourquoi tu veux lui donner Pasquale ? »

Puis elle me pressa :

« On parie que Nadia sortira après quelques mois de taule alors que, s'ils prennent Pasquale, ils le colleront dans une cellule et jetteront la clef ? »

Elle s'avança tout près de moi en répétant, avec une agressivité croissante : « On parie ? »

Je ne répondis rien. J'étais inquiète, ces discussions ne faisaient aucun bien à Carmen. Après la mort des Solara, elle avait aussitôt retiré sa plainte contre moi, m'avait comblée d'attentions, et elle était toujours disponible pour mes filles, malgré ses angoisses et les fardeaux qu'elle portait. Cela me déplaisait que nous la tourmentions au lieu de l'apaiser. Elle tremblait. S'adressant à moi mais invoquant l'autorité de Lila, elle dit : Lenù, si Nadia s'est fait prendre, ça veut dire qu'elle s'est repentie et que, maintenant, elle va rejeter toutes les responsabilités sur Pasquale pour s'en sortir !

C'est ça, Lina ? Mais ensuite elle se tourna vers Lila, avec ressentiment et en invoquant mon autorité : Ce n'est plus une question de principe, il faut penser au bien de Pasquale, nous devons lui dire qu'il vaut mieux vivre en prison que se faire assassiner ! C'est pas vrai, Lenù ?

À ce moment-là, Lila nous accabla d'insultes et, bien que nous fussions chez elle, sortit en claquant la porte.

18

Pour elle, partir vagabonder était désormais le remède à toute situation de tension et à tous les problèmes dans lesquels elle se débattait. De plus en plus souvent, elle s'en allait le matin et revenait le soir, sans se soucier d'Enzo qui ne savait pas faire face à la clientèle, ni de Rino, ni des engagements qu'elle prenait auprès de moi quand j'étais en déplacement et lui confiais mes filles. On ne pouvait plus compter sur elle, à la moindre contrariété elle laissait tout tomber sans penser aux conséquences.

Un jour, Carmen soutint que Lila se réfugiait dans le cimetière historique de la Doganella, où elle avait choisi la tombe d'une enfant afin de penser à Tina qui, elle, n'en avait pas ; elle se promenait dans les allées ombragées, au milieu des fleurs et des vieilles sépultures, s'arrêtant devant les photos jaunies. Les morts sont pour elle une sécurité, m'expliqua Carmen : ils ont leur pierre tombale, avec leurs dates de naissance et de mort, alors que sa fille non, elle n'aura pour toujours qu'une date de naissance, et ça c'est moche, cette pauvre gamine n'aura jamais de conclusion, elle n'aura jamais un point fixe qui permettrait à sa mère de s'asseoir et de s'apaiser. Mais Carmen avait une prédilection pour les fantaisies morbides, aussi je ne l'écoutais guère. J'imaginais plutôt que Lila parcourait la ville à pied sans prêter attention à rien, simplement pour étourdir sa douleur qui, plusieurs années après, continuait à l'empoisonner. Ou bien je me disais qu'elle avait véritablement décidé, jusqu'au-boutiste comme elle l'était, de ne plus s'occuper de rien ni de personne. Or, je savais bien que sa tête avait justement besoin du contraire, et je craignais qu'elle n'ait une crise de nerfs et ne se déchaîne, à la première occasion, contre Enzo, contre Rino, contre moi, contre mes filles, contre un passant importun ou contre quiconque lui lancerait un regard de travers. À la maison, je pouvais me quereller avec elle, la calmer, la maîtriser. Mais dans la rue ? Chaque fois qu'elle sortait, je redoutais qu'elle ne se fiche dans le pétrin. Et pourtant, de plus en plus souvent, quand j'avais du travail et que j'entendais la porte d'en dessous claquer, puis son pas résonner dans l'escalier et dans la rue, je poussais un soupir de soulagement. Elle ne monterait pas me voir, elle ne déboulerait pas chez moi avec ses discours provocateurs, elle ne titillerait pas mes aînées, ne dévaloriserait pas Imma et ne chercherait pas, par tous les moyens, à me faire du mal.

Je me remis à penser, avec insistance, que le temps était venu de m'en aller. À présent, rester au quartier n'avait plus aucun sens ni pour moi, ni pour Dede, ni pour Elsa, ni pour Imma. D'ailleurs,

Lila elle-même, après son hospitalisation, son opération et tous les déséquilibres de son corps, avait commencé à dire de plus en plus souvent ce qu'elle ne disait auparavant que de façon sporadique : Va-t'en donc, Lenù, qu'est-ce que tu fiches ici ? Regarde-toi, on dirait que tu restes juste parce que tu as fait un vœu à la Madone ! C'était sa manière de me rappeler que je n'avais pas été à la hauteur de ses attentes, que ma résidence au quartier n'était qu'une mise en scène pour intellectuels, et qu'en réalité, malgré toutes mes études et tous mes livres, je n'avais rien apporté et n'apportais rien ni à elle, ni à notre lieu de naissance. Cela m'agaçait, et je me disais : Elle me traite comme si elle voulait me licencier pour insuffisance de rendement !

19

S'ensuivit une période où je ne cessais de me creuser la cervelle pour savoir que faire. Mes filles avaient besoin de stabilité et, surtout, je devais tout faire pour que leurs pères s'en occupent. Nino demeurait le problème majeur. De temps en temps, il appelait et adressait quelques cajoleries à Imma au téléphone, auxquelles elle répondait par monosyllabes, point final. Récemment, il avait pris une décision somme toute prévisible, vu ses ambitions : il s'était présenté aux élections sur la liste du parti socialiste. À cette occasion, il m'avait envoyé une courte lettre dans laquelle il me demandait de voter pour lui et de faire voter pour lui. La missive se concluait par « dis-le aussi à Lina!», et il avait joint un prospectus où on voyait une photo de lui, irrésistible, accompagnée d'une notice biographique. Une ligne de cette notice était soulignée au stylo : il déclarait à ses électeurs qu'il avait trois enfants, Albertino, Lidia et Imma. À côté, il avait écrit : « s'il te plaît, fais lire cette ligne à la petite ».

Je n'avais pas voté pour lui et n'avais rien fait pour qu'on vote pour lui ; en revanche, j'avais montré le prospectus à Imma, et elle m'avait demandé si elle pouvait le garder. Quand son père avait été élu, je lui avais expliqué, grosso modo, ce que voulaient dire les mots peuple, élections, représentation et Parlement. À présent, il vivait de manière permanente à Rome. Après son succès électoral, il n'avait donné signe de vie qu'une seule fois, avec une lettre aussi hâtive que triomphante, qu'il m'avait demandé de faire lire aussi à sa fille, à Dede et à Elsa. Aucun numéro de téléphone, aucune adresse, rien que des mots dont le sens était l'assurance d'une protection à distance (« vous pouvez être sûres que je veillerai sur vous »). Mais Imma voulut conserver ce document également, comme un témoignage de l'existence de son père. Et quand Elsa lui disait des choses comme « qu'est-ce que t'es barbante ! c'est pour ça que tu t'appelles Sarratore, et nous Airota », Imma semblait moins désorientée, et peut-être moins inquiète, d'avoir un patronyme différent de celui de ses sœurs. Un jour où sa maîtresse lui avait demandé « tu es la fille du député Sarratore ? », ma fille lui avait apporté dès le lendemain, comme preuve, le prospectus qu'elle conservait pour parer à toute éventualité. J'étais contente qu'elle en soit aussi fière, et je voulais œuvrer à la consolidation

de ce sentiment. Nino menait toujours une vie tur-
bulente et débordait d'engagements ? Très bien.
Mais ma fille n'était pas une cocarde à utiliser un
jour et puis à mettre au fond d'un tiroir, dans l'attente d'une prochaine occasion.

Ces dernières années, avec Pietro, je n'avais
jamais eu de problèmes. Il versait régulièrement
de l'argent pour l'entretien des filles (je n'avais
jamais reçu une lire de la part de Nino) et, en
fonction de ses possibilités, c'était un père présent.
Mais depuis peu, il avait rompu avec Doriana, il en
avait assez de Florence et voulait partir aux États-
Unis. Et, obstiné comme il l'était, il y parviendrait.
Cette perspective m'inquiétait. Je lui disais : Mais
si tu fais ça, tu abandonnes tes filles ! Ce à quoi
il répliquait : Pour le moment, ça ressemble à
une désertion, mais tu verras, ça ne tardera pas à
tourner à leur avantage. C'était probable et, en ce
sens, ses paroles avaient quelque chose de commun avec celles de Nino (*soyez sûres que je veillerai sur vous*). Néanmoins, Dede et Elsa allaient
de fait rester sans père. Et si Imma s'en passait
depuis toujours, Dede et Elsa tenaient à Pietro, et
elles avaient l'habitude de recourir à lui chaque
fois qu'elles le désiraient. Son départ les attriste-
rait et limiterait leurs perspectives, j'en étais sûre.
Certes, elles étaient grandes, Dede avait maintenant dix-huit ans et Elsa bientôt quinze. Elles
étaient inscrites dans de bons établissements scolaires et avaient toutes deux des professeurs de
qualité. Mais était-ce suffisant ? Elles n'arrivaient
jamais vraiment à s'intégrer, ni l'une ni l'autre
n'avait confiance en ses camarades de classe ou ses
amis, elles ne semblaient vraiment aller bien que
lorsqu'elles voyaient Rino. Mais qu'avaient-elles

vraiment de commun avec ce gros garçon à la fois beaucoup plus âgé qu'elles et beaucoup plus immature ?

Non, il fallait vraiment que je quitte Naples. Par exemple, je pourrais essayer de vivre à Rome et, par amour pour Imma, renouer avec Nino, naturellement sur un plan purement amical. Ou bien retourner à Florence et miser sur une fréquentation plus intense entre les filles et Pietro, espérant que celui-ci renoncerait ainsi à traverser l'océan. Aboutir à une décision me sembla particulièrement urgent quand Lila monta chez moi un soir, l'air bagarreur, dans un état évident de mal-être, pour me lancer :

« C'est vrai que tu as dit à Dede d'arrêter de voir Gennaro ? »

Je me sentis gênée. J'avais seulement expliqué à ma fille qu'elle ne devait pas passer sa journée collée à lui :

« Elle peut le voir autant qu'elle veut. J'ai seulement peur qu'elle lui casse les pieds : il est grand et ce n'est qu'une gamine.

— Lenù, dis-moi franchement, tu trouves que mon fils n'est pas assez bien pour ta fille ? »

Je la fixai, perplexe :

« Comment ça, pas assez bien ?

— Tu sais parfaitement qu'elle est amoureuse de lui. »

J'éclatai de rire :

« Dede ? De Rino ?

— Parce que d'après toi, il est impossible que ta fille ait perdu la tête pour mon gosse ? »

20

Jusqu'alors, je n'avais guère prêté attention au fait que Dede, contrairement à sa sœur qui changeait allègrement de chevalier servant, n'avait jamais eu de passion déclarée, affichée. J'avais fini par attribuer cette attitude farouche à la fois à ses complexes – elle ne se sentait pas belle – et à sa rigueur, et de temps en temps je m'étais un peu moquée d'elle (*C'est vraiment tous des minables, tes camarades ?*). C'était une jeune fille qui ne pardonnait la frivolité à personne, y compris à elle-même, et surtout pas à moi. Les rares fois où elle m'avait vue, je ne dis pas faire la coquette, mais simplement rire avec un homme – ou, je ne sais pas, me montrer accueillante avec un de ses amis qui l'avait raccompagnée à la maison –, elle m'avait manifesté toute sa réprobation et, lors d'un épisode particulièrement désagréable, quelques mois auparavant, elle m'avait même lancé une vulgarité en dialecte qui m'avait franchement énervée.

Mais peut-être n'était-il pas question ici de guerre contre la frivolité. À la suite des paroles de Lila, je me mis à observer Dede avec attention, et je me rendis compte que son attitude protectrice envers le fils de Lila n'était pas du tout réductible, comme je l'avais cru jusqu'à ce jour, à une longue affection enfantine, ou bien à une défense enflammée des humiliés et des offensés, typique de l'adolescence. Au contraire, je compris que son austérité était l'effet d'une relation intense et exclusive avec Rino, qui durait depuis la prime jeunesse. Je pris peur. Je songeai à mon long amour pour Nino et me dis, alarmée : Dede est en train d'emprunter la même voie ! Mais là c'est encore pire, parce que si Nino était un garçon extraordinaire, qui est devenu un bel homme, intelligent et célèbre, Rino est un jeune inculte, sans charme, qui manque de confiance en lui et qui n'a aucun avenir – et à la réflexion, plus que Stefano, physiquement il rappelle surtout son grand-père, Don Achille.

Je me décidai à parler à Dede. C'était quelques mois avant son baccalauréat, elle était très occupée, et elle aurait facilement pu me dire : J'ai à faire, on en parlera plus tard. Mais Dede n'était pas Elsa, qui savait me repousser et qui savait feindre. Il suffisait que je pose la question à ma fille aînée et j'étais certaine que, quel que soit le moment, quoi qu'elle fasse, elle me répondrait avec la plus grande franchise. Je lui demandai :

« Tu es amoureuse de Rino ?

— Oui.

— Et lui ?

— Je ne sais pas.

— Depuis quand tu éprouves ce sentiment ?

— Depuis toujours.

— Et s'il ne t'aimait pas en retour ?

— Ma vie n'aurait plus de sens.

— Qu'est-ce que tu as l'intention de faire ?

— Je te le dirai après les examens.

— Dis-le-moi maintenant.

— S'il veut de moi, nous partirons ensemble.

— Où ça ?

— Je ne sais pas, mais certainement loin d'ici.

— Lui aussi, il déteste Naples ?

— Oui, il veut aller à Bologne.

— Pourquoi ?

— Là-bas, il y a la liberté. »

Je la regardai avec tendresse :

« Dede, tu sais bien que ni ton père ni moi ne te laisserons partir !

— Vous n'avez pas besoin de me laisser partir. Je m'en irai, un point c'est tout.

— Avec quel argent ?

— Je travaillerai.

— Et tes sœurs ? Et moi ?

— Maman, un jour ou l'autre, il faudra de toute façon nous séparer. »

Je sortis de cette conversation à bout de forces. Bien qu'elle m'eût exposé de façon raisonnable des choses totalement déraisonnables, je m'étais contrainte à me comporter comme si elle me tenait un discours tout à fait sensé.

Ensuite, pleine d'appréhension, je me demandai ce que je devais faire. Dede n'était qu'une adolescente amoureuse et, de gré ou de force, je la remettrais dans le droit chemin. Le problème, c'était Lila : je la craignais, et je compris tout de suite qu'avec elle, l'affrontement serait dur. Elle avait perdu Tina, Rino était son unique enfant. Enzo et elle l'avaient sorti de la drogue à temps, avec des méthodes très brutales, et elle ne tolérerait pas que je le fasse souffrir moi aussi. D'autant plus que la compagnie de mes deux filles lui faisait du bien : à cette époque, il travaillait même un peu avec Enzo, et il était possible que l'éloigner d'elles le fasse à nouveau déraper. Du reste, cette éventuelle régression de Rino me préoccupait aussi. J'étais attachée à lui, enfant il avait été malheureux, et jeune homme il l'était toujours. Il aimait sans doute Dede depuis toujours, et renoncer à elle lui serait certainement insupportable. Mais que faire ? Je devins plus affectueuse, je ne voulais pas qu'il y ait d'équivoque : je l'appréciais et étais prête à l'aider par tous les moyens, il n'avait qu'à demander. Mais n'importe qui aurait compris que Dede et lui étaient très différents et que, quelle que soit la solution qu'ils proposent, ils courraient bien vite au désastre. Je me rapprochai donc de Rino qui, en retour, devint plus agréable : il se mit à réparer mes stores cassés ou mes robinets qui gouttaient, les trois sœurs lui servant d'assistantes. Mais Lila n'approuva pas cette disponibilité de son fils. S'il s'attardait trop longtemps chez nous, elle l'appelait de l'étage d'en dessous d'un cri impérieux.

21

Je ne me limitai pas à cette stratégie et contactai aussi Pietro. Il s'apprêtait à déménager à Boston : maintenant, il paraissait décidé. Il en avait après Doriana qui, me dit-il dégoûté, s'était révélée quelqu'un de perfide, totalement privé d'éthique. Puis il m'écouta avec grande attention. Il connaissait Rino, il se le rappelait bien, enfant, et savait ce qu'il était devenu en grandissant. Il me demanda deux ou trois fois, pour être sûr de ne pas se méprendre « il n'a pas de problèmes de drogue ? » et une fois seulement « il travaille ? ». À la fin, il déclara : C'est une histoire sans queue ni tête. Nous fûmes d'accord qu'entre les deux jeunes, vu la sensibilité de notre fille, le moindre flirt était hors de question.

Je fus contente de constater que nous voyions les choses du même œil, et je lui demandai de descendre à Naples pour parler à Dede. Il promit de le faire, mais il avait mille engagements et ne se présenta que peu avant les examens de Dede, essentiellement pour dire au revoir aux filles avant son départ pour l'Amérique. Cela faisait long-temps que je ne l'avais pas vu. Il avait l'air distrait, comme d'habitude. Il avait maintenant les cheveux grisonnants et son corps s'était épaissi. Comme il n'avait pas vu Lila et Enzo depuis la disparition de Tina – quand il était venu pour les filles, il n'était resté que quelques heures ou bien les avait emme-nées en voyage –, il leur consacra beaucoup de temps à tous deux. Pietro était un homme préve-nant, attentif à ne gêner personne avec son statut de professeur prestigieux. Il discuta longuement avec eux en prenant cet air grave et absorbé que je connaissais bien et qui, par le passé, m'avait aga-cée, mais que j'appréciais aujourd'hui parce qu'il n'était pas feint – un air qui venait naturellement à Dede aussi. Je ne sais pas ce qu'il dit de Tina, mais tandis qu'Enzo restait impassible, le visage de Lila s'éclaircit et elle le remercia pour la très belle lettre qu'il lui avait envoyée des années aupa-ravant, affirmant que cela l'avait beaucoup aidée. C'est seulement ce jour-là que j'appris que Pietro lui avait écrit lors de la perte de sa fille, et je fus très étonnée de la gratitude sincère de Lila. Pie-tro se déroba, puis Lila exclut totalement Enzo du reste de la conversation et se mit à parler de sujets relatifs à Naples avec mon ex-mari. Elle s'attarda un bon moment sur le Palazzo Cellamare, dont je savais à peine qu'il se trouvait au-dessus de Chiaia, alors qu'elle connaissait tous les détails de sa structure, de son histoire et de ses trésors, comme je le découvris alors. Pietro l'écouta avec intérêt. Moi, je m'agitais : je voulais qu'il passe du temps avec ses filles, et surtout qu'il affronte Dede.

Quand Lila le laissa enfin libre et qu'il se fut consacré aussi à Elsa et Imma, Pietro réussit à prendre Dede à l'écart, et père et fille eurent une conversation longue et sereine. Je les observai par la fenêtre pendant qu'ils faisaient des allers et retours sur le boulevard. Je crois que je fus frappée pour la première fois par leur ressemblance physique. Dede n'avait pas les cheveux broussailleux de son père, mais elle avait son ossature lourde, et aussi un peu de sa démarche gauche. C'était une fille de dix-huit ans, avec une certaine douceur féminine, mais à chaque geste, à chaque pas, elle semblait pourtant entrer dans le corps de Pietro et en sortir, comme si c'était là sa demeure idéale. Je restai plantée à ma fenêtre, hypnotisée par ces deux êtres. Le temps se dilata, et ils discutèrent tellement longtemps qu'Elsa et Imma commencèrent à trépigner. Moi aussi, j'ai des trucs à dire à papa, se plaignit Elsa, s'il s'en va, quand est-ce que je vais pouvoir le faire ? Imma murmura : Il a promis qu'après il me parlerait, à moi aussi.

Pietro et Dede rentrèrent enfin, et ils me semblèrent de bonne humeur. Dans la soirée, les trois filles se mirent autour de lui pour l'écouter. Il raconta qu'il allait travailler dans un bâtiment en briques rouges, très grand, très beau, avec une statue à l'entrée. Cette statue représentait un monsieur au visage et aux habits tout sombres, à part un soulier que les étudiants touchaient chaque jour parce que ça portait bonheur : du coup, il avait un pied brillant qui étincelait au soleil comme s'il était en or. Ils s'amusèrent ensemble, m'excluant. Je me dis, comme toujours dans ces cas-là : Maintenant qu'il n'est pas obligé d'être père tous les jours, c'est un excellent père, et même Imma l'adore! Peut-être que les choses ne peuvent se passer qu'ainsi avec les hommes : il faut vivre un peu avec eux, leur faire des enfants, et puis voilà. S'ils sont superficiels comme Nino, ils s'en vont sans éprouver aucune sorte d'obligation. S'ils sont sérieux comme Pietro, ils ne manquent à aucun de leurs devoirs et, à l'occasion, donnent le meilleur d'eux-mêmes. De toute façon, l'époque des fidélités et des longues vies communes est finie, pour les hommes comme pour les femmes. Mais alors, pourquoi regardions-nous le pauvre Gennaro – dit Rino – comme une menace? Dede vivrait sa passion, la consumerait, et puis reprendrait son chemin. Elle le reverrait sans doute de temps en temps, et ils échangeraient quelques mots affectueux. Cela se passait comme ça : alors pourquoi voulais-je quelque chose de différent pour ma fille?

Cette question me mit mal à l'aise et, avec mon ton le plus autoritaire, je décrétai que c'était l'heure d'aller dormir. Elsa venait de jurer que dans quelques années, dès qu'elle aurait son bac, elle irait vivre aux États-Unis avec son père. Imma tirait Pietro par le bras, elle voulait son attention, et elle était certainement sur le point de lui demander si, le cas échéant, elle pourrait le rejoindre elle aussi. Dede se taisait, perplexe. Peut-être la question est-elle déjà réglée, me dis-je : Rino a été mis dans un coin et, dans un instant, Dede dira à Elsa «toi, tu dois attendre quatre ans! moi, je finis le lycée et, dans un mois tout au plus, je vais chez papa».

22

Mais dès que Pietro et moi restâmes seuls, il me suffit de voir son visage pour comprendre qu'il était très inquiet. Il lâcha :

« Il n'y a rien à faire.

— C'est-à-dire ?

— Dede pense par théorèmes.

— Qu'est-ce qu'elle t'a dit ?

— Ce qui compte n'est pas ce qu'elle a dit, mais ce qu'elle va certainement faire.

— Elle va coucher avec lui ?

— Oui. Elle a un programme très précis, avec des étapes rigoureusement définies. Aussitôt après les examens, elle déclarera son amour à Rino et perdra sa virginité, puis ils partiront ensemble et vivront de mendicité en mettant en crise l'éthique du travail.

— Ce n'est pas drôle !

— Je ne plaisante pas, je te répète juste son projet, mot pour mot.

— C'est facile, d'être sarcastique ! Tu files à l'anglaise en me laissant le rôle de la méchante mère.

— Elle compte sur mon aide : elle affirme que, dès que ce garçon le voudra, elle me rejoindra à Boston avec lui.

— Je lui casserai plutôt les deux jambes, à celle-là !

— À moins qu'ils ne te tirent dans les jambes d'abord ! »

Nous discutâmes jusque tard dans la nuit, au début uniquement de Dede, puis aussi d'Elsa et d'Imma, et enfin de tout : politique, littérature, les livres que j'écrivais, certaines interventions dans les journaux, un nouvel essai auquel il travaillait. Cela faisait très longtemps que nous n'avions pas discuté ainsi. Il se moqua affectueusement de moi parce que, d'après lui, je prenais toujours des positions médianes. Il ironisa sur mon demi-féminisme, mon demi-marxisme, mon demi-freudisme, mon demi-foucaldisme et mon « demi-subversivisme ». Il n'y a qu'avec moi, ajouta-t-il d'un ton plus sec, que tu n'as jamais fait les choses à moitié. Il soupira : Rien ne t'allait jamais, je n'étais qu'un incapable. L'autre, par contre, il était parfait. Et maintenant ? Il faisait le type intègre et il a fini dans le gang socialiste. Elena, Elena, qu'est-ce que tu m'as tourmenté ! Tu t'en es même pris à moi quand on a pointé un pistolet sur moi ! Et tu as amené chez nous deux amis d'enfance qui étaient des assassins. Tu te rappelles ? Mais c'est comme ça, tu es Elena, je t'ai beaucoup aimée, nous avons deux filles, et tu m'es encore très chère !

Je le laissai parler. Ensuite, je reconnus avoir souvent soutenu des positions absurdes. J'admis aussi qu'il avait raison à propos de Nino, cela avait été une grande déception. Puis je tentai de revenir à Dede et Rino. J'étais inquiète et ne savais comment régler cette affaire. Je lui dis qu'éloigner le garçon de notre fille me causerait de gros problèmes avec Lila, et que je culpabilisais car je savais que cela l'offenserait. Il acquiesça :

« Il faut que tu aides Lina.

— Je ne sais pas comment.

— Elle essaie par tous les moyens d'occuper son esprit et d'échapper à la douleur, mais elle n'y arrive pas.

514

— Ce n'est pas vrai : avant, oui, c'est ce qu'elle faisait, mais maintenant elle ne travaille même plus, elle ne fait rien de son temps.

— Tu te trompes. »

Lila lui avait confié qu'elle passait des journées entières enfermée à la Biblioteca Nazionale : elle voulait tout savoir sur Naples. Je le regardai, incrédule. Lila à nouveau dans une bibliothèque ? et pas dans celle du quartier, qui datait des années cinquante, mais dans la prestigieuse et inefficace Biblioteca Nazionale ? Voilà donc ce qu'elle faisait quand elle disparaissait du quartier ? C'était ça, sa nouvelle obsession ? Et pourquoi me l'avait-elle dissimulé ? Peut-être l'avait-elle dit à Pietro, justement, pour qu'il me le répète ?

« Elle te l'a caché ?

— Elle m'en parlera quand ça lui paraîtra utile.

— Incite-la à persévérer ! Il est inacceptable qu'une personne tellement douée n'ait pas dépassé l'école primaire.

— Lila fait uniquement ce dont elle a envie.

— C'est toi qui veux la voir comme ça.

— Je la connais depuis qu'elle a six ans.

— C'est peut-être pour ça qu'elle te déteste.

— Elle ne me déteste pas !

— Pour elle, c'est dur de constater, jour après jour, que tu es libre alors qu'elle est restée prisonnière. Si l'enfer existe, il se trouve dans sa tête insatisfaite, et je ne voudrais même pas y entrer quelques secondes. »

Pietro employa précisément cette expression, *y entrer*, avec un ton à la fois horrifié, fasciné et triste. J'insistai :

« Lina ne me déteste pas du tout. »

Il eut un rire :

« D'accord, c'est comme tu veux.

— Allons nous coucher ! »

Il me regarda, hésitant. Je ne lui avais pas préparé de lit d'appoint, comme je le faisais d'habitude.

« Ensemble ? »

Cela faisait une douzaine d'années que nous ne nous étions pas effleurés. Toute la nuit, je craignis que les filles ne se réveillent et ne nous découvrent dans le même lit. Je contemplai, dans la pénombre, cet homme gros et ébouriffé qui ronflait discrètement. Quand nous étions mariés, il avait rarement dormi aussi longtemps à mon côté. En général, après m'avoir harcelée un bon moment avec son sexe et son orgasme difficile, il s'assoupissait brièvement, avant de se relever pour aller travailler. Cette fois-ci, l'amour fut agréable, il s'agissait d'une étreinte d'adieu, nous savions tous deux qu'elle ne se reproduirait plus et cela nous mit à l'aise. Grâce à Doriana, Pietro avait appris ce que je n'avais pas su ou pas voulu lui apprendre, et il fit tout son possible pour me le montrer.

Vers 6 heures, je le réveillai et dis : C'est l'heure d'y aller. Je l'accompagnai à sa voiture, et il me recommanda mille fois de prendre soin des filles, surtout de Dede. Nous nous serrâmes la main, nous embrassâmes sur les deux joues, et il partit.

Je marchai lentement jusqu'au kiosque, le vendeur était en train de déballer ses journaux. Je rentrai chez moi avec les trois quotidiens dont, comme d'habitude, je ne lirais que les titres. Je préparai mon petit-déjeuner en pensant à Pietro et à nos échanges. J'aurais pu m'attarder sur n'importe quel aspect de notre conversation – son ressentiment mêlé de tendresse, Dede, ou bien son psychologisme un peu facile sur Lila. Mais une mystérieuse connexion s'établit parfois entre nos circuits mentaux et les événements dont l'écho s'apprête à nous parvenir, et ce que j'avais alors à l'esprit, c'était qu'il avait appelé Pasquale et Nadia (puisque c'étaient eux, les amis d'enfance auxquels il avait fait allusion d'un ton provocateur) des assassins. Je me rendis compte que j'appliquais à présent le mot *assassin* à Nadia avec naturel, mais pas à Pasquale – ça non, je continuais à m'y refuser. Je me demandais encore pourquoi lorsque le téléphone sonna. C'était Lila, qui m'appelait de l'étage en dessous. Elle m'avait entendue sortir avec Pietro, puis revenir. Elle voulait savoir si j'avais acheté les journaux. À la radio, on venait d'annoncer que Pasquale avait été arrêté.

23

Cette nouvelle nous absorba totalement pendant des semaines, et j'avoue que je m'occupai plus de l'affaire de notre ami que des examens de Dede. Lila et moi courûmes aussitôt chez Carmen mais elle savait déjà tout, ou du moins l'essentiel, et elle nous parut sereine. Pasquale avait été arrêté dans les montagnes de Serino, dans la région d'Avellino. Les carabiniers avaient encerclé la ferme où il vivait caché, et il s'était comporté de manière raisonnable, réagissant sans violence et sans chercher à fuir. Carmen ajouta : Maintenant, j'ai plus qu'à espérer qu'ils le laisseront pas mourir en prison, comme papa ! Elle continuait à considérer son frère comme un type bien. Emportée par l'émotion, elle finit même par dire que nous trois – Lila, elle et moi – avions en nous une part de méchanceté bien plus grande que Pasquale. Tout ce qu'on a été capables de faire, c'est nous occuper de nos petites affaires, murmurat-elle en éclatant en sanglots, mais pas Pasquale, non, lui il a grandi en suivant les leçons de notre père !

Ses paroles vibraient d'une souffrance tellement profonde que, ce jour-là, Carmen eut le dessus sur Lila et moi, peut-être pour la première fois depuis que nous nous connaissions. Lila n'émit aucune objection. Quant à moi, ses propos me mirent mal à l'aise. Le frère et la sœur Peluso, par leur simple présence dans ma vie, ne cessaient de me troubler. J'excluais totalement que leur menuisier de père leur ait appris à contester l'apologue inepte d'Agrippa Menenius, comme Franco l'avait fait avec Dede, mais tous les deux – Carmen moins, Pasquale davantage – avaient toujours su, d'instinct, que les membres d'un homme ne se nourrissent pas lorsque le ventre d'un autre se remplit, et que ceux qui veulent nous le faire croire reçoivent un jour ce qu'ils méritent. Différents en tout point l'un de l'autre, de par leur histoire ils formaient un bloc, et si je ne les assimilais ni à Lila ni à moi-même, je n'arrivais pas non plus à me distancier d'eux. C'est peut-être pour cela que, d'un côté, je disais à Carmen « rassure-toi, maintenant que Pasquale est aux mains de la loi, nous saurons mieux comment l'aider ! », alors que de l'autre, je disais à Lila, totalement à l'unisson avec elle, « les lois et les droits, c'est du vent : ils sont censés protéger ceux qui n'ont pas de pouvoir, mais en prison, Pasquale va se faire massacrer !». Et puis, d'autres jours encore, je finissais par avouer à toutes les deux que, malgré mon dégoût pour cette violence que nous connaissions depuis la naissance, une certaine violence était tout de même nécessaire pour affronter le monde atroce dans lequel nous vivions. C'est en suivant cette ligne confuse que je m'employai à faire tout mon possible en faveur de Pasquale. Je ne voulais pas, alors que sa camarade Nadia était traitée avec tous les égards, qu'il se sente un moins-que-rien, dont nul ne se souciait.

24

Je cherchai des avocats de confiance et me décidai même, à force de coups de fil, à recontacter Nino, le seul parlementaire que je connaisse personnellement. Je ne parvins jamais à lui parler directement mais décrochai un rendez-vous par l'intermédiaire d'une secrétaire, après de longues tractations. Veuillez lui préciser, ajoutai-je glaciale au téléphone, que je viendrai avec notre fille. À l'autre bout de la ligne, il y eut un long moment de flottement. Je le lui préciserai, conclut enfin la femme.

Quelques minutes plus tard, mon téléphone sonna à nouveau. C'était encore la secrétaire : M. le député Sarratore sera ravi de vous accueillir dans son bureau, sur la Piazza Risorgimento. Mais au cours des jours suivants, le lieu et l'heure du rendez-vous n'arrêtèrent pas de changer : M. le député venait de sortir, M. le député était rentré mais était occupé, M. le député participait à une séance à rallonge au Parlement... Je fus effarée de constater combien il était ardu d'entrer en contact direct avec un représentant du peuple, bien que je jouisse d'une certaine notoriété, aie une carte de presse et sois la mère de sa fille. Quand tout se concrétisa enfin – le lieu choisi était rien de moins que le Palazzo Montecitorio –, Imma et moi nous fîmes belles et partîmes pour Rome. Elle me demanda si elle pouvait emporter avec elle son précieux prospectus électoral et je lui dis oui. Dans le train, elle ne fit que le fixer, comme pour se préparer à comparer la photo avec la réalité. Une fois dans la capitale, nous prîmes un taxi et nous présentâmes à Montecitorio. À chaque obstacle, je montrais nos papiers et disais, surtout afin qu'Imma l'entende : M. le député Sarratore nous attend, voici sa fille, Imma Sarratore.

Nous attendîmes longtemps, et à un moment donné la gamine me demanda, anxieuse : Et si le peuple le retient ? Je la rassurai : Il ne le retiendra pas. En effet, Nino finit par arriver, précédé par sa secrétaire, une jeune femme très séduisante. Rayonnant, extrêmement élégant, il prit sa fille dans les bras, l'embrassa avec effusion et la porta pendant toute la durée de notre conversation, comme si elle était encore toute petite. Mais ce qui me surprit, ce fut la confiance immédiate avec laquelle Imma passa les bras autour de son cou et lui lança, ravie, en exhibant son tract : Tu es encore plus beau que sur la photo ! Tu sais, ma maîtresse a voté pour toi !

Nino lui prêta une grande attention et lui posa des questions sur l'école, sur ses camarades et sur les matières qui lui plaisaient le plus. Il ne s'intéressa guère à moi, j'appartenais désormais à une autre vie – une vie inférieure – et il lui parut inutile de gaspiller son énergie avec ça. Je lui parlai de Pasquale et il m'écouta, mais sans jamais négliger sa fille, faisant simplement signe à la secrétaire de prendre des notes. À la fin de mes explications, il me demanda, sérieux :

« Qu'est-ce que tu attends de moi ?

— Que tu vérifies s'il est en bonne santé et s'il bénéficie de toutes les garanties juridiques.

— Il collabore avec la justice ?

— Non, et ça m'étonnerait qu'il collabore un jour.

— Il aurait intérêt à le faire.

— Comme Nadia ? »

Il eut un petit rire gêné :

« Nadia se comporte de la seule manière possible pour quelqu'un qui n'a pas l'intention de passer sa vie derrière les barreaux.

— Nadia est une enfant gâtée, pas Pasquale. »

Il ne poursuivit pas immédiatement, il appuya sur le nez d'Imma comme si c'était un bouton, en imitant le bruit d'une sonnette. Ils rirent tous deux. Puis il me dit :

« J'irai voir dans quelles conditions est détenu ton ami, je suis là pour veiller à ce que les droits de tous soient respectés. Mais je lui dirai que les familles des personnes qu'il a assassinées ont des droits aussi. On ne joue pas aux rebelles en versant du vrai sang pour crier après : On a des droits ! Tu as compris, Imma ?

— Oui.

— Oui, papa.

— Oui, papa.

« — Et si la maîtresse est méchante avec toi, appelle-moi ! »

Je rétorquai :

« Si la maîtresse est méchante, elle se débrouillera toute seule.

— Pasquale Peluso aussi, il s'est débrouillé tout seul ?

— Pasquale n'a jamais eu personne qui puisse le faire bénéficier d'une protection.

— Et ça le justifie ?

— Non. Mais je trouve ça typique que, si Imma doit faire valoir ses droits, tu lui conseilles de faire appel à toi.

— Et pour ton ami Pasquale, tu n'es pas en train de faire appel à moi ? »

Je m'en allai agitée et malheureuse, mais pour Imma, ce fut la journée la plus importante des sept premières années de sa vie.

Les jours passèrent. Je croyais avoir perdu mon temps, or Nino tint parole et s'occupa de Pasquale. Par la suite, j'appris par lui des choses que les avocats ne savaient pas ou nous taisaient. L'implication de notre ami dans certains crimes politiques notoires ayant endeuillé la Campanie était bien au cœur des confessions détaillées de Nadia mais, en réalité, cela était connu depuis longtemps. En revanche, la nouveauté, c'était que Nadia avait maintenant tendance à lui attribuer un peu tout et n'importe quoi, y compris des actions moins éclatantes. Ainsi, dans la longue liste des méfaits de Pasquale, étaient apparus également l'assassinat de Gino, celui de Bruno Soccavo, la mort de Manuela Solara et, enfin, celle de ses fils, Marcello et Michele.

« Qu'est-ce qu'elle a passé comme accord avec

les carabiniers, ton ex-petite amie ? demandai-je à Nino la dernière fois que je le vis.

— Je ne sais pas.

— Nadia raconte un tas de bobards !

— Ce n'est pas impossible. Mais il y a une chose dont je suis certain : elle est en train de pourrir la vie à beaucoup de gens qui se croyaient tranquilles. Alors dis à Lina de faire attention, car Nadia la hait depuis toujours. »

25

De nombreuses années s'étaient écoulées, et pourtant Nino ne perdait jamais une occasion de nommer Lila, se montrant attentionné à son égard, même à distance. Moi j'étais là devant ses yeux, je l'avais aimé, et je me tenais près de son enfant qui mangeait une glace au chocolat. Mais il me voyait uniquement comme une amie de jeunesse devant qui mettre en scène le chemin extraordinaire qu'il avait parcouru, des bancs du lycée à son siège au Parlement. Lors de notre dernière rencontre, son plus grand compliment fut de me mettre sur le même plan que lui. Il dit, je ne me souviens plus à quel propos : Nous, oui, nous sommes allés très loin ! Mais au moment même où il prononçait cette formule, je lus dans son regard que l'évocation de cette égalité était un truc. Il se considérait largement meilleur que moi, la preuve étant que, malgré mes petits livres à succès, je me trouvais là devant lui en position de quémandeuse. Ses yeux souriaient avec cordialité, me suggérant : Regarde ce que tu as perdu, en me perdant !

Je m'éloignai rapidement avec ma fille. J'étais certaine qu'il aurait eu une tout autre attitude si Lila avait été là. Il aurait bredouillé, se serait senti mystérieusement écrasé, et aurait peut-être même perçu un peu du ridicule de ses fanfaronnades. Quand nous rejoignîmes le parking où j'avais laissé la voiture – cette fois-ci, j'avais conduit jusqu'à Rome –, il me vint à l'esprit un fait auquel je n'avais jamais prêté attention auparavant : Lila était la seule avec qui Nino ait mis en péril ses propres ambitions. À Ischia et pendant toute l'année qui avait suivi, il s'était abandonné à une aventure qui ne pouvait rien lui amener d'autre que des ennuis. Une anomalie, dans son parcours de vie. À l'époque, c'était déjà un étudiant célèbre et très prometteur. Il s'était mis avec Nadia – aujourd'hui, pour moi c'était une évidence – parce que c'était la fille de Mme Galiani, et il l'avait considérée comme une porte d'accès vers ce qui nous apparaissait alors comme une catégorie sociale supérieure. Ses choix avaient toujours été cohérents avec ses ambitions. N'avait-il pas épousé Eleonora par intérêt ? Et moi-même, à l'époque où j'avais quitté Pietro pour lui, n'étais-je pas, de fait, une femme bien intégrée professionnellement, une écrivaine rencontrant un certain succès, liée à une maison d'édition importante, bref, bénéfique à sa carrière ? Et toutes les autres femmes qui l'avaient aidé ne participaient-elles pas de la même logique ? Nino aimait les femmes, certes, mais il cultivait surtout les relations utiles. Les produits de son intelligence n'auraient jamais eu assez de force pour s'imposer seuls, sans le réseau d'influences que Nino avait tissé depuis sa jeunesse. Mais Lila, alors? Elle n'avait pas dépassé l'école primaire, avait épousé, très jeune, un boutiquier, et si Stefano avait découvert leur relation, il aurait pu les tuer tous les deux. Dans ce cas, pourquoi Nino avait-il risqué tout son avenir?

J'installai Imma dans la voiture et la grondai parce qu'elle avait laissé sa glace dégouliner sur sa robe achetée pour l'occasion. Je mis le moteur en marche et quittai Rome. Ce qui avait attiré Nino, c'était peut-être l'impression d'avoir trouvé en Lila ce qu'il avait cru posséder lui-même, et qu'il avait réalisé ne pas avoir lorsqu'il s'était comparé à elle. Elle possédait une intelligence qu'elle n'exploitait pas : au contraire, elle la gaspillait comme une grande dame pour qui toutes les richesses du monde ne seraient que signe de vulgarité. C'était sans doute cela qui avait fasciné Nino : la gratuité de l'intelligence de Lila. *Elle se distinguait de toutes les autres parce que, avec grand naturel, elle ne se pliait à aucun dressage, à aucune utilisation et à aucun but.* Nous tous, nous nous étions pliés, ce qui avait fini – à travers épreuves, échecs et succès – par nous rapetisser. Mais Lila, rien ni personne ne pouvait la rapetisser. Même si, avec les ans, elle se montrait stupide et intraitable, comme nous tous, les qualités que nous lui attribuions depuis toujours restaient intactes et deviendraient peut-être plus gigantesques encore. Même lorsque nous la détestions, nous ne pouvions nous empêcher de la respecter et de la craindre. À la réflexion, cela ne me surprenait pas que Nadia, bien qu'elle ne l'eût rencontrée qu'en de rares occasions, la haïsse et veuille lui faire du mal. Lila lui avait pris Nino. Lila l'avait humiliée dans ses croyances révolutionnaires. Lila était méchante et savait frapper avant d'être frappée. Lila, c'était la plèbe qui refusait d'être sauvée. Bref, Lila était une ennemie honorable, et lui nuire pouvait être source d'une satisfaction pure, loin du cortège de remords que suscitait certainement une victime toute trouvée comme Pasquale. Peut-être Nadia pensait-elle vraiment ainsi. Comme tout était devenu mesquin, au fil des années ! Mme Galiani, son appartement avec vue sur le golfe, ses milliers de livres, ses tableaux, ses conversations intellectuelles, Armando et Nadia, justement ! Elle était tellement gracieuse et bien élevée, quand je l'avais vue devant le lycée auprès de Nino, puis quand elle m'avait accueillie à la fête dans le bel appartement de ses parents ! Et elle avait encore quelque chose d'unique lorsqu'elle s'était dépouillée de tout privilège avec l'idée que, dans un monde radicalement nouveau, elle pourrait porter un vêtement plus éblouissant encore. Et aujourd'hui ? Les nobles raisons de ce renoncement s'étaient totalement évanouies. Restaient l'horreur de tout ce sang stupidement versé et l'infamie de rejeter ses fautes sur l'ancien maçon qu'elle avait autrefois considéré comme l'avant-garde d'une humanité nouvelle et qui maintenant, comme beaucoup d'autres, lui servait à réduire à presque rien ses propres responsabilités.

Je m'agitai de plus en plus. En route vers Naples, je pensai à Dede. Je me dis qu'elle était à deux doigts de tomber dans un aveuglement semblable à celui de Nadia, semblable à tous les aveuglements qui vous entraînent loin de vous-même. C'était la fin juillet. La veille, Dede avait obtenu son baccalauréat avec des notes brillantes partout.

C'était une Airota, c'était ma fille, son intelligence exceptionnelle ne pouvait que donner d'excellents fruits. Elle ne tarderait pas à faire beaucoup mieux que moi, et même mieux que son père. Ce que j'avais conquis avec mes efforts méthodiques et beaucoup de chance, elle l'avait pris et le prendrait encore avec désinvolture, comme un droit de naissance. Or, quel était son projet ? Déclarer son amour à Rino. S'enfoncer avec lui, larguer tout avantage et se perdre, par principe de solidarité et de justice, fascinée par ce qui ne nous ressemblait pas, parce qu'elle reconnaissait dans les borborygmes de ce garçon je ne sais quel esprit hors du commun. Je demandai soudain à Imma, en la regardant dans le rétroviseur :

« Tu l'aimes, Rino ?

— Moi non, mais Dede si, elle l'aime.

— Comment tu le sais ?

— C'est Elsa qui m'a dit.

— Et qui le lui a dit, à Elsa ?

— Dede.

— Pourquoi tu ne l'aimes pas, Rino ?

— Il est trop moche.

— Et toi, tu aimes qui, alors ?

— Papa. »

J'aperçus dans ses yeux la flamme qu'elle voyait s'élever, en ce moment, partout autour de son père. C'était une lumière que Nino n'aurait jamais eue, me dis-je, s'il avait sombré avec Lila. La même qu'avait perdue Nadia pour toujours en sombrant avec Pasquale, et qui abandonnerait Dede si elle s'égarait en suivant Rino. Tout à coup, à ma grande honte, je sentis que je comprenais et justifiais l'irritation de Mme Galiani lorsqu'elle avait vu sa fille sur les genoux de Pasquale, je comprenais et justifiais Nino quand, d'une manière ou d'une autre, il avait échappé à Lila, et j'en arrivais même à comprendre et justifier Adele, lorsqu'elle avait été obligée de faire contre mauvaise fortune bon cœur et d'accepter que j'épouse son fils.

26

À peine rentrée au quartier, je sonnai chez Lila. Je la trouvai distraite et nonchalante, mais désormais elle était souvent ainsi, et je ne m'en inquiétai pas. Je lui racontai en détail ce que m'avait dit Nino, et ce n'est qu'en conclusion que je lui rapportai également la menace qui la concernait. Je lui demandai :

« C'est vrai que Nadia peut te faire du mal ? »

Elle eut une moue indifférente :

« On ne peut te faire du mal que si tu aimes quelqu'un. Mais moi, je n'aime plus personne.

— Et Rino ?

— Rino est parti. »

Je pensai aussitôt à Dede et à ses projets, et la frayeur me saisit :

« Où ça ? »

Elle prit une feuille sur la table et me la tendit en murmurant :

« Il écrivait tellement bien, quand il était petit, et maintenant regarde ! il est redevenu analphabète. »

Je lus le billet. Dans une forme très laborieuse, Rino disait qu'il en avait marre de tout, insultait lourdement Enzo, puis annonçait qu'il partait à

Bologne chez un ami qu'il avait connu pendant son service militaire. Six lignes en tout et pour tout. Aucune allusion à Dede. Mon cœur battait à tout rompre. Cette écriture, cette orthographe, cette syntaxe, qu'avaient-elles en commun avec ma fille ? Même sa mère parlait de lui comme d'une promesse manquée, d'un échec, voire comme d'une prophétie : voilà ce qui serait arrivé à Tina si on ne la lui avait pas prise.

« Il est parti seul ? demandai-je.

— Et avec qui veux-tu qu'il soit parti ? »

Je secouai la tête, hésitante. Elle lut dans mes yeux le motif de mon inquiétude et sourit :

« Tu as peur qu'il soit parti avec Dede ? »

27

Je montai chez moi talonnée par Imma. J'entrai, j'appelai Dede, j'appelai Elsa. Aucune réponse. Je me précipitai dans la chambre où dormaient et travaillaient mes aînées. Je trouvai Dede, allongée sur son lit, les yeux brûlés par les larmes. Je me sentis soulagée. J'imaginai qu'elle avait dû parler de son amour à Rino et qu'il l'avait éconduite.

Je n'eus pas le temps d'ouvrir la bouche. Imma, qui ne s'était peut-être pas rendu compte de l'état de sa sœur, se mit à parler avec enthousiasme de son père. Mais Dede la repoussa avec une insulte en dialecte, puis se leva et éclata en sanglots. Je fis signe à Imma de ne pas lui en vouloir et dis à la grande, avec douceur : Je sais que c'est terrible, oui je le sais très bien, mais ça passera… Elle réagit avec violence. Comme je lui caressais les cheveux, elle se dégagea d'un mouvement brusque de la tête et s'écria : Mais qu'est-ce que tu racontes ? Toi tu sais rien, tu comprends rien ! Tu penses qu'à toi et aux conneries que t'écris ! Puis elle me passa une feuille à petits carreaux ou, plus exactement, je devrais dire qu'elle me la jeta à la figure, avant de partir en courant.

Ayant compris que sa sœur était au désespoir, Imma eut à son tour les yeux remplis de larmes. Pour l'occuper, je lui murmurai : Appelle Elsa, va voir où elle est ! Je ramassai la feuille, c'était décidément la journée des billets. Je reconnus aussitôt la belle graphie de ma deuxième fille. Elsa écrivait longuement à Dede. Elle lui expliquait que nul ne peut commander ses sentiments, que Rino l'aimait depuis longtemps et qu'elle-même, petit à petit, en était tombée amoureuse. Naturellement, elle était consciente de lui causer de la peine et en était désolée, mais elle savait aussi qu'un éventuel renoncement de sa part à la personne aimée n'arrangerait en rien la situation. Puis elle s'adressait à moi, d'un ton presque amusé. Elle écrivait qu'elle avait décidé de laisser tomber le lycée, que mon culte des études lui avait toujours semblé une imbécillité, que ce n'étaient pas les livres qui rendaient bons, mais les personnes bonnes qui produisaient quelques bons livres. Elle soulignait que Rino était bon alors qu'il n'avait jamais lu un livre, puis soulignait que son père était bon et qu'il avait écrit d'excellents livres. Le lien entre livres, gens et bonté s'achevait là, moi je n'étais même pas citée. Elle me disait au revoir avec affection et me priait de ne pas trop m'énerver : Dede et Imma me donneraient les satisfactions qu'elle n'avait plus envie de me donner. À l'intention de sa sœur cadette, elle avait dessiné un petit cœur avec des ailes. Je devins une furie. Je m'en pris à Dede qui ne s'était pas rendu compte que sa sœur, comme d'habitude, voulait lui voler ce qui lui était cher. T'aurais dû la voir venir, lui criai-je, et t'aurais dû l'empêcher ! Toi qui es si intelligente, comment t'as pu te faire rouler par une petite maligne prétentieuse ? Puis je descendis en courant chez Lila. Je lui dis :

« Ton fils n'est pas parti seul, il a emmené Elsa. »

Elle me regarda, déconcertée :

« Elsa ?

— Oui. Et Elsa est mineure, Rino a neuf ans de plus qu'elle ! Aussi vrai que Dieu existe, je vais chez les flics et je porte plainte ! »

Elle éclata de rire. Pas par méchanceté, mais par incrédulité. Elle riait en disant, au sujet de son fils :

« Ça alors, vise un peu tous les dégâts qu'il a été capable de faire, celui-là ! Je l'ai sous-estimé. Il a fait perdre la tête aux deux demoiselles, j'arrive pas à y croire ! Allez Lenù, viens là, calme-toi, assieds-toi ! Si tu réfléchis, il vaut mieux en rire qu'en pleurer. »

Je lui criai en dialecte que je ne voyais pas du tout ce qu'il y avait de drôle, que ce que Rino avait fait était extrêmement grave et que j'irais réellement voir la police. Alors elle changea de ton, m'indiqua la porte et me dit :

« Eh bien vas-y, chez les flics, qu'est-ce que t'attends ? »

Je m'en allai, mais pour l'heure je renonçai à la police et rentrai chez moi en montant les marches deux à deux. Je hurlai à Dede : Putain, je veux savoir où ils sont allés, ces deux-là, dis-le-moi tout de suite ! Cela l'effraya et Imma plaqua les mains sur ses oreilles, mais je me calmai seulement lorsque Dede avoua qu'Elsa avait rencontré l'ami bolonais de Rino lorsqu'il était venu un jour au quartier.

« Tu sais comment il s'appelle ?

— Oui.

— Tu as son adresse, son numéro de téléphone ? »

Elle se mit à trembler et fut sur le point de me fournir les informations que je voulais. Puis, bien qu'elle détestât désormais sa sœur encore plus que Rino, elle dut se dire que collaborer était infâme et elle se tut. Je me débrouillerai sans toi ! criai-je. Et je mis sens dessus dessous ses affaires, avant de fouiller toute la maison. Mais je m'interrompis. Alors que je cherchais un autre billet ou quelque note griffonnée dans un agenda scolaire, je venais de réaliser qu'il manquait autre chose, et comment ! Le tiroir où je mettais habituellement l'argent était totalement vide, et surtout mes bijoux avaient disparu – il n'y avait même plus le bracelet de ma mère. Elsa avait toujours beaucoup tenu à ce bracelet : plaisantant à moitié seulement, elle disait que sa grand-mère, si elle avait fait un testament, le lui aurait laissé à elle, pas à moi.

28

Cette découverte accrut encore ma détermination, et Dede finit par me donner l'adresse et le numéro de téléphone que j'exigeais. Quand elle se décida, tout en se méprisant d'avoir cédé, elle me cria que j'étais exactement comme Elsa, que nous ne respections rien ni personne. Je la fis taire et me jetai sur le téléphone. L'ami de Rino s'appelait Moreno, je le menaçai. Je lui dis que je savais qu'il vendait de l'héroïne, et que j'allais lui causer tellement d'ennuis qu'il passerait le reste de sa vie en prison. Je ne pus rien en tirer. Il me jura qu'il n'avait aucune nouvelle de Rino, et que s'il se rappelait en effet Dede, il ne voyait même pas qui était Elsa, la fille dont je parlais.

Je retournai chez Lila. Elle m'ouvrit mais, cette fois, Enzo se trouvait à la maison aussi, il me fit asseoir et me traita avec gentillesse. Je déclarai vouloir aller sur-le-champ à Bologne et, d'un ton impérieux, demandai à Lila de m'accompagner.

« C'est pas la peine, répondit-elle, quand ils auront plus une lire, ils reviendront, tu verras !

— Rino t'a pris combien ?

— Rien. Il sait que s'il touche ne serait-ce qu'à dix lires, je lui brise les os. »

Je me sentis humiliée et murmurai :

« Elsa m'a pris de l'argent et des bijoux.

— On voit que tu n'as pas su l'élever. »

Enzo intervint :

« Arrête ! »

Elle l'attaqua aussitôt :

« Je parle si j'en ai envie ! Mon fils se drogue, mon fils n'a pas fait d'études, mon fils parle et écrit mal, mon fils est un bon à rien, mon fils a toutes les tares. Mais en fin de compte, celle qui vole, c'est sa fille ! Celle qui trahit sa sœur, c'est Elsa ! »

Enzo me dit :

« Allons-y, je t'accompagne à Bologne. »

Nous partîmes en voiture, voyageant de nuit.

J'étais à peine rentrée de Rome et la conduite m'avait fatiguée. La douleur et la fureur qui avaient accompagné mon retour avaient eu raison de toutes les forces qui me restaient et, à présent que la tension retombait, je me sentais laminée. Assise à côté d'Enzo, pendant que nous sortions de Naples et prenions l'autoroute, d'autres sentiments m'envahirent : l'angoisse pour l'état dans lequel j'avais laissé Dede, la peur de ce qui pouvait arriver à Elsa, la légère honte d'avoir effrayé Imma et aussi d'avoir parlé de cette manière à Lila, oubliant que Rino était son seul enfant. Je me demandais si je devais téléphoner à Pietro en Amérique et lui dire de rentrer immédiatement, et j'hésitais à m'adresser réellement à la police.

« On va tout arranger, dit Enzo en feignant l'assurance, ne t'inquiète pas, ce n'est pas la peine de faire du mal à ce garçon.

— Je ne veux pas vraiment porter plainte contre Rino, expliquai-je, je veux juste qu'ils retrouvent Elsa ! »

Et c'était la vérité. Je murmurai que je voulais récupérer ma fille, rentrer chez moi, faire nos valises, et ne pas rester une minute de plus dans cet appartement, au quartier, à Naples. Je soupirai : C'est absurde qu'on en arrive à se disputer, Lila et moi, pour savoir qui a le mieux élevé ses enfants, et décider si ce qui s'est passé est la faute du sien ou de la mienne ! Je n'en peux plus...

Enzo m'écouta patiemment, en silence. Puis, malgré toute la colère qu'il couvait en lui contre Lila depuis longtemps – je le savais –, il se mit à la justifier. Pour ce faire, il ne parla pas de Rino ni des problèmes qu'il causait à sa mère, mais de Tina. Il dit : Si une petite fille meurt, voilà, elle est morte, c'est fini, et tôt ou tard on se résigne. Mais si elle disparaît, si on ne sait plus rien d'elle, alors, dans ta vie, tout est chamboulé. Est-ce que Tina reviendra ou pas ? Et est-ce qu'elle reviendra vivante ou morte ? Il murmura : À tout instant, tu te demandes où elle est. Elle fait la petite Gitane dans la rue ? Elle est chez des gens riches qui n'ont pas d'enfants ? On lui fait faire des trucs horribles pour vendre ensuite des photos et des films ? On l'a découpée en morceaux et on a vendu son cœur pour une fortune, afin de le mettre dans la poitrine d'un autre enfant ? Est-ce que les autres morceaux ont été brûlés et puis enterrés quelque part ? Ou bien elle est ensevelie tout entière, parce qu'elle est morte accidentellement après avoir été enlevée ? Si la terre et le feu ne l'ont pas prise et qu'elle est devenue grande quelque part, à quoi elle ressemble maintenant, comment elle grandit ? Et si jamais nous la rencontrons dans la rue, est-ce que nous la reconnaîtrons ? Et si nous la reconnaissons, qui nous rendra tout ce que nous avons perdu d'elle, tout ce qui s'est passé quand nous n'étions plus là, quand Tina, si petite, s'est sentie abandonnée ?

À un certain moment, alors qu'Enzo tenait ces propos hachés mais intenses, je vis à la lumière des phares qu'il avait les larmes aux yeux, et je compris qu'il ne parlait pas uniquement de Lila, mais essayait d'exprimer aussi sa propre souffrance. Ce voyage avec lui fut très important pour moi et, aujourd'hui encore, j'ai du mal à imaginer qu'un homme puisse avoir une sensibilité plus fine que la sienne. Au début, il me raconta ce que, chaque jour et chaque nuit, Lila avait chuchoté ou crié. Ensuite, il m'incita à lui parler de mon travail et de mes insatisfactions. J'évoquai mes filles, les livres, les hommes, mes ressentiments et mon besoin de reconnaissance. J'expliquai que je passais beaucoup de temps à écrire, c'était devenu une obligation, et je devais constamment fournir des efforts acharnés pour me sentir présente, ne pas être mise à l'écart, et combattre ceux qui me voyaient comme une femmelette envahissante et sans talent : Ces gens me harcèlent, murmurai-je, leur seul objectif est de me faire perdre mes lecteurs ! Ils ne sont même pas poussés par quelque motivation élevée, ils prennent simplement plaisir à m'empêcher de progresser, ou bien cherchent à s'emparer d'un misérable pouvoir, pour eux ou leurs protégés, à mon détriment. Il me laissa me défouler, puis loua l'énergie que je mettais en tout. Il s'exclama : Tu vois comme tu te passionnes ! Cette activité intense t'a ancrée dans le monde que tu t'es choisi, tu as acquis un tas de compétences très pointues, et surtout tu fais entrer en jeu tous tes sentiments. D'un coup, la vie t'a éloignée de Tina : pour toi, il s'agit certainement d'un épisode atroce, qui te remplit de tristesse quand tu y penses, mais c'est aussi, maintenant, un événement lointain. Par contre, pour Lila, cela fait des années que le monde l'atteint uniquement par ouï-dire, et qu'il glisse aussitôt dans le vide laissé par sa fille, comme la pluie déborde de la gouttière. Elle est restée immobilisée à Tina, et tout ce qui continue à vivre, tout ce qui croît et prospère, provoque sa hargne. Bien sûr, ajouta-t-il, elle est forte, elle me traite très mal, elle s'en prend à toi et dit plein de méchancetés. Mais tu n'as pas idée du nombre de fois où elle s'est évanouie alors qu'elle semblait paisible, faisait la vaisselle ou regardait le boulevard par la fenêtre.

29

À Bologne, nous ne trouvâmes aucune trace de Rino et de ma fille, bien que Moreno, épouvanté par le calme féroce d'Enzo, nous conduisît dans les rues et lieux de rencontre ou, selon lui, les deux jeunes auraient trouvé bon accueil s'ils étaient vraiment venus en ville. Enzo téléphona souvent à Lina, moi à Dede. Nous espérions toujours de bonnes nouvelles, en vain. À un moment donné, j'eus une nouvelle crise, je ne savais plus que faire. Je dis encore une fois :

«Je vais voir les flics!»

Enzo secoua la tête.

«Attends encore un peu!

— Rino a détruit Elsa.

— Tu ne peux pas dire ça. Tu dois essayer de voir tes filles comme elles sont vraiment.

— Je fais toujours ça.

— Oui, mais tu ne le fais pas correctement. Elsa ferait n'importe quoi pour faire mal à Dede, et toutes deux ne sont vraiment d'accord que sur un seul truc : tourmenter Imma.

— Ne me pousse pas à dire des choses désagréables : c'est Lila qui voit les choses de cette manière, tu ne fais que répéter ce qu'elle dit.

— Lila t'aime, t'admire, et elle est attachée à tes filles. C'est moi qui vois les choses comme ça, et je parle pour t'aider à réfléchir. Calme-toi, on va les retrouver, tu vas voir!»

Nous ne les trouvâmes pas et décidâmes de

rentrer à Naples. Arrivés aux environs de Florence, Enzo voulut à nouveau téléphoner à Lila pour voir s'il y avait du nouveau. Quand il raccrocha, il me dit, perplexe :

« Dede a besoin de te parler, mais Lina ne sait pas pourquoi.

— Elle est chez vous ?

— Non, chez toi. »

Je téléphonai aussitôt, craignant qu'Imma ne se sente pas bien. Dede ne me laissa même pas le temps d'ouvrir la bouche et lança :

« Je pars dès demain pour les États-Unis ! Je vais étudier là-bas. »

Je tentai de ne pas m'énerver :

« Ce n'est pas le moment de parler de ça. Dès que ce sera possible, on en discutera avec papa.

— Maman, il faut qu'une chose soit claire : Elsa ne remettra les pieds dans cet appartement que lorsque je n'y serai plus.

— Pour le moment, le plus urgent, c'est de savoir où elle est. »

Elle me cria en dialecte :

« Cette connasse vient d'appeler, elle est chez grand-mère ! »

30

La grand-mère, naturellement, c'était Adele. J'appelai mes ex-beaux-parents. Guido me répondit et, avec froideur, me passa sa femme. Adele fut aimable, me dit qu'Elsa était là, et ajouta : Elle n'est pas seule.

« Le garçon est là aussi ?

— Oui.

— Ça t'embête si je viens chez vous ?

— Nous t'attendons. »

Je me fis déposer par Enzo à la gare de Florence. Ce fut un voyage compliqué – retards, attentes et ennuis de toute sorte. Je songeai à Elsa qui, jamais à court d'idées et de ruses, avait fini par impliquer Adele. Si Dede était incapable de manigances, Elsa donnait le meilleur d'elle-même quand il s'agissait d'inventer des stratégies capables de la protéger, voire de la faire triompher. À l'évidence, elle avait calculé de m'imposer Rino en présence de sa grand-mère qui – sa sœur et elle le savaient bien – m'avait acceptée comme belle-fille à contrecœur. Pendant tout le trajet, je me sentis soulagée de la savoir en lieu sûr, tout en la détestant pour la situation dans laquelle elle me fourrait.

J'arrivai à Gênes prête à un affrontement dur. Or, je découvris une Adele très accueillante et un Guido aimable. Quant à Elsa – en habit de fête, lourdement maquillée, le bracelet de ma mère au poignet, et la bague que m'avait offerte son père des années auparavant bien en vue –, elle fut affectueuse et désinvolte, comme si elle trouvait inconcevable que je puisse lui en vouloir. Le seul qui restait silencieux, les yeux rivés au sol, ce fut Rino, à tel point qu'il me fit de la peine et que je finis par diriger mon hostilité envers ma fille plus qu'envers lui. Enzo avait sans doute raison : dans cette histoire, le rôle du garçon devait être bien modeste. Il n'avait rien de la dureté ni de l'aplomb de sa mère, c'était Elsa qui l'avait entraîné à sa suite, le séduisant juste pour faire mal à Dede. Les rares fois où il eut le courage de lever les yeux vers moi, il me lança des regards de chien fidèle.

Je compris rapidement qu'Adele avait accueilli Elsa et Rino comme on le fait avec un couple : ils avaient leur chambre et leurs serviettes, ils dormaient ensemble. Elsa exhiba sans retenue cette intimité entérinée par sa grand-mère, et peut-être l'accentua-t-elle à mon égard. Quand, après dîner, les deux jeunes se retirèrent en se tenant par la main, ma belle-mère essaya de me pousser à avouer mon aversion pour Rino. À un moment donné, elle dit : Ce n'est qu'une gamine, je ne sais vraiment pas ce qu'elle trouve à ce jeune homme, il faut l'aider à sortir de là! Je me forçai à répondre : C'est un brave garçon et, même s'il ne l'était pas, elle est amoureuse de lui et il n'y a pas grand-chose à faire. Je la remerciai d'avoir accueilli ma fille en se montrant affectueuse et ouverte d'esprit, et j'allai dormir.

Mais je passai toute la nuit à réfléchir à la situation. Si je disais ne serait-ce que quelques mots de travers, je risquais de détruire mes filles. Je ne pouvais séparer Elsa et Rino d'un coup net. Je ne pouvais obliger les deux sœurs à habiter ensemble, pour l'instant c'était impossible : ce qui s'était passé était grave et les filles, pendant un temps, ne pourraient vivre sous le même toit. Envisager un déménagement dans une autre ville ne ferait que compliquer les choses, car Elsa se ferait un devoir de rester avec Rino. Je réalisai vite que, si je voulais ramener Elsa chez moi et obtenir qu'elle continue ses études jusqu'au baccalauréat, je devais me priver de Dede et l'envoyer pour de bon chez son père. Donc, le lendemain, informée par Adele sur l'horaire le plus approprié pour téléphoner (je découvris que son fils et elle se parlaient sans arrêt), j'appelai Pietro. Sa mère lui avait déjà donné tous les détails de ce qui s'était passé et je déduisis, à la mauvaise humeur de mon ex-mari, que le véritable sentiment d'Adele sur toute l'affaire n'était certainement pas celui qu'elle affichait avec moi. Pietro me dit gravement :

« Nous devons essayer de comprendre quel genre de parents nous avons été, et de quoi nous avons privé nos filles.

— Tu veux dire que je n'ai pas été, ou ne suis pas, une bonne mère ?

— Je veux dire que tous les enfants ont besoin d'un sentiment de continuité, et que ni toi ni moi n'avons pu l'assurer à Dede et Elsa. »

Je l'interrompis et lui annonçai qu'il aurait la possibilité de faire le père à temps plein au moins pour l'une de ses filles : Dede voulait emménager immédiatement chez lui, elle était prête à partir.

La nouvelle ne fut pas bien reçue, il se tut, tergiversa, raconta qu'il était encore en phase d'adaptation et avait besoin de temps. Je lui répondis : Tu connais Dede, vous êtes pareils ! Tu peux lui dire non, ça ne l'empêchera pas de se pointer chez toi.

Le jour même, dès que j'eus l'occasion d'un tête-à-tête avec Elsa, je l'affrontai, sans tenir aucun compte de ses minauderies. Je me fis rendre l'argent et les bijoux, mis aussitôt le bracelet de ma mère et lui dis, détachant chacun de mes mots : Tu ne dois plus jamais toucher à mes affaires !

Elle prit un ton conciliant mais pas moi, et je crachai que je n'hésiterais pas une seconde à dénoncer Rino d'abord, elle ensuite. Quand elle voulut répliquer, je la poussai contre le mur et levai la main pour la frapper. Je devais avoir une expression terrifiante car elle éclata en sanglots, terrorisée.

« Je te déteste, sanglota-t-elle, je veux plus te voir, je retournerai jamais dans cet endroit de merde où tu nous as obligées à vivre !

— Très bien, tu n'as qu'à rester ici tout l'été, si tes grands-parents ne te chassent pas avant.

— Et après ?

— En septembre, tu rentreras à la maison, tu iras au lycée, tu travailleras, et tu vivras avec Rino dans notre appartement jusqu'à ce que tu te lasses. »

Elle me dévisagea, ébahie. Il y eut un long moment d'incrédulité. J'avais prononcé ces paroles comme si elles annonçaient la plus terrible des punitions, elle les accueillit comme un surprenant geste de générosité.

« C'est vrai ?

— Oui.

— Je ne me lasserai jamais !

— On verra ça.

— Et tata Lina ?

— Tata Lina sera d'accord.

— Je voulais pas faire de mal à Dede, maman ! J'aime Rino d'amour : c'est arrivé, c'est tout.

— Ça arrivera un tas de fois encore.

— Ce n'est pas vrai.

— Tant pis pour toi, ça veut dire que tu aimeras Rino d'amour toute ta vie.

— Là, tu te moques de moi ! »

Je lui dis que non : je percevais seulement tout le ridicule de l'expression « aimer d'amour » dans la bouche d'une gamine.

Rentrée au quartier, je communiquai à Lila ce que j'avais proposé aux deux jeunes. Ce fut un échange froid, presque une négociation :

« Tu les accueilleras chez toi ?

— Oui.

— Si ça te va, ça me va aussi.

— Pour les frais, on fera moitié-moitié.

— Je peux tout payer.

— Pour le moment, j'ai de l'argent.

— Pour le moment, moi aussi.

— Alors, on est d'accord.

— Comment est-ce que Dede l'a pris ?

— Ça va. Elle part dans deux semaines, elle va rejoindre son père.

— Dis-lui de venir me dire au revoir !

— Je ne crois pas qu'elle voudra.

— Alors, dis-lui de dire bonjour à Pietro de ma part.

— Je le ferai. »

J'éprouvai soudain une grande douleur. Je dis : « En quelques jours, j'ai perdu deux filles.

— N'utilise pas cette expression. Tu n'as rien perdu, et tu as même gagné un fils.

— C'est à cause de toi que ça se passe ainsi ! »

Elle plissa le front, déconcertée :

« Je ne vois pas de quoi tu parles.

— Il faut toujours que tu incites, que tu pousses et que tu sèmes la zizanie !

— Alors maintenant, tu t'en prends aussi à moi pour les bêtises de tes filles ? »

Je murmurai « je suis fatiguée » et m'en allai.

En réalité, pendant des jours et des semaines, je ne pus m'empêcher de penser que Lila ne supportait pas les équilibres de ma vie et qu'elle cherchait à les rompre. Elle avait toujours été ainsi mais, après la disparition de Tina, elle avait empiré : elle avançait un pion, regardait ce qui se passait, puis avançait un autre pion. Son objectif ? Peut-être ne le connaissait-elle pas elle-même. Ce qui était sûr, c'était que la relation entre les deux sœurs était brisée, qu'Elsa était dans un sale pétrin, que Dede s'en allait, et que moi, j'allais rester au quartier pendant je ne sais combien de temps encore.

32

Je m'occupai du départ de Dede. De temps en temps, je lui disais : Reste, tu me brises le cœur ! Elle répondait : Tu as tellement de choses à faire que tu ne remarqueras même pas que je suis partie. J'insistais : Imma t'adore et Elsa aussi, vous vous expliquerez, ça passera ! Mais Dede ne voulait pas même entendre le nom de sa sœur : dès que je le prononçais, elle prenait une expression dégoûtée et sortait en claquant la porte.

Un soir, peu avant son départ, elle devint soudain très pâle – nous étions en train de dîner – et se mit à trembler. Elle murmura : J'arrive pas à respirer. Imma lui versa promptement de l'eau. Dede en but une gorgée, puis se leva et vint s'asseoir sur mes genoux. C'était quelque chose de totalement nouveau. Elle était robuste et plus grande que moi. Elle avait cessé depuis longtemps d'établir ne serait-ce que le plus léger contact entre nos corps, et si je l'effleurais par hasard, elle se retirait comme par répulsion. Je fus surprise par son poids, sa chaleur et la rondeur de ses hanches. Je passai les bras autour de sa taille, elle mit les siens autour de mon cou et s'abandonna à de violents sanglots. Imma quitta sa chaise, s'approcha et essaya d'être acceptée aussi dans l'étreinte. Elle dut imaginer que sa sœur ne partait plus car, les jours suivants, elle fut joyeuse et se comporta comme si tout était arrangé. Mais Dede s'en alla quand même et, après ce soir où elle avait craqué, elle se montra de plus en plus dure et directe. Avec Imma elle fut affectueuse, elle l'embrassa mille fois et lui dit : Je veux que tu m'écrives au moins une fois par semaine. Quant à moi, elle me laissa l'étreindre et l'embrasser, mais sans jamais me rendre la pareille. Je m'affairai autour d'elle et m'efforçai de devancer chacun de ses désirs, mais en vain. Quand je me plaignis de sa froideur, elle rétorqua : Avoir une véritable relation avec toi est impossible, tout ce qui compte pour toi, c'est ton travail et tante Lina, et il n'y a rien qui ne finisse aspiré là-dedans ! La véritable punition, pour Elsa, c'est de rester ici – allez, *ciao*, maman.

La seule chose positive, c'était qu'elle avait recommencé à appeler sa sœur par son prénom.

33

Quand Elsa revint à la maison, début septembre 1988, j'espérai qu'avec sa vivacité elle chasserait mon impression que Lila avait vraiment réussi à m'engloutir dans son néant. Mais il n'en fut rien. La présence de Rino chez nous, loin de donner une nouvelle vie à notre appartement, le rendit plus sordide. C'était un garçon affectueux et totalement soumis à Elsa et Imma, qui le traitaient comme leur domestique. Je dois dire que je pris moi-même l'habitude de lui confier mille tâches ennuyeuses – en particulier les longues files d'attente à la poste –, afin d'avoir davantage de temps pour travailler. Mais cela me déprimait de voir chez moi ce gros corps lent, disponible à tout moment et pourtant mou, toujours obéissant, sauf lorsqu'il s'agissait de respecter des règles fondamentales telles que soulever la lunette des toilettes avant de faire pipi, rincer la baignoire après son passage, ou ne pas laisser par terre les slips et chaussettes sales.

Non seulement Elsa ne faisait absolument rien pour améliorer la situation, mais elle la compliquait à loisir. Je n'appréciais pas ses minauderies devant Rino en présence d'Imma, et je la détestais dans son rôle de femme désinhibée alors que, de fait, elle n'était qu'une gamine de quinze ans. Et puis surtout, je ne supportais pas l'état dans lequel elle laissait la chambre où elle avait dormi autrefois avec Dede, et qu'elle occupait à présent avec Rino. Elle se tirait du lit, ensommeillée, pour aller au lycée, prenait un petit-déjeuner rapide et filait. Rino apparaissait peu après, mangeait tout ce qu'il pouvait pendant plus d'une heure, passait au moins une demi-heure dans la salle de bain, s'habillait, traînassait, et enfin sortait chercher Elsa au lycée. Au retour ils déjeunaient, joyeux, et s'enfermaient aussitôt dans leur chambre.

Cette pièce était comme une scène de crime, Elsa voulait que l'on ne touche à rien. Mais aucun des deux ne se souciait d'ouvrir les fenêtres ni de mettre un peu d'ordre. Je m'en chargeais avant que Pinuccia n'arrive, cela m'embêtait qu'elle sente l'odeur de sexe et trouve les traces de leurs rapports.

Notre situation déplaisait à Pinuccia. Quand il s'agissait de robes, chaussures, maquillage et coiffures, elle était en admiration devant ce qu'elle appelait ma modernité mais, dans ce cas précis, elle me fit rapidement comprendre, et de toutes les façons possibles, que j'avais fait un choix trop moderne – une opinion qui, du reste, devait être très répandue dans le quartier. Un matin, alors que je tentais de travailler, j'eus la désagréable surprise de la découvrir soudain devant moi : elle tenait un journal à la main, sur lequel trônait un préservatif, noué pour éviter que le sperme ne s'écoule. J'ai trouvé ça au pied du lit ! me dit-elle horriblement dégoûtée. Je fis mine de rien. Tu n'as pas besoin de me le montrer, commentai-je sans cesser de taper sur mon ordinateur, pour ça, il y a la poubelle.

En réalité, je ne savais pas quelle attitude adopter. Au début, j'avais pensé qu'avec le temps tout s'améliorerait. Or, les choses ne faisaient que se compliquer. Jour après jour, j'avais des prises de bec avec Elsa, mais je faisais des efforts pour ne pas dépasser les bornes : j'étais encore blessée par le départ de Dede et je ne voulais pas la perdre à son tour. Alors, je me mis à descendre de plus en plus fréquemment chez Lila pour lui dire : Parle à Rino, c'est un brave garçon, mais essaie de lui expliquer qu'il doit ranger un peu ses affaires. Or, on aurait dit qu'elle attendait précisément ce genre de récriminations pour se lancer dans une querelle.

« T'as qu'à le renvoyer ici ! s'emporta-t-elle un matin. Y en a marre, de cette connerie d'habiter chez toi ! On va faire un truc : chez moi, il y a de la place, alors quand ta fille veut venir le voir, elle n'a qu'à descendre et frapper à la porte, et si elle veut, elle peut dormir ici. »

Cela m'agaça. Ma fille devait frapper à la porte et lui demander si elle pouvait dormir avec son fils ? Je grommelai :

« Non non, ça va bien comme ça.

— Si ça va bien comme ça, alors pourquoi on discute ? »

Je poussai un soupir :

« Lila, je te demande juste de parler à Rino : il a vingt-quatre ans, dis-lui de se comporter comme un adulte ! Je ne veux pas me disputer sans arrêt avec Elsa, je risque de perdre mon calme et de la chasser de la maison.

— Donc le problème c'est ta fille, pas mon garçon ! »

Ces jours-là, la tension montait vite, mais ça n'allait pas jusqu'à l'explosion : Lila ironisait, je rentrais chez moi frustrée. Un soir, nous étions en train de dîner lorsque son cri intransigeant nous parvint depuis l'escalier : elle voulait que Rino descende immédiatement chez elle. Le garçon devint aussitôt fébrile, et Elsa proposa de l'accompagner. Mais dès qu'elle aperçut ma fille, Lila lui lança : C'est des problèmes entre nous, rentre chez toi ! Elle remonta, penaude, tandis qu'une querelle très violente éclatait en bas. Lila hurlait, Enzo hurlait, Rino hurlait. Moi je souffrais pour Elsa, qui se tordait les mains. Anxieuse, elle disait : Maman, fais quelque chose, qu'est-ce qui se passe, pourquoi ils le traitent comme ça ?

Je ne dis rien, ne fis rien. L'empoignade prit fin, un certain temps s'écoula, et Rino ne revint pas. Alors Elsa m'obligea à aller voir ce qui s'était produit. Je descendis et ce ne fut pas Lila qui m'ouvrit, mais Enzo. Fatigué, déprimé, il ne m'invita pas à entrer. Il fit :

« Lila m'a dit que le garçon ne se comportait pas bien, alors il reste ici.

— Laisse-moi lui parler. »

Je discutai avec Lila jusque tard dans la nuit. Enzo, sombre, s'enferma dans une autre pièce. Je compris presque tout de suite qu'elle voulait être suppliée. Elle était intervenue, elle avait repris son gros garçon, elle l'avait humilié. Maintenant, elle attendait que je lui dise : Ton fils est comme mon fils, je suis très contente qu'il habite chez nous et qu'il dorme avec Elsa, je ne viendrai plus me plaindre. Je résistai longtemps, puis capitulai et ramenai Rino chez nous. Dès que nous quittâmes l'appartement, j'entendis qu'Enzo et elle recommençaient à se disputer.

34

Rino me fut très reconnaissant.

« Je te dois tout, tata Lenù, tu es la personne la plus généreuse que je connaisse, je t'aimerai toujours !

— Rino, je ne suis pas du tout généreuse. Il faut juste que tu me rendes un service : rappelle-toi que nous n'avons qu'une seule salle de bain et que, en plus d'Elsa et toi, Imma et moi l'utilisons également.

— Tu as raison, je suis désolé, parfois je suis distrait, je ne le ferai plus ! »

Il s'excusait sans arrêt et était sans arrêt distrait. À sa manière, il était de bonne foi. À mille reprises, il déclara qu'il avait l'intention de chercher un boulot, qu'il voulait contribuer aux frais, qu'il serait extrêmement attentif à ne me causer de soucis d'aucune sorte, et qu'il avait pour moi une estime infinie. Mais il ne trouva jamais de travail et la vie continua comme avant, sinon pire, avec tous ces aspects particulièrement déprimants du quotidien. Néanmoins, je cessai d'en faire part à Lila, à qui je disais : Tout va bien.

À l'évidence, la tension entre Enzo et elle ne cessait de croître, et je ne voulais pas servir d'étincelle à l'une de leurs crises de furie. Depuis peu, ce qui m'inquiétait c'était que la nature de leurs querelles avait changé. Par le passé, Lila criait et Enzo, grosso modo, se taisait. Mais depuis quelque temps, il n'en allait plus ainsi. Elle braillait, j'entendais souvent le nom de Tina, mais sa voix, filtrée par mon plancher, semblait une espèce de couinement maladif. Puis, Enzo éclatait soudain. Il se mettait à hurler, et son explosion prenait la forme d'un fleuve tumultueux charriant des propos exaspérés, tous dans un dialecte violent. Lila se taisait d'un coup : tant qu'Enzo criait, on ne l'entendait plus. Dès qu'il se taisait, la porte claquait. Je tendais l'oreille et suivais les pas de Lila dans l'escalier, dans l'entrée. Ensuite ils se mêlaient aux bruits de la circulation sur le boulevard et s'évanouissaient.

Encore quelque temps auparavant, Enzo lui aurait couru après mais, à présent, il ne le faisait plus. Je me disais : Peut-être devrais-je descendre, lui parler et dire « tu m'as expliqué toi-même combien Lina continuait à souffrir, il faut la comprendre ». Mais j'y renonçais et espérais qu'elle reviendrait sans tarder. Or, elle restait dehors des journées entières, parfois même la nuit. Que faisait-elle ? J'imaginais qu'elle se réfugiait à la bibliothèque, comme Pietro me l'avait révélé. Ou qu'elle errait à travers Naples, en prêtant attention à chaque palais, église, monument et à chaque plaque commémorative. Peut-être associait-elle les deux : d'abord elle explorait la ville, ensuite elle fouillait dans les livres pour se renseigner. Emportée par les événements, je n'avais jamais eu l'envie ni le temps de lui parler de sa nouvelle obsession, et du reste elle n'avait jamais abordé le sujet. Mais je connaissais ses capacités de concentration, lorsque quelque chose l'intéressait, et je n'étais pas surprise qu'elle puisse y consacrer tout ce temps et toute cette énergie. J'y réfléchissais seulement, et avec inquiétude, lorsque ses disparitions suivaient ce genre de scènes, et alors l'ombre de Tina se fondait avec cette manie de se perdre dans la ville, y compris de nuit. Là, je songeais aux galeries de tuf dans le sous-sol de la ville, aux catacombes avec leurs alignements de têtes de mort, et aux crânes de bronze noirci qui accueillent les âmes malheureuses dans l'église du Purgatorio ad Arco. Et je restais parfois éveillée jusqu'à ce que j'entende la porte de l'immeuble claquer et ses pas dans l'escalier.

C'est lors d'une de ces journées noires que la police se présenta. Lila et Enzo s'étaient querellés et elle était sortie. Je me postai à la fenêtre, alarmée, et vis les agents se diriger vers notre immeuble. Effrayée, je me dis qu'il était arrivé quelque chose à Lila. Je courus sur le palier. Les policiers cherchaient Enzo, ils étaient venus l'arrêter. Je tentai de m'interposer et de comprendre ce qui se passait. Les agents me firent taire avec rudesse et l'embarquèrent, menotté. Descendant l'escalier, Enzo me cria en dialecte : Quand Lila rentrera, dis-lui de pas s'inquiéter, c'est une connerie !

35

Pendant longtemps, il fut difficile de comprendre de quoi il était accusé. Lila cessa tout sentiment hostile à son égard, rassembla ses forces et ne s'occupa plus que de lui. Dans cette nouvelle épreuve, elle fut silencieuse et déterminée. Elle piqua une crise uniquement lorsqu'elle découvrit que l'État ne voulait pas lui reconnaître de statut équivalent à celui d'épouse et que, par conséquent, elle n'était pas autorisée à voir Enzo – en effet, elle n'avait aucun lien officiel avec lui, et en outre ne s'était jamais séparée de Stefano. Elle se mit alors à dépenser beaucoup d'argent pour lui faire sentir qu'elle était à son côté et le soutint par des canaux officieux.

Quant à moi, je me tournai à nouveau vers Nino. Marisa m'avait prévenue qu'il ne fallait s'attendre à aucune aide de sa part : il ne bougeait jamais le petit doigt pour son père, sa mère ou ses frères et sœurs. Mais avec moi, il agit cette fois-ci encore avec promptitude, peut-être pour faire bonne impression à Imma, peut-être parce que c'était indirectement un moyen de montrer son pouvoir à Lila. Toutefois, même lui ne parvint pas à comprendre exactement la situation d'Enzo et, en différentes occasions, il me donna des versions différentes, auxquelles lui-même attribuait très peu de fiabilité. Que s'était-il passé ? Ce qu'on savait, c'était que Nadia, au cours de ses aveux à rebondissements, avait donné le nom d'Enzo, exhumant le temps où Pasquale et lui avaient fréquenté le collectif ouvriers-étudiants de la Via dei Tribunali. On savait aussi qu'elle leur avait attribué à tous deux de petites actions symboliques commises contre les biens d'officiers de l'Otan résidant dans la Via Manzoni, à une époque désormais lointaine. On savait que les enquêteurs tentaient d'impliquer également Enzo dans nombre des crimes qu'ils avaient attribués à Pasquale. Mais les certitudes s'arrêtaient là, et après, tout n'était que conjectures. Peut-être Nadia avait-elle affirmé qu'Enzo avait eu recours à Pasquale pour des assassinats qui n'étaient pas de nature politique. Peut-être avait-elle soutenu que certaines actions sanglantes – et en particulier l'assassinat de Bruno Soccavo – avaient été exécutées par Pasquale et planifiées par Enzo. Peut-être avait-elle raconté que Pasquale lui-même lui avait dit qu'ils avaient été trois à tuer les frères Solara : Antonio Cappuccio, Enzo Scanno et lui, des amis d'enfance qui avaient décidé ce meurtre poussés par une très longue solidarité et par une rancœur tout aussi longue.

C'étaient des années compliquées. L'ordre du

monde dans lequel nous avions grandi se dissolvait. D'un seul coup, nos vieux savoirs liés à une longue étude et à la connaissance de la bonne ligne politique semblaient un mode tout à fait insensé de passer le temps. Anarchiste, marxiste, gramscien, communiste, léniniste, trotskiste, maoïste ou ouvriériste devenaient rapidement des étiquettes dépassées ou, pire, des signes de brutalité. L'exploitation de l'homme par l'homme et la logique du profit maximal, qui par le passé avaient été vues comme des abominations, étaient redevenues partout la clef de voûte de la liberté et de la démocratie. Et pendant ce temps, par des voies légales et illégales, tous les comptes restés ouverts au sein de l'État et des organisations révolutionnaires étaient en train de se clore, et on n'y allait pas par quatre chemins. On finissait facilement assassiné ou en prison et, parmi les gens ordinaires, un sauve-qui-peut général avait débuté. Les gens comme Nino – qui siégeait au Parlement – ou Armando Galiani – désormais célèbre grâce à la télévision – avaient compris depuis longtemps que le climat changeait, et ils s'étaient rapidement adaptés à la nouvelle donne. Quant à ceux comme Nadia, à l'évidence ils avaient été bien conseillés et lavaient leur conscience avec un jet constant de délations. Mais ce n'était pas le cas des gens comme Pasquale et Enzo. Eux, j'imagine qu'ils continuaient à penser, s'exprimer, attaquer et se défendre en se référant aux mots d'ordre appris pendant les années soixante et soixante-dix. À vrai dire, Pasquale importa même sa guerre au sein de la prison, et il ne dit mot aux serviteurs de l'État, ni pour accuser ni pour se disculper. Enzo, lui, parla certainement. Dans son style laborieux, pesant avec soin chaque parole, il exposa sans doute ses convictions de communiste, tout en réfutant en bloc les accusations qu'on portait contre lui.

Quant à Lila, elle employa sa perspicacité, son caractère exécrable et ses avocats très coûteux à une bataille pour le tirer d'affaire. Un stratège, Enzo ? Un combattant ? Et quand ça, puisque depuis des années, du matin au soir, il ne faisait que travailler à la Basic Sight ? Comment lui aurait-il été possible de tuer les Solara avec Antonio et Pasquale, si à ce moment-là ce dernier se trouvait à Avellino, et Antonio en Allemagne ? Et puis surtout, même si cette hypothèse avait pu être admise, au quartier tout le monde connaissait les trois amis et, masqués ou non, ils auraient été identifiés.

Mais il n'y eut rien à faire : la machine judiciaire était lancée, comme on dit, et à un moment donné, je craignis que Lila ne soit arrêtée à son tour. Nadia fournissait nom après nom. Quelques individus ayant fait partie du collectif de la Via dei Tribunali furent arrêtés – l'un travaillait à la FAO, l'autre était employé de banque –, et puis cela arriva même à Isabella, l'ex-épouse d'Armando, une paisible femme au foyer mariée à un technicien de l'Enel. Nadia n'épargna que deux personnes : son frère et, malgré les craintes diffuses, Lila. La fille de Mme Galiani estima peut-être que, en impliquant Enzo, elle l'avait frappée assez durement. Ou bien éprouvait-elle à son encontre un mélange de détestation et de respect et, après une longue hésitation, avait-elle décidé de l'épargner ? Peut-être en avait-elle peur et redoutait-elle une confrontation directe avec elle. Mais je préfère croire qu'elle était au courant de l'histoire de Tina et en avait été touchée ou, mieux encore, qu'elle s'était dit qu'après une telle expérience rien ne pouvait vraiment faire mal à une mère.

Entre-temps, les accusations contre Enzo se révélèrent progressivement privées de substance et, à force de donner des coups, la justice finit par se lasser. Tout compte fait, au bout de nombreux mois, très peu d'éléments à charge tenaient encore : sa vieille amitié avec Pasquale, sa militance dans le comité ouvriers-étudiants à l'époque de San Giovanni a Teduccio, et le fait que la ferme en très mauvais état, dans les montagnes au-dessus de Serino, où s'était caché Pasquale, était louée à quelqu'un de sa famille habitant Avellino. D'un passage devant la justice à un autre, celui qui avait été considéré comme un chef dangereux, concepteur et exécutant de crimes brutaux, fut rétrogradé à simple sympathisant de la lutte armée. Quand ces sympathies aussi finirent par se révéler des opinions générales n'ayant jamais abouti à des actions criminelles, Enzo put rentrer chez lui.

Mais presque deux années s'étaient écoulées depuis son arrestation et, au quartier, il s'était déjà taillé une réputation de terroriste largement plus dangereux que Pasquale Peluso. Dans les rues et les magasins, les gens disaient : On connaît tous Pasquale depuis qu'il est gosse, il a toujours travaillé dur, et sa seule faute a été sa constance d'homme intègre ! S'il prend pour les autres, c'est parce qu'il n'a pas voulu ôter, même après la chute du mur de Berlin, le costume de communiste que son père avait cousu sur lui, et il ne se rendra jamais. En revanche, on disait d'Enzo qu'il était très intelligent et qu'il se dissimulait derrière ses silences et les milliards de la Basic Sight. Et puis surtout, il était guidé en sous-main par Lina Cerullo, son éminence grise, plus intelligente et dangereuse que lui : ah ça oui, ils avaient dû faire des trucs horribles, ces deux-là ! Ainsi, de bavardage venimeux en bavardage venimeux, Enzo garda sur lui la marque de celui qui non seulement avait fait couler le sang mais qui, en plus, avait été assez rusé pour s'en sortir.

Dans ce climat, leur entreprise, déjà mise en difficulté par l'indolence de Lila et par tout l'argent qu'elle avait dépensé en avocats et autres, ne parvint pas à se remettre en marche. Ils la vendirent d'un commun accord et, bien qu'Enzo eût estimé qu'elle valait un milliard de lires, ils eurent du mal à en obtenir deux cents millions. Au printemps 1992, alors qu'ils ne se querellaient plus, ils se séparèrent à la fois en tant qu'associés en affaires et en tant que couple. Enzo laissa une bonne partie de l'argent à Lina et alla chercher du travail à Milan. Un après-midi, il me dit : Reste à son côté, c'est une femme qui n'arrive pas à vivre avec elle-même, sa vieillesse sera moche. Pendant un temps, il m'écrivit assidûment, et moi aussi. Il me téléphona à deux ou trois reprises. Puis ce fut tout.

36

À peu près à cette époque, un autre couple fit naufrage, celui d'Elsa et Rino. Ils filèrent l'amour parfait pendant cinq ou six mois, puis ma fille me prit à l'écart pour me confier qu'elle était attirée par un jeune prof de maths, un enseignant d'une autre section qui ne savait même pas qu'elle existait. Je lui demandai :

« Et Rino ? »

Elle répondit :

« Lui, c'est mon grand amour. »

Je compris, tandis qu'elle mêlait plaisanteries douteuses et soupirs languides, qu'elle faisait une distinction entre amour et attirance, et que son amour envers Rino n'était en rien ébranlé par son attirance pour ce professeur.

Comme d'habitude, j'étais débordée – j'écrivais beaucoup, publiais beaucoup, voyageais beaucoup –, et c'est Imma qui devint la confidente à la fois d'Elsa et de Rino. Ma fille cadette, qui respectait les sentiments de l'une comme de l'autre, conquit la confiance des deux grands et devint pour moi une source d'informations fiables. C'est par elle que j'appris qu'Elsa avait atteint son objectif de séduire le prof. J'appris aussi que, au bout d'un moment, Rino avait remarqué qu'avec Elsa ça ne marchait plus aussi bien qu'auparavant. Je sus qu'ensuite Elsa avait quitté le prof pour ne pas faire souffrir Rino. Et qu'après un mois de pause elle n'avait pu résister et s'était remise avec lui. J'appris que Rino, après presque une année de souffrance, avait fini par aborder le sujet en pleurant, et l'avait suppliée de lui dire si elle l'aimait encore. Elsa avait crié : Je ne t'aime plus, j'en aime un autre ! Alors Rino lui avait donné une claque, mais *seulement* du bout des doigts, histoire de montrer qu'il était un homme. Elsa avait couru à la cuisine, saisi un balai, et puis elle avait furieusement bastonné Rino sans qu'il réagisse.

En revanche, j'appris par Lila que le garçon, au

désespoir, allait la trouver lorsque j'étais absente, et qu'Elsa ne rentrait pas à la maison après le lycée, parfois même pas pour dormir. Occupe-toi un peu de ta fille, me suggéra-t-elle un soir, essaie de comprendre ses intentions ! Mais elle me le dit mollement, sans réel intérêt ni pour le destin d'Elsa ni pour celui de Rino. De fait, elle ajouta : Mais tu sais, si t'es occupée et que t'as pas envie de faire quoi que ce soit, c'est pas grave. Puis elle bougonna : Nous sommes pas faites pour avoir des enfants. J'avais envie de répliquer que je me sentais une bonne mère et que je m'épuisais comme personne pour mener à bien mon travail sans que Dede, Elsa et Imma manquent de rien. Mais je me tus, sentant qu'à ce moment-là elle n'en avait ni après moi ni après ma fille, mais tentait juste de donner une apparence de normalité à son désamour pour Rino.

Toutefois, les choses se passèrent différemment lorsque Elsa quitta le professeur et se mit avec le camarade de classe avec qui elle préparait son bac. Cette fois, elle l'annonça aussitôt à Rino, pour lui faire comprendre que tout était fini entre eux. Profitant de ce que j'étais à Turin, Lila monta chez moi et lui fit une scène violente. Qu'est-ce que ta mère t'a mis dans la tête ? lui lança-t-elle en dialecte. T'as aucune sensibilité, tu fais du mal aux gens sans même t'en apercevoir ! Puis elle lui cria : Ma petite chérie, tu te prends pour Dieu sait qui, mais t'es rien qu'une salope ! En tout cas, c'est ce que me rapporta Elsa, soutenue point par point par Imma, qui affirma : C'est vrai, maman, elle l'a traitée de salope.

Quoi que lui ait dit Lila, ma deuxième fille en fut marquée. Elle perdit sa légèreté. Elle quitta aussi le camarade avec lequel elle étudiait et devint gentille avec Rino, mais elle le laissa seul dans leur lit et déménagea dans la chambre d'Imma. Après le bac, elle décida d'aller voir son père et Dede, bien que celle-ci n'eût jamais donné aucun signe de volonté de réconciliation. Elsa partit donc pour Boston, et là les deux sœurs, soutenues par Pietro, s'accordèrent pour dire qu'en tombant amoureuses de Rino elles s'étaient toutes deux fourvoyées. Elles avaient donc fait la paix et étaient parties pour un long voyage à travers les États-Unis, dans une grande allégresse. Quand Elsa revint à Naples, elle me sembla plus sereine. Elle s'inscrivit à la fac de sciences physiques, redevint frivole et mordante, changea souvent de petit ami. Harcelée par son ex-camarade de classe, par son ex-prof de maths et naturellement par Rino, elle ne réussit aucun examen, retourna à ses anciennes amours, les entremêla aux nouvelles, et n'aboutit à rien. Pour finir, elle s'envola à nouveau pour les États-Unis et décida d'y poursuivre ses études. Comme Dede, elle partit sans dire au revoir à Lila mais, chose totalement inattendue, elle me parla d'elle de manière positive. Elle me dit comprendre pourquoi j'étais son amie depuis tant d'années et elle l'appela, sans ironie aucune, la meilleure personne qu'elle ait jamais rencontrée.

37

Toutefois, telle ne fut pas l'opinion de Rino. Le départ d'Elsa ne l'empêcha pas, si surprenant cela puisse-t-il paraître, de rester vivre chez moi.

Il fut longtemps désespéré, il craignait de sombrer à nouveau dans la misère physique et morale à laquelle *je* l'avais arraché – plein de dévotion, il m'attribuait en effet ce mérite, parmi bien d'autres encore. Ainsi continua-t-il à occuper la chambre qui avait été celle de Dede et d'Elsa. Naturellement, il faisait toutes sortes de commissions pour moi. Quand je partais en déplacement, il m'accompagnait à la gare en voiture et portait ma valise, puis faisait de même au retour. Il devint mon chauffeur, mon coursier, mon homme à tout faire. S'il avait besoin d'argent, il m'en demandait avec gentillesse et affection, et sans le moindre scrupule.

Parfois, quand il me tapait sur les nerfs, je lui rappelais qu'il avait des obligations envers sa mère. Il comprenait le message et disparaissait un moment. Mais tôt ou tard il revenait, consterné, murmurant que Lila n'était jamais là et que l'appartement vide le déprimait. Ou bien il ronchonnait : Elle m'a même pas dit bonjour, elle passe son temps devant l'ordinateur à écrire !

Lila écrivait ? Et qu'est-ce qu'elle écrivait ?

Au début, je n'éprouvai qu'une vague curiosité, l'équivalent d'une constatation distraite. J'avais bientôt cinquante ans et j'étais au sommet de ma carrière, je publiais jusqu'à deux livres par an et vendais bien. Lire et écrire était devenu un métier qui, comme tous les métiers, commençait à me peser. Je me rappelle avoir pensé : À sa place, je serais en train de me faire bronzer sur la plage ! Puis je me dis : Si écrire lui fait du bien, tant mieux ! Et je passai à autre chose, j'oubliai.

38

Le départ de Dede puis celui d'Elsa me cau-
sèrent une grande douleur. Cela me déprimait
que toutes deux, en fin de compte, m'aient préféré
leur père, bien que je fusse certaine qu'elles m'aimaient et que je leur manquais. Je leur envoyais
des lettres sans arrêt et, dans mes moments de
mélancolie, téléphonais sans me soucier du coût.
J'aimais entendre la voix de Dede quand elle me
disait : Je rêve souvent de toi. J'étais émue quand
Elsa m'écrivait : « je cherche ton parfum partout,
je veux le porter moi aussi ». Mais cela ne changeait rien aux faits : elles étaient parties, je les
avais perdues. Chacune de leurs missives et chacune de nos conversations téléphoniques témoi-
gnaient que, tout en souffrant de notre séparation,
elles n'avaient pas avec leur père les conflits
qu'elles avaient eus avec moi, et qu'il était bien le
point d'accès à leur monde véritable.

Un matin, Lila me dit, sur un ton difficile à
déchiffrer : Cela n'a aucun sens de continuer à
garder Imma ici au quartier, envoie-la à Rome,
chez Nino, on voit bien qu'elle veut pouvoir dire à
ses sœurs « j'ai fait comme vous » ! Je le pris mal.
Sous les apparences d'un avis objectif, elle me
conseillait de me séparer aussi de ma troisième
fille. Elle avait l'air de dire : Ce serait mieux pour
Imma et pour toi. Je répondis : Si Imma aussi me
quitte, ma vie n'a plus de sens. Là, elle sourit : Qui
dit que les vies doivent avoir un sens ? Après quoi,
elle se mit à railler ma frénésie d'écrire. Amusée, elle lança : Le sens, ce serait cette série de

segments noirs comme des chiures d'insecte ? Elle m'invita à me reposer un peu et s'exclama : À quoi ça sert, de tellement te fatiguer ? Arrête donc !

J'eus alors une longue période de mal-être. D'un côté, je me disais : Elle veut que je me prive aussi d'Imma. De l'autre, je pensais : Elle a raison, je dois rapprocher Imma de son père. J'hésitais entre conserver jalousement l'affection de la seule fille qui me restait ou au contraire, pour son bien, renouer avec Nino.

Mais ce dernier projet était loin d'être facile à accomplir, comme les dernières élections en avaient encore apporté la preuve. Imma, onze ans, malgré son jeune âge, se prit de passion pour la politique. Je me souviens qu'elle écrivit à son père, lui téléphona, offrit par tous les moyens de faire campagne pour lui, et voulut que je l'aide moi aussi. Je détestais les socialistes encore plus que par le passé. Quand j'avais vu Nino, je lui avais tenu des propos comme : Tu te rends compte de ce que tu es devenu ? Je ne te reconnais plus ! J'avais même fini par lui dire, avec quelque exagération rhétorique : Nous sommes nés dans la misère et la violence, les Solara étaient des criminels qui faisaient main basse sur tout, mais vous, vous êtes pires ! Vous n'êtes que des bandes de pillards occupés à passer des lois contre d'autres pillards. Il m'avait répondu gaiement : Tu n'as jamais rien compris à la politique et tu n'y comprendras jamais rien, amuse-toi avec la littérature et ne parle pas de ce que tu ne connais pas !

Toutefois, par la suite, les événements se précipitèrent. Une corruption de longue date – communément pratiquée et subie à tous les niveaux, comme une norme non écrite toujours en vigueur, et particulièrement respectée – fut mise en lumière grâce à une soudaine offensive de la magistrature. Cela commença par quelques filous de haut rang, et on se dit qu'ils avaient dû être vraiment stupides pour se faire prendre la main dans le sac ; mais bientôt les filous se multiplièrent, et ils devinrent le véritable visage de la gestion de la chose publique. À l'approche des élections, je trouvai Nino moins désinvolte. Comme j'étais connue et jouissais d'un certain prestige, il me demanda, par l'intermédiaire d'Imma, de prendre position publiquement en sa faveur. Je dis oui à la petite pour ne pas lui faire de peine mais, de fait, je me défilai. Imma se mit en colère, continua à soutenir son père, et quand il lui demanda de figurer près de lui dans un spot électoral, elle fut enthousiaste. Je m'insurgeai et me retrouvai dans une position très inconfortable. D'un côté, je ne refusai pas mon autorisation à Imma – cela aurait été impossible sans provoquer une crise –, mais de l'autre, je criai à Nino au téléphone : T'as qu'à y mettre Albertino ou Lidia, dans ton spot, mais t'as pas intérêt à utiliser ma fille comme ça ! Il insista, hésita, puis finit par renoncer. Je l'obligeai à raconter à Imma qu'il s'était renseigné et que les enfants n'étaient pas autorisés dans les spots. Mais elle comprit que c'était moi qui l'avais privée du plaisir d'apparaître publiquement près de son père, et elle me dit : Tu m'aimes pas, maman ! T'envoies Dede et Elsa chez Pietro, et moi je peux même pas rester cinq minutes avec papa ! Quand Nino ne fut pas réélu, Imma se mit à pleurer et, entre les sanglots, murmura que c'était ma faute.

Bref, tout était compliqué. Nino devint amer et

intraitable. Pendant un temps, on eut l'impression qu'il avait été la seule victime de ces élections, mais ce n'était pas le cas, et bientôt c'est le système des partis tout entier qui fut emporté. Quant à Nino, nous perdîmes sa trace. Les électeurs avaient rejeté les hommes politiques en vrac : les vieux, les jeunes, les tout jeunes. Si, par le passé, les gens avaient reculé, horrifiés, devant ceux qui voulaient abattre l'État, à présent ils refusaient, dégoûtés, ceux qui l'avaient dévoré, comme autant de gros vers dans une pomme, sous prétexte de le servir à un titre ou à un autre. On aurait dit qu'une énorme vague noire avait déferlé : d'abord dissimulée sous les fastueux décors du pouvoir et sous une logorrhée aussi effrontée qu'arrogante, elle était devenue de plus en plus visible et s'était abattue sur tous les coins de l'Italie. Le quartier de mon enfance n'était donc pas le seul qu'aucune grâce n'avait jamais touché, et Naples n'était pas la seule ville que rien ne pouvait racheter. Un matin, je croisai Lila dans l'escalier, elle avait l'air joyeuse. Elle me montra l'exemplaire de *La Repubblica* qu'elle venait d'acheter. On y voyait une photo du professeur Guido Airota. Le photographe avait saisi sur son visage, je ne sais à quelle occasion, une expression apeurée qui le rendait presque méconnaissable. L'article, plein de on-dit et de peut-être, avançait l'hypothèse que le prestigieux chercheur et vieux dirigeant politique pourrait bientôt être convoqué par les magistrats, afin de raconter ce qu'il savait sur l'état de pourriture du pays.

39

Guido Airota ne finit jamais devant les juges mais, pendant des jours et des jours, quotidiens et hebdomadaires tracèrent des cartes de la corruption sur lesquelles il figurait. En cette circonstance, je fus contente que Pietro soit en Amérique, et que Dede et Elsa aient désormais leur vie de l'autre côté de l'océan. En revanche, je m'inquiétai pour Adele, et me dis que je devrais au moins lui passer un coup de fil. Mais j'hésitai et pensai : elle va croire que ça me fait plaisir, j'aurai du mal à la convaincre que ce n'est pas vrai.

Je téléphonai alors à Mariarosa, cela me sembla une voie plus facile à emprunter. Erreur. Cela faisait des années que je ne l'avais pas vue ni entendue, et elle m'accueillit avec froideur. Elle me lança, un tantinet sarcastique : Quelle belle carrière tu as faite, ma belle ! Aujourd'hui on te lit partout, et on ne peut pas ouvrir un journal ou une revue sans trouver ta signature ! Puis elle me parla abondamment d'elle, ce qu'elle n'avait jamais fait par le passé. Elle mentionna des livres, des articles, des voyages. Je fus surtout frappée d'apprendre qu'elle avait quitté l'université.

« Pourquoi donc ? demandai-je.

— Ça me dégoûtait.

— Et maintenant ?

— Quoi, maintenant ?

— Tu vis de quoi ?

— Je suis riche de naissance. »

Mais elle regretta aussitôt cette réponse, qu'elle fit suivre d'un petit rire gêné, et ce fut elle, immédiatement après, qui parla de son père. Elle dit :

Il fallait que ça arrive. Et là elle évoqua Franco, murmurant qu'il avait été l'un des premiers à comprendre qu'il fallait tout changer rapidement, sinon viendraient des temps de plus en plus durs, et il n'y aurait plus d'espoir. Elle s'emporta : Mon père a cru que l'on pouvait changer un truc par-ci un truc par-là, en douceur ! Mais si on ne change pratiquement rien, on est obligé de rentrer dans le système des mensonges, et alors soit on fait comme tout le monde, soit on est éliminé. Je lui demandai :

« Est-ce que Guido est coupable ? Il a mis de l'argent dans sa poche ? »

Elle rit, nerveuse :

« Oui. Mais il est aussi totalement innocent et, tout au long de sa vie, il n'a pas empoché une lire qui ne soit parfaitement légale. »

Puis elle parla à nouveau de moi, mais sur un ton presque agressif. Elle insista : Tu écris trop, tu ne me surprends plus ! Et, alors que c'était moi qui avais téléphoné, c'est elle qui dit « *ciao* » et raccrocha.

Le double jugement incongru formulé par Mariarosa à propos de son père finit par être confirmé. Le tumulte médiatique entourant Guido s'atténua petit à petit, et le professeur put à nouveau s'enfermer dans son bureau, mais en tant qu'innocent certainement coupable ou, si l'on veut, de coupable sûrement innocent. À ce moment-là, il me sembla que je pouvais téléphoner à Adele. Ironique, elle me remercia de ma sollicitude. Elle se révéla mieux renseignée que moi sur la vie et les études de Dede et d'Elsa. Elle tint aussi des propos du genre : On vit dans un pays où on est exposé à n'importe quelle insulte, les gens comme il faut devraient se dépêcher d'émigrer ! Quand je lui demandai de me passer Guido, elle rétorqua : Je lui dirai bonjour de ta part, il se repose. Puis, hargneuse, elle ajouta : Son seul tort, ça a été de s'entourer de gens à peine alphabétisés sans aucune éthique, des arrivistes prêts à tout, des voyous !

Le soir même, la télévision montra le visage de l'ex-député socialiste Giovanni Sarratore – jovial mais plus tout jeune, il avait cinquante ans –, qui vint s'ajouter à la liste toujours plus fournie des corrupteurs et des corrompus.

40

Cette nouvelle bouleversa surtout Imma. Au cours de ses quelques années de vie consciente, elle n'avait vu son père que de rares fois, et elle en avait fait son idole. Elle s'en vantait auprès de ses camarades de classe, auprès de ses professeurs, et montrait à tout le monde une photo parue dans les journaux où on les voyait tous les deux, main dans la main, à l'entrée du Palazzo Montecitorio. Si elle devait faire le portrait de l'homme qu'elle épouserait, elle disait : Ce sera certainement un beau brun très grand ! Quand elle apprit que son père avait fini en prison, comme n'importe quel habitant de notre quartier (un lieu qu'elle trouvait horrible : maintenant qu'elle grandissait, elle disait sans détour qu'elle en avait peur – et elle avait de plus en plus raison), elle perdit ce peu de sérénité que j'avais réussi à lui assurer. Elle sanglotait dans son sommeil, se réveillait au milieu de la nuit et voulait venir dans mon lit.

Un jour, nous croisâmes Marisa, défaite et mal fagotée, encore plus en colère que d'ordinaire. Sans se soucier d'Imma, elle lâcha : Nino a ce qu'il mérite, il n'a toujours pensé qu'à lui, d'ailleurs tu le sais bien, il n'a jamais voulu nous venir en aide ! Il ne jouait au brave homme qu'avec sa belle-famille, ce merdeux ! Ma fille ne put en supporter davantage, elle nous planta sur le boulevard et s'enfuit. Je saluai Marisa précipitamment, courus après Imma et tentai de la consoler : Ne fais pas attention, ton père et sa sœur ne se sont jamais entendus ! Mais à partir de ce jour-là, je cessai de critiquer Nino devant elle. En fait, je cessai de le critiquer devant qui que ce soit. Je me souvins des fois où je m'étais adressée à lui pour avoir des nouvelles de Pasquale ou d'Enzo. On a toujours besoin d'un saint au paradis pour s'orienter dans l'opacité calculée du monde d'ici-bas, et Nino, bien qu'étranger à toute sainteté, m'avait aidée. Maintenant que les saints étaient tombés en enfer, je n'avais personne à qui m'adresser pour avoir de ses nouvelles. Les seules informations douteuses dont je disposai me parvinrent du cercle infernal de ses nombreux avocats.

41

Je dois dire que Lila ne manifesta jamais le moindre intérêt pour le sort de Nino. En apprenant ses problèmes judiciaires, elle réagit comme si c'était purement un sujet de plaisanterie. Telle la personne qui se souvient soudain d'un détail qui explique tout, elle fit remarquer : À chaque fois qu'il avait besoin d'argent, il s'en faisait donner par Bruno Soccavo, et il ne le lui a certainement jamais rendu. Puis elle bougonna qu'elle pouvait facilement imaginer ce qui lui était arrivé. Nino avait souri et serré des mains, il s'était senti le meilleur, et il avait voulu se montrer à la hauteur de toutes les situations. S'il avait fait quelque chose de mal, il l'avait fait par désir de plaire toujours plus, afin de passer pour le plus intelligent et de monter toujours plus haut. Aussi simple que ça. Par la suite, elle fit comme si Nino n'existait plus. Autant elle s'était engagée en faveur de Pasquale et d'Enzo, autant elle se montra indifférente aux problèmes de l'ex-député Sarratore. Elle suivait probablement les développements de l'affaire dans les journaux et à la télévision, où Nino apparut souvent, pâle, soudain grisonnant, et avec le regard du gamin boudeur qui murmure : C'était pas moi, je le jure. En tout cas, elle ne me demanda jamais si je savais quelque chose, si j'avais réussi à le voir, comment avaient réagi son père, sa mère, ses frères et sœurs, et ne me questionna jamais sur ce qui allait lui arriver. En revanche, sans motif précis, elle manifesta un regain d'intérêt pour Imma, et recommença à s'occuper d'elle.

Alors qu'elle avait abandonné son fils Rino comme un petit chien qui se serait attaché à une nouvelle maîtresse et ne remuerait plus la queue pour l'ancienne, elle renoua avec ma fille, et celle-ci, toujours avide d'affection, s'attacha à nouveau profondément à elle. Je les voyais bavarder et elles faisaient souvent des sorties ensemble. Lila me disait : Je vais lui montrer le jardin botanique, le musée archéologique, Capodimonte !

Dans la dernière période de notre séjour à Naples, à force de se promener toutes les deux, Lila lui transmit une curiosité pour la ville qui, par la suite, lui est restée. Tata Lina sait tellement de choses ! me disait Imma, admirative. Cela me faisait plaisir, parce qu'en l'entraînant ainsi dans ses vagabondages, Lila réussit à atténuer l'angoisse de ma fille pour son père, sa colère liée aux insultes impitoyables de ses camarades de classe – insultes soufflées par leurs parents –, et elle adoucit la perte de son rôle central en classe, qu'elle avait eu auparavant à cause de son patronyme. Mais ce ne fut pas tout. Grâce aux récits d'Imma, j'appris avec toujours plus de détails que l'objet sur lequel Lila concentrait son attention, sur lequel elle écrivait apparemment pendant des heures et des heures, penchée sur son ordinateur, ce n'était pas tel ou tel monument, mais Naples dans son intégralité. Un projet totalement démesuré dont elle ne m'avait jamais parlé. L'époque où elle m'impliquait dans ses passions était terminée, et maintenant elle avait choisi ma fille pour confidente. Elle lui répétait ce qu'elle apprenait et l'entraînait voir ce qui lui avait plu, ou simplement ce qui l'avait intriguée.

42

Imma était très réceptive et mémorisait rapidement. C'est elle qui m'apprit tout sur la Piazza dei Martiri, tellement importante pour Lila et moi par le passé. Je ne savais rien de l'histoire de cette place, alors que Lila l'avait étudiée à fond et la lui avait racontée. Imma me la répéta un jour où nous passions par là pour aller faire des courses, et je pense qu'elle entremêlait des faits, des inventions de Lila et ses propres rêveries. Tu sais, maman, ici, au dix-huitième siècle, c'était la campagne. Il y avait des arbres, des cahutes de paysans, des tavernes, et une route qui descendait droit vers la mer et s'appelait la Calata Santa Caterina a Chiaia, du nom de l'église, là, au coin, ancienne mais plutôt moche. Le 15 mai 1848, de nombreux patriotes qui voulaient une Constitution et un Parlement ont été exécutés ici même. Par la suite, le roi Ferdinando II di Borbone, pour montrer que la paix était revenue, a décidé de faire construire la Strada della Pace, et d'élever sur la place une colonne surmontée d'une Vierge. Mais quand l'annexion de Naples au Royaume d'Italie a été proclamée et que le roi Bourbon a été chassé, le maire Giuseppe Colonna di Stigliano a demandé au sculpteur Enrico Alvino de transformer la colonne avec la Madonna della Pace en monument en mémoire des Napolitains morts pour la liberté. Alors Enrico Alvino a placé autour du socle ces quatre lions qui symbolisent les grands moments révolutionnaires de Naples : le lion de 1799, mortellement blessé, le lion de l'insurrection de 1820, transpercé d'une épée mais qui mord encore l'air, le lion de 1848, qui représente la force des patriotes, courbés mais ne renonçant pas, et enfin le lion de 1859, menaçant et vengeur. Et là-haut, maman, au lieu de la Madonna della Pace, on a mis la statue en bronze d'une très jolie jeune femme, c'est la Victoire qui s'élève au-dessus du monde : elle tient une épée dans la main gauche et, dans la main droite, une couronne de lauriers pour les habitants de Naples, martyrs de la Liberté qui, tombés au combat ou exécutés, ont libéré le peuple avec leur sang, etc.

J'eus souvent l'impression que Lila se servait du passé pour donner une apparence de normalité au présent turbulent d'Imma. Dans les histoires napolitaines qu'elle racontait, il y avait toujours, à l'origine, quelque chose de laid et de désordonné qui, par la suite, prenait la forme d'un bel édifice, d'une rue ou d'un monument, avant que la mémoire et le sens ne se perdent et que tout se dégrade, puis s'améliore et se dégrade à nouveau, suivant un rythme par nature imprévisible, fait d'une succession de vagues, averses, cascades ou calme plat. L'essentiel, dans la méthode de Lila, était de se poser des questions. Qui c'était, ces martyrs ? Qu'est-ce qu'ils représentent, ces lions ? Quand ont eu lieu ces combats et ces exécutions ? De quand datent la Via della Pace, la Madone, la Victoire ? Ses récits étaient faits d'une série d'« avant », d'« ensuite » et d'« alors ». Avant l'élégante Chiaia, quartier de riches, il y avait la « playa » citée dans les épîtres de Grégoire : les marécages arrivaient jusqu'à la plage et la mer, et le maquis sauvage grimpait jusqu'au Vomero. Avant le Risanamento, les travaux d'assainissement de la fin du dix-neuvième siècle, avant les coopératives de cheminots, il s'agissait d'une zone malsaine, où chaque pierre était polluée, mais où s'élevaient aussi beaucoup de bâtiments splendides, qui ont ensuite été démolis avec l'obsession de tout détruire en faisant semblant de nettoyer. Et l'une des zones à assainir s'appelait depuis très longtemps le Vasto. Vasto, c'est un toponyme qui indiquait l'espace entre la Porta Capuana et la

Porta Nolana, et du coup le quartier, après les travaux, avait conservé ce nom. Lila répétait ce mot, *Vasto*, qui lui plaisait, et qui plaisait aussi à Imma : *Vasto* et *Risanamento*, ruines et hygiène, manie de détruire, saccager, défigurer et éventrer, et délire de construire, ordonner, dessiner de nouvelles rues et renommer les anciennes, afin de consolider des mondes nouveaux et de chasser des maux anciens, qui cependant étaient toujours prêts à prendre leur revanche.

En effet, avant que le Vasto ne s'appelle le Vasto et, en gros, ne soit dévasté, racontait tata Lina, il y avait là villas, jardins et fontaines. Et c'est même là que Galeazzo Caracciolo, marquis de Vico, avait fait construire un palais avec un jardin qu'on appelait le Paradis. Le jardin du Paradis était rempli de fontaines cachées, maman ! La plus célèbre était installée dans un grand mûrier blanc : on avait disposé de petits canaux presque invisibles, dans lesquels l'eau coulait avant de tomber des branches comme de la pluie et le long du tronc, en cascade. Tu as compris ? Du Paradis du marquis de Vico au Vasto du marquis de Vasto, du Risanamento du maire Nicola Amora au Vasto nouveau, en passant par d'autres renaissances encore, etc.

Ah, quelle ville ! disait tante Lina à ma fille. Quelle ville magnifique et pleine de trésors ! Imma, ici on a parlé toutes les langues, ici on a construit un tas de choses et on en a détruit tout autant, ici les gens, aussi bavards soient-ils, ne se fient à aucun bavardage, et ici il y a le Vésuve, qui rappelle chaque jour que l'entreprise la plus ambitieuse des hommes les plus puissants, l'œuvre la plus extraordinaire qui soit, peut être balayée en quelques secondes par le feu, par un tremblement de terre, par la cendre ou la mer.

J'écoutais, parfois perplexe. Certes, Imma s'était rassérénée, mais seulement parce que Lila l'avait initiée à l'idée d'un déferlement permanent de splendeurs et de misères, à l'intérieur d'une Naples cyclique où tout était merveilleux avant de devenir gris et absurde, et avant de scintiller à nouveau, comme lorsqu'un nuage passe devant le soleil et qu'on a l'impression que celui-ci se cache – un disque devenu soudain timide, pâle et proche de l'extinction – alors que bientôt, une fois le nuage dissipé, le soleil redevient soudain aveuglant et il faut se protéger les yeux de la main, tant il est ardent. Dans les récits de Lila, palais et jardins tombaient en ruine, retournaient à la nature, parfois peuplés de nymphes, dryades, satyres et faunes ; ils étaient habités tantôt par des morts, tantôt par des démons que Dieu envoyait dans les châteaux mais aussi dans les maisons de gens ordinaires, pour leur faire expier leurs péchés ou pour mettre à l'épreuve les occupants à l'âme pure, qui seraient récompensés après la mort. Ce qui était beau, solide et lumineux se teintait de rêveries nocturnes – toutes deux aimaient les histoires d'ombres. Imma me raconta que sur le cap Posillipo, à quelques mètres de la mer, en face de l'île de la Gajòla et juste au-dessus de la Grotta delle Fate, il y avait une villa célèbre hantée par des esprits. Les esprits, me disait-elle, on les trouve aussi dans les palais du Vico San Mandato et du Vico Mondragone. Lila avait promis de l'emmener dans les ruelles de Santa Lucia à la recherche d'un esprit appelé Faccione, à cause de son large visage : mais il était dangereux, il jetait de grosses

pierres sur quiconque l'importunait. À Pizzofal-
cone et dans d'autres quartiers circulaient aussi
beaucoup d'esprits d'enfants morts, avait expliqué
Lila. On voyait souvent une fillette, le soir, du côté
de la Porta Nolana. Existaient-ils vraiment ou pas ?
Tata Lina disait que les esprits existaient, mais pas
dans les palais, dans les ruelles ou près des portes
antiques du Vasto. Ils existaient dans les oreilles
des gens, dans les yeux quand ceux-ci regardaient
vers l'intérieur et non vers l'extérieur, dans la
voix quand on se mettait à parler, et dans la tête
lorsqu'on réfléchissait, parce que les paroles, mais
aussi les images sont pleines de fantômes. C'est
vrai, maman ?

Oui peut-être, répondais-je, si tante Lina le
dit, c'est possible. Cette ville fourmille d'histoires et d'anecdotes, lui avait expliqué Lila, et
tu rencontres aussi des esprits si tu vas au musée
archéologique, à la pinacothèque et surtout à la
Biblioteca Nazionale : dans les livres, il y en a
partout ! Par exemple, tu ouvres un bouquin, et
voilà que Masaniello surgit ! Masaniello, c'est un
esprit à la fois comique et terrible, il faisait rire
les pauvres et trembler les riches. Imma l'aimait
surtout quand il tuait de son épée non pas le duc
de Maddaloni ou le père du duc de Maddaloni,
mais leurs portraits : tac, tac ! D'après elle, le
moment le plus drôle, c'était quand Masaniello
coupait la tête aux portraits du duc et de son père,
ou lorsqu'il faisait pendre les portraits d'autres
féroces nobles. *Il coupait la tête des tableaux*,
disait Imma en riant, incrédule, *il faisait pendre
des tableaux !* Et après ces décapitations et ces
pendaisons, Masaniello endossait un habit de soie
bleue brodée d'argent, passait une chaîne d'or

autour de son cou, accrochait à son chapeau une épingle en diamant et se rendait sur la Piazza del Mercato. Il allait comme ça, maman, tout endimanché, comme un marquis, un duc ou un prince, lui l'homme de la plèbe, lui qui était pêcheur et ne savait ni lire ni écrire. Tante Lina lui avait dit qu'à Naples il pouvait se produire n'importe quoi, au grand jour, sans qu'on ait besoin d'inventer des lois, des décrets, sans qu'on fasse mine de tout vouloir changer pour le mieux. À Naples, on était dans l'excès sans faux-semblants, de façon frontale et avec une satisfaction totale.

Imma avait été très frappée par l'histoire d'un ministre, dans une affaire qui impliquait Pompéi et le musée archéologique de notre ville. Elle me raconta gravement : Maman, est-ce que tu sais qu'il y a presque cent ans, un ministre de l'Instruction publique, M. Nasi, un représentant du peuple, a accepté en cadeau, de la part des gens qui travaillaient aux fouilles de Pompéi, une statuette de valeur qui venait d'être exhumée ? Tu sais qu'il s'est aussi fait faire des copies des plus belles œuvres d'art retrouvées à Pompéi, afin d'orner sa villa de Trapani ? Maman, ce Nasi, même s'il était ministre du Royaume d'Italie, il a agi par réflexe : on lui a donné une jolie statuette en cadeau et il l'a prise, se disant qu'elle ferait très bien chez lui. Parfois on fait des erreurs, mais quand, dans ton enfance, on ne t'a pas appris ce qu'est le bien public, tu ne comprends même pas que c'est une erreur.

Je ne sais pas si cette dernière phrase reprenait des mots de tante Lina ou si ma fille avait raisonné par elle-même. Quoi qu'il en soit, ces paroles me déplurent et je décidai d'intervenir. Je lui tins un discours prudent, mais direct : Tata Lina te raconte plein de belles choses et ça me fait plaisir, quand elle se passionne pour quelque chose, personne ne peut l'arrêter. Mais il ne faut pas croire que les gens accomplissent de mauvaises actions par légèreté. Il ne faut pas le croire, Imma, surtout s'il s'agit de députés, de ministres, de sénateurs, de banquiers et de camorristes. Tu ne dois pas t'imaginer non plus que le monde se mord la queue : ça va bien, ça va mal, puis ça va bien à nouveau. Il faut travailler avec constance et discipline, pas à pas, quoi qu'il se passe autour de nous, en faisant attention à ne pas nous tromper, parce que les erreurs, ça se paye.

La lèvre inférieure d'Imma se mit à trembler et elle me demanda :

« Papa ne retournera plus au Parlement ? »

Je ne sus que répondre et elle s'en rendit compte. Comme pour m'encourager à lui donner une réponse positive, elle murmura :

« Tata Lina pense que si, qu'il y retournera… »

J'hésitai longuement, puis me décidai :

« Non, Imma, je ne crois pas. Mais il n'est pas nécessaire que papa soit quelqu'un d'important pour l'aimer. »

43

Ma réponse se révéla totalement erronée. Avec son habileté habituelle, Nino se libéra du piège dans lequel il était tombé. Quand Imma l'apprit, elle fut aux anges. Elle demanda à le rencontrer, mais il s'éclipsa pendant quelque temps, et retrouver sa trace fut très difficile. Quand nous obtînmes enfin un rendez-vous, il nous emmena dans une pizzeria de Mergellina, mais il n'avait pas sa vivacité ordinaire. Il était nerveux, distrait, il dit à Imma de ne jamais faire confiance aux partis politiques, et il se définit comme la victime d'une gauche qui n'était pas une gauche et était même pire que les fascistes. Il rassura sa fille : Tu verras, papa va tout arranger.

Par la suite, je lus nombre de ses articles, très agressifs, où il reprenait une thèse qu'il avait déjà adoptée dans un lointain passé : le pouvoir judiciaire doit être soumis au pouvoir exécutif. Indigné, il écrivait : Il n'est pas possible que, un jour, les magistrats combattent ceux qui veulent frapper l'État au cœur, et que, le lendemain, ils fassent croire aux citoyens que ce même cœur est malade et bon à jeter ! En tout cas, lui se battit pour ne pas être jeté. Il fit le tour des vieux partis en voie de démantèlement, se déplaçant de plus en plus vers la droite, et en 1994 il retourna s'asseoir au Parlement, rayonnant.

Imma apprit avec bonheur que son père était à nouveau M. le député Sarratore, et que Naples avait voté pour lui à une majorité écrasante. Dès qu'elle le sut, elle vint me dire : Toi tu écris des livres, mais tu ne vois pas aussi loin que tata Lina !

44

Je ne le pris pas mal : au fond, ma fille avait simplement voulu me faire remarquer que j'avais été méchante avec son père et que je n'avais pas pris toute la mesure de son talent. Cependant, ses paroles (*toi tu écris des livres, mais tu ne vois pas aussi loin que tata Lina*) eurent sur moi un effet inattendu : elles me firent prendre pleinement conscience que Lila – la femme qui, d'après Imma, était capable de voir loin – était retournée ouvertement, à cinquante ans, aux livres et aux études, et qu'elle écrivait même. Pietro avait déjà émis l'hypothèse que ce choix avait été une espèce de thérapie qu'elle s'était prescrite elle-même afin de combattre l'absence angoissante de Tina. Mais lors de ma dernière année au quartier, je ne me contentai plus des interprétations émotionnelles de Pietro ni de la médiation d'Imma : dès que je le pouvais, j'abordais le sujet et posais des questions.

« Comment ça se fait que tu t'intéresses autant à Naples ?

— Pourquoi, il ne faudrait pas ?

— Si si, au contraire, je t'envie ! Tu écris pour ton plaisir, alors que moi, maintenant, je ne lis et écris que pour mon travail.

— Je n'étudie pas. Je me contente de voir un bâtiment, une rue, un monument, et puis à l'occasion, je passe un peu de temps à chercher des informations dessus, voilà tout.

— Eh bien c'est ça, étudier !

— Ah bon ? »

Elle s'esquivait, ne voulait pas se confier à moi. Mais parfois, elle s'enflammait comme elle savait le faire et se mettait à parler de la ville comme si elle n'était pas faite des rues ordinaires et des lieux banals de notre quotidien mais qu'elle lui avait révélé, à elle seule, un scintillement secret. Ainsi, en quelques mots, Naples devenait grâce à elle l'endroit le plus extraordinaire au monde, où tout était chargé de sens, à tel point qu'après avoir bavardé un peu avec elle je retournais à mes travaux l'esprit en ébullition. Comme j'avais été négligente de ne pas me forcer à connaître Naples, alors que j'y étais née et y avais vécu ! Je m'apprêtais à quitter la ville pour la deuxième fois, au total j'y avais passé trente ans de ma vie, or je ne savais pas grand-chose de mon lieu de naissance. Déjà, par le passé, Pietro m'avait reproché mon ignorance, et à présent je me la reprochais moi-même. J'écoutais Lila et réalisais mon inconsistance.

Elle qui apprenait toujours avec rapidité et sans effort, elle semblait désormais capable de donner à chaque monument et à chaque pierre une signification majeure, une importance fantastique, au point que j'aurais volontiers laissé tomber les âneries dont je m'occupais pour me mettre à étudier la ville à mon tour. Mais les *âneries* en question absorbaient toute mon énergie, je travaillais souvent même la nuit, et c'était grâce à elles que je vivais dans le confort. Parfois, dans mon appartement silencieux, je m'interrompais et songeais qu'au même moment Lila aussi était peut-être éveillée. Je l'imaginais en train d'écrire comme moi, de résumer des textes lus à la bibliothèque et de noter ses réflexions, les utilisant comme points de départ pour raconter ses propres histoires ; il était possible que la vérité historique ne l'intéresse pas mais qu'elle cherche simplement à donner libre cours à son imagination.

Évidemment, elle procédait selon son mode habituel, tout en improvisation, suivant des motifs de curiosité imprévus qui ensuite faiblissaient et s'évanouissaient. À un moment donné, pour autant que je le comprenne, elle s'intéressait à la manufacture de porcelaine près du Palazzo Reale. À un autre moment, elle accumulait des informations sur San Pietro a Majella. À un autre encore, elle recherchait des témoignages de voyageurs étrangers, dans lesquels elle avait l'impression de reconnaître un mélange d'enchantement et de répulsion. Elle expliquait : Tous, oui tous, siècle après siècle, ont chanté le port, la mer, les bateaux, les châteaux, le Vésuve haut et noir avec ses flammes dédaigneuses, la ville en amphithéâtre, les jardins, les vergers et les palais. Mais ensuite, siècle après siècle, ils se plaignaient aussi tous de l'inefficacité, de la corruption, de la misère physique et morale. Aucune institution, derrière sa façade, son nom pompeux et ses nombreux travailleurs, ne fonctionnait vraiment. Il n'y avait aucun ordre repérable, juste une foule chaotique et incontrôlable dans les rues débordant de vendeurs en tout genre, de gens qui parlaient très fort, de gamins, de mendiants. Ah, aucune ville n'est aussi bruyante, assourdissante que Naples !

Un jour, elle me parla de la violence. Nous avions cru que c'était propre au quartier, dit-elle. Elle nous cernait depuis notre naissance, elle nous a effleurés et touchés toute notre vie, et nous pensions : on n'a pas eu de chance. Tu te rappelles les mots qu'on utilisait pour faire souffrir, et ceux qu'on inventait pour humilier ? Tu te souviens des coups qu'ont donnés et qu'ont pris Antonio, Enzo, Pasquale, mon frère, les Solara, toi aussi, et moi ? Tu te rappelles quand mon père m'a jetée par la fenêtre ? En ce moment, je lis un vieil article sur San Giovanni a Carbonara, qui explique ce qu'est la Carbonara ou le Carboneto. Je croyais que là, autrefois, il y avait du charbon et des charbonniers. Mais non, c'était un endroit qui servait de dépotoir, il y en avait comme ça dans toutes les villes. On l'appelait le Fosso Carbonario, des eaux sales y coulaient et on y jetait les charognes d'animaux. Depuis l'Antiquité, le Fosso Carbonario de Naples se trouvait là où, aujourd'hui, il y a l'église San Giovanni a Carbonara. En son temps, le poète Virgile avait ordonné que, tous les ans, se tienne dans cette zone qu'on appelle la Piazza di Carbonara, le *ioco de Carbonara*, des jeux de gladiateurs sans *morte de homini come de po è facto* mais pour entraîner *li homini ali facti de l'arme* – elle aimait cet italien d'autrefois, il l'amusait, et elle me faisait ces citations avec un plaisir évident. Mais bientôt, il ne s'était plus agi de *ioco* ou d'entraînement. Dans cet endroit où l'on jetait les animaux et les ordures, le sang de nombreux êtres humains aussi avait coulé. Il semble que ce soit là qu'on ait inventé le jeu consistant à se jeter des *prete*, les guerres de pierres que nous faisions nous aussi, gamines : Tu te rappelles quand Enzo m'a atteinte au front – je porte encore la cicatrice ? Après, il avait été au désespoir et m'avait offert une couronne de sorbier. Mais par la suite, sur la Piazza di Carbonara, on est passé des pierres aux armes, et c'est devenu le lieu où on se battait jusqu'à ce que mort s'ensuive. Crève-la-faim, bourgeois et princes accouraient tous pour voir comment les gens se tuaient par vengeance. Lorsqu'un bel éphèbe tombait, transpercé par des lames forgées sur l'enclume de la mort, mendiants, bourgeois, rois et reines lançaient aussitôt des salves d'applaudissements, qui montaient jusqu'aux étoiles. Ah, la violence ! Arracher, déchirer, tuer ! Entre fascination et horreur,

Lila parlait en mêlant dialecte, langue italienne et citations savantes qu'elle pêchait je ne sais où et qu'elle connaissait par cœur. La planète entière est un grand Fosso Carbonario! s'exclamait-elle. Parfois, je me disais qu'elle aurait pu captiver des salles bondées, mais ensuite je la ramenais à ses justes proportions. C'est une femme de cinquante ans qui n'a pas dépassé l'école primaire, elle ne sait pas faire une recherche, elle ignore ce que sont les sources documentées : elle lit, se passionne, mélange le vrai et le faux, invente. Rien d'autre. Ce qui paraissait l'intéresser et l'amuser, c'était surtout que toute cette pourriture et toute cette horreur de membres brisés, d'yeux arrachés et de têtes fracassées avaient ensuite été recouvertes – oui, littéralement recouvertes – par une église consacrée à saint Jean-Baptiste, et par un monastère d'ermites de saint Augustin où se trouvait une bibliothèque très fournie. Ha ha ha! riait-elle. En dessous le sang, au-dessus Dieu, la paix, la prière et les livres! C'est ainsi qu'était née l'association entre saint Jean et le Fosso Carbonario, autrement dit le toponyme San Giovanni a Carbonara : C'est une rue où on est passées mille fois, Lenù, à quelques pas de la gare, entre Forcella et les Tribunali.

Je savais où se trouvait San Giovanni a Carbonara, je le savais très bien, mais j'ignorais tout de ces histoires. Elle m'en parla longuement. Elle m'en parla afin de me faire comprendre – tel fut mon soupçon – que toutes ces choses qu'elle me racontait, elle les avait déjà plus ou moins écrites : elles faisaient partie d'un vaste texte dont la structure, toutefois, m'échappait. Je me demandai : Qu'est-ce qu'elle a en tête ? Quelles sont ses intentions? Met-elle simplement de l'ordre dans ses vagabondages et ses lectures, ou bien projette-t-elle un livre sur les curiosités napolitaines? Un tel ouvrage, naturellement, elle ne l'achèvera jamais, mais il lui servira à continuer, jour après jour, à présent que non seulement Tina a disparu, mais qu'Enzo a disparu aussi, que les Solara ont disparu, et que je disparais à mon tour, emmenant avec moi Imma qui, avec des hauts et des bas, l'avait aidée à survivre.

45

Peu avant mon départ pour Turin, je passai beaucoup de temps avec elle, et nos adieux furent affectueux. C'était un jour d'été, en 1995. Nous parlâmes un peu de tout, pendant des heures, mais elle finit par consacrer son attention à Imma, quatorze ans maintenant, belle et vive, qui venait de terminer le collège. Lila chanta ses louanges sans perfidies imprévues et j'écoutai ses compliments, puis je la remerciai de l'avoir aidée dans une période difficile. Elle me regarda, perplexe, et me corrigea :

« J'ai toujours aidé Imma, ce n'est pas récent !

— Oui, mais avec les problèmes de Nino, ton aide lui a été particulièrement utile. »

Ces mots ne lui plurent pas davantage et il y eut un moment de confusion. Elle ne voulait pas que je lie Nino à l'intérêt qu'elle avait porté à Imma. Elle me rappela qu'elle s'était occupée de la petite depuis le début, souligna qu'elle l'avait fait parce

que Tina avait beaucoup aimé ma fille, et ajouta :
Peut-être que l'amour de Tina pour Imma était
encore plus grand que le mien. Puis elle secoua la
tête, mécontente.

« Je ne te comprends pas, lâcha-t-elle.

— Qu'est-ce que tu ne comprends pas ? »

Elle devint nerveuse, elle avait quelque chose en
tête qu'elle avait envie de me dire, mais se retenait.

« Je ne comprends pas comment, pendant tout
ce temps, il est possible que tu n'y aies pas pensé
une seule fois.

— Pensé à quoi, Lila ? »

Elle se tut quelques secondes puis répondit, les
yeux rivés au sol :

« Tu te rappelles la photo dans *Panorama* ?

— Laquelle ?

— Celle où tu étais avec Tina, et où on disait
que c'était ta fille.

— Bien sûr, que je me rappelle !

— J'ai souvent pensé que Tina, on me l'avait
peut-être prise à cause de cette photo.

— Comment ça ?

— Ils ont cru avoir volé ta fille, alors qu'ils ont
volé la mienne. »

Voilà ce qu'elle me dit et, ce matin-là, j'eus la
preuve que je n'avais pratiquement rien perçu des
mille suppositions, conjectures et obsessions qui
l'avaient tourmentée et la tourmentaient encore.
Une décennie ne lui avait apporté aucun apaise-
ment, et son cerveau n'arrivait pas à trouver un
espace tranquille pour sa fille. Elle murmura :

« Tu étais en permanence dans les journaux
et à la télévision, toute belle, tout élégante, toute
blonde : peut-être voulaient-ils de l'argent de toi,
non de moi – qui sait ? Aujourd'hui je ne suis plus

sûre de rien, les choses vont dans un sens, puis changent de direction... »

Elle expliqua qu'Enzo en avait parlé à la police et qu'elle en avait parlé à Antonio, mais ni la police ni Antonio n'avaient pris cette hypothèse au sérieux. Toutefois, à ce moment-là, elle l'évoqua comme si elle était à nouveau convaincue que les choses s'étaient passées ainsi. Qui sait tout ce qu'elle avait eu et avait encore sur le cœur, et que je n'avais jamais soupçonné! Nunziatina avait été kidnappée à la place de mon Immacolata? Mon succès était responsable de l'enlèvement de sa fille? Et son attachement à Imma, était-ce un effet de son anxiété, une protection, une sauvegarde? Avait-elle imaginé que les kidnappeurs, après s'être débarrassés de la fillette prise par erreur, reviendraient prendre celle qu'ils voulaient vraiment? Et y avait-il autre chose encore? Qu'est-ce qui pouvait lui être passé par la tête? Pourquoi me parlait-elle seulement aujourd'hui de cette possibilité? Voulait-elle m'administrer un dernier poison, afin de me punir de m'apprêter à la quitter? Ah, je comprenais pourquoi Enzo était parti! Vivre avec elle était devenu trop déchirant.

Se rendant compte que je la regardais avec inquiétude, pour se mettre en sécurité, elle choisit de parler de ses lectures. Mais cette fois, son discours fut très confus, et son visage déformé par le mal-être. Elle marmonna en riant : Le mal prend des chemins tellement imprévus! Tu mets dessus des églises, des couvents, des livres – ça a l'air si important, les livres, dit-elle d'un ton sarcastique, tu y as consacré toute ta vie! –, et puis le mal défonce le sol et débarque là où tu ne l'attends pas. Ensuite elle s'apaisa et se remit à parler de Tina, d'Imma, de moi, mais d'un ton conciliant, presque pour s'excuser de ce qu'elle m'avait dit. Quand le silence me pèse trop, glissa-t-elle, des tas d'idées me viennent en tête, ne fais pas attention ! Y a que dans les mauvais romans que les gens pensent et disent toujours ce qu'il faut, dans ces livres-là, chaque effet a une cause, il y a les gentils et les méchants, et à la fin le lecteur est consolé. Elle murmura : Il est possible que Tina revienne ce soir, alors on s'en fout de savoir comment ça s'est passé, le principal c'est qu'elle soit à nouveau ici et qu'elle me pardonne pour ma distraction. Pardonne-moi toi aussi, ajouta-t-elle. Elle m'étreignit et dit : Pars, pars, et fais des choses encore plus prodigieuses que celles que tu as faites jusqu'à présent ! J'ai été proche d'Imma *aussi* parce que j'avais peur que quelqu'un la prenne, et tu as vraiment aimé mon fils *aussi* quand ta fille l'a quitté. Tu as supporté tellement de choses pour lui, merci ! Je suis si heureuse que nous ayons été amies pendant tout ce temps, et que nous le soyons encore !

46

L'hypothèse qu'on avait pris Tina en croyant que c'était ma fille me bouleversa, sans que je considère pour autant que cela ait un quelconque fondement. Je pensai plutôt à l'enchevêtrement de sentiments troubles qui avait généré cette idée, et tentai d'y mettre de l'ordre. Après toutes ces années, il me revint à l'esprit que, pour des raisons tout à fait fortuites – sous les faits les plus insignifiants se cachent bien des sables mouvants –, Lila avait fini par donner à sa fille le nom de ma poupée adorée, celle qu'elle avait jetée au fond d'une cave lorsque nous étions petites. C'était la première fois que j'y songeais et je laissai mon imagination vagabonder un moment – mais pas pour longtemps : je me retrouvai bientôt au bord d'un puits noir au fond duquel scintillaient quelques lueurs, et je reculai. Tout rapport intense entre des êtres humains est truffé de pièges et, si on veut qu'il dure, il faut apprendre à les esquiver. C'est ce que je fis en cette circonstance aussi : je finis par me dire que ce n'était qu'une énième preuve de la nature à la fois splendide et ténébreuse de notre amitié, ainsi que de la douleur intense et compliquée de Lila, qui durait encore et durerait toujours. Je partis pour Turin convaincue, avec Enzo, que Lila était bien loin d'une vieillesse paisible dans le cadre qu'elle s'était imposé. La dernière image qu'elle m'offrit fut celle d'une femme de cinquante ans qui avait l'air d'en avoir dix de plus et qui de temps en temps, pendant qu'elle parlait, était prise de désagréables bouffées de chaleur. Elle devenait rouge vif, même son cou se couvrait de taches, son regard s'égarait, et elle saisissait un pan de sa combinaison pour s'éventer, montrant sa culotte à Imma et à moi.

47

À Turin, désormais tout était prêt : j'avais trouvé un appartement près du Ponte Isabella et m'étais déjà arrangée pour déménager le gros de mes affaires et de celles d'Imma. Nous partîmes donc. Je me souviens du train juste à la sortie de Naples : ma fille était assise en face de moi et, pour la première fois, je la voyais mélancolique à l'idée de ce qu'elle laissait derrière elle. J'étais très fatiguée à la suite des nombreux allers et retours de ces derniers mois, à cause des mille choses que j'avais dû organiser, de tout ce que j'avais fait et oublié de faire. Je m'abandonnai sur le siège, regardai par la vitre les faubourgs de la ville et le Vésuve qui s'éloignaient. C'est à ce moment-là qu'une certitude surgit à la surface, telle une bouée qu'on tenait sous l'eau et qu'on lâche soudain : en écrivant sur Naples, Lila allait écrire sur Tina, et cette œuvre – justement parce qu'elle était nourrie par l'effort pour dire une douleur indicible – serait hors du commun.

Cette idée s'enracina en moi et ne faiblit jamais. Pendant mes années turinoises – tant que je dirigeai la petite mais dynamique maison d'édition qui m'avait embauchée, et aussi longtemps que je me sentis beaucoup plus estimée et, je dirais même, plus puissante que ne l'avait été Adele à mes yeux des années auparavant –, cette certitude prit la forme d'un souhait, d'un espoir. J'aurais aimé qu'un jour Lila me téléphone pour me dire : J'ai un manuscrit, un brouillon, un *zibaldone*, bref un texte, j'aimerais que tu le lises et que tu m'aides à y mettre de l'ordre. Je l'aurais lu tout de suite. J'y aurais travaillé pour lui donner une forme acceptable et, de relecture en relecture, j'aurais sans doute fini par le réécrire. Lila, malgré sa vivacité intellectuelle, sa mémoire extraordinaire et les lectures qu'elle avait sans doute faites toute sa vie, m'en parlant parfois, mais le plus souvent me les taisant, avait une formation de base absolument insuffisante et aucune expérience de romancière. Je craignais qu'il ne s'agisse d'une accumulation confuse de bonnes idées mal formulées et de passages magnifiques placés au mauvais endroit. Il ne me vint jamais à l'esprit, jamais, qu'elle aurait pu écrire une petite histoire insignifiante, bourrée de lieux communs : au contraire, je fus toujours et absolument convaincue qu'elle aurait fait quelque chose de bien. Dans les périodes où j'avais du mal à mettre en place un programme éditorial d'un bon niveau, j'en arrivai même à interroger avec insistance Rino (celui-ci débarquait souvent chez moi, il arrivait sans téléphoner, disait qu'il venait juste dire bonjour et restait au moins deux semaines). Je lui demandais : Ta mère écrit encore ? Ça ne t'est jamais arrivé de jeter un œil, de regarder de quoi il s'agit ? Mais il disait : Oui, non, je me rappelle pas, c'est des trucs à elle, je sais pas… Je persévérais. Je rêvais à la collection dans laquelle j'aurais inséré ce texte fantôme, et à ce que j'aurais fait pour lui donner le plus de visibilité possible et pour en tirer du prestige à mon tour. Parfois, je téléphonais directement à Lila et, après lui avoir demandé comme elle allait, lui posais quelques questions avec tact, m'en tenant à des généralités : Tu es toujours aussi passionnée par Naples, tu prends toujours beaucoup de notes ? Systématiquement, elle répondait : Mais quelle passion ? Quelles notes ? Je suis une vieille folle comme Melina ! Tu t'en souviens, de Melina ? Qui sait si elle est encore vivante ! Alors je laissais tomber et nous passions à autre chose.

48

Au cours de nos conversations téléphoniques, nous parlions de plus en plus des morts, ce qui était aussi une occasion d'évoquer les vivants.

Son père, Fernando, était mort et, quelques mois plus tard, Nunzia était morte à son tour. Après quoi, Lila avait emménagé avec Rino dans le vieil appartement où elle était née, et qu'elle avait acheté longtemps auparavant avec son argent. Mais à présent, ses autres frères et sœurs soutenaient que ce logement avait appartenu à leurs parents et ils la harcelaient, revendiquant le droit d'en avoir une part chacun.

Stefano était mort après un nouvel infarctus – on n'avait même pas eu le temps d'appeler une ambulance, il s'était écroulé face contre terre – et Marisa avait quitté le quartier avec ses enfants. Nino avait enfin fait quelque chose pour elle : non seulement il lui avait trouvé un poste de secrétaire dans un cabinet d'avocats de la Via Crispi, mais il lui passait de l'argent pour qu'elle puisse envoyer ses enfants à l'université.

Un type était mort, je ne l'avais jamais rencontré, mais on savait que c'était l'amant de ma sœur Elisa. Elle avait quitté le quartier mais ni elle, ni mon père, ni mes frères ne m'avaient prévenue. Je sus par Lila qu'elle était partie à Caserta : elle avait rencontré un avocat, également conseiller municipal, et s'était remariée, mais elle ne m'avait pas invitée à son mariage.

Nous avions des conversations de ce genre, elle me tenait au courant de toutes les nouveautés.

Moi je lui parlais de mes filles, de Pietro qui avait épousé une collègue de cinq ans son aînée, de ce que j'écrivais, et de mon expérience dans l'édition. À deux ou trois reprises seulement, je parvins à lui poser des questions plus directes sur le sujet qui me tenait vraiment à cœur :

« Admettons que tu écrives quelque chose – c'est une hypothèse, hein : tu me le ferais lire ?

— Quelque chose comme quoi ?

— Quelque chose. Rino dit que tu passes ton temps devant l'ordinateur.

— Rino dit des âneries ! Je vais sur Internet. Je m'informe sur les nouveautés dans l'informatique. C'est ça que je fais, quand je suis devant mon ordinateur. Je n'écris pas.

— Tu es sûre ?

— Évidemment ! Est-ce que je réponds à tes e-mails ?

— Jamais, et ça m'énerve. Je t'écris tout le temps, et toi, rien !

— Tu vois ? Je n'écris rien à personne, même pas à toi.

— D'accord. Mais au cas où tu écrirais quelque chose, tu me le ferais lire, tu me permettrais de le publier ?

— C'est toi, l'écrivaine.

— Tu ne m'as pas répondu.

— Je t'ai répondu, mais tu fais semblant de ne pas comprendre. Pour écrire, il faut désirer que quelque chose te survive. Alors que moi, je n'ai même pas envie de vivre, ce n'est jamais quelque chose que j'ai éprouvé fortement, contrairement à toi. Si je pouvais m'effacer maintenant, au moment même où nous parlons, je serais plus que contente. Alors me mettre à écrire, tu parles ! »

Elle avait souvent exprimé cette idée d'effacement mais, à partir de la fin des années quatre-
vingt-dix – et surtout après l'an 2000 –, cela devint
une espèce de ritournelle railleuse. Il s'agissait
d'une métaphore, naturellement. Cette expression
lui plaisait, elle l'avait utilisée dans les circonstances les plus diverses, et il ne me vint jamais à
l'esprit, pendant toutes les années de notre amitié
– même lors des moments les plus terribles qui
avaient suivi la disparition de Tina –, qu'elle pouvait penser au suicide. S'effacer était une espèce de
projet esthétique. C'est insupportable, disait-elle,
l'informatique ça a l'air tellement propre, et pourtant ça salit! C'est très sale et ça t'oblige à laisser
des traces de toi partout, comme si tu te pissais et
te chiais dessus à longueur de journée. Mais moi,
je ne veux rien laisser de moi! La touche que je
préfère, c'est celle qui sert à effacer.

Cette obsession avait surtout marqué certaines
périodes, d'autres moins. Je me souviens d'une
tirade perfide inspirée par ma notoriété. Une fois,
elle me dit: Eh bien, que d'histoires, pour un
nom! Connu ou pas, ce n'est qu'un ruban entourant un petit sac rempli en vrac de sang, de chair,
de paroles, de merde et de petites idées! Elle se
moqua longuement de moi autour de ce thème:
Je défais le ruban «Elena Greco» et le petit sac
reste là, il fonctionne quand même, au hasard
naturellement, sans mérites ni démérites, jusqu'à
ce qu'il se rompe. Au cours de ses journées les
plus sombres, elle disait avec un petit rire âpre:
Moi je veux dénouer mon nom, l'enlever, le jeter
et l'oublier! Mais en d'autres occasions, elle était
plus détendue. Par exemple, il m'arrivait de lui
téléphoner, espérant la convaincre de me parler

de son texte, et alors qu'elle niait avec force son existence, continuant à se dérober, j'avais l'impression que mon coup de fil l'avait surprise au beau milieu d'un moment de création. Un soir, je la trouvai dans un état d'heureux étourdissement. Comme d'habitude, elle me tint ses discours sur l'anéantissement de toute hiérarchie – *Ah, tous ces bla-bla sur la grandeur d'untel ou untel, mais quel mérite on a, à être né avec certaines qualités ? C'est comme admirer le panier de la tombola quand on le secoue et qu'on tire les numéros gagnants –*, mais elle s'exprima, à la fois inventive et précise, et je sentis le plaisir qu'elle avait à créer des images. Ah, comme elle savait bien utiliser les mots, quand elle le voulait ! Elle semblait conserver un sens secret qui ôtait sens à tout le reste. C'est peut-être ça qui commença à m'attrister.

49

La crise survint au cours de l'hiver 2002. À cette époque, malgré des hauts et des bas, je me sentais encore épanouie. Tous les ans, Dede et Elsa revenaient des États-Unis, parfois seules, parfois avec des petits amis tout à fait provisoires. La première travaillait sur les mêmes sujets que son père, la deuxième avait précocement décroché un poste universitaire dans un domaine totalement mystérieux de l'algèbre. Quand ses sœurs revenaient, Imma se libérait de ses obligations et passait tout son temps avec elles. La famille se recomposait, nous logions toutes les quatre dans l'appartement de Turin et nous promenions en ville, heureuses d'être ensemble au moins pendant une brève période, affectueuses, attentives les unes aux autres. Je les regardais en me disant : Quelle chance j'ai eue!

Mais en 2002, à Noël, quelque chose se produisit qui me déprima. Mes trois filles revinrent toutes pour un long séjour. Dede avait épousé un ingénieur très sérieux d'origine iranienne et avait donné naissance, il y a deux ans, à un petit garçon plein de vie, Hamid. Elsa arriva accompagnée d'un collègue de Boston, mathématicien lui aussi, plus jeune qu'elle et très bruyant. Imma aussi rentra de Paris, où elle étudiait la philosophie depuis deux ans, et se présenta avec un camarade de fac, un Français très grand, plutôt laid et presque muet. Comme ce mois de décembre fut agréable! J'avais cinquante-huit ans, j'étais grand-mère, je cajolais Hamid. Je me souviens que le soir de Noël, je me tenais dans un coin avec le bambin et contemplais sereinement les corps pleins de jeunesse et d'énergie de mes filles. À la fois toutes et aucune ne me ressemblaient, leur vie était très éloignée de la mienne, et pourtant je les sentais comme une part inaliénable de moi-même. Je pensai : J'ai fait tant d'efforts, j'ai parcouru un tel chemin! À chaque pas, j'aurais pu tomber, or cela ne s'est pas produit. J'ai quitté le quartier, j'y suis retournée, j'ai réussi à partir à nouveau. Rien, rien ne nous a fait sombrer, moi et ces trois filles auxquelles j'ai donné la vie. Je nous ai mises en sécurité, je les ai mises en sécurité. Oh, elles appartiennent désormais à d'autres lieux, à d'autres langues! Pour elles, l'Italie est à la fois un coin splendide de la planète et une province insignifiante et stérile, juste bonne pour de brèves vacances. Dede me dit souvent : Pars, viens habiter chez moi, tu pourrais travailler là aussi ! Je réponds que oui, je le ferai tôt ou tard. Elles sont fières de moi, et pourtant je sais qu'aucune d'elles ne me supporterait très longtemps, pas même Imma, désormais. Le monde a prodigieusement changé et il est de plus en plus le leur, de moins en moins le mien. Mais c'est bien comme ça, me dis-je tout en dorlotant Hamid : en dernier ressort, ce qui compte, c'est que ces filles soient très douées et qu'elles n'aient pas rencontré une seule des difficultés que j'ai dû affronter. Elles ont des manières, des façons de parler, des exigences, des prétentions et une conscience de soi qu'aujourd'hui encore je n'ose pas me permettre. D'autres femmes et d'autres hommes n'ont pas eu cette chance. Dans les pays jouissant de quelque aisance, une moyenne a prévalu, qui cache les horreurs présentes dans le reste du monde. Quand ces horreurs libèrent une violence qui arrive jusque dans nos villes et dans notre quotidien, nous sursautons et nous alarmons. L'année dernière, quand j'ai vu à la télévision les tours de New York que les avions incendiaient, comme la tête d'allumettes que l'on frotte légèrement, j'ai cru mourir de peur, et j'ai eu de longs échanges téléphoniques avec Dede, Elsa et aussi Pietro. Dans le monde d'en bas, c'est l'enfer : mes filles le savent, cependant pour elles ce ne sont que des mots, elles s'en indignent mais, en attendant, elles jouissent des plaisirs de l'existence, tant qu'il y en a. Elles attribuent leur bien-être et leur succès à leur père. Pourtant, la base de leurs privilèges, c'est moi – moi qui n'avais aucun privilège.

Alors que je raisonnais ainsi, je sentis le découragement me gagner. Cela commença sans doute lorsque mes trois filles emmenèrent joyeusement leurs hommes devant la bibliothèque où se trouvaient mes livres. Je suppose qu'aucune d'elles n'en avait jamais lu aucun, en tout cas je ne les avais jamais vues le faire, et elles ne m'en avaient jamais parlé. Pourtant, à présent elles les feuilletaient, en lisant même des morceaux à haute voix. Ces livres reflétaient le climat dans lequel j'avais vécu, ce qui m'avait inspirée, les idées qui m'avaient influencée. J'avais suivi mon époque pas à pas, inventant des histoires et réfléchissant. J'avais mis l'accent sur certains maux, que j'avais choisi de mettre en scène. J'avais envisagé je ne sais combien de fois des changements salvateurs qui ne s'étaient jamais réalisés. J'avais utilisé la langue de tous les jours pour évoquer des choses de tous les jours. J'avais insisté sur certains thèmes : le travail, les conflits de classe, le féminisme, les marginaux. Elsa, sur un ton ironique – Dede était plus respectueuse, Imma plus prudente –, lisait des extraits de mon premier roman, de mon récit sur l'invention des femmes par les hommes, et d'autres livres encore qui avaient remporté de nombreux prix. Sa voix mettait habilement en relief des défauts, des excès, des expressions trop exclamatives, et la vétusté des idéologies que j'avais soutenues autrefois comme autant de vérités indiscutables. Elle s'arrêtait surtout, amusée, sur le lexique, répétant à deux ou trois reprises des mots passés de mode depuis longtemps et qui semblaient privés de sens. À quoi étais-je en train d'assister ? À une mise en boîte affectueuse comme on la pratiquait à Naples

– c'était certainement là que ma fille avait pris ce ton – mais qui, ligne après ligne, se transformait en une démonstration de la faible valeur de tous ces volumes alignés avec leurs traductions ?

Je crois que le jeune mathématicien, compagnon d'Elsa, fut le seul à réaliser que ma fille me faisait du mal. Il l'interrompit, lui ôta le livre des mains et se mit à me poser des questions sur Naples comme s'il s'agissait d'une ville mythique comme celles d'autrefois, d'où les explorateurs audacieux ramenaient des récits. Cette journée de fête s'écoula. Mais à partir de là, quelque chose changea en moi. De temps à autre, je prenais l'un de mes volumes et en lisais quelques pages, sentant toute leur fragilité. Mes incertitudes de toujours reprirent de la vigueur. Je doutai de plus en plus de l'intérêt de mes ouvrages. Par contraste, et en parallèle, le texte fantôme de Lila acquit une qualité imprévue. Si j'y avais pensé auparavant comme à une matière brute que j'aurais dû travailler avec elle afin d'en tirer un bon livre pour ma maison d'édition, il finit par devenir dans mon esprit une œuvre achevée, et donc une pierre de touche possible. Je me surpris à me demander : Et si, tôt ou tard, elle sortait de ses fichiers un récit bien meilleur que les miens ? Et s'il était vrai que je n'avais jamais écrit de roman mémorable, alors qu'elle en écrivait et réécrivait un depuis des années ? Et si le génie que Lila avait exprimé enfant avec « La Fée bleue », au point de troubler Mme Oliviero, se manifestait aujourd'hui, au cours de ses vieux jours, dans toute sa puissance ? Dans un tel cas, son livre deviendrait – ne serait-ce que pour moi – la preuve de mon échec et, en le lisant, je comprendrais la manière dont j'aurais dû écrire sans jamais en être capable. À ce moment-là, ma discipline obstinée, mes études épuisantes, chaque page et chaque ligne que j'avais publiée avec succès, tout cela se dissoudrait, comme lorsqu'en mer la tempête qui arrive se heurte à la ligne violette de l'horizon et recouvre toute chose. Mon image d'écrivaine venue d'un lieu dégradé mais ayant obtenu succès et estime révélerait sa propre inconsistance. Je n'éprouverais plus la même satisfaction devant ma notoriété, devant mes filles si bien réussies, ni devant mon dernier amant en date, un professeur du Politecnico de huit ans mon cadet – deux fois divorcé et un fils, que je voyais une fois par semaine dans sa maison sur les collines turinoises. Ma vie entière se réduirait à une bataille mesquine pour changer de classe sociale.

50

Je tentai de lutter contre la déprime et téléphonai de moins en moins à Lila. Maintenant, je n'espérais plus mais je *craignais*, oui je craignais qu'elle ne me dise : Tu veux lire les pages que j'ai écrites ? Ça fait des années que j'y travaille, je te les envoie par courriel ! Je n'avais aucun doute sur ma réaction, si j'avais découvert qu'elle avait fait irruption pour de vrai dans mon identité d'écrivaine, la vidant de toute substance. J'aurais certainement été éblouie, comme devant « La Fée bleue ». J'aurais publié son texte sans hésitation. Je me serais battue pour l'imposer, de toutes les manières possibles. Mais je n'étais plus cet être à peine âgé de quelques années qui découvrait les extraordinaires qualités de sa camarade de classe. Maintenant j'étais une femme mûre, avec un profil professionnel solide. J'étais ce que Lila elle-même avait souvent répété, tantôt par plaisanterie, tantôt sérieusement : Elena Greco, l'amie prodigieuse de Raffaella Cerullo. Et ce brusque retournement de situation m'aurait totalement anéantie.

Mais à cette époque, les choses marchaient encore bien pour moi. J'avais une vie très remplie, je paraissais encore jeune, je travaillais beaucoup, et ma notoriété rassurante ne laissait guère de place à ces pensées, qui se réduisaient à un vague mécontentement. Les années noires arrivèrent plus tard. Mes livres se vendirent de moins en moins. Je perdis mon rôle dans la maison d'édition. Je pris du poids, mon corps se déforma, je me sentis âgée et épouvantée par l'éventualité d'une vieillesse pauvre et terne. Je dus admettre que je travaillais toujours avec des idées que je m'étais forgées pendant les décennies précédentes, alors que tout était différent, moi comprise.

En 2005, je descendis à Naples et vis Lila. Ce fut une journée difficile. Elle avait beaucoup changé, elle s'efforçait d'être sociable, disait bonjour à tout le monde de manière névrotique et parlait trop. Voyant des Africains et des Asiatiques dans chaque coin du quartier, humant des odeurs de cuisines inconnues, elle s'enthousiasmait et disait : Je n'ai pas fait le tour du monde comme toi, mais tu vois, c'est le monde qui est venu à moi ! À Turin, c'était désormais la même chose, et l'arrivée de l'exotisme sous des formes quotidiennes m'avait séduite. Mais c'est seulement au quartier que je me rendis compte que le paysage anthropique s'était modifié. Suivant une tradition éprouvée, le vieux dialecte avait immédiatement accueilli des langues mystérieuses, et il s'accommodait de capacités phoniques différentes, de syntaxes et de sensibilités très éloignées. La pierre grise des immeubles arborait des enseignes surprenantes, aux vieilles affaires, licites et illicites, se mêlaient de nouvelles, et l'exercice de la violence s'ouvrait à de nouvelles cultures.

C'est ce jour-là que la nouvelle de la découverte du cadavre de Gigliola dans le jardin public se diffusa. On ne savait pas alors qu'elle était morte d'un infarctus, et je crus qu'elle avait été assassinée. Son corps allongé à terre était énorme. Comme elle avait dû souffrir de ses changements physiques, elle qui avait été si belle et avait pris le si beau Michele Solara ! Moi je suis encore vivante, me dis-je, et pourtant je n'arrive plus à me sentir différente de ce gros corps qui gît sans vie dans cet endroit sordide, de cette façon sordide. C'était ainsi. Moi aussi, bien que j'eusse pris soin de moi de façon obsessionnelle, je ne me reconnaissais plus : j'avais un pas de plus en plus incertain, et mon physique n'avait plus rien de ce à quoi j'avais été habituée depuis des décennies. Je m'étais sentie tellement différente des autres, petite fille ! Or maintenant, je m'apercevais que j'étais exactement comme Gigliola.

En revanche, Lila ne semblait nullement se soucier de la vieillesse. Elle gesticulait avec énergie, criait et faisait d'amples saluts. Je ne lui demandai pas, pour une énième fois, où elle en était de son éventuel texte. Quelle que soit sa réponse, j'étais certaine qu'elle ne m'aurait pas remonté le moral.

Je ne voyais plus désormais comment sortir de la dépression, à quoi me raccrocher. Le problème n'était plus l'œuvre de Lila avec toutes ses qualités, ou plus exactement, je n'avais plus besoin de cette menace pour sentir que mes écrits, de la fin des années soixante à aujourd'hui, avaient perdu force et pertinence : ils ne parlaient plus au public comme j'avais eu l'impression qu'ils l'avaient fait pendant des dizaines d'années, ils ne trouvaient plus de lecteurs. Au contraire, je me rendis compte, à l'occasion de cette bien triste mort, que la nature même de mon malaise s'était modifiée. Maintenant, ce qui m'angoissait, c'était que rien de moi n'allait durer dans le temps. Mes livres avaient vu le jour tôt dans ma vie, et leur petit succès m'avait donné, pendant longtemps, l'illusion d'être engagée dans un travail plein de sens. Mais tout à coup, cette illusion s'était affaiblie, et désormais je n'arrivais plus à croire à l'intérêt de mon œuvre. En même temps, pour Lila aussi, tout était passé : elle menait une vie obscure et, enfermée dans le petit appartement de ses parents, remplissait l'ordinateur de je ne sais quelles impressions et pensées. Et pourtant, je me disais : Il est encore possible que son nom – ruban ou pas ruban –, justement à présent que c'est une vieille femme, voire après sa mort, reste lié à un ouvrage unique de grande importance : pas les milliers de pages que j'avais écrites, mais un seul livre avec un succès dont elle ne profiterait jamais – contrairement à moi, qui avais profité des miens –, et qui pourtant durerait dans le temps et serait lu et relu pendant des centaines d'années. Lila avait cette possibilité ; moi, je l'avais gâchée. Mon destin ne différait pas de celui de Gigliola ; le sien, peut-être que si.

51

Pendant un moment, je me laissai aller. Je travaillais très peu et, par ailleurs, ni la maison d'édition ni personne d'autre ne me demandait d'en faire davantage. Je ne fréquentais personne et ne passais que de longs coups de téléphone à mes filles, insistant pour qu'elles me passent mes petits-enfants, à qui je parlais en bêtifiant. À présent, Elsa aussi avait un petit garçon, Conrad, et Dede avait donné une petite sœur à Hamid, qu'elle avait appelée Elena.

Ces voix enfantines qui s'exprimaient avec grande précision me faisaient penser à Tina. Dans mes moments particulièrement noirs, j'étais de plus en plus persuadée que Lila avait écrit l'histoire détaillée de sa fille, et j'étais de plus en plus persuadée qu'elle l'avait mêlée à celle de Naples, avec l'ingénuité insolente de la personne inculte qui pourtant, justement pour cette raison, finit par obtenir des résultats prodigieux. Puis je réalisais qu'il s'agissait juste d'un de mes fantasmes. Sans le vouloir, j'accumulais appréhension, envie, ressentiment et affection. Lila n'avait pas ce genre d'ambition, elle n'avait jamais eu d'ambition. Pour monter n'importe quel projet auquel lier son nom, il faut de l'amour de soi, or elle m'avait bien dit qu'elle ne s'aimait pas, elle n'aimait rien d'elle-même. Mes soirs de profonde déprime, j'imaginais même qu'elle avait perdu sa fille afin de ne pas se voir reproduite avec son caractère antipathique, sa méchanceté vindicative et son intelligence privée d'objectif. Elle voulait s'effacer parce qu'elle ne se supportait pas. C'est ce qu'elle avait toujours fait, durant toute son existence, à commencer par sa manie de rester enfermée dans un périmètre étouffant et de se limiter toujours davantage, alors même que la planète ne voulait plus de frontières. Elle n'était jamais montée dans un train, pas même pour aller à Rome. Elle n'avait jamais pris l'avion. Son expérience était très étriquée et, quand j'y pensais, je le regrettais pour elle : alors je me mettais à rire, me levais en gémissant, me mettais à mon ordinateur et lui écrivais un énième courriel pour lui dire «viens me voir, comme ça on passera un peu de temps ensemble». À ces instants-là, c'était pour moi une évidence qu'il n'y avait pas et qu'il n'y aurait jamais de manuscrit de Lila. Je l'avais toujours surestimée, elle ne produirait jamais rien de mémorable, et si cela me rassérénait, je le regrettais pourtant sincèrement. Moi, j'aimais Lila. Je voulais qu'elle dure. Mais je voulais que ce soit moi qui la fasse durer. Je croyais que tel était mon devoir. Et j'étais convaincue que c'était elle-même, fillette, qui me l'avait assigné.

52

Le récit que j'intitulai plus tard *Une amitié* naquit lors d'une semaine pluvieuse passée à Naples, dans un vague état de déprime. Certes, je savais bien que je violais un pacte non écrit entre Lila et moi, et je savais aussi qu'elle ne le supporterait pas. Mais je croyais que, si le résultat était bon, elle finirait par me dire : Je te suis reconnaissante, c'étaient des choses que je n'avais pas le courage de dire, y compris à moi-même, et tu les as dites en mon nom. Il y a cette présomption, chez les gens qui se sentent destinés à l'art et surtout à la littérature : nous travaillons comme si nous avions été investis de quelque chose, mais en réalité il n'y a jamais eu la moindre investiture. Nous nous sommes donné à nous-même l'autorisation d'être auteur, et pourtant nous nous désolons si les autres nous disent : Ce machin que tu as écrit, ça ne m'intéresse pas, en fait ça m'ennuie, et d'abord qui t'a donné le droit de l'écrire ? Je rédigeai en quelques jours à peine une histoire que pendant des années, souhaitant et craignant que Lila ne l'écrive, j'avais fini par imaginer dans tous ses détails. Je le fis parce que, depuis l'enfance, tout ce qui venait d'elle ou tout ce que je lui attribuais me semblait plus important et plus prometteur que ce qui venait de moi.

Quand je finis la première mouture, je me trouvais dans une chambre d'hôtel, avec un petit balcon offrant une belle vue sur le Vésuve et sur l'hémicycle grisâtre de la ville. J'aurais pu appeler Lila sur son portable et lui dire : J'ai écrit sur moi, sur toi, sur Tina et sur Imma, tu veux lire ? Ça ne fait que quatre-vingts pages, je passe te voir, je te le lis à haute voix ! Mais je ne le fis pas, par crainte. Elle m'avait explicitement interdit non seulement d'écrire sur elle, mais aussi d'utiliser des personnes et des histoires du quartier. Quand cela m'était arrivé de le faire, elle avait trouvé le moyen de me dire tôt ou tard – et aussi de manière douloureuse – que mon livre était nul, et que soit on est capable de raconter les choses exactement comme elles se sont produites, dans leur désordre foisonnant, soit on travaille à partir de son imagination, en inventant un fil narratif : or moi, je n'avais su faire ni l'un ni l'autre. Du coup, je laissai tomber et me tranquillisai, en me disant : Ça sera comme d'habitude, mon récit ne lui plaira pas, elle fera comme si de rien n'était et, dans quelques années, elle me fera comprendre ou me dira carrément que je devrais avoir des visées plus élevées. En réalité, pensai-je, si je l'avais écoutée, je n'aurais jamais publié une ligne.

Le livre sortit, je fus emportée par une approbation que je n'avais plus suscitée depuis longtemps et, comme j'en avais besoin, je me sentis heureuse. *Une amitié* m'évita de figurer sur la liste des écrivains que tout le monde croit morts alors qu'ils sont encore en vie. Mes anciens livres recommencèrent à se vendre, il y eut un regain d'intérêt pour ma personne et, malgré l'arrivée de la vieillesse, ma vie fut à nouveau remplie. Mais ce livre, qu'au début j'ai considéré comme le meilleur que j'avais écrit, par la suite j'ai cessé de l'aimer. C'est Lila qui me l'a fait détester, en refusant par tous les moyens de me rencontrer, d'en parler avec moi ou même de m'insulter et de me recevoir avec des gifles. Je n'ai pas arrêté de lui téléphoner, je lui ai écrit de nombreux courriels, je suis allée au quartier, j'ai discuté avec Rino. Je n'ai jamais pu la voir. En même temps, son fils ne m'a jamais dit : Ma mère fait ça parce qu'elle ne veut plus te voir. Comme d'habitude, il est resté évasif, il a grommelé : Tu sais comment elle est, elle est toujours en vadrouille, son portable est éteint ou elle l'oublie à la maison, parfois elle ne rentre même pas dormir. C'est ainsi que j'ai dû prendre acte que notre amitié était finie.

53

De fait, je ne sais pas ce qui l'a offensée – est-ce un détail ? est-ce l'histoire dans son ensemble ? D'après moi, ce qu'il y avait de bien dans *Une amitié*, c'était la linéarité du récit. Il racontait de manière concise, avec tous les déguisements nécessaires, nos deux vies, depuis la perte de nos poupées jusqu'à la perte de Tina. Quelle erreur avais-je commise ? Pendant longtemps, j'ai pensé qu'elle m'en voulait parce que, bien qu'ayant eu recours dans la partie finale plus qu'ailleurs à mon imagination, je racontais ce qui, de fait, s'était passé dans la réalité : Lila avait mis en valeur Imma aux yeux de Nino et, ce faisant, s'était laissé distraire, avec pour conséquence la perte de Tina. Mais évidemment, ce qui, dans la fiction du récit, sert en toute innocence à atteindre le cœur des lecteurs, devient une infamie pour qui y perçoit l'écho de faits réellement vécus. Bref, longtemps, j'ai cru que ce qui avait assuré le succès du livre était aussi ce qui avait fait le plus de mal à Lila.

Par la suite, j'ai changé d'avis. Je me suis convaincue que le motif de son effacement était ailleurs : il était lié à la manière dont j'avais raconté l'épisode des poupées. J'avais dramatisé exprès le moment où elles avaient été englouties dans l'obscurité de la cave, j'avais exagéré le traumatisme de leur perte et, pour obtenir des effets émouvants, j'avais exploité le fait que l'une des poupées et l'enfant perdue portent le même prénom. Le tout conduisait le lecteur à établir un lien entre la perte, dans l'enfance, des filles imaginaires, et la perte, à l'âge adulte, de la véritable fille. Lila devait avoir trouvé cynique et malhonnête ce recours à un moment important de notre enfance, à sa fille et à sa douleur, afin de complaire à mon public.

Mais ce ne sont là que des suppositions, j'aurais besoin de me confronter à elle, d'écouter ses remontrances et de m'expliquer. Parfois, je me sens coupable et je la comprends. Parfois, je la déteste d'avoir choisi de me couper aussi nettement de sa vie alors même que, dans notre vieillesse, nous aurions besoin de proximité et de solidarité. Elle a toujours fait ça : quand je ne me soumets pas, elle m'exclut, me punit, et me gâche même le plaisir d'avoir écrit un bon livre. Je suis exaspérée. Et cette disparition qu'elle a mise en scène, en plus de m'inquiéter, m'énerve. Au fond, peut-être n'est-elle pas liée à la petite Tina, peut-être n'est-elle pas liée à ce fantôme qui continue de l'obséder, que ce soit sous la forme d'une enfant de presque quatre ans – la forme la plus durable –, ou sous la forme plus instable de la femme qui aurait aujourd'hui trente ans, comme Imma. Non, elle est uniquement liée à nous deux, comme toujours. Lila veut que je lui donne ce que sa nature et les circonstances l'ont empêchée de donner, or je n'arrive pas à fournir ce qu'elle exige. Elle s'emporte contre mon insuffisance et, par dépit, veut me réduire au néant comme elle l'a fait avec elle-même ; de mon côté, j'ai écrit pendant des mois et des mois afin de lui attribuer une forme qui ne perde pas ses limites, afin de la vaincre et de l'apaiser, et afin de m'apaiser à mon tour.

ÉPILOGUE
Restitution

1

Je n'arrive pas à y croire moi-même. J'ai fini ce récit qui semblait ne jamais devoir finir. Je l'ai achevé et relu avec patience, pas tant pour soigner la qualité de l'écriture que pour vérifier si, ne serait-ce que dans quelques lignes, je pouvais trouver la preuve que Lila était entrée dans mon texte et avait décidé de contribuer à l'écrire. Mais j'ai dû admettre que toutes ces pages étaient miennes. Ce que Lila a souvent menacé de faire – pénétrer dans mon ordinateur –, elle ne l'a pas fait ; peut-être n'aurait-elle même pas été capable de le faire, et n'était-ce là qu'un de mes vieux fantasmes de femme âgée, peu au fait des histoires de réseaux, câbles, connexions et esprits électroniques. Lila n'est pas dans ces mots. Il n'y a que ce que j'ai été capable de fixer. À moins qu'à force d'imaginer ce qu'elle aurait écrit et de quelle façon, je ne sois plus capable de distinguer ce qui est à elle de ce qui est à moi.

Pendant ce travail, j'ai souvent téléphoné à Rino

pour lui demander des nouvelles de sa mère. Il ne sait rien, et la police s'est contentée de le convoquer à trois ou quatre reprises pour lui montrer des cadavres de vieilles dames anonymes – il y en a tellement qui disparaissent! J'ai dû descendre deux fois à Naples et j'ai vu Rino dans le vieil appartement du quartier, plus sombre et décrépi que jamais. En effet, il n'y avait absolument plus rien de Lila, il manquait tout ce qui avait été sien. Quant à son fils, il m'a semblé plus distrait que d'ordinaire, comme si sa mère était définitivement sortie de sa tête aussi.

Ce qui m'avait amenée dans la ville, c'étaient deux enterrements, d'abord celui de mon père, puis celui de Lidia, la mère de Nino. En revanche, j'ai raté l'enterrement de Donato, non par rancune mais parce que j'étais à l'étranger. Quand je suis allée au quartier pour mon père, une grande agitation régnait car un garçon venait de se faire abattre devant l'entrée de la bibliothèque. Ce jour-là, je me suis dit que cette histoire pourrait continuer à l'infini, racontant tantôt les efforts de jeunes gens défavorisés qui tentaient d'améliorer leur sort en piochant des livres sur de vieilles étagères – comme Lila et moi l'avions fait, enfants –, tantôt l'ensemble de bavardages enjôleurs, de promesses, de tromperies et de sang qui empêchent ma ville et le monde d'aller véritablement mieux.

Quand je suis revenue pour l'enterrement de Lidia, c'était une journée nuageuse, la ville semblait tranquille et je me suis sentie apaisée moi aussi. Puis Nino est arrivé et il n'a rien fait d'autre que parler à haute voix, plaisanter et rire, comme si nous n'étions pas aux obsèques de sa mère. Je l'ai trouvé boursouflé, un gros bonhomme rubicond à qui il restait très peu de cheveux et qui ne faisait que chanter ses propres louanges. Après l'enterrement, j'eus du mal à me débarrasser de lui. Je ne voulais pas l'écouter ni même l'avoir sous les yeux. Pour moi, il évoquait le temps gâché et les efforts inutiles, je craignais que cette impression ne me reste en tête et n'envahisse tout, à la fois moi et ce qui m'entourait.

À l'occasion de ces deux enterrements, je me suis organisée à l'avance pour rendre visite à Pasquale. Ces dernières années, je l'ai fait chaque fois que j'ai pu. En prison, il a beaucoup étudié, il a passé son baccalauréat et a récemment obtenu une licence en géographie astronomique.

« Si j'avais su que pour avoir son bac ou une licence, il suffisait juste d'avoir du temps libre, de s'enfermer quelque part sans se soucier de gagner sa vie, et d'apprendre avec discipline des pages et des pages de quelques livres, je l'aurais fait avant ! » m'avait-il lancé un jour, railleur.

Aujourd'hui, c'est un monsieur âgé qui s'exprime posément, et il est beaucoup mieux conservé que Nino. Avec moi, il a rarement recours au dialecte. Mais il n'a pas modifié d'un iota la logique généreuse dans laquelle son père l'a installé dans son enfance. Quand je l'ai vu après l'enterrement de Lidia et lui ai parlé de Lila, il a éclaté de rire. Elle est sûrement en train de faire ses trucs à elle quelque part, avec intelligence et brio, murmura-t-il. Et il évoqua avec émotion le jour où nous nous étions vus à la bibliothèque du quartier, quand le maître distribuait des prix aux lecteurs les plus assidus et que la plus assidue s'avéra être Lila, suivie de tous les membres de sa famille, puisque Lila empruntait des livres en utilisant frauduleusement des cartes à leurs noms. Ah, Lila la cordonnière, Lila qui imitait la femme de Kennedy, Lila l'artiste et la décoratrice, Lila l'ouvrière, Lila la programmatrice, Lila toujours au même endroit et pourtant toujours en dehors !

« Qui lui a pris Tina ? ai-je demandé.

— Les Solara.

— Tu es sûr ? »

Il a souri, découvrant ses dents fort mal en point. J'ai compris qu'il ne me disait pas la vérité – d'ailleurs, peut-être ne la connaissait-il pas et n'avait-il même pas envie de la connaître –, mais proclamait ainsi une foi inébranlable fondée sur son expérience première de l'abus de pouvoir, sur son expérience du quartier qui, malgré ses lectures, sa licence, ses voyages clandestins ici ou là, et malgré les crimes qu'il avait commis ou dont il avait été accusé, demeurait la mesure de toutes ses certitudes. Il a rétorqué :

« Tu veux que je te dise qui a tué ces deux merdeux ? »

J'ai soudain lu dans son regard quelque chose qui m'a fait horreur – une rancœur inextinguible – et j'ai dit non. Il a secoué la tête, continuant un moment à sourire. Puis il a bougonné :

« Tu verras, Lila finira par se décider à donner signe de vie. »

Mais il n'y avait plus aucune trace d'elle. En ces deux occasions de deuil, je me suis promenée dans le quartier en posant des questions à droite à gauche, par curiosité : personne ne se souvenait d'elle, ou bien les gens faisaient semblant. Je n'ai même pas pu parler d'elle avec Carmen. Roberto est mort, elle a quitté la station-service pour aller vivre chez un de ses fils à Formia.

À quoi ont donc servi toutes ces pages ? Mon projet était de la saisir et de l'avoir à nouveau près de moi, or je mourrai sans savoir si j'y suis parvenue. Parfois, je me demande où elle s'est dissoute. Au fond de la mer ? Dans une crevasse ou une galerie souterraine dont elle seule connaît l'existence ? Dans une vieille baignoire remplie d'un puissant acide ? Dans un Fosso Carbonario, une de ces décharges auxquelles elle avait consacré tant de commentaires ? Dans la crypte d'une petite église de montagne abandonnée ? Dans une des multiples dimensions que nous ne connaissons pas encore et que Lila connaît, elle, et où elle se trouve maintenant avec sa fille ?

Reviendra-t-elle ?

Reviendront-elles ensemble, Lila vieille, Tina femme mûre ?

Ce matin, assise sur mon petit balcon avec vue sur le Pô, j'attends.

2

Je prends mon petit-déjeuner tous les jours à 7 heures, puis je vais jusqu'au kiosque en compagnie du labrador que j'ai pris récemment, et je passe une bonne partie de la matinée dans le jardin du Valentino à jouer avec le chien tout en feuilletant les quotidiens. Hier, en rentrant, j'ai trouvé au-dessus de ma boîte à lettres un paquet mal enveloppé dans du papier journal. Je l'ai pris, perplexe. Rien n'indiquait qu'il avait été laissé pour moi et non pour un autre locataire. Il n'était accompagné d'aucun billet, il n'y avait pas le moindre nom écrit au crayon quelque part.

J'ai ouvert avec précaution un côté du paquet, et ça a suffi. Tina et Nu ont jailli de ma mémoire avant même d'être entièrement sorties du papier journal. J'ai aussitôt reconnu les poupées qui, presque six décennies auparavant, avaient été jetées l'une après l'autre dans une cave du quartier – Lila avait poussé la mienne, moi celle de Lila. C'étaient les poupées que nous n'avions jamais retrouvées, bien que nous fussions descendues les rechercher sous terre. C'étaient celles que Lila m'avait entraînée à aller réclamer jusque chez Don Achille, l'ogre et le voleur. Don Achille avait soutenu qu'il ne les avait jamais prises, et il avait peut-être supposé que c'était son fils Alfonso qui nous les avait volées ; ainsi nous avait-il donné en compensation de l'argent pour que nous puissions nous en acheter d'autres. Or, nous n'avions pas acheté de poupées avec cet argent – comment aurions-nous pu remplacer Tina et Nu ? –, mais *Les Quatre Filles du docteur March*, le roman qui avait incité Lila à écrire « La Fée bleue » et moi à devenir ce que j'étais aujourd'hui, l'auteure de nombreux livres et surtout d'un récit qui rencontrait un succès considérable, intitulé *Une amitié*.

Le hall de l'immeuble était silencieux, les voix et bruits des appartements n'y parvenaient pas. J'ai regardé autour de moi, anxieuse. Je voulais que Lila surgisse de l'escalier A, de l'escalier B, ou de la loge déserte du concierge – maigre, cheveux gris, dos voûté. Je l'ai désiré plus que toute autre chose, je l'ai désiré plus qu'un retour inattendu de mes filles avec mes petits-enfants. Je m'attendais à ce qu'elle lance, avec son ton railleur habituel : Il te plaît, mon cadeau ? Mais cela ne s'est pas produit, et j'ai éclaté en sanglots. Voilà ce qu'elle avait fait ! Elle m'avait trompée et m'avait entraînée là où elle voulait, depuis le début de notre amitié. Toute la vie, elle n'avait fait que raconter *son* histoire de rédemption, en utilisant *mon* corps vivant et *mon* existence.

Mais peut-être que non. Peut-être ces deux poupées qui avaient traversé plus d'un demi-siècle et étaient arrivées jusqu'à Turin signifiaient-elles simplement que Lila allait bien et m'aimait, qu'elle avait rompu les digues et avait enfin l'intention de parcourir le monde devenu, désormais, aussi petit que le sien, afin de vivre pendant sa vieillesse et selon une nouvelle vérité la vie qu'elle s'était interdite pendant sa jeunesse.

J'ai pris l'ascenseur et me suis enfermée chez moi. J'ai examiné les deux poupées avec soin, j'ai respiré leur odeur de moisi et les ai installées le dos contre mes livres. Constater qu'elles étaient misérables et laides m'a déconcertée. Contrairement aux récits, la vraie vie, une fois passée, tend non pas vers la clarté mais vers l'obscurité. Je me suis dit : Maintenant que Lila s'est montrée aussi nettement, il faut que je me résigne à ne plus la voir.

DU MÊME AUTEUR

Aux Éditions Gallimard

L'AMOUR HARCELANT, 1995.

LES JOURS DE MON ABANDON, 2004 (Folio n° 6165).

POUPÉE VOLÉE, 2009 (Folio n° 6351).

L'AMIE PRODIGIEUSE, 2014 (Folio n° 6052).

LE NOUVEAU NOM, 2016 (Folio n° 6232).

CELLE QUI FUIT ET CELLE QUI RESTE, 2017 (Folio n° 6402).

L'ENFANT PERDUE, 2018 (Folio n° 6572).

FRANTUMAGLIA, 2019.

Aux Éditions Gallimard Jeunesse

LA PLAGE DANS LA NUIT, illustrations de Mara Cerri, 2017.

COLLECTION FOLIO

Dernières parutions